清詩話全編

道光期九

張寅彭 編纂
張宇超 朱洪舉 點校

国家出版基金项目
NATIONAL PUBLICATION FOUNDATION

上海古籍出版社

第九册目次

東泉詩話

東泉詩話提要

《東泉詩話》八卷，據道光二十一年寶漢齋刊本點校。撰者馬星翼（一七九〇—一八七三後）字仲章，山東魚臺人。嘉慶十八年舉人，曾任樂陵儒學教諭。有《東泉詩文集》等。此書有道光二十一年孟廣均序及自序，書即成於是年。全書體例甚是整飭，前兩卷「評詩」，次第評説歷代詩至前明；中四卷「記詩」，下立近代、時賢、家集、贈答等小目，不用通常之「記事」、「録詩」，以示所輯之詩鄭重，非泛泛可比；末兩卷「類詩」，記詩復歸以類，其類有勝跡、繹山、閨秀、乩仙等，附册又增「演《韓詩外傳》」一類。苦心編次，頗不類一般詩話之漫記也。東泉詩學大抵於唐最有會心，以爲唐詩直接《選》體，優劣、雅俗及得體與否，皆以《文選》爲向背，蓋其本人於此用功甚深，曾抄《選》詩一過，又欲選唐宋以來五七言古詩以繼之，終因有感於律盛古衰而未果。此誠有識。然亦竟由此而輕忽唐律，不滿所謂「兩姓沈人」，（沈休文創四聲在前，沈佺期約句準篇在後。）此則大失衡矣。其評唐詩遂亦有重古體而輕律體之失。如盛唐右丞、太白尚無間言，老杜則重言其古體法度，析其「律細」，竟從七古之合律句解之，而不論其最有建樹之七律。中唐謂白香山「由近體入，故其古體不能甚高」；讚退之抑義山，亦是著眼於一長古體、一擅近體之異。於宋詩無所措論，略由抄宋人詩話代言，視東坡亦只到香山，而未足步趨太白也。（卷一引其兄愛泉語。）評明詩甚詳，首肯宗唐之前後七子，於何大復《明月篇》雖不愜其序，而特賞本詩之擬初唐古體。又或以山左桑梓之誼，首許李滄溟爲「一代宗工，千秋共見」，諸體皆無異詞，而所據仍不外「此老胸中《選》詩最熟」一因也。其他各家亦頗有具體之議論。其評多從己出，雖偏而有旨，往往别具一番見地。「記詩」四卷上接于鱗，記本朝以來山左詩人之作。馬氏父子時人有「三蘇」之目，其記即以本人及父兄之詩爲主，又連帶及於親朋、時賢。如張際亮《松寥山人詩初集》，即曾應其請而評改集中之五七古。所録時人古體長篇頗有佳作，亦彼時此體臻於大盛之時運也。「贈答」兩卷，專輯主客唱和叠韵之作，逐年編選，止於「今年辛丑」。（道光二十一年）雖不載己作，而行跡宛在，幾如詩體之書信、家譜、年譜，亦遺日之一法也。又好和陶詩，以爲東坡不及；漁洋《秋柳》詩，則易題《春柳》和之，詩趣合於生活之趣，苦樂莫辨矣。而諸人或無集，集或失載，不易覓也。「類詩」頗集繹山詩，以補《鄒志》之闕。而東坡守密州作《雪後書北臺壁》二首，即攬爲本地勝跡，併集子由、王介甫，及王陽明、莊詠，本朝薛宁廷、高如岱諸家和詩用「尖」、「叉」二韵者，尤得附以本人之作，凡三十餘首，遂爲盡興，以補吕成叔和詩失傳之憾也。又附册載其《演韓詩外傳》四言、五言、雜言詩一百二十首。此雖再增一類，而韓嬰燕人，「其語頗與齊魯間殊」，（《漢書・儒林傳》）稍溢出地域，蓋亦技癢，而欲盡興也。

東泉詩話序

東泉先生博學多文，吾不敢友之也，吾師之久矣。憶癸酉時，均年尚少，聞東泉與令兄騶山同登賢書，梓里共羨，求識面而不得。及乙酉，均與友泉同年謬膺拔萃科，友泉乃東泉從弟也。由是遇東泉，如舊相識。己丑同上公車。乙未，來主三遷志館，相處最久，不獨文字攷據訂正良多，所有金石之言，隨事而發，每佩服不忘。厥後東泉任樂陵司諭，郵筒寄札，歲無虚月。相距千里，猶侍几席間。逮戊戌東泉移疾，歸居鄒南別業，肆力於著述。所著詩古文集若干卷、《繹陽隨筆》若干卷，於經史多所發明，而詩話乃緒餘也。均以不文，謬見收録。於東泉之詩，亦不敢友之也，吾師之久矣。適同里董上舍聽泉先生謀付剞劂，需一弁言。而東泉雅意，不欲乞序於當道，謬以屬均。自愧人微望輕，言不足重，且於此中堂奥，未能深悉。顧其詩話具存，見淺見深，覽者當自得之，無俟贅爲揄揚也。它日者吾輩欲仿《震川文集》例，與海内士大夫共梓東泉内外全集，益爲盛舉，於此肇端焉。敬書以志。道光辛丑秋日騶人孟廣均序。

東泉詩話自序

詩話昉於六一，續於涑水，爰暨近代，作者如林。顧余何人，率爾操觚。譬如候蟲時鳥，自鳴自止，非敢曰擊轅之歌，有應風雅也。索居無事，裒而集之，卷軸非一，輒爲編次。前代名作，少之所習，蠡測管窺，義不容默，爰爲《評詩》上下二卷。近代名流，斷簡遺牘，聞見所及，輒爲采録；至於金友蘭言，素心所愜，巨細靡遺，先後無越，庶幾一室，神與相接，爰爲《記詩》四卷。勝跡名山，游覽所及，彤史之管，乩仙之筆，有待掌故，略爲總輯，爰爲《類詩》二卷。總計八卷，題爲《東泉詩話》。友人孟雨山博士、董聽泉上舍謀爲梓之，余不能止也。倘海内博雅賜觀，正其巨謬，增益其所不及，跂余望之。道光辛丑中秋東泉居士馬星翼自題於鄒南别業。

東泉詩話卷弟一

魚臺馬星翼仲章著

評詩上

漢高帝不好儒術，而《三侯之歌》，後世莫及。豈嘗執筆學爲如是之文哉？由其天資聰明，胸襟闊大，充口而出，自有美哉泱泱之義。帝王自不與儒生論學問，更不與文士競聲名。唐太宗命世英主，乃學庾信爲文，貽譏後世。

宋太祖時，南唐使臣徐鉉謂太祖不文，因盛稱其主博學多藝，有聖人之能；「秋月」之篇，天下傳誦，因述其語。太祖大笑曰：「寒士語耳，我不道也。」微時自秦中歸道華山，醉卧田間，覺而月出，有句云：「未離海底千山黑，纔到天中萬國明。」見陳後山《詩話》。明太祖微時，有《詠菊》詩云：「百花發〔時〕我不發，我若發〔時〕都駭煞。要與西風戰一場，遍身穿就黄金甲。」見顧元慶《詩話》。謂一統鴻基，兆於此矣。余謂宋、明二祖之詩，豁達大度，固與漢高同符，而其音節氣韵，迥然不侔。蓋亦時爲之也。

四言詩，自《三百篇》後鮮作者。《漢志》所載《主〔房〕中歌》、《郊祀歌》，規摩《頌》體，固形窘步；即韋孟《在鄒》、仲長統《述志》，較之《風》、《雅》，亦殊不類。由其體太莊，句太密，拘文牽義，多不得騁。惟魏武《碣石》、《短歌》諸篇，杼軸予懷，爛然成章。雖未知與《三百》何如，要非七子所能繼武。鍾氏《詩品》列之下品，殊爲非宜。

文以氣爲主。孟德以後，四言能者，惟劉越石。觀越石與盧子諒贈答諸詩，斯爲優矣。

《詩品》謂班婕伃「其源出於李陵」，語甚無據。在成帝時，李詩未必盛行。況椒房之中，各言其情，時略相後，何得謂此出於彼？又謂陶潛出於應璩，璩祖襲魏文，皆非是。五言始於蘇李，後之爲五言者，詎可云皆源於二子邪？卓文君爲《白頭吟》以自悼，見《西京雜記》，沈約《宋書・樂志》有《白頭吟》八解，即卓作也。通首五言，又在蘇李之前，鍾記室反略之，何邪？

鍾記室分别源流，品題上下，誠多未合。至指斥王融、謝莊、沈約輩「務爲精密，襞積細微，專相陵架，使文多拘忌，傷其真美」，亦妙論也。評陳思「情兼雅怨，體備文質，如音樂之有琴笙，女工之有黼黻。使孔門用詩，則公幹升堂，思王入室」，亦可謂知言。五言莫盛於建安七子，莫美於陳思，千古定論。

《柏梁臺詩》，後人聯句之始，然其詞事不見於史，惟鍾記室、劉舍人論詩諸書始稱道之。魏收《北魏書》乃以君臣聯句爲盛事，悉載國史，實失史體。柏梁聯句，大官令云：「枇杷橘栗桃李梅。」韓退之仿之，《和陸渾山火》云：「鴉鴟雕鷹雉鵠鵾。」陳後山仿之，《贈二蘇公》云：「桂椒柟櫨楓柞樟。」

「是邪非邪，立而望之，偏何姍姍其來遲。」此漢武帝感李夫人詩，見《漢書・外戚傳》。自來讀者以「之」、「遲」二字爲韵，而《許彦周詩話》以「立而望之偏」絶句，且謂韓詩「走馬來看立不正」之所祖述，何居？樂府中有「妃呼豨」、「伊阿那」諸語，本不可解。或如近世樂工記字，如琴譜調絃，則用「仙」、「翁」等字；度曲則有「宫上」、「尺四」、「合六」等字也。《巾舞歌》「吾」、「何」二字凡十餘見，末句「何何吾吾」，此必羡文，尤易見。古詩「生年不滿百」四句，《西門行》亦全用之，不知孰創而孰襲也。《小雅》「呦呦鹿鳴」四句，孟德《短歌》掇取之，此猶近人用典故耳。又《詩三百》中，《召南》「喓喓草蟲」六句，《小雅・出車》重用之；「昔我往矣」四句，《采薇・出車》調度正同。在古人有不嫌相襲者。

唐李石侍文宗，説詩云：「『人生不滿百，常懷千歲憂』，畏不逢也；『晝短苦夜長』，暗時多也；『何不秉燭遊』，勸之照也。」余謂古人作詩，意未必爾。在人臣進言，要當如是。秉燭勸照義，從韓非誤書「舉燭」事悟出。柳公權侍文宗聯句，帝曰：「人皆苦炎熱，我愛夏日長。」續云：「薰風自南來，殿角生微凉。」東坡詩引，責公權不寓風諫之義。余嘗以爲過論。周紫芝《詩話》説最好，柳意責文宗享殿閣之凉，而不知民間之苦，所以風之最深。解人不當如是邪？

《文選》應璩《百一詩》，李善注：「或言應詩共百一十首，或言詩共百字一首。據應侯自序，定爲戒曹爽百慮一失之義。」余意詩以「百一」爲名，當是應侯自喻「百慮一得」之意也。應詩今存，不僅一首，字數亦各不同。郭茂倩所録《雜體詩》中《百一詩》五篇，皆應璩作。第一首言馬子侯解音律事，次傷翳桑二老，三戒爲子孫積財，四譏縱口腹之欲者。《文選》所載，乃其末篇。馮氏《詩紀》别有三首，其一云：「子弟可不慎，慎在選師友。師友必長德，中材可進誘。」四句一首，餘不備録，皆應侯《百一詩》。又何遜《擬百一體》「靈輀困桑下，於陵食李螬」一首，凡百一十字，蓋何遜時尚無「百字一首」之說。實則少或四句，多則十二句，無一定之例。

《文選・七哀詩》注中不解其義，葛氏《韵語陽秋》釋之云：「病而哀，義而哀，感而哀，悲而哀，日見聞而哀，口歎而哀，鼻酸而哀，詠一事而七者具也。」不知所據何書。其所云云，强爲分析，必非古說。余意七哀當如七發、七啓之類，指陳七事；後人擬其體，本皆七首，存者一二耳。《選》中《七哀》五首，惟子建一首，仲宣孟陽各二首。子建雖祇一首，《初學記》引子建《七哀》「膏沐誰爲容，明鏡闇不治」，今詩不見此二語，則亦別有一首。謂詠一事而七哀具者，决非其旨。

六言始於孔融：「漢家中葉道微，董卓作亂乘衰。」三首四、五、六句不等。至嵇康有六言十首，皆止四句，有云：「金玉滿堂莫守，古人安此麤醜。獨以道德爲友，故能延期不朽。」「金玉滿堂」，語本《老子》。

魏文帝《燕歌行》，七言之始。前此雖有七言，多用《騷》體；或一人一句，湊泊成篇，未有若此圓轉流利，通首完善者。《文選》載「秋風蕭瑟天氣凉」一首，《詩紀》復有「別日何易會日難」一首。七言之魏文，猶五言之蘇、李矣。子建殆是文章之聖，而其集中七言僅得二句，云：「龍欲上天須浮雲，人之仕進待中人。」

《詩》有四始，而《風》居首；《詩》有六義，而比、興居二。大抵詩之直陳其事者，難得委婉深厚、令人含咀有味，不如隱言託喻，思致無窮。簡則近古，繁則近俚，妙通此旨，始可言詩。蘇李贈答、《古詩十九》，皆五言之至妙者，曷嘗有繁文縟辭，而醖釀深厚、有餘不盡之致，如千萬言。曹子建集在漢魏爲鉅編，詩七八十首，豈有字過五百者？《孔雀東南飛》一首，無名氏爲廬江小吏焦仲卿妻作，千七百餘言，此自别爲一體。後人長篇，悉源於此。

兩漢人詩，一人或止數首，一首或止數句。建安七子乃始專門名家，人各有詩若干首，然亦未至百篇。晉宋以降，人各有集，陶、謝、鮑、庾，卷軸浸廣核其篇數，未及三百。及唐宋大家，乃有數千篇者。優劣固不在此，繁簡亦太相懸。

陶詩以自然爲貴，謝公以雕鏤爲工，二家遂爲後世詩人分途。王、孟、儲、韋多近於陶，至香山極矣；賈島、李賀皆源於謝，至韓孟聯句極矣。世之爲高論者，欲合陶謝而一之。若深入其中，自不相混耳。陶詩固多自然，亦有鍊句，如「涼風起將夕，夜景湛虚明。」「寒氣冒山澤，游雲倏無依。」「清氣澄餘滓，杳然天界高。」但非如謝公之鍊。讀者當自得其趣耳。

《庚子阻風》云：「巽坎相與期。」《於王撫軍座送客》云：「瞻夕欲良謙。」陶詩用卦名，不甚可解。陶詩通脱，亦有質白少味者，如「四體誠乃疲，庶無異患干。」「豈不實辛苦，所懼非飢寒。」「即事已爲高，何必升華嵩。」此類太自暴白，學之令人生厭。詠雪句「傾耳無希聲，在目皓已潔」，亦似拙滯，未如摩詰「隔牖風驚竹，開門雪滿山」之工。渠自陶句脱化，乃益工妙。

淵明《讀山海經》詩：「形夭無千歲，猛志固有在。」嘗莫曉其義。後讀《山海經》：刑天，獸名，好銜干戚而舞。乃知五字皆錯，當是「刑天舞干戚」，乃與下句相協。此周紫芝《竹坡詩話》。余謂不然，陶詩乃咏精衛鳥，無緣旁及刑天獸也。言精衛無千歲之形，而有千歲之志，不但與下句協，併與上二句相貫。舊本不誤。

客問淵明有侍兒否?一人戲云:「『雍端年十三』,非侍兒邪?」《竹坡詩話》載之,誠足撫掌。觀淵明《與子儼書》「爾等雖不同生,當思四海皆兄弟」之語,是五子乃異母生,或由後妻,亦未可知。陶詩「弱冠逢世阻,始室喪其偏」,固是悼亡之句。

東坡《和陶》詩,子由稱其精深華妙,與淵明並。自鄙意觀之,尚不及坡他作追和古人,極尚友之義。至引爲淵明後身,亦有所不必。

詩人擬古之作,惟江文通最善。所擬李陵《從軍》、曹植《贈友》、劉楨《感遇》、張華《離情》、張協《苦雨》、鮑照《戎行》等篇,雜之各集,幾無以辨。其神韵詞氣,色色偪肖,尤莫如《擬劉琨傷亂》一篇:「飲馬出城濠,北望沙漠路。千里何蕭條,白日隱寒樹。投袂既憤懣,撫枕懷百慮。功名惜未立,玄鬢已改素。時哉苟有會,治亂惟冥數。」即使越石自爲之,不過如此。其《擬陶潛田居》一首,亦非後之學陶者所能及。筆墨之間,各有性情。令人讀之,一往而深。文通善於擬古如此,而其自作,往往不能稱是。何邪?

擬古之作,但可偶爲之,未可專門也。大約其弊有二:如漢詩《上留田行》,曹子桓擬之,爲一體;李太白擬之,又爲一體。各抒胸懷,何必更假古名也。至張協《擬四愁》,規模字句而失之毫釐,辟畫虎不成,反類狗也。夫詩之作也,以達意耳,苟能達意,何須先意立題。泥於古題,一弊也;與題相背,又一弊也。

爲文貴自樹立，能者必不因循。屈原《離騷》，創體也，宋、景不及矣；枚乘《七發》，創體也，曹、王不及矣；相如《子虛》《上林》，亦創體也，楊、班不及矣。使宋、景、曹、王、楊、班各自爲文，豈遂後於古人哉？或曰：古體備矣，何能復創？夫創，不必如屈、枚、司馬各爲一體也，獨抒己意，自樹一幟，所謂非孟、韓之文而歐陽子之文也。彼屈之爲《騷》、枚之爲《七》，豈刻心削意以闢此體哉！各發其心之所蘊耳。

《木蘭詩》，郭茂倩《樂府解題》所載有兩篇，皆不著作者姓名。而文字瑰麗，激昂頓挫，「唧唧」一篇最工，洵六朝之奇作。或有疑爲子建作者，觀「可汗」之名，魏時無有，可不辯自明矣。《文苑英華》直作韋元甫，姓字不知何據，聊備一説。「唧唧復唧唧」，《英華》作「唧唧何切切」，間有異字。余謂樂府次首通篇五言者，或是後人擬作耳。杜牧《題木蘭祠》詩：「彎弓征戰作男兒，夢裏曾驚學畫眉。幾度思歸還把酒，拂雲堆上祝明妃。」小杜詩自復佳耳，但較原作，不免婢學夫人。

《木蘭詩》中並不著姓，後人小説家二種並臆爲造姓，且爲擇對。雖出才人之筆，識見已墜入下等。咏木蘭替爺征，只可叙其爲女，豈容復道許事！

梁武帝《研銘》八字，回環可讀：「音模德寫，心圖墨假。」見虞氏《北堂書鈔》。坊刻誤以「模」爲「横」，與「圖」字不韵，且不可解。知是「模」字，「模」與「摹」古通用。「假墨圖心，寫德模音」，又「模德寫心，圖墨假音」，如此回互，可得十六首，亦奇作。又丘遲《研銘》八字：「璧圓水平，跡宣理明。」讀法如前。坊刻「圓」誤作「圖」，亦不可解。悉爲校正如右。

竇韜妻蘇氏《璇機圖》詩，縱横二十九字，析讀之，得詩數百首，可謂神妙矣。先兄嘗以五色筆寫之，又别爲八圖，極分明矣。不知蘇氏作詩時亦嘗起草否，何其胸中經緯之多也！句亦有不甚分曉者，大抵回文不宜苛求。東坡《題回文》二絶云云，以彼大才，尚覺蹇滯。雕文刻鏤，壯夫不爲。

《文選》一書，在唐設科，故唐之詩人多取法焉。余嚢手録《選》詩，徧加丹黄。私謂陸士衡、潘安仁、盧子諒三人詩，在《選》中稍弱，語多冗長，風骨未遒；其餘則幾於言吐金石，字傾珠璣矣。後代詩人大約學《選》者佳，背《選》者劣；同《選》者雅，異《選》者里。得《選》之意者，有體要；失《選》之意者，野戰而已。

郭璞《贈温嶠詩》：「人亦有言，松竹有林。及爾臭味，異苔同岑。」此詩《文選》不載，見《白氏六帖》。岑苔，今習用語，本出於此。

左思《嬌女詩》亦見《白帖》：「吾家有嬌女，皎皎頗白皙。小字爲織素，口齒自清歷。」又云：「其姊字惠芳，兩目燦如畫。」凡二百餘言，極繁碎，不合《選》體。存其二女字，以備典故。

東坡疑蘇李贈答之作出於後人僞撰，因舉其詩中「俯視江漢流」句，謂渠在北地，何得云「江漢流」邪？余謂詩人例有假借，統謂水流，何分南北，東坡不應作如是拘牽之論。且子卿詩四首在《文選》題曰「古詩」，不在贈答類。首章别兄弟，次章别妻，末二章别友，詩原非作於北地。子卿更有《别李陵詩》一首，《古文苑》載之，「雙鳧俱北飛，一雁獨南翔」云云是也。世不見此篇，而《選》中蘇詩結句「願君崇令德」，李詩結句「努力崇明德」，似相應答，遂以當之。與《選》理未爲熟精。

梁簡文有言：「未聞吟咏情性，反擬《内則》之篇；操筆寫志，更摹《酒誥》之作。遲遲春日，翻學《歸藏》；湛湛江水，遂同《大傳》。」譏當世浮疎闡緩之文，良有旨也。又云：「性既好文，時復短詠。雖是庸音，不能閣筆。有慙伎癢，更同故態。」何其似譏切僕也。

謝玄暉言：「好詩流轉圜美如彈丸。」此語見吕居仁《夏均父詩序》。陸游亦有句：「彈丸之論方誤人。」按《宣城集》中無「彈丸」語，但云：「如錦工織錦，玉人琢玉，極天下巧妙。窮妙極巧，然後能流轉圜美。」《宣城集》詩，《文選》所載外，佳句尚多。至咏物等作，斯少味矣。余家藏本乃明人校刊，前有阮亭「褱古田舍」等圖章。

鮑明遠有《建除詩》，每句首冠以「建」、「除」、「平」、「滿」等字，其詩自佳，不是效也。詩之雜體有字謎、人名、卦名、數名、藥名、州名、六甲、十屬之類，皆斯文之游戲者，無關詩教。少時見東坡《野鳥啼》詩，悉用重文。蘇集不載，不知録自何書。

詩賦借對，起於六朝。如庾信賦「窈窕名燕，逶迤姓秦」，以國名借對。崔融詩「匣氣冲牛斗，山形轉鹿盧」，以獸名借對。唐初此風盛行，文皇御製《晉書・叙論》，至有句云：「命輕鴻毛，義貴熊掌。」斯纖巧極矣。要之，此類以借對爲奇，不以正對爲工。

鍾記室謂五言爲「詩之有滋味者」，此語最佳。七言非古，空雄壯。唐人五律原自六朝人五古變出，其初絶不相遠，後乃愈出愈巧，相背而馳。五言絶句亦昉於《子夜四時歌》等篇，唐人五絶多有古意，後乃絶不相似。要之，五七律尚是古詩之流，五七絶别爲小品，日趨日下，不足繼武《風》、《騷》。

有志者必不專門爲之。

七律亦原於六朝七古，如梁簡文《春情》一首：「蝶黄花紫燕相追，楊低柳合路塵飛。已見垂鈎挂綠樹，誠知淇水沾羅衣。兩童夾車問不已，五馬城南猶未歸。鶯啼春欲駛，無爲空掩扉。」通首韻調與七律相似，惟末聯五言，未可竟作七律讀耳。陳后主《聽箏》一首：「文窗玳瑁影嬋娟，香帷翡翠出神仙。促柱點脣鶯欲語，調絃繫爪雁相連。秦聲本自楊家解，吴歈那知謝傅憐。祇愁芳夜促，蘭膏無那煎。」結句亦用五言，與簡文機杼正同。皆七律之星宿海也。

自沈約言四聲以後，始專以音韻對偶爲詩。至沈佺期益加靡麗，約句準篇，始定爲唐律。有開必先，而作俑者偏由兩姓沈人，亦奇。

《石林詩話》：黄魯直責宜州，行篋中惟有佺期集一部。然魯直文字中未嘗及沈，當是不示人以樸也。余謂此事屬偶然，正如蔡中郎枕中獨有《論衡》，《論衡》具在，有何精美，居爲枕中祕邪？

王無功《九日》一首：「野人迷節候，端坐隔塵埃。忽見黄華吐，方知素節回。映巖千段發，臨浦萬株開。香氣從盈把，無人送酒來。」《周氏涉筆》盛稱此詩，以爲「淵明古體，蟠屈入八句中，渾然天成，非唐末諸家所及也。」又云：「舊傳四聲，至沈宋始定爲律。然沈宋體製，時帶徐庾，未若王績翦裁鍛鍊，曲盡清玄，真開迹唐詩也。」

「海外逢寒食，春來不見餳。洛陽新甲子，何日是清明。」佺期此詩，黄大臨最愛之，以爲二十字中婉而有味，如人序百許言者。而葉夢得非之，謂「流俗以清明前爲寒食，既不知清明，安能知寒食」。

竟置「海外」、「洛陽」字於不論，如此談詩，何異刻舟求劍。

四聲韵之作，最害人性靈。未有韵書之前，人皆自抒性情，求音相協而已，故其詩如元氣結成，不可增損一字，渾厚大雅，無刻飾俗氛。自有韵書以來，短篇尚多押韵穩愜，不煩繩削而自合者。至三五十韵若百韵者，雖韓退之、白樂天諸公，不免趁韵之句，即押韵皆工，亦每有用意就韵之處，人所共見也。此無他故，先有韵，後有詩，則詩必因韵而成，情亦因韵而生，較古人自抒本意者懸殊之至。北周史臣評庾信爲詞賦之罪人；若王融、沈約輩造爲四聲，文多拘忌，正名定罪，恐不免爲《雅》、《南》之蟊蠈矣。休文酷裁八病，碎用四聲，故風雅殆盡。後之才子，天機不高，爲沈生弊法所媚，懵然隨流，溺而不返。此語見《詩式》，論與余合。《詩式》不知作者，或題釋皎然。

顔師古《隋朝遺事》：洛陽獻合蒂迎輦花，煬帝令袁寳兒持之，號司花女。時詔虞世南草《征遼指揮德音敕》於帝側，寳兒注視久之。帝曰：「昔傳飛燕可掌上舞，今得寳兒，方昭前事。然多憨態，今注目於卿，可便嘲之。」世南爲絶句曰：「學畫鴉黄半未成，垂肩嚲袖太憨生。緣憨却得君王惜，長把花枝侍輦行。」「憨生」蓋當時語，猶「瘦生」之「生」。元遺山絶句「寳兒原自太憨生」，正用前事。

歐陽詢形狀猥陋，長孫無忌嘲之云：「聳膊成山字，埋肩畏出頭。誰令麟閣上，畫此一獼猴？」見《唐詩紀事》。按：《太平廣記》載歐母感猿公而生詢。其事甚誕，或由貌似獼猴，好事者因爲之説。

中宗嘗召宰相蘇瓌、李嶠子進見，時皆同年。帝謂曰：「汝等各以所通書，取宜奏者奏之。」瓌子頲應曰：「木從繩則正，后從諫則聖。」嶠子忘其名，亦奏云：「斮朝涉之脛，剖賢人之心。」帝曰：「蘇壞有子，李嶠無兒。」頲後果相事。見皮日休《松窗録》。余謂其事與《漢書》霍光子與張安世同謁相類。人之器識，固可自童穉而定。

古書語多相叶，所謂清濁流通，口吻調利，義取諷誦，不可蹇滯也。孔子繫《易》，更無一語不相諧者。自王弼本分析舊文，人多不知《象辭》之有韵。《説卦傳》「天地定位，山澤通氣，雷風相薄，水火不相射，八卦相錯」，「錯」古音與「趣」「聚」相近，與上文「位」「氣」正相偕。或云「薄」「錯」别爲一韵，非是。詞旨相貫，韵不得轉。

自唐以詩賦取士，頒《唐韵》，宋沿之，更定試韵，但爲貼括章程耳，非曰作古體詩必限用此韵也。而近世名流因有通韵之説，作往體詩亦須擇今韵之相通者乃可用之，若尺一法。不惟以此教時人，並欲以此繩古人，實非鄙人所敢信。「百爾君子，不知德行。不忮不求，何用不臧。」敬、陽二韵通邪，否邪？

《漢志》即有草木鳥獸等物類歌詩數十篇，今皆不傳。小謝集中咏物二十餘首，亦非其美者。唐以來咏物詩，至不可勝録，然琢花繪草，無關比興者，恐未足傳，傳亦使後人束而不觀。

「微雲澹河漢，疎雨滴梧桐。」孟浩然詩，與小謝驚人句何殊？宜當時祕省諸名士無不欽服。但此句見《唐詩紀事》，而孟集中不載，知其佳句散失亦多。浩然集中有《贈孟郊》一首，當别一孟郊，非東野也。《滄浪詩話》譏其詩不似浩然，疑後人誤入之。亦泥。

浩然弟洗然，集中有《送洗然赴舉》詩「以吾一日長，念爾聚星稀」句，是其同懷弟也。又《贈從弟邕下第》詩，結句「落羽更分飛，誰能不驚骨」，是其從弟也。浩然子曰儀甫，見王士源孟集序。王、孟同時人，自當傳信。《鄒孟氏譜》：「浩然子雲卿，又庭玢；庭玢子郊。」與史傳不合。

孟雲卿，平昌人，與襄陽異籍，不可引爲一脉。《孟東野集》有《哀孟雲卿嵩陽荒居》一首。雲卿非其從父，更不待辨。東野二季酆、郢，見退之撰《貞曜先生墓志》，《東野集》中乃有《送從弟郢東歸》一首，「從」字誤矣。又有《送從弟寂》詩，併《送孟寂赴舉》詩。題字誤者不一。

唐詩有一篇叠見兩人集中者，在同時人不可枚數。如《原上新居》「借牛耕地晚，賣樹納錢遲」等句，一作王建詩，一作姚合詩是也。其時代絶不相同而兩集互見者，如《江亭晚望》一首，警句是「鳥歸沙有迹，帆過浪無痕」云云，宋之問集中有此詩，而賈島集中亦有之。想由浪仙曾録此詩，後人收入，不能别也。坊刻《全唐詩選》，二首並存，亦失於校正。

唐賢詩中，字句不同者，不可枚數。有全聯不同者，如蘇頲《九日渭亭登高應制》詩「曉光雲外洗，晴色雨餘滋」。本集如此，而《唐詩紀事》作「宸遊天上轉，秋物雨來滋」。未知孰爲初稿，孰爲定本，亦未知其孰優也。

劉希夷有句云：「年年歲歲花相似，歲歲年年人不同。」其舅宋之問愛之欲奪，乃以土囊壓殺希夷。此事見韋絢《嘉話録》。余謂事未必有。之問無行，諂事二張，足矣。何至以一句之工，害其彌甥。説者因「空梁落燕泥」見忌煬帝事，附會爲之耳。噫，人情叵測，才美見尤，古人以文字賈禍者，固不可殫述。

王摩詰集有《濟上四賢詠》，四賢：崔録事、成文學、鄭、霍二山人。霍一作崔。其云：「鄭公老泉石，霍子安丘樊。賣藥不二價，著書盈萬言。」是吾濟高尚士自昔有之。

摩詰《與裴迪書》中有云：「夜登華子岡，輞水淪漣，與月上下。寒山遠火，明滅林外，深巷寒犬，吠聲如豹。」此語誠清絶。嘗見一田家詩，起句「何物聲如豹」，雅話用成俚語，此中微妙，誠難以言喻。

代宗手敕，稱王維詩「泉飛藻思，雲散襟情」。又商璠稱王維詩「在泉爲珠，著壁成繪」。

王孟五古，悉摹《選》體，彭澤、宣城，時相出入。孟詩清遠，王詩超軼。

唐初七古，「王楊盧駱當時體」，不免徐庾襞積陵架之嫌。至岑嘉州、王右丞，乃變而益上。如《輪臺》、《白雪》等歌，皆膾炙人口。岑詩氣勝，王詩韵遠，雖未能抗行周《雅》，固可長揖《楚辭》。

右丞《送友人歸山歌》，全從淮南《招隱士》等篇脱化而來，古質雖不及，而秀雅過之。《老將行》二百餘字，中間無一聯不對，無一字不工，而氣韵自流宕入古。此類摩詰擅場。

張若虚《春江花月夜》詩，在初唐亦是奇作。風韵天然，正如初日芙蓉，鮮有其匹，乃所謂「妙手偶得之」者。

陳子昂《感遇詩》亦學《文選》，自阮籍《詠懷》、左思《詠史》諸篇藴釀而出，在初唐最爲超軼之品。故退之稱曰：「子昂始高蹈。」元微之自述其爲詩之始，亦由觀子昂《感遇》。

大抵聲本天籟，詩乃人籟。用人籟合天籟，此大不易，必經研練始得。王摩詰走入醋瓮，孟浩然眉毛盡落，二子苦吟如此，而其詩無艱難勞苦之態，所以美也。

「出郭喜見山，東行亦未遠。夕陽帶歸路，靄靄秋稼晚。樵者乘霽歸，野夫乃星飯。請謝朱輪客，垂竿不復返。」李頎此詩近《選》體。其他作七言，氣韵亦極沈雄，雖燕許手筆，未能遠過。乃在當時不甚著名。李頎七律，尤多佳篇。

姚、宋不見於文章，此歐公語也。然姚有《口箴》，宋有《梅賦》，皆流傳至今。即詩，《全唐》亦各載其數首。梁公有「舟輕不覺動，聞香暗識蓮」等句，廣平應制結句「郭隗慙無駿，馮讙愧有魚。不知周勃者，榮幸定何如」。文章亦自不乏。

李杜並稱，未可優劣。李詩如深林巨谷龍虎，變化不測，而結體高妙，讀之令人飄飄有淩雲之意，誠仙才也。然不必與杜相較，正如樝梨橘柚，各得一味，而不相兼爾。

先兄最喜李詩，每稱爲天籟。集中長短若干首，略皆上口。謂《笑矣乎》、《悲來乎》諸篇贋鼎，不能混真。嘗譏蘇子由病李詩中「多言婦人酒耳」爲未足言詩。世謂太白詩後，惟東坡才調相近。先兄於蘇詩不輕許可，每謂東坡自可與香山比肩，未足步太白後塵。

太白集中有《自代内贈》詩：「寳刀截流水，無有斷絶時。妾意逐君行，纏綿亦如之。别來門前草，秋巷春轉碧。掃盡更還生，萋萋滿行跡。」辭多不備録。題名「自代内贈」，想見雅人深致。

「楊花滿州城，置酒同臨眺。忽思剡溪去，水石遠清妙。雪盡天地明，風開湖山貌。悶爲洛生詠，醉發吳越調。赤霞動金光，日足森海嶠。獨散萬古意，閒垂一溪釣。猿近天上啼，人移月中櫂。」李詩規摩二謝，此類是也。

「飯顆山頭逢杜甫」一絶，李集中不載，而世俗競傳以爲口實。鄙杜者因謂杜集中贈李、懷李之作疊見，極口贊揚，而李視之蔑如也。余按：李集有《秋日魯郡堯祠亭上宴别杜補闕范侍御》詩，「我覺秋興逸，誰云秋興悲」五古一首，段成式曰：杜補闕即甫也。又《魯郡東石門送杜二甫》一首：「醉别復幾日，登臨遍池臺。何時石門路，重有金樽開。秋波落泗水，海色明徂徠。飛蓬各且遠，且盡手中杯。」又《沙丘城下寄杜甫》詩有「思君若汶水，浩蕩寄南征」之句。交情如此，豈至有相輕語哉！

太白《蜀道難》一篇，據《新唐書・嚴挺之傳》，嚴武爲劍南節度，放肆不法。「房琯以故宰相爲巡内刺史，武慢倨不爲禮。最厚杜甫，然欲殺甫數矣。李白作《蜀道難》者，爲房與杜危之也」。載在史傳，明白甚矣。而世俗箋《蜀道難》者，謂白爲明皇幸蜀，而作是詩。或又曰：李白謁賀知章，時在天寶初，知章見《蜀道難》，歎其爲謫仙才。皆與史殊異，不知孰爲正解。《唐書》正如《毛詩・小序》，國史所題諸家，正如鄭、孔以後作《詩》傳者。唐詩無定解如此，況《三百篇》乎？

杜審言詩在初唐亦無大過人，顧嘗自言欲「使屈宋作衙官」，豈非取法乎上，志不在小？至其孫甫「詩成子建親」「目短曹劉牆」，卒有「詩史」「詩聖」之名，乃祖之志，於是大信。

杜詩每有俗人改易，如「櫻桃欲破紅」，「破」改作「綻」；「梅粉初墜素」，「粉」改爲「葩」，乃是世間第一等惡字，豈可入詩。晁以道家有宋子京手書杜詩一卷，如「握節漢臣歸」，乃是「秃節」；「新炊間黄粱」，乃是「開黄粱」，此見《竹坡詩話》。又云：有一老儒效諸家體作詩，語皆酷似。其效杜云：「落日黄牛峽，秋風白帝城。」尤爲奇絶。

先兄言，嘗見一詩話，杜詩「天子之馬走千里」句，竟指爲誤，云當作「天馬之子」。是豈未讀《周穆王傳》乎？人非讀數千卷書不可持論，何况著書！

李杜並稱，固未可優劣。然李之詩才矣、奇矣，幾於化矣。而所言多神仙游俠酒食之辭，故令人初甚喜之，久則未免生憎。若杜詩，論者以爲「一飯未嘗忘君」，此固迂論，非杜詩所以美也。杜詩覼縷事情，蕴釀深厚，直而不俚，雅而不佻，令人讀其詩如遇其事，遇其事益思其詩，往復不厭，犁然有當於人心，所以美也。

杜詩「天用莫如龍，地用莫如馬」二首，及「朔風吹胡雁，漆有用而煎」五首，俱極古雅，漢魏之遺。人鮮稱道者，爲他詩所掩耳。

「翳翳桑榆日，照我征衣裳。我行山川異，忽在天一方。但逢新人民，未卜見故鄉。大江東流去，遊子日月長。曾城填華屋，季冬樹木蒼。喧然名都會，吹簫間笙簧。信美無與適，側身望川梁。鳥雀夜各歸，中原杳茫茫。初月出不高，衆星尚争光。自古有羈旅，我何苦哀傷。」此詩專學建安七子，尤得力於子建、仲宣，氣韵辭藻，色色偪肖。使全集皆如此等，又失杜甫真面目矣。然杜集中此等詩亦不多見。但存此篇，已足見古今人相去不遠。

漢高帝《大風歌》，末云：「安得猛士兮守四方。」杜子美七言歌行每用此調。如《洗兵馬》結云：「安得壯士挽天河，净洗甲兵長不用。」《石笋》結云：「安得壯士擲天外，使人不疑見本根。」《石犀》結云：「安得壯士提天綱，再平水土犀奔忙。」此其易見者。若《大麥行》：「安得如鳥有羽翅，託身白雲歸故鄉。」《茅屋爲秋風所拔歌》：「安得廣厦千萬間，大庇天下寒士盡歡顔。風雨不動安如山。」《題王宰畫圖》：「焉得并州快翦刀，翦取吴淞半江水。」《題韋偃畫馬》：「時危安得真致此，與人同生亦同死。」《王兵馬使二角鷹》：「安得爾輩開其群，驅出六合梟鸞分。」《光禄坂行》：「安得更似開元中。」《蠶穀行》：「安得鑄甲作農器，一寸荒田牛得耕。」《悲青坂》云：「安得附書與我軍，忍待明年莫倉卒。」皆是也。

杜詩以整鍊勝。七言歌行中，長句雜言亦不多見。惟《兵車行》通首雜言，長短句相間，《竇侍御歌》首段長短句。其餘僅於起結見長句，如《天育驃圖歌》及《徐卿二子歌》是也。其單用長句起者，《寓同谷歌》七：「男兒生不成名身已老，三年飢走荒山道。」《莫相疑行》：「男兒生無所成頭皓白，牙齒欲落真可惜。」《贈王司直歌》：「王郎酒酣拔劍斫地歌莫哀，我能拔爾抑塞磊落之奇才。」其用於結句者，如《山水障歌》：「若耶溪，雲門寺，吾獨胡爲在泥滓，青鞋布襪從此始。」《茅屋歌》：「嗚乎何時眼前突兀見此屋，吾廬獨破受凍死亦足。」《寄狄明府》詩：「虎之飢，下巉巖；蛟之横，出清泚。早歸來，黄土污衣眼易眯。」《花卿歌》：「既稱絶代無天子，何不喚取守東都。」僅得此數篇。其它用「君不見」調者不與焉。「近來海内爲長句，汝與山東李白好」二句，正可移贈。

「君不見東吴顧文學」「君不見西漢杜陵老」、「君不見昔日蜀天子」、「君不見秦時蜀太守」，此以古事起也。「君不見徐卿二子生絶奇」、「君不見東川節度兵馬雄」、「君不見道邊荒廢池」、「君不見前者摧折桐」，此以見事起也。「君不見管鮑貧時交，此道今人棄如土」、「君不見嵇康養生遭殺戮」、「君莫笑劉毅從來布衣願，家無儋石輸百萬」，此用古事結也。「君不見才士汲引難，恐懼棄捐忍羈旅」、「君不見空牆日色晚，此老無聲淚垂血」，此以見事結也。右數條略見杜詩歌行法度。

不觀杜甫《七歌》，不知張衡《四愁》之温雅；不觀《四愁》，不知宋子《九辨》之精深。後人效《七歌》不得，遂如措大之瓃瓃也。

自明季談藝者謂作古體詩斷不可入律句，此説幾如蕭何三尺律矣。求之古人，亦未盡然。如王摩詰詩「雲中遠樹刀州出，天際澄江巴字來。」歐陽永叔詩「風輕絳雪樽前舞，日暖繁香露下聞。」此皆真律句也，何害爲古體詩？凡爲文，宜行乎不得不行，不必有意拘忌，失其真美。

老杜詩律最細。然其七古中如「鳧鷖散亂棹謳發，絲管啁啾空翠來。」「正憐日破浪花出，更復春從沙際歸。」「拂水低回舞袖翻，緣雲清切歌聲上。」皆合律句。又如《洗兵馬》詩：「已喜皇威清海岱，常思仙仗過崆峒。」「三年笛裏關山月，萬國兵前草木風。」四句律詩，平仄一字不差。又《越王樓歌》「樓下長江百丈清，山頭落日半輪明。」「君王舊迹今人賞，轉見千秋萬古情。」與七絶平仄恰合，何害爲詩律細。「江上人家桃樹枝」一首，惟中四句與律未諧，前後八句，格律恰好。蓋由此老胸中律法爛熟，發句自然多合。至其音節入古，體裁攸殊，具眼者自能辨之。

律句不可入古，或言非論平仄，乃謂聲調。扣其聲調之説，如「詞源倒流三峽水，筆陣横掃千人軍。」「金鐘大鏞在東序，冰壺玉鑑懸清秋。」雖似律句，押韵用三平。觀三平之説，仍以平仄論。杜詩七古中韵脚不用三平者，曷可勝道。

近自學者株守四聲，幼習帖括，遇古詩輒言不解古韻，不知作法；其詡詡稱能者，又從爲之辭。如七古率四句易韻，平仄相間，凡平韻上句須仄尾，仄韻上句須平尾，及平字在第五，押韻須三平之類，以爲有法，不合者便相非笑。此真癡人説夢，以夢爲覺者也。解人自知之，不足深辨。

子美於古人多所推尊，不特蘇、李、曹、劉爲所服仰，即陰、何、鮑、庾，亦極口贊揚。下至王、楊、盧、駱，似可少貶焉，猶以爲江河萬古。此子美所以轉益多師，集其大成，後世學者所當效也。

先君子嘗言作詩非難，命題爲難；題高則詩高，題俗則詩俗，不可不慎也。少陵詩高絶千古，自不必言，即其命題，已早據百尺樓上矣。如《哀王孫》、《哀江頭》、《新昏别》之類，皆似樂府古題。即其自述，如《北征》、《達行在所》諸篇，一觀其題，即有傷亂思治之意。更如律詩《秋興》、《諸將》、《詠懷古跡》之類，制題皆極謹嚴，後人莫及。試取一近人集觀之，類多讌集、贈答，滿紙某官某姓名、某亭臺池館，皆市井流俗之事，無關性情。其題如是，其詩可知；其詩如是，其人之性行品詣又可知。

「翻手作雲覆手雨，紛紛輕薄何足數。」「晚得末契託年少，當面輸心背面笑。」「虚名但蒙寒暄問，泛愛不救溝壑辱。」「强將笑語供主人，悲見生涯百憂集。」杜每於交道有慨乎其言之。

退之於時流少許可，獨於李杜每稱譽之。「光燄萬丈長」語，史臣采爲傳論，其他贊詞，不可枚舉。而「萬類困陵暴」一語尤奇想。二子馳騁文壇，鳳覰虎視，牢籠百家，牟盧萬象，誠陵暴也。

古人作詩，各有事在，情至文生，所以爲貴。設使今人無故觀打魚而歎暴殄，咏牡丹而歎零落，豈不太煞風景？

杜詩緯地經天，前人比之周公制作，後有作者，洵莫能加。其中粗鄙之句，亦誠不免。然不害爲巨刃磨天者，正如江河之腐胔不可勝數，然祭者汲焉大也。他人若專於此效之，正如一盃酒白，蠅漬其中，匹夫弗嘗矣。

楊大年不喜杜工部詩，謂爲「村夫子」。鄉人有强之續杜句者，曰「江漢思歸客」，楊亦屬對。鄉人徐舉「乾坤一腐儒」，楊默然若少屈。歐公亦不甚喜杜詩，謂韓吏部絶倫。吏部於唐世文章未嘗屈下，獨稱道李杜不已。歐貴韓而不悦子美，所不可曉。見劉攽《中山詩話》。楊句惜不傳，未知作何語。論詩不可偏執己見。評杜者殆且百家，或此人所喜，彼人所惡，以里爲雅，以纖爲麗，終莫能定其佳惡。杜詩具在，讀者祇可任其自得焉爾，不可有先入之見，隨人低昂。

「酒債尋常行處有，人生七十古來稀」，二句對法既活，意趣亦超。乃注杜者必尋故事，謂上句出《吴志》，下句出《世説》。攷之二書，漫無其語，斯太妄矣！杜它詩多用典故，亦自有羌無故實之句，更復何害？或云若二句無典故則里甚，亦非通論。

杜詩律句，如「法駕初還日，群公若會星。」「近有風流作，聊從月窟徵。」「故山迷白閣，秋雨憶皇陂。」「日」、「星」、「皇」、「白」等字，俱借對，在大家不廢。然如「妙取筌蹄契，高宜百萬層。」「霸氣西南歇，雄圖歷數屯。」「别來頻甲子，倏忽又春華。」「甘子陰涼葉，茅齋八九椽。」「羈棲愁中見，二十四迴明」等句，數目、干支，都不板對，曷嘗沾沾儷黄配白，以爲能哉！若沾沾於此，欲騁驥步，難矣。又如「書成無過雁，衣故有懸鶉。」「窮愁惟有骨，群盜尚如毛。」「議堂猶集鳳，貞觀是元龜。」「熊羆載吕望，鴻雁美周宣」，此類義極工雅，排比聲韵，雖杜之末節，然亦奔軼絶塵，後世莫及。

杜詩工對，如「潛夫論」、「幼婦碑」、「金腰裹」、「玉蟾蜍」，「稻粱求」、「苡薏謗」之類，不可備載。元遺山《論詩》云：「排比鋪張祇一途，藩籬如此亦區區。少陵自有連城璧，争奈微之識碔砆。」余謂此論未公。微之祇就李杜優劣言之耳，豈謂杜祇工排律哉！

杜句亦有後人斷不可效者。如「群山忽破碎，涇渭不可求」，效之則野甚。「麻鞋見天子，衣袖露兩肘」，效之則里甚。在杜所以不嫌野、里者，正以切於時事，出之有由，真氣貫注，奕奕動人耳。「身輕一鳥過，槍急萬人呼。」此率句也，非子美爲之，鮮不爲之噴飯。「剥苔弔斑林，角飯餌沈塚。」此凑句也，非退之爲之，鮮不病其聱牙。所以在古人則不病者，非震於其名，固爲左袒，以二家詩妥帖排奡，出神入天，大段已具，字句粗醜，不足爲累。

子美父諱閑，詩中不押「閑」字。《諸將》一首「曾閃朱旗北斗殷」，「殷」，一本「閑」，非是。然據是謂子美詩中無「閑」字，則亦不然。《小寒食舟中作》「娟娟戲蝶過閑幔」，不當復有誤字。蓋臨文不諱，古今通義。

世俗論詩，每以地望。若遇布衣，輒道寒酸；一逢顯達，便稱福澤。其有推衍治亂，論説古今者，若未出身，即謂之狂誕。此等皆非有識。必待宰相而後著書，斯實難矣。杜子美，唐一拾遺，流落幕府，非世卿，非貴戚，而詩中悲喜，多關朝政。使今人爲之，不可羞邪？是知位無大小，愛君之心一也。坐言起行，信今傳後，資格不足限也。

世論子美不善絶句，余手録一編，見其詞旨高雅，游刃恢恢。後人論詩諸絶句，皆託始焉；凱歌、口號之作，悉濫觴焉。懷舊寫物、傷春感秋，一切津逮後學靡既，何爲入室操戈，故用謗傷。絶句雖小道，亦復工整如是，乃知大家固無有不善。

「掬水月在手，弄花香滿衣」，于良史句也。「得意兩不寐，微風生玉琴」，馬戴句也。出句皆五仄，講拗體者，亦難曲爲之解。唐律寬如是。

韓退之詩有兩派：《薦士》等篇，劖削極矣。《符讀書城南》等篇，又往往造平澹。賢者固不可測。木之就規矩，在梓匠輪輿；人生有常理，在紡績耕耘。退之句法，亦自相襲。

文王《拘幽操》，《古今樂録》有一篇，末云：「殷道溷溷，浸濁煩兮。炎炎之虐，使我愆兮。」譏切太甚。退之擬句：「臣罪當誅兮，天王聖明。」義出古人上矣。《元和聖德詩》，退之自匹《雅》、《頌》，而蘇子由《詩病》摘其「宛宛弱子」一段，以爲李斯頌秦所不忍言，果大稱意，則人必大笑之邪！

退之詩云：「文書自傳道，不仗史筆垂。」壯矣，有志者真當如是。又句「可憐無益費精神，有如黄金擲虚牝」，更發此歎，使人意消。

退之《感春》詩：「近憐李杜無檢束，爛漫長醉多文辭。屈原《離騷》二十五，不肯餔啜糟與醨。惜哉此子巧言語，不到聖處寧非癡。」大似史論，實驚人語也。渠欲到聖處，不愧所言。

韓詩亦有摹《文選》者。如《送湖南李正字》詩：「長沙入楚深，洞庭值秋晚。人隨鴻雁少，江共葭蒹遠。歷歷余所經，悠悠子當返。孤游懷耿介，旅宿夢婉娩。風土少殊音，魚蝦日異飯。親交俱在此，誰與同息偃。」此詩全學二謝風格。

韓吏部古詩高卓，至律詩雖稱善，要有不工者。而好韓之人句句稱述，未可謂然也。歐陽永叔、江鄰幾論韓《雪詩》，以「隨車翻縞帶，逐馬散銀杯」爲不工，謂「坳中初蓋底，凸處遂成堆」爲勝。未知真得韓意否也？永叔嘗云：「知聖俞者莫如某，然聖俞平生所自負者，皆某所不好；所卑下者，皆某所稱賞。知心賞音之難如是。」其評古人之詩，得勿似之乎？此劉公非語，最足解頤，余每稱道之。「縞帶銀盃」之句，歐公所以不賞者，蓋亦貴白戰之意。

「紅皺曬檐瓦，黄團繫門衡。」韓退之句也，太纖麗矣。「竹籠拾山果，瓦瓶擔石泉。」賈浪仙句也，又太不刻畫。皆未足法。杜詩「或紅如丹砂，或黑如點漆。雨露之所濡，甘苦齊結實。」渾雅極矣，與「紅皺黄團」之句直不可同日語。此周紫芝語。或謂丹砂、黑漆，殊難理會，豈未讀《北征》全篇，何論之固邪！

「此日足可惜，此酒不足嘗。」正言也。「人皆勸我飲，我若耳不聞。」刺時也。退之必不嗜酒，然又有句「破除萬事無過酒」、「斷送一生惟有酒」，亦不免伯倫之頌。蓋酒原詩中習用字，「微我無酒，以敖以遊」，自《國風》已然，不獨「何以解憂，惟有杜康」在陶詩《飲酒》之前也。陶詩「酒能消百慮」，杜詩「一酌散千憂」，皆得趣之句，後人用之，祇洹語耳。香山「何處難忘酒」數詩頗佳。「君待未知其趣耳，臣今時復一中之。」「三杯軟飽後，一枕黑甜餘。」東坡詩中亦多言酒。

《後山詩話》謂韓退之亦有二妓，號絳桃、柳枝。故張文昌云：「爲出二侍女，合彈琶琵筝。」及其卒以藥死云云。余嘗見前輩有辨此者，謂絳桃、柳枝附會韓詩，二首見於《雜説》，不足信。服藥而誤者，别一衛退之，非韓氏也。辨極精審。

許彦周謂韓退之詩「銀燭未銷窗送曙，金釵欲醉坐添香」，殊不類其爲人。周紫芝謂荆公詩如「春色惱人眠不得，月移花影上闌干」，皆平甫作，以其近艷體耳。余謂論詩如此，斯固矣哉！張衡有《同聲歌》，繁欽有《定情詩》，陶潛有《閑情賦》，此類即皆不足法，《衛風》咏碩人，《周南》賦夭桃，作詩或亦各有體也。

作詩必不蹈襲前人一句一義，雖退之亦未之能。「古人雖已死，書上有其辭」，此非陶彭澤「得知千載外，正賴古人書」義邪？「駕龍十二，魚魚雅雅」，非用《魯頌》「六轡耳耳」句法邪？「曲江千頃秋波净，平鋪紅雲蓋明鏡」，非小謝「澄江净如練」、太白「兩水夾明鏡」義邪？「一噴一醒然，再接再礪乃」，此韓孟《鬥雞聯句》東野一聯也。世或誤稱韓句，非是。「厲乃」用《費誓》「厲乃鋒刃」語也。「毒手飽李陽，神槌困朱亥」、「争觀雲填道，助叫波翻海」，乃退之警句。

盧仝《月蝕詩》，韓集中亦有之，較盧頗整飭。或欲斧削之，自寫一稿，後人乃誤編入耳。盧仝《自咏》二首：「爲報玉川子，知君未是賢。低頭雖有地，仰面輒無天。」句太放，未若次首「生涯身是夢，耽樂酒爲鄉」，尚是本色語。

李長吉詩挈雲喝月，最多奇句。其《詠懷》一首尚近二謝：「長卿懷茂陵，緑草垂石井。彈琴看文君，春風吹鬢影。梁王與武帝，棄之如斷梗。唯留一簡書，金泥泰山頂。」此詩專詠相如，乃題《咏懷》，在古人别有懷抱。《惱公》一篇長律五百字，以鬼怪之才，寫兒女子語，殊亦可詫。警句「心搖如舞鶴，骨出似飛龍。」「魚生玉藕下，人在石蓮中。」語多不甚可解，余亦不求甚解。至其篇中重字甚多，如「花開」、「露飛」、「金蛾」等字皆三見，重見者四十餘字。律法亦稍疎。

劉叉有《自問詩》一首，與盧仝《自詠》相似。起云：「自問彭城子，何人接汝顛。酒腸寬似海，詩膽大於天。」《雪車》、《冰柱》二首，乃其名作，自今視之，亦不見高奇。如《冰柱》句云：「始疑玉龍下界來人世，齊向茅屋布爪牙。」此何等句？

皇甫持正在當時不以詩鳴，洪氏《容齋隨筆》載其《浯溪爲元結作》一首：「次山有文章，可惋只在碎。」亦名語也。

張文昌《贈孟東野》有云：「君生衰俗間，立身如《禮經》。淳意發高文，獨有金石聲。」《祭退之》有云：「獨得雄直氣，發爲古文章。如彼天有斗，人可爲信常。」皆可爲知言。

文昌律句亦多佳妙。如「月明見潮上，江静覺鷗飛。」「竹深村路遠，月出釣船稀。」「山情因月甚，詩語入秋高。」「夜月紅柑樹，秋風白藕花。」「夜静江水白，路迴山月斜。」皆五言佳句。「曉來江氣連城白，雨後山光滿郭青。」七言佳句。

「家貧無易事，身病是閑時。」「家貧常畏客，身老轉憐兒。」「居貧閑自樂」，「居閑意思長」，張太祝説貧病，語多可味。至「眼昏書字大，耳重語聲高」等句，非其美者。

賈浪仙詩多造句，如「一鶯啼帶雨，兩樹合從春。」「怪禽啼曠野，落日恐行人。」後世鍊字鍊句法多從此出，然太有斧鑿痕。其漸近自然者，如「寒山晴後緑，秋月夜來孤」，吾何閒然。五古多坦易可讀，如「客喜非實喜，客悲非實悲。百迴信到家，未當身一歸。」「碌碌復碌碌，百年雙轉轂。志士中夜心，良馬白日足。俱爲不等閑，誰是知者目。」此二首最善。

李贊皇集有《續夢中句》一篇，如「花迷瓜步暗，石固蒜山牢」，自注「夢中所作」。迄今讀之，猶彷彿夢境。余夢中亦往往有句，惜不能全記。贊皇論文，譏切音律，與余素論大合，特録於此。「沈休文以音韵爲切，重輕爲難，語雖甚工，旨則未遠，未可以言文外意也。古之辭高者，蓋以言妙而工，適情不取於音韵；意盡而止，成篇不拘於隻偶。故篇無足尤，詞寡累句。古調如金石琴瑟，尚於至音；今則如絲竹鞞鼓，迫於促節。即知音律之爲其弊也。」又曰：「世有非文章者，曰：『詞不出於《風》《雅》，思不越於《離騷》，摸寫古人，何足貴也。』余曰：『譬如日月，雖終古恒見，而光景常新。此所以爲靈物者也。』」併爲《文箴》，箴曰：「文之爲物，自然靈氣。怳惚而來，不思而至。杼軸得之，澹而無味。琢刻藻繪，彌不足貴。如彼璞玉，錯以金翠。美質既雕，良寶斯棄。」

孟東野詩云：「貧賤亦有樂，且願掩柴扉。」張文昌詩曰：「林下無拘束，閑吟放性靈。」古人意趣，亦大略如是。

東野清極徹骨，顧亦有句云：「文士莫辭酒，詩人命屬花。」殊不類其爲人也。《詠石淙》句：「日月凍有稜，雪霜空無影。」乃自寫其詩格。

「飲君江海心，詎能辨淺深。」此東野贈章將軍句，近人不知所從出，乃誤用「飲君心於江海」，斯劣矣。「砥行碧山石，結交青松枝。」亦東野答友人句。「松色不肯秋」、「松月寒色青」、「識志唯寒松」，皆東野句。

「洞房昨夜停紅燭，待曉庭前拜舅姑。妝罷低聲問夫壻，畫眉淺深入時無。」此朱慶餘詩，呈張文昌求規正文字之作也。常見一詩話，乃深道此詩能寫閨麗，非第一佳人不足當之。真可謂郢書燕説矣。唐詩難説如此，況《風》、《雅》乎？何怪後世之支離也。

飢寒，人情所鄙也，而詩中多道之；醉睡，學者所忌也，而詩中多及之。閨房宴私，士大夫所不形於動静也，而詩中多褻言之。至於憤激怨恨，呼天叫帝，禮法之士所疾如仇者，而詩中多縷述之。非第曰詩有别趣，非關理也，蓋發乎情，止乎禮義，《小雅》之旨也；言者無罪，聞者足戒，《國風》之義也。

李義山詩，長於屬對、典故，誠得力於獺祭者多。然其格調卑靡，詞旨僿下，不能蹈乎大方。宋初楊大年輩好之，遂爲西崑體。就其精麗者，殊亦可喜。然世論義山爲善學老杜，則未敢深信。至王荆舒謂學詩者未可遽學老杜，當先學義山，更謬。

詩至李義山，爲文章一厄。見惠洪《冷齋夜話》，亦卓有見。而許彦周云：「僕讀至此，蹙額無語。」因賦義山二語「夕陽無限好，只是近黄昏」，譏洪枉讀義山詩，不見其好處也。人各有嗜好，不必苦争。余嘗手録義山集，細加丹黄，欲頗識其難易。古體無多，大約猶守初唐風格，駢儷爲工。惟《韓碑》一篇，疎宕有奇氣。律法甚精，尤長於閨情，《無題》等篇，效之易近佻巧，是其弊也。

文人著作，自視雖爲警策，在人每覺平鈍。「家有敝帚，享之千金」，斯不自見之過也。嘗見魏泰

《隱居詩話》一段：「劉禹錫詩固有好處，及其自稱《平淮西》詩，云『城中喔喔晨雞鳴，城頭鼓角聲和平』，爲盡李愬之美。『始知元和十四歲，四海重見昇平年』，爲盡憲宗之美。我不知此兩聯爲何等句也？賈島詩『獨行潭底影，數息樹邊身』，自注云：『二句三年得，一吟雙淚流。知音如不賞，歸卧故山秋。』不知此二語有何難道，至三年始成而一唫淚下也！至楊衡自愛其句『一一鶴聲飛上天』，此尤可笑也。」魏語如此。余謂所譏詩人自愛之弊，固爲曲盡；然所引三事，惟賈句譏評甚當，楊、劉二詩未可厚非，在晚唐亦可謂傭中佼佼者已。

劉禹錫《玄都觀》絶句末云：「玄都觀裏桃千樹，盡是劉郎去後栽。」《後遊》一絶又云：「種桃道士歸何處，前度劉郎今又來。」今昔之感，人所時有，此亦詩家恒語。乃見疾於當道，亦可謂「欲加之罪，何患無辭」。王播《題惠照寺》句：「三十年來塵撲面，而今始得碧紗籠。」時寺僧籠播舊詩，故云。詩中絶句，正如曲中小令，若專效此等，易入佻薄。劉夢得《送皇甫絳州》詩：「祖帳臨周道，前旌指晉城。午橋群吏散，亥字老人迎。」「周」、「晉」，「午」、「亥」對仗，恰似近時帖括。又有《送陸侍御》五韵詩一首，律詩五韵，在古有之，今詫爲異事。又李益集有三韵律詩：「漢家今上郡，秦塞古長城。有日雲常慘，無風沙自驚。當今天子聖，不戰四方平。」

李義山句：「永憶江湖歸白髮，欲回天地入扁舟。」羅昭諫句：「春融只待乾坤醉，水闊深知世界浮。」兩詩旨義略同。余嚮住舟中三月，野水瀰漫，一望無際，每誦二聯，歎其筆端有扛百斛鼎力。

唐人律句亦有未臻完美者。如錢起「幽溪鹿過苔還静，深樹雲來鳥不知」。戴叔倫「北郭晚晴山更遠，南塘春盡水争流」。温庭筠「自爲林泉牽晚夢，不關砧杵起秋聲」。許渾「簾外碧樹窮秋密，窗外青山薄暮多」。皆次句佳，出句弱耳。

「昔年曾向五陵遊，午夜清歌月滿樓。銀燭樹前長似晝，露桃花下不知秋。西園公子名無忌，南國佳人字莫愁。今日亂離俱是夢，夕陽惟見水東流。」韋莊句，太似義山。「西園」句兩入故事。

陸龜蒙《木蘭花》詩：「洞庭波冷曉雲侵，日日征帆送遠人。幾度木蘭舟上望，不知元是此花身。」一作李義山詩，李集中不載也。又杜牧《赤壁》一絶，亦有作義山者。

《梁園公主池亭》詩麗句：「素奈花開西子面，緑楊枝散沈郎錢。」一作王建，一作戴叔倫，在晚唐此類頗多。

「人初生，日初出。上山遲，下山疾。百年三萬六千朝，夜裏分將强半日。有歌有舞須早爲，昨日健於今日時。人家見生男女好，不知男女催人老。短歌行，無樂聲。」王仲初此詩近古樂府。

温八叉句：「江燕雙雙五兩斜。」注云：「五兩，帆上試風燕名也。」此名甚新，但詩中泛用「五兩」，人誰不以葛屨見疑。帖括中有「忘言對七條」句，以「七條」爲琴，句法自歇後來。

「萍皺風來後，荷喧雨到時」，温佳句也，仿佛小謝。

義山《贈杜司勳》詩：「杜牧司勳字牧之，清秋一首《杜秋詩》。前身應是梁江總，名總還曾字總持。」《杜秋娘》一首亦非小杜最佳之篇，特以姓同，用以爲比。

小杜《感懷》詩：「號爲精兵處，齊蔡燕趙魏。」句法特古，通首整鍊，是其佳篇。至《杜秋詩》及《冬至寄阿宜》詩，不免冗長耳。《華清宮》詩「一千年際會，三萬里農桑」句最警。其它律句，如「川光初媚日，山色正矜秋。」「南山與秋色，氣勢兩相高。」皆極俊爽。

小杜律詩多用數目字，如「南朝四百八十寺」、「故鄉七十五長亭」、「二十四橋明月夜」、「蘇武曾經十九年」、「一叫一回腸一斷，三春三月憶三巴」，亦算博士之流風。同時張處士祜有《宮詞》云：「故國三千里，深宮十二年。」杜最賞之，蓋亦有臭味之合。

唐朝詩人多不達，惟高適頗通顯，論者咸執此説。然竊謂李杜在明皇時，出入禁闥，拾遺補闕，泣雖不終，未爲不遇也。至元和以後，元微之仕至宰相，而不免爲詩人，亦君子之耻也。

元微之自彙其詩爲十體，末爲艷詩。暈眉約鬢，匹配色澤，極婦人之怪艷者，蓋皆宮體也。「元才子」之名所以稱於宮中，而後世小説雙文之事，因得託焉。

《文獻通攷》：「元微之《長慶集》六十卷、《外集》一卷。」陳氏曰：「今世所傳《李娃》、《鶯鶯》、《夢游春》、《古決絶詞》、《贈雙文》、《示楊瓊》諸詩，皆不見於六十卷中。」余謂六十卷中既不見，或當在《外集》一卷也。古人外集類多游戲之作，或託詞示諷，造情適意，未可當正言實事也。世俗不察，言微之者專據《外集》，豈不太過。微之晚節不終，依奄宦得相，不數日罷去，卒爲小人之歸。即其平素游戲假借之文，亦皆足以增過而見尤。微之乎，亦何樂而爲此者。

白樂天著《長慶集》五十卷，令元微之爲叙；《後集》二十卷，自爲序；又《續集》五卷，自爲記。集有五本，一在廬山東林寺經藏院，一在蘇州南禪寺經藏内，一在東都聖善寺律庫樓，一付姪龜郎，一付外孫談閣童。按白詩大小凡三千八百四十首，不知五本皆樂天自寫否？何其勞也。醉吟先生乃汲汲世名若此邪？

樂天嘗與微之書，自言其詩，「謂之諷諭者，兼濟之志也；謂之閑適者，獨善之義也。」微之亦嘗與樂天書云：「自十六至三十七，有詩八百首，色類相從，分爲十體。其自别爲古諷者，曰旨義可觀，而詞又近古。」之二子者何異自衒，衹此心腸，令人生憎。況二子詩各易曉，無須苦心爲分明也。《長慶・新樂府》最爲樂天名篇，指事陳辭，抒下情而通諷諭，在晚唐誠爲傑作。若論樂府，似亦未免冗長，言之太盡，古意浸微。

蘇子由謂樂天每閑冷衰病，發於咏歎，輒以公卿投荒僇死，不獲其終者自解，其見可鄙。章子厚謂樂天識趣最狹淺，詩中言甘露事，幾如幸禍。白初爲王涯讒，謫江州司馬，故其詩曰：「當君白首同歸日，是我青山獨往時。」雖私仇可快，然大體已失。又《朱子語録》：「樂天世俗多説其清高，其實愛官職。詩中凡及富貴處，都説得口津津涎出。」觀諸家所論如此。余謂樂天入爲從官，以諫諍顯；出爲守牧，以循良稱；歸老林泉，以高尚終。其爲人局量之廣狹、識趣之高下，誠未可輕議。但詩句太涉淺俗，有似浮薄耳。

樂天詩中愛官職、幸閑冷，如潁濱、紫陽所譏者最多。顧世俗稱道不衰，豈非議卑易行？顔延之評惠休詩「委巷歌謡耳，終當誤後生」，吾於白詩亦云。好之者至目之爲廣大教主，又名其詩爲《養恬集》、《助道集》，斯未免阿其所好。

白詩平易近人，似信手拈來，不煩斧削者。周平園乃云：「見其遺稿，竄定甚多。」此亦無足怪，惟其成之易，故竄定多耳。

陳後山謂陶淵明詩切於事情而不文。不文者，謂其明白如話，竈下老媪亦能識解。白香山詩乃專於不文處見古質。

脱略俗情最難，人雖鼎貴盤樂，其誰肯曰「吾命不負吾身矣」。飽逾東方朔，樂過榮啓期。白詩如此，庶幾知足。

詩豈有時代之殊邪？乃古今判然如此，蓋由聲律、對偶之説中人心耳。余嘗欲選唐宋來五七言古體，繼《文選》之後，奈諸家多工律體，有似舍其所長，用其所短，因是輟翰。白樂天、元微之兩《長慶集》，豈有一首似建安、永嘉者！

學者作詩，欲與李杜王孟抗衡，斷不可讀元白《長慶集》。一讀《長慶集》，思致便卑淺，格調便庸下，即難登作者之堂。由其始入之甚易寓目難忘，其繼出之又易下筆即成。惟一覽《長慶集》，便覺作詩易，便覺詩不佳。

元白詩專以道得人心中事爲主，然情意失於太詳，景物失於太露，遂成淺近，略無餘蘊。此張戒《歲寒堂詩話》，與余素論甚合。又蘇子由《詩病》謂杜子美《哀江頭》詩簡練，善叙事，元白諸作曾未入其藩籬。魏泰《隱居詩話》謂香山亦善作長韵序事，但製格不高，局於淺切，又不能更風操，雖百篇之意，衹如一篇，故使人讀而多厭。論皆切中。

香山《放言》七律數首，調雖不高，多有名言。如「周公恐懼流言後，王莽謙恭未篡時。向使當時身便死，一生真僞復誰知。」此其詩之有議論者。若莽與周公，初亦不能相假，斯不待言。句中兩「時」字複，蓋有意重用之。

《醉吟先生傳》，白之自序甚樂，但彼已從富貴壽考來，安得不云爾邪？白較之流俗鄙夫固爲遠過，若天民大人之事，或未許相繩。

言之無文，行之不遠；爲之也易，傳之不遠。爲文如是，詩亦何莫不然。兩《長慶集》雖有「元輕白俗」之譏，然流傳至今，亦是不廢江河。彼亦各有所長，非苟而已也。

「一山門作兩山門，兩寺元從一寺分。東澗水流西澗水，南山雲起北山雲。前臺花發後臺見，上界鐘聲下界聞。遥想吾師行道處，天香桂子落紛紛。」此詩白集不載，見蘇東坡詩引。坡句「白雲自占東西嶺，明月誰分上下池」，蓋從白詩脱化，似爲過之。

香山長律，每極妥貼排奡之致，蓋其童而習之者。由近體入，故其古體不能甚高。讀者當節取其長。

文章變態，不可枚舉。葉少藴《石林詩話》載權德輿詩一首，實爲怪異，總集人名，亦可謂苦用心矣。詩云：「藩宣秉戎寄，衡石崇勢位。年紀信不留，弛張良自愧。樵蘇則爲愜，瓜李斯可畏。不顧榮宦尊，每陳農畝利。家林類若欹，負郭躬斂積。志滿寵生嫌，養蒙恬勝智。疎鍾皓月曉，晚景丹霞異。澗谷永不諼，山川津梁冀。無累頗符生，學展禽尚志。從此直不疑，支離疎世事。」其詞如此，較點鬼簿倍難學。「展禽尚志」，一句用二人名，尤難。王介甫詩「莫嫌柳渾青，終恨李太白」，蓋仿兹體。偶用一聯，尚覺新穎，若排比數十，翻覺無味。

史遷作記，擇其言尤雅者；庾信爲文，不肯用吴均語，誠修辭之準也。近人爲詩賦文辭，往往闌入鄙諺小説，最失體製。杜詩雖時用俗字，然皆排比修飾，令人不覺。元白而下，益用放誕。後人學步而失之，專以牛溲馬勃爲妙藥耳。

王建《宫詞》最知名，今觀「黄金合裏盛紅雪」，及「畫作天河刻作牛」等句，亦是一時戲筆。其古詩多佳篇，如《行見月》一首：「月初生，居人見月一月行。行行一年十二月，强半馬上看盈缺。百年歡樂能幾時，在家見少行見多。家人見月望我歸，正是道中思家時。」

司空圖字表聖，唐末隱居中條山，自號知非子、耐辱居士。朱温將篡，召爲禮部尚書，不赴。聞哀帝遇弑，不食而卒。在晚唐詩人中，品格最高。表聖自賞其句云：「愛舞鶴終卑。」庶幾不玷斯言。

表聖論詩，謂「梅止於酸，而鹽止於鹹，味常在酸鹹之外。」因自謂「棋聲花院静，旛影石壇高」句爲得之。洪容齋病此二句寒儉有僧態，未若「緑樹連邨暗，黄花入夢稀」二句最善。又謂其七言佳句「孤嶼池痕春漲滿，小欄花韵午晴初。」「五更惆悵迴孤枕，猶自殘燈照落花。」皆可稱也。

表聖與友人論詩一則，備列其平居所得，亦可見唐人爲詩用思之苦、揣摩之勤。然究不免有意爲詩，則格律之説，中人深矣。昔沈約初爲四聲，自謂入神之作。余謂非是，入神乃入魔耳。

表聖與友人書曰：「愚幼嘗自負，既久而愈覺缺然。然得於春早，則有『草嫩侵沙長，冰輕著雨消。』又『人家寒食月，花影午時天。』『雨微吟思足，花落夢無憀。』得於夏景，則有『池涼清鶴夢，林静肅僧儀。』得於山中，則有『坡暖冬生筍，松涼夏健人。』又『川明虹照雨，樹密鳥衝人。』得於江南，則有『戍鼓和潮暗，船燈照島幽。』又『曲塘春盡雨，方響夜深船。』『夜短猿悲減，風和鵲喜靈。』得於塞下，則有『馬色經寒慘，雕聲帶晚飢。』得於喪亂，則有『驊騮思故第，鸚鵡失佳人。』得於道宫，則有『棋聲花院閑，幡影石壇高。』得於佛寺，則有『松日明金像，山風響木魚。』又『解吟僧亦俗，愛舞鶴終卑。』得於樂府，則有『晚妝留拜月，春睡更生香。』得於寥寂，則有『孤鶯出荒池，落葉穿破屋。』得於愜適，則有『客來當意愜，花發遇歌成。』雖庶幾不濱於淺涸，亦未廢作者之譏訶也。」余謂表聖《二十四詩品》蓋亦自喻其平素所得，惜未經指出某句爲雄渾、某句爲典雅。

《全唐詩話》，宋尤袤著，乃與《唐詩紀事》大略相同。《紀事》不著撰人姓名，或即尤著，初名《紀事》，又名《詩話》邪？或前有《紀事》一書，尤氏因之爲《詩話》也。書中頗有碎事里句，或病其蕪雜。余謂記録之書，原在兼收，美以爲法，惡以爲戒。

《唐詩話》有武衛將軍權龍褒《秋日咏懷》詩：「檐前飛七百，雪白後園僵。飽食房裏側，家糞集野蜋。」自解云：「鷂飛直七百，衣浣白如雪也。」以「七百」爲鷂，較以「七條」爲琴，更屬無稽。宋人《拊掌録》宗室句云：「日暖看三織，風高鬥兩廂。蛙翻白出闊，蚓死紫之長。」正可續武衛之句，真堪拊掌。

權龍褒《夏日侍皇太子》詩有云：「麗霜白皓皓，明月赤團團。」太子譏之曰：「明月晝曜，嚴霜夏起。如此詩章，趁韻而已。」

唐無名氏訪僧，僧却之。題門云：「龕龍去東海，時日隱西斜。敬文今不在，碎石入流沙。」中隱「合寺苟卒」四字。意似拙滯，然本孔文舉《離合字詩》，自爲一體。至梅聖俞戲謝師直詩：「古錦裁詩句，斑衣戲座隅。木奴今正熟，肯效陸郎爲。」師直小名錦衣奴，詩句顯露。惟通首義致相貫，勝古人。

李長吉歌詩：「天若有情天亦老。」人以爲奇絶無對。石曼卿對「月如無恨月常圓」，人以爲勍敵。王介甫作集句詩「江州司馬青衫濕」，未得對，以問蔡天啓。蔡應聲曰：「梨園弟子白髮新。」介甫以爲工。

温飛卿以「蒼耳子」對「白頭翁」，誠妙。至宋陳亞以藥名詠白髮：「若是道人頭不白，老人當日合烏頭。」則劣甚。老杜《喜雨》「潤物細無聲」句，甚精。張宛丘分爲二句：「有潤物皆澤，無聲人不聞。」便似貼括語。白香山五古「人家半在船，野水多於地。」趙師秀用爲律句：「野水多於地，春山半是雲。」似有出藍之致。

温飛卿句：「雞聲茅店月，人跡板橋霜。」歐公深嘉之。自作一聯擬之：「鳥聲梅店雨，野色柳橋春。」終不能出範圍。

晚唐五律，以馬戴爲最。自嚴滄浪有此論，後人多以爲然。戴詩多工起句，如「北風吹别思，落日渡關河。」「處處松陰滿，樵開一徑通。」「孤雲與歸鳥，千里片時間。」皆爲警絶。詩中好用「夕陽」字。如「夕陽依岸盡，清磬隔潮聞。」「斜陽高壘閉，秋角暮山空。」及「微陽下喬木，遠色隱秋山。」「露氣寒光集，微陽下楚丘。」詩情多在於此，真乃「夕陽無限好」矣。戴字虞臣，仕爲龍陽尉，乃不知何許人。

《南史》：謝希逸有《詠蝴蝶》詩三百首，人號爲「謝蝴蝶」。唐人崔珏有《鴛鴦詩》，人號「崔鴛鴦」。鄭谷有《鷓鴣詩》，人號「鄭鷓鴣」。逮宋鮑當爲「鮑孤雁」，宋祁爲「宋采侯」，皆以所美見稱。然以物名人，究近浮薄，求之古人，殆非其美。若張鷟有「青錢學士」之號，小宋有「紅杏尚書」之稱，斯類尚雅。又按唐人多醜稱，如伴食宰相盧懷慎、癡宰相楊再思、盲宰相關播、摸棱宰相蘇味道、麻膏宰相崔胤、伏獵侍郎蕭炅、太牢御史牛僧孺，及算博士駱賓王、斗酒學士王績、八甎學士李程、看馬僕射李德權、侏儒郎中韋慎、軟餅中丞韋蝦、呷醋節度李景略、癩兒刺史宇文福。參乎其意，亦古謠諺之流也。又如張嘉貞稱「三相張家」，張昭遠稱「書樓張家」，張文權稱「萬石張家」，崔林稱「三戟崔家」，王釋稱「鳳閣王家」，盧詹稱「真書盧家」；又有「尖頭盧家」「點頭崔家」「不語楊家」「銀鏤王家」「世脩降表李家」，此類難備書。

「風暖鳥聲碎，日高花影重」，乃唐人杜荀鶴句，歐公《詩話》以爲周樸詩。或兩家集中互載邪？丁元珍句「日中林影直，風静鳥聲圓」，似從杜句衍出。「馬上續殘夢，馬嘶時復驚。」唐人劉駕《早行》起句也，蘇子瞻用其首句。人多知蘇詩，不知有劉駕。

「天形圍澤國，秋色露人家。」晚唐江爲句也，張文潛詩「春雲藏澤國，夜雨嘯山城」似之。「曉來山鳥鬧，雨過杏花稀。」晚唐周樸句也，梅聖俞詩「鳩鳴桑葉吐，村暗杏花殘」似之。此類古人句法偶同，不必其相襲也。惟一聯詞義不殊，斯爲病耳。近世名作「星河千里雁，風露萬家砧」，與晚唐郎士元「星河秋一雁，砧杵夜千家」，詞旨正同。

《唐詩紀事》：李涼公榜皆寒素，時有詩云：「元和天子丙申年，三十三人同得仙。袍似爛銀衣似錦，相將白日上青天。」不著作者姓名，極似香山句也。

劉禹錫《寄王侍郎放榜》詩：「禮闈新榜動長安，九陌人人走馬看。一日聲名遍天下，滿城桃李屬春官。」又裴皞《放榜》詩：「宦途最重是文衡，天與愚夫著盛名。三主禮闈年八十，門生門下見門生。」想見一時之盛。後人福命似此者多有，特無此好句耳。

登第詩少有作者，作亦難工。如孟郊「昔日齷齪不足嗟，今朝放蕩思無涯。春風得意馬蹄疾，一日看遍長安花。」後人譏其器量狹小，誠然。至宋蘇舜欽詩「氣和朝言甘，夢好夕魂王。軒眉失舊斂，舉意有新況。爽如秋後鷹，榮若凱旋將。」益癡鄙可笑。

王元之句：「閑思蓬島會神仙，二百同年最少年。利市襴衫抛白紵，風流名字寫紅箋。」此後日追憶語，非登第時作。

元之《小畜集》有《寄魚臺主簿傅翺》七律一首：「聽説魚臺景最奇，鮑參軍到語多時。天晴緑野懸魚網，木脱空城露酒旗。錦擲鮮鱗紅撥剌，雪翻寒鷺白褷褷。仍誇縣尹風騷客，應有秋來唱和詩。」「鮑參軍」句自注：「時林法曹來自魚臺，因言山水之興，故有此句。」余謂此詩當入吾邑志中。傅翺姓名，邑主簿之傳者。

元之《感事》詩長律一百六十韻，極閎麗之致。早得美科，洊歷清班，一麾出守，信非其罪。次叙激昂，亦有過甚語。如「闕下羊腸險，朝端虎尾危」，太似謗訕，當時文禁疏闊如此。支韵中多虚字。

王詩「數刻愁晡矣，三題亦勉之。」「萋斐終無已，雷霆遂赫斯。」「自顧才何者，空憐道在兹。」「吾道寧窮矣，斯文未已而。」四押俱作語助，尚未甚麗密。王介甫分押「而」韵，用作其「鱗之而」，乃極變化。

歐公詩多有風韵涵蓄，在宋詩中最爲近古。如《送唐生》一首：「京師英豪域，車馬日紛紛。唐生萬里客，一影隨一身。出無車與馬，但踏車馬塵。日食不自飽，讀書依主人」云云，不惟詩似孟郊，清切可誦，憐才好士，情見乎詞。又《贈人下第》一聯：「朝廷失士有司耻，貧賤不憂君子難。」最工爲情理之説，處處臻到。

歐公晚年號六一居士，嘗自作傳刻石，今見歐集卷二十四，謂「有《集古録》一千卷，藏書一萬卷，有琴一張，碁一局，酒一壺，而吾一翁，老於其間，是爲六一。」余謂命名寓意太纖，非觀自序，烏能知之。琴一張，蓋即寶曆三年雷會所斲，用子瞻所得蠻布弓衣織成，梅聖俞《春雪》詩作囊者，事見《六一詩話》。

《六一詩話》：吕文穆未第時，薄遊一縣，胡太監旦方隨其父宰是邑，遇吕甚薄。客有譽之者，曰：「吕君工詩。」因舉一篇，卒章云：「挑盡寒燈夢不成。」胡笑曰：「乃一渴睡漢耳。」吕聞甚恨去。明年，首中甲科，使人寄聲語胡曰：「渴睡漢狀元及第矣。」胡答曰：「待我明年弟二人及第，輸君一籌。」既而，次榜亦中首選。

六一謂詩人貪求好句，而理有不通，亦病也。論甚是。而所引二詩不合，謂「袖中諫草朝天去」，拜疏不得用草；「半夜鐘聲到客船」，半夜不是打鐘時也。余聞金陵諸寺半夜打鐘，至今猶然。詩當合上句論之。至謂諫疏爲諫草，亦不妨事。當更思二語證之。

聖俞《河豚》詩：「春洲生荻芽，春岸飛楊花。河豚當此時，貴不數魚蝦。」六一謂首二句已盡河豚之美。客或駁之曰：「南昌食河豚皆係早春，迨楊柳飛花，則失其美矣。」余謂梅詩作於洛下，非在南昌，句亦無害。但此二句已盡河豚之美，則未必然耳。

聖俞嘗言，詩句義理雖通而淺俗可笑者，亦一病。如《贈漁人》一聯云：「眼前不見市朝事，耳畔惟聞風水聲。」人以爲患肝腎風。又《詠詩》一聯：「盡日覓不得，有時還自來。」人以爲失却貓兒。論甚是。聖俞律句如「河漢微分練，星辰澹布螢。」「山風來虎嘯，江雨過龍腥。」又「雨過短亭雲斷續，鶯啼高柳路西東。」「野鳧眠岸有閑意，老樹著花無醜枝。」佳句甚多。而許彦周惟賞其「焚香露蓮泣，聞磬清鶴邁」，固應別有會心。

六一載一達官詩云：「有禄肥妻子，無恩及吏民。」人戲之曰：「昨見一輜輧車，載極重，而牛甚苦，得非足下『肥妻子』乎？」傳以爲笑。余按，本詩實無可笑，而一經嘲弄，遂足噴飯。此與楊大年「有德邁九皇」句，或嘲之曰：「未知何時得賣生菜。」事正相類。足見舌端可畏。

尤延之解王摩詰「太乙近天都」詩，以爲譏刺時事，蓋本於《漢書·楊惲傳》注「田彼南山」之說。余謂《詩》詠南山多矣，「南山有臺」、「南山之壽」，皆頌美之詞，何獨《節南山》乎？當時謗口文致之可也。至後人解詩，無須深文。李泌賦楊柳，蘇軾咏柏，皆遭時相之忌，非素結主知，烏能免乎？「西湖雖好莫吟詩」，真藥石之言。

韓退之、歐陽永叔皆自謂爲文於舉世不爲之日，不可有人之見存，卒之既發不掩，聲震業光，有志者可以知勉矣。即詩律一道，自唐以來，刻苦爲之者不知幾百輩，傳於今者殆十不一二，要皆其能者。

韓魏公不以詩名，詩亦奇偉，其用意深遠。乃知古有心人，別有懷抱。如咏夜合，則先德馨；咏來鳳，則嘉其守信。此猶在人意中。至咏蜂蠆，則欲貸其罪；咏畫牛，則欲畫其功；咏芍藥，則歎其種植者，乃迴異恒蹊，出人意表。顧其字句多不雕琢，如《苦熱》云：「炙翻四海波，天地入烹煮。直疑萬類繁，盡欲變脩脯。」粗類韓門弟子。

梅聖俞詩：「南隴鳥過北隴叫，高田水入低田流。」歐公誦不去口。黄魯直詩：「野水自添田水滿，晴鳩却喚雨鳩來。」語意尤妙。余謂此等句法，悉本香山「南山雲起北山雲」等句。

石徂徠集惟《慶曆聖德詩》規矩先民，最其善者。它作亦多尚氣。如《蜀道聞子規詩》：「月上半峰峰樹碧，子規啼苦月無色。壯士耳邊都不聞，兒女眼中淚自滴。」結云：「地不爲我易其險，我豈守道不能固。子規子規漫啼絶，斷無清淚灑向汝。」讀之令人增氣。

司馬温公續《六一詩話》：「先公監安豐酒税赴官，嘗有《行色》詩云：『冷於陂水澹於秋，遠陌初窮見波頭。猶賴丹青無處畫，畫成應遣一生愁。』豈非狀難寫之景也。又魏處士仲先贈先公詩，有『文雖如貌古，道不似家貧』之句。」温公導揚先德如此。

魏仲先句：「妻喜栽花活，童誇鬥草贏。」真得野人之趣。又句云：「燒葉爐中無宿火，讀書窗下有殘燈。」仲先没後，集其詩者嫌「燒葉」貧寒太甚，改「葉」爲「藥」。不惟壞此一字，併一句亦無氣味。

所謂求益反損也。亦見《續詩話》。可爲輕改古人文字者戒。

鮑當爲河南法曹，知府薛映初甚怒之。當獻《孤雁》詩：「天寒稻粱少，萬里孤難進。不惜充君庖，爲帶邊城信。」薛大嗟賞，不復以掾屬待之。時人謂之「鮑孤雁」。

《續詩話》又載絳州處士韓退詩一首，足資拊掌。退嘗跨一白驢，自吟云：「山人跨雪精，上便不論程。嗅地打不動，笑天休始行。」石曼卿嘗贈句云：「醉狂玄鶴舞，閒卧白驢號。」蓋戲之也。明季江夏吴偉《自題騎驢圖》云：「白髮一老子，騎驢去飲水。岸上蹄踏蹄，水中嘴對嘴。」此與韓退「笑天」、「嗅地」之作，大可把臂入林。

嵩山寺中有詩四句：「一團茅草亂蓬蓬，驀地燒天驀地空。争似滿爐煨榾柮，慢騰騰地熱烘烘。」字畫極草草，旁有司馬相公隸書四字，云：「勿毁此詩。」柱間又有隸書「旦光頤來」四字。旦，公兄也；頤，程正叔也。見許顗《彦周詩話》。按：此詩率易之至，君實顧重之，莫喻其妙。或程正叔辭也。

先兄嘗言，學者一觀宋詩，便無話不可入詩。前明一代崇唐詘宋，廓清之力最多。近世駸駸，又喜言宋派，大非佳事，心常介介。大抵淺學易效宋詩，猶庸手易學墨卷也。

吕本中《紫薇詩話》：邢和叔尚書嘗以丹遺程伊川先生，先生以詩謝之。云：「至丹通化藥通神，遠寄衰翁救病身。我亦有丹君信否，用時還解壽斯民。」

張子横渠詩不多見，《紫薇詩話》載數條，備録於後。「張子厚先生少有異才，多異夢，嘗作《夢録》，記夢中事。余舊寶藏，今失之。先生夢中詩，如『楚峽雲嬌宋玉愁，月明溪静印銀鈎。襄王定是思前夢，又抱霞衾上玉樓。』又『無限寒鴉冒雨飛』『紅樹高高出粉牆』之句，殆不類人間語也。先生自登科後不復仕，居毗陵。紹聖中，本中從祖子進出知睦州，子厚小舟相送數程。别後寄詩云：『籬鷃雲鵬各有程，匆匆相别未忘情。恨君不見蓬籠底，共聽蕭蕭夜雨聲。』子進、子厚同年進士。」又「子厚先生嘗訪本中祖父滎陽公於歷陽，既歸，乘小舟泝江至烏江，還書云：『今日江行，風浪際天，嘗記往在京師作詩云：「苦厭塵沙隨馬足，却思風浪拍船頭」也。』紹聖初，子厚先生於蘇常道中題本中授書卷後云：『一水帝鄉路，片雲師子山。』不知何人句也。」

子厚先生嘗遊山寺，詩有「凍僕堆堆依竈燎，山僧草草具盤飧。井丹已厭嘗葱葉，庾亮何勞惜薤根」之句，蓋寺僧供具極疏略也。

吕滎陽公希哲，元符末起知單州，《登城樓》詩云：「斷霞孤鶩欲寒天，無復青山礙目前。世路崎嶇飽經歷，始知平地是神仙。」見吕本中《詩話》。《單縣志》無此詩，當補録之。

楊學士應之力行苦節，學問贍博，而雅致高遠，特異流俗。嘗題所居壁曰：「有竹百竿，有香一鑪。有書千卷，有酒一壺。如是足矣。」伊川先生嘗以爲交游中惟楊應之有些英氣。亦見本中《詩話》。

世論蘇明允不能詩，歐陽永叔不能賦，曾子開、秦少游詩如詞，人各有所短，不能兼善也。今按：歐賦秦詩具在，佳篇多有，非不善者。明允詩如「佳節每從愁裏過，壯心時傍醉中來」，甚佳。曩閲東坡詩盡三四卷，最愛其「道德無貧賤，風采照里閭」，爲善言潛德。

宋子京省試《采侯》詩有「色映堋雲爛，聲迎羽月遲」句，最擅場。當時舉子目爲「宋采侯」。後知制誥，嘗爲詞，有「紅杏枝頭春意鬧」之句，時稱「紅杏尚書宋景文」。何多得名邪！嘗見景文《筆記》，自言：「余於爲文似蘧瑗，年六十始知五十九年非。每見舊所作文章，憎之必欲燒棄。」又景文兄元憲公庠集四十四卷，元憲遺命子孫不得以其文集流傳，斯亦可謂難兄難弟矣。又按：景文未第時，爲學於永陽僧舍。或問：「君好讀何書？」答曰：「最好《大誥》，愛其詰屈也。」景文少通小學，故其文多奇字。正如揚雄少而好賦，至老則悔。蘇子瞻嘗贈句云：「淵源皆有皎，奇嶮或難句。」亦未肯阿好耳。

東泉詩話卷弟二

魚臺馬星翼仲章著

評詩下

蘇東坡詩，王龜齡注最古，但多闕略，且有誤字。先君子手校本標出數十條，如卷四密州盧山誤作「廬山」，南唐開先寺誤作「開元寺」，此類不勝録。卷十五《送楊傑》詩：「天門夜上賓初日，萬里紅波半天赤。歸來平地看跳丸，一點黄金鑄秋橘。」注闕。按：《抱朴子・微旨篇》云：「始青之下日與月，兩半同升合成一。出彼玉池入金室，大如彈丸黄如橘。」以橘喻日，蘇正用此，而注弗之及。

唐詩賡和，有次韵，先後無易；有依韵，同在一韵；有用韵，用彼韵不必次，如吏部《和皇甫陸渾山火》是也。今人多不曉此。劉公非語。

次韵詩，雖東坡大才，亦有湊泊不穩處。如《次韵劉貢父》：「便腹從人笑老韶。」以邊韶爲「老韶」，豈古有是語邪？又如《次韵徐積》一聯：「殺雞未肯邀季路，裹飯先須問子來。」以子桑爲「子來」，殊爲孟浪。「桑」、「來」字形相近，故訛。然押「來」字韵，必非刻本之誤。豈宋本《莊子》「裹飯往食之子桑」，一本作「子來」邪？蓋坡公次韵多一時戲笑之詞，不足爲典要。

「白酒真到齊，紅裙已放鄭」、「笑指浮利一雞肋，多取清名幾熊掌」，坡用《論語》《孟子》語，不免趁韵，然絶無腐氣，是其所長。

東坡守徐州時，登項王戲馬臺，賦詩云：「路失玉鈎芳草合，林亡白鶴野泉清。」陳師道謂「坡蓋誤用，而後所取信，不可不辨。廣陵有戲馬臺，其下有路，號玉鈎斜；唐高宗東封，有白鶴至焉，乃詔爲老氏築，當名以白鶴。是皆在廣陵，與徐無涉。」余按：坡此詩誤以廣陵爲彭城，其《赤壁賦》又誤以黄州赤鼻爲武昌赤壁，皆失於攷據。或文士借假，自有飛鄰之法，然不可爲訓。

東坡守杭州，有慕香山之爲人，故作詩每效其體。以坡之才，甘與香山作後塵，未免降格耳。學者守坡集諷玩不置，去盛唐益遠。「前身自是盧行者，後學過呼韓退之」，坡集此聯兩見，一答周循州；又贈謝晉臣「前生恐是盧行者」句，二字小異下句同。

「有子才如不覊馬，知君心似後凋松」，蘇詩一聯，黄山谷集中亦有之，未知何以相同若是？「豈惟牢九薦古味，要使真一流天漿」，「牢九」誤字，正當作「牢丸」，見東晳《餅賦》「饅頭薄持，起溲牢丸」。後人以「九」對「一」，因而誤耳。蘇自以「牢丸」對「真一」，「丸」字相貫。

王介甫詩體格不一，其險韵諸篇，力摩韓退之，淺學固莫能效也。《書會别亭》諸作，古意猶存，不可以人廢言。至其《寄丁元珍》、《溪水詩》、《示外弟》、《憶昨詩》，清麗芊眠，似啓元代諸家先聲。大約介甫平生意氣自負，詩亦多戛戛獨造。

介甫《哭梅聖俞》詩：「頌歌文武功業優，經奇緯麗散九州。衆皆少鋭老則不，翁獨辛苦不能休。惜無采者人名遒。」此用遒人以木鐸巡路事，意謂輶軒采詩耳。嘗見一舊本，「人名遒」三字標出「不解」，又以朱筆改「人」爲「入」，習見語忽作如此回穴。

世言介甫不善律詩，實未然也。律句最爲近世貼括家所競尚，如「草長流翠碧，花遠没黄鸝」、「籬落生孫竹，門庭上女蘿」、「每苦交遊尋五柳，最嫌尸祝擾庚桑」、「青眼坐傾新歲酒，白頭追誦少年文」，對法甚精，非律細者不能。

介甫晚年，魏泰候之，問：「比作詩否？」介甫云：「賦詠之言，亦近口業，然近亦復不能忍。」因口占一絶：「南圃東岡二月時，物華撩我有新詩。含風鴨緑鱗鱗起，弄日鵝黄裊裊垂。」泰甚稱賞。余謂渠作如此麗句，乃欲皈空門、禁口業，將誰欺乎？即此可想其情狀。

張文潛呈蘇子由詩：「閉户獨依寒蟋蟀，移牀更就雨芭蕉。雪深更請安心術，長日如年未易消。」句佳，但「更就」、「更請」，連用二「更」字，或傳寫訛誤。此類至爲微末，但後學觀法，不可不講。更如陳後山《送秦覯》五律：「端爲李君御，盡讀鄴侯書。結友真莫逆，論才有不如。」「莫逆」字不容有誤，而律法失檢。

宋詩押韻有與今韵不同者，如韓子蒼爲亞卿作絶句，第一首以「情」字押入文韵，第四首又以「情」字押入元韵。「庚」與「文」、「元」古亦不通，子蒼或私有所諱而改字邪？或操土音邪？趙彦先《書懷》詩：「柳影槐陰緑繞村，日長細得話詩情。迎風紫燕忽雙去，隔葉黄鸝又一聲。」押「村」字入庚韵。魏鶴山次韵詩：「孔訓原無實對名，只言爲己與求人。能知管仲不爲諒，便識殷賢都是仁。」押「名」字入真韵。三詩相類，宋韵果有不同邪？

徐彦伯爲文多變易求新，以「鳳閣」爲「鵷闈」、「龍門」爲「虬户」、「金谷」爲「銑溪」、「玉山」爲「瑀岳」、「竹馬」爲「篠驂」、「月兔」爲「魄兔」。進士效之，謂之「澀體」。余謂彦伯所爲，大抵由揚子雲以「楚囚」爲「湘累」、「離騷」爲「牢愁」等類撰出。子雲多用訓故，後人效之，必爲澀體。

自漢魏以來，詩妙於子建，成於李杜，而壞於蘇黄。此論固未易爲俗人言也。子瞻以議論作詩，魯直又專以補綴奇字，學者未得其所長而先得其所短，詩人之意掃地矣。此張戒《歲寒堂詩話》。余謂前賢論詩，以義山爲文章一厄，及謂壞於蘇黄，爲詩人一害，皆卓有見；但言之過激，乃其流弊如此耳。

詩以用事爲博，始於顔光禄而極於杜子美；以押韵爲工，始於韓退之而極於蘇黄。然詩者，志之所之也，豈專意詠物哉？用事押韵，又何足道。蘇黄用事押韵之工，至矣，盡矣！然究其實，乃詩人中一害。使後生只知用事押韵之爲詩，而不知言志之爲本，風雅掃地矣。此亦張戒語。張戒一作趙戒，大論是閎，而姓名或隱，悲夫！

張戒《詩話》中只自載一絶：「獨坐燒香静室中，雨聲初罷鳥聲空。瓦溝柏子時時落，知有寒天木杪風。」云此絶句「非余得意者，而陳去非獨稱誦不已。」

余謂論詩於唐宋以後，斷不可執一相量，古體近體，當判然爲二。若近體主於咏物、用事、押韵爲工者，一以言志衡之，斯傎矣。若沾沾於咏物、用事、押韵，而曰「詩在是焉」，乃未涉其流耳。

詩至宋，蕪雜極矣。東坡、放翁，名篇巨製，指不勝屈，爲兩大宗。它如歐陽永叔、陳去非輩，力矯時弊，追摹古人，亦於作者間拔戟成一隊。若石守道、韓魏公、邵堯夫諸家，各自爲派，不得以詩論。而石所爲四言詩仿韓退之者，特爲有宋佳製。可知從規矩中來者，終勝於東塗西抹。

陳簡齋詩工於鍊句，如「暖日熏楊柳，濃春醉海棠」、「平湖受細雨，遠岸送輕舟」、「雨餘山欲近，春半水争流」、「被水雙鷗影，掀泥百草芽」，此類甚多，可悟鍊字法。

王豐父有句云：「白髮衰天癸，丹砂養地丁。」《許彦周詩話》稱之，以爲參活句。余不解如此湊句，何由得活？人各有好尚，未可同也。晚唐張祜句「野橋經亥市，山路過申州」、張籍句「藥看辰日合，茶過卯時煎」，亦用干支對，校豐父何如？

詩人寫景，非身歷之，鮮知其工。如顧非熊句「山近漸無青」、趙師秀句「山在鄰家樹上青」，兩押「青」字，俱奇迥，出人意表。余近居鄒南，乃深知其妙。

韋縠《才調集》去取最無據，而世頗傳其書，正由簡約可貴。唐詩本多佳篇，譬如一屋散錢，任人取擕，皆足通神耳。

「聖人憂患方演《易》，賢者窮愁始著書。一言可采即不朽，名姓張與日月俱」，王元之句，猶是强自排遣語耳。朱元晦《壽母生朝》云：「一笑謂汝庸何傷，人間榮耀豈可常。惟有道義思無疆，勉勵汝節彌堅剛。」乃是自在流出。

朱文公不以詩名，而詩集亦卓然成家，無怪當時廷臣有以詩人薦之者。「昨夜扁舟雨一蓑，滿江風浪夜如何。今朝試卷孤篷看，依舊青山緑樹多。」朱子此詩，亦有中流自在之致。

翁森《四時讀書樂》，世譌稱朱子，蓋由森亦紫陽人，故混稱紫陽耳。又如元人朱璜作《家訓偶句》，世亦譌稱朱子，由姓同耳。

梅花詩，白樂天「折贈佳人手亦香」，陳後山「逆鼻渾疑雪亦香」，陸放翁「歸去始知身染香」，朱文公「微月黄昏句裏香」，張實齋「影落寒溪水亦香」，五押「香」字，皆加一倍法。若張宛丘「論花天下更無香」，及實齋「纔放一花天地香」，大涉正面矣。實齋咏梅詩最多，又句云：「無日無風自在香。」亦佳。

范致能詩，效古者最佳，如《繅絲行》：「小麥青青大麥黄，原頭日出天色涼。姑婦相呼有忙事，舍後煮繭門前香。繅車嘈嘈似風雨，繭厚絲長無斷縷。今年那暇織絹著，明日西門賣絲去。」

嚴羽《滄浪詩話》：「詩有别才，非關書也；詩有别趣，非關理也。所謂不涉理路，不落言筌者。」誠名論也。至「押韵不必有出處，用事不必拘來歷」之説，似爲過當。古人偶有押韵强、用事乖處，皆其誤耳，窘耳，牽於律而不得騁耳。豈可以爲法。

周益公《詩話》妙詮最多，兹擇其尤足解頤者，録數事於後：必大爲禮部侍郎，時長吏每會食，多戲舉詩對。或云：「薔薇刺刺花奴手。」「刺刺」皆仄聲，人謂難對。必大曰：「鴻雁行行鳥跡書。」又云：「半夏禹餘糧。」借爲「雨餘涼」也。必大曰：「長春佛見笑。」蓋以花名對藥名也。或曰此雅對耳，更有通俗之句。如往年胡邦衡多髯，除吏部郎，或以「胡銓髯吏部」爲戲，莫能對。時姚提刑在坐，必大戲曰：欲借君趁對：「姚憲遠提刑。」借「姚」爲「遥」，坐皆大笑。程尚書大昌退經筵，人問講何經。

曰：《尚書》。或以「尚書講《尚書》」屬(余)〔必大〕對之。對曰：「行者留行者。」坐復大笑。

《鄞川志》載郭功父老人十拗，謂不記近事記遠事，不能近視能遠視，哭無淚笑有淚，夜不睡白晝睡，不肯坐多好行，不食軟要食硬，兒子不惜惜孫子，大事不問碎事絮，少飲酒多飲茶，暖不出寒即出。必大年七十二，目視昏花，耳中無時作風雨聲，而實雨却不甚聞。因補一聯云：「夜雨稀聞聞耳雨，春花微見見空花。」是亦兩拗也。嘗録寄朱元晦，朱大以爲然。紹興二十七年御筵進士，温州王十朋爲首，其鄉人吴正己綴末，特奏狀元則福州李三英，例賜出身。附名正奏之後，吴有句云：「舉頭不忍看王十，回首猶欣見李三。」益公詩話惟此數條最閑，余最愛録之，此亦少年一拗也。若徒以此數事觀之，渠處戎馬倥傯之際，而台府燕笑，毛舉事對，如太平時，或亦不免「大事不問碎事絮」矣。宋時題名録今尚有存者，朱子係王佐榜第五甲。

名對、事對，是宋人習氣。《中山詩話》：「太宗時，同年數輩，取名似姓者爲對句，云：『郭鄭鄭東東野絳，馬張張夏夏侯璘。』熙寧初，有『崔度崔公度，王韶王子韶』，又有『章君陳，陳君章』。此類皆一時口談，遂爲士林佳話。」《老學庵筆記》：「《太宗實録》有侯莫陳利用者，游問有對否？查元章曰：『昨虜使有烏古論思謀，可對也。』上三字皆姓，故爲工。」

京師輦轂之下，風物繁富。而士大夫牽於事役，良辰美景，罕獲宴遊之樂，其詩至有「賣花擔上看桃李，拍酒樓中聽管絃」之句。「西京應天禪院在水北，去府十餘里。院有祖宗神御殿，歲時朝拜，官吏常苦晨興。而留守達官簡貴，每朝罷，公酒三行，不交一言而退。故其詩曰：『正夢寐中行十里，不言語處喫三杯。』語雖淺近，皆兩京實事也。」見《六一詩話》。「文德殿，百官常朝之所，宰相奏事畢，乃來押班，常至日旰，守堂卒好以厚樸湯飲朝士。朝士有久無差遣，厭苦常朝者，戲爲詩曰：『立殘堦下梧桐影，喫盡街頭厚樸湯。』亦朝中實事。」見温公《續詩話》。以上數條，與益公話相似，牽連書之。

「學詩當識活法。所謂活法者，規矩備矣，而能出於規矩之外，變化不測，而亦不背於規矩也。近世惟豫章黄公首變前作之弊，而後學知所趣向，左規右矩，庶幾至於變化不測。然皆漢魏以來有意於文者之法，而非無意於文者之法也。」此吕本中居仁語。居仁，希哲孫，好問子而祖謙之祖也。撰《江西詩宗派圖》，後人以其詩入派中。蓋亦有意於文之文，而非無意於文之文。嘻，其難也。

陸放翁《示友》詩云：「道向虚中得，文從實處工。凌空一鶚上，赴海百川東。氣骨真當勉，規模不必同。人生易衰老，君等勿匆匆。」「從實處工」，語極耐人尋味。放翁詩多似坦易，近《長慶集》，而有句云：「詩雖苦思未名家。」又曰：「苦心始覺著書難。」

豪傑之士，當於古人校勝負，不當狥一時虚譽，與俗子論優絀。放翁句云：「俗人猶愛未爲詩。」又曰：「詩到無人愛處工。」

放翁詩善用成句。如「胸中那可有一事，天下故應無兩人。」「只知秋菊有佳色，那問荒雞非惡聲。」「百歲能穿幾兩屐，千詩不及一囊錢。」「敢言日近長安遠，惟恨天如蜀道難。」又善用古人意趣。如「平生憂患苦縈纏，菱刺磨成芡實圓」，即「百鍊剛化爲繞指柔」義。《孤學》詩句「家貧占力量，夜夢驗工夫」，即「夜卜諸夢寐，晝觀諸妻子」義。

放翁《贈童道人》詩：「忍貧不變我自許，挾術自營君豈然。」一聯用兩「自」字，殊不合律法。《大雪》句：「高壓孤峰增峭絶，斜傾叢竹失枝梧。」「梧」字誤押。「枝梧」之「梧」音「悟」，明見《漢書注》，如何當平聲讀？豈六十年來千首詩，熟爛之極，偶不及檢邪？

律詩重字，古人多不以爲病。然如摩詰一首「時驅馬」、「珠勒馬」，兩字俱在出句尾。及放翁一聯「自許」、「自營」，兩字疊見。此類亦太相偪，在大家亦屬偶誤。范石湖《題夫差廟》詩：「不知養虎自遺患，只道求魚無後災。夢見梧桐生後圃，眼看麋鹿上高臺。」「後災」、「後圃」，兩「後」字有死活之分，此類尚不相礙。

陸詩「婦喜蠶三幼」，自注：「鄉中謂蠶眠爲幼。」又「山中户户作梅忙」，自注：「鄉俗謂選擇楊梅爲作梅。」「年年來及貢梅時」，自注：「鄉俗謂楊梅止曰貢。」陸詩此類甚多，不備録。

「人生不作安期生，醉入東海騎長鯨。猶當出作李西平，手梟逆賊清舊京。金印煌煌未入手，白髮種種來無情。成都古寺卧秋晚，落日偏傍僧窗明。豈其馬上破賊手，哦詩長作寒螿鳴。興來買盡市橋酒，大車磊落堆長瓶。哀絲豪竹助劇飲，如鉅野受黄河傾。平時一滴不入口，意氣頓使千人驚。國仇未報壯士老，匣中寶劍夜有聲。何當凱還宴將士，三更雪壓飛狐城。」放翁《長歌行》最善，雖未知與李杜何如，要已突過元白。集中似此亦不多見。

放翁《玻瓈江》詩，余一舊友好之。今其墓有宿草，而每閲此詩，輒憶音徽。爰録於左：「玻瓈江水千尺深，不如江上離人心。君行未過青衣縣，妾心先到峨眉陰。金樽共釂不知曉，月落烟渚天横參。車輪無角那得住，馬蹄不方何處尋。空憶尺素寄幽恨，從有《緑綺》誰知音。愁來只欲掩屏睡，無奈夢斷聞疎碪。」

放翁《感秋》詩：「西風繁杵擣征衣，客子關情正此時。萬事從初聊復爾，百年强半欲何之。畫堂蟋蟀怨清夜，金井梧桐辭故枝。一枕清涼眠不得，呼燈起作感秋詩。」此詩後四句，小説作蜀驛女子詩，放翁見之，納爲妾。蓋好事者爲之也。其辭云：「玉階蟋蟀鬧清夜。」衹易三字，頓有淫哇雅正之分。可知唐賢「四十賢人」之論，非拈斷數髭者，不能心知其意。

「閑愁如飛雪，入酒即消融。好花如故人，一笑杯自空。流鶯有情亦念我，柳邊盡日啼春風。長安不到十四載，酒徒往往成衰翁。九環寶帶光照地，不如留君雙頰紅。」放翁《對酒》之作，駸駸入古。世稱放翁，多就其律詩、絶句言之，不知近體乃其餘事。近體甚多，亦非一律。如「飛飛鷗鷺陂塘緑，鬱鬱桑麻風露香」、「山重水複疑無路，柳暗花明又一邨。」皆極自然。「山從飛鳥行邊出，天向平蕪盡處低。」「丹楓斷岸秋來早，澹日孤邨客到稀。」「湖心月上明如畫，樹杪風生冷逼秋。」「天空列嶂開圖畫，水落寒江學篆文。」此類又極研鍊。至「白菡萏香初過雨，紅蜻蜓弱不禁風。」「午甌誰致葉家白，春甕旋撥郎官清。」句甚麗矣。「江山好處新得句，風月佳時逢故人。」「時平酒價賤如水，病起老身閒似雲。」又多野趣。惟其步趨者多，不名一家，所以爲大家也。

張華《勵志》以後，惜時愛日，已是詩家恒語。惟韓致光《惜春》一聯：「年踰弱冠即爲老，節過清明却似秋。」實爲警絶。至詩中寫羈旅之情，尤爲陳陳相因，若放翁「寒雨似從心上滴，孤燈偏向枕邊明」一聯，亦極深至，人莫能及。

陸詩律句，句法多相同者。「身如巢燕年年客，心羨游僧處處家。」「衰如蠹葉秋先覺，愁似鰥魚夜不眠。」近人輯出凡數十事，甚可厭。余按：陸古體亦間用此調：「心如秋燕不安巢，迹似春萍本無柢。」

文辭鄙里，莫過填詞，真杜牧之所謂淫言媟語，沁人肌膚，甚非君子之所尚也。然如蘇子瞻「大江東去」，誦者安得不俯仰情深；岳武穆「怒髮衝冠」，誦者安得不擊節欲舞。詞雖小道，亦壯夫所不廢也。但如二公所爲，在詞中頗爲變調，非填詞家所宗尚。

「翦不斷，理還亂，是離愁。别是一般滋味在心頭。」李後主詞，可謂華妙，亦頗含蓄。後人描寫過甚，揣稱倂色，幾爲《雜事秘辛》所不道矣。李格非女清照易安居士工詞，兩押「瘦」字，最爲名篇。「昨夜雨疎風驟，濃睡不消殘酒。試問捲簾人，却道海棠依舊。知否、知否，應是緑肥紅瘦。」又《九日》詞：「莫道不銷魂，簾捲西風，人似黄花瘦。」

易安有句云：「露花倒影柳三變，桂子飄香張九成。」正用東坡「山抹微雲秦學士，露花倒影柳屯田」句法，皆用其詞句以配姓名，是一時戲笑之言。

賀方回嘗作詞，有「梅子黄時雨」之句，人服其工，謂之「賀梅子」。方回晚倅姑熟，與郭功父遊甚歡。功父有《示友》詩，王荆公嘗書其尾云：「廟前古木藏訓狐，豪氣英風亦何有。」方回寡髮。一日功父指其髻曰：「此真賀梅子也。」功父多鬚，方回乃捋其鬚曰：「君可謂郭馴狐。」事見《竹坡詩話》。余謂「紅杏」、「黄梅」，詞事中天然對偶。

黄山谷詠酒詞：「斷送一生惟有，破除萬事無過。」集韓文公句，用歇後法。陳後山稱之，以爲才去一字，對切而語益峻。余謂歇後法最佻巧，用之於詞則佳耳。

昔殷仲文勸宋武帝畜伎。帝曰：「我不解聲。」仲文曰：「但畜自解。」帝曰：「畏解，故不畜。」余於填詞一道亦然，凡詞部書皆未敢留意。又郭敬言聽伎言佳，或問其曲，而不知也。曰：「卿不識曲，那得言佳？」答曰：「譬如見西施，何必識姓名，然後知美？」余於論詞一節，亦如是爾。

有客謂張子野曰：「人皆謂公『張三中』，即『心中事』，『眼中淚』，『意中人』也。」答曰：「何不目之爲『張三影』？」客不曉。曰：「『雲破月來花弄影』，『嬌柔懶起，簾押捲花影』，『柳徑無人，飛絮墮無影』，此某平生所得意也。」事見《後山詩話》。詞人自愛其名若是。又按《高齋詩話》述張先事，謂「浮萍斷處見山影」、「隔牆送過秋千影」，與「雲破月來花弄影」，世人稱之爲「張三影」也。據此二書所稱，張先詞中乃有「五影」。

詩人有好句，每自用之。如陳後山詩「百年雙鬢白，萬里一身浮。」又「百年雙白鬢，萬里一秋風。」陸放翁詩「不堪酒渴兼消渴，起聽江聲雜雨聲。」「因思世事悲身事，更聽風聲雜雨聲。」又「花藏密葉多時在，鶯占高枝盡日啼。」「花藏密葉多時在，風度疎簾特地涼。」此類皆自愛其句，因而重之。

「生來不啜猩猩酒，老去那營燕燕巢。」放翁此聯亦重見，句法本樂天「樽前誘得猩猩血，幕上偷安燕燕窠。」

宋末謝翱詩效孟東野，大有似處：「閑庭生柏影，荇藻交行路。忽忽如有人，起視不見處。牽牛秋正中，海白夜疑曙。野風吹空巢，波濤在孤樹。」

謝疊山《武夷山中》絶句：「十年無夢得還家，獨立青峰野水涯。天地寂寥山雨歇，幾生脩得到梅花？」謝以自喻，亦允蹈之。

文文山過平原，作「平原太守顔真卿，長安天子不知名」七古一篇。别本一作王十朋詩。不知龜齡集中有否？或傳者妄也。《文山集》中詩，詞氣勁直，若出一手，它人亦不能假。《過零丁洋》詩，史載其名，而無其詞。詞曰：「辛苦遭逢起一經，干戈落落四周星。山河破碎風抛絮，身世飄摇雨打萍。皇恐灘頭説皇恐，零丁洋裏歎零丁。人生自古誰無死，留取丹心照汗青。」

《文山集・指南後録》卷之二：「己卯歲，自九月一日淮安軍過淮河，二日登淮安以後，日日有詩。」其十二日《發魚臺》一首「晨炊發魚臺，碎雨飛擊面」五古，吾邑志已載之。按：是日發魚臺後，尚有《自歎》一首、《遠遊》一首，又《六歌》六首，其下乃接十三日《發潭口》及《新濟州》詩各一首。潭口今不知何地，要是魚濟間邨落。自發潭口以前諸詩，蓋皆作於魚臺境内，雖與魚臺似爲無涉，要吾邑文山祠中，當備刻諸詩，以存當時情事，不可略也。録之於左。

《自歎》云：「瑟瑟秋風悲，烈烈寒氣驕。蒲柳先已零，松柏何後凋。天意重肅殺，造物何不銷。强弱有異禀，憂患同一朝。惟有南山石，千古一岧嶢。人苦不自足，空羨王子喬。」《遠遊》云：「黄河流活活，太行高巍巍。王屋山以東，百泉山以西。鄒魯盛文獻，燕趙多雄姿。」文多不備録。《六歌》六首，仿杜甫《寓居同谷歌》：「有妻有妻出糟糠，自少結髮不下堂。亂離中道逢虎狼，鳳飛翩翩失其皇。將雛一一去何方，豈料國破家亦亡。不忍舍君羅襦裳。天長地久終茫茫，牛女夜夜遥相望。嗚乎一歌兮歌正長，悲風北來起徬徨。」二歌「有妹」，三歌「有女」，四歌「有子」，五歌「有妾」，不備録。其六云：「我生我生何不辰，孤根不識桃李春。天寒日短重愁人，北風隨我鐵馬塵。初憐骨肉鍾奇禍，而今骨肉相憐我。汝在北兮嬰我懷，我死誰當收我骸。人生百年何醜好，黄粱得喪倶草草。嗚乎六歌兮勿復道，出門一笑天地老。」

《文山集》中有集杜子美句若干篇，音節尤爲恰合，蓋忠愛之忱，先後同符，故發而爲詩，如出一口。其六歌末首乃憶弟也，不言「有弟」云云者，弟不弟，故不言弟，《春秋》之旨也。

吾邑南陽閘上舊有文公祠，即文山賦詩處也。自乾隆時一韓姓閘官謬改爲韓文公祠，遂泯其迹。後有好古者，當重建文山祠，而揭前詩於壁間。

文山《讀赤壁賦》前後二首：「昔年仙子謫黄州，赤壁磯頭汗漫遊。今古興亡真過影，乾坤俯仰一虚舟。人間憂患何曾少，天上風流更有不。我亦洞簫吹一曲，不知身世是蜉蝣。」「一笑滄波浩浩流，隻雞斗酒更扁舟。八龍寫出詩中案，孤鶴來爲夢裏遊。楊柳遠烟迷北府，蘆花新月對南樓。玉仙來往清風夜，還識江山似舊不？」《文山集》詩甚夥，録此二首，以當憑弔之意。

趙孟頫《題耕織圖》廿四首，頗近古樂府。録一：「農家值豐年，樂事日熙熙。黑黍可釀酒，在牢羊豕肥。東鄰有一女，西鄰有一兒。兒年十五六，女大亦及笄。財禮不求備，多少取隨宜。冬前與冬後，昏嫁利此時。但願子孫多，閤户可扶持。女當力蠶桑，男當力耘耔。」

子昂本係趙王孫，其感時撫事，每有悲涼之韵。律句如「中原人物思王猛，江左功名愧謝安。」「北來風俗猶存古，南渡衣冠不及前。」「故國金人泣辭漢，當年玉馬去朝周。」「苦憶東南多勝事，空吟西北有高樓。」「二月江南鶯亂飛，百花滿樹柳依依」一首，全從「雜花生樹，群鶯亂飛」數語化出。「撫絃登埤，能不愴恨」，殆是謂也。其《岳王墓》一首，尤爲情見乎辭：「鄂王墓上草離離，秋日荒涼石獸危。南渡君臣輕社稷，中原父老望旌旗。英雄已死嗟何及，天下中分遂不支。莫向西湖歌此曲，水光山色不勝悲。」

余春日索句，欲用柳眼垂青，意恐其纖，因棄去。後見子昂《湖上》一聯「草牙隨意緑，柳眼向人青」。極爲渾脱，對亦工麗，歎賞不已。

元好問遺山詩固是元詩大宗。五古如「乾坤展清眺，萬景若相借。回首亭中人，平林澹如畫」，亦是晚唐音節。七古如《湧金亭》詩：「太行元氣老不死，上與左界分山河。有如巨鼇昂頭西入海，突兀已過餘坡陀。我從汾晉來，山之面目腹背皆經過。濟源盤谷非不佳，烟景獨覺蘇門多。」起段長句，最其傑作。《泛舟大明湖》詩：「長白山前繡江水，展放荷花三十里。看山水底山更佳，一堆蒼烟收不起。」又「晚涼一櫂東城度，水香荷深若無路。」皆其佳句。近體《出都》一首，雅近放翁：「漢宫曾動伯鸞歌，事去英雄可奈何。但見觚稜上金爵，豈知荆棘卧銅駝。神仙不到秋風客，富貴空悲春夢婆。行過蘆溝重回首，鳳城平日五雲多。」

虞伯生集《送大兄南還》七古，盎盎有真氣，元詩之佳者。律詩如《送袁伯長扈從》詩：「日色蒼涼映紫袍，時巡勿乃聖躬勞。天連閣道晨留輦，星散周廬夜屬櫜。」亦是高調。它句如「一徑緑陰三月雨，數聲啼鳥百花風。」「霜氣隔篷纔數尺，斗杓插地已三更。」皆佳。又《送韓伯高僉憲浙西》句云：「闕下諫書誰第一，濟南名士舊無雙。」韓伯高應是歷下人。

薩天錫《楊花曲》：「燕京女兒十六七，顏如花紅眼如漆。蘭香滿路馬塵飛，翠袖籠鞭嬌欲滴。春風澹蕩摇春心，錦箏銀燭高堂深。繡衾不暖錦鴛夢，紫簾垂霧天沈沈。芳年誰惜去如水，春困著人倦梳洗。夜來小雨潤天街，滿院楊花飛不起。」曲最妙。《織女圖》句云：「柔腸九曲細於絲，萬縷春愁正如織。」極纖麗矣。《山中懷友》一律，吾愛之：「自是麒麟種，卑棲又幾年。故廬南雪下，短褐北風前。歲莫山林瘦，天高雨露偏。惟應丈夫志，未受故人憐。」

胡天游《楊花吟》與薩都剌《楊花曲》韻調相似，别是一義。末段云：「樓中美人春睡起，愁見楊花思宕子。宕子飄零去不歸，楊花歲歲點春衣。夢魂不識天涯路，願作楊花片片飛。」又馬祖常有《楊花宛轉曲》，警句如「人間最好是清明，燕子鶯兒各新嫁。」

楊奂字涣然，時稱「關西夫子」，蓋以伯起目之。《遊曲阜題夫子廟》一律：「會見春風入杏壇，奎文閣上獨憑欄。淵源自古尊洙泗，祖述何人似孟韓。竹簡不隨秦火冷，楷林高倚魯城寒。漂零蹤跡千載後，無分東家寄一簞。」末句《闕里志》作「無復東西老一簞」，蓋誤，或見别本。

揭傒斯詩最多佳句，余尤愛其「近岳多雲氣，中流忽雨來」一聯，盛唐不是過也。七古「青山如龍入雲去，白髮何人並沙語」，次句未若出句之善。

陳孚《博浪沙》一絶：「一擊車中膽氣豪，祖龍社稷已驚摇。如何十二金人外，猶有民間鐵未銷。」結句大近義山詠古之作。

張憲擬古詩多用里句，蓋仿長慶體而失之者。如《陳橋行》：「十幅黄旂上龍體。」《咸淳師相》詩：「珠金沙頭鑼一聲。」皆近小説家流，斯不宜也。《胡姬》一首擬劉越石，尚爲近古：「胡姬年十五，芍藥正含葩。何處相逢好，并州賣酒家。面開春月淺，眉抹遠山斜。一笑既相許，何須羅扇遮。」

謝應芳《送李彦明歸高郵》句云：「征袍十年塵土多，濯纓今年滄浪歌。一百五日寒食雨，三十六湖春水波。」

元人近體佳句，如宋本《大都雜詩》：「朱門細婢金條脱，紫禁材官玉鹿盧。」仇遠《題溧陽市》：「縮頭魚肥人鱠玉，長腰米貴客量珠。」吴訥《宿承天觀》：「半夜月明湖水白，五更日出海門紅。」于石《西湖》：「山圍花柳春風地，水浸樓臺夜月天。」丁復《九日昭亭》：「半生九日黄華酒，多在西風白下橋。」袁易《漫興》：「春事又當三月暮，人生那得百年期。」馬臻《閑詠》：「無酒可供千日醉，有錢難買一生閑。草衰春色來時路，鶴宿秋聲起處山。」楊維楨《寄人》「杏花城郭青旗雨，燕子樓臺玉笛風。」皆佳句也。至楊載《望月》詩：「大地山河微有影，九天風露寂無聲。」馬祖常應制詩：「天將山海爲城塹，人倚雲霞作綺羅。」句雖工，似近世貼括，非其佳者。

郝經《落花》詩：「彩雲紅雨暗長門，翡翠枝餘蕚緑痕。桃李東風蝴蝶夢，關山明月杜鵑魂。玉闌烟冷空千樹，金谷香銷謾一尊。狼籍滿庭君莫掃，且留春色到黄昏。」

詩人自杜甫後，杜牧稱小杜。元末有杜善甫，不甚顯，僅見蔣氏《山房隨筆》，云杜善甫，山東名士，工詩。不屑仕進，游嚴之相門。嚴乃濟南望族，善甫爲所敬重。一日，讒者間之，情分浸乖。杜謝以詩云：「高卧東窗興已成，簾鉤無復挂冠聲。十年恩愛淪肌骨，只説嚴家好弟兄。」嚴悟非其過，款密如初。善甫，山東名士，不著郡邑。俟知者。

范德機《木天禁語》：「馬御史云：東夷西戎、南蠻北狄，四方偏氣，言語不相通曉，互相憎惡。惟中原漢音，四方可以通行，四方之人皆喜於習説。蓋中原天地之中，得氣之正，聲音散布，各能相入。是以詩中宜用中原之韵，便官樣不凡。押韵不可用啞韵，如五支、二十四鹽，啞韵也。」

先兄嘗言，今自帖括家習押平韵，而效古體者必押仄韵，取易辨别，亦一法也。二謝詩多係仄韵，音節自異。自唐以後，五古效二謝者居多，欲效二謝，必先擇韵。

范德機《天廚禁臠》説琢句法有假借格，如「根非生下土，葉不墜秋風。」「五風寒不下，萬木幾經秋。」皆以「下」對「秋」。「因尋樵子徑，得到葛洪家。」「殘春紅藥上，終日子規啼。」皆以「子」對「紅」。「閒聽一夜雨，更對柏巖僧。」「住山今十載，明日又遷居。」以「柏」對「一」，以「遷」對「十」。余謂借對至此，在古人或出無意，一經拈出，可爲發笑。

范氏《禁語》、《禁臠》二書，所論作詩篇法、句法，皆甚無謂。使後學遵依其法，效古體則性靈不出，效近體則意趣不活。乃自詫爲屠龍絶技。此法一洩，大道顯然，殊爲憒憒。古人作詩，自然靈氣，何嘗預設一分段、過脉、回照、突兀、再起、讚歎、送尾之見於其胸中？宋元以後詩不古者，正坐此等瑣説貽誤。

倪瓚元鎮，元末逸人，至洪武時卒，自號雲林翁。畫最知名，詩亦甚工。《述懷》五古云：「讀書衡茅下，秋深黄葉多。原上見遠山，被褐起行歌。依依墟里間，農叟荷篠過。華林散清月，寒水澹無波。遐哉棲遁情，身外豈有他。人生行樂耳，富貴將如何？」余謂此篇詩中有畫，「華林」、「寒水」之句，雲林畫意，正如此爾。

「竹西鶯語太丁寧，斜日山光澹翠屏。春與繁花欲俱謝，愁如中酒不能醒。鷗明野水孤帆影，鶻没長天遠樹青。舟楫何堪久留滯，更窮幽賞過華亭。」雲林《春莫過華亭》句也。又《懷歸》一首：「久客懷歸思惘然，松間茅屋女蘿牽。三杯桃李春風酒，一榻菰蒲夜雨船。鴻迹偶曾留雪渚，鶴情原只在芝田。他鄉未若還家好，緑樹年年叫杜鵑。」二詩最佳。

雲林畫傳於世者頗多。其自題别號不一，或稱懶迂，或稱荆蠻民，又滄浪漫士、净名庵主，皆是也，見《侯方域集・十萬圖記》。「十萬」名目里甚，謂「萬竿烟雨」、「萬嶂飛雪」之類。十圖不知流落何處。余見其《古木小山圖》，極澹遠，乃至正癸卯雲林翁爲竹溪清隱寫者。傍有潯陽張羽楷書題詩一首：「洒埽空齋住，渾忘應世情。身閑成道恨，家散剩詩名。古器邀人玩，新圖撿客呈。可憐山水興，投老失昇平。」自注云：「此余懷雲林詩也。今道路既通，猶未得一聚首爲恨。適志學徵君持此求題，因書其上。」羽詩字俱工，而所稱竹溪清隱、志學徵君者，不知何許人。張羽字來儀，一字輔鳳，元末避地吴中，當僞周據吴時，爲僞相潘元紹所羅致。潘有《七姬權厝志》，即張羽文也。明初仕至太常丞。見文衡山《七姬志跋》。

高季迪詩，在明初猶唐之陳射洪也。五七古多見風力，一代言詩，皆欲駕宋元而上，實權輿於此。詩中亦有似樂府者數篇，讀之可知明初江南租税太重，是亦風雅之遺。後世文網既密，詩人上不敢道朝政，下亦不敢道民間疾苦，惟於春雲秋月、鳥啼花笑，略事吟咏，追琢字句，詩格安得不卑！

「徐昌穀、高子業二君詩，皆巧於用短。徐能以高韵勝，有蟬蜕軒舉之風；高能以深情勝，有秋閨愁婦之態。更千百年，李何尚有廢興，二君必無絶響，所謂成一家言也。」「子美而後，能爲其言而真足追配者，獻吉、于鱗兩家耳。五言，獻吉以氣合，于鱗以趣合。七言，獻吉求似於句，而求專於骨；于鱗求似於情，而求勝於句。」皆王世懋敬美語。明詩大概如此。

長沙李東陽、北地李夢陽，兩人姓名相似，實非一族，皆明詩大宗。東陽字賓之，號西涯，茶陵人。謚文正。世稱茶陵，一稱長沙。夢陽字天賜，更字獻吉，號空同，慶陽人，徙扶溝。謚景文。世稱北地。茶陵有《擬樂府》一編，皆咏古事，似史論。句嫌太整，亦有淋漓盡致者。《靈壽杖歌》長句近李杜。《過仲家淺閘》詩，即今濟州之仲家淺也。「同行無人僕隸散，獨與船底相低昂。」語最寫生。《九日渡江》一律云：「秋風江口聽鳴榔，遠客歸心正渺茫。萬古乾坤此江水，百年風日幾重陽。烟中樹色浮瓜步，城上山形繞建康。直過真州更東下，夜深燈火宿維楊。」在内閣時《書懷》一律：「六年書詔掌泥封，紫閣春深近九重。階日暖思吟芍藥，水風涼憶種芙蓉。登臺未買黄金駿，補衮難成五色龍。

多病益愁愁轉病，老來歸興十分濃。」音節清壯。

北地七言歌行最爲擅場，如《漢京篇》、《去婦詞》、《士兵行》，皆有杜陵之風。起調尤工，其《送李中丞赴鎮》：「黄雲横天海氣惡，前飛鵚鶬後叫鶴。陰風夜撼醫無閭，曉來雪片如手落。」《送李帥之雲中》：「黄風北來雲氣惡，雲州健兒夜吹角。將軍按劍坐待曙，紇干山摇月半落。」二首起調相同，亦有轍迹可尋。

獻吉五七律，最爲王元美兄弟所稱。《泰山》一首：「俯首無齊魯，東瞻海似杯。斗然一峰上，不信萬山開。日抱扶桑躍，天横碣石來。君看秦始後，仍有漢皇臺。」《艮岳》一首：「宋家行殿此山頭，千載來人水一丘。到眼黄蒿元玉砌，傷心錦纜有漁舟。金繒社稷和戎日，花石君臣棄國秋。漫倚南雲望南土，古今龍戰是中州。」《别徐禎卿得江字》一首：「我愛南州徐孺子，明瑶美璧世無雙。新從北極看南極，便自吴江下楚江。日落鷓鴣啼廟口，水清斑竹映船窗。禰衡王粲俱黄土，千載何人復此邦。」此等氣韵，固足雄視一代。

信陽何大復景明，與北地並稱「何李」。李詩以氣勝，何詩以韵勝，多仿六朝、初唐體製。其《明月篇》最知名，乃是規摹盧、王，大有似處。其論詩謂「子美長篇，詞固沈著，而頗失流轉，雖成一家語，實則歌詩之變體也」。余謂其論未公。必謂六朝、初唐乃爲歌行之正，則歌行之義止於此乎？何又謂「子美之詩，博涉世故，而出於夫婦者常少，致兼《雅》、《頌》，而風人之義或缺，其調或反在唐初四子之下。」余謂杜詩亦自有出於夫婦者，豈可比而同之。「與君相思在二八，與君相期在三五。空持夜被貼鴛鴦，空持暖玉擎鸚鵡」，《明月篇》中佳句。杜詩無此等類也。

信陽古體佳句，如《種麻篇》「孤生易憔悴，獨立多憂患。」《擣衣詩》「君子萬里身，賤妾萬里心。」《詠懷》詩「浮雲蔽江皋，白日忽已晚。」皆力摹六朝。《秋江詞》一首最善。

王子衡廷相《赭袍將軍謡》一首：「萬壽山前擂大鼓，赭袍將軍號威武。三邊健兒猛如虎，左提戈，右張弩，外廷言之赭袍怒。牙旗閃閃軍門開，紫茸罩甲如雲排。大同來，宣府來。」謡甚古質。李空同有《内教場歌》：「雕弓豹鞬騎白馬，大明門前馬不下。徑入内伐鼓，大同邪？宣府邪？將軍者誰邪？」意致相同。李詩不明斥赭袍，尤極含蓄。

徐禎卿昌穀與何李鼎立，五古亦是竊攀漢魏，不免齊梁後塵。五律學孟襄陽，氣格極相似。頸聯往往不對，如「故人惠思我，百里寄瑶音。獨在山中宿，松齋清道心」，併以流利爲貴，不以對帶爲工。又「陽月隨陽鳥，遥從塞上來。北人江北望，不見隴頭梅」，四句遥對，亦不板對。又「高齋今夜雨，獨卧武昌城。」「今來寒食節，獨望灞陵園」，二篇句法相似，可悟活法。

李于鱗選唐七言絶句，取王龍標「秦時明月漢時關」爲第一，以語人，多不服。于鱗意止擊節「秦時明月」四字耳，必欲壓卷，還當於王翰「葡萄美酒」、王之涣「黄河遠上」二首求之。此王敬美《藝圃擷餘》論。余謂「黄河遠上」詩，氣韵尚佳，若「葡萄」一絶，風斯下矣，何能壓卷。人之嗜好不同，不必苦争，譬己嗜昌蒲菹者，又可强人縮鼻飲之邪？

「林皋木葉下，江潭秋水生。靈飈蕩陰靄，落景涵虛明。」牛士良句，清雅可誦，亦自《選》體來。

許道中彬詩：「道上鈎衣蒼耳子，風前聒客白頭翁。」用温飛卿句法，近纖。「黄河九曲天邊落，華岳三峰馬上來。」乃其佳句。

邊華泉五古，短篇如「夜久河漢横，春堂别燈黯。風凄鳥初動，露重花猶斂。明發不在兹，重關爲誰掩。」又「西登錐石口，鳥道不盈尺。連山樹如繡，雲中日將夕。不聞樵采音，但見虎行跡。」全學小謝，固足出語驚人。七古如「旬宣使者家在吴，入蜀今爲蜀大夫。」及「我公息馬兼息民，民保田廬馬生子。」句調氣韵，皆仿摩詰。

華泉律句，如「風雨清明候，乾坤正德年。」「地入河源渺，天連塞日曛。」「鶯啼非故國，草色亂春心。」「雞鳴桑下屋，牛卧雨中郵。」「夜雨樓中聞雁别，秋風江上看潮生。」「千盤鳥道緣雲轉，五色龍江抱日流。」「乾坤去住真如寄，車馬馳驅不暫閒。」「遥憐白髮星星短，無那風塵日日多。」皆極雅鍊，餘不勝録。

華泉贈都元敬詩，前後數首俱佳。「驅馬别君處，秋陰當暮生。林柯無静葉，江雁有歸聲。緑水閶門道，青山建業城。未能同理楫，延佇獨含情。」又「秋江浩浩夕波寒，秋岸離離木葉丹。南北路歧頻駐馬，古今懷抱幾憑欄。平蕪日下黄雲合，舊國人歸白雁殘。謝傅東山意無限，别來誰與共盤桓？」

王陽明集有《咏良知》四首，又《示諸生》三首，皆明白如話。又《答人問良知》二首，録見一斑：「良知即是獨知時，此知之外更無知。誰人不有良知在，知得良知却是誰？」「知得良知却是誰，自家痛癢自家知。若將痛癢從人問，痛癢何須更問爲。」又《答人問道》一絶：「飢來嚙飯倦來眠，只此修行玄更玄。説與世人都不信，却從身外覓神仙。」

陽明《書草萍驛》一律，乃其佳篇：「一戰功成未足奇，親征消息尚堪危。邊烽西北方傳警，民力東南已盡疲。萬里秋風嘶甲馬，千山斜日度旌旗。小臣何爾馳驅急，欲請回鑾罷六師。」陽明《記夢詩》序，言夢郭景純，極言王導之奸，謂王敦之逆，導實主之。陽明非妄言者，必實有此夢也。夢中見古人，文詞鄙懦，亦往往有之，但不能若是了了。

高子業叔嗣，與昌穀並稱，巧於用短者。子業詩多近《選》體，仿陶謝二家。如「徙官復在玆，心迹亦何乖。既妨來者路，誰明去矣懷。」又「春至東郭田，夏來北林木。時從遠原上，日縱平郊目。」皆深得其趣。「衆女競中闈，獨退反成怒」二語，尤近風騷之旨。

「二月鶯花少，千家雨雪霏。可憐值寒食，猶未换征衣。積水生空霧，高城背落暉。忍看楊柳色，從此去王畿。」子業《寒食定興道中》句。

華察字子潛，詩亦學陶。「時聞鳥雀喧，因念禾黍熟」，就摩詰「雀喧禾黍熟」五字衍出。「月白山窗青，夜静風泉響」，從襄陽「風泉滿清聽」一聯化出，規摹有迹。《惠山寺與施子羽話别》一律：「看山不覺暝，月出禪林幽。夜静見空色，身閑忘去留。疎鐘隔雲度，殘葉映泉流。此地欲爲别，諸天生暮愁。」

楊升庵詩古體力追古人，不同凡響。《三岔驛》一首：「三岔驛，十字路，北去南來幾朝暮。朝見揚揚擁蓋來，暮看寂寂回車去。今古消沈名利中，短亭流水長亭樹。」《送人歸羅江》一首：「豆子山，打瓦鼓。陽平山，撒白雨。白雨下，娶龍女。織得絹，二丈五。一半屬羅江，一半屬玄武。我誦綿州歌，思鄉心獨苦。送君歸，羅江浦。」二詩俱似古樂府。《懷歸》一律：「星橋南望沈犀渚，雪嶺西連抱珥河。關塞渺茫魂夢隔，山川迢遞別離多。汀洲春雨搴芳杜，茅屋秋風帶女蘿。心事未從詹尹卜，生涯聊聽僰童歌。」又《春興》句：「宣室鬼神思賈誼，中原將帥用廉頗。難教遲暮從招隱，擬把生涯學醉歌。」結語相類。

莊定山集多道學句，不脱氈裘氣。「山河影裏雖殊相，太極圈中是一家」，此類皆是。亦時有清壯之作，《留秦用中》一律：「世故驅人百未休，江山何地稍堪留。乾坤此日還重九，風雨今年又一秋。碧樹可驚游子夢，黄花偏愛老人頭。且須急把東籬菊，回首江天獨倚樓。」又句「我與白雲同自在，月交秋夜極分明。」「題詩朗月清風到，招手千峰萬壑來。」「獨把一杯看雪坐，便知終日與天談。」皆佳。

文徵明《甫田集》詩多近體，亦研練工雅。《春雨漫興》一律：「春雨蕭蕭草滿除，春風吾自愛吾廬。高情時誦《閑居賦》，老眼能抄種樹書。金馬昔年貧曼倩，文園今日病相如。焚香燕坐心如水，一任門多長者車。」又《遣懷》詩：「潦倒儒宫二十年，業緣仍在利名間。敢言冀北無良馬，深愧淮南賦小山。病起秋風吹白髪，雨中黄葉暗松關。不嫌窮巷頻回轍，消受鑪香一味閑。」蓋拒寧藩之徵而作也。五言如「風雨將春去，清和四月天。」「桐陰摇白日，草色散青烟。」又「花殘鶯獨囀，草長燕交飛。」皆佳句也。

《甫田集》末《戊午元旦》一律：「勞生九十漫隨緣，老病支離幸自全。百歲幾人登耄耋，一身五世見曾玄。衹將去日占來日，誰謂增年是減年。次第梅花春滿目，可容愁到酒樽前。」集中多有元日、除夕等題，不下十二三十，見衡山大年，幾至百歲。王弇州爲傳云：「海内習文先生名久，幾以爲異代人，而怪其在，謂爲仙且不死。」情事偪真。

沈石田《病中答王守溪相公》一絶：「勇退歸來説宰公，此機超出萬人中。門前車馬多如許，那有心情問病翁。」見顧氏《夷白齋詩話》。

唐子畏晚年作詩，專用里句。如「不煉金丹不坐禪，不爲商賈不耕田。起來寫就青山賣，不使人間造孽錢。」太似禪偈。《詠帽》句：「堪笑滿中皆白髮，不欺在上有青天。」尚佳。

「家住夕陽江上邨，一灣流水繞柴門。種來松樹高於屋，借與春禽養子孫。」此葉唐夫《江邨》詩，極似題畫句也。

《藝圃（餘話）〔擷餘〕》云：「初學不知苦辣，往往謂古體易就，率爾成篇，不知律尚不工，豈能工古？徒爲兩失而已。」余謂渠譏率爾操觚者，是也；謂工古詩當先工律詩者，非也。古體近體，判然不侔。余嘗謂近代文人不能洗盡時藝句調，不足爲古文；不能盡除排律習氣，不足爲古詩。

談者謂七律一句不可兩入故事，一篇中不可重犯故事。此病犯者固少，能拈出亦見精嚴。然我以爲非妙悟也。作詩到神情傳處，隨分自佳，下得不覺，縱使一句兩入，兩句重犯，亦自無傷。如太白《峨眉山月歌》，四句入地名者五，然古今目爲絶唱，殊不厭重。蜂腰、鶴膝、雙聲、叠韵，休文法也，古今犯者不少，寧盡被汰邪？王敬美此論最佳。

王元美《弇州集》中，擬樂府古題亦多雋句。如《長歌行》：「逝水但知東，逝日但知西。人生堅强志，乃欲與時違。」《子夜歌》：「雙枕不成起，單枕不成眠。春風饒冷暖，吹作兩種天。」俱得古意。乃其弟《藝圃〔餘話〕（擷餘）》謂「樂府」兩字，閉目摇手，到老不敢道。又譏李西涯、楊鐵崖都曾做過，何嘗是來？蓋亦强作解事語。余謂樂府自長慶以後，其途益寬。用古題者仿古樂府，咏今事者仿新樂府，亦古詩之一體耳，何至閉目摇手作如許態！

元美與于鱗贈答最多，推崇于鱗最至，漫列於後。「歷下多奇士，夫君無忝之。身應李白後，書是伏生遺。」「自别李生久，乾坤吾不容。汝才今倚馬，於辯復雕龍。赤日浴滄海，青天横岱宗。漢家兩司馬，吾世一攀龍。」「白日斗文動，青天璧色流。野夫何劇喜，萬象總深愁。」「鞭弭中原約，車書異代心。並驅吾豈敢，或可效知音。」「何限乾坤事，歸來汝自酬。振衣滄海月，摇筆岱雲秋。」「一哂中原過，新詩異代論。長安故人地，車馬自言尊。」七言如「翛然自喜千秋事，去矣誰當一代才。」「吾己河山甘付骨，汝從天地更論才。」「尚有乾坤容汝在，空留日月向人過。」「飛揚跋扈當年事，歷落嶔崎我輩人。」「天地只今安戰色，故人何處傍詩名。」又「自擬仙舟問李膺，濤聲寒壓九河冰。愀然嘯日思雄劍，忽爾垂天至大鵬。」「落日中原太華陰，客攜秋色獨登臨。俄添岳掌蓮峰峻，忽入關頭紫氣深。」皆爲于鱗言之也。

元美贈于鱗長律二十四韵，有云：「英雄方識爾，躑躅有來朋。眉宇千年色，襟期萬壑冰。」哭于鱗百二十韻，有云：「念爾千夫俊，生操萬古權。文許先秦上，詩卑正始還。五言珠錯落，一字玉規圓。自撫高山操，人收白雪篇。居疑潛洞壑，出競指神仙。七子孤徐幹，生平一仲宣。詞場雖滿目，誰定筆如椽。」

王李並稱，然弇州豪放，多露圭角，七律尤甚，未若滄溟之精深華妙。《弇州集》中，凡贈李、懷李諸作，皆其佳篇，特見精神。所謂士信知己，有感斯通，非曰旗鼓中原，必欲争勝也。《寄題于鱗白雪樓》二律，乃其極平易者：「平楚蒼然萬木齊，嵯峨飛閣岱雲低。峰頭玉蕊春長在，檻外金莖夜不迷。」蓋欲效滄溟語。

李滄溟詩，如峨眉積雪，閬風蒸霞，高華氣色，罕見其比。此亦王元美語，可謂知言。又云：「七律至仲默而暢，獻吉而大，于鱗而高。滄溟五古如《泰山篇》、《遠遊篇》、《古意》、《雜興》等篇，皆渾厚大雅，追古作者。諸選詩家多遺之，甚哉操鑑之難也。」余尤愛其《録别》一篇：「渺渺遠行客，綿綿思故鄉。悲風繞車鳴，浮雲立馬傍。邊城苦多陰，秋色激繁霜。白日匿何時，四野一茫茫。落木滿空庭，游響拂閒房。霏霏羅幃影，明月在我牀。起視河漢流，寥寥夜未央。出亦以徘徊，入亦以傍徨。」在建安體中，雅近五官。

「所遇無此物，識曲聽其僞。」「中懷誰可喻，文章亦經國。」皆反用古人成語，亦可知此老胸中《選》詩最熟。「雲陰出水鮮，石色含霜活。白鳥下烟際，歸鴻起天末。」「白雲澹蕭晨，黄花媚新醞。徑回片橋出，林暝寒城隱。」此類皆效二謝。

「文章稍近五千言，《雅》《頌》以還《十九首》。」「文章八代俱望洋，心事幾人同《哀郢》。」滄溟論詩，於此可見一斑。《送謝茂秦》句：「文章千載一知己，交結何須鍾子期。此物有神兼有分，富貴浮雲不與之。」《送宗子相》句：「知君林壑百不憂，圖書四壁高枕秋。文章萬古垂大業，富貴浮雲非所求。」兩聯吐屬正同，胸次可見。

滄溟《送元美》七古一篇，極激昂頓挫之致。有云：「居然宇宙見雄俊，睥睨今古神飛揚。」「高才梗柟與杞梓，吾道麒麟或鳳凰。」「伊周屈宋儻易地，鈞衡藝苑俱稱良。」有自比稷、契之致。《齊俠行》一首，極似《輞川集》中得意之作。句云：「山東十二諸侯國，海濱五百義士鄉。」「功名未致有莊賈，肝膽欲傾無孟嘗。」

「君不見黃鵠高飛未可羅，榆枋之雀奈我何。拂衣春色爲黯澹，故山高卧白雲多。」《送鄭生遊太梁》起句。

滄溟七言歌行，每以單句取勢。《送元美》「生也經綸斯濫觴」、「生也爲情誠彷徉」，《送子相》「卿也抽簪且偃仰」，以單句收足，益覺矯健。非氣充力大，未許輕效。

「須臾百里岱陰合，咫尺疑聞清河流。華不注山得非雨，平陵已西胡獨秋。」《酬李東昌寫寄白雪樓圖》詩中句。

滄溟律詩，如《登太行絶頂》：「黄榆高不極，臨眺亦奇哉。河勢中原拆，山形上黨來。白雲横塞斷，寒峽倚天開。搖落清秋色，多慙作賦才。」《送元美》：「吾曹天地在，不惜滯風塵。意氣能無合，文章自有真。齊名他日事，側目此時人。爲別還秋色，樽前白髮新。」《懷太山分賦》：「海內名山有岱宗，側身東望一相從。河流曉挂天門樹，海色秋高日觀峰。金篋何人探漢策，白雲千載護秦封。向來信宿藤蘿外，杖底西風萬壑鐘。」《元美望海見寄》一首：「白雲東望十洲開，苦憶玄虛作賦才。大壑秋陰生蜃氣，扶桑日出 照樓臺。波濤漢使乘槎過，風雨秦王策石來。從有三山何可到，不如相見且銜杯。」佳篇不可勝録。一代宗工，千秋共見。

律詩佳句，如《登省中樓》：「數峰城上出，落日署中寒。」又「白雲海色斷，落日秋陰來。」《出郭》：「溪流縈去馬，山路入鳴蟬。」《秋夜》：「鄉心生夜雨，客病卧秋風。」《寄元美》：「浮雲寒大漠，白日澹幽州。」《關門望雪》：「積陰高紫氣，寒色壯秦山。」《夏日郊居》：「火雲千里駐，片雨二湖陰。」《秋日郊居》：「談詩成白首，把酒望青天。萬里中原色，蕭條此地偏。」滄溟詩工於發端，結構老成，本不宜摘句，强掇取之耳。

滄溟七律多押灰韵。《送劉明府》：「吴地青山飛舄下，大江秋水挂帆來。」《送人之長興》：「城上春雲天目出，簾前秋色太湖來。」《葛丈山房》：「倚窗河勢鉤盤出，拂檻秋陰碣石來。」《元美望海》：「波濤漢使乘槎過，風雨秦王策石來。」《青蘿館》：「風摇北渚清陰合，烟雜南山黛色來。」又《白雪樓》：「大清河抱孤城轉，長白山邀返照回。」《神通寺》：「初地花間藏洞府，諸天樹杪出樓臺。」古人作詩，必先擇韵，於此可見。近人輯《明詩鈔》，於滄溟此數首都未之載，意見迥殊。

「人家夜雨黎陽樹，客渡秋風《瓠子歌》。」「春流無恙桃花水，秋色依然瓠子宮。」「卧病山中生桂樹,懷人江上落梅花。」此在滄溟詩中最爲平句,而世俗所賞,專在此等。尚不如「倚檻四高滄海氣,銜杯一望縉雲天。」「緑陰欲滿桑蠶月,白首重論竹馬年。」「青樽夜倒滹沱月,紫馬秋嘶大陸雲。」「秋到諸天開薝蔔,湖連雙闕散芙蓉。」「春回竹葉杯先白,天逼蓮花劍氣青。」

滄溟排律別有奇姿,識者宜賞其神駿。如「四海攜名士,彌天得上方。」「物色看如昨,愁時獨不醒。」起調特高。佳句如「濯纓秋雨至,把釣夕陽多。」「風塵無燕息,賓客有羊何。」「上林又黄鳥,何處此清樽。」「星榆散使者,春草待王孫。」「蠹魚冬不蟄,螢火夜應然。」「五言如挾纊,一字解纏綿。」「白泉鍾乳色,黄鳥竊脂聲。」「《狗曲》群爲詬,《毛詩》獨著名。」《郡齋同元美賦》一律:「風塵如昨日,千里得同袍。秋色隨佳句,浮名避濁醪。故人滄海遠,使者白雲高。小郡常懸榻,君家自佩刀。飛揚鞭弭約,慘澹簿書勞。別後看多士,元龍未似豪。」

七排佳句,如「磴道乍從空外轉,樓臺已入鏡中懸。」「浮雲西北來何暮,今日東南美自并。」「君王受計當天下,月朔垂衣出禁中。」

滄溟絶句詩,尤得唐賢三昧,摘録數首。《桃花嶺》:「一度桃花嶺,烟霞處處新。縱迷源上路,猶似武陵人。」《丁香灣》:「平潭澮不流,寒影群峰集。斜陽一以照,彩翠忽堪拾。」《登宗秀才池亭》:「窗中采蓮舟,落日菱歌起。坐見浣紗人,紅顔照秋水。」《送劉户部督餉湖廣》:「錦帆南入楚雲重,江上遥看衡岳峰。落日蒼茫秋不斷,青天七十二芙蓉。」《宿林泉觀》:「盥漱焚香坐翠微,烟霞猶在芰荷衣。怪來不作人間夢,一夜寒泉拂牖飛。」《贈梁伯龍》:「太華峰頭玉女壇,別時明月滿長安。不知秋色今多少，君到仙人掌上看。」《過劉簿山齋》：「萬壑千山入户重，秋來三徑少人蹤。不知君在蓮花府，得似芙蓉第幾峰？」《與三君登樓》：「誰憐王粲懶登樓，病起漳南對客秋。自喜賦成多麗句，因知座上有曹劉。」居然以七子自命。

滄溟七絶亦好押灰韵。《送子相》：「廣陵秋色雨中開，繫馬青楓江上臺。落日千帆低不度，驚濤一片雪山來。」《送元美》：「青楓摇落氣悲哉，客有將歸張翰才。東望三吴秋色裏，挂天帆影大江來。」又《懷元美》：「莫向中原看落日，浮雲萬里爲君來。」《遊北渚》：「五月五日榴花杯，故園故人北渚來。」《李柱史蜀扇》：「誰將一片峨眉雪，濯錦江寒萬里來。」《華不注》次首：「西岳蓮峰誰擘開，浮嵐滴翠遠飛來。還如畫出明湖上，螺髻朝朝對鏡臺。」又《張明府惠石榴》：「誰遣明珠掌上來，秋風吹籠石榴開。若非金谷園中樹，定是河陽縣裏栽。」此首末用庚子山二句，只易一字，惟其恰好，不能割愛。

六言《醉示元美》：「拂衣不免違俗，縱酒還堪達生。偶爾故人握手，看他豎子成名。」又《與徐子與同賦》有「玉清老子同姓，金粟如來後身」等句，吐露如此，亦太自負，將勿興之所至，風利不得泊也。

許殿卿詩，謝茂秦稱其軒軒豪舉，旁若無人。所著《海右集》、《梁園集》，今皆未見，無由窺其全豹。世俗傳鈔若干首，觀之，亦了不異人意。「江曲明漁火，山椒隱戍樓。」「移舟星在水，解纜月隨潮。」是其佳句。《寄于鱗》：「思君真可令人老，望遠何曾當得歸。」又「斷雲疎雨緣山路，孤樹高春隔水邨。」「寒江曾采芙蓉紫，水驛今經楊柳青。」《九日于鱗招登四望山》一絶：「歲叙驚心水急流，年來又白幾人頭。那知緑酒青山外，惟有黄花似故秋。」

謝茂秦，臨清一布衣，居王李詩社中。李贈詩云：「韋布豈盡愚，咄嗟名士籍。遂令清廟音，乃在褐衣客。」感慨深矣。或乃謂章甫中雜一韋布，終以爲嫌，李詩云云，未能忘也。余謂此論大謬。李贈謝詩，不從「褐衣」生情，更當作何語邪？茂秦《同殷李諸公天寧寺對雨》有云：「晚留軒冕客，秋到薜蘿衣。」「軒冕」、「薜蘿」之見，亦何能忘之。

茂秦有《雪夜過于鱗適已醉卧因留宿作》，中云：「太白醉眠呼不起，惠連賦就却空來。」蓋二人隙末之由，所謂文字生瑕疵者。

《四溟山人集》五古甚寥寥，非其所長。《春雪》、《秋山》二首，意欲學陶，反形窘步。七古雅近初唐。《思歸引》一首最善：「有家歸去來，旅顔何摧頽。胡爲戎馬際，滯此燕昭臺。十日九寄書，不慰妻子懷。秋風忽動思故園，山妻搗衣兒候門。缺月半天霜滿地，悄然孤館銷人魂。不見嵩高之山青嵯峨，上有松柏下有河。松柏可餐河可釣，老來幽事嗟無多。離亂至今我獨苦，夢中歸路迷烟蘿。龐公舊隱須一訪，白雲慘澹終如何。」

《山人畫竹歌》云：「陰晴寒暖同不同，變化無窮出胸次。」《寶劍篇》云：「久藏靈異發浩歎，一逢知己快平生。」《送人出塞》云：「陳琳倚馬能成檄，王粲從軍還賦詩。」皆自道也。它句如「心知不在離合中，黄金有無關氣色。」皆閱歷甘苦語。

茂秦五律最工，字響句穩，風格遒上。陳卧子云：「茂秦沈練雄渾，法度森然，真節制之師。」正謂其五律也。或謂束縛精神，不能出四十字外。非公論，不足憑。漫録數首於左。

《有感》一首：「薄伐原中策，論兵自古難。漢唐頻拓地，將帥幾登壇。絶漠蕩天盡，交河傍日寒。不知大宛馬，曾復到長安。」《寄張崇德》一首：「空庭黄葉下，風物豈鄉關。獨夜人南北，流年雁往還。亂雲低古塞，積雨暗秋山。爾亦悲摇落，孤雲鬢欲斑。」《寒食旅懷》一首：「薊北驚寒食，淹留幾自嗟。春風來燕子，落日在桃花。丘壟行邊淚，江湖夢裏家。不知疎懶客，何物是生涯？」

五言佳句如《巡幸歌》：「兔河冰上過，狐嶺雪中行。」又「飛去五花馬，射來雙白狼。」《春宫詞》：「曉霞憎國色，春柳妬宫腰。」《暮秋》：「關河秋後雁，風雨夜深燈。」又「青山無久客，黄菊有歸心。」《七夕》：「人間清露夜，天上白榆秋。」《秋野》：「殺氣三河動，邊聲一騎飛。」《榆河曉發》：「雲出三邊外，風生萬馬間。」《榆林道中》：「山横邊色斷，日没野陰重。」又「亂山通驛道，殘日照邊樓。」《清明憶弟》：「春滿他鄉樹，河連故國城。」《夏夜獨坐》：「老破當年夢，秋生久客心。」《曉起》：「緑草偏依水，青山半入樓。」《秋庭》：「落葉聽無盡，秋風來更多。」《送人之金陵》：「秋帆二水外，春草六朝餘。」《北望》：「朝廷殊見遠，將相各知難。」《東徐别駕》：「白髮艱虞盡，滄洲去住難。」《送陳僉憲北伐》：「軍容肅雁塞，劍氣壓龍城。」《哀江南》：「波濤揚子夕，風雨秣陵天。」又「江南天設險，滿目戰圖秋。」《寄懷許伯誠》：「白首歌今代，青山夢古人。」《宿淇門驛》：「亂雲關樹暝，寒雨驛燈孤。」《久雨》：「雲慘失峰巒，林深鳥自安。山城七日雨，客舍九秋寒。」《送别》：「黄鳥鄉心劇，青山驛路遥。」《寄蔡衡州》：「樓高分岳色，地迴散江聲。」

七言佳句如《送章行人》：「江南到處搴芳杜，海上先秋薦荔枝。」《送王侍御》：「天連嵩岳寒雲盡，馬渡黄河春草生。」《寄懷盧司業》：「秋色幾看鍾阜樹，寒聲還聽大江潮。」《送毛明府》：「海上有雲連蜃氣，嶺南無雪到梅花。」《有感》：「黄鸝獨囀杏花盡，白日低臨湖水平。」又「湖光不定春風裏，山氣偏多夕照中。」《寄皇甫水部》：「黄河蕩日寒聲轉，嵩岳連空遠色開。」《久客志感》：「苦吟易老計何拙，濁酒驅愁功亦微。」

《九日攜酒過王叔野無菊》一絶：「陶潛嬾漫閉柴關，九日餐英自解顔。不種黄花君更嬾，滿城秋色幾人閑。」《新鄉城西昔送李學憲于鱗至此感懷》二絶：「大道相攜五岳遊，老夫共爾賦高秋。臏將石髓换仙骨，西指崑崙天盡頭。」「相期走馬駐孤城，促膝論交中夜情。不見澄江映秋月，故人心迹兩分明。」此是茂秦晚年作，蓋亦悔其中道棄置，異乎君子交也。

《四溟山人詩話》創爲「可解不可解，不必解」之説，爲世詬病，要是高明之過。文字到得意時，初無急索解人之見，善觀詩者亦自不求甚解。如《木蘭詩》末段「雄兔」、「雌兔」二語，不過引出「安能辨我是雄雌」語耳，必分木蘭火伴誰爲撲朔、誰爲迷離，則不必解耳。山人論詩，當取李杜十四家之最者熟讀之，以奪神氣；歌詠之，以求聲調；玩味之，以裒精華。得此三要，造乎渾淪，不必塑謫仙而畫少陵也。此爲作近體及七言歌行者定法。若作五古，自應奉《文選》中漢魏人詩爲圭臬。

作詩一道，人各自寫其性情，原無須多談，學者自喻之耳。所能談者，聲律、對偶、字句之工拙，體裁之異同，皆詩之緒餘，古人之糟粕也。世傳謝山人論詩，李滄溟責其太洩天機。余謂此愚夫妄傳之語，否則，滄溟一時嘲笑之言耳。天機既洩，究竟何如！

湯若士《玉茗堂詩集》，五古有《夜泛魚臺河》一首：「日夕汶陽道，明湖影青岑。發興已孤遠，中波夾平林。平林烟色微，迢遞表暉陰。明月若佳人，杳靄來窺臨。夜黄時叫嘯，陽魚恣奔沈。颼颼高柳鳴，檣繂撓風音。籟寂警玄律，空明洄素心。紛晝即冉冉，良夜稍愔愔。愧彼滄洲客，茲遊常映衿。」又有《魯橋南望山》一首，末云：「秋光汶陽水，忽見湖上山。隱映不能去，空然怨出關。」魯橋亦吾邑邨名，二詩皆當入邑志。

臨川詩有《陽穀店秋日題壁》一絶：「獨來陽穀店，繞屋是青山。似有江南色，蕭蕭簷樹間。」又有《過陽穀店視舊題》一首、《陽穀主人飲》一首、《助田主人祈雨》一首，不知陽穀即今陽穀縣否。或東阿道中邨名。邨今訛稱「王古」，若「皇姑」矣。玩「青山繞屋」句，似是其處。

臨川《送魯王孫》一首：「汶河春草色，魯酒夜深情。問字吾何有，聞詩爾亦清。雨歸青社曉，雲起岱宗平。别有靈光殿，時聞絲竹聲。」按：魯藩諸孫多能詩，此闕名可惜也。《離合字詩寄京邑諸貴》一首：「琅玕豈不珍，玉屑竟誰飯。檜樹鬱東皋，木葉辭秋苑。衿曲自悠悠，衣帶日趨緩。乘月望鳳霄，人遥尺書斷。」隱「良會今乖」四字，句甚清婉，較孔北海《離合字詩》工拙判然。

于無垢《穀城山館集》，論五古學魏晉則迂甚，少則難變，多則易窮，古所謂鸚鵡語不過數聲耳。余謂穀山此言大謬。試取建安諸家詩讀之，一唱三歎，節短韵長。學者得其一二語，已高不可攀，那有樸而不敢琱，制而不敢騁之弊哉？若夫難變易窮者，乃其人自易窮耳，豈魏晉詩之爲之哉！

穀山五古多雋句。如「鼎鼎百年内，辟海流風濤。」「高節抱貞心，可折不可曲。」又《感懷》一首：

「家本東海裔，樵牧東山下。先子秉儒術，歌音追《大雅》。一吏稍浮沉，舉世無知者。眇余秉薄祜，宛洛隨車馬。丘隴日以遥，松柏在原野。風木無停音，雨露凄其灑。一爲皋魚歎，零涕緣纓瀉。」大近步兵《詠懷》。

穀山《贈李本寧歌》後段：「我聞柱下之裔多才子，白也飄零賀折死。今日得君而三矣，君今不夭復不賤，又無留滯安有此。李君李君爲我楚舞，我爲君歌歲云暮矣將如何？天生豪俊必有用，如君不信長蹉跎。涇水一斗泥，化爲一斗穀。清者受其名，濁者食其福。翹翹常不足，碌碌常有餘。人者歆其實，天者賓其虚。請君還我凌雲筆，我還君家禄萬石。」音節入古，是善學太白者。

穀山近體多佳句，如《陶山懷古》：「地連肥子國，路出鑄鄉城。」《金陵夜泊》：「地鄰桃葉渡，山近石頭城。」《宿香山寺》：「山深遲見月，石冷細生雲。」《答常中丞》：「天迴懸卿月，山深閲歲星。」余尤愛其「世路無工拙，時名有是非。」「河流誰謂廣，海水自知寒。」

馮琢庵當時與于無垢並稱，或由名位相埒，詩筆殊不能伯仲也。《宿棲雲閣》一律：「曲徑穿林入，高樓面水開。鳥將雲並宿，客與月同來。竹色四時雨，泉聲半夜雷。乍驚衣袖濕，露下泛舟回。」最佳。

琢庵好爲苦句，如「事去無知己，愁來憶古人。」又「憂來千慮少，歸去一身多。」《送人東歸》一絶：「素衣不慣帝京塵，出郭看春已莫春。我自倦遊君未遇，楊花如雪送歸人。」

邢子愿論詩不附七子，深中時流之弊。自著《來禽館詩》，乃多應酬之作，不能自成一家。近體多琢句，如《寄吴明卿》：「天意存黄髮，鄉心滿緑蘅。」《送毛山人歸河南》：「天秋一鴻動，人老外黄歸。」《長門怨》：「不將金買賦，徒有玉爲枝。」《秋日却寄李太原》一首，乃其最有氣者：「故國風烟古，天涯草樹踈。月通汾水夢，雲度太行書。出處皆吾道，寒暄有敝廬。題封猶未悉，瓜地待春耡。」

子愿七律如「人從方朔祠邊去，路向刀環渡口分。」「起家杜曲新京兆，入對齊川舊伏生。」「風烟不改盧龍塞，客子今過飲馬泉。」此等句亦是七子唾餘。《寄懷朋舊絶句》廿餘首，是子愿佳篇，不著地望姓字，尤見高雅。公孝與論詩，亦不滿李滄溟者，而其五七古皆不免傖氣，是殆所謂未入其蕃者。如《遣興擬杜》一首：「人苦不知足，願欲何終極。當其入天門，猶未厭八翼。」此何等語？

鍾伯敬論晚唐詩，有極妙而與盛唐詩遠者，有不必妙而氣體神韵與盛唐近者。「不必妙」三字甚難到，亦甚難言，妙不足以擬之矣。惟馬戴猶存此意，然皆近體耳。余謂伯敬所謂「不必妙」，猶茂秦所云「不必解」，皆故作深語。無論馬戴詩皆妙，即間有不必妙者，亦何足爲訓。

伯敬《飛雲岩》詩：「吾聞山出雲，巖則雲之室。山老雲亦堅，浮者化而實。初至怯空遊，梯登乃歷歷。下上於其間，步步可遊息。石以雲爲神，雲以石爲質。石飛雲或住，動定理難詰。草樹過泉聲，尋之莫可覿。」此其最得意者。先超貢公嘗謂伯敬詩多不似詩中字句，如「絶壁攀窮始見山」、「盤旋恐亦無過此」。「攀窮」非詩字，「恐亦無過此」非律句。又《月下新桐詩》：「緑滿清虚内，光生幽獨邊。」非詩句，由「幽獨」字腐耳。頗愛其「窮豈皆詩罪，飢仍爲醉謀」一聯。

譚友夏詩多率易,《官舟紀夢》一首:「今君官與地,前五六年知。并此舟中客,鐫成夢裏碑。牧人心有慧,石馬耳無奇。可不翻然悟,空成擾擾爲。」佳句如:「竹中人已入長安,澗水打門竹光緑。」「閉門全有山中意,向客欲分衣上雲。」

余先八世祖顯岳公,明季諸生。文册後書二絶句,不著名氏,蓋有感於時事而作者。「象教東流日,黄塵已亂華。如何唐令主,猶度人出家。」「防邊無善策,最下是長城。誰主遷都議,燕山作帝京。」

陳臥子古體詩,在明季能拔戟自成一隊。《小車行》一首:「小車斑斑黄塵晚,夫爲推,婦爲挽。出門何所之?青青者榆療吾飢,願得樂土共哺糜。風吹黄蒿,望見牆宇,中有主人當飼汝。叩門無人室無釜,躑躅空巷淚如雨。」讀此,真如見流民圖。

臥子近體亦極遒勁。《錢唐東望有感》一首:「清溪東望大江回,立馬層崖極望哀。曉日四明霞氣重,春潮三折浪雲開。禹陵風雨思王會,越國山川出霸才。依舊謝公攜屐處,紅泉碧樹待人來。」《重遊弇園》一首:「放艇春寒島嶼深,弇山花木正蕭森。左徒舊宅猶蘭圃,中散荒園尚竹林。十二敦槃誰狎主,三千賓客半知音。風流摇落無人繼,獨立蒼茫異代心。」七子若在,自應把臂入林。

鄺湛若詩近體甚工。「牛渚青天月,長懸供奉祠。如何今夕酒,不共昔人持。高詠誰能似,扁舟從所之。溯洄殊未已,言折楚江蘺。」《采石磯》句,一片神行。

黄藴生《野人歎》三首:「野人歎息王師勞,秦賊楚賊如蝟毛。攻城掠野官吏死,大江以北民嗷嗷。昨聞死賊劫財賦,分與官軍作賄賂。亂斫民頭挂高樹,黎民視賊賊已去。」「野人歎息年歲惡,池中掘井井底涸。飛蝗引子來蔽天，枉自傾家事田作。朝廷加派時時有，哭訴官司但搖手。歸逢吏胥狹路邊，軟裘快馬行索錢。」「野人歎息朝無人，朝中朋黨如魚鱗。十官召對九官默，匍伏苟且容一身。廟堂何人理陰陽，頻年日食四海荒。吾欲上書問朝士，却恐人訶妄男子。」此詩真明季實録。

戚元敬謚武毅，武功最顯。詩有《横槊集》、《止止集》。近體研練，似儒生。句如「旅夢驚啼鳥，鄉愁望過船。」「聞蟬驚序改，見月憶君頻。」「松篁開晚徑，鳥雀浴晴沙。」「柳深黄鳥樂，莎暖白魚肥。」皆佳句。想其文采風流，真儒將也。録其《庚午夏撤師還復力疾當事賦示諸君》一首：「獨立懷知己，多歧歎宦情。古今誰俠氣，天地一愁城。萬里猶投筆，千載羨請纓。君俱學劍者，報國有新盟。」《客館》一首：「酒散寒江月，空齋夜弈時。風如萬馬鬭，人似一雞棲。生事甘吾拙，流年任物移。所憂在俯仰，何以慰離思。」當時蓋與督臣意見不合。又有句云：「平生自許捐軀易，遥制從來報國難。」有慨乎其言之。

武毅公居名夢夢，堂曰愚愚，集曰《止止》，意存謙冲，乃似好奇，較宋人《笑笑集》斯爲優矣。《馬上作》一絶：「南北驅馳報主情，江花邊月笑平生。一年三百六十日，多是横戈馬上行。」是本色語。

龔懋卿勖《寄于鱗》一絶：「瓜田十畝濟城東，雲外青山小院通。流水桃花迷處所，幾家春樹暮烟中。」懋卿與滄溟友，《滄溟集》中屢有「襲生」，即懋卿也。鄉嘗以「襲」爲「龔」之訛，不知平陵自有此姓。懋卿《卧病》句：「海岱浮雲千里色，江淮孤月百年心。」是白雪樓同調。

姜如農《自題荷戈小像》集唐四首。「偶因麋鹿隨荒草，未有涓埃答聖朝。」「望闕未成丹鳳詔，空林獨與白雲期」二聯，最善。

耿庭柏母徐氏《寄子》詩：「家内平安報爾知，田園歲入有餘貲。絲毫不用南中物，好做清官答聖時。」此詩天籟，不假雕飾，自然成文，非學識素裕，未能爲也。《偶成》一律：「時近清明二月天，嬌花粉竹正鮮妍。秋千架上人如玉，溪水堤邊柳似烟。紫燕雙雙歸畫棟，白鷗點點浴晴川。年來景物還依舊，不見人生再少年。」

邢子愿妹，名慈静，武定馬拯妻。著有《非非草》。僅見絶句數首，《静坐》是其佳篇：「閑抛針線坐來深，静裏頻將面目尋。色相都忘身是幻，一潭清影月沈沈。」

《明詩鈔》有歷城七歲童子張珍一絶：「溪中一片雲，飛作千林雨。惟聞溪流聲，不見溪流處。」韵用方音，尚不爲沈生弊法所縛。

崇禎乙亥，設超貢科，余先八世從祖百始公諱觀光與其選。廷試與進士同。既遇滄桑，隱居不仕。論詩不喜鍾譚，自作稿多散遺，前後《遊平山行》載邑志。余家存手藁一帙，皆贈答詩。如《中秋與孫繹倜小飲》：「念年同醉亦中秋，此夕猶能續舊遊。佐酒清談惟一物，寧須五斗换涼州？」《除夕與黄貞起小飲》：「風霜千里賦歸來，歲事蒼茫酒一杯。人異凡麋徒聚首，天生神物豈相猜。群兒可有詩書氣，吾輩猶慙王佐才。拾得瑶華莫自厭，敢云蓬島盡荒萊。」卷末有《李三如師重擔吟見勖》一首：「一條重擔子，喫緊向前舉。一頭挑六合，一頭挑萬古。稍稍思息肩，神明自相沮。豈不愛優遊，謝擔無其所。衰病日相侵，皇皇覓伴侣。旦莫或遇之，擊節狂欲舞。」

東泉詩話卷弟三

魚臺馬星翼仲章著

記詩一 近代

嘉慶戊午，先君子爲濟陽學官，於通家子某處得其鄉前輩張爾歧稷若先生文集三册，薛宁廷太史手校本。薛最賞其《瓦硯銘》，古意斑駁，而理甚嚴正。詞曰：「此銅雀臺瓦也，而或疑其僞。予曰：有硯之用足矣，安取於其真而云可貴。使臺上之人至今存邪，吾將唾其面而鞭其背。鬼蜮之餘，烏得不爲硯累。幸哉其僞也，姑免抵碎。」集中古詩僅十餘首，多有《紀異》、《苦旱》、《地震》、《水飛》等篇，蓋皆明季作也。近體多應酬之作。末有《自輓》一絶：「六十年來老書生，與人無競物無争。心期一點終難了，不作天邊處士星。」稷若同時有王無瑕琢璞《雲來館集》二册。《述懷》一首：「落葉滿空庭，寒林失故青。因思身外事，何異水中萍。老鬢短窮算，愁心迫暮齡。裵回久不寐，殘月透疎櫺。」《贈裴廣文》起句：「冷官殊類隱，何事賦歸歟。出岫仍遺岫，白雲任卷舒。」《有感》二句：「路多窄路無餘路，人不欺人有幾人？」其它得意句多類此。又《贈書賈張獻吾併呈邢信卿》一首：「書裹心情客裏身，一肩行李走逡巡。胸中有物難爲貌，世上相人多失貧。乍見一寒憐范叔，試談千古驚胥臣。鑛金璞玉應難識，我共子將邢使君。」稷若集有《王無瑕先生墓表》云：「先生中年遘疾攣屈，自號支離生。

嘗謂所親曰：天賦王生以才，而復困之，能奪我一第耳，豈遂奪我千古！」

先君子游江南時，得彭城李蟠根庵詩稿，現存一册。摘録數首，以志鄉往。《江月限韵》一首：「終宵江月傍人清，江月年年江上生。每喜江邊看月色，却從月裏聽江聲。江逢月夜知江闊，月到江心泛月輕。今夕江頭月更滿，多應江月有前盟。」《喜湘南至》一首：「一雁雲中至，聲聲唤别離。關山千里夢，風雨數行詩。只爲交如漆，驚看鬢已絲。何期今夜月，兩地豁相思。」《初秋南山即事》二首：「野外秋先到，尋幽興已頻。松風涼入牖，花露晚侵人。犬吠雲中竇，鶴聲月下鄰。胡爲常鹿鹿，空負百年身。」「近得忘年叟，常深物外情。世安有晉魏，夢不到公卿。欲補《山經》注，時參月旦評。兒童應笑我，懷葛兩遺氓。」

睢陽湯潛庵《題畫》一絶：「秋林不厭静，高士自能閒。鎮日茅亭下，開窗對遠山。」湯不以詩名，而詩工如此。《直院中》句：「年老才將盡，憂多道轉親。夜深星斗闊，始悟與天鄰。」尤足想其胸襟。

國初詩學之盛，莫盛於山左。漁洋以實大聲宏之學，爲海内執騷壇牛耳垂五十年。同時若宋荔裳、趙清止、高念東、田山薑、漁洋之兄西樵、清止之從孫秋谷，咸各先登樹幟，衣被海内，故山左之詩甲於天下。此德州盧雅雨見曾《山左詩鈔序》句，海内論者，不以爲諛。盧氏鈔本甚精覈，六十年來，幾於家有其書，無容摘録。嘗見一舊詩册，叠和阮亭《秋柳》詩至百首，未及鈔録，今亦無從物色之。長洲沈德潛歸愚集有《輓王新城尚書四章》：「三百年來久，風騷讓此賢。慙無水曹句，辱荷尚書憐。千里吴雲隔，雙魚汶水傳。野夫承下訊，惆悵倚江天。」「横山全盛日，請業遍門牆。一老嗟淪没，群愚故謗傷。閒雲封講席，古柳卧書堂。故友悲今昔，青青墓草荒。」「虎豹天關踞，雲房未許窺。漫教尤衆女，只自怨蛾眉。歷下揮談麈，汾湖把釣絲。後先同放棄，恰遂白雲期。」「又見文星暗，緣知歲在辰。濟南無作者，海内失詩人。虛附青雲士，難賡白雪春。虞翻同感泣，此意向誰陳？」當時爲海内宗仰如是。

鄒縣潘氏有其先世節孝詩册，多康熙時名人。其阮亭一律「繡斧家聲邾國傳」云云，《鄒志》采之。要是應酬之作，本集不入也。摘録蔡升元七古一首：「綱常豈必在男子，立節何必讀書史。人生氣骨本天成，總爲人間興廉耻。潘母節孝古所無，英齡弱質夫壻死。白首孀姑黄口兒，辛勤荼苦誰敢比。春華秋月自年年，掩面深閨同流水。皋羽慟哭文山歌，是兒節烈如此止。嗟嗟潘母自有正氣流行天地間，百年千歲旦暮耳。彤管昭垂史册中，吾輩巵詞聊爾爾。」

楊星位先生任農部時，爲其嫂田氏節壽請旌，同時贈詩者數十家。諸城劉石庵一首：「慷慨捐軀易，貞恒事最難。不圖斯世見，直使此心安。白璧千年在，青燈五夜寒。茹荼原不負，鳳誥更龍蟠。」竇東皋五古一首：「堂前鶴髮親，膝下雪色兒。與君長訣别，執手從此辭。沃水洗鉛華，明鏡不復窺。黽勉事姑嫜，無異君在時。熒熒書幃燈，丸熊濟其疲。有子既成立，龍章表門楣。辛苦數十年，亦已白髮垂。庭前女貞木，百尺高無枝。斲之爲枯槽，弦以寡女絲。一彈寒蛩寂，再彈林烏悲。愁雲遏不行，悲風動地吹。何如《白頭吟》，妙麗空文詞。」它不備列。

單邑王明經家有康熙時前輩屏幅，多自書其詩，漫記一二。王曰高《贈友》舊作：「握手春明又一時，水濱贈芍詠君詩。碧筒遥憶中峰見，素袂猶憐鶴髮知。回首家山三載夢，論心南陌九秋期。莫悲風雨催黄葉，伫看新槐長旆枝。」童綏世舊作：「冠蓋滿京華，風塵到客車。情親惟爾我，扶持愧蓬麻。望重清如水，官閒自種花。真人天際想，窗北裏琵琶。」孫光祀《早朝》一律：「宫鶯報曉瑞烟開，三島靈氣拂水回。橋轉朝虹當綺殿，艦浮花鷁近蓬萊。草承香輦王孫長，桃艷仙顔阿女栽。簪筆此時方侍從，却思金馬笑鄒枚。」琅邪王塤《贈李曉翁公祖朝賀之作》：「宫闕崔巍曉霧籠，宸旒咫尺拜重瞳。罘罳日擁來天上，秘琫星遥出禁中。萬國呼嵩稱舜武，千秋致主比夔龍。朝回袖惹爐烟滿，散作雲霞覆二東。」

會稽羅淇《渡河》一律：「未得尋源去，先成擊楫過。夕陰寒白日，秋色澹黄河。八月靈槎路，千年《瓠子歌》。東流終不息，向晚水增波。」羅係康熙己未武進士。武臣能詩，世所希有。

鄒邑秦生鏡水心氏著《冰玉堂集》，前有長洲尤侗悔庵序。秦、尤戊子同年友也。集中有《送尤展成太史還吴中》一律：「鑑湖初賜季真歸，北斗文名一代輝。月色不煩宫女燭，天香猶帶侍臣衣。交深南國詩情重，俸薄中山酒力微。從此相思雲樹渺，願憑尺素慰調饑。」此詩集中兩見，已入近體，又入補遺，良由校讎未精。秦時守定州，故有「俸薄中山」句。《蘇文忠祠》一首：「學士來知定武軍，蜀山魏國後先聞。人懷清德應同祀，志在蒼生不但文。雪浪銘成盆石著，松醪賦就酒杯熏。如公芳躅誰能步，惟有心香一瓣焚。」《虎丘》一首：「暫憩生公石，聊烹陸羽泉。山光雲半出，鳥語樹頻遷。客况羊腸裏，鄉心雁字前。登臨無限好，愁緒一時蠲。」水心氏子濟，字公楫，亦能詩，著《止園集》。《寸心》一首：「世事全非舊，寸心不欲違。一從梟繹臥，幾度秋雲飛。獨向溪邊釣，誰敲竹外扉。閒居成懶慢，幸得解朝衣。」濟仕爲靖江令。《得鄉信》一絶：「一介遥從梟繹來，鄉音未展尚疑猜。平安問遍家無事，方把書函細細開。」《示兒》一絶：「恒嶽推南一覽餘，秦關洮水動欷歔。嘯歌絶少風雲狀，那有江山來助余。」

琅邪宋元裕《嘘雲閣閒吟·偶成》一首：「壯志誰相許，蹉跎只自憐。青袍猶昔日，緑鬢異當年。俸薄心原濬，官卑節愈堅。浮雲紛不定，翹首一听然。」摘句：「襟懷隨日放，風雨隔江秋。」「秋老雲霞斂，江深舟楫輕。」「漏屋紅留日，低垣碧見山。」又「紅藕香時摇舴艋，緑楊深處聽倉庚。」「洳水到春濃似翠，宗山經雨嫩於藍。」

閩中鄭荔薌方坤，乾隆時守兖州，爲政風流，到今猶存。兹見其《集唐和杜子美秋興元韵》八首併叙：「歲云秋矣，霜露既降，薄寒中人。感飛光之忽遒，悵丹砂之未就。停雲對雨，思公子兮離憂；樹蕙滋蘭，恐美人之遲暮。在心爲志，觸緒興懷。於是掇唐賢百和之香，抽黄對白；踵夔府孤城之韵，换羽移宫。潦倒生涯，兹其是矣。末章繆談彼法，用暢玄風。蓋竊比杜老，身許雙峰，門求七祖之意，殆亦有託而逃焉者也。顧黄華翠竹，未參無上菩提，而抹月批風，又落一種公案。識者得勿笑杜撰禪乎？」詩曰：「迭和山歌逗遠林陸龜蒙，解衣先覺冷森森韓偓。停梭且復留殘緯沈叔安，執卷猶聞借寸陰鄭谷。高閣清香生静境温庭筠，壯圖佳話負初心徐夤。紗窗只有燈相伴裴説，坐久方聞四處砧劉禹錫。」「小廊回合曲欄斜張泌，節物驚心兩鬢華高適。劍有塵埃書有蠹李中，海邊麋鹿斗邊槎羅隱。江山故宅空文藻杜甫，車騎西風擁鼓笳殷堯藩。今日登高樽酒裏王縉，茱萸紅實似繁花司空曙。」「閒臥藜牀對落暉王建，博山爐冷麝烟微魚玄機。秋聲暗促河聲急吴融，黄鳥時兼白鳥飛杜甫。太守吟詩人自理姚合，舊游因話意多違劉滄。鯉魚風起芙蓉老李賀，争得東陽病骨肥胡宿。」「簷影斜侵半局棋杜牧，露凝丹葉自秋悲許渾。由來碧落銀河畔李商隱，又到金鼇玉鱠時皮日休。莫泛扁舟尋范蠡白居易，乞留殘錦與丘遲李群玉。琉璃硯水長枯槁李白，盡日含毫有所思薛能。」「鶴怨周顒負北山羅隱，依然松下屋三間戴叔倫。題詩朝憶復暮憶陸龜蒙，何事出關又入關白居易。自學古賢修静節方干，欲求真訣駐衰顔許渾。吏情更覺滄洲遠杜甫，疏受辭榮豈戀班李紳。」「酒旗相望大堤頭張籍，遠雁傷離幾度秋楊巨源。東岸菊叢西岸柳白居易，雨中寥落月中愁李商隱。風茅向暖抽書帶薛逢，紗帽閒眠對水鷗李嘉祐。千乘信回魚榼重殷文圭，滄烟喬木隔綿州羅隱。」「驅馳卒歲亦何功皇甫冉，怨在瑶琴别操中李中。新水亂侵青草路雍陶，小齋閒臥白蘋風姚合。但經春色還秋色李山甫，可愛深紅間淺紅杜甫。蟋蟀已驚良節度武元衡，再三珍重主人翁劉禹錫。」「短垣三面繚逶迤韓愈，戍笛牛歌遠近陂崔魯。爲法應過七祖寺皎然，託身須上萬年枝韓偓。香緣不絶簪裾會錢起，氣象多隨昏旦移白居易。齋沐暫思同静室盧綸，我心河漢白雲垂宋之問。」右詩自注甚多，未及詳録。「千乘」句注：「地爲漢千乘郡。」蓋鄭時移守青州。集句詩，古人嘲爲百家衣體，然集腋成裘，亦極費匠心，未可盡廢也。

泗上施教端匪莪，故范縣令，有《集句贈鸜鵒》長律一首：「莫恨雕籠翠羽孤劉憲，主人情義自辛劬王初。人憐巧語情雖重白居易，鳥憶高飛意正殊李正平。三舍鄭牛徒識字李山甫，千年丁鶴任歌呼羅隱。

多言應伴高吟客嚴郊，學語還稱問字徒崔璞。始覺琵琶絃鹵莽白居易，終憐吉了舌模糊孫繁。文章辯慧皆如此白居易，事業紛呶亦大都魏樸。歸去不煩詞客賦羅鄴，夢來還記隴頭無張謂？勸君不必分明語羅隱，且自三緘問世途胡曾。」此詩通首自然，無斧鑿痕。

渝江王汝璧《銅梁山人詩集》有《集李義山句》十二首，《離席寄惱韓同年》，原題亦義山句：「小閣塵凝人語空，自今歧路各西東。舞鸞鏡匣收殘黛，走馬蘭臺類轉蓬。《子夜》休歌團扇掩，翠衾歸卧繡簾中。當時若愛韓公子，東望花樓會不同。」一「今宵歌管屬檀郎，可惜秋眸一臠光。欲向麻姑買滄海，本來銀漢是紅牆。誰言瓊樹朝朝見，卧後清宵細細長。寄語釵頭雙白燕，幾時塗額藉蜂黄。」二「萬里誰能訪十洲，月娥孀獨好同游。明珠可貫須爲佩，海蜃遥驚耻化樓。蠟照半籠金翡翠，繡檀迴枕玉雕鎪。豈能無意酬烏鵲，瘦盡瓊枝詠《四愁》。」三「雌去雄飛萬里天，碧眉紅頰一千年。重吟細把真無奈，對影聞聲已可憐。貝闕夜移鯨失色，藍田日暖玉生烟。蓬山此去無多路，只是當時已惘然。」四「紫府程遥碧落寬，漫妝嬌樹水晶盤。蝶銜紅葉蜂銜粉，犀辟塵埃玉辟寒。白日當天三月半，東風無力百花殘。人生豈得長無謂，青鳥殷勤爲探看。」五「雲屏不動掩秋顰，家近紅蕖曲水濱。終日相思却相怨，可堪無酒更無人。紅樓隔雨相望冷，錦瑟驚絃破夢頻。莫訝韓憑爲蛺蝶，不知原是此花身。」六「不踏金蓮不肯來，自埋紅粉自成灰。更無人處簾垂地，尚有露寒花未開。碧草暗侵穿苑路，柳綿相憶隔章臺。羅屏但有空青色，遮掩春山滯上才。」七「東閣無因得再窺，佳人惆悵卧遥帷。自蒙半夜傳衣後，便是孤鸞罷舞時。他日未開今日謝，清秋一首《杜秋詩》。玉璫緘札何由達，莫遣佳期更後期。」八後四首仿此，不盡列。「深知身在情常在，不是花迷客自迷」「誰與王昌報消息，獨教宋玉擅才華」，尤其佳句也。此詩撦撏義山，可謂盡致。余曩贈李杜二友集義山句爲轉韵詩，僅二十韵耳，對此自覺不逮。

世傳《雁字詩》三十首，或題乩筆，或云閨秀。曩以文繁未及鈔，兹閱歸安葉佩蓀《愼餘齋詩集》，有《雁字》七律二十首，與之相類，乃知詩本葉作。録二：「緑章可待乞天公，牋奏遥傳碧落中。不在語言惟曳白，有何羈怨慣書空。斜陽閃背金泥粲，霽雪梳翎玉筯工。最是關山飛欲倦，數行小草苦匆匆。」「摇翰逡巡急就成，烏焉指點未分明。隨陽表宜揮南至，度臘詩應紀北征。寒到山中諧鶴語，暖回江畔主鷗盟。問奇我欲乘風去，便駕尻輛上玉京。」摘句：「體變八分猶鳥跡，天開一畫本鴻荒。」「揮成欲獻凌雲賦，過去難摹没字碑。」「釋文未録嘗謁乙，難字無多略識丁。」皆極工。葉字聞沚。《題紅心驛》一絶：「一天梅雨晚蕭蕭，十里蘋香萬柳條。小巷匆匆乞槳去，涼衫渡過赤欄橋。」《菊影》一聯：「月下漫邀三太白，水中曾現百東坡。」

雒南薛補山宁廷《洛間山人詩抄・白門訪蔣心餘不值》二首：「我亦飄蓬客，尋君過白門。花開江令宅，人去謝公墩。罔兩定相問，詩篇誰共論。嵇山讀書處，猶喜奉金蘐。」「水愛名秦泛，山因姓蔣登。金華重回首，衮衮幾人升。蠹簡吾將老，鴻磐君竟能。只愁相見少，行脚兩如僧。」《膴支井》一絶：「三閣切雲通狎客，一泓垂綆抱名妃。失官《南史》忘書册，井宿無端犯太微。」《自嘲》一首：「焚却弓檠撤釣磯，水雲魚鳥總忘機。食單借問管城子，仙意難招丁令威。森竹陰成催景暮，台槐交絶見書稀。市司日日供薪米，久住人情未擬違。」《釋貧》十二韵：「安居好是貧，敢負玉成仁。漸得澹寧趣，不生奢蕩因。虀鹽人諒汝，菽水我娱親。夜夜開門慣，朝朝汲井新。一牀容夢蝶，百衲笑懸鶉。攘竊風能變，貪惏吏亦循。教兒觀息壤，慰僕惜勞薪。金粟憑天雨，朋從説甑塵。多情花月艷，至味簡編醇。富貴徒多畏，艱難患有身。何須送窮鬼，未屑論錢神。莫信柴桑詠，孤雲愁煞人。」

會稽王衍梅《笠舫詩草・仰蘇樓》一首：「萬古青天月，飛來一片秋。蒼茫俯流水，憑弔獨登樓。把酒問今夕，知音坐上頭。奇才惜不用，此地若爲留。」《試劍石》一絶：「試劍當年事有無，孫劉鼎足定須臾。三分天下二分石，一半西川一半吴。」《别内》一首：「角枕低回賦槊兮，曉妝約束日沈西。叫爺漫去兒偏黠，説母同行女又啼。分手便成千里隔，畫眉纔好十年齊。舞衫歌扇卿休慮，人到迷樓夢不迷。」

餘杭嚴晉亭楷《蕉窗暇咏・夜雨》一首：「擁衾徐聽風吹雨，送到茅屋密更疎。萬點潛飛春意悄，一檠摇影夜窗虛。夢來孤嶂雲猶濕，愁入哀猿漏欲除。漂泊詩人誰助咏，半枝鐵笛半囊書。」《西湖竹枝詞》録一：「亭畔閒行過六橋，參差楊柳拂夭桃。春風日暖遊人醉，買得扁舟撑幾篙。」摘句：「岸容青似沐，波影白添肥。」「緑楊垂雨重，碧草落花深。」「砌上落花新畫譜，枝頭啼鳥舊春魂。」「一年第一春光好，三月初三堤柳斜。」

寧州劉寄庵大紳《東遊草》一律：「臣清亦復畏人知，布被羊裘雨雪時。萬里寄書家未到，三年爲令母猶疑。弟無恒産甘長困，兒不成名恐更癡。正值此間魚米貴，望南空有板輿思。」《回别》一首：

「一身輕如葉，可喜是無官。日日酣醇酒，家家勸晚餐。人情如許厚，我意復何干。蹈海真奇士，千金脱屣看。」《見梅花》一首：「春回風乍暖，客久見梅遲。故國幾千樹，他鄉此一枝。碧雲初出候，素月欲來時。夢入羅浮近，裴回自賦詩。」摘句：「一聲何處雲中鵠，五彩誰家錦上鴛。」「魚龍灣上風雲動，鵝鴨城邊鴻雁過。」「北去秋山盡，西來返照多。」

華亭王朝恩《傳硯齋詩質・閒情》四首：「漫羨盧家玳瑁梁，蓬門亦有綺羅香。難酬傾國千金笑，拚與明珠百斛量。眉語才通心暗許，目成差喜貌相莊。從今一洗看花眼，始信佳人自北方。」「輕車陌上走雷聲，指點藍橋易送迎。荳蔻稍頭春二月，蟾蜍影裏夜三更。團香炷罷聞私語，鍥背盟成記小名。慙愧詩人身未老，累他燕燕與鶯鶯。」「明妝竟日静生妍，秀鬋青蛾正盛年。漫笑狂夫情太重，若教大婦見應憐。證得鴛夢三生石，譜就眉圖十樣箋。最是宵深香燼候，泥人紅袖枕函邊。」「生來福慧合平分，詎是人間粉黛群。體學簪花書斌媚，氣合蘭麝語氤氳。頻賡謝女風前絮，羞問襄王峽裏雲。一種閒情消不得，新詩寫徧鬱金裙。」此詩亦效義山，而風調全别，良由詞義太盡耳。録之待參。

閩人伊秉綬《留春草堂詩抄》，《布被》一首：「布被能昭質，隨予歲月深。關河千里夢，風雨對牀心。掩淚添新絮，蒙頭憶舊吟。依然配長枕，支漏夜沈沈。」《穀人祭酒七十壽詩》二首：「十八科前仙侶稀，魯靈光特聳清儀。詞林望是儒林望，國子師原胄子師。蓮炬封餘韓氏篋，弓衣織就白家詩。年年玉露銀河夕，早桂香中介一巵。」「少説漁洋公老成，並留陳迹緑楊城。暮年未免應劉感，門下從多籍湜名。絲管千觴娱北海，文章一代重西清。正逢續集編成日，壽在綿綿士女情。」《觀黄小松遺畫》

一絶：「湖風吹面柳絲牽，月帶香來正放蓮。四十三年人化鶴，尚留孤影斷橋邊。」按：小松名易，錢唐人，僑居濟上。詩集未付梓，無從搜采。

嘉慶辛未，上林張南崧師欲續鈔山左詩。先君子時在單父，徵其鄉前輩詩十九家，其十八家俱入續鈔，惟袁茂才養，字大冲，著有《秋水庵詩草》，未入選，漫存數首。《秋懷》一律：「落落孤懷向遠天，夕陽晚樹一聲蟬。買山半被俗緣誤，投筆全爲文債牽。詩裏尋仙須刮目，琴中得趣可無絃。青雲往事多惆悵，眼底西風似舊年。」《夏日郊居》一律：「茅屋數椽小，薜蘿一徑穿。窺人雙野鳥，繞舍半樹烟。何必買山住，可曾戴笠還。雨餘遊夏圃，壓樹果初圓。」

劉文水《建牙粵東賦此寄懷》一首：「黃河此日見澄清，不負當年獨請纓。虎豹一囊資大略，東南半壁倚長城。無緣蓮幕親弓劍，深感魚書念友生。竚看防邊馳露布，將軍海外斬妖鯨。」

單邑王蘿坪建元詩集多古體。録其《山陽渡河》一首：「龍門巀嶪干雲霄，長河直下崑崙椒。九曲噴薄稱天險，萬有餘里入海橋。中經楚州匯洪澤，千尋競注入泬寥。鉢池望望公路浦，飛流更與清淮交。羊角風急河伯怒，魚龍水兕紛騰逃。今年小春赴鹽官，烟舸南下廣陵濤。瞥見扁舟臨巨壑，中流一葉隨萍飄。顛簸上下渾無定，驚雷喧豗亂珠跳。或如崩石墜絶澗，或如舂杵響寒霄。壓帆叠漲千尺强，力撼山岳勢動摇。濁浪然犀不可鑑，髣佛龍宫舞潛蛟。據艦四顧精神悚，拊髀大叫舌上橋。須臾繫纜清淮口，縠紋如練水迢迢。波澹天清聞玉笛，一弄微風月初高。」

沁水張大成景宣遺詩，有同郡韓大琮叙，沈豫跋。張，晉産，而寓於滕，卜居界河，今三世矣。友人得其遺草，多戲句，録數首。《七月七日早雨》一絶：「時常七夕泣銀河，爲甚凌晨灑淚波？想是雙星年愈老，恩情更比少年多。」《下第後得家信併衣物》二絶，録一：「戰北秋風慙正多，冬深猶自寄烟波。閨中忽送寒衣到，爲視周娘果若何？」《雪中同鄔文若聯句》四首，録《雪聲》一：「蕭蕭幔外散蘆花，鄔一片清聲韵自遐。帶雨入簾蠶食葉，張隨風穿竹蠏行沙。撲來客觸窗前夢，鄔飛去鳥驚枝上譁。淅瀝音飄真個異，張幾番想像覺猶差。鄔」

陽城李毅茂才遺詩，《無題》二律：「滿眼秋風感萬端，如龍山勢鬱千盤。豈今天地生才少，從古英雄命世難。塵域茫茫消濁酒，歲華滚滚走驚湍。寶刀駿馬憑誰問，日向并州市上看。」「擊節高歌願少休，唾壺已碎尚離憂。侯門客果輕毛遂，酒肆人誰識馬周。世態可憐同一貉，丈夫原自有千秋。龍光細看横腰劍，且伴風塵作壯遊。」

滕縣王特選策軒《銜山閣詩集》，里人楊仕進允升爲梓行之，乾隆甲午年事也。兹道光甲午，正六十年矣。余始於鄰人案頭得讀其集，叙載允升之言曰：「人患無足傳耳，苟有可得表章，豈盡子姪責哉！一家中成一名士，則一家之光；一邑一郡成一名士，則一邑一郡之光。極之天下，成一名士，則天下一代之光。果其名實相副，當共助以成厥美。刊刻之役，爰身任之。」嗚乎，是皆古之人哉！漫録近體數首，以當鼎臠。《秋日》二首：「到家即出門，書味旋多失。洗眼看山光，閒窗第一日。」「《蘭亭》跋十三，避俗自臨寫。樓外水深深，雲飛秋樹惹。」《偶成》二首：「老去情懷恐不禁，强將幽興自追尋。閒臨晉代雙鈎帖，静撫唐人百衲琴。茗椀香爐添活計，山經水注待知音。天涯芳草萋萋緑，隔斷登高望遠心。」「閒人舉動未能閒，閉目神遊夢覺關。事置輸贏碁局外，書留醉醒酒杯間。寧從闤闠稱通隱，不向雲臺乞大還。旦夕誦經非佞佛，翛然萬慮此中删。」《初夏感懷》一首：「乍雨乍晴鴨泛池，輕寒輕暖麥秋時。偶繙潘岳《閒居賦》，細和陶潛《止酒》詩。燕子窺簾飛絮盡，蜂兒入牖落花遲。午睡醒來尋茗椀，數聲剥啄寄相思。」《七夕和韵》一絶：「懊惱匏瓜繫漢東，黄姑祝鵲駕長虹。多情禁得經年別，淚染吴江葉葉楓。」摘句：「逢人驛路攀楊柳，沽酒前村問杏花。」「浪迹連朝隨白雁，還轅九日伴黄花。」

先君子舊友謝石農先生自書其集，目爲《石農詩存》。敬録數首。《擬古》詩云：「日月雙驚丸，背人何堂堂。俯仰成今昔，催來頭上霜。十三學畫眉，十五繡鴛鴦。鴛鴦七十二，單情不可雙。清風流素幃，明月鑑空房。夜夜拈針線，爲人作嫁裳。」《賣兒行》二首：「阿母牽兒衣，阿翁抱兒走。年荒軀命賤，兒價不如狗。得錢不盈掌，買米不盈斗。此日兒去膝，此日飯在口。可憐一飽不百年，明朝又無賣兒錢。」二「阿母牽兒衣，淚落兒臉旁。兒癡還索乳，宛轉牽其裳。汝應不識母，何處覓故鄉。莫負主人恩，食汝即爺娘。回首再拜買兒者，嗟乎彼亦人子也。」二《過滕城懷古》一首：「高原曲抱數峰斜，落日空城叫餓鴉。芳草百里仍故國，緑楊深巷是誰家。重將井畝徵遺老，剩有荆流漾淺沙。回首當年争戰地，春風桃李滿天涯。」《過王際盛次韵》二首：「涼風吹木末，一榻鎖閒愁。客况清於水，沖懷澹似秋。文園空賣賦，王粲怯登樓。及爾同遲暮，三公負黑頭。」二「我亦嶔崎者，相逢話客愁。無官非爲懶，多病總憐秋。彩管矜紅藥，英詞振鳳樓。瓣香餘麈尾，閒白少年頭。」《題畫》一絶：「茅簷如帶枕山頭，紅葉蒼苔點素秋。一卷《南華》吟未了，亂峰影裏下漁舟。」石農名欽寶，同里人，乾隆甲子孝廉，詩及書畫並工。

石農先生《過張桓侯廟題壁》一首：「北風吹古寺，松粉冷苔紋。大業餘荒壘，英聲横暮雲。有靈應識我，無酒可酬君。肝膽知誰向，易陽坐夕曛。」前鈔秦止園集亦有《題張桓侯故里》一首：「地有英雄氣，人欽國士風。專祠依閬水，遺恨繞吴中。便自三分定，難忘百戰功。至今思將帥，熊虎復誰同？」

平原董寄廬元度《舊雨草堂詩集・博平官邸雜興》二首：「雨過滅炎蒸，匡牀六尺藤。歸雲濃似墨，羈況澹於僧。院静如逃谷，簾垂免集蠅。羲皇原不遠，有味是無能。」「問字無今雨，攤書得古歡。蜩鳴生爽籟，茶沸響流湍。魂夢松篁徑，饔飧苜蓿盤。素心時過我，故態不須冠。」《書局寫懷》一律：「擁爐斗室似幽棲，冉冉流光日易西。老眼尚能讎亥豕，旅懷偏苦待晨雞。錯刀遠路愁平子，錦瑟華年感玉溪。欲向湖亭看雪霽，扶笻蹩躠怕衝泥。」《自題説夢圖》二絶：「匝地槐陰夢破遲，鹿隍鼠穴太支離。黑甜鄉裏誰先覺，姑妄言之姑聽之。」「憑誰好事寫屏風，烏有先生亡是公。爲蝶爲周君莫問，且斟七椀學盧仝。」《邯鄲盧生祠》四絶録一：「宦海風波歎逐臣，恩仇兒女耐酸辛。如何仙客囊中枕，也有含沙射影人。」

厭次王所禮虚谷《春暉堂集》，《春晚》一首：「心事闌珊後，年光付水流。落花迴客夢，細雨織春愁。破悶憑開卷，懷人懶上樓。行踪飄泊甚，愧煞海邊鷗。」《五十生日》一首：「懸弧壯志與心違，漸覺沈腰減帶圍。半過六千三萬日，未知四十九年非。雲雖出岫低逾懶，鳥亦識還倦不飛。惟願高堂供菽水，年年額手奉春暉。」《題徐少府悼亡詩後》一絶：「悼亡詩欲生前見，今古詞人無此題。百韵成來能不死，問渠得似秀才妻？」摘句：「山色當門明霽色，湖波盡日送寒流。」「好發新醅壓竹葉，故留小雪伴梅花。」「廿年烏帽雙蓬鬢，千里青山兩簏書。」《望焦山》句：「樹色斜連京口去，潮聲近逼海門來。」

所禮弟所擢小山，招遠教諭，著《羅峰草》。《感懷》一首：「十年蹤跡感風塵，博得羅峰自在身。只道青氈還舊物，敢將白眼看時人。心經閱歷常多忍，官到蕭閒自耐貧。相對君平成莫逆，樂從龜卜説前因。」《草簾和韵》：「禦寒漫笑冷官貧，織草爲簾著户新。一束卷來人似玉，三冬垂處室增春。留香最愛紋偏密，拂地何嫌波未勻。自是出山懷勁質，門前一任疾風頻。」《留别》二首：「十八年來耐冷官，群情相與慰氈寒。學疏豈有顔能抗，交久因知别最難。雙鬢未斑宜報稱，一家雖去慶團欒。囑兒生地應須記，他日還當故里看。」「家家酒釀菊華期，潑乳香生開甕時。未用典衣先命酒，非關問字亦投瓻。士敦古處土風厚，官叙年勞星次移。珍重臨歧無限意，離亭更勸進餘巵。」升任滿城令，著《邊城草》。《初過紫荆關》一絶：「迤邐行來石徑斜，春山不見紫荆花。停輿試問山前後，兄弟同居有幾家？」復過訪，知「荆」非荆樹，乃荆棘也，更成一絶：「漫笑斯關浪得名，邇來惑漸釋平生。沿蹊塞路皆荆棘，不獨崎嶇不易行。」

江陰沈蓮《眼鏡詩》一首：「四十曰眼關，俗語殊費解。當其至四十，目力隨時改。光摇無定境，雜花眩銀海。不知何代人，制器永爲楷。鑿開琉璃天，斲破水晶彩。雙輪縣日月，兩字分子亥。置之眉睫間，儼若虚左待。外蔽内愈明，秋毫察勿乃。我昔聞達摩，面壁坐九載。萬事不關心，閉目亦自在。聰明世所忌，慧黠遜狂騃。胡爲矜察察，觸處亂真宰。雲霧長溟濛，余心自清灑。寄語年高人，勿向市上買。」

淄川翟笏山建書《南園遺詩》，《春興》一首：「膏雨重苺苔，春風著意催。好花春有色，啼鳥晝無猜。烟景隨人假，晴窗爲客開。倚樓南望處，又聽雁聲來。」《紀夢》一絶：「一夢情何遠，情牽入夢頻。每從夢醒後，惆悵夢中人。」《蓮開並蒂》一絶：「琅玕風静水紋平，却喜蓮花並蒂生。寄語傍枝休見妬，兩心原是一心成。」

濟州高如岱子積《河干集》絶句：「閒登古原上，坐愛霜林紫。斜陽一鳥還，漠漠寒烟裏。」「野人餽黄華，華上新露白。渠是素心人，來慰風雨夕。」「遠烟出林青，西日下城冷。褭褭向長堤，獨照清溪影。」又《雲水集・秋夕書懷》一首：「蟬歇林猶暗，蛩吟夜轉清。花香風裏覺，草色雨中明。身世無長策，心知有短檠。洸西一茅宇，歌嘯度餘生。」《春晚即景》二首：「榆柳陰陰緑映扉，幽棲春晚思依依。空陂漲入魚苗聚，故壘泥增燕子歸。繞徑時聞風落果，穿林不惜雨沾衣。人生自古悲形役，應向田園悔昨非。」「老得身閒蔗味長，更無塵夢擾村堂。花枝當户看皆好，木葉充盤飯亦香。野色淡濃天近遠，春衣加減候温涼。行遊率爾逢嘉賞，不擇良辰與樂方。」摘句：「履聲出亂草，笠影度高原。」「遥空一鳥下，霽日幾峰開。」

餘姚岑振祖《鏡西詩抄·題畫》一首：「近水郵居半掩扉，岸痕隔夜認依稀。此間無數啼黄鳥，萬樹春深緑正肥。」《聞母病抵家》一首：「鄉近情多怯，門臨步轉遲。却看諸弟笑，已報老親知。奉養虧前日，團欒正此時。昨宵愁欲絶，漫作夢中疑。」《感懷》一首：「身是人間六十翁，當年舊侣慨誰同。半無嗣續凋零盡，都抱才華泯滅中。雲館休尋荒草迹，魚箋偶夾亂書叢。客邊齒豁頭童日，莫嘆行踪似斷蓬。」

滕邑邵鳳翔《鏡熱軒詩草》，《春莫》一首：「勝日重游處，晴光破暮春。花香含雨氣，鳥語笑風塵。醉後憐芳草，愁來憶故人。茅堂遺興在，敲句樂天真。」《與友人論詩》一首：「文章非小道，妙諦豈雷同。覓理真方得，摛詞細始工。凝思山月迥，縱目海天空。行到無心處，金針箇裏通。」《秋夜》一首：「疎窗蟲語碎，秋夜澹新晴。月冷黄花影，風寒白雁聲。經霜山欲瘦，已雨水爲清。誰破幽人夢，晨雞唱五更。」《午夜》一首：「擊柝傳三點，牀頭夢未成。山空孤雁冷，月小半窗明。露結霜天白，花開午夜清。長懷思不已，擁被待雞鳴。」摘句：「草色明殘照，蟬聲落暮烟。」「月以秋光白，風爲夜氣清。」「雲影晴猶濕，村烟近却無。」「風冷知花瘦，身閑覺病多。」鳳翔字石亭，界河里人，武學生。

滕縣張明經奕泰，述其先大父謌亭公九歲能詩。應童子試，縣尹王公爾鑑面試，指庭竹爲題，立成一絶：「修竹亭亭透碧空，蕭然高寄有誰同。吟風弄月淇泉上，不在尋常草木中。」尹大驚異，學使金公德瑛取入邑庠，書「山左奇英」匾，鐫「九齡秀才」圖章賜之，並系以詩。詩未及詳。九齡秀才，洵爲異事。自古有張童子，秀才可與伯仲矣。謌亭諱昌，弱冠舉於鄉，由教習出宰江南，洊升郡守。年四十餘，以終養告歸，優游林下者二十年。書法最工，至今人寶其尺牘，而知其詩者鮮矣。余得童時一絶，如吉光片羽云。

威海畢君宿庚，年十二入邑庠，冠軍。學使長白喀公爾欽亟賞之，贈詩云：「生名宿庚其姓畢，總角綴文已超軼。爲爾高吟工部詩，射策君門期第一。」「工部」，傳者譌作「水部」，非是。宿庚字西有，弱冠舉於鄉，以第四人魁其經。後爲縣令，有聲。著《蛙鳴詩集》。

國初詩人萊陽董樵谷，子道東亦能詩，著《千仞閣山居詩集》。《槎山野望》一律：「遥遥秋色望蒼茫，百丈層岩六月涼。海外浮光千里闊，簾前佳氣九峰長。雲依碧水連三島，路繞清流入大荒。四野烟村含落日，同人高卧話耕桑。」

嘉慶甲子，先君子爲單縣學官，時魏觀察成憲贈五古長篇押「馬」字韵一首，并其論治河書札數封，都爲一處。後遭癸酉匪警失去，詩亦不能追憶一字，甚可歎也。道光壬午，先慈卧病時話三十年前事，先君子館江南，有人贈詩，略記其句：「江南到處是春風，絳帳於今見馬融。業擅雕龍勝劉勰，文成吐鳳邁揚雄。」又「褒衣博帶來山左，負笈擔簦徧泗濱。兄弟聯芳悉佳士，高才偏屬白眉人。」作者似是李明經典在。

曹州鎮劉松齋先生《留别詩》原札：「道光壬午予自曹鎮任内奉命致仕，由齊返黔。俶裝將行，仰觀聖明之治，俯念勷歷之區，有感於中，未能恝然。輒賦長句四章，敬以紀恩，兼用識别。」其辭曰：「卅年冒寵玷朝班，詔許合家返故關。善飯尚誇身手健，戀恩先悵鬢毛斑。年來衣食皆天賜，老去林泉得暫閒。萬里棲霞知好在，只愁無計買青山。」「秋風欲别轉流連，回首雲山緩著鞭。千里桑麻迷海岱，萬家井竈息烽烟。駑駘未必知前路，樗散空教養大年。叠荷君恩猶未報，虚名敢媿况青天。」「抽帆宦海覺身輕，慚愧人傳大樹名。噩夢未能忘馬草，初心且與證鷗盟。苦無奇績酬知遇，賸有餘生頌太平。笑語山東諸父老，急收刀劍事春耕。」「霄路何心振羽翰，鍪兜依舊换儒冠。敝裘典盡書囊在，壯志消除劍匣寒。十月冰霜時節改，一家雞犬去留難。真成日近長安遠，獨向浮雲直北看。」松齋名清起，自拔貢，每與先君子論同年，且戲謂曰：「若能棄文就武，當以參府相保。」

隨緣老人姓王氏，諱會之，字萃也。鄒人，余外祖也。著有《平平集》，一名《如礫集》。乾隆丁未，余先君子游江南，館宿州閔孝鄉，外祖往眎。别後，宿黄河南岸，爲詩却寄。詞曰：「仍是三冬候，相聚冷轉融。仍是皎皎月，相離何獨明。夜深難成寐，起坐寒氊青。垂首念昨日，爲我盡經營。歔欷列祖餞，舉杯復丁寧。北有黄河水，冰翻勢不平。蚤投人處宿，隻身慎客程。執手各悵悵，言稀淚頻擎。無奈終須别，愁雲鎖驛亭。相思惟遥望，應是兩地情。」歸鄒，又寄一首：「心醉非關酒，懷傷多爲離。夢斷腸亦斷，憂思病愈思。念切惟遥望，路賒未易之。此情兩地合，相聚是何時？」庚戌春，送余先君子入都，應廷試一絶：「爲試京華又别離，今朝咫尺步丹墀。宦情如水真難得，行李一肩似舊時。」

《平平集》多古體，不勝載。記《短歌》一首：「孤松無依兮歲寒多，清音配瑟兮調不和。根芽卷曲兮可奈何，貞心將枯兮可奈何。」《自歎》二絶：「憶昔妙齡今已非，陌頭楊柳尚依依。春來春去渾如夢，霜鬢催成故侶稀。」「垂老童稺一片心，歡樂何少悵何深。平生勘到三更盡，太息無言淚滿襟。」《南湖晚泛》二絶：「萬頃平湖照客顔，蒼茫氣色浮遥關。晚來水際青如畫，看作江南一帶山。」「溟溟漠漠復媥媥，一帶平鋪接遠關。最是晚霞輕落處，紅摇水影碧連山。」隨緣老人幼習矢石，晚工詩畫。《晚泛》等篇，殆是詩中有畫。秋日閒吟，得句云：「鳥來知客去，魚閒傲我忙。」甚自賞。或云與唐句複，乃輟翰。

當塗黄左田師《題王秋史小照》一律：「晚而得第如東野，熱不因人似伯鸞。望水秋吟黄葉好，成山詩補《白華》難。百年風貌留禪喜，一瓣心香接古歡。幸有文孫逾二老，不同葛帔練裙單。」《留别登州諸生》二律：「老去難期汗漫遊，者番行盡海東頭。玉堂三入誠何幸，珊網全收也合休。留别偶令賡玉局，召還果復在登州。諸生珍重臨岐路，可有箴言贈我不？」「觀海新從登岱來，雲峰雪浪共崔嵬。愧無許劭人倫鑒，定有夷吾天下才。道茀那能禁翦薙，軍譁休便怨銜枚。蓬萊好讓群仙住，歸綴清班首重回。」《雁宕紀游詩百韵》，略載數語，以志鄉往：「巖八峰百二，神異邁靈鷲。唐暨五代宋，權輿辨先後。攀援到康樂，觀瀑亦曾留。獲觀二洞奇，已非因想遘。底須探海源，必欲泛星宿？」

錢唐戚蓉臺師《送長壽韓侍郎》一律：「懸車剛及古稀年，天許台星作散仙。桃李陰成詩鉢在，棘槐望重諫書傳。香山圖畫聯吟社，疏傅遨遊散俸錢。好對峨眉挹江水，人來長壽正開筵。」又句：「錦里春風韋相宅，黄花晚節魏公詩。」

古腄陳仝年蘿溪，甲戌春偕計北上，路過興濟，壁間有五言長律一章，墨瀋猶新，而不著姓氏。詩曰：「十載攻黄卷，千錘鍊碧銅。詩書消意氣，歲月老英雄。偶著飛仙舄，言乘破浪風。鋤奸頭已斷，韞櫝劍無功。稽事催秧馬，春游門草蟲。太平閒煞我，一笑緑雲中。」第四韵下原注：「某歲泛海，遇官軍與賊戰，小却。余飛劍斬二賊，始敗去，而軍人未知也。」語似劍仙。

夏邑汪攸甫見泰安縣邱家店壁無名氏題辭二闋：「夾路平林涼似水，秋晴一片中央。半城疎雨共斜陽。馬頭青照眼，齊魯暮山蒼。回首豐臺花下醉，匆匆更憶游梁。離情還比客途長。五更殘夢醒，愁緒轉茫茫。」

《茌山清况》一册，無名氏鈔本。詩係七律平韵三十首，録二：「外翰清高世盡知，誰憐薪米費支持。豚兒衣薄常挨凍，蠢僕腸寬半忍飢。買醉曾無千日酒，遣懷只有數行詩。莫嫌署冷人輕慢，多少鴻儒唤老師。」「三載交游盡友生，不知肝膽向誰傾。邑當衝路官偏賤，教設荒城道亦輕。東郭星軺才至止，西郊驄馬又宵征。可憐苜蓿閑齋客，也逐風塵日送迎。」摘句：「策杖尋春常落後，當筵齒讓每居先。」「媚世才惟文士少，感慨人是暮年多。」結句云：「幾時得返邗江道，滿載西風一幅帆。」知係邗江人，爲茌平學博者。蓋在熙雍時廣文出省爲之。卷末集聯數十，摘録一二。「光明心地梧桐月，活潑性天楊柳風。」「居静不隨流水動，安閒常笑白雲忙。」「月自文人心地白，風從高士性天清。」「酒醉那皆真樂地，詩成便是活生涯。」「閑中自得琴書趣，樂處超然天地寬。」與前詩一人筆迹。

滕邑李處士家有其先三世《節孝詩》一册，名人甚多，録其第一首《濡陽陳惪華》云：「憶昔結褵適此門，鬢蓬憔悴且休論。簾中雙鳳驚初拆，鏡裏孤鸞淚有痕。甘脆奉姑還奉祖，苦參貽子更貽孫。至今惟有凌空月，仍向芳闈照烈魂。」

《欒陵縣志》廣文劉彤《虚心棗》一首：「謙爲君子德，棗亦解虚心。嚼去馨生齒，摘來露滿林。接枝還土性，結實望甘霖。自恃微長者，嘗斯可作箴。」「接枝」句原注：「木由接生。」按：接桃無核，所在多有。接棗虚心，理亦宜然。土人云「别有根生者」，未知孰是。邑人張鏐《富平棗》一首：「何須珍異物，愛此一林丹。霧暗青虬隱，秋光赤玉寒。吹豳常應候，則壤不名酸。寄語安期叟，如瓜詎可餐。」苕溪高世璜《懷古》一首：「韶光罨畫富平南，懷古還停紫陌驂。千里燕齊中界兩，九河天地此分三。烟迷余相荒臺迥，草鎩房侯遺井甘。好鳥催詩深樹裏，飄然衝過漢城嵐。」古跡有北齊房太守故井，元余平章看花臺。

《惠民縣志》劉佐沛《移住南郇即事》一首：「久有移家意，郇翁許卜鄰。躬耕兒作苦，獻歲婦調辛。打鼓迎蠶祖，吹螺送虎神。今知忙不徹，始是太平民。」《雞籠鎮懷刺史員半千》一首：「生當五百歲，作郡異鸞棲。故堞迴殘照，豐碑没舊題。朝參羞控鶴，野興付籠雞。曉起懷賢者，行行一杖藜。」

渠以學究談詩，動言真性情，索其稿讀之，乃多有卜兆、上冢等題，併敝裘感父、新韈念母等篇。此爲真性情邪？此何等事，輒出以韵語，則其性情亦淺矣！無怪杜子美詩一部，除「東郡趨庭」一語外，更無感慕之作，不害爲詩聖。

又見一貴冑詩册，多有贈歌童、憶校書等篇，與贈友、寄内諸題相錯，且滿紙歌童舞伎名號，甚乖雅道。乃感成一聯：「漫將口過成心過，始信無詩勝有詩。」

詩寫俗境用俗字眼，在古人則可，近人不宜效也。如鄉人某詩有《撈蝦》、《觀雞雛》等篇，及「三日驚瓠大，隔宵喜筍長」等句，便似好笑底一部小説。所貴乎作者與古人抗衡，豈與亡賴角藝能邪？擊轅之歌，有應《風》、《雅》，自古有之，然亦僅矣。巴里口中，那有雅樂！詩句固貴典雅，而用典亦有爲累者。如里人句「雨後蓬科手自薅」，「蓬科」非無出處「薅」字非不典正，而用來腐氣。蓋徒知用典，而不知意趣當超乎典外，則雖數典，適足見笑而自點耳。

先兄論詩，每謂近代以來，詩律益細，雕鏤益工，搜奇騁妍，無以復加。學者若一以自然爲宗，不徵典、不鍊字，是張空拳以禦敵也。又謂近代貼括以來，相習成風，每遇一集，輒先尋其律句觀之。若集中無近體，五七律不工，是猶以古樂强文侯也。留意格律如此。若天假之年，所造豈不益精？先兄平生作詩，從不以示外人，故采顔黄門語自題其稿，曰「詅癡符」。

《史通》譏五代作者「蕪音累句，雲蒸泉湧。其爲文也，大抵編字不隻，捶句皆雙，修短取均，奇偶相配。故應以一言蔽之者，輒足以二言，應以三句成文者，必分爲四句。彌漫重沓，不知所裁。」此譏駢儷之病，實爲切中。何獨爲史不可如是，即詩亦然，重梁積架，不足尚也。必句各有義，乃爲得之。《史通》又譏「世俗所傳有《雞九錫》、《酒孝經》、《房中志》、《醉鄉記》，或師範五經，或規摩三史。」按：古人所譏，今爲典故。必謂吴均語不足用，亦未可概論矣。然擇言尤雅，爲文正法，詩與史義一也。

常讀古人之詩，每自覺無詩；及讀近人之詩，又自覺有詩。何居？古人吟詠性情，犂然有當於人心，故含咀之下，能代余言也。後人因文造情，一字之巧，積而爲句；一句之工，沿而成篇。正劉舍人所謂「雉竄文囿」者，何怪其辭之易哉。

近人詩集，率不過風雲月露，即景發咏；花木禽鳥，因物命題。此皆從近體入者，帖括餘習，漸積深耳。余嘗謂有志於古者，非盡去帖括習氣不可。若詠物別是一體，必義切比興，乃無琢花繪草、翦紅刻翠之嫌。

四聲韵之説，古未有也。俗子觀漢魏詩，謂多平仄混押，真責宋秀才曉《大明律》矣，殊可笑也。自唐以來，名家作詩，雖古體押韵多別四聲，蓋由功令所在，童而習之，不肯自異也。韵書相沿，如三尺律。若今人效古，必欲平仄混押，亦殊無謂。

嘉慶丙子，舍弟輩初學排律，爲申明數事，漫志於後。欲作排律，無它謬巧，當先熟韵書。韵書熟則驅使如意，聲調易諧，對帶易工。熟韵惟在記誦，更無謬巧。世俗等韵法最無據，凡韵書中音同而韵異、音異而韵同者，不可枚舉。其平仄攸分尤不可解者，如「中央」、「中正」之「中」平，而「中興」之「中」去；「恭先」、「孚先」之「先」平，而「先入」之「先」去；「可不」、「可否」，其義正同，而一平一上；「彭蠡」、「測蠡」，其音無異，而一上一平；「不」字四聲俱有，而「鄂不」、「服不」，並讀入聲；「毋」字與「勿」相類，而「將毋」「甯毋」，並讀平聲。各有分別，不可一概相量。

文同義異，一字兩音，如「便蕃」音「凡」，而「蕃薛」之「蕃」音「皮」；「酇邑」音「纘」，而「酇侯」之「酇」音「瑳」；「皋比」、「虎賁」兩平，而「比」「賁」卦名獨仄；「皋陶」、「曹操」，四字同韵，而人名各別；「皋陶」之「陶」蕭韵，「曹操」之「操」仄聲。又如「可離」，花名，平聲；而《中庸》「可離」，去聲。「齊」平，而「火齊」，珠名，仄。「煎」平，而「甲煎」，香名，仄。此類不可徧舉，皆宜留意。

詩人承用有誤而不能改者，如「梁案相莊」，本謂相敬如賓。《左傳》及《後漢書》悉是「相敬」，至宋諱「敬」改「莊」，後人無須如是矣。而「莊」係平聲，與「梁案」句諧，至今稱「相莊」。「氣味如中酒」「臣今時復一中之」，兩「中」字俱平乃協，至今「中酒」之「中」獨讀平，實即「中的」之「中」。凡「中毒」「中暑」，與「薄寒中人」，音義無殊。又如「昔昔鹽」，曲名，正是「艷」字異文，而詩人相沿，俱讀如字平聲。「春風風人」，下「風」字自當異讀，而仄韵不收「風」字，人亦作平用。此類亦不可不知。

公冶長通鳥語，邢氏《論語正義》無有也，見皇侃《義疏》。臧孫辰以玉磬告糴，《左傳》無有也，見《國語・魯語》。田駢齊人，稱「天口駢」，《史記》無有也，見《漢・藝文志》夾注。顏駟爲郎，三世不遇，《漢書》無有也，見《東觀漢記》。蝦蟇是官，當給廩，《晉書・惠帝紀》無此語也，見《水經注》引《晉中州記》。青成藍，藍謝青，荀卿《勸學篇》無是語也，見《北史・李謐傳》。此類甚衆，不可殫述。學者株守一書，偏執己見，嗤點古人，鮮不貽譏於世。余常持此論，令諸弟勉學。若論詩，則尤宜謹凜此義。詩中用事，例有假借，方語巷談，頓成典故，更不可妄加雌黃。

東泉詩話卷弟四

魚臺馬星翼仲章著

記詩二時賢家集

余於辛巳年，録所見時賢詩爲一册。甲午春復觀之，大有徐、陳、應、劉之感，備録於左。

滕陽滿碧山秋石斷蔗山人詩，《春日過薛城》一首：「奚山東望隔晴霞，邐迤荒城一帶斜。草木春深迷故國，山河盛氣走輕車。自從星散三千客，無復雲屯六萬家。寂寞孟嘗墳下路，東風開遍野棠花。」《念遠》一首：「凉風吹木末，落葉下中庭。客况渾如此，秋聲不可聽。斷雲天一雁，寒杵夜雙星。浩渺靈槎路，烟波正未停。」《擬古》一首：「君戍黄沙磧，妾居白玉堂。鸞臺雙芳色，雕羽染流光。况此海天遠，兼之秋夜長。殷勤問牛女，何處寄征裳？」《彭城懷古》一首：「長淮襟海岱，天置古徐州。劉項過雙鳥，鄉關倚北樓。河聲三面雨，山色半城秋。霸氣銷沈盡，烟波萬古愁。」《過揚州》一首：「海岸銀濤八月秋，飄然一葉廣陵遊。不貪玉蕊能傾國，儘愛珠簾半上鈎。明月簫聲今古夢，西風楊柳去來舟。匆匆盡道紅橋好，文選何人訪舊樓。」又《歸雲集・留别武邑》一首：「武邑僻處亂山中，嶺谷紆回路鮮通。溪水長消三日雨，稻花榮落一天風。魚鱗地户争松竹，龜板畦塍摘柏桐。蕞爾微區生産薄，催科莫急後來功。」《登大觀臺》一首：「臨江控海走風雷，放眼晨登大觀臺。紅遍赭龕初日上，青浮天地早潮來。衣冠南渡開文運，吴越中分展霸才。數著殘棋收拾起，詩囊不盡酒盈杯。」《八詠樓留別吴棣華郡伯》一首：「三歲趨黄閣，踈狂恕屢愆。不才容自棄，垂老受人憐。紅葉青山路，黄花暮雨天。欲歸歸未得，八詠郡樓邊。」《歸來》一首：「江上多風雨，歸來守敝廬。人心存古鏡，世事閲新書。花是半開好，香留不盡餘。閉門天地闊，一枕到華胥。」

碧山《斷蔗集》已付梓，《歸雲集》尚未也。再録數首。《咏棋子》一律：「小小圍碁子，團團結體成。不隨人指撥，何事爾紛争。當局恒多昧，旁觀本自清。輸贏渾不減，幾許費心情。」《柳絮》一律：「閒倚酒樓吹洞簫，星星白髮鎮無聊。曾經送客臨南浦，又似尋春過灞橋。颯颯晚風飛昨日，濛濛細雨濕今朝。浮萍終是隨流水，漫折長條共短條。」《星堂業師墓下》二絶：「憶昔傳經五十年，宦游生死兩茫然。嚶鳴舊雨全消歇，白髮門生拜墓前。」「重來不見魯靈光，嶺外魂歸道路長。坯土於今猶宿草，也應荒却陸家莊。」

琴臺孟伯青毓鶴詩，《田家》一首：「田家三月暮，繞舍草萋萋。雙燕窺花樹，群鴉下菜畦。柴門流水曲，茅屋夕陽低。來共鄰翁話，前宵雨一犁。」《擬義山體》二首：「脉脉晚風前，盈盈落照邊。香襟翻燕爾，繡領逗鶯然。捲幔雲分葉，垂鈎月下弦。柔情太羞怯，不敢對鐙眠。」「香屑來無跡，屧廊行有聲。背人剛鷺立，見我又鴻驚。玉局彈棋恨，金鑪結篆情。莫同雲外月，掩映不分明。」《閨怨》一首：「掩袖出金屏，蛾眉顰更青。無人知皎潔，獨自惜娉婷。錦字含愁織，冰絃欲語停。尺書何處寄，孤雁落寒汀。」《河堤晚眺》一首：「村徑逐堤斜，行行見釣槎。板橋流水地，衰柳野人家。落日留寒堡，溪田上淺沙。故人歸未得，惆悵數棲鴉。」《夕望》一首：「暝色蒼然至，秋林掩夕曛。回風將送雨，斜日忽穿雲。遠水明還滅，遥墟隱復分。昨來送人處，惆悵此離群。」《過趙北口》一首：「依人千里外，多病一身艱。此地復回首，烟波愈渺然。夕陽紅到地，春水緑浮天。惆悵南來雁，鄉書何處傳？」《醉後漫成》一首：「未減豪狂態，真成爛漫遊。一雙銀約指，百萬錦纏頭。妙選芙蓉帳，平居翡翠樓。祇應同小杜，十載醉揚州。」《春望》一首：「斜照扶筇傍水隈，無邊春色逐人來。緑楊千樹雨初過，紅杏一枝花未開。魂逐暮雲空惆望，夢回芳草自疑猜。韶光滿目誰同賞，日向南邨醉幾回。」《生日雜感》二首：「飄零書劍竟如何，駒隙光陰一擲過。漫説補天猶有石，可憐返日更無戈。蕭槮宋玉悲秋賦，抑塞王郎斫地歌。今日一杯休自飲，勸他天上駐羲娥。」「書窗賸有舊編蒲，敢信雕蟲誤壯夫。落葉一林堪煮酒，北風三日且圍鑪。新交李嶠真才子，夙恨盧綸共少孤。畢竟四方成底事，男兒空自説懸弧。」《留别内子》一首：「征車小住恨無因，握手重看病裏身。此日刀環莫望我，年來馬首但瞻人。半生入世逢迎拙，十載同幃夢想頻。强起莫辭渾未健，高堂衰邁有慈親。」《書懷》一首：「平生風骨漫崚嶒，書劍蹉跎兩未能。自笑王孫長寄食，可憐鄰女更分燈。隻身鸞鳳同漂泊，廿載滄桑小廢興。抱病只今成内熱，玉壺日飲幾條冰。」以詩册質余，末題一首：「姑射神仙迥不群，筆花兼藉衆香熏。敢期玉尺先量我，不惜金針盡度君。曉鏡罷梳還鏤雪，午窗停繡自裁雲。間時把取狂詩句，願得成風一運斤。」伯青五七古亦多佳篇，嚮未存稿。兹僅其律句，一嚬一笑，如見故人；一弦一柱，當亦有賞音者。

伯青年少於余數歲，今其墓有宿草，遺稿不知流落何人，物色數年，未之見也。壬午春，晤李次班於京寓，言及伯青昔有登晏堌贈渠之作，能記憶否？李曰能，即誦其句曰：「雞鳴發晏堌，白也有遺篇。太息斯人去，風流幾百年。我來尋舊跡，之子是神仙。好語三生事，斜陽古木前。」余即欣然寫之如復得一真珠船。

郓妻杜小陵清平《仙源詩草》，《悲秋歌》一首：「秋日慘澹倍傷神，秋月晶瑩却耐人。秋堂獨坐觀秋色，滿庭秋花潑眼新。秋花參差拂秋檻，往來秋蝶秋情黯。秋柳忽聞秋蟬鳴，入耳秋聲倍淒清。秋聲未已秋風起，颯颯吹透秋窗紙。秋窗瞥見秋螢飛，點點秋光秋烟裏。誰將秋扇撲秋螢，驚破秋齋秋夢醒。秋衾冷落多秋思，秋夜鍾鼓下遲遲。强扶秋病著秋衣，正是秋燈燒壁時。秋雲淡淡秋草黃，秋露凝白結秋霜。秋庭已覺秋不盡，那堪秋蛩助淒涼。秋山秋水縈秋緒，秋雨年年人何處。憑將秋箋寫秋心，付與秋鴻寄將去。」此詩「秋」字叠見，有多多益善之致，大是妙筆。王仙李見之哂曰：「不意杜二效顰顰語。」余茫然不解所謂。渠抽取《紅樓》小説一卷，强余觀之，相與一笑。小陵聞，乃欲自毁其藁，余姑存之。《閨情八首》録二：「相期原不過花時，盼到花時又後期。花自重開郎自遠，郎情不似妾情癡。」「寂寞春宵翠袖寒，一輪妒煞影團欒。閉門莫令光侵入，恐惹閒愁袪又難。」《聞碪》一絶：「碪聲何處起，黄昏猶未已。秋風腕下生，送入征人耳。」《聞蟋蟀》一絶：「唧唧滿堂陰，偏驚客子心。去來無多日，冷語漫相侵。」摘句：「風前雨後詩千首，月上花開酒一尊。」

小陵《金臺詩草》，《旅居寫懷》二首：「落葉滿金井，霜天無限秋。閑情偶對菊，望遠一登樓。塞雁凌雲度，寒蛩入暮愁。客中無别事，閉户學潛修。籬豆花開紫，林楓葉染紅。經年苦别緒，此地又秋風。詩覺年來澹，酒猶去日雄。劇憐雨後蝶，黯澹夕陽中。」《鄉心》一絶：「依劉王粲怯登臺，萬事消除仗酒杯。祇有鄉心驅不盡，醉中猶自犯愁來。」《足夢句》一絶：「烟光澹蕩景依稀，誰唱新詞入翠微。夢裏看山山亦幻，秋崖化作白雲飛。」《答王仙李》四絶：「忍把韶華負此心，春花秋月費沈吟。三年不到輞川墅，又入浮雲一障深。」「豈有挐雲手可憑，移家也欲住蓬瀛。年來却悔從前事，酒盞詩囊浪得名。」「半載高津未有詞，黄花節届倍相思。詎知千里懷人句，都在重陽未過時。」「運蹇誰知濁與清，阿兄何必苦分明。爲雲爲雨都難定，且向龍門近處行。原注：家兄時在幕中有寄。」《即事舒懷》二首：「逐逐風塵幾醉醒，一年花事又春城。椿萱堂上陰方茂，桃李門前樹乍成。原注：時及門奕書新捷。烏巷祇今棲白雁，朱樓計日囀黄鶯。關河極目常千里，難遣還雲落月情。」「漫云臣壯不如人，誰識劉蕡下第身。病蝶尋花常過午，懶鶯出谷未逢春。紅綾紫綬空蕭索，白酒黄柑足隱淪。曉月初升花正放，故園風景憶清新。」《懷董臞仙二十初度時董新遭仲兄之喪》四首録一：「露冷風高雁影寒，繹雲南望倍情牽。懷人兩地同千里，初度逢君已廿年。好月將圓多霽色，秋花未老忽霜天。懸知故國稱觴日，一度開樽一惘然。」又句：「一卷書曾期我讀，十分顔每爲君開。」

瀋陽王仙李詩《憶菊》一律：「小别黄華一歲餘，澹香何日慰離居。餐逢南國空憐汝，瘦盡西風誰伴余。寒夜怕聽蛩韵急，清秋惟見雁行疎。幽情苦緒何人見，閑繞東籬月上初。」《過撫寧縣》一首：「背郭三五里，群山叠畫屏。烟深一塔白，松密半城青。碧水流寒玉，明沙粲列星。此鄉好風景，惆悵不能停。」《出關曉發》一首：「北風吹大漠，旭日上滄溟。到海雪常白，出關山不青。草枯鷹振羽，水遠鶴梳翎。故國猶千里，馳驅未暫停。」《勾驪河道中》一首：「涷林絶飛雀，人影下平岡。山寺鳴鐘夕，孤城落日黄。河冰堅若石，岸雪屹如牆。不解衝寒苦，明朝已故鄉。」《雪彌勒》一首：「色相何妨竟認真，瑶臺相對亦前因。護身瑞靄雲千縷，摩頂圓光月一輪。説法定拈寒竹翠，供花含獻早梅新。從今願證菩提果，銀海茫茫好問津。」此詩乃寄余索和者。仙李令弟樸荛詩課册《訪梅》一首：「欲待春歸未見春，尋芳何處早梅新。芒鞋竹杖迢迢路，流水空山寂寂鄰。詩思載回驢背雪，鄉心寄與隴頭人。斜陽欲去仍回首，籬外風寒一鶴馴。」《問梅》一首：「紙帳寒衾夜未眠，細詢花事早梅天。可曾仙骨真修到，爲底春風許占先。江驛幾勞前度使，羅浮誰續再來緣。一樽我欲酬和靖，借語孤山何處邊？」《秋夜》一絶：「月送離離影，蟲餘寂寂音。青燈寒有味，人背菊花吟。」《春夜》句：「花影一肩月，燈痕半壁烟。」

仙李處有浙人孫兆淮詩册。《過曹州上翰屏郡伯》四首録二：「絃歌臺畔解征鞍，琴遇鍾期敢再彈？不是此鄉能借寇，更從何處得瞻韓。漫勞倒屣迎前席，定許摳衣識古歡。小草無香知力弱，捧來節下指揮看。」「投筆班生學請纓，征塵暫拂拜雙旌。出山雲總憑風力，失水蛟須借雨行。獻賦自慙同下里，停鞭只爲問前程。緑楊深處啼鶯小，敢向東皇唤一聲。」《夜發崑山》一律：「西風吹不起，冷雨聽蕭蕭。水響迎船急，漁歌入港遥。篷窗燈未息，布被夢偏饒。向曉舟人語，吴門第幾橋？」又有桐城鄭大文詩册，未及録，祇記其《大明湖》偶句：「山嵐城外横齊魯，葭葦堤邊近越吴。」

撫軍程月川《嶺南集·江村》一首：「一棹牂牁心事違，蘆花岸上叩柴扉。桄榔夜戰秋風老，橘柚香添夜雨肥。釣艇獲魚牽浪起，牧童驅犢破烟歸。何當小結三間屋，且向江皋學息機。」《寄友人》一首：「嶺外風騷客，歸來竟若何。海雲奔筆腕，浩氣入江河。之子經年别，孤舟八月過。欲尋王粲宅，惆悵雨滂沱。」又《海上篇》前後數十首，皆可作詩史觀。文多，不具録。

海陽李字山《任城集》，《重三晤瑶泉昆仲併懷仙李》一首：「一水環清濟，流觴政暫停。時剛逢上巳，人喜晤雙丁。隔浦山眉秀，當軒柳眼青。可堪修禊事，無處覓蘭亭。」《贈杜小鶴》一律：「開元吟客尚籠紗，勝地遊來共駐車。贏得池亭成傳舍，從知李杜是通家。澆愁酒醒筆難擲，感遇詩多手自叉。一様思親家較遠，還須風雪問梅花。」《題孟肄亭聽秋圖》一首：「繹山東望碧雲横，十畝園林無俗情。竹葉風前開酒陣，桐花香裏讀書聲。偶參慧業分明記，獨抱秋心感慨生。皓月一輪相印證，頭銜定許敵冰清。」摘句：「冬心憐竹友，客夢醒梅花。」「舉燭閑書《青玉案》，垂簾如在碧紗籠。」「勁節總饒君子竹，彈章不到美人蕉。」「浴波鸜眼原非一，吞墨魚兒故作雙。」《滌硯》「弄影秋如許，無聲露正凉。」《桂》

字山《濰陽集》，《月中桂》用漁洋《秋柳》詩韵四首：「香氣凝爲月姊魂，幾番搔首望天門。生成寶樹輪囷影，斫想吴剛斧鑿痕。儘有靈根盤上界，更無落葉散荒邨。饒他八萬三千户，玉屑霏霏可共論。」「圓蕊分明不染霜，銀河斜浸即銀塘。横枝莫礙霓裳舞，餘氣猶熏織女箱。例以白榆天上種，配他丹篆日中王。前身記否菩提樹，試與殷勤問寶坊。」「天香曾染十年衣，半面因緣悟昨非。大雅扶輪歸約束，小山對影認依稀。花開四照星芒射，彩散三更露氣飛。一鏡芙蓉相印證，廣寒未與衆仙違。」「省識嫦娥祇自憐，月華三五浄雲烟。天開玉宇香成海，人上瓊樓冷透綿。記取木犀參慧業，飄來金粟兆豐年。舉杯邀向清虚府，自有香風到酒邊。」集中詠物詩多，且俱工，不勝録。摘句《雪花》：「飄來萬朵隨雲葉，開到三更帶月華。」「榆星天上聯華萼，梅嶺人間認弟兄。」

字山處有其同里趙似祖詩册。《山莊》一首：「十里紅橋路，三家白板扉。村疎因樹密，山瘦皆雲肥。牧豎驅牛返，僧雛采藥歸。低回不能去，燈火亂斜暉。」《梅花》一首：「修得幾生福，鍾玆數點芳。瘦餘還有骨，清極欲無香。人卧石三徑，月明琴半牀。問君許誰識，和靖古之狂。」《嫁女》一首：「紅簫紫管向門吹，扶上華輪新畫眉。他日再來翻似客，從前誰道不如兒。累孃記否初生日，作婦難同未嫁時。揮罷淚痕還自笑，人家人去自家悲。」《過石虎廢城》一絶：「城邊瘦馬晚風號，郭外荒墳戰骨高。水剩山殘猶細事，可憐紅粉鄭櫻桃。」摘句：「樵聲白雲外，人影亂山中。」「野水清無底，山雲冷不飛。」「亂螢燒夜雨，寒蝶弔秋花。」「籬角蟲聲秋葉下，雨餘山色夕陽多。」「晴窗日暖蠅彈紙，破屋泥新燕補巢。」「不善時文名士癖，慣憐野趣古人情。」皆佳句也。又有《寄馬西坡》長短句一首：「長山有人偶從海邑過，爲我説馬西坡才氣不少奇事亦頗多。君聞之，不能不起舞；吾言之，不能不高歌。西坡童年不從師，見書恍若有所思。一飯之朝能識一萬五千字，一燈之夜已熟三十六卷古唐詩。西坡不自以爲奇。家貧無力厭糟糠，仗劍出門遊四方。狂走十日百日不知返，得詩一句兩句入詩囊。淬并州鐵入豪端，抉崑崙池瀉波瀾。一聲弔古古人活欲起，幾曲悲秋夏閏而爲寒。吾邑城市亦非小，今日除却西坡聲名隙地不甚寬。余乃爲之蹶然而起曰：噫嘻西坡奇人也，而相去七百餘里。不見西坡虚我生，又恐望見西坡驚我死。抑何必見西坡乎，聞君之言見西坡矣。」此詩較原本少爲節删。

鄒人杜小鶴詩，《自遣》一首：「處世耐長貧，風霜鍊此身。生人何自苦，造物本行仁。事業艱難定，文章閲歷真。相期守吾素，冷暖悉恩人。」《懷舊》一首：「緑水琴堪碎，青衫淚又增。離懷燈領略，春事雨憑陵。露重憐花怯，愁深畢酒能。竟因無限感，減却舊崚嶒。」《病起》一首：「屋破牽蘿補，窗新借日明。病從春後減，詩向眼邊生。引睡添書課，驅愁續酒盟。連朝風日暖，比樹碎禽聲。」《題王仙李詩後》一首：「酒醒燈殘夜，窗寒雨到時。七年離别意，一卷性靈詩。得失憑誰語，辛勤祗自知。騷壇同樹幟，低首更何疑。」《中秋病中柬董少曾》一首：「聽罷蛩吟倦未眠，中秋節氣雨餘天。病身無力支吾冷，皓月雖明孤負圓。慣醉始能憐酒客，多情何計滌塵緣。隔簾忽送鐘聲遠，響在五雲何處邊？」《答孟肆亭寄梅》一首：「未去巡簷繞畫欄，相逢兀自怯衣單。花前索笑憐同瘦，病後輸他能傲寒。於世但邀青眼易，訂交惟有素心難。半生知己經年别，把向燈前不住看。」《雜感》一首：「可但江郎重别離，旗亭又見柳絲絲。經年怕讀王維畫，遠道誰傳杜牧詩。閉户能閑原似客，倚欄小立動移時。春來無限纏綿意，説與東皇總不知。」《題史湘霞女史詩册》一首：「怪得詩成字字珠，前身真箇住蓬壺。漫將詠絮才詩謝，絶勝回文錦織蘇。梁氏夫妻似賓主，鄭家婢妾亦師徒。閨中多少吟香女，如此風流絶代無。」《到家》一首：「歸來何事樂無涯，康健雙親鬢未華。堂上承歡聊自慰，膝前解笑亦堪詩。兒方學步能呼母，女要知書屢問爺。一事關心懷弱弟，三年久客未還家。」《謝魏月東》一首：「我欲驅愁去，君剛送酒來。醇醪三友共，風雪一樽開。」《旅夜》一絶：「月又圓如舊，人仍滯未還。却因鄉思永，翻使客心閑。」《固安早發》一首：「雞鳴催早起，馬足近長安。沙細車聲軟，日高客路寒。風塵來此地，辛苦爲微官。毛檄何時捧，能承堂上歡。」《夜坐》一首：「扶醉良宵坐，園林觸處幽。好風吹酒去，明月向人留。喜睡緣多病，安貧自忘憂。人生貴知足，何事羡封侯。」小鶴乃前鈔小陵胞兄。余識小鶴在識小陵後數年，録詩以時相次，故亦後之。小鶴、小陵昆弟贈答詩甚多，深有足以感余者，滙録於此。小鶴《寄弟》一律：「二十餘年弟與兄，此心差不愧同生。關河兩地身如寄，風雨三更夢不成。自應有時思故里，終須努力問前程。家中近事聊堪慰，竹子平安報月明。」又《憶弟》一首：「兄弟風前絮，秋來兩地飛。對親還强笑，飲淚理征衣。惜别心原苦，依人計總非。定知分手後，幾度望庭闈。」《三十初度寄弟》四首録一：「天空一雁任高翔，底事勞勞困稻粱。異地同拚今日醉，桂花重放隔年香。無多骨肉輕離聚，各有仙人共舉觴。冀北燕南秋月夜，可能忘却是他鄉？」小陵《咏菊次兄韵》一首：「秋來相思幾多時，冒雨含烟見一枝。自是此花香獨冷，非關有意放偏遲。幽人始許憐佳色，傲骨何能辱短籬。開到十分風露静，紅燈緑酒畫簾垂。」《聞兄中副車》一首：「嫁衣作罷又消閑，底事人前强破顔。意外功名心上事，紅雲一朵照柴關。」《喜兄至京》一首：「喜説長公至，離家今四秋。相逢各認面，欲語忘從頭。堂上雙親健，客邊詩卷稠。長安春正永，不更怨漂流。」《送兄還里》一首：「落葉西風滿帝畿，征鴻此日又分飛。三年别未一年聚，後我來偏先我歸。鳥爲出塵常矯矯，雲將入岫轉依依。關心幾度還鄉夢，春到梅花信不違。」《和兄消夏》二絶：「漱井新從别院回，閑調緑綺坐莓苔。冷然忽送輕颸至，知是山雲攜雨來。」「濕雲送雨去如流，萬里炎歊取次收。華月初升風乍静，招涼人在最高樓。」《中秋和兄韵》一首：「鄉愁歷亂竟如何，佳節還從異地過。照眼酒杯同月滿，懷人詩句入秋多。征鴻得路拂清漢，細草含烟悵碧阿。欲向廣寒重舉首，人間何處覓嫦娥？」

小鶴詩佳句甚多，漫摘數聯：「一碧天如洗，濃青翠欲空。」「養生非佞佛，多病漸知醫。」「看花無定價，覓醉有真鄉。」「客裏年華同逝水，秋來風雨易懷人。」「空聞字滅懷中刺，敢羡人添錦上花。」「醉後真愁天亦小，狂來轉怪命無靈。」「士如安命貧非病，生不猶人我豈狂。」

滇人楊俞山同年綍《咏蘋果》四首，以稿示余。漫記其一：「果證華言説本荒，頻婆風味劇思量。散花仙去留清供，種樹人歸納早涼。休誤來禽新製譜，微經著手勝熏香。甘瓜朱李尋常輩，莫與吾家一例嘗。」摘句：「開趁梨雲痕淡淡，熟遲杏雨影垂垂。」「温馨乍覺搴簾後，瀲灩全醒被酒時。」余又嘗見《咏頻婆》句：「供處香清臆，嘗來雪滿頤。」忘爲誰作。

閩人張亨甫際亮《松寥山人詩初集》，己丑春，謬以問於余。其五七古，余妄爲加雌黄矣。五七律最佳，摘録數首。《梅花》一首：「多時苦風雪，不覺春已闌。半夜聞香起，孤邨隔水看。疎花湛清露，皎月生空寒。惆悵未能别，烟波方渺漫。」《鄉思》一首：「客久未歸去，酒闌鄉思生。大江起風色，昨夜已秋聲。木老飛孤葉，山寒帶暮城。西流正難望，斜照若爲情。」《野望》一首：「夕陽一千里，風急亂飛鴉。山抱城邊路，江流鳥外霞。乾坤容作客，歲月苦思家。海上無來雁，何因問釣槎。」《夜行》一首：「秋氣戀深情，荒荒夜色行。孤邨一烟白，皓月萬峰明。掬水驚魚柴，尋蟲得葉聲。自來索幽意，肯棄露沾綬。」《雨農先生宅夜飲話别》一首：「置酒華堂月正明，朔風吹角落高城。中原名士思諸葛，四海何人薦賈生？醉裏山川常悵望，年來歌舞獨爲情。艱難天地冰雪苦，瘦馬晨征百感并。」《春柳》四首録一：「顛倒東風太有情，惹人何必舊金城。接來桃葉剛前渡，吹到萍蹤又一生。澹澹春光多近水，陰陰天氣正聞鶯。關山眼見團欒影，争似羌兒玉笛聲。」《歸次永嘉見月有作》：「海風吹月照高城，天際歸心萬里明。烏鵲寒投荒驛火，虎魚夜偃大江聲。唐衢抗志思三代，陳亮談兵誤一生。聞道滄溟最奇觀，莫希鱗羽傳鯤鵬。」

諸城李方赤同年詩稿，《秋日雜感》二首：「京國浮沈素化緇，綾紋投刺欲何之。竿頭有步空思進，劍首無聲不用吹。隨例花書聊判尾，分讎簡牘且低眉。紅塵漲合秋陽晚，才是西曹退食時。」「漫擬雄心釣六鼇，並無好夢證三刀。文慙磔鼠難窮獄，計等亡羊始補牢。白眼有時遭阮籍，青山何意負張褒。浮蹤去住渾閑事，故國霜前足蟹螯。」《冬日雜感》一首：「青山回首子雲居，恨不荷衣賦《遂初》。爲戀浮名臣是蝨，已抛樂趣子非魚。紛來刀篋思投筆，累到鹽虀尚買書。我似梅花太寒瘦，東風曾不仗吹噓。」《答匏生》一首：「退食歸來獨閉門，小窗松火地鑪温。爲文游戲藍田璧，好夢模糊黄葉邨。盤谷若教歸李愿，天涯何處憶王孫？贈言鄭重酬知己，呼取鄰家老瓦盆。」《贈朝鮮正使相國洪澹園》一首：「疎髯瀟洒白如銀，腕底龍蛇筆有神。三度梯航瞻日使，六朝文物折風巾。萍蹤忽憶良宵會，柳色還分隔歲春。又見金臺上元月，清暉共照海東人。」《寄朝鮮金山泉》二首録一：「顧我勞塵鞅，爰書解引經。小山仍此地，舊雨幾晨星。蔆爲娱親緑，燈還課子青。猶堪知己報，雲向海東停。」

《送閻研初東歸》四首録一：「經勖陳庚子，雌同守甲辰。虚懷同執玉，得氣總如春。攜得生花筆，歸爲負米人。程符山下路，無處覓行塵。」《上元對雪贈張東華先生》一首：「心跡翛然退院僧，短笻抛却有行幐。脩髯白盡如臞鶴，細字工來看凍蠅。書寄故人惟乞酒，詩成寒夜自呼燈。平生最愛簪花格，楷法覓君説上乘。」方赤名璋煜，時爲比部郎。

泗濱張君《序倫亭詩集》，有《咏鐵釘碑》一首：「伏羲畫卦處，東有鐵釘碑。書契已非舊，結繩僅見斯。山光青似染，水色緑成漪。古道今休矣，躊躕懷遠思。」此詩乃宗兄聯斗口誦者。張君，忘其名。

滕陽宗兄愛泉，所著《傍山詩存》。《大明湖》一首：「到此塵心静，依依不忍回。荷風半湖起，山色滿城來。寺古蒼松護，軒清名士開。水香亭外望，魚鳥樂裵裒。」《早春南下過縣阻雨》一絶：「寒入雪泥客歲情，孤雲何事又南征。梅花幾點春風老，落盡梅花雨滿城。」《徐州東樓晚眺》一絶：「細柳千條野岸頭，春風摇動古徐州。夕陽亂滅青山影，倒下征帆水轉流。」《送春》二首：「東皇欲去草萋萋，悵望空階眼易迷。正苦留春春不住，黄鶯枝上又催啼。」「無計留春數落紅，龍橋水逝夢難通。多情獨有花間蝶，猶趁殘香過綺櫳。」《題破屋示内》二首録一：「三間茅屋雨花攢，風笛吹來四壁寒。莫謂貧家無好景，此中星月儘卿看。」《浼滿星海導謁碧山先生戲訊》一絶：「此公無定跡，看水看雲去。莫教水無梁，不到雲深處。」《紫竹釣竿歌爲斷蔗山人賦》一首：「菊妃山下溪水清，錦鱗潑潑緑藻生。菊妃山上修竹茂，紫莖亭亭青鸞嘯。此邦令長賢且良，治法烹鮮仁風揚。堂前種竹莖盡紫，月明清影映寒水。斫取一枝繫釣絲，紫莖亭亭凌雲起。無事攜竿遊，垂釣妃水頭。得魚不食還放水，翦斷長絲歸故里。」《臘日述愁二十韵》摘句：「多愁逢歲晚，少睡感時難。白髮雙親老，青年二目殘。破窗黏債帖，飢鼠鬥虛盤。落絮肩頭起，飛花眼内攢。餓應媿杜甫，冷未讓袁安。弗屑窮途哭，焉能暗夜干。恨將春共至，韵與臘同殫。倩到江郎筆，吟成對月看。」集末有滿碧山題二絶：「郢書燕説注君詩，百寶船中粲陸離。自笑癡人渾是夢，坐聽胡賈數波斯。」「莫爲封侯歎數奇，窮通會合有時宜。袖中留得明霞草，到處人皆認白眉。」

愛泉嘗夢幽蘭被折，適有仙人移去，留詩石壁。云：「幽谷兒孫僅有些，何緣風雨困泥沙。移根栽向瑶臺去，管領春光玉女家。」醒而異之，漫用其韵，自爲一絶：「光泛崇蘭憶楚些，無端惜逝等長沙。醒來記得分明語，不信瑶臺也作家。」

愛泉屢游江南，得名作頗多，漫記於左。沛人朱翰卿《長安雜感》録二：「天衢軟繡幾條斜，彈指西風鬢欲華。巧不如人悲楮葉，寒猶伴我感梅花。破窗邀月涼侵被，歸夢迎霜冷到家。半卷《離騷》一壺酒，苦吟閒醉是生涯。」「家書幾紙悵千端，欲寫離心下筆難。兩地平安游子札，一燈風雨老人看。秋還似舊涼偏早，衣未能新帶覺寬。如此生涯愁説向，誤他白髮倚閭寒。」結句「誤他」二字似宜再酌。《次韵答沈華驎》録一：「題徧羊歆白練裙，離歌哀惋倩誰聞。客來日下逢初度，寒到身邊已十分。秋士心情悲楚雨，美人魂夢杳秦雲。莫嫌消瘦無相識，才見梅花又見君。」《寄張軼園一年全韵詩》三十首，録四：「一年塵夢太匆匆，半屬愁中半病中。杜老有詩添鬢雪，陳琳無檄愈頭風。顛狂身世宜紅友，落寞生涯付碧翁。醉裏放歌聊自適，江湖何必着愚公。」「真贋紛紛到眼慵，《蘭亭》欲辨辨何從？空傳伯樂能知馬，不信葉公解好龍。千囷有誰誇子敬，一經無奈老丁恭。憑將往事回頭省，夢破寒山百八鐘。」「酌酒送春春已歸，蕭齋展卷對斜暉。以經注我古之學，能自得師今所稀。先達幾人驚虎變，故交昨日尚牛衣。眼前得失何須計，傳語風花莫浪飛。」「塵容俗狀只宜芟，爲有舌存口漫緘。顧曲三終新眼界，布衣一領舊頭銜。生涯飲啄籠中羽，世路風濤海外颿。爲問多情張水部，休辭冰雪寄詩函。」摘句：「霜争涼月三分白，天待梅花一味寒。」「清閒偶自無心得，富貴還須有福消。」「愧把斯文稱後死，勞將酒食待先生。」「羞向時人競科目，未逢老子守蓬心。」「舊讀書隨春共減，新成詩與債俱添。」

沛人張軼園允悊《秋懷寄友詩》十八首，録二：「驢背殘陽話別離，他鄉從此寄相思。那堪歧路分襟日，正是西風點額時。蠟炬成灰空有淚，野蠶作繭不名絲。團欒一片秦淮月，曾照樓頭賦《竹枝》。」「蓼花一穗夕陽秋，兩岸芙蓉向晚愁。此日歸心如病鶴，當時舉目少全牛。六人共作迎風鷁，一例來撑上水舟。莫怪霜蹄須暫蹶，功名原自滯吴鈎。」摘句：「漫誇十指絶人技，愧少雙眉入世妝。」「那有奇文留白下，枉將好句比黄初。」「冀北馬原赤汗少，遼東豕亦白頭多。」「湖上蒹葭千里棹，淮南烟雨一帆詩。」

泗上王蘭垞家鑿井，甫及泉，復得一井，兩兩相接，不差尺寸。友人見而賀曰：「此爲複井。複者，福也。」因名「福井」。蘭垞志以詩曰：「古甃知何代，相逢信有緣。疏通借人力，接續本天然。真欲水流水，翻令泉出泉。靈源漾雲葉，滌慮養心田。」

蕭縣劉蓁陵《隰山詩集》《九日菊未開》一絶：「三徑黄花手自栽，香遲晚節漫相猜。恰如高士逃名意，避俗今朝且不來。」《雪後》一律：「天花蕩漾滿乾坤，莫訝旋融未久存。寒到極時還有色，功當成後本無痕。素心自可同千里，冷眼誰堪共一樽。賴得故園梅尚在，又傳消息返香魂。」摘句：「奇才知己生前少，烈士傳名死後多。」「三千里外還鄉客，二十年前感舊情。」已上四家，俱愛泉處得之。愛泉多蓄名人書畫。有蘭陵毛又遂自書其詩一首：「攜杖入山訪故知，暮春天氣日遲遲。谷深徑僻人烟少，水遠峰高客意癡。嶺上樵歌鋪地錦，灘頭漁唱鎖南枝。予今覓得桃源路，且叙離情莫論詩。」欵署「行年七十有五，蘭陵毛又遂。」西林《畫松題句》：「岱岳峰頭見此株，寫來聊作歲朝圖。官銜原在諸曹上，十八公兼五大夫。」款署「西林聯璧」。「聯璧」，蓋滿洲人，西林其號也。又《夏景小幅題句》：「水繞山環自一邨，數椽茅屋倚雲根。幽人獨坐吟情愜，幾許荷花開到門。」失款。前鈔潯陽張羽《題雲林畫》詩，亦得自愛泉處也。

先兄伯府於嘉慶乙亥館曲阜同年孔琴南家，見其從兄荃溪昭虔《寓言詩》十六首，録以示余。詩曰：「莫向花前唱《惱公》，王昌咫尺住牆東。幾重屈戍門空掩，昨夜星辰夢未通。定憶流黄中婦艷，誰憐織素故人工。芙蓉甘向秋江老，剩有蓮心澈底紅。」二「當時相見即相親，不分雲屏隔玉麈。隱語當胸三五月，定情約指一雙銀。秋風薜荔吟《山鬼》，曉露臙脂寫洛神。遠道綿綿莫回首，崔徽已是畫中人。」三「疎竹天寒翠袖輕，舊歡回憶淚縱横。烏絲空寫花前誓，鵲腦難牽別後情。祇有黄金工買賦，何曾碧玉定傾城。夜香炷盡燈挑盡，別院猶聞笑語聲。」三「不向閑庭種合歡，花開花落恨漫漫。團欒璧月空秋影，清淺銀河又曉寒。嬪館有人歌赤鳳，女牀無處覓青鸞。天涯未抵重簾遠，倚徧紅橋十二欄。」四「石城楊柳赤城霞，網户蕭條長昔邪。草爲將離憐芍藥，星猶無匹歎匏瓜。幾年曉夢隨流水，一樣春風有落花。明鏡素琴還在否，紅箋緘恨寄秦嘉。」五「深閉枇杷花下門，門前風雨易黄昏。不消烏鰂心頭字，猶點丹砂臂上痕。春市數錢羞姹女，夜窗鬥草憶王孫。莫嫌一角屏山小，中有相思萬里魂。」六「空波蕭瑟怨湘君，江草江花冷夕曛。竊藥悔教人八月，搴幬虚憶夢爲雲。風吹烏桕門前樹，淚染紅榴篋底裙。角枕錦衾依舊好，名香辟惡爲誰熏？」七「柳烟吹暗碧油窗，殘焰猶燒向曉釭。尺素未傳鱗六六，寸心翻妒燕雙雙。不逢交甫空遺佩，誰接桃根與渡江。已是愁懷消未得，誰家《水調》按新腔。」八「秋扇春風冷暖殊，空山腸斷采蘼蕪。柳陰一夜添魚婢，花信連番到鼠姑。潘令鈿車誰擲果，胡姬酒肆正當鑪。已知無復雙飛分，猶繫紅羅舊贈珠。」九「大道高樓面面開，新妝争唱紫雲回。紅牆宛轉通銀漢，碧樹玲瓏繞玉臺。門内雙鴛時左顧，陌頭五馬自南來。同心暗結無人見，翻哭文鸞是鴆媒。」十「衆裏如何便目成，夜闌燈暗最關情。摘來梔子心何事，修到梅花夢幾生。轉緑回黄空反復，看朱成碧未分明。樓頭一片梧桐月，莫倚闌干踏竹行。」十一「梨雲曉夢幾時醒，愁絶清宵舊畫屏。半夜廊鳴西子屧，千年心抱北辰星。相逢珍偶駕憐駏，不斷情絲絮化萍。繡幙蕭蕭人寂寂，隔花小犬吠金鈴。」十二「小窗花影晝陰陰，盡日鑪香炷水沈。緑芷曉牽公子佩，紅蕉春展美人心。同功空結冰文繭，長命慵穿素縷針。惆悵離懷何處寄，湘波無限暮雲深。」十三「亞字闌干丁字簾，歡期別恨兩相兼。采蓮江上田田葉，垂柳堤邊《昔昔鹽》。金錯回環裁錦字，木難珍重寄香奩。離魂擬託楊花便，飛傍春城玳瑁簷。」十四「汀洲昨夜又春殘，欲采蘋花寄遠難。私佩吉丁裁繡帶，誤憑喜子綴雕欄。九回腸轉車輪熱，一寸心灰蠟淚寒。記否水晶簾外影，玉釵曾挂楚臣冠。」十五「夢到瑶宫路渺茫，前身疑是杜蘭香。箜篌曲和青溪妹，《團扇》歌翻《白石郎》。小字定應題玉册，大羅曾記咏《霓裳》。眉痕深淺何勞問，不鬭人間時世粧。」十六荃溪此詩風調大近義山，取裁多於樂府古詩，擇言尤雅。先兄在時，每謂即詩以想其人狀貌，當如婦人好女，乃殊不然。正如廣平賦梅，鐵心石腸，故作馨語，賢者固不可測。兹録原詩，併記前語，如親謦咳云。

庚寅歲，余館尼山西麓魯原邨館，人傳孔冶山上公去年夏五壽畢夫人詩四首：「糚閣連朝笑語兼，十分新緑到重檐。句無錦繡繙詩料，字走龍蛇仗筆尖。菡萏香歸雲母帳，榴花紅透水精簾。玳筵留得蒲觴酒，權當仙籌爲爾添。」一「欲邀王母話長生，貞静幽嫻早著名。弱女嬌兒堂上拜，玉簫金瑟檻前鳴。鴛鴦比翼堪爲侣，梁孟齊眉倍有情。我長三年先四十，也還讓我作如兄。」二「曈曈旭日照蓬壺，新設盤飧酒滿觚。儉樸料應輪闕里，繁華難得比姑蘇。畫眉曾學張京兆，射雉休誇賈大夫。兩女青絲皆挽髻，乃翁人笑未留鬚。」三「幾重樓閣幾重花，絳蠟煇煌絢彩霞。淇竹遠垂苔徑瘦，蜀葵高插膽瓶斜。長宵人奏《春波曲》，小句奴提玉畫叉。可記結褵君十六，阿儂迎上六萌車。」四又傳《歲莫感懷詩》四首，詞多奮激，似一窮措大僞託者。句如「運逢坎坷金能救，事到離奇劍欲鳴。」「骨難酬世心終傲，詩不驚人草便焚。」「紙貴未拋名士筆，囊空誰贈大農錢。」「禦寒尚蓄三年酒，飽食聊憑數頃田。」

辛卯歲，余館鄒邑堇樸園方伯家，見所著《楚中》《蜀中》二草，記數首於此。《防守漢上口占一律》：「傳來烽火照鄖城，急理戎裝促曉行。一介書生能論武，數千招募勝徵兵。慙非定遠空投筆，漫説終童自請纓。薄暮驅車楊柳岸，幾回叱馭數兼程。」《軍次寄家信》二絶：「漫爾來從楚北軍，客愁何忍老親聞。粗陳梗概馳千里，細説平安到十分。」「欣欣捧檄只緣貧，思藉微官娱老親。誰料青年游宦後，偏勞白髮倚閭頻。」《落花次韵》二絶：「一回花看一回新，無賴東風吹落頻。莫歎鉛華今日盡，東皇仍有未來春。」「把酒問花花不語，未知零落果因誰。溷茵墜處仍須辨，未敢隨風任所之。」《文闈即事次韵》一首：「幾年飄泊楚江頭，今日纔登近水樓。雁字排成雲路序，黄花開遍錦城秋。群公材似驅奔馬，獨我官仍騎土牛。寄語同舟共濟客，平生壯志未應休。」《壽宋梅生郡伯百韵》摘句：「廣平宏閥閲，京兆毓英賢。蜚聲齊五鳳，講業集三鱣。玉筍班堪重，紅綾賜豈偏。名登千佛内，榜放大羅天。禁内呼才子，朝端訝謫仙。隆恩分寶帶，特詔撤金蓮。庭菊開重九，靈椿慶八千。」《酬張西郙同年》一首摘句：「經通《爾雅》知鼫鼠，言寓蝸牛陋觸蠻。」

樸園冢嗣大椿《皛陽山館遺草》《雨霽懷方定齋》一首：「雨歇清秋夜，銀河亘太虚。不堪風入户，無奈月當廬。獨夢三更後，故人千里餘。漫憑書一紙，問訊近何如？」《草堂》四首録一：「一世艱虞客，百年愁病身。人經顛沛老，詩到亂離真。短髮頻搔首，低顔久傍人。袖中活國手，未得展經綸。」《新秋》一首：「碧空無際夜雲輕，何處飛來一雁聲。殘暑漸從風後解，微涼暗自雨前生。星臨河漢光邊動，月照梧桐疎處明。最是驚心碪杵響，蕭蕭秋意滿江城。」《友人見訪》起句：「正欲尋君去，君先訪我來。」

乙未夏日，孟雨山博士延余入三遷志館。見其季父肄亭明經在蔡莊別業，作《八景詩》。記其二絶。《白馬古渡》云：「白馬清流繞岸長，瓜皮艇子繫垂楊。農人野渡歸來晚，鋤影一肩荷夕陽。」《繹嶺積雪》云：「邨墅三冬景倍幽，靈山峻嶺雪光浮。一番曉霽憑窗裏，寒色隨雲飛入樓。」肄亭名繼焯。

濟州學正新城張漢渡象津，近體詩《秋望》一首：「淹迹三年古澅中，清秋吟望與誰同。嶽雲散作人間雨，日氣蒸爲海上虹。事去牛山衰草徧，憂來魚里夕陽空。鷹揚事業爽鳩土，目極高天惟斷鴻。」《元日》一首：「流年又見歲華新，栢葉椒花事事春。白髮無情貪入鏡，青山何意苦留人。漢家有道馮唐老，魯國多材原憲貧。有底相關心未忍，讀書空作太平民。」《南園》一首：「數畝荒園一草亭，餘年便可付遺經。春風幾變郊原緑，山色常如太古青。濟世經綸觀覆水，乘時消息感流萍。平生志事丹鉛在，無取金門學歲星。」《初見泰山》一絶：「敖徠山下望天門，果見巍巖聳出尊。回首鵲華烟雨裏，群峰競秀是兒孫。」《兖州》一絶：「斜陽返照樹林紅，敗寺頹垣有徑通。瓦礫蒿萊絶行跡，土人傳是魯王宫。」

濟州李東壁同年珣《凫庵詩存》，《麐川雜感》四首，録一：「只宜散髮卧滄洲，不合通辭託蹇脩。雪地無端驚越犬，炎天空自喘吴牛。枉抛棣蕚三間屋，辜負蘋花一葉舟。明日買帆西葦去，叉魚經月不梳頭。」《題友人出關圖》二絶：「箬帽單衫白練裙，玉山朗朗見羊欣。遥知五色蠻靴女，高控銀駝飽看君。」「一鞭才度桔槹峰，放眼全消毷氉胸。誰道邊城盡沙磧，馬頭青擁萬芙蓉。」《讀南史書宋武紀後》二絶：「新亭牙立紫雲浮，任爾宫中拜蔣侯。鸚鵡不鳴羅漢醉，道人宋武兵已渡航頭。」「千古承恩通替棺，玉骸一日幾回看。淑儀才是同根樹，再選連枝亦大難。」此事古人未有詠者。摘句：「兩聲寒入郭，雲色暝依樓。」「千帆聯作市，萬井聚成秋。」「雙松清熱腦，孤磬冷禪心。」「身如秋燕頻來往，心似冥鴻任渺茫。」「盡如人意談何易，莫諒余心政不妨。」「憂時敢謂經生切，得食深知野雀難。」

曲阜孔石藻同年昭焜《堇生詩草》，《秋懷》一首：「未必西風生嫩寒，紵衣總覺異鄉單。長安那比家居易，蜀道爭如世路難。數卷詩文慚告友，三年菽水缺承歡。客途不願因人熱，惟有朝朝自勸餐。」《潞河放舟》一首：「一櫂破溪烟，飛雲開水軒。波光借篷轉，人語雜鉦喧。古樹捍頹岸，秋禾障暮邨。浮家曾有意，且待竹生孫。」《贈楊司巡》一首：「曠然懷別調，邈爾遇同心。一税塵中鞅，忽聞弦外音。清風生遠岫，涼月下疎林。莫謂移情甚，誰操太古琴。」摘句：《判牒》云：「空口雌黄易，誠心剖白難。」《曉霽》云：「新桃肥綰綬，宿草膩塗油。」《規友》云：「紙鳶那識四時景，爆竹原無第二聲。」堇生詩近已付梓，不多載也。堇生配某氏，字璚敷，亦能詩。未見其篇。

夏邑汪夢岩師詩集二卷，曩以見示，乃師母鞠夫人手録本。詩字雙絶，未敢假鈔。間關數年，師没於蘭州，以後杳不相聞。丁酉夏日，令嗣之棉世兄來樂陵，詢及舊稿，云：「見存家塾，未卜何日付梓也。棉尚能記數首。」翼即録出，如親函丈音徽云。《自題扁舟到岸圖》二首：「烟水茫茫感不禁，扁舟小泊傍江潯。未容蓬島常游泳，漫指鯨波辨淺深。破浪何嘗無遠志，濟人原本是初心。風和預作抽帆想，鷗鳥多應識苦吟。」「當年把棹幸飛騰，擊檝中流氣概增。自笑此身原不繫，相期彼岸竟高登。

風濤力壯千鈞挽，書畫裝輕一葉乘。故里他年閒話舊，雲帆滄海説吾曾。」泰安邱家店壁有人題詞二闋，館人欲塗去，公命止之，題二絶於其後。云：「烟巒盡處認江鄉，席帽絲鞭託興長。想見吟情山色裏，半城疎雨共斜陽。」「妙絶人間幼婦詞，微吟幾度惹相思。行人欲倩郵亭柳，珍重紗籠好護持。」又赴飲某處，即席口占二絶：「當筵争獻《鬱輪袍》，拇戰縱横飲興豪。緑酒紅燈歡未已，杏花庭院月輪高。」「哀絲豪竹響瓏玲，歷歷鶯聲隔畫屏。記得旗亭閒射酒，柳花風裏幾回聽。」棉又言公宰泰安時，自題聽事楹聯，云：「我亦蒼生，莫漫尋常稱父母；人皆赤子，且留方寸爲兒孫。」倩鮑覺生先生書而鐫板。不知泰邑署中今尚有此聯否？之棉更名之杜，字攸甫。

鄒人董聽泉長楷《寤歌亭詩草》《梅花》一首：「竹外一枝勝韵長，隆寒總不著衣裳。青天與汝多私意，明月爲誰照晚糚。相對神仙作清友，日甦形穢伴芳香。巡檐偶欲題詩句，又恐嫣然笑我狂。」《冬日無俚次韵》一首：「杜門有意避浮塵，重埽庭臺四座新。無罪敢云能當貴，樂天真可不憂貧。相交詩酒之間客，自謂羲皇以上人。閑對梅花還一笑，狂言妄指作前身。」《居鄉》十二首，摘録四解：「二年十二月，不可一日閒。農人依稼穡，吾亦窺吾園。」「偶攜一壺酒，斟酌場圃裏。醉後發狂言，衆人亦歡喜。」「我愛山林好，日與農相傍。田家有真趣，老農無俗狀。」「漸與田園近，轉於城市絶。不覺耕稼苦，陶然有餘樂。」又《述懷》三十首，摘句：「辟如大田，草生已亂。鋤者惜力，少收一半。」「衣不長新，有縫即補。小時不補，大一丈五。」「吾尋吾樂，一醉陶然。七十尚稀，而况百年。」皆四言之佳者。「日北國有南，日南國有北。若到南國南，北視日南國。」「日出拂扶桑，人在扶桑住。不見日東來，日日日西去。」皆五言之佳者。《曉行莫歸口號》二絶：「一輪落月澹孤燈，翠幛重開夢欲成。忽有紅光高萬丈，山頭捧出一銅鉦。」「飛鳥鳴禽皆去矣，碧溪青嶂兩佳哉。霜天不管雁南北，風月要隨人去來。」

聽泉胞弟書門長樞亦工詩，曩從二杜處見贈答詩，録之。《懷小正》一律：「去年送客當殘臘，今歲思君臘又殘。故我何曾更面目，新書不斷寄平安。銜山漸覺月光減，繞座方知梅蕊寒。未免有情何處寫，相思最怯倚闌干。」《送士田》一律：「年來無處不奔馳，又向曹南寄一枝。漫詡半囊供鶴料，還須千里夢鵬騎。清才那許終遲暮，好友何嘗畏別離。已慣送人常作客，也應閒煞舊瓊卮。」小正乃小鶴舊號；士田，小陵字也。近與書門約爲婚姻詩，俟見全稿，再爲增録。

聽泉寄示《竹翠軒詩草》一册，卷首題繹園手著，乃其從弟長梓茂才别號也。《自題神遊草》一絶：「忽自有之非受人，梅花後身月前身。閉門屢得山中句，目歷何如交以神。」《擬洞庭曉渡》一律：「冷露滿江汀，西風撼洞庭。濤聲喧月白，人語入烟青。水闊停孤櫂，天低浴剩星。君山猶在望，夢已破空舲。」《春興》一絶：「游絲裊裊柳絲低，好鳥争春不住啼。獨上小樓天欲暮，海棠紅到緑楊西。」《晚歸》一首：「緩步乍歸來，殘陽辭遠樹。沙明月如水，行人不敢渡。」摘句：「風帆隨鳥住，江月送人來。」「烟深人不語，潮静月無聲。」「山雲低照水，野火遠疑星。」「柳絮池塘春晝永，梨花亭院月輪高。」「十里鶯花三日雨，一溪烟柳四圍山。」好句甚多。又單句「天青雁有痕」，「月澹梅無影」，正可作對。惜渠早逝，未及談詩。

樂陵詩人共推薛廣文侃，遠宦文登，子幼家落，遂失其集。適余聞文登有重修邑志之舉，貽書小鶴，屬物色薛詩入志。同人揶揄之，曰：「豈可冀耶？」余曰：「聊以盡吾心耳。」樂陵兩史侍郎同時競爽。曾見荔園先生《喜家弟衡堂同升閣學》二律，有「錦繡才華輸後輩，壎篪唱和續前緣。」「夢痕合憶三春草，使節曾陪八月槎」等句，可想一時之盛。丁酉兩公並歿，余作輓詩，用其韵。

歷下朱敉人畹茂才《紅蕉館詩》已刻，録近體數首，以當鼎臠。《千佛山登高》一首：「采菊新晴後，南山尋勝遊。風翻亂葉下，霜逼一城秋。泉韵憑琴寫，萸香入酒浮。登臨興無盡，更上遠峰頭。」《早發泰安道中》一首：「崎嶇山下路，夜色尚淒淒。日照平沙迥，天垂曉月低。雞從烟外唱，馬到水邊嘶。來往曾經慣，前村認不迷。」《自遣》一首：「由來性疎拙，衰憊尚艱辛。有酒寧辭醉，無錢不厭貧。招邀得益友，著作付閒身。埽却功名念，非能希逸民。」

高密王天柱年丈《碻唐詩草》，摘録近體。《早發固安》一首：「曉色迷城郭，早行春尚寒。輕陰逢縠雨，沈霧渡桑乾。隴麥遠無際，野桃開已殘。長安花事盛，明日好尋看。」《歷下秋興》六首録一：「夜枕驚疎雨，曉晴風日秋。浸地山影定，翻壁水華流。林脱松初出，湖寬荷盡收。客懷足清曠，不必賦登樓。」《清明日曉興》一首：「紅上東窗放曉晴，花開花落日關情。夢猶尋覓常爲蝶，醒輒思量未有鶯。插柳絲垂排户影，賣餳簫送隔街聲。誰同午後踏青去，并約挑攜壺榼行。」《登光岳樓》一首：「御風高步勢岭嶙，曲磴迴欄入杳冥。一彈飛來海心月，四維浮出地平星。長河縈帶才分白，泰岱連蜷未了青。下界奔忙緣底事，萬塵擾擾幾時停？」《蓬萊閣觀日出》一首：「冥想搏桑外，長空夜氣深。覆盆天抹漆，躍冶海鎔金。直逼星芒斂，難容雲氣侵。回頭看塵世，大夢正沈沈。」《夜步城上》一首：「蒼然夜色深，高處獨閒臨。烟渚月沈朏，雲峰星挂參。梵音來遠寺，燈影出疎林。履迹留霜徑，明晨好更尋。」摘句：「林颯風初變，山沈雨漸來。」「雞棲槿籬月，人語麥場風。」《留別花木》一聯：「但取當前生意足，何妨去後別人看。」

掖縣李少白明經同，古體詩最善。《游山效謝公》一首：「高陵鬱雄勢，重嶂叠濃姿。川原晃曙色，樹木曖秋暉。樵引采藥徑，僧指尋雲梯。不知林麓轉，但覺村城低。袖中蒼翠落，足底嶄岩垂。回眺衆壑改，俯視群峰移。盤山亘谷出，曲岸抱沙迴。水氣浮白見，塔影横翠微。興來情俱赴，境至理並隨。峙流完吾好，烟霞幻世機。遥擬剡中游，高和石門詩。」它不勝録。近體《登郡城北樓》一首：「層闕鬱崔嵬，憑欄一望開。環城山北斷，枕海水西迴。落日秦皇墓，秋風漢帝臺。此鄉多故迹，只未覩蓬萊。」《渡黄河》一首：「白髮日侵侵，霜風吹不禁。三秋鴻雁盡，一棹大河深。流水竟南北，客愁茫古今。書生未報國，重險幾來臨。」摘句：「山川萊子國，風雨穆陵關。」「遠樹當村吐，平山逆海吞。」《晚興》一首：「闉城古道草萋萋，屐齒痕消碧乍齊。遠岫送迎人宇外，亂流明滅板橋西。槐花雨過黄千樹，荷葉風來緑一溪。興盡濠梁歸漸晚，疎星澹月映長堤。」《明湖櫂歌》八首録二：「山圍高閣水圍亭，亭外朝朝泛畫舲。十里香迎蓮子渡，一帆春指緑楊汀。」「鳥自争啼水自流，空亭人散晚湖秋。幾多名士軒頭客，誰問當年白雪樓。」摘句：「名士軒開晴水外，孝廉船檥夕陽邊。」「京華歲月閒中晚，海國山川夢裏長。」《咏白菊》句：「無心與衆争時艷，著意憐渠到歲寒。」《銀河》一絶：「不盡遥天碧，銀河萬古清。自從牛女會，風浪幾回生。」

歷下周樂二南《秋日閒興》二首：「年來誰復問升沈，忘世都由閱世深。吾愛吾廬時静坐，我行我法但狂吟。校書每怪楊生肘，交友無嫌苔共岑。花樣翻新從不識，諸生尚欲度金針。」「彈鋏居然出有車，書生面目總迂疎。口中月旦今何敢，皮裏陽秋老漸除。夢寐一任身化蝶，濠梁幾忘我非魚。從茲悟得逍遥訣，事事雲烟付太虛。」《雪後途中望濟南諸山》一首：「祇道寒雲白，驚看縹緲間。那知天半雪，都是故鄉山。皓首如相讓，晴郊揖我還。饑驅不得意，對爾有慚顔。」詩已付梓，不備録。

周二南讀余秋門《山左詩彙鈔》，賦贈七古長篇。予愛之，更録一通：「黄鵠摩天鳳巢閣，柳轉新鶯松棲鶴。婪尾鼠姑鬥春陽，嶺梅籬菊發寒萼。萬物同比生天地，飛潛各自適其適。况乃人爲萬物靈，面目不同心亦異。心有所得發爲聲，筆舌所到皆天成。愁苦難作歡娱語，丈夫詎同兒女情。讀書論世人可知，何分漢唐宋元明。吾友秋門才卓越，看詩眼明皎如月。抉剔珠玉出泥沙，牛鬼蛇神紛殄滅。有時樽酒共論文，心心相印同一轍。二東自昔稱大風，文章海岱多鉅公。宋廉訪暨盧都轉，品題綴輯光熊熊。南崧學使繼蒐討，東海網盡珊瑚紅。其間不無碔砆雜，亦或月旦失至公。秋門慨然爲太息，沙汰費盡鈞陶力。直教得失判毫釐，却從冥漠辨白黑。闕者補之遺者搜，吉光片羽等琳璆。自謂品詩如品味，五味適口能兼收。自謂審詩如審音，五音悦耳無苛求。搦管不啻南面坐，右則右之左則左。途逢歧路穩立脚，船到亂流牢把舵。但使詩中自有人，何必胸中横一我。廿年心力苦銷磨，霜後落葉剩無多。書成細字藏篋笥，高吟攜過秦關河。灞陵官舍幸一見，挑燈夜讀不知倦。卷中儼覩古衣冠，簪笏裙屐風流擅。又如把臂登吟壇，五色旗幟來酣戰。精神發越毛髮動，令我傍觀目驚眩。此詩得君此删存，字字竟可懸國門。一手堪起萬朽骨，數帙能慰千吟魂。地下諸君如有知，頫首至地復何言。吾願急付梨與棗，使人共覩吾鄉寶。隋珠和璧照古今，撼樹蚍蜉一例掃。文獻從兹信可徵，無復雕蟲嗤摛藻。千秋萬世誰瓣香，定配雅雨蒙泉兩詩老。」

《山左詩續鈔》，吾南崧師輯。學使任内，同幕參定，固難盡愜人意。昨聞家愛泉説，滿碧山曾言，鈔内有蘇詩一首。惜忘其題名，無從查核。因思古人文集浩如淵海，一人聞見，鮮能周悉；況自少至老，記誦爲難，安能昭晰巨細靡遺？雖在大家，不免受嗤於拙目也。沈歸愚選《别裁集》亦頗有此類。如詠太白「目無高力士，心識郭汾陽」，元人舒遜句也。詠池荷「池塘一段榮枯事，都被沙鷗冷眼看」，宋人唐庚句也。皆被時流襲用，而歸愚亟賞之，莫辨所由來，偶不及檢耳。《歸愚集》有《金陵詠古》一首，襲用唐賢，殊不可解。蓋時人誤録唐詩相試，而歸愚爲之點定，因編入己集。備録於後，以爲輕改古詩之戒：「江東列郡領丹陽，鼎足三分此一方。總爲石城成虎踞，不知巫峽下龍驤。雲深寢廟千秋冷，月照籬門幾夜長。年少風流能顧曲，行人猶自説周郎。」此唐人曹能始句也，沈略易之云：「石頭作鎮號巖疆，鼎足三分此一方。更徙武昌誇虎踞，不知名將下龍驤。紫髯空自争荆楚，青蓋旋看入洛陽。太息雄圖消歇盡，霸才終古憶周郎。」沈詩惟「紫髯」「青蓋」一聯自具鑪錘。

先外祖隨緣翁嘗吟詩得句：「鳥來知客去，魚閒傲我忙。」甚自喜。方欲續作，客言唐人有此句，因輟翰。案：唐宋人詩，前輩標出相同者，如李嘉祐「水田飛白鷺，夏木囀黃鸝」，王摩詰七言每句各冠以「漠漠」、「陰陰」二字。時代相近，未知孰創孰因？南唐江爲句「竹影橫斜水清淺，桂香浮動月黃昏」，林和靖《咏梅》祇易「竹」、「桂」二字，爲「疎影」、「暗香」。世皆知林句佳，而不知其藍本江爲。然謂和靖有意蹈襲，亦殊未然。蓋興之所至，偶爾相同，不知我重古人，古人重我也。顧後學不可藉爲口實，使日取唐宋名句，點竄出之，未能傚顰，適足捧腹。所謂在古人則可，我則不可也。又按：杜詩「薄雲巖際宿，孤月浪中翻」，本何遜句「薄雲巖際出，初月波中上」，杜之用何，猶今人用典故耳。何係古體，以自然爲貴；杜乃律句，以研鍊爲工，各不相掩。爲杜左袒者，詆何爲傖氣，與耳食無異。

家《烈婦志》一册，嘉慶丁丑年，翼抱孔懷之痛，輯朋友哀挽文詩若干家，因循未及授梓，連遭大故，無心復加校閱。時惟邑宰會稽潘明府尚楫麗槎先生賜詩，刻石於墓道。顧石工不善，刻字甚淺，恐未能持久，復敬録於此：「天地有正氣，烈媛志不磨。豈惟矢匪石，身殉良靡他。感爾苕華忽玉碎，放懷一學文山歌。吁嗟馬君名下士，英年得路青雲駛。帝召修文赴玉樓，春風絳帳悲聲起。悲風瀟灑月昏黃，痛絶深閨有孟光。珠淚灑成千點血，鵑聲啼斷九迴腸。琴牀書榻渾如舊，那堪對此重回首。義海情巖一寸心，願言同穴長相守。揮淚潛辭母也天，誓將賫恨赴重泉。由來婦道尚貞烈，小孝何曾得兩全。精誠仰貫烟霄闊，肯向人間求苟活。萬古清名傳女宗，凜然大節不可奪。泗水潺湲東山高，靈鍾巾幗等賢豪。成仁取義媛所志，一死不肯同鴻毛。青燐慘澹孤猿嘯，冰心自勵鮮同調。鄰婦樓中重愴傷，良人地下應含笑。閭里驚傳群淚垂，合邑嘖嘖父老悲。彪炳姓氏輝彤史，重見清風烈婦祠。」同時賜詩者夏邑汪夢巖師外，有若曹郡守陽湖吳禮石堦俱五古長篇，單縣令興國張君聯奎少尉、蕭山張君鼎五俱七言古體，錢唐周君賡解梁、任君飛俱四言，咸寧沈君鑑七律二首，本省諸年臺、淄川翟伯海濤雜言歌行，寧陽周備堂百順、曲阜孔石藻昭焜、鄒縣孟象五傳質俱七言古，單縣王松坪衍惇、二孟毓盛、毓鶴昆仲、盧大崑、滕縣滿碧山秋石、張宏蘊涵、同郡馮湘舲奎文俱五言古，諸城倪浯陽在中、單縣劉暘谷曉嵐、滕縣孫山樵炳、趙静修學廉俱五律，歷城花南邨壽山、濟陽王君應軫、單縣劉雲麓晴嵐、寧陽劉君鶴齡、曲阜孔琴南昭薰俱七律，蓬萊張君世經、滕縣王簡莊昉俱五言長律，章丘李君秉瑜、荷澤孫君璋、單縣王君焕斗俱七言絶句，同邑齊化字惲基、宋瀛海崑俱五古，袁樹堂立棟、繆君鍔俱七古，張馥軒庭蘭、繆伯治鈞俱七律，余族衆月峰、聯斗俱五古，亮功七古，明藻七律，孝原七絶。姓字備列於此，以志銘感。至戚余外祖隨緣翁七古，兩表弟張墨卿、王熙甫俱四言。滕陽孔君傳纁，吾嫂氏從叔祖也，賜挽五律二首：「憶昔于歸日，吾曾送汝行。何期郎早逝，頓令爾捐生。只解綱常重，安知軀命輕。他年垂國史，千古仰芳名。」「爾本嫻閨訓，今將大義伸。願媲香骨女，不作未亡人。異夢驚仙媛，奇節化比鄰。令予悲更喜，聖祖教常新。」

道光壬午，先慈棄養。次年，先嚴在曹郡納姬李氏。越歲乙酉秋日，先嚴辭世，姬無所出，竟以身殉。其投繯之所，仍亡嫂盡節處也。前後未及十年，再見此事。家運之否，世所罕有，言念今昔，曷勝哀感。所有挽烈姬詩，只得海陽李字山紹聞一家，敬録於左：「女之事人，如臣事主。氏知此義，遂足千古。分居妾媵，方及二歲。每聆節烈，輒至隕涕。公以考終，公有治命。妾無歸矣，妾心已定。日月有時，密室整衣。侍執巾櫛，視死如歸。州閭咨嗟，郡縣感激。節烈之家，復此奇跡。天語煌煌，旌以綽楔。爰有小星，照耀古雪。」

家集

先祖松谿太府君遺詩一卷，先兄伯府於嘉慶乙亥闕里館中以束脯之資，敬付梓人。板本具在，無容摘録。「人生一瞬耳」一首，手稿尚存，句旁加圈，尤用意者。敬録一通：「事業不可懈，時過不可及。男兒生世間，乘時當自立。童穉耽戲游，所就不專一。因循成老大，徒作桑榆泣。人生一瞬耳，敢不長汲汲。」上林張南崧師纂《山左詩續鈔》，亦載此詩，中增多二句。

先祖《述懷》詩第一首：「入山二三里，荆棘雜芳菲。荆棘枝條長，芳菲露未晞。刈條以作薪，采芳以充飢。日午汗欲滴，樹下暫因依。力薄獲自少，足荷不爲微。日夕伴侶稀，日落負薪歸。」《山左詩續鈔》於《述懷》詩鈔其七，而遺第一首，併删去「述懷」題目，合之古風。

《松谿詩集》中無贈答詩。族衆相傳有聯句：「近山雲滿屋，臨水月隨衣。」「身將勤補拙，心以虛受人」等句，未見全篇。

乾隆癸丑，先嚴爲費邑校官，迎養先祖於費。每風日佳時，攜翼兄弟出遊山水間。翼時方總角，迄今夢寐不忘。猶記先祖仿張子《西銘》爲《貞遇文》，未脱稿。間復爲詩，今集中《雜詩》是也。

先嚴寄園府君著《懷續堂詩集》三卷，現録副本，未付剞劂。謹擇集中爲兒輩作者，類記於此。

《庚戌將之京用杜子美遣興句留别》一首：「少小兩男兒，纔當學語時。對人知馬姓，向我誦《毛詩》。運蹇隨爺拙，家貧仰母慈。起居須有節，戲翫莫無期。未解牽衣送，何堪卧榻悲。行行歸可待，係戀究爲癡。」《乙丑中秋月夜歌》一首：「月下把杯對月歌，一年清景今宵多。兒童進酒我顏酡，明月照人影婆娑。此月終古常無那，此人月下共列羅。妻孥兄弟樂且和，美景足娱遑恤他。興到心擬秋澄波，映月揮毫迅如梭。風清露白足吟哦，今我高歌意云何。汝曹歲月相切磋，文章事業期不磨。皎潔晶白爛星河，光陰瞬息最易過。噫乎我意恐蹉跎。」《辛未勸學篇示諸子》一首：「博取究群經，精奥静研講。入道由通途，鈎深忌斷港。譬彼積錢人，肺腑義之鍼。譬彼力田夫，性情勤耕耩。論古貴虚心，赴時戒强項。嗟余僅空譚，未能改倥傯。世類詎云拘，明珠出老蚌。堅志事堪成，寧俟勞喝捧。」《壬申七夕用兒輩韵》一首：「吾生宛似一虚舟，五十餘番入早秋。此夕觀星孺子戲，當年乞巧老夫優。那堪壯志成疎懶，且喜群兒足唱酬。試一舉頭河漢近，好將佳氣比姱脩。」《癸酉房翼自濟南至單即遣歸里》一首：「甫報登科喜，旋生捍禦愁。相驚人尚在，且忍淚全收。養志兒應去，守官我自留。從來聞古語，父子不同舟。」《庚辰遣興》二首：「繁華滿四鄰，兀坐自驚春。舊里青山古，他鄉白髮新。常嫌筋骨累，更覺子孫親。拙嬾生平計，不遑耻賤貧。」「蕭然四壁清，寂寞却將迎。砌草隨時發，簷禽任意鳴。翻書聊遣興，埽地且怡情。好是晨昏際，聽兒誦讀聲。」《寄示翼兒都中》一首：「每憶公車上，今年爾獨征。風雲游子意，山水老夫情。虎觀多文藻，龍門列俊英。我期知遠大，莫逐一時名。」《鼎歌示幼子星婁》一首：「我不自解胡愛古，每逢舊物喜欲舞。不解古物何適用，几净窗明爲清供。今年季子得古鼎，獻來開函光炯炯。勸我試作古鼎歌，器重才輕可奈何。婁乎爾識鼎之形，其象其用詳諸經。百家史傳説備矣，刻意雕鐫汩性靈。不如静對古人器，更須推知古人意。正已虚中合戴履，奉盈守實恐失墜。人非金石易成翁，古鼎觸我思無窮。思多愈覺文字少，慮後瞻前情繚繞。」

先君子行篋中有《春柳》四首，用漁洋山人《秋柳》元韵。底稿塗乙未定，集中不載，謹復謄寫於此。「黯然别後正銷魂，雨雨風風出里門。那與遥山分黛色，似侵芳草起燒痕。兩行鴨緑橋邊樹，一帶鵝黄堡外村。羡爾纏綿如有意，飄萍孤客詎堪論。」「枯枝偃卧幾經霜，三起三眠映曲塘。倚樹吟應開白眼，簪花格欲試青箱。鶯兒百囀秦還越，燕子雙飛謝與王。何處紅樓臨大路，舊堤隱隱過新坊。」「滴汁雲藍染素衣，光陰彈指未全非。離亭長短條將盡，并土清寒葉尚稀。獨我情牽新緑長，何人騎惹軟紅飛。異鄉惟有青青色，到處逢迎不暫違。」「拂地垂絲亦可憐，韶華如許復含烟。簫聲漫度香成市，絮影輕飛白勝綿。自序陶潛宜此日，傳神張緒識當年。莫逢寒食題新句，强賦依依古道邊。」玩「并土清寒」句，詩應公車北上途中作也。年歲不可得詳。又《同年趙鳳山處觀戲鴻堂帖墨本》七古一首，集中不載。

叔父大人舊號卧廬，更號岱陽，著《古缶書屋詩草》，於曹郡任内付梓。詩盡古體。《癸酉紀事》録一：「寇匪尚未滅，家書始得見。大軍已雲集，有征無力戰。惟憂孤城敝，築鑿僅葺繕。土賊伏牆耳，逼近恐生變。應募有壯勇，逆匪巧構煽。開倉發米糧，恐或無餘羡。嚴守月餘日，近憂卒少倦。偵探速往返，庶能守鄉縣。一家閉城中，有食不下咽。命兒跋涉去，省視寢與膳。何日寇盜平，官民同安晏。」與丁瑶泉司馬及江都陳穆堂、日照許印林、滕縣張芸心贈答，悉用古韵，敬録《示後生》一首：「性既辨菽麥，步必由矩度。雅言世所好，修容人無惡。吾生事多悔，涉世幸多譽。檢閲三千軸，辭謝二千石。干禄望後生，時勿負夙夜。」翼欲蒐采近體，向從弟輩求之，答言排律外無近體。適於再從弟星軫扇頭見有手書《題畫》一絶，亟録之：「湖陵山水自天成，凫繹層嵐遠近迎。一葉扁舟千里碧，漁郎笑指晚雲生。」

《古缶書屋詩集》於少作删去十之二三，即存篇中亦多删除之句。如《貧士吟》原近百字，刻本僅六句：「貧士何所爲，採樵凫山麓。負薪凫山下，清泉以自沐。十日十飲湯，不出干宗族。」

先兄騶山遺詩一卷，自題《詅癡符》。凡見懷、見示之作，敬録一通。《戊辰歲時憶弟》五古三首：「日月曾不居，光陰逝如驚。相去復幾時，倏曶歲云莫。旅雁鳴何悲，寒梅始發樹。持觴奉高堂，思展嬰兒慕。飣盤羅五辛，欲飲更相顧。喟然愴予懷，予弟在遠路。」「嚴風吹朔雪，千里寒應同。居人被重絮，深閨鑪火紅。旅人行未返，征衣知蒙戎。疇昔夢見君，似非平時容。」「鳳皇將九雛，秋秋攬天飛。一雛返故巢，事事舉目非。悲鳴行繞樹，歲暮知何歸。人生無常處，父母以爲依。凫南雖吾土，所戀在庭幃。願君勉加餐，可以慰相思。」庚午秋試，翼得副貢，見嘲二絶：「孫山以外又孫山，名在登科下第間。莫向樽前悲落寞，他時丹桂約同攀。」「穀城黄石博浪沙，壯士功名願未賒。却笑荆卿疎劍術，何堪倚柱自周遮。」辛未題翼詩册七古一首：「伊昔始受經，窗間原與君同聲。厥後補諸生，榜頭復與君連名。青燈夜夜對牀語，采紟朝朝把袂行。寢食戲謔時間作，文章學問每争衡。相從既若驂有軔，相需更如檣與楹。近來趨向隨時易，各人嗜好本天成。吾也懶漫少收拾，君之才氣獨崢嶸。奇思一往謝膠轕，高詠百韵就俄頃。恒自環中超象外，常希石破令天驚。曩得新詩盈篋笥，欣看雜體紛縱横。應從風雅溯原委，直於筆墨見性情。到眼初迷十里霧，得味絶勝五侯鯖。夙慕曹劉真才子，醉罵左陸皆老傖。少年著作已宏富，况復他日更專精。但願共立千載業，誰能狎主諸侯盟。阿兄有詩不輕作，及爾酬和聊歌賡。」《九日偕諸弟登高》一律：「風雨重陽日，憑高一放歌。此心同菊澹，秋色入樓多。席帽誰吹汝，萸囊欲寄他。題餻應有賦，群季意如何。」《暫之鄒南次翼韵》一律：「及爾離鄉久，言歸似遠行。晨風滋白露，初日上東城。故老今誰健，家山舊路平。長空看斷雁，千里總求聲。」《甲戌將之京録別》詩四首，其一：「葛藟横南圃，脊令鳴中原。念我與君别，旨酒對盈樽。握手遠相送，思心難具論。行期怨迫促，兩地殊寒暄。北望長安道，征車何軒軒。結交滿四海，不如弟與昆。况復遠父母，不得共晨昏。别離安可長，倫紀同所敦。願言常自愛，無爲黯銷魂。」《乙亥旅館寄弟》二首：「夜雨攜秋聲，蕭條入羈寓。悲彼寄生草，欲爲連枝樹。萬類殊性形，之子胡弗悟。俯仰内傷心，拔劍出門去。願因西南風，與爾一相晤。」「籠中有奇鳥，遠自桓山來。欲飛不得去，鳴聲一何哀。同生二三子，羽翮幸未摧。寧與鷹鸇逐，無罹網羅災。鷹鸇尚可避，網羅奚由開？」《丙子春日鄒南野望寄弟》一律：「何處尋春好，東皋一望收。林花兼雨落，野水趁溪流。好鳥田中出，征人畫裏遊。此間非不樂，適意復何求。」此外倡和如《和翼即事押霰字全韵》、《效翼咏史體》等篇，文多不備載。《秋日偕諸弟登馬頭山》一首：「騶南列山如列騶，騶繹山人擅勝遊。笑他世士空皮相，不知山子是華騮。

華騮山子日千里，翔行遠到昆侖丘。脱令當時無造父，誰憐齒截困鹽輈。我本遊騎無歸客，偶爲兹山久滯留。揭來移家就山陬。東曹東畔有高樓，往往乘興上馬頭。絶頂孤圓似平疇，巨石戴土蕃芊芣。往年備寇築長寨，至今遺壘動人愁。側身遠望豁雙眸，群峰三面坐相疇。南俯絡馬湖中水，倏忽明滅儼泭漚。須臾雲升衆仙下，千乘萬騎同悠悠。白駒西逝無人控，但聞風聲鳴颼飀。我欲著鞭從兹去，何能區區憶少游。」《與諸弟分賦席上果得棗》一首：「羊角雞心自昔傳，盤中赤實照開筵。來來前殿誰爲隱，去去東家婦未還。獨也有情吾與點，新之無市不論錢。聞歌咄嗟忽忘味，何事如瓜憶漢年。」《初嘗䴵麵要諸弟共作》一首：「三月青青麥未黄，田家䴵麵已先嘗。麨成蟻磨紛紛落，寫向銀盤細細香。繞箸無端渾絡索，凝眸何處辨微芒。薦新特地競初穫，至味還應冠百昌。」

先兄遺詩，本集不載者十數首。凡聯句等篇，見翼所録《嘉慶集》中，兹不複載。其行旅詩，《丙寅秋日金鄉道中口號》一絶：「金鄉西望碧孱顔，腰帶成圍擁髻鬟。絶似故園窗外影，那知回首即凫山。」《癸酉行汶河岸口占》一律：「望岳逢真面，臨津問渡頭。群山皆北鄉，一水獨西流。瓦曬黄團日，禽飛白練秋。榮期行處樂，懷古總悠悠。」又《擬古子夜歌》：「妾不願富貴，但願勿别離。相思不相見，富貴亦何爲。」「郎如水上船，妾如船下水。郎行未崇朝，妾心已千里。」「郎何太薄倖，不爲妾暫留。挑鐙夜相對，欲語更含羞。」「强笑送郎去，歸來淚自灑。試問此何心，争奈不可解。」「卷起合歡被，收拾糚鏡臺。妾能甘樸素，留待君歸來。」「今朝鏡中人，明日道上客。願即送郎去，所恨無六翮。」《擬古美女篇》：「美女婉清揚，提籠行采桑。纖手低緑枝，艷色發紅糚。雲鬟簪翠羽，寶釵十二行。

耳綴明月珠，腰佩鬱金香。五馬雖紛馳，安知彼所望。」此詩似尚未完。翼近録《騶山詩册》，將前詩會載其中，復閱一過，與原集頗不同。俟異日付梓，仍當分别補遺於後。

先兄《咏落花生果》一首，集中未載。「萬花榮落處，生果驗天工。嘉種洵堪異，群芳未許同。開時顔亦艷，謝處蕊尤豐。滿地無人埽，崇朝有實充。池萍緣柳絮，夏草即冬蟲。異類猶相化，同根自可通。本原親下地，姤豈畏西風。移植名園裹，應慙衆落紅。」

先君子著詩文集外，若《漢碑録文》、《金石寓目記》、《古意紀存》，翼俱手録副本，以待剞劂。尚有《金石隨筆》《近事偶及》兩書，原未脱稿，各草録一通，亦可繕寫。中有談詩數條，敬志於左。一：「單縣瀕河，無甚古跡。舊志《焦侯碑》，趙子昂書者，今失所在。琴臺李白詩刻，亦後人追書。按：《金石録》唐《宓子賤廟碑》，天寶三載李少康撰，李景參書；《宓子賤祠頌碑》，天寶十載賈至撰，梁耿篆書；《巫馬期碑》，天寶十二載賈賁撰，韓軫八分書。三碑今俱不見，《單志》既不載金石，而《古跡碑記目録》中亦無此三碑。後人修志，當補入。又按：唐詩高適集有《觀李九少府翥樹宓子賤神祠碑》五古一首，『吾友吏兹邑，亦嘗懷宓公』云云，高詩亦當入《單志》。所云李少府是否即《金石録》所謂李少康，未可定也。」一：「前明史閣部可法後裔甚微。雍正時，吾鄉鄧東長鍾岳督學江左試，有童生史姓，年且半百，其祖書可法名，鄧甚異之。詢其家世，由閣部督師維揚，寄孥白下，有孕妾於滄桑後生子。鄧曰：是不可以文論。録入邑庠，併刻石記之。按：家超貢公《紀聞》列所知名人，史可鑑字存古，史可程字赤豹，號遽庵，史汧青字綸如，癸未武進士，近人惟知可程名耳。世傳維揚史公祠有乩筆，自題一聯云：『一代興亡歸氣數，千秋廟貌傍江山。』聯自佳，託之乩筆近怪。」一：「琴臺劉生言其鄉先生某，夢仙樂送人升上界，私問人姓名，同列告曰：『此萊陽左蘿石之僕也。左公久升上界，此人殉左，今始查出，亦得上升。』因共閱《明史・左懋第傳》，同難者數人，未云有僕。適海濱劉君藜焜來署司訓，乃曰舊傳左公殉節時，一僕在側。左公口占云：『黄泉無旅店，今夜宿誰家？』其僕曰：『請先爲公尋旅店去。』遂自盡。鄉里至今以爲美談。想是實事，夢語庶幾不妄耳。」一：「唐李紳《憫農》詩：『春種一粒粟，秋收萬顆子。四海無閒田，農夫猶餓死。』『鋤禾日當午，汗滴禾下土。誰知盤中飧，粒粒皆辛苦。』時吕温見之，曰：『此人必爲卿相。』至今次篇特顯。」

庚子新正，檢故篋日用册。嘉慶戊午，先嚴攝濟陽學篆，春聯底稿，句多自造，亦律詩之流也。敬志於左。「濟水澄波連海氣，陽春翠柳轉晴光。」「樽開新艷春爲酒，柳拂層厓草似烟。」「風雅於今留此席，性情自許得其真。」「鄉心芳草從前緑，客味寒氊依舊青。」「月色侵簾庭似水，墨花飛霧筆如椽。」它不具列。因憶童時寄居鄒南，見自題楹帖曰：「韋孟當年曾卜宅，匡衡此地舊譚經。」

東泉詩話卷弟五

魚臺馬星翼仲章著

記詩三 贈答

嘉慶癸酉，夏邑汪夢巖師時爲濟陽令，以秋闈揭曉之日，攜子弟入省垣觀榜。即於榜棚下相遇，親詣榜所，看余兄弟聯名，甚喜。併閱同榜以「星」名者數人，口占一律見貽：「崑季命名比列星，同登桂籍艷雙丁。斗奎煜爍聯斜漢，昌曲光輝接大熒。德氣今番宜聚會，郎官上應有英靈。諸君姓字高懸處，一榜如觀《甘氏經》。」師諱汝弼，乙丑庶常。

癸酉冬間，淄川翟蒼岩先生濤聞余兄弟秋捷，賀詩四絶。挂屏見在，不具録。翟有詩集，先君子爲序之，留贈先君子以漢《白石神君碑》。以詩代柬，詞曰：「人生在世如土木，鹿鹿幾年能追逐。世間不朽者金石，古人銘勒留遺跡。湖陵博雅寄園子，行笥纍纍香墨紙。耽奇好古窮冥搜，要與金石同千秋。自古物必聚所好，神呵鬼護若相告。遐邇購求無不到，緊吾久藏《神君碑》。一見恍然如故知，胡不投贈復奚爲？感君好古心，觸我望古願。摩挲碑版共低回，上下古今欻相見。吾欲挂名《金石録》，高歌一曲白石爛。」

桃源袁蠡莊先生潔罷金鄉令，過單父相見。袁畫蒲桃，題句贈余先君子，云：「有子皆成蓋世才，相逢使我笑顔開。秋風結實殊堪埃，十斛明珠葉底來。」

甲戌，先兄伯府寓居京邸候補謄録。冬杪南旋，友人張豐小南送詩一首：「丈夫具有四方志，南北東西任所至。四海名流須廣交，來此京師首善地。君來京師未半載，苦勸君歸亦何意。男兒立身先德行，一鄉豈必無善類。男兒顯身富詩書，蓬門豈必無腹笥。雞肋功名不足數，那堪歲月久需次。況君家學淵源深，君復詞壇獨樹幟。青雲有路須直登，底是歧途受滯累。今當歲暮年之餘，遥知慈親倚門閭。慈親念我我不歸，君歸慈親意何如？」又無棣王本魯《餞别》一律：「古棠名地足名家，累世神交各一涯。已見文章驚海右，又聞聲價滿京華。燕雲漠漠人多舊，岱影迢迢路未賒。轉瞬三年偕計至，春風閬苑有新花。」

丙子冬日，先兄養痾鄒南别業，滕邑宗兄愛泉元本寄冬夜見懷一首：「念我多愁夜，懷君久病身。形離魂易聚，室遠語難親。富貴浮雲幻，文章性命真。相期惟澹泊，養志與安神。」

丁丑春，余抱孔懷之痛，輒復偕計北上。途中，友人孟伯青毓鶴贈一律：「接地風雲發興新，金臺千里入征輪。揭來燕趙悲歌處，逢此嶔崎歷落人。寸草春暉怨游子，芳園桃李痛天倫。與君别有傷心事，相對昂藏淚滿巾。」是年下第南旋，濟州道中分手，伯青《送别》一律：「白日忽西斜，垂楊亂暮鴉。與君同下第，送我獨還家。旅客知交少，征人道路賒。相期在明歲，分手莫長嗟。」伯青，單人，先君子門下士，丙子鄉魁。

己卯歲，余在燕臺過夏，有諸城瞽者倪五在中能詩，平仄悉諧。余誨之古體，偶誦左思《詠史》八首一遍。渠過耳輒記，一字無訛，誠異才也。鮑覺生贈句云：「有目我不足，無目君有餘。」誠先得我心。渠效作古體，自聯句始，出語驚人，拙句相參，益彰其美耳。《秋夜聯句》云：「翦燭話旅夜，列坐縛竹橙倪。沽酒澆離思，感秋動詩興翼。拍案縱高歌，聯音相與應倪。三杯面微酡，一字思決勝翼。風雨隨筆揮，星斗向人定倪。坐看水在盂，困忘塵生甑翼。古來豪傑流，終身窮達聽倪。吉金不躍冶，明珠静照乘翼。至寶由内朗，方行無曲徑倪。學慕麐獨角，習戒鳧續脛翼。飛潛原别類，名實要相稱倪。寸心自洒濯，萬類悉包孕翼。古今同天地，宵晝一睡醒倪。雕蟲羞揚班，鐫鼎志耿鄧翼。書漫此生讀，功愁昔賢賸倪。達人貴陸沈，所遇靡徑庭翼。我亦履正道，時猶憚險磴倪。不覩地廣輪，安知天緯經翼。大火耿西流，明河澹延亘翼。涼露換袷衣，衆籟寂清磬倪。放懷舒壘塊，得句嗤飣餖翼。新意殊陳言，開卷晤確證。破悶竊覽《莊》，佯愚願學甯倪。懷刺字欲滅，礪劍光猶瑩翼。終歲饒拓落，命途任蹭蹬倪。風塵苦奔馳，拙訥謝巧佞。懸匏燕樹蒼，黏黐烏几艶翼。曲高和人稀，燈落半窗暝。自笑腹已枵，何耻瓶之罄倪。光景勿虚擲，嘉言堪持贈翼。」右聯句廿六韵，倪初聯十字，俱仄，已爲險絶。及押「醒」字，余大稱賞。倪笑曰：「恐仍在包孕中。」余押「經」字聯初成，倪曰：「此當是僕語。」余謝曰：「不免學步。」乃復爲「大火」句以起之。倪押「暝」字頗自負，一同院生揶揄曰：「是有鬼氣。」倪曰：「强君和不肯，安得不云爾邪？」偶閲一過，孤館無聊之況，如在眼前。又《七夕聯句》若干韵，不備録。

己卯秋，附運舟南旋，舟滯不行，青縣岸上遇錢唐周蓮渠賡。抵掌數語，知同爲附舟之客，是後吟賞頗不孤矣。九日蓮渠見質二絶：「敢云朋舊遍長安，始信風塵物色難。笑我相非天下士，如何未作布衣看。」「碧落雲飛風色秋，蒼茫烟點指齊州。蓬萊仙閣非難到，萸菊期君插滿頭。」又簡余索和二首：「西風無迹鬢邊蒼，兄弟茱萸各佩囊。墟里孤烟斜雁鵲，半岡落日下牛羊。題紅有葉虛佳句，衣白何人進滿觴。記得吴山臨大觀，幾曾負却此重陽。」「心驚落木暮蒼蒼，負米奚從請處囊。但聽金臺曾市駿，不知人世有亡羊。河干此日悲秋客，堂上何時介壽觴。醉插黄花君莫笑，百年可得幾重陽。」又見贈四月下見懷一絶：「問君泛泛意如何，身近中流得月多。此去結鄰秋水國，且將歸夢寄漁歌。」又見贈四絶句：「天涯贏得與君期，同走塵氛此一時。指日春風催祖逖，我偏輸却鳳皇池。」「如君倜儻亦風流，聲價龍門本舊遊。未必鱸魚容戀久，只須稍整釣璜鈎。」「曾共烟波不共舟，西風斜照每回頭。如何咫尺神仙侣，奈此盈盈水一洲。」「我豈逃名未得名，年來慚愧問蒼生。於今頗識瀛洲客，聽唱傳臚第一聲。」和余奉贈元韵二絶：「難留昨日豈非歟，中路胡爲念里閭。它若蒙君三徑約，長綸可借釣鼇魚。」「道經賀監古南城，爲語巾車且莫行。應有縶維賢令尹，大呼浮白壽先生。」《過分水閘懷别》一絶：「分水行將各分手，卬須不賦賦歸舟。此時咫尺兩難見，他日白雲何處秋？」《濟上寄别》二首：「果是天涯若比鄰，帆檣去住共前津。還鄉作伴幾忘客，彈鋏無車大有人。太傅經綸曾對策，伏波功績許傳薪。相期莫爲離群感，風笛何心昨夜頻。」「任城此去正秋多，惆悵伊人欲渡河。紅葉只傳游子淚，青山不解白駒歌。悠悠事業勞勞夢，落落車塵渺渺波。同是倚閭相望久，揚名負米兩如何。」《再賦贈行》一律：「蕭蕭落木殘，人事感憑闌。晤久良非偶，知深别益難。黄金争客老，歧路此行單。相見豈言晚，何時共羽翰？」復贈《旋里》一絶：「湖東百里子雲居，料得門盈問字車。金玉有情如念遠，好憑秋雁幾行書。」蓮渠見贈詩前後十六首，備録於右。此外尚有《客途述懷》寄余一首：「落落塵衣峭峭寒，客歸無復夢長安。迷津有岸誰相覺，仙侣同舟我獨難。性愛詩篇多誤學，味真苜蓿勸加餐。何時買得青山卧，不向侯門劍一彈。」又《挂劍臺》索和一首：「不堪把劍復歸來，落木蕭蕭雜草萊。敝屣已曾輕國士，故人空抱倚天才。癸庚何處呼將伯，戊己山名悲風起暮臺。我外伊誰尋往跡，未言心事古今哀。」挂劍臺在壽張縣之張秋鎮南，有碑。余和作亦當吴札事詠之，心不謂然也。及旋里謁之家大人，乃知地近東平，當是漢章帝於東平憲王陵前賜劍處也。事具《後漢書·東平王蒼傳》。附志於此，俟告蓮渠共正其譌。又有《咏棉花》句：「笑我衫青甘韋布，看他頭白爲蒼生。」「韋」字無仄聲，定稿時必有以易之。

道光紀元，歲次辛巳中春，鄒邑茂才杜小陵清平設帳於單父王明府幕中，暇時從余先君子遊，因留小酌。次日寄余五古一篇：「濟上距郕城，相去不百里。未識荆州面，徒傾白也耳。新春涖單父，投刺接芳軌。萍梗薄交遊，義氣敦桑梓。幾次呈蕪言，垂贈珠纍纍。春風滿琴堂，公門判桃李。同閱試卷。半月話連牀，高歌浄魂壘。夕風唱驪歌，執手意披靡。相詡千載業，我聞悲翻喜。持身貴立名，論交重知己。小人甘如飴，君子淡於水。盈盈一片心，相思何能弭。盛燕敞華堂，羞膳極豐美。對君引一觴，童冠驚相視。詎祇澆離愁，兼以滌俗滓。我本燕市徒，癖性糟丘裹。十千不辭貧，一斗醉欲死。况蒙君高情，開懷宜如此。夜歸官齋静，泠風撼窗紙。一念動人來，萬感從中起。歷碌悲歧途，蕭條慚拙技。欲眠不成眠，輾轉心如燬。六載困風塵，徒作游蕩子。感極復長嘯，抑鬱生筆底。吟成數百字，呈以定可否。」秋日復寄一律：「相思無計慰相逢，落拓風塵老舊容。離别三秋空積恨，平安兩字憶憐儂。文章事業貧猶壯，詩酒情懷澹亦濃。願把新愁重剗盡，彈碁一局接芳蹤。」《苦熱》寄余一首：「雨歇蟬鳴樹，嘒嘒振人耳。有客卧北窗，清簟涼於水。」和余《重午》元韵一首：「年年當令節，開筵壽華堂。此日同歡慶，吾身獨異鄉。夢勞新蝶粉，酒縱舊鵝黄。一醉風塵裏，誰憐阮籍狂。」癸未秋，自鄒寄余一律：「莫愁前路無知己，斯語由來未易逢。横笛聲中總惆悵，鳴琴臺畔舊儀容。萱堂日暮白雲冷，桂苑風高翠蕚封。憶到遭逢心欲醉，可能高卧似元龍？」甲申冬日，自京邸寄余一律：「曾將落拓笑揚雄，作賦長安歲已終。酒用驅愁多益善，詩從無意得來工。文章憎命杜京兆，交誼關心馬扶風。兩地相思經幾度，最難遣是月明中。」丁亥秋，又答余二律：「誰寄天南時樣箋，吟來字字覺纏綿。争知妙句傳千里，棖觸離愁忽六年。汎水浮萍期再聚，過時明月不常圓。一樽沈醉西風裏，雲樹蒼茫起暮烟。」「卅年身世兩悠悠，悔作風塵汗漫遊。花月已醒詞客夢，湖山莫解旅人愁。緑楊郵野家家雨，紅葉林巒處處幽。何日繹雲重握手，與君攜酒一登樓。」戊子春，又寄二絶：「風雨他鄉思悄然，傳書恰值落花天。感君多少纏綿意，時樣南箋譜不全。」「年年花事愁春晚，處處鄉思妬月明。文字因緣塵世少，平生知己馬長卿。」「長」讀平聲，從鄉音也。

辛巳秋，家愛泉兄寄余《客中感懷》一律：「日日空齋竟若何，客懷寂寞客愁多。思親徙倚階前步，憶舊裴裒月下歌。夢斷鄉關魂聚散，憂生衷曲意蹉跎。看來世事何嘗定，應惜年華轉眼過。」壬午夏訪余，見木筆重開，戲贈一絶：「春官試罷小蓮開，六月庭前雨過纔。只爲詩人多好詠，隔窗日日寫題來。」又《咏梅寄贈》二絶：「梅花開水上，風暖水還融。香送流波外，影摇素月中。」「咏花人小立，斜照影悠悠。好句初成後，清香帶月流。」癸未莫春，同王大鈍夫唁余於鄒南别業。鈍夫云，翼客冬居母憂，受弔日，渠見一髯奴出入指揮，若舊紀綱者，然物色之，頓失所在，疑不能明也。因口占一絶：「陶家門外來雙鶴，郭氏廬前挂束芻。自古賢人多孝感，於今又見有鬚奴。」愛泉曾和余《七夕》元韵四首，余原藳因少作亦未存。

辛巳冬日，瀋陽王仙李蕙滋贈七古長篇云：「我昔歷下停征鞭，南崧老人稱君賢。道是湖陵一奇士，此語依稀十餘年。去年庭趨鯉，再聽單父絃。學齋謁前輩，雪花滿車前。絳帳重逢馬夫子，也是湖陵舊家世。我疑與君瓜葛深，欲詢起居恐造次。忽然司閽者，貿貿投君刺。我聞喜且驚，倒屣出門心怦怦。譬如陳蕃榻上來徐穉，又如鳴鶴雲間遇士龍。始知文字因緣結前生，不然凫山西遼水東，雲樹隔絶千萬重。十年相思不相見，何意此地忽相逢。春光生海域，花氣含清旭。旗亭攀折柳條烟，行李匆匆别君去。東歸醫無閭，北上黄金臺。暑雨淫淫霽不開，客館淒淒憶鄒枚。蒼然秋色從西來，千里乘槎一笑回。歸來花樹都依舊，籬菊粲爛錦成堆。詩一篋，酒一杯，從此翦燭相追陪。小窗雪夜角文藝，健筆一枝凌雲起。本原經術參子史，於文壇中建一壘。偶然戲作雕蟲技，亦復使人難摹擬。運氣静無痕，徵典如出已。豈效夫已氏，拘拘規韓規蘇規歐陽，學孟學王學杜李。有時興發論古今，不襲陳言自入理。勸我莫學元微之，輕薄態相非所宜。愛我不喜陶元亮，竊取浮名慚東籬。聞君言，把君手，願將斯言，作詩千首。貯之囊中，懸之座右。馳書遠問南崧叟，如我輩語良是否？」壬午仙李秋捷，開喜筵，行令傳花，余每得花。即席仙李成二絶見贈：「從來酒國政紛紜，惟有傳花令最新。今日《漁陽》翻別調，也應撾鼓讓詩人。」「隨手都拈富貴花，筵前笑語聽喧嘩。不知滿座司香客，可數郎君第一耶？」

癸未秋，仙李在濟州寄四絶句：「金蘭豈易得良朋，冷暖交情殊可憎。爲我殷勤規過失，除君之外更誰曾？」「琴堂雪静夜沈沈，相對傾談興不禁。説到遭逢最難處，才人識見聖賢心。」「弟兄同是著書才，第一荆枝恨早摧。一事爲君更惆悵，石麒麐未受生來。」「與君小别動經年，聚等浮雲散等烟。爲問琴臺風雪夜，幾時能更對牀眠。」又一絶云：「一朝不見便相思，三載交情爾我知。今日湖山隔百里，但憑秋雁寄新詩。」《登太白樓次韵》見懷一律：「相伴謫仙侣，重來續舊遊。留題曾幾輩，佳會此千秋。醉眼觀塵世，狂歌倚酒樓。詩成懷馬異，别緒正悠悠。」丙戌仙李成進士。秋歸，在曹郡寄其《露坐見懷》一律：「中庭露坐自吟哦，風月今宵奈我何。花露明於珠樣小，樹風涼似雨聲多。玉繩當座情難綰，銀漢亘天秋有波。不爲離懷亦生感，故人又是隔巖阿。」又叠前韵見答一律：「郵傳佳句屢吟哦，奈此秋深未見何。九日花開客過少，霜前風送雁聲多。楓林半落秋將晚，潦水平添遠不波。誰駕溪舟采芳杜，美人惆悵阻中阿。」又用余《贈李十二》韵，戲爲香奩體，見寄一律：「當時衫袖舞專長，百琲明珠繫錦囊。一自琵琶輕出塞，幾番綺羅倦熏香。繡裙再著知無分，牙板全抛自不妨。却被教歌鄰女笑，新聲久未按《伊》《涼》。」仙李弟典醇呈余二絶：「從來海右多名士，誰似先生著作才。何幸春風懸絳帳，彭宣曾許聽經來。」「鐵網珊瑚珍自藏，幾回盥露讀琳瑯。新詩愧我無佳句，也被搜羅入錦囊。」典醇榜名樹滋，字小屏。

乙酉夏日，杜小鶴清和自濟上寄一律：「有弟曾訂金石盟，阿兄無分識長卿。阻人百里鄉關路，傾耳十年著作名。不信前因難一面，何時小聚話三生。書來知到山陰去，孤負乘舟訪戴情。」小鶴廼小陵胞兄也。余去年由兖過鄒，相訪不遇，故其詩及之。丙戌，小鶴次韵見贈二律：「故我猶今我，思君幸遇君。野鷗難入隊，天驥久空群。雅興同邀月，豪情欲贈雲。相憐無限意，兩地願平分。」「吐鳳才何愧，探驪句最真。金鍼欣度我，青眼怕逢人。著作誰争富，清寒已慣貧。十年傾心久，知己漫疑新。」是秋小鶴赴曹幕，留别一律：「十載傾心切，經年聚首難。别君無限意，對酒不成歡。踪跡客如舊，光陰秋已寒。相逢雖有日，未去且盤桓。」又集東坡句見贈二絶：「野鶴昂藏未是仙，起占雲漢更茫然。詩無定律君應將，乞與佳名到處傳。」「紫李黄瓜邨路香，白雲深處是吾鄉。祇疑歸夢西南去，社雨寒燈樂未央。」又用余贈詩元韵見酬二首：「才華如許歲方長，脱穎終看錐處囊。未止宏文推手筆，還將妙句吐心香。功名有分遲何礙，道義論交淡不妨。好把此心相印證，任他人世有炎涼。」「同是離家愁緒侵，新詩重讀費沈吟。不才何幸逢青眼，有弟曾經託素心。冀北人歸期歲晚，曹南客路正秋深。年來贏得别離苦，到處魂銷緑水琴。」又次王仙李韵見懷一律：「佳句連篇耐細哦，南樓回首意如何。無端離緒胸中繞，不斷秋聲客裏多。落葉因風抛碎錦，流雲如水捲層波。年華珍重勤摩勵，挂壁知君有太阿。」

丙戌，海陽李字山紹聞用余《寄杜小鶴》韵見贈二首：「宏文高典册，淹雅孰如君。静者心多妙，飄然思不群。熏香追屈宋，入座有機雲。八斗才華富，狂來我欲分。」「不少苔岑託，伊誰道義真。喜逢青眼客，况是白眉人。讀史三餘足，工詩一例貧。吟箋還贈我，手盥露華新。」初夏，余自濟旋里，字山集放翁句送別二絶：「百花過盡緑陰成，晝漏迢迢暑氣清。商略此時須痛飲，問君何處用虚名。」「兀傲胡牀酒半醒，窗明香岫碧雲横。幽人聽盡芭蕉雨，更把新涼送客行。」又寄效義山體一律：「瑶臺隱約記仙蹤，石上三生一笑逢。什襲天衣熏荳蔻，一奩香鏡兆芙蓉。開軒暖入雙雙燕，讀書欣看六六峰。欲駕彩鸞謁牛女，輸他犢鼻向臨邛。」余在濟州幕中，集義山句贈李、杜二明經，附注於此，以志一時結契之勝。云：「前閣雨簾愁不卷，白日當天三月半。青雲器業我全疎，朱槿花嬌晚相伴。自緣烟水戀平臺，不賦淵明《歸去來》。府中從事杜與李，碧沼紅蓮傾倒開。古者世稱大手筆，求之流輩豈易得。報章重疊杳難分，浣花牋紙桃花色。真珠密字芙蓉篇，水精如意玉連環。相逢一笑憐疎放，吾徒禮分當周旋。路逢鄒枚不暇揖，回看屈宋由年輩。有箇仙人拍我肩，直遣麻姑與搔背。相如未是真消渴，柔腸早被秋眸割。李杜操持事略齊，一口紅霞夜深嚼。」

山陰張亦梅炘次韵見贈，併呈李、杜二首：「何來龍鳳虎，此地得三君。曠世欣同聚，高才總絶群。詞源三峽水，詩思萬重雲。笑我狂殊甚，騷壇席欲分。」「落拓嗟時命，疎狂容性真。最憐相見日，同是異鄉人。驚世非無策，工詩不惜貧。况逢良友聚，相賞正維新。」亦梅草書頗工。時新昏，擕入郡幕。余口占一絶云：「判尾工夫妨畫眉，名傳草聖郡人知。等閒莫怪紛紛牒，只愛君家筆勢奇。」亦梅答云：「浪跡天涯染俗塵，張顛那許是前身。蓮花幕裏判文牘，却喜揄揚有郡人。」秋日，亦梅赴曹，留别五古一首：「春日逢君來，秋日别君去。客行無定所，歲月成虛度。清晨理破篋，見君贈我句。努力希前修，環讀悚然懼。惟此區區心，未忘他山助。願言獻所欽，時復惠尺素。」

是年，濟上畫師爲余寫小照。杜小鶴題二律：「良朋聚本難，十載歎緣慳。文喜三生契，愁從一晤删。問天幾搔首，入畫忽開顔。應愛嶧山路，桃華滿故關。」「謂我形猶鶴，多君契若雲。詩情醇入古，客况苦同分。異地春方莫，官齋酒正醺。披圖相視笑，舉世任紛紜。」張亦梅題五古一首：「達士任曠夷，狂客每倨傲。先生卓犖人，胸懷尤高妙。讀書萬卷餘，義理窺藴奥。欣然得於心，粲然呈於貌。顧我抗塵容，相見慙浮躁。披圖爲君題，不覺心傾倒。規君既無語，頌君似阿好。環顧塵世間，莫若相與笑。」李字山題七古一首：「我昔來任城，君名已在耳。仙李爲我言，吾黨無君比。上溯姚姒下元明，剛日讀經柔日史。森森萬象羅心胸，高文典册一何綺。詩宗《文選》得權輿，何論三山與七子。我欲負笈從之游，鴻爪羈留行復止。今春遥從東海來，不期而遇先倒屣。每擬嶔崎歷落姿，乃是温温爾雅士。始知文人自有真，茹古涵今應如是。服君雅量何深沈，興到激宫亦嚼徵。解經端不讓丁鴻，問字先能辨亥豕。有時摇筆摹鍾鼎，古意蒼茫書在紙。從今騷壇有主盟，且喜室邇人亦邇。君才自湧萬斛泉，我如杓飲江海水。偶然三日不相見，詩筒忙殺兩綱紀。欲向畫圖印證之，知是形似是神似。題詩未足仿佛君，留取左方待仙李。」仁和錢容川溶集漁洋句題二絶：「花氣撲簾春晝晴，科頭箕踞一先生。新詩樂府知多少，紅杏尚書枉擅名。」「薛北滕南屢問津，思君流水是天真。儘教乞與丹青手，夾岸山容索笑新。」皖江胡聽泉煜題《沁園春》(二)〔一〕闋：「化境天開，仙源頓闢，豪興偏奢。

羨班張制作，蓬瀛標格；先生瓊樹，時倚蒹葭。穠矣溪邊，嫣然渡口，恰映風流絳帳紗。才名著，真繡囊摛藻，綺夢餐花。　騷人韵致堪誇。看白眼高歌對艷葩。想凌雲裁就，有奇自賞；無言一笑，夕照初斜。如畫雄姿，題橋壯志，奕奕精神接漢家。徵佳兆，定春官奪錦，獨占芳華。」秋日，王仙李題四絶句：「繹雲攜入畫中來，一片靈光吹不開。誰識此中渴睡漢，生成原是著書才。」「讀盡周秦兩漢書，却嫌腹笥尚空虛。圖中更比腹中窄，難貯牙籤富五車。」「瘦骨稜稜異昔時，自矜頷下有微髭。須防拈斷難重畫，莫更狂吟八字詩。」「七載交深德不孤，爲儒爲吏忽分途。文章經濟曾相勖，牢記鬚眉守故吾。」濟上孫小言同年題二絶句：「謬將附驥向人誇，回首秋風閲歲華。還乞同霑三月雨，一時齊看上林花。」「放浪形骸識故吾，科頭誰敢笑狂奴。知君掩却廬山面，别有深情寄畫圖。」小言弟少沂題二絶：「丰神全不肖清癯，畫裹描摹有是夫。要試烏紗新式樣，故將火色上頭顱。」「得意花開及第紅，瓊林指日醉春風。多君青眼頻相顧，江上芙蓉那許同。」附余《自題》一首：「非吏非農，非僧非道。乃童其心，而耆其貌。平居略與翰墨爲緣，詩書那有獨得之妙。知汝臨事每多糊塗，奈何見人輒欲戲笑。抑豈圭角尚有未磨，胡乃火色仍復外耀。世堪共證，時用自照。真吾顧若是邪，猶恐此中未能盡肖。」

丁亥春，仙李寄其天津途次懷余及小鶴一律：「旅館燈初上，懷人酒一尊。愁多豐市客，瘦極少陵孫。遠道輕離别，知交重弟昆。計程應憶我，今夜宿津門。」秋日，又寄見懷一律：「木落西風發，城高北斗懸。露濃猶昨夜，雲散是何年？鴻雁秋來少，關河望欲穿。不堪相對思，笛裹晚涼天。」

是年夏，在濟南郡幕分校試卷，仙李偶成一律，呈諸同人，一時和者二十八人，稿悉存仙李處。兹録仙李元唱暨諸友次韵寄余者。元唱云：「緑艾風吹翰墨香，夜窗静對費平章。蘭膏有焰初摇影，蓮漏無聲未是長。辛苦初心期莫負，模糊老眼易生光。漫矜塗抹施紅勒，知否倒绷笑阿孃。」余和韵云：「幾度濃熏司馬香，又從王後校文章。齊竽聽去猶多濫，山木量來若箇長。五色雲迷花弄影，一簾風静燭摇光。等閑繡線都抛却，學步争慙新嫁孃。」同事多仙李同年進士。王英齋發越和元韵寄余云：「薰風初度浴蘭香，試院分來錦繡章。幾曲簾波槐蔭静，半窗竹影漏聲長。龍泉漫擬逢歐冶，魚目仍虞混夜光。欲得文心工組織，買絲合繡紫雲孃。」余依韵答之云：「藉甚聲名百斛香，欣從蓮幕覩鴻章。如披雲霧青天見，好度炎蒸夏日長。此處瞻韓增氣色，何時借寇挹輝光。來朝相約明湖上，莫訪花溪黄四孃。」又袁桂亭風清和韵寄余云：「卷滿案頭錦字香，奇奇怪怪盡文章。何來烏雨連天暗，倏又清輝特地長。嫫母妝修終獻醜，西施搪突亦無光。若非詩聖工題品，恐負當年舞劍孃。」余依韵答云：「羈身蘭室不聞香，欲訪名材對豫章。此事推袁人共許，今朝御李我何長。青雲路近花生筆，《白雪歌》成劍有光。好與明湖添韵事，新詞争付采蓮孃。」又曹蘭厓年丈鶴鳴和韵見贈云：「蘭譜通來舊有香，逢君早賦《鹿鳴》章。勳名且莫論新息，游覽何妨繼子長。漫詡詞華施後進，更推德誼篤前光。聯牀共話情無極，窗外憑喧絡緯孃。」余依韵奉答云：「久挹芝蘭氣味香，今番稷下讀瑶章。雄心未許風塵老，白眼憑看日月長。遠望鮑山增璧色，俯臨濼水辨珠光。蓮花池畔清樽滿，好是歌成付越孃。」曹自滇西攜一姬來。又李字山和韵贈余云：「花箋重叠墨浮香，安敢臨風闕報章。我笑披雲迷五色，君能作史備三長。饒他贋鼎希真賞，自有驪珠照夜光。繡出《法華》經幾卷，細針密縷敵眉孃。」余和答云：「捲簾兀坐漫焚香，忽聆元音奏大章。箏笛耳清人宛在，芝蘭氣化興尤長。寄懷錦瑟才原富，接跡滄溟志益光。何日韭湖同泛酒，新詩聽唱彩衣孃。」余復叠前韵寄二杜云：「韭山湖畔酒初香，飛下燕雲覩錦章。感事馮車同志少，懷人姜被寸心長。懸知太乙星精照，已見少微夜有光。此處紅蓮開正好，秋來誰賦《杜秋孃》？」杜小鶴次韵見答云：「好句吟哦齒亦香，明湖烟月費平章。清談時共王夷甫，絳帳誰開馬季長。相貴從君徵火色，膚清愧我少精光。秋來惟覺懷人切，倚酒愁聽《樂世》孃。」杜小陵次韵見答云：「盥手新分薇露香，忻從雲外誦瑶章。懷人最易秋風早，涉世何如榮問長。意外功名慚薄宦，眼前詩句發奇光。湖山多少風流客，可信真珠似窈孃。」仙李弟樸荈和答云：「滿座濃熏佳士香，齊竽聲裏費平章。簾旌半下官齋肅，燭剪輕移夜漏長。自有苦心精鑑藻，憑將巨眼辨珠光。金針學繡隨諸姊，應笑阿儂未嫁孃。」右諸家和「孃」字韵詩，余曾備録一箋。自歷下旋里，孟雨山同年廣鈞見之，次韵寄余云：「雅箋摇來韵語香，分標名字集雲章。濟南度繡金針巧，海右量材玉尺長。馬帳風流宜入畫，龍門聲價倍生光。續貂不慣《霓裳》舞，善教猶憑十二孃。」余復和答云：「歸興偶探花竹香，主人石室對金章。停鞭呼酒緣家近，索箋觀詩耐夜長。繁響正虞嘲歷齒，佳篇猥自鬥夷光。相如已是倦游客，許遇知音窈窕孃。」雨山别號金石花竹主人。余和「孃」字韵詩前後七首，拙集删去，猶覺棄之可惜。聊復備録於此耳。

戊子秋，仙李寄余《風雨懷人圖》二律：「無風無雨夜淒清，對此圖猶别感生。况復秋風悲瑟瑟，那堪夜雨聽聲聲。思憑旅雁傳新字，愁對沙鷗溯舊盟。可憶當時頻聚首，幾番把酒話天晴。」「更番酒醉夜深深，夢醒蕉窗月又沈。未免有情誰遣此，無多好友易關心。公真雅意高終古，我幸清芬接自今。却恐秋殘容易别，趁無風雨會相尋。」又言近欲爲百韵詩見贈，尚未脱稿。其大略曰：「鴻文光典策，樂府著新篇。並世交如漆，千秋筆似椽。推袁宜此日，御李憶當年。相遇黄河岸，傾談渌水邊。仙橋偕鷺立，旅店識鳶肩。下榻來穉子，論詩重樂天。梅花香徑裏，菊影酒杯前。倒峽詞原富，裁雲墨尚鮮。緑圖收十二，寶笈列三千。原注：大著有《國策補遺》及列侯滕、邾等世家。目有人倫鑒，胸藏金石編。奇書探正解，僻典索真詮。沐雨情相洽，吟風句並聯。甘隨書畫舫，樂附孝廉船。青眼勞翁叔，虚聲許仲宣。别來頻改歲，自顧愧先鞭。莫假黄金館，誰開玳瑁筵。夢魂驚磊落，離思覺纏綿。爽氣涼飈動，清暉皓月圓。風流懷絳帳，矍鑠憶文淵。敢寄巴人曲，遥通蜀地箋。瑶章誇藝圃，斗柄仰星躔。暫著東山屐，頻聽《白雪》絃。心期同賀若，手筆埒燕然。豈祗吾家寶，雞林遠共傳。」右詩殷殷酬擬樂府之意。樂府者，余擬述翰屏先生德政者也。先是任單縣，多異政，值太母誕辰，紳士祝釐，各體俱備，惟少樂府。仙李意以相屬。及後洊涖濟郡，又值慶日，余客幕中，謬擬數首，文繁不具列。僅記《設都正》一首：「大野之南，黄河之北，自古多盜賊，搜剔難盡得。君來設都正，敬禮如賓客。用其人，治其邑，以衆正，正盜賊，無所匿。」又《免米車》一首：「嗟兹單民何苦，不苦輸米租，苦出米車。出米車，亦何苦，不苦出米車，苦報米車。報米車，殘民膏脂飽吏胥。公洞燭之曰：自今日，免米車。」

冬日，仙李又寄其《旅館不寐》一律：「旅館不成寐，孤燈逼曉寒。鼠跳梁影黑，馬嚼豆聲乾。門隙風侵入，窗櫺月照殘。群雞鳴不已，聒耳睡應難。」渠作近多游戲之句，《詠蠹魚》二首録一：「未必含英更咀華，也從翰墨覓生涯。胸中那有經綸貯，眼底旋看字畫差。濫嗜殘編只糊口，不嫌奇句太聱牙。從今檢點書生橐，會買芸香置五車。」詩皆未能屬和。仙李新分儀曹，頻催偕計。余答一絕代柬：「果然仙李屬春官，猶憶芙蓉江上寒。明歲相逢何處好，杏花消息到長安。」

己丑孟夏，燕臺旅邸同張六亭父、許一印林夜酌聯句：「風塵十載羈關河張，郭隗臺畔吾徒多馬。張鐙醉倒金叵羅許，方寸五嶽高嵯峨張。放懷古今慷慨歌馬，易水送客風揚波許。易京躍馬雲横戈張，婁桑大樹交枝柯馬。豆粥麥飯哀滹沱許，英雄豎子同消磨張。富貴乃如春夢婆馬，高車駟馬相繫摩許。金印斗大毋敢訶張，羔羊退食矜委蛇許。彼哉吾豈知其他張，只今首夏猶清和馬。蓮寺莫鼓收靈鼉許，晴回雲漢明星娥馬。茫茫百感奈爾何張，分牋索句書擘窠許。縱横筆陣驚鸛鵝馬，快意激昂如起痤張。良朋嘉會關切磋馬，幸無俯仰嘲嫽婀張。手撫腰劍三摩挲許，出門一笑醉顏酡馬。」

是年冬，余生子，家聯斗兄賀詩云：「丹桂原有根，修德惟罔覺。繩武稱濟美，喬蔭後起卓。天誕育英才，崢嶸露頭角。懸弧符夢熊，時惟十月朔。喜逢三戌聚，斗魁星明晫。官貴坐元堂，早發理自确。共説雛鳳生，和鳴應鸑鷟。佳氣盈庭階，喜筵設華幄。欣忭進蕪詞，竚見傳家學。」「三戌」，謂戌月戌日戌時也。聯斗精於星命，特言及之。杜小鶴賀詩云：「聞説石麟降，君看鬢已星。喜真良友徧，神果泰山靈。原注：早春，東泉偕計北上，過東岳，登頂祈子。弧矢新豐志，箕裘絳帳經。他年展驥足，跨竈語堪憑。」滿舒亭賀啓有句云：「四十之華年已至，半千之才子初生。珍異西川，降從東岳。」

庚寅，余館鄒東北昌平鄉，杜小鶴寄余《望昌平》一首：「連朝風雨惡，索居愁無俚。出門望昌平，天寒暮烟紫。忽見歸鳥翔，眷言懷之子。之子在東方，門前紛桃李。尼山亘其北，靈秀古無比。拔地屹獨尊，餘峰皆環峙。宣聖此發祥，今古隆廟祀。明德日月昭，聞者易興起。况君志道切，居此良可喜。勉圖千秋業，高山近仰止。」又和余《登尼山》一律，稿偶遺失。冬日解館，余有《留别同學》四絶，及門三劉生，各有和贈，摘録於此。方儒句云：「坐入春風倏一年，今朝相送意纏綿。師勤功半殊堪愧，不待吟詩早黯然。」「遲鈍不材入藝林，解疑辨惑費精心。相從只恨無多日，山斗文章寤寐欽。」芳桂句云：「魯源鄉是舊昌平，用余原句。仰止高山素有情。感荷殷勤期遠到，他年何以赴前程？」芳榮句云：「規矩端嚴氣象和，循循善誘益人多。一年得坐春風裏，雪點洪鑪愧若何。」「朋輩牽衣心正悲，僕夫立馬雪風吹。分明不是花飛絮，散入昌門管别離。」

庚寅春，余過鄒，董書門招杜小鶴仝飲座間。余偶裁取成句，戲語小鶴云：「何以解憂惟有杜。」渠思有以對，而未得也。書門曰：「云胡不喜既見君。」一坐稱妙。余到魯原，居停主人劉鳳山别駕每乘暇出俊語索對，亦有足記者。夏日，玉簪花初開，渠云：「玉簪花，花簪玉潤。」余對曰：「書帶草，草帶書香。」又一日，漫論前明詩人，李東陽氣最勝。渠云：「李東陽氣盛，亦當有對。」余曰：「柳下惠風和。」渠即增字求對曰：「『先生柳下惠風和』，七字甚妙。」余戲曰：「正合以『多子李東陽氣盛』對之。」相與大笑。因憶館濟上時，及門龔生學作偶語，方讀《左氏傳》，余即出句云：「立德功言三不朽。」生甚難之，乞代對，余誨以用《葩經》作柱，參以《論語》，當得一對。生尋思少頃，恍然得之曰：「蔽《風》《雅》《頌》一無邪。」翌日以語李字山，字山因稱舊聞塾師出句：「《鄉黨》一篇無子曰。」高足對云：「乾坤二卦有《文言》。」兩聯可以相埒。余曰：「『《鄉黨》篇中無子曰』，當更思一對：『《庶人》章末有詩云。』」相與一笑。《孝經》五孝，惟《庶人》章無詩辭。或傳海外本有之，乃「晝爾于茅」二句也。用以趁句，極可取。古人偶句，如《管子》「心以藏心，心之中又有心」，楊升庵用佛語「影以重影，影之外復有影」對妙。孫貢南云：曾見一聯，以「孔曰如之何如之何」對「佛云不可說不可說」，亦用彼法也。余頃在濟州胡聽泉座上，有于公子，號也愚。聽泉出句云：「柴也愚，回也不愚，也愚，也不愚。」强余對之，余曰：「説無法，實無有法，無法，無有法。」須臾，聽泉復促余對，余曰：「已用方外語對訖。」聽泉覆述一偏，因笑曰：「不意腐儒今亦逃禪。」胡、劉兩句均未能對，漫記以俟好事之客共參之。

辛卯冬，大雪後，余用蘇詩「尖」、「叉」韻作六首，一時和者十數人。小鶴處萃爲一編，欲寄余，既而傳觀，不可復得。惟記董生毓芬押「尖」字云：「聚作小山看更好，中庭卓立一峰尖。」小鶴押「尖」字云：「一樣梅花香處立，今朝分外覺風尖。」葛鏡海年丈和四首録二：「霏來玉屑絶塵纖，色相原空問楞嚴。撲面人誰吟柳絮，烹茶味好試薑鹽。船頭月黑迷蓑影，驢背風高壓帽簷。爲喚雪兒歌《白雪》，夜深冷透鳳鞵尖。」「千林漠漠凍棲鴉，僵卧袁安高挂車。爲換青山留白骨，偏教老樹著新花。何人插斧歸樵徑，有客尋梅問酒家。我亦剡溪思訪戴，蒼茫不辨路三叉。」

壬辰夏日，同董癯仙之鄒訪佛嶺、鐵山等處石刻。杜小鶴寄二律索和，稿留董處，記二句：「兩袖苔痕香古篆，一鞭山影逐歸樵。」

癸巳春赴都，寓王儀曹仙李處，同寓無錫嵇春原文駿《咏白丁香》一絶索和：「琢就玲瓏玉一叢，難將奇妙問東風。何當更灑臙脂雨，染出枝頭萬點紅。」余和韵二首，載小集中。仙李和云：「珠簾碎影一叢叢，恰與梨花顔色同。却被折花人看見，杏花闌入幾枝紅。」乃弟小屏亦和，惟記押「紅」字云：「等閑一樣看花眼，何分深白與淺紅。」渠是年登第。

夏日旋里，經過平原界道旁，有東方先生故里碑，邑中有太守顔公祠，車中漫以回文分詠兩賢：「樂最君無度，警來問姓名。朔方一面當，人可是真卿。」抵里後，家愛泉索觀近作，即以充賦，繆蒙歎賞。且云：「回文自昔有之，分詠素所未聞。」未能答和，爲書唐詩數句以見意：「吾家令弟才不羈，五言破的人共推。興來逸氣如濤湧，千里長江歸海時。」東川李頎句也，愧無以當之。

余舊交皖人胡煜聽泉，已年鄒人董沓泉更號聽泉。余《戲爲雜言贈兩聽君》一首：「胡聽泉，董聽泉，俱入東泉。金蘭簿一時頓有兩聽泉，東泉自笑徒涓涓。既不能爲千里一曲之大川，又不能爲百仞不測之深淵。徒能岩間作細響，非金石絲竹管絃，猥勞好事者傾耳想淪漣。問君何事結斯緣，彼此不約而同然。一飛皖江下水船，一乘沂泗太乙蓮。或左挹袖右拍肩，吾今何所避逃焉。胡聽泉，聽東泉。董聽泉，聽東泉。」右詩胡君愛其句法奇特，因裁佛語作對云：「非金石絲竹管絃，無口耳鼻舌身意。」工對迥出意外。董君寄答一首：「聽泉聽泉不相識，一住皖江一邾國。異地同名亦前緣，爾我結交馬東泉。我交東泉今六載，混混茫茫如觀海。海浪不比泉泠泠，我欲聽之不勝聽。」

董聽泉和余《貴殊山》韵見寄一律：「東魯名山是繹山，薄遊滿貯錦囊還。我因詩思終朝苦，君到家鄉幾日閑。好友西窗連夜夢，孤峰北郭隔城攀。對門空有寒流水，自愧難隨懷素班。」又次韵見答一律：「細咏長吟寐不皇，新詩列陣自堂堂。孝廉船泊蓬瀛近，文選樓開皛繹傍。秋日懷人情入畫，蘭言贈我紙生香。騷壇一代君爲主，結社無心效洛陽。」時余館董樸園方伯家，有重修《鄒志》之役，故聽泉及之。聽泉令弟書門自言夢句甚多，漫記數聯：「撐腸文字徒增懶，入耳笙歌只喚愁。」又「客夢縈妻子，鄉音識故人。」「無瑕青玉案，有節碧琅玕」皆奇。

秋日，董園倡和頗多。樸翁《嶧山詩》和者十數家，稿俱留董園。猶記原倡云：「山形疊疊如堆卵，石色蒼蒼似染藍。」它不能盡悉也。《中秋玩月》倡和諸作，余俱未存稿，只記同學諸子作楫有句云：「九重高處思千里，三五盈時又一年。」向葵有句云：「寰宇凈堪稱玉宇，竹林佳處是璚林。」皆和余韵。

是冬，董梓亭司勳次韵答余二首：「吟壇樹幟策詩勳，貽我佳篇蘭麝芬。豈有劉蕡終下第，須知韓愈總能文。孤標特立誰知己，邑乘重修獨賴君。轉瞬觀光來上國，會看太史定書雲。」「曹司十載詎垂動，奉職聊傳世德芬。信有冰壺堪勵志，慚無藻鑑漫衡文。每懷蘭臭論交友，忽報梅開最憶君。弟子幸叨親絳帳，會須努力際風雲。」

東泉詩話卷弟六

魚臺馬星翼仲章著

記詩四 贈答

甲午春，董九臞仙太史假滿還京，留别二律：「驪歌一曲悵臨岐，設餞殷勤感故知。春草塘邊牽客夢，海棠花下别家時。囊無長物書充篋，座有清言酒滿卮。一語諸君應共記，明年同讌鳳皇池。」「依然索米長安道，獨擁青氊坐下帷。吉士名慚同畫餅，秀才官好例吟詩。敢愁禄薄添貧累，且喜身閒與懶宜。拋得故園春色去，何年重踐杏花期？」冬，杜小鶴將之文登廣文任，留别六首，録二：「七載勞勞志一官，無端捧檄起愁顔。非關道遠因循久，只爲親衰去就難。地盡青齊仍故國，城環滄海足奇觀。計程千里文登路，山到鐵槎歲已寒。」「祖道殷勤感故知，最難忘是去家時。壓裝鄭重詩千首，澆别流連酒數卮。濟水波平餘岸闊，繹雲風送出山遲。相逢驛使東歸日，還望梅花寄一枝。」

是年余仍館樸園方伯家。樸園次孫毓芬茂才抱恙，夏日自述答余一篇，詞極磊落。不意延至重九，遽爾長逝。特檢原稿，録於左方：「詩書無夙分，文章皆酖毒。敢作病狂言，請爲長者告。芬昔十歲餘，厲志陋流俗。下筆粗能文，讀書苦不足。自負頗軒昂，藝苑騁遐矚。豈甘伏櫪驥，但願摩天鵠。十五痛鴒原，感深疾始篤。風雨坐無聊，參苓豈可斸。一病今十年，纏縛甚桎梏。筆花不復開，江郎才莫續。所誦忘如遺，竟日文不屬。開卷入夢中，燈昏眼亦緑。愧此朽木姿，三年門牆辱。化雨夙已沾，醍醐今復沃。誨我養生主，期我長生籙。慰我憐我才，愛我時我勖。我非木石心，對此如新浴。讀書須下帷，既以乖衷曲。東山近在望，從之豈不欲。卓哉吾師青雲士，噫乎我豈紈袴子。奈何平生讀詩書，至今反遺詩書耻。古人不我欺，拮据胡如此。學希孔鑄顔，道契石投水。敢云效步趨，何能一舉趾。我生非不才，病多才難恃。曩慧今何愚，曩泰今何否。由來清奇福，盡在詩書裏。命定難妄干，吾今悵已矣。吁嗟矣，悠悠者蒼天，胡爲遺我以屯邅，使我詩書錮盡心力綿。吾今甫廿四，尚足稱少年。安得棗如瓜、蒳似船，食之頓令沈痾痊。益慧珠、指迷草，佩之神智濬發思淵淵。瓊編玉軸精探研，星宿羅胸珠貫穿。自笑井鼃窺大海，敢説晚歲志學蘇老泉。吾力恐不足，吾志窮益堅。但願有福人，分我讀書緣。腹便便，邊孝先，夐哉金銀臺上之神仙。却瞻靡後望靡前，令人即之不能心悠然。」

乙未春，偕計北上。途次，同人唱和頗多，均未存稿。猶記銅山陳梧岡一絶：「偕上公車十二回，今番特爲大挑來。同人刮目須相認，我是江南第一牌。」又記博平高鳳岡一絶：「鎮日徒行撲面沙，公車多是一輪車。晚尋野店無人處，白板門前手自撾。」雖皆一時戲笑之言，猶足見當時風景云。梧岡和余《公車紀行》五律四首，未及脱稿，匆匆别去。

是夏，董聽泉示余《游昌平山》二律，余依韵和二首。聽泉叠韵答云：「漫説農家拙養尊，繩牀茅舍不堪論。品題全借詩人眼，座次猶留酒客魂。明月偏隨人去住，清風常共我晨昏。北窗高卧默無語，欲向維摩問法門。」「端居底事報華平，賞月吟風次第行。曾有酒人辭酒社，强隨文士盜文名。羨君詩卷留天地，笑我田園養性情。坐對庭前老槐樹，晝長吟罷聽蟬聲。」又雨中專車迓余，復叠韵代簡，結句：「相思咫尺人千里，泥濘難邀客到門。」聽泉有《四蟲言》詩，邀余和之，文多不載。秋，寄懷余及杜小鶴二律，録一：「秋夜雁南飛，懷人欲授衣。獨臨風露下，轉覺友朋稀。詩客杜工部，高人馬少微。相思不相見，何日過柴扉？」聽泉處寓客沁水張茂才家鼇，送余自三遷志館旋里二絶，録一：「誰持五色筆如椽，第伯心懷接聖賢。今日巾車歸去晚，文光直射斗牛邊。」

是秋，余膺部選樂陵縣教諭。九月朔，將赴省垣，留别諸友二律。在鄒，董書門和云：「已慣送人作廣文，臨歧今又欲何云。秋風漸老猶聞雁，遠道所思半隔雲。預卜行旌魂已黯，未瞻馬首袂先分。空懷祖餞國門外，幾輩把杯意氣勤。」「未見征車滿别情，和君詩句送君行。新銜得署如初願，故我無才愧此生。今日相逢秋社燕，何年同聽上林鶯。天寒折柳難成曲，且伴梅花憶舊盟。」杜蔗畦愷和云：「頭銜新署重斯文，司鐸傳家吾亦云。朝雨歌聽人折柳，春風客坐氣凌雲。單車赴任齊燕界，絳帳談經桃李分。火色爲肩知必達，暫時化教講功勤。」「伏波家世最關情，修竣三遷即遠行。祖席送來多舊雨，應官猶是一儒生。秋陽嶧嶺初飛雁，春暖高津喜聽鶯。今日紗籠堪預卜，此心不獨以詩盟。」孟雨山和云：「道重官閒際右文，何須素志欲云云。春風入座芸生館，化雨及時山出雲。驛路鈴聲催夢别，板橋霜跡認行分。襄陽夙有梅花約，樽酒臨歧意自勤。」「何堪惆悵動離情，相聚無多今又行。苜蓿盤原經兩世，金蘭簿已契三生。才任著作憑修鳳，品重交遊屢唤鶯。記取鱗鴻如有便，傳來尺素證鷗盟。」在滕，李敬齋簡堂和云：「幾年刮目識鴻文，高捷南宮何待云。天意教君資薄俸，人情仍我盼登雲。齋居諒應非甘守，餞飲奚容惜乍分。直檢舊書新課熟，功名端不負辛勤。」「同人滿座俱關情，不是薄游小送行。名教倩扶施素抱，雄才未展負平生。當還書債休辭雪，暫鎖詩腸莫聽鶯。佇見春榮發杏苑，鴛班鷺序訂新盟。」家愛泉兄和云：「弟昆情篤略繁文，居近比鄰又孔云。茲際側身聽去雁，幾番仰首看行雲。重陽聊踐從前約，卅載難堪此乍分。落落千秋懷雅意，莫將離素廢功勤。」「秋來風雨最關情，共指秦臺祖友生。海岸雲深宜賦就，湖陵水滿以詩行。芝蘭契久人難別，苜蓿盤甘心自盟。此去補山前後望，早春閬苑佇聞鶯。」補山謂薛太史宁廷。附録余留別原稿二首：「家世爲官是廣文，吾今得此意何云。升沈莫定隨流水，聚散有期看去雲。八百里遥齊北界，重陽節近燕初分。薄裝已費中人産，車馬勞勞胡太勤。」「良朋祖餞最關情，自笑薄游似遠行。酒價何知論貴賤，詩囊端不負平生。嶧陽秋老時聞雁，濼北春深幾度鶯。預卜歸期歸可待，多因松菊有前盟。」余至濟南，遇李十二字山，示以前稿。字山和云：「廿載搜羅金石文，經過繹繹復云云。壺觴曾醉南樓月，車馬還停北渚雲。重疊詩篇徵久別，流連情話坐宵分。海邦桃李年來盛，爲屬先生灌溉勤。」「筮仕依然少宦情，古詩怕讀重行行。懷人天末雲多散，載酒湖干路轉生。顧我臨風如退鷁，羨君指日定遷鶯。春明喜得長安近，更上騷壇作主盟。」又和二首贈行云：「居然典策耀鴻文，今豈異於古所云。胸次未除湖海氣，脚根猶帶嶧山雲。詩篇自與年華進，恬澹難將仕隱分。更向膠庠搜蠹簡，丹黄滿眼倍精勤。」「臨歧觸我別離情，華髴依依此送行。杜若洲邊通遠訊，謂杜小鶴。棗花香裏課諸生。縣有棗林書院。先聲一任聽鳴鶴，俗調何須學囀鶯。正是嶺梅開十月，與君珍重歲寒盟。」又三疊前韵二首：「稚圭安得有《移文》，聊向棣州稅駕云。好古君真同仲雪，呼貧我自愧揚雲。石經剥落徵三輔，篆籀紛綸過八分。異日校書天禄閣，然藜庶不負辛勤。」「棖觸天涯羈旅情，把君詩卷送君行。因緣有意迎千佛，歌哭無端笑兩生。得路青雲容附驥，前程紫陌共聽鶯。《陽關》一曲應三疊，不是相爭晉楚盟。」余和答云：「客游何處覓田文，聊向齊都樂我云。最喜高歌逢郢雪，不須壯志破衡雲。滄溟應許前身是，濟濼那堪此日分。北首燕臺吾勸駕，《陽關》疊唱爲誰勤？」「莫動秋風故國情，蓬山佳處幾人行。自嘲身手良家子，無奈形容太瘦生。作貢君原同夏翟，聽歌世許識春鶯。弱冠結綬尋常事，無俟重徵車笠盟。」字山四疊前韵云：「金蘭結契掃繁文，旨酒嘉肴亦孔云。燭翦西窗同話雨，人於東野願爲雲。即看濼水星重聚，未必揚州月二分。他日相思忘不得，好憑魚雁往來勤。」「風濤端爲助詩情，暇日帆檣載酒行。畫本開時驚海立，文瀾湧處趁潮生。天高有路盤雕鶚，春暖何妨問燕鶯。愧我駑駘輸駿足，黄金臺上屢寒盟。」余復和答云：「臯比坐擁愧無文，假禄即真有卜云。拙句初成留滯水，新詩疊和遇淵雲。坐中疑有名香引，目裏難將五色分。贏得旅居添夜課，探來韵牒幾番勤。」「棣州遥望動幽情，重合千童取次行。太守泉邊群樹密，平章臺畔百花生。回翔容我談尊爵，高舉幾人歌有鶯。試向吟壇執牛耳，願同邾莒請尋盟。」字山五疊前韵云：「光景常新展大文，中陵樂育取詩云。蓬壺看湧三竿日，斑管裁成五朵雲。手答百函非不給，才收八斗孰能分。等閒莫笑雕蟲技，小物由來亦克勤。」「回首同人繫遠情，繹雲多處起歌行。團團每飯闌干供，袞袞諸公感慨生。要使梁間飛紫燕，莫教枝上打黃鶯。大風表海從茲始，十二諸侯共結盟。原注：聞與嵇春原俱行十二。」余復和答併送字山旋海陽二首：「白雪樓邊舒錦文，才高不遇有誰云。三餘課就三冬月，五疊詩成五朵雲。自笑苔岑原共託，相憐萍水益難分。梅花開處思君甚，驛使傳來幾度勤。」「歲莫懷歸我輩情，匏懸自愧送君行。已從濟水占朋盍，欲到蓬山訪友生。客况憑人嘲幕燕，宦途何處聽簧鶯。吾今直北臻無棣，猶帶雄風甘受盟。」在寓嵇春原和云：「記從都下讀奇文，快論真同我欲云。兩月琴樽留别夢，三年蹤跡判秋雲。新銜已覺頭顱異，好友無端道路分。謂王儀曹。今日相逢重話舊，寒燈酌酒倍殷勤。」「搔首雲天動遠情，裁詩珍重送君行。離懷頓向毫端集，快意真從馬上生。講座且看敷化雨，春風相約聽新鶯。金蘭本是同心侣，好上蓬山更結盟。」沈星樹奎垣和云：「克承先緒紹斯文，今又傾心昔所云。客裏再聯新舊雨，天邊難定去來雲。雁行高下因風急，馬跡東南計日分。原注：將之粤西。預卜門前桃李滿，知公作育費辛勤。」「定諧士論洽輿情，晴日梅花載客行。父老争誇新學博，衣冠原是舊書生。雲迷海右難招鶴，謂杜小鶴。花滿長安伫聽鶯。今日歷亭同餞别，樓高白雪主詩盟。」受業董作楫、作栻寄來和詩各二首，作楫汝濟和云：「幾年請業細論文，絳帳傳經未足云。顧我深情慙沆瀣，羡君高義薄天雲。等身著作才原富，過眼風花志不分。此去鱣堂綿教澤，青燈猶是舊精勤。」「《陽關》難寫别離情，襆被輕裝賦遠行。冀北纔驚秋葉落，鬲津彌望曉烟生。及時且種公門李，後日還聽上苑鶯。自愧不才孤訓迪，下帷敢負素心盟。」作栻汝毅和云：「已從絳帳仰鴻文，臨别悤悤尚有云。我幸執經曾立雪，人推作賦欲淩雲。三年化雨親函丈，千里征程歎遽分。負笈何時重請業，門牆侍立話殷勤。」「料峭朔風動客情，一肩游橐載詩行。才高莫論騶諸子，志遠何殊魯兩生。此日堂階聊繫馬，明年禁苑好聽鶯。門人拭目遥相待，花看豐臺有舊盟。」用余《送麗仙赴都》詩結句義。余到樂陵，復用前韵寄答數首，悉附於此。却寄鄒縣諸友云：「壓裝相贈有多文，詩句真同禮樂云。一札五行難和雪，片時千里付還雲。光生楮葉何從刻，香入梅花又幾分。最是邾婁城畔路，夢中攜手話殷勤。」「去年送鶴謂小鶴。寫離情，今歲吾隨鶴步行。半世自知無長物，諸君錯愛一狂生。應官任比空倉雀，呼友猶如出谷鶯。此處騷壇多健者，相期何以主齊盟。」答董書門云：「蕭齋誰復與論文，止酒陶云我亦云。隨意詠歌皆暇日，無心舒卷是閒雲。客中鴻雪渾難記，望裏鳧蒙迥不分。相憶昌平山下士，雞窗風雨幾多勤。」「茅簷未遂負暄情，自愧衝風冒雪行。千里途難梅信寄，一囊詩助筆花生。南飛徒羡揚州鶴，北上佇隨閬苑鶯。相問嶧陽親故少，冰心朗照有同盟。」又叠前韵寄内二首：「不勞蘇蕙有迴文，何日能來我亦云。好語只宜吟滿月，凝眸何處望停雲。寒花著未逢冬至，孤枕眠時每夜分。關懷兒女嬌小甚，荆布年年撫字勤。」「幾次雙魚訴別情，不如身向里門行。誰能傾蓋爲知己，我自常談襲老生。客裏光陰嘲鹿鹿，詩人風味羡鶯鶯。平原欲繡鴛針少，七品官堪佩黻盟。」併附於此。

諸友贈行詩不用留别元韵者若干首，備録於左。董聽泉四首：「余豈能吟者，枯腸仗友生。幾番詩酒趣，八載弟昆情。拙計甘貧賤，高才答聖明。如君真學博，何處不知名。」「才學誰能及，可將李杜看。居然成老輩，不愧主文壇。舊業詩書在，遠征離别難。且爲留十日，斗酒罄交歡。」「行李漸倉皇，一官爲口忙。别家去何遠，他日話偏長。信有邊韶笥，而無陸賈裝。清貧君不厭，苜蓿有餘香。」「無計能留客，開尊酒屢斟。與君別離意，費我短長吟。車馬何時到，關河不易尋。竹箭如可借，一紙抵千金。」又五古用淵明《九月九日》韵一首：「東泉我益友，八年與之交。其才不可及，道亦無枯凋。平生戒子姪，步趨龍伯高。今日御款段，山路入雲霄。前途脩且長，征人亦何勞。朔風動高林，一路落葉焦。錦囊隨馬上，應和我學陶。得句忘寢食，遑問夕與朝。」顔璞山懷琳一首：「素抱青雲志，逢時印綬來。詩文新著作，桃李舊栽培。講誦聲施遠，清勤性理該。富平宏化育，群頌五經才。」李清溪二首，録一：「奪我温生意自牽，於何攷德侍經筵。送行愧乏三杯酒，投刺慙無一玉鞭。桃李盈門憑手植，芝蘭滿室授心傳。泥金報信來春早，杏苑花紅摘試先。」家聯斗兄二首：「一篆催行快理裝，同心相聚各傾觴。羨君有志孤征遠，愧我無才兩鬢霜。秋月寒氊聊小憩，春明廣殿任高翔。樂安現是傳經地，邑舊樂安郡。藜火應分太乙光。」「莫厭官齋冷，人文宛在斯。傳經存道脉，主邑仰先師。滿座春風洽，盈門化雨滋。行分鴻漸遠，翹首已神隨。」又五古一首，文多不載。愛泉兄一首：「情親老兄弟，卅載幾離群。病眼憐歸我，高歌喜送君。側身聽去雁，仰首看行雲。落落千秋意，難堪袂又分。」外有李士典七絶、李敬齋五絶各二首，稿偶遺失，容再補録。杜小鶴自文登寄二律：「冷官久宜作，相待各年年。意子彈冠早，慙余學步先。人原交共澹，地若界相連。望望仍千里，嚴寒海上天。」「翹首棣州路，爲君夙感生。一官新宦跡，卅載舊科名。禄薄恩原厚，氊寒味自清。後凋有松柏，相憶若爲情。」

是冬在歷下，同年五人南奉若、張敏園、陳蘿溪、劉子言同以教職候攷驗，小聚湖上。余成二律呈諸同年：「相聚明湖上，占星尚五人。山臨華不注，月是小陽春。白髮交情厚，清談酒味醇。廿三年外事，回首話難真。」「幾度公車上，相看盡老翁。詩篇消歲月，學博困才雄。心契時人少，頭銜我輩同。者番宜劇飲，鯨吸百川東。」敏園即和云：「歷下重游日，他鄉遇故人。呼兄容獨老，有弟曲猶春。良會應難再，香醪不厭醇。微官何足繫，俯仰樂吾真。」「記得華年事，明湖訪杜翁。風流憑我挹，譚笑讓君雄。把酒心相契，裁詩興不同。一聞鈞樂奏，齊唱大江東。」蘿溪和云：「好是相逢處，同心有五人。列筵將進酒，入座已生春。話舊情原洽，銜杯意更醇。新詩宜寡和，字字具天真。」「牽懷惟聚散，肯效信天翁。蘭譜隨人老，譚鋒對酒雄。詩驚翻水似，筵喜坐花同。獨集茫茫感，欒公馬欲東。」謂敏園之黄縣。奉若和云：「七橋尋舊夢，杯酒聚同人。愧我東山老，輸他上苑春。芳蹤前度合，交誼者番醇。筮仕依然隱，何如賀季真？」「古帖搜炎漢，新詩擬放翁。青雲看咫尺，紫氣耿雌雄。苜蓿闌干共，芝蘭臭味同。他時相問訊，華萼隔西東。」子言和云：「落落疑難合，相逢大有人。奇同探歷下，曲獨奏陽春。句好如霏屑，情深勝飲醇。廿年前後事，款曲話天真。」「幾日丁年客，童然竟老翁。論文心已怯，把酒氣猶雄。自分飄萍似，誰知薄宦同。西方饒苜蓿，惆悵馬難東。」余疊前韵答諸同年四首，不具録。敏園再和云：「倚馬誰能敵，分牋給五人。枯腸慚擊鉢，花管喜生春。自是仙才捷，非關學問醇。烟波堪釣否，翹首憶玄真。」「何時凡骨换，相會半詩翁。酒盡情無盡，文雄氣自雄。耆英年已近，竹逸趣應同。只被微官累，車西馬亦東。」蘿溪再和云：「又作龍華會，都非雁塔人。筵開容卜夜，客醉尚沽春。交久何妨淡，情深不厭醇。宰官身現否，無計問仙真。」「年華方及仕，莫漫遽稱翁。誰撼詩城破，競誇筆陣雄。羈栖知月異，格調謝雷同。一樣呼雞肋，休分大小東。」子言處有它友，和前韵數首，未蒙録示，無從搜采。子言攷驗獨列三等，自嘲索和一律，稿偶遺失。李寶華同年見之，和一首云：「正憐行色甚匆匆，恰遇同心選又同。自學身閒無職守，不因宦薄困英雄。文章等第君休較，詩賦唱酬我未工。他日鱣堂重見訪，幾多桃李被春風。」余亦依韵和一首，鄉未存稿，聊附於此：「欲唱驪歌莫遽匆，羨君茲去我難同。一番閲歷心彌下，三等文章氣自雄。已信深人無淺語，慙將薄技對良工。先生到處泠然善，不是鳴冬有别風。」

會稽沈星堂少仙，遇於歷下，十年前舊友也。出其詩稿見示，有丁亥年和余《登千佛山》元韵一絶：「萬壑千峰指顧中，新詩吟罷嘯臨風。先生自是胸襟灑，名士名山一樣同。」當時未見，兹特鈔出。余同李字山登晏公臺，成一律。字山和二首：「奇句何須擊鉢催，筆端繪出舊亭臺。瓣香猶向南豐祝，履舄曾隨太守來。憑仗長才徵典册，莫教韵事没蒿萊。隆冬酒薄難成醉，安得日澆三百杯？」「憶昔賓筵羯鼓催，藕花香裏湧樓臺。我慚大比經三折，君值小春幸一來。到眼雎華宜北顧，驚心鴻雪望東萊。安能同住兩頭屋，净几明窗校玉杯。」字山又和余舊作懷渠元韵二首，不具列。

張亦梅邀同嵇、李兩十二，小飲於其寄東草堂。余醉後，作歌一首：「少年五作濟南遊，飽看雎華蓮湖秋。厥後單車復來過，懷刺未干東諸侯。良友招入紅蓮幕，詩人同上白雪樓。一别如雨渾九載，落落雲散隨風流。今歲除書逮小草，應官遠赴渤海陬。又至歷亭訪舊侣，三五晨星宛在不？張公坐上雙龍劍，朝來會合衝斗牛。北窗乍起嵇康懶，夕泛並入李膺舟。中酒誰復作楚舞，狂歌猶能爲齊謳。任逢白眼冬烘子，拚棄黑貂蒙戎裘。公車八上吾知退，作吏一行非所求。羨君有居勝馮驩，生兒雖小同楊修。人指所居爲福地，我知運世有良謀。今夕只合談風月，一醉憑消萬古愁。佳會自有東道主，莫憶當時王子猷。謂仙李。」字山和云：「蹉跎未遂長安遊，冬心蕭索甚於秋。同人幾輩簫雲去，李廣數奇焉得侯。良朋更啓芝蘭室，招我同登花萼樓。苔岑依舊聯臭味，灤水瀠洄抱城流。楊柳雨雪一彈指，千里家山望海陬。扶風有客應官至，十載白眉似舊不？激昂壯志未題雁，著作名山已汗牛。座中張仲最豪舉，肆筵設席屋如舟。攀嵇共溯黄扉業，入郢能爲《白雪》謳。十千沽酒尋常事，不須將出千金裘。依綠泛紅忘作客，吾道還宜童蒙求。鳴鶴在陰其子和，梅花知是幾生修。馬融一笑吹長笛，刻羽引商與耳謀。醉眼閒看華不注，吟毫怒抉畔牢愁。讀律讀書隨吾分，相期黼黻佐皇猷。」春原和韵併贈行云：「男兒須作騎鶴遊，佳日莫負春與秋。半生豪興遂不得，空將意氣凌諸侯。綠酒紅燈□□友，一朝同飲湖上樓。脱略無復形迹拘，縱横今古真風流。插足厭居塵以内，寄情都在山之陬。爲問當時徵逐者，金蘭頗有此樂不？座中李侯文最雄，操筆真堪挽萬牛。志和逸情別有會，往往烟波思扁舟。馬周才思更覺捷，當筵一笑成歌謳。斯時寒月漸上窗，霜風故故吹貂裘。吾輩襟懷要磊落，不成一醉將焉求？大抵窮通自有命，當知遇合皆前修。直須信步任所適，世事茫茫誰能謀。言罷劃然各長嘯，破盡新愁與舊愁。行矣前程君且慎，好將教化宏嘉猷。」亦梅答和云：「丈夫少壯輕遠遊，韶華一擲廿春秋。文章勳業成底事，姓名空驚東諸侯。年年欲投班超筆，日日一上仲宣樓。慨然懷古發長歎，風雲會合思名流。胸中五岳消不得，芒鞵踏徧佛山陬。不知茫茫乾坤内，此意猶有識者不？時方歲寒逢三友，萬丈文光射斗牛。相將訪我蓮花幕，明湖同泛孝廉舟。狂歌酣舞興未足，雜以齊語兼吴謳。中饋有婦藏斗酒，不須更典鷫霜裘。冬宵歡會轉昔短，千金一刻未易求。坐中誰奏《廣陵散》，嵇康夙慧本前修。巡檐共索梅花笑，昂首不甘稻粱謀。馬卿長歌伏短李，起予感歎賦《四愁》。書生何處論勳伐，且向騷壇誇壯猷。」字山再和贈行云：「漁洋山人明湖游，管領楊柳一帶秋。提唱宗風執牛耳，敦槃羅拜小諸侯。林間黄葉容通屐，前輩滄溟尚有樓。南施北宋並時出，誰能品題江河流。朅來我輩萍踪合，話雨停雲雗山陬。水面亭中坐懷古，伊人蒹葭許倚不？焚香點易空懸象，挂角讀書枉騎牛。廣文先生持健筆，破浪盪回萬斛舟。大聲忽從水上發，豈復能聽河西謳。座有春風冬亦暖，幾番欲脱白氈裘。張公故是豪縱者，同聲相應同氣求。左史右史來相宅，東銘西銘追前修。梅花香裏開湯餅，生兒豈祇似仲謀。何以報之青玉案，狂吟爛醉拓《四愁》。以道得民非容易，珍重有守兼有猷。」字山别後，訪杜小鶴於文登，出前詩示之。小鶴和韵送字山，兼寄余及亦梅一首：「我胡爲乎東海游，浮沈一官春復秋。閉門終朝無一事，書城坐擁聊稱侯。三山海上忽入夢，五鳳雲間舊有樓。幾回欲修修未足，抗懷遠追謫仙流。天寒有客西南來，訪我直造文山陬。風光一别歲月易，爲問蹤跡似舊不？美人遠在天一隅，相去常如風馬牛。若水三千隔蓬萊，褰裳欲濟河無舟。羽翼蹀躞非所甘，彷徨終夜起悲謳。愁來空吟青玉案，歸去已敝黑貂裘。酒酣示我三友詩，託興蒼茫未易求。浣花亦有舊草堂，欲往從之道路脩。人生會合各有期，世事原不相爲謀。對酒今夕且盡歡，等閒莫爲窮途愁。我亦天涯牢落人，還須相望儲經猷。」小鶴詩次年寄到，補録於此。

丙申春，董聽泉寄信函題籤二絶：「詩人消息近何如，長路漫漫問訊疎。去使不多來使少，最難相寄數行書。」「紅箋白紙寄相思，數寸書封數首詩。封罷重題詩二首，不知何日達君知？」余和答聽泉又叠和二首，録一：「兩轉三迴樂自如，相思相望肯相疎。却教吾輩忽忙甚，讀罷來書寫去書。」和余去冬《初請月俸》韵一首：「踏遍濟南濟北山，到官三月幾開顔。君因薄宦困奔走，我替征人嗟苦艱。作嫁早還兒女債，歸耕莫待鬢毛斑。何年蒸得黄粱熟，大抵人間即夢間。」又寄除夜懷杜小鶴及余二律句云：「懷人北望兼東望，知己三分少二分。冬裏書函春裏讀，海中波浪紙中聞。」又答余二首録一：「馬卿謫仙客，青眼看凡才。縱向他鄉去，仍傳尺素來。寬心何啻酒，止渴亦如梅。讀罷藏懷袖，胸中有味哉。」余閲《樂陵縣志》，知樹棗由前明王令，因爲《棗林歌》一首呈明府宗小棠元醇，明府答和一首：「君不見海上歸來李少君，一枚不盡還瓜分。又不見蓬萊宫中楊太真，其實如瓶名玉文。青華赤心都莫比，今但耳食供新聞。惟我樂陵棗貴小，二百餘載留芳芬。自如橘柚邀錫貢，向榮之木更欣欣。迺知地靈由人傑，豈獨人云我亦云。我今埋頭簿書裏，久已謝手劉司勳。何當鴻裁快如翦，不愧繡囊精於勤。《陽春》歌罷歌《白雪》，樓頭飛下心醺醺。嘉樹忽得韓宣譽，活似名士附青雲。吁嗟乎！活似名士附青雲。」余又爲《貢棗歌》，明府亦和之，不具列。

是夏，余爲《憶鄒詩》二首，寄董、杜二友。聽泉和云：「緑窗修竹助晴佳，遠信真堪解悶懷。乍讀書函心慰藉，細吟詩句韵和諧。先生暫寄經師座，弟子争開治事齋。氣味如蘭香處處，不同秋橘不踰淮。」「吟哦忘却路修長，恍聽《伊州》一曲凉。於我多情如手足，知君有夢到池塘。拈毫强和陽春句，閉户獨酣麴米香。爾日閒窗寥落甚，相思何日可還鄉？」小鶴和云：「敢云且住未爲佳，時節撩人感客懷。鄉思易隨秋思至，吟情聊與宦情諧。扶持修竹接雲漢，收拾野花偏小齋。多事忽聞粱燕語，歸途似説過秦淮。」「消夏宜春引興長，繪將風物寄秋涼。新詞脱手王維筆，舊夢關心謝氏塘。千里家山渾在眼，雙魚滋味有餘香。共君領取詩中意，海角天涯各異鄉。」聽泉寄佳箋，八分題詩一絶：「千里關山夢不通，何緣得伴我詩翁。將心寄與團團扇，出入長卿懷袖中。」此扇秋杪始至，余次韵答四首，不載。張蓬山家鼇寄四絶，録二：「一緘魚信樂陵來，無限相思夢裏裁。讀罷瑶章還自歎，愧余終乏馬卿才。」「不忮由來自不求，馳名何必在風流。鱣堂預有三公兆，他日歸家比少游。」

是秋，余爲《秋夜懷人》詩八首寄諸友。聽泉和六首，録二：「官寄太山北，名揚北斗南。詞源流浩蕩，經史飽沈酣。當代論才學，如君無二三。書來無限意，未許我窮探。」「交誼如兄弟，此情誰解之。別家千里遠，寄我數行奇。未説歸山日，空傳作客詩。歌吟聊對酒，悵望每心馳。」字山和四首，録一：「滄瀛開絳帳，我愛馬扶風。火色宜騰上，冰心宛在中。歌翻槐葉碧，秋入棗林紅。著作才華富，參稽幾異同。」又答余一律：「珍重披雙鯉，殷勤下兩鴟。雌霓勞印證，風雅不差池。自是探驪手，偏裁祭獺詩。贈句又集義山。雁鴻消息便，次第寄烏絲。」余和答之。字山又和云：「九仙空抱骨，何處覓蹲鴟。滄海來牋楮，烟雲起墨池。羽衣還記曲，落帽更題詩。韵脚能來往，如搴萬丈絲。」字山寄示《明湖雜詩》甚夥，不勝録，録其《新晴野望》一絶：「晴來佳氣上孱顔，笠影横斜自往還。無麥無禾望有菽，紛紛種豆向南山。」此詩余與聽泉共和之。聽泉和余《九日》韵二絶：「曾爲蜜房多種花，尋芳九日傍蜂衙。忽因時節懷知己，今歲重陽不在家。」「騷壇人已宦游去，縱有親朋載酒過。暮去朝來來去客，到門不復有羊何。」又用前韵問余目疾二首，結句：「聞説得書勝得藥，不知書到眼如何？」書門寄一律：「何日君能賦遂初，城南亦有舊田廬。身閒且試登山屐，步懶還乘下澤車。十畝桑麻三徑柳，一箱金石半牀書。鄉居共羡少游樂，定有瑶篇可起予。」天津孝廉劉漁舫楫秋日過訪，留贈一律：「斗傳芳訊下蒿蓬，一接清談愜素衷。數到科名推我老，坐來泠署歎君同。殘碑挂壁琅環富，雅句驚人晉魏風。怪道齊紈詩句好，熏香日貯袖懷中。」

是冬，字山和韵答余二首：「歸鞭猶未整，檢點舊琴書。五字同心證，一函入手初。他鄉慙落拓，何日賦閒居。醉取《離騷》讀，芳情獨信余。」「梅花高格調，如有美人來。雲氣縱横度，天葩傾刻開。當胸孤月映，有脚一陽催。好句香分瓣，朗吟亦快哉。」和余舊作《在家貧亦好》題十首，録二：「在家貧亦好，蓬蓽愛吾盧。東海吞胸足，南山對面居。春濤來萬馬，早市利多魚。名姓猶能識，帶經且荷耡。」「在家貧亦好，小竈起炊烟。白壁三間屋，黄泥十畝田。隨人分菽麥，伴我有丹鉛。一諾人皆信，尋常貸百錢。」漁舫依韵和十首，録二：「在家貧亦好，久歇釣漁竿。梅影誰憐瘦，腰圍我惜寬。何須尋燕玉，從不累豬肝。惟有吟忘老，追攀換骨丹。」「在家貧亦好，如病得良醫。我素多狂疾，君應稱解頤。倘熏香一瓣，勝飲酒千鴟。老醜心如此，神交諒共知。」漁舫投余長排二十韵索和，略載其起結云：「茅屋何清净，乾坤一散人。嵇康惟有懶，原憲自安貧。老不嗟時棄，閑休怨運屯。既爲泉石主，更結古今鄰。巨陣師偏致，洪鑪手自甄。語年吾老矣，幼子或傳薪。」余依和一首奉呈，漁舫亦答和，併和余《樂陵懷古》七律五首，文多不載。酬余過訪一律：「野人及老識歐陽，曾喚肩輿步草堂。蓬户群鷺來博士，詰朝又見惠佳章。光輝使我忘衰白，格律知君步盛唐。安得雲龍追隨好，也教田叟倚門牆。」冬至，得聽泉寄橘，併詩二首：「微官偶寄君一身，南望家山到無因。多少相思誰入夢，大都君憶憶君人。」「儂家酸味金橘子，要伴魚書到他鄉。莫笑篇中多俗韵，開函紙上有清香。」聽泉前寄和陶四言《時運》一篇，余已勉和之矣。中冬又寄和「瓻」、「難」韵詩：「君詩如淵明，尚欲讀陶詩。我恨不見君，悵望猷且癡。倒流三峽水，何處尋詞源？不見白居易，想煞黃居難。」余不記有此二韵詩，疑和它人作，誤投僕也。還書問之，既蒙將秋初原札擲回：「欲和《和陶》詩，不記陶本詩。何處借荆州，無緣還一瓻。」「此縣無陶集，兼無《古詩源》。不逢胡定之，始信借書難。」乃始恍然一笑。言出於余，而忘之耶？聽泉和余《初冬》二律，録一：「吾愛馬夫子，新詩月月來。朔風吹雁至，芳信對梅開。我豈無書寄，君偏作札催。浮沈在何處，一望路悠哉。」小鶴寄《雪中懷人》六首，亦用余《秋夜懷人》詩體，其第一首即見及，云：「兄弟才名擅，疇如馬季常。白眉生有異，青眼少何妨。愛我官同冷，懷人秋正長。幾回吟妙句，千里遠相將。」

丁酉春，董聽泉寄其客臘和余《憶鄉》元韵四首，録一：「幽人風味味如梅，憑仗東風送信來。別緒一年勞夢寐，相望千里隔樓臺。書能教我終朝讀，詩爲懷人竟夜裁。情緒好同聯跗鄂，才思生發又春催。」和余《續蓬山》句一首：「不問他鄉與故鄉，肯將佳節度尋常。讀書每恨日之短，論事專言人所長。酬謝却無千斛米，清貧只有一錢囊。頗難壓歲給兒女，也許聲聲呼孔方。」又《鄉居見懷》五古三首，録二：「早極常夢雨，今日我何思。我雖能言者，亦有寡詞時。田父各自去，明月照我衣。披衣步門前，不知夜何其。忽聞北去雁，夜深猶自飛。」「舊雨去何舊，新雨來何新。與誰酬清話，但有農作鄰。鄉居雖云樂，不如逢嘉賓。嗟我知心侶，相見茲何因。願言膏我車，從之於鬲津。」又寄賀納姬二絶，併《桃杏吟》四絶，俱戲笑之言，不具列。夏日寄《和鄒縣石刻雜詠》七首，録二：「野火繼秦火，直將秦篆焚。不無好事客，重爲刻遺文。杜老多聞見，歐陽有録云。只因一棗木，千古議論紛。」「鐵山亦有字，雖巧類詼俳。書入八分妙，經無一句佳。雕鐫借梵語，姓氏刻山厓。都説匡家子，不知衡可懷。」又寄《和陶停雲》四章索和，摘句：「山之高矣，雲霧冥濛。水之廣矣，如隔大江。求友之鶯，斯邁斯征。物之生也，與情俱生。」《次韻野望》一絶：「諸峰底事笑開顔，何處雲生何處還？四面芙蓉皆可見，悠然不必盡南山。」杜小鶴寄示去冬贈徐、張二君七古二篇，及《雪中即事》絶句、《雪美人》二律，不勝載。載其《郡寓病起》一絶：「極目雲山何處家，一官落拓海之涯。無端病起春將莫，旅館新開紅杏花。」劉漁舫示其舊稿《教官送考》八首，摘句：「落地有聲身上雪，對人生色鬢邊霜。」「手僵韵紙重張散，口拙人名訛字繁。」「童子何知偏問字，大官有命直疑贓。」曲盡情事。余和四首，不縷及也。

是秋，奉郡符辦科場事入省，寓朱敉人宅。敉人七十老諸生，新梓詩稿見惠，即題二律贈之。敉人答云：「絳帳有經師，高名重白眉。冷官從所好，熱客少相知。臭味芝蘭似，襟懷松竹宜。頓教消鄙吝，可許日追隨？」「顧我生孤癖，況當衰病侵。一吟忽忘老，萬事不關心。佇月常枯坐，聞花獨遠尋。如何偏見賞，佳句惠瑶琳。」聽泉寄贈四言一篇，用陶詩《答龐參軍》韵。詩曰：「扶風之裔，治《詩》、《尚書》。以《樂》爲御，以《禮》自娱。爲古人徒，與善人居。昏姻之故，言就我廬。飲無旨酒，食無兼珍。憀具雞黍，不失其親。我疆我理，淹留碩人。遂家於斯，爲孟氏鄰。窮年兀兀，維日孜孜。學優則仕，素絲紕之。乃送于野，乃贈以詩。自此遠矣，悠悠我思。聚以類聚，分亦群分。豈無飲酒，與誰訢訢。願言不獲，佇看停雲。是吾憂也，孤陋寡聞。昔汝來思，顧疇相鳴。今汝往矣，而歎飄零。瞻望弗及，邈邈北京。王事靡盬，不敢安寧。偶有餘閑，采詩觀風。倡予和予，如一堂中。長毋相忘，有始有終。猶恐失之，自省厥躬。」又寄懷余赴省併憶小鶴不來二絶句，不具載也。字山館會城南郭，寄其《齋中即事》四律，結句：「槐花又報秋消息，一戰居然是背城。」

聽泉和陶四言見贈之作，余未能答和。乃檢陶詩《贈龐參軍》，復有五言一首，余和韵答之。聽泉次韵，又寄云：「南山經秋雨，其秀不可言。青光滿城郭，餘亦散林園。忽有好詩來，如讀淵明篇。山色與詩句，風味兩悠然。每每詩和我，甚與我有緣。惟爾與我意，借詩爲之宣。我詩憑誰寄，相隔南北山。思君頻北望，别離況三年。」又見懷二首，録一：「室邇人何遠，離情我不堪。空從錪山北，遥望紀城南。舊雨雲千里，新秋月一潭。亭亭照孤寢，有夢不同甘。」冬間，歸志已決。偶於書肆得舊榻一律，如代余言也，併爲記之：「故園千里渺天涯，西望長吟有所思。雒下秋風張翰語，閨中夜月少陵詩。歲豐東土雖云樂，累重南山不可移。已比淵明歸去晚，西風摇落菊花期。」款署「西林」。

戊戌中春，余自樂陵任内引疾旋里，留别諸友二律。和者五家，悉用元韵。原任日照司訓王七萼樓鋭和云：「清才君獨擅，摛藻富文詞。久佩驚人句，真能益我知。丰標原絶俗，儒雅信堪師。本是蓬瀛客，寒氊固不宜。」「我亦辭官者，探囊愧不豐。情因嘗乃淡，曲自異而工。世事浮雲共，襟懷霽月同。攀轅無限意，輒復挂胸中。」蕚樓從弟平之治和云：「幸遂瞻韓願，驪歌忽唱詞。三年親面命，一紙驗心知。模範遵先輩，文章屬我師。照人惟古道，不必問時宜。」「心頭香一瓣，敬爲祝南豐。矩矱從靈府，浮沈任化工。春風名教合，秋水雅懷同。惟願公門樹，長歸嘘植中。」及門兩選拔生各和二首，不備録。張爲柄華卿起句云：「怕聽驪歌唱，情難吐一詞。親承三載久，眷戀兩心知。」王榮第甲文次首起句：「不盡留行意，非關爲歲豐。坐風常有願，和雪愧難工。」劉漁舫先生和云：「怕聽驪歌唱，殷勤敢致詞。交情三載契，宦況兩心知。道誼人皆仰，文章衆所師。遂初偏欲賦，士論曰非宜。」「處世常如夢，昏昏蔀自豐。對人原不怍，隨俗詎能工。情愫憐君切，行藏莫我同。攀留無限意，難盡此箋中。」蕚樓又贈四絶句，録二：「果然歸路去匆匆，杖履追隨四座空。知否公門桃李樹，無言群欲惱春風。」「英年科第志何如，屢次春闈氣未舒。且莫臨期偏敗興，歸車尚望變公車。」莫春抵里，董聽泉聞即過訪，贈詩，用余前《赴樂陵留别》元韵：「歸裝大半貯詩文，進退綽然遵孟云。隨意于飛真似鳥，無心而入亦如雲。應從此後首重聚，數到當年袂一分。惟我與君兩相望，多留尊酒好斟勤。」「三二年來離别情，過門不入徑南行。有誰解事伺詩客，教我無憀對麴生。閉户强留梁上燕，攜柑獨聽陌頭鶯。春風到處鳥先覺，尚解歌呼舊日盟。」次日别去，又口占一律，未能盡記。杜小鶴自文登寄和余《别同人》元韵二首：「三年人海悔遊宦，一笑翻然悟夙因。適意且尋《遂初賦》，辭官爲愛苦吟身。舍傍舊有三分水，面上曾無半點塵。此去繹陽春正好，碧梧如蓋草如茵。」「如此韶華劇可憐，忽從鬧處整歸鞭。喜耽清净跡疑佛，能遠俗情骨即仙。眉畫難工寧有恨，目耕足恃豈無年。人生信是閑居樂，我亦家餘負郭田。」

家愛泉兄枉過，云近作《山泉吟》，爲我誦之。辭曰：「東山一泉湧，皎潔白於雪。珠光明上下，色相全無著。不甘流下處，激石發清越。不甘平地行，旋回出岩穴。出山復還山，行止性自若。遇物即澤物，心相擬明月。」又誦其少作《讀破書》一首，亦記於左：「東鄰積錢財，西鄰積柴米。我家鮮所積，破篋藏故紙。故紙安所用，得與古人語。因此感祖父，待我恩無底。藉非存此物，將與鄰人比。」愛泉過愛余詩，前自樂陵寄呈若干首，悉能成誦，亦奇。

長夏無事，檢笥中舊稿，有已經删去之作，記一時情事，似亦有可存，漫書於後。丙戌莫春，在任城，胡三聽泉招仝陸烜圃、李字山、杜小鶴、崔廣馨、錢容川、張亦梅、竇盧九、王笠樵小飲於玉露禪林，賓以齒叙，酒以令行，坐中十人，各須觴政。聽泉乞余代爲記之，戲爲一歌：「烜圃博雅六書通，口内雌黄辨不窮。忽飛一盞到阿儂。東泉拚醉東堂東，徵典索句向詩筒。字山書味貫胸中，大書特書從同同。廣馨拈花笑倚櫳，天香飄處醉春風。盧九執盞唱《玲瓏》，珍重一字是小紅。容川懷古氣象雄，驅使説部當酒傭，偏將軟飽餉群公。小鶴拇戰興尤濃，酒陣合將偏師攻，三戰三捷期奏功。亦梅選勝梵王宫，新詩可許碧紗籠。笠樵才敏氣如虹，出口成章組織工，四坐傾觴樂融融。聽泉度曲百花叢，掀髯一笑酒不空。」又王仙李新作《茶杅祈銘》，云：「古銘詞多重文，玆限二十字，重者半爲上，不及者次之。」余戲爲句曰：「味可味，味無味。無味之味殊可味，味乎味，得味外味。」仙李稱妙。又字山扇畫女仙，爲題句云：「仙乎仙乎，是烈士，是美媛。妙手空空，俠骨珊珊，畫裏分明可見。傳語風漢，輕搖紈扇。莫認作樓上綠珠，須知是府中紅線。」字山因作《紅線詩》二首，乃未存稿。丁亥代人祝撫軍壽，集《詩經》（五）〔四〕章：「天錫公純嘏，福祿來下。學有緝熙于光明，受天之祜。小東大東，之屏之翰。」「君子有徽猷，百辟爲憲。于彼朝陽，蔽芾甘棠。」「君子有穀，詒孫子，俾爾熾而昌。黄髮台背，如松柏之茂。」「君子有酒旨且多，以介眉壽。我姑酌彼金罍，式飲庶幾。壽考維祺，嘉賓式燕又思。」庚寅代居停劉一笞某官大馮君一首：「余家託處尼山陽，素聞尼山之硯良。迴如一段璠璵美，大圭不瑑成文章。天生奇珍不世出，何時得啓山中秘。童蒙有志今就衰，愛而不見非一日。欣逢道光之元年，日月璧合五星聯。文明之象啓自天，名山之藏始豁然。是月吉日大霖雨，智源溪頭來活水。片石湧出似磬浮，宛在中流行復止。龍尾鳳咮發其英，老夫乍見眼尚明。心知此物難再遇，摩挲無異懷連城。石墨相著聊小試，潤比端溪新阬異。什襲不敢輕示人，欲結同心將誰寄？去年春值高軒過，文史跌宕幽情多。鑒古不數歐與趙，大樹將軍真殊科。一見傾心難爲頌，肯作尋常雞黍供。此硯應入珊瑚網，山人留之將何用？辱贈新詩字字珠，闖然入室髯者蘇。更惠金石文字若干卷，坐中疑有群靈趨。敬命兩兒慎相守，名附青雲同不朽。勉出韻語答厚貺，如茲石交世希有。」《玫瑰重開口占》二絶：「中庭一樹粲紅霞，正是開時不在家。唐人句。今日憑欄聊悵望，深叢又見兩三花。」「豈是韶光去却回，名花的的爲誰開。不曾解語解人意，知到阿儂昨日來。」此詩久經刪去，昨自樂陵旋里，庭梅尚有數朵新開者，更憶此句，存之。

季夏，聽泉寄《懷人》四首，懷余云：「達人知足止，不復事王侯。頗得歸耕趣，全無作客愁。巢同鶯燕宿，田爲子孫謀。試問居鄉者，誰如馬少游？」余即和答。秋日晒書，又於故書札函内得亡友王仙李《和杜小鶴桓字韵枉贈》一首：「當代白眉子，才高得第難。文殊流俗體，座有古人歡。黄絹冥搜富，青氊坐守寒。幾時投筆起，武士羡桓桓。」此丙戌冬簡也。時渠初登第，漫爲謦語，鄙意頗不快，一覽棄去。今日復閲，曷勝知己之感。小鶴元作已前録。又杜小陵《贈茉莉花朵一函爲謝》排律一首，併附於左：「華札雲中降，濃香已透函。芝蘭欣共契，茉莉喜新拈。馥郁憑心寫，紛葩憶手緘。祗應相視笑，更不一言傀。妙是無枝葉，懷之滿袖衫。交情如此臭，丰格本非凡。瓣祝風初發，珠排月半銜。瓊瑶何以報，口輔自占咸。」

聽泉春日枉過，臨别口占一律。余每憶之，不能全記。秋日乃乞得一草：「歸去來兮賦已成，西窗同翦燭分明。頗隨吾輩平生願，粗話三年離别情。許我流連唯酒德，任君消受是詩名。居鄉更比居官好，瘦馬尋花款段行。」余勉和奉酬，渠又叠和一首：「卜築南山志竟成，籬邊菊種學淵明。直教小隱勝中隱，可賦《閑情》與《定情》。各奏能時聽爾奏，莫名妙處任人名。邇來因病推敲苦，牀下輒聞牛蟻行。」又和余《耳痛》句：「不知誰喝得，多恐與癡同。」甚佳。孟冬，聽泉寄贈集句一聯云：「話到快時留半句，心無着處是修行。」粘爲座右銘。又叠和「名」韵二首，警句：「不求流輩有知己，憀住他鄉隨俗情」、「疾世偏多傳世術，閲人剩有作人情」。又和余《頌酒》二首，句如「胡爲絳帳傳經客，輒動青州從事心」、「聊自消愁誰共樂，任君留意我無心」，不備録。又寄示《秋夜》一律：「聞盡霜砧自不聞，北來鴻雁又成群。妄心如膜從頭想，處士虚聲何足云。對月客偏思頌酒，無風天亦愛停雲。多情除却穹蒼外，尚有黃花解笑人。」

江右蘇君孟暘，字賓嵎，前過界河旅次，與家愛泉晤，言與余庚午同年，過蒙青目。今冬，乃弟仲鴻字雪堂又過界河訪愛泉，留茶二籠相贈，並爲作畫題詩。和余《歸田集藥名句》一律：「遠志闌珊鬢已華，車前猶作忍冬花。難尋學士防風粥，合飲仙人枸杞茶。愧我從兄謀菽粟，羡君有弟話桑麻。願將拜竹昌蒲意，寫向青箱處士家。」愛泉即以示余。越日，愛泉用藥名答之：「蘇子車前感歲華，桂枝曾折廣寒花。青鹽海上迎仙吏，雪堂注銓鹽大使。没藥壺中飲惠茶。示我奇圖藏虎脛，吟君妙句飽胡麻。連翹厚愛將離意，石燕飛傳亞聖家。畫扇由鄒邑孟氏寄到。」余復强成一首附後：「南中橘柚入京華，野客微吟對鞠花。漫憶桂枝分早樹，如逢鍾乳飲新茶。決明已見題黃絹，貫衆伫聞宣白麻。拙句只同蚯蚓曲，羚羊挂角羡方家。」愛泉又和一首：「白芷生香滿露華，黃連橘柚桂飄花。秋寒我愛當歸酒，吟苦君投百合茶。旅邸情深依熟地，芒鞋底健仗升麻。傳來三絶稱蘇子，續斷峨嵋舊世家。」愛泉又録示松田兄和韵一首：「蘇子聯翩誦棣華，青箱學富筆生花。蹊逢桃李宜通步，泉對珍珠好試茶。素椀凝芳盛琥珀，丹經注壽寶胡麻。靈芝本是仙姿格，籠内參苓盡一家。」

臘日，孟雨山博士寄到杜小鶴文登且寄軒小飲懷余一律：「風雪相過爲論文，一樽肯惜醉諸君。交同紅友濃如此，人比黃華淡幾分。官不療貧還好客，山能招隱易巢雲。故人先我引身去，欲致魚書離緒紛。」聽泉和余《臘日雜詠》八首已數年矣，今始寄來，録二：「臘八粥，用五穀。中著棗與栗，和米而煮熟。果又全，米又黏。辟如食蜜，中邊皆甜。具餹餅，供竈君前。焚竈馬，送竈君上天。合家拜祝，致禮誠虔。祝曰辛苦，臭辣君莫言。」其六稱是，甚古質可愛。末詠辭歲酒，結句「酒以合歡，歲歲平安」，尤佳。

己亥新正，聽泉過余，留詩云：「繞舍青青柳色新，隔年相遇更相親。重尋仲蔚隱居處，得見維摩示病身。」時余耳痛稍愈，左腓生瘍，別後又患目疾，甚劇。聽泉再致書問，乃得依韵答和，文多不載。夏日，聽泉寄示《攄懷》二律，録一曰：「余門外，有青山，廿載鄉邨去住間。少任功勞多任過，先求清静後求閑。晚留孟浩催爲黍，善學劉伶解閉關。斟酌牀頭榼落酒，吾曹相對一開顔。」答和余《寄懷》韵二首：「稱善於鄉者，吟詩月下行。斯人真大雅，得句亦何清。挂角尋無跡，流泉聽有聲。一篇山水韵，要爲我移情。」「守拙田園裏，漸於城市疎。我方請學稼，君又託言漁。物理窮難盡，豐年樂有餘。顧名皆野老，其實不相如。」又寄示《雨後作》一律：「放懷何處最相宜，草滿衡門竹滿池。槐夏微涼緣雨後，茅庵不漏是晴時。尋香最喜花開早，貪飲常嫌酒到遲。醉後狂吟子孫笑，也呼筆紙學題詩。」此詩叠和二首，不盡載。冬日寄見懷四首，録二：「閉户囂塵遠，庭前落葉深。無須更幽僻，即此是山林。拙養古人事，安居吾輩心。飢來一杯酒，不醉不長吟。」「白髮無情甚，青燈有味時。與歡誰可者，習氣且仍之。欲飲酒徒酒，多慚知己知。路長書不到，何以慰相思？」

是年秋，晤聽泉。言及近作多與歷下趙一景素倡和，因誦其謝趙饋菊酒一絶：「麯生風味孰能加，陶令菊根未斷芽。最好養花兼漉酒，醉人有酒送人花。」可以想其風致。又誦景素《游山》一律：「薄醉歸來晚，崎嶇忘舊程。前邨燈火影，野寺磬鐘聲。數點青螢亂，一輪白兔生。興懷猶未盡，已到古郛城。」余憶夏間，仝家愛泉訪張六静山，見新脱稿一詞：「花如堆錦稼如雲，樹繞前城水繞郛。塘護緑萍原護疃，愛遥岑，一半兒眉痕一半兒粉。」張云頃自滕歸道上作。張趙俱游鹺館，墨妙如是。

董雲樵先生，聽泉之諸父也。久聞能詩，不肯相示。余每晉謁，輒賜杯酌，索觀不得，私心介介。頃爲聽泉言之。冬杪，乃得讀。其集中多見和之作，自愧平素知之不盡，縷書於左。《壬辰秋次遊貴殊山韵》：「杏花時節貴殊山，舊日曾遊爛醉還。白馬紅林芳草緑，重巒叠嶂晚雲間。烹茶聖井何年鑿，結字藤蘿兩袖攀。忽憶松風泉響處，佛頭苔點記班班。」《丁酉冬次憶鄒韵併示從子》二首：「飼鶴吟寒總愛梅，年年花信報春來。尋香昨夜眠東閣，掃雪何人過北臺。偶有里言隨手寫，並無佳句費心裁。最難次和尖叉韵，不許阿宜擊鉢催。」「浮生如夢眼全糊，地辟嵎陽住古郛。貧士無妨偕小阮，文名久已耳三蘇。原注：馬氏橋梓入都，時有『三蘇』之目。抛開風月裁詩句，收拾山川入畫圖。獨笑此身疎懶慣，扶風絳帳未爲徒。」《再次前韵兼寄小鶴》摘句：「吹花横笛風清帳，索笑尋簷月滿臺。詩來争讀陶兼謝，穀貴仝憐鄭與蘇。」《無題》二絶：「看花對酒自當歌，東望雲山唤奈何。無限相思分兩地，文登不少樂陵多。」「風流不見城南杜，海上詩成雁未傳。獨羨兩人頻唱和，馬東泉與董聽泉。」又一絶：「笑我東家老阿宜，春來吟咏竟如癡。逢人袖出新脱稿，半和鬲津司諭詩。」

雲樵集多巨篇，不備録。刺取小詩。《昌平山挂線石》一絶：「坐對南山王母石，白雲出岫向空飛。石堪挂線雲成錦，化作青天無縫衣。」《村居病歸戲贈車中豆》一絶：「少不如人老何求，山郛秋日病中遊。同車黄豆三升半，是我平生善念投。」《春效雨後》一律：「繞樹鴉飛處處鳴，踏青攜酒出春城。舊尋響水泉邊路，今向桃花峪裏行。穀雨節時逢喜雨，清明天氣恰晴明。開田望杏農人樂，願與農人學耦耕。」《小女》一首：「小女不解詩，庭前知學步。聽我苦吟哦，笑立吟哦處。」句尤雅潔，餘可想見。雲樵名⿰日黽，鄒諸生。

冬日，余題雲樵詩卷二律，用聽泉詩韵，即蒙雲樵先生次韵見答：「誰信交情薄，新詩寄意深。識君真淡雅，悦性在山林。宇宙原無物，功名不繫心。棄官如棄屣，日日和陶吟。」「懷人牽酒興，把酒讀詩時。我豈無情者，君當想見之。阿宜胡作劇，癡叔未曾知。偷得兔園册，轉勞雪夜思。」

沁水高涵三之寵明經游濟濼間，入鹺幕，張蓬山舊友也。在鄒與董聽泉倡和，聽泉稱其人甚古道。憶余在樂陵時，聽泉寄信悉由渠處轉致，前後所寄橄欖、金橘，併惠仁風等件，訖無浮沉者，亦可想交情之厚。及余旋里，渠亦歸田。見聽泉送渠詩七古長篇，卓犖有致。度詢渠詩，尚未得，恐復有和余之作如雲樵先生，秘不肯宣也。「季子訂交如舊識，尹公取友必端人。」書門贈高、張二君之句。

小鶴與修《文登縣志》，前有來函，言文山古迹有申子棖墓，意欲一爲題詠。余思申乃魯人，至趙宋時始加封號文登侯，地相去千餘里，時相後千餘歲，安得墓在彼處？此等附會，吾輩宜明辨之，不知渠如何下筆也。小鶴又寄示新與王郡伯松亭倡和詩。松亭，瀋陽人，仙李儀曹之業師。

庚子春日，余築一室初成。董書門寄賀一律：「先生新自高津還，才賦遂初又賦閑。茅屋北窗應設榻，柴門東嚮好看山。呼童沽酒心先醉，有客投詩手自删。工部草堂子雲宅，猶留蹤跡在人間。」

夏日，聽泉邀余游鐵山響水閘二絶，末押「來」字。同人和者五六家，俱用元韵。聽泉後又自爲

「十來」詩，文多不備載。節録數首：「靈山遥望亦佳哉，欲去遲遲去又回。瞻顧自慙疇匹少，出游游待少游來。」此元倡也。仙源宋星槎和云：「早賦歸田意樂哉，日隨野老共裵回。他時攜榼鐵岡下，應帶南山秀色來。」歷下趙景素和云：「班坐竹林君子哉，七賢歌詠幾千回。緣何詩興一齊發，爲約騷壇盟主來。」廣文朱佑生和云：「懶過嵇康有是哉，魚緘迢遞又空回。如何吟碎松羅板，不見高人攜屐來。」雲樵先生和云：「柴門悵望意悠哉，曉起看花日莫回。每每買春愁獨酌，南山客未北山來。」書門寄和云：「客窗夢裏賦歸哉，好事鄉人帶信回。細讀書函與詩句，多言佇望馬卿來。」此韵余亦三疊，附録其一：「雉飛麥隴念時哉，攜幼出門日幾回。就此吟詩無不可，何須真到鐵山來。」

朱佑生廣文寄示新詞：「曲欄花亞，小憩松陰下。書在手，披方罷。雲中白鶴飛，天半朱霞挂。傳神處，靈臺一片分明畫。　曾記西窗話，疎爽眉如華。看兩鬢，星星也。買園期未踐，把卷人思借。容我否，繪圖共入香山社。」調寄《千秋歲》第一體，爲同里劉四桐川《題讀書圖》者。余不知詞譜，仍爲題二律。因檢朱竹垞《蕃錦集》中有《鷓鴣天》調爲嶧山作者，素未采録，即記於左：「天半群山孤草亭，下方雲雨上方晴。笑拈霜管題詩句，閒向春風倒酒瓶。　喜嘉客，展幽情。縈迴樹石罅中行。他鄉就我生春色，此地纔應聚德星。」

秋試，書門又復被落。柬余一律：「自笑龍鍾不進身，閒來偏與友朋親。文章似我無知己，才學如君有幾人？寄志田園聊取樂，等身著作不爲貧。攜肴欲訪扶風里，前渡桃源可問津。」又寄示《秋杪晚歸》一律：「暮色催偏急，高風勢轉加。飛雲逐歸馬，禿樹噪寒鴉。山火人燒芋，村燈夜績麻。行行城郭近，更鼓已三撾。」聽泉集成句爲聯，最多佳者。如「不知其有文也，顧安所得酒乎。」「不如飲美酒，可以賦新詩。」皆極工。「采菊東籬下，種葵北園中。」集《選》尤妙。聽泉若解作詞，《蕃錦集》不能專美於前。

書門詩學深邃，嚮嘗以未窺全豹爲歉。今秋乃得讀其《叙舊齋詩草》二册，五古最精。不勝録，録一以當鼎臠：「五月賣新麥，新麥不敢賣。未謀一年食，遑計眼前債。仲夏無透雨，秋禾將殘敗。不秀亦不實，誰云如荑稗。我行田疇間，奄奄幾時瘥。閭閻無生機，民病甚矣憊。問天默不語，無聊發長喟。」七古《湖上歌》：「八月九月天氣凉，友人邀我傍湖傍。荷葉瑟瑟葭蒼蒼，下窺水面魚洋洋。此境何異在濠梁，臨淵羨歎空徬徨。忽聞遠浦有鳴鐺，紛紛小舟來何方。齊圍四面留中央，摇艣不絶潛施綱。水族雖多將焉藏，鱣鮪鰋鯉鯽鮮魴。兒童提籃婦持筐，將魚作飯充米粱。愧我家居在山鄉，水潦雖降誰獻將。門對鮑肆不堪嘗，今來一餐飽枯腸，笑我貪饕又何妨。」五律《夏夜露坐》一首：「繞樹送涼颸，空庭兀坐時。茶多常減睡，性懶自無詩。天凈雲歸杳，牆高月上遲。笛聲隔院度，已足動秋思。」《遊鐵山》一首：「踏石留仙跡，摩厓刻佛經。字多八分古，山是六朝青。樵牧時來往，神仙事杳冥。空傳石洞在，終古户常扃。」《過湘溪大兄村居》一首：「别墅全家住，鄉居樂意存。有田皆近宅，無樹亦成村。山色青圍屋，泉聲響到門。清譚無限好，薄莫又開樽。」《消寒》四詠，文多不備録。七律《冬杪感懷》一首：「莫將身世問青天，屈指光陰又一年。故友何曾千里隔，寒梅未放十分妍。神馳周道常成夢，癡賣吴都不值錢。莫怪更深猶兀坐，滿城爆竹易驚眠。」《丙申生日車中作》二首：「蹣跚客路任低昂，轉瞬光陰到小陽。兩足大都因酒病，原注：時患脚氣。一年多半爲人忙。風寒但覺綈袍薄，馬羸翻嫌石徑長。夕照樓臺村落近，生辰今又在他鄉。」「自嗟四十一年身，白髮星星兩鬢新。日月如梭空過隙，功名有命莫尤人。休尋靈運登山屐，漫著淵明漉酒巾。客館黄華應笑我，單車不厭逐風塵。」《大雪用坡公尖叉韵》，和余見寄而浮沈者，今於集中見之，亟録於左：「疎林月落玉纖纖，夜半寒風如許嚴。小閣漸消商陸火，空庭盡撒水晶鹽。試看積素凝瓊砌，已覺揚華上綺檐。四野蒼茫天一色，何論平地與山尖。」「曉來瑟縮似寒鴉，門外難停長者車。小院無風飛柳絮，寒窗有夢到梅花。紫絲布被宜高士，金帳羊羔笑党家。我欲騎驢尋孟浩，開門不辨路三叉。」集中多有與小鶴倡和，佳句不勝録。與兄聽泉倡和，尤極塤篪之美。略記其《館中次韵題家信後》一絶：「昨日封緘今日發，前書甫接後書回。魚函到後阿兄笑，如見説詩匡鼎來。」

貞孝節烈詩，有關風化，作者澄心妙慮，自不肯以應酬出之。然自近世徵詩相沿，節孝等篇以累黍計，最難出色，惟以切合本事，不可移易爲佳。曩見書門爲《滕陽烈婦詩》，集《文選》句作長篇，覼縷事實，抒軸予懷，允爲奇作。憶甲午秋，余爲同郡李雲芳之冢婦楊氏節烈詩，臞仙謬賞其句：「李僵慟無桃根代，一樹楊花自萎地。余本兩世節烈家，聞説節烈心如刺。」謂它人不能假也。又憶丁酉在濟南題節烈聶氏詩册，末云：「旌以綽楔，近深井里。後先輝映，媲聶政姊。」有友摘聶政事太不倫，乃削去之。余意祇取《史記》「乃其姊亦烈女」句。斷章取義，不顧世眼，亦復不可。

秋赴界河，過隨齋先生故居，尋其壁間遺挂。王容谷集蘇句贈聯：「我書意造本無法，此老胸中常有詩。」范曉麓贈聯：「小屋如舟可容膝，異書爲友得同心。」兩聯宛然具在。因憶先生曾自書一聯：「潛中尋味酒稱聖，書外論交睡最賢。」又自箴二語：「病隱難除慳拙懶，情偏爲害戇乖高。」追溯之下，光霽猶存。

淵明集中《止酒》一篇，最不易和，每句用「止」字，在陶亦特筆。蘇氏和作不叠用「止」字，嚮嘗以爲非是。今春痔發，終夕不寐，正蘇和《止酒》時也。因勉成一首，「止」字廿餘見，以是爲差勝爾。秋日，聽泉見之，欣然賜和，併示猶子一首，中「止」字亦廿餘見。備録於左，好事者觀之。拙稿云：「勞止宜小休，虛室占止止。白壁止其外，白心止其裏。欲止誰行是，欲行誰止子。因疾忽止酒，止酒真堪喜。長吟知止詩，興爲仰止起。譬風止無定，止水有文理。吟詠聊止痛，痛止惟在已。止酒且止痛，不得不止矣。兼期容止好，安止水之涘。一事止不得，止宜修饋祀。」聽泉詩云：「黄鳥止丘隅，邦畿民所止。問余止何處，止於田園裏。從我而止者，不止一猶子。我止止已樂，兒止止更喜。止於坐不安，止於牀欲起。不欲止田廬，而欲止疆理。獨止止不歡，止止唤知已。行止偶隨之，不知所止矣。朝止山之顛，莫止水之涘。舉止已如此，底止在何祀。」聽泉又次余韵見贈一律：「行行隨着小奚奴，不是尋常高尚軀。酷好斯文從少小，暫教名士辱泥塗。讀書絳帳情何似，爲善鄉村味自殊。斟酌一杯明月夜，秋深萬籟似笙竽。」聽泉是年五十初度，詩押「乎」字韵，余亦和二首，不備録。

辛丑正月五日，陶生游斜川時也。兹幸值其年，欲薄游，阻風不得出。即和其韵，併舊稿寫一通，欲寄聽泉。奈聽泉時方讀《禮》，乃以呈雲樵先生，蒙賜和，至三叠其韵。備録於左：「北風亦過午，南風晚不休。原注：諺云「北風不過晌，南風到晚上。」飄飄天上雲，隨風往來遊。笑雲復何忙，風定雲亦流。開籠放白鵝，立雪如雙鷗。茅廬白可愛，堆積書成丘。書中千萬人，遠古與誰儔？偃蹇且高卧，樂志在觴酬。思君不見君，衰狀似我不？忽有新詩來，讀之可忘憂。願作終身誦，不忮亦不求。」一「雪晴風更寒，心静氣少休。開歲二十日，未得出郭遊。今朝天氣清，樽酒酌明流。原注：酒名，亦名「希熬」。一酌復再酌，醉卧若眠鷗。處世已渾沌，胸中無壑丘。愛兹深林鳥，衆鳥各有儔。豈如鳥同樂，和鳴聲相酬。人固不我知，我能自知不？合眼放步行，不思亦不憂。知足可常樂，惟此心是求。」二「元晏一生病，焦先息休休。君與此兩人，今古圖卧遊。畫手誰能之，亦非俗家流。不畫輞川樹，欲畫斜川鷗。意在筆之先，中藏一大丘。君形瘦如鶴，畫鶴孤無儔。君琴撫無絃，曲高絶和酬。畫中有君詩，君愛畫中不？對此定熱然，我心恐君憂。願言非非法，論畫象外求。」三雲樵善畫，於詩中吐露如此，急索解人不得耳。此韵余季弟星曼亦和一首：「元日復人日，俗擾漸漸休。趁此春光好，聊爲騶繹遊。原注：新正九日登繹未果。群芳尚未蘇，冰堅何能流。緩轡偕良友，情怡羡沙鷗。雖非神仙窟，庶擬昆侖丘。焚香結伴者，原注：途次所遇者，盡朝山進香之客。紛紛非我儔。坐看白雲起，薄酒一觴酬。五華插天表，蠟屐堪登不？勝景擴眼界，吾用忘吾憂。力綿徒仰止，神山未可求。」拙作漫附於後，庚子舊稿一首：「開歲五日過，微官三載休。息駕鄒山側，偶出滕西游。愛兹烏泉水，隨入荆溪流。《滕志》：『荆溝水自東來，大烏泉、小烏泉注之。』隱映栗里樹，翻飛斜川鷗。延眺日云莫，歸來守一丘。繙書呼舉燭，思與古人儔。初月何纖纖，杯酒許相酬。和陶行將徧，吾其後身不。良時殊易失，俗士多懷憂。詩成誰共和，留待羊與求。」本年再和一首：「生平耽和陶，下筆不肯休。今復遘兹辰，思續往昔游。寒風晝忽作，溪水静不流。愧非海上客，何處狎白鷗。山中方積雪，不見壑與丘。千里寄遥矚，雲鸞渺難儔。撫躬坐自歎，壯志無一酬。嘯歌北窗下，尚可快意不？濁酒進一觴，無樂復無憂。萬事付造化，那容有意求。」《酬雲樵先生賜和》一首：「董子不窺園，心慕公儀休。寥寥一室中，養空而獨游。中年頗失志，清漪溷濁流。所遇雖石虎，狎之如海鷗。高趣偕彭澤，尋壑復經丘。幸有賢竹林，謂聽泉、書門昆仲。咫尺北山北，嘯傲若朋儔。我詩魚目類，猥以明珠酬。未知小斜川，可稱同調不？《陽關》忽三叠，歌聲足消憂。駕言復何求。」莫春晤雲樵先生，再叠前韵一首：「我慕陶彭澤，林下得真休。今值辛丑歲，復爲葛天遊。盎盎春氣足，涓涓泉水流。所樂在濠梁，盟心有野鷗。忽與真人遇，洪厓與浮丘。坐致青雲上，自顧非其儔。賦詩聊寄興，一贈輒三酬。我乃癡得意，傍人相笑不？幸勿太自苦，憂先天下憂。武陵源尚在，攜手共訪求。」此韵去年聽泉遊鐵山亦和一首，非和余作，併録於左，以示押韵不相同：「小民一年勞，入冬始可休。今日是何日，忽作山澤遊。我雖不賦詩，我亦好臨流。清泉濯吾足，驚飛白沙鷗。高飛何所止，止於山下丘。群鳥來相呼，誰可爲之儔。我坐泉石上，白水酌言酬。兒童挈壺至，問余思酒不？無酒誠足慮，無肴亦可憂。采采青山下，聊當緣木求。」押「不」字韵尤妙。

夏日見愛泉所著《傍山詩記》，中有吾叔父卧廬《京邸夢》句：「壯士拔劍夜起舞，人皆好文我獨武。」余素未聞也。愛泉又自記夢遊華山得句：「雁浦斜陽晚，秋山澹月明。」又同郡某夢登太白樓句：「雲霞半壁曉，水月一天秋。」皆不似平時語。

雨山寄和余《春日和陶遊斜川韵》一首：「抗懷羲黄上，貞志不少休。君同柴桑士，時作武陵遊。新詩肯寄我，亦欲涉其流。蒼松翠竹間，鳥無三品鷗。南山悠然見，不待憑高丘。裒回瓌瓏石，欲拜恐非儔。黄華將欲開，明月宜對酬。籃輿何時出，可許相過不？解我宋元結，袪我杞人憂。原注：時粵東兵尚未盡撤。古來幾辛丑，尚堪坐而求。」家愛泉兄亦和一首：「吾宗有達士，其心常休休。不爲米折腰，愛續斜川遊。凫鷖列左右，白水界中流。於焉觀文舫，於焉聽鳴鷗。五柳繞别業，寓目即曾丘。曠懷千載上，雅量誰其儔。和陶如飲酒，主獻賓樂酬。恰逢辛丑歲，君其後身不？人生貴適意，適意自無憂。因悟素位理，此外非所求。」余歸田後，久不得亦梅消息。兹聞其因小鶴附兼金助刻詩話，用《和陶遊斜川韵》復成一首，不定寄梅也。「張君極魁梧，乃自號浮休。平生誰與善，獨憐馬少游。欲寫詩千卷，就輸金一流。有書多附鶴，逐浪不驚鷗。我時伏嶧陽，遠望古陶丘。坐讀《五柳傳》，謂是若人儔。追和慕坡老，水鏡無停酬。未能免俗爾，可用療飢不？已成頒白叟，誰懷千歲憂。他年何所遺，足待茂陵求。」

《辛丑歲七月赴假還江陵夜行途中》，陶詩載《文選》，甚佳，不易和。蘇和末句「詩人如布穀，聒聒常自名」，不免趁韵矣。「口如布穀」，乃馮衍責妻之語，以比詩人，似涉戲謔。余既和《辛丑正月》韵，秋來更和《辛丑七月》韵，成《夜坐》二首，復和一首寄聽泉。蒙答書云：「陶集原句『不爲好爵縈』，蘇集和句『免爲詩酒縈』，俱是『縈』字。來章作『榮』，或通用邪？或見别本邪？」余它無所見，惟《文選》五臣注本作「榮」，或係誤字。但少已讀慣，不知其譌。前韵難改，後作當從蘇本耳。間復閲陶《咏貧士》詩，復有「好爵吾不榮」句，與此相發。五臣本或亦可據。

聽泉寄和余《和陶辛丑七月韻》一首：「有客歸田園，高風凌紫冥。悠然彈一曲，實能移我情。我情何所寄，呼兒翦柴荆。好風東南來，嶧雲隨之生。一夜濛濛雨，今朝日光明。班坐高脽上，遠望大野平。心念學稼人，無才南北征。君胡同我趨，逃禄而歸耕。每每好詩來，索和愁苦縈。惜我未讀書，學詩亦虛名。」外有二首示書門者，不盡載。書門亦寄和一首：「蝸角國蠻觸，蚊睫巢焦冥。中田結小廬，聊以適我情。廬内除塵埃，廬外無榛荆。紙窗開三面，習習清風生。阿兄攜詩來，新句和淵明。囑我亦爲之，言之患平平。腹空如歲飢，所願在薄征。欲有一年食，須計三年耕。力田真吾業，所求無異縈。從此請學稼，或可以農名。」余寄答聽泉元韻，附録一首：「世無揚子雲，誰識蜀湛冥。賢守有李疆，虛懷從事情。吾兹處田野，沮溺共班荆。有時籃輿過，竹林兩董生。傾囊復倒篋，舉燭以繼明。志欲游五岳，仿佛向子平。何時昏嫁畢，飄然且獨征。久别憑神遇，書來供目耕。塵鞅幸不及，無辱即爲榮。答吟還自笑，此樂不可名。」

愛泉和余《和陶辛丑七月韻》一首：「閉户寡塵慮，習静言入冥。田園得真趣，詩書自怡情。高軒時一過，原注：謂雨山、聽泉諸公。始見啓柴荆。如宴桃李園，爲歡話平生。辛丑又七月，閑吟對月明。仰觀天宇静，俯察水面平。流光不可駐，熠燿自宵征。我亦踏月至，談詩非課耕。依韻來和陶，思澀意牽縈。泛言聊記事，未足以詩名。」季弟星叟亦和一首：「大鵬非凡鳥，萬里徙南冥。鷽鳩竊笑之，自安枋榆情。漆園知此意，逍遥不仕荆。東坡亦早悟，索句和陶生。今夕是何年，月自古來明。得侍涼夜坐，遥憶湖水平。欲赴黄華約，伫見籃輿征。有田付一力，試使叱犢耕。傅毅吟孤竹，班固詠緹縈，從來大手筆，不妨以詩名。」余《夜坐和陶夜行元韵》附載一首：「鶴聲知夜半，對語定入冥。適夢小鶴。肯爲耳目翫，青雲自有情。吾衰憚行役，日夕返柴荆。夜坐小池上，圓荷珠露生。青山兩岸立，疎星照人明。唧唧蟲語切，問爾何不平。昌黎咏南山，杜陵賦《北征》。知爲誰驅使，若農自力耕。丘園堪養拙，黄綺非采榮。早晤華陽叟，高卧思完名。」余《叠前韵答聽泉書門昆仲限押縈字》一首：「嗟余抱貞疾，占豫復得冥。歸來守田園，作賦無閑情。三年不出門，何意求識荆。相契惟二仲，時偕一麴生。夜坐不覺久，東方見啓明。炊黍憶范式，食瓜美邵平。涼風肅然至，鴻雁已南征。新詩重叠見，歌之帶月耕。井臼吾自操，愁懷近頗縈。强吟復叠和，聊足記姓名。」又《用前韵答愛泉》一首：「秋氣極蕭爽，山勢入渺冥。新詩忽又至，超然怡余情。坐讀依樹根，樹茂類紫荆。有詩真當和，勿自浮其生。我乃癡得意，不甚愧淵明。更聞東坡語，絢爛歸澹平。趨步强隨之，敢云疲此征。得君聲相應，有如耦而耕。青山不用買，白水日迴縈。此間許共樂，勿復弋時名。」曩於記詩册子，不肯記己詩，兹因和韵，輒牽連書之。至於連篇累牘，每一復視，自慙續貂。惟相形之下，益彰衆作之美，不復薙去。

家愛泉兄熟於《文選》，併沈歸愚所編《古詩源》。近復集古句，和陶《辛丑正月》、《七月》兩篇元韵見贈。初觀已服其指揮如意，天花亂墜。細玩通首，出句尾字亦悉用元韵，惟「澄」、「魴」兩字，古句無可采掇，乃略爲變例。它皆按譜填詞，一一合拍。亟録一通，以貽同好。其一曰：「從容養餘日張華，誰能享斯休王粲。惠風入我懷陸機，良日登遠遊陶潛。岩壑澄清景楊素，平陸引長流盧諶。潛波涣鱗起郭璞，翻浪揚白鷗鮑昭。遠近送春目謝朓，振策陟崇丘陸。眷言采三秀沈約，畢景逐前儔鮑。從宦非宦侶沈。宜城誰獻酬陸厥。既來孰不去陶，問客平安不古辭？緬焉起深情陶，曠然消人憂王。今日樂相樂曹植，得性非外求謝靈運。」其次篇曰：「離居殊年載顔延之，夢寐復冥冥江淹。虚恬竊所好張，遺我遠世情陶。且當忘情去沈，促裝返柴荆謝。於焉徂歲月任昉，理感興自生廬山道士。清談同日夕劉楨，冏冏秋月明江。山川脩且闊陸，沃野爽且平陸。終夜不遑寐劉，鳴雁飛南征阮籍。已矣平生事任，幸會果代耕謝瞻。今者並園墟何劭，思逝原注逝，昔也。若抽縈王。寢跡衡門下陶，拙訥謝浮名謝。」右集句兩篇，不惟於贈答篇中花樣翻新，即於和陶併押出句本字，亦别開一體。

聽泉寄示近作《和陶形影神》三首，併《飲酒》二十首，浩乎沛然，如川之方至。余前和《飲酒》，勉强從事，僅得十二，不意聽泉竟全和之也。摘録二篇：「我愛陶淵明，有酒輒飲之。三百六十日，斟酌無厭時。其醉固在酒，其醒亦在兹。借以隱其身，一飲不復疑。但願日日醉，有禄不必持。淵明本好飲，求之恐不得。云胡又止酒，令人心疑惑。昨夜夢淵明，一語開茅塞。酒是我樂土，醉即我樂國。前言戲之耳，識之爾須默。」其它妙句，如「開卷即醺然，何暇問其次」「《飲酒》二十首，一讀一飲醇」等句，較之坡仙和陶，何多讓焉！聽泉復要余補和其八章，病未能也，願俟異日。

前聞雲樵先生和陶《辛丑七月》韵已脱稿，因非和余之作，未肯寄示。諄向聽泉索觀，乃見原草一紙，其云「旱愁日杲杲，澇憂雨冥冥。苗槁雨後秀，螟螣豆根生」，乃今歲紀實。種豆甚晚，根科始茂，蟲自内生，一莖中或三或五。問之老農，亦所未經。得先生此詩，可稱詩史矣。雖非倡和之作，亦當刺取。

今年辛丑，自春徂秋，和陶兩詩。同人見之，輒共和已若干首。近聞家愛泉説同里和者尚衆，俟得詩再爲詮次。

余往歲欲和陶《九日閑居》詩，未敢驟和，因集東坡和陶之句成一首。家愛泉兄謬見賞譽，併集古句賜和。其和法仍並出句韻脚，遵元詩填之：「情嗜幸非多小謝，晚志重長生鮑。挈壺相與至陶，志不在功名張茂先。延頸長歎息魏武帝，誕曜應辰明顔延之。竹外山猶影小謝，複澗隱松聲鮑。兹情已分慮謝，一徂輒三齡。王仲宣原注：弟仕樂陵，往復三載。顧念蓬室士曹子建，歸軫慎崎傾顔。旨酒盈金罍王，雖貴非所榮石季倫。覽物奏長謡謝，永副我中情曹。太平多歡娱，但願桑麻成俱江文通。」拙詩集蘇句附後：「漂流四十年，談笑得此生。佳辰愛重九，惜哉亦虚名。東皋友王績，勸我師淵明。歸來閉户坐，忽聞剥啄聲。門人饋薪米，樂事滿餘齡。空杯亦常持，孤坐時一傾。念念竟非是，欣欣春木榮。黄華育甘谷，一歡愧凡情。有酒我自至，金丹不可成。」

東泉詩話卷弟七

魚臺馬星翼仲章著

類詩一 勝跡繹山

于欽《齊乘》云：「欽嘗有詩云：『濟南山水天下無，晴雲曉日開畫圖。群山尾岱東走海，翡華落星青照湖。』」此濟南山勢也。又虞集《天心水面亭記》云：「濟南山水似江南。」殆或過之。余先兄騶山遺詩《濟南秋眺》一律：「擬寫此州作畫圖，原泉七二足清娱。滿城秋色華不注，鎮日香風蓮子湖。名士幾人賡《白雪》，歷亭何處覓玄珠。濟南絶勝江南好，山水由來天下無。」結語正用于、虞二家之説。濟南趵突泉有趙子昂七律一首，後賢多用其韵，偶以所見記之。趙詩云：「濼水發源天下無，平地湧出白玉壺。谷虚久恐元氣泄，歲旱不愁東海枯。雲霧潤蒸華不注，波濤聲震大明湖。時來泉上濯塵土，冰雪滿懷清興孤。」明王陽明守仁和韵云：「濼源特起根虚無，下有鼇窟連蓬壺。絶喜坤靈能爾幻，却愁地脉還時枯。驚濤怒湧噴石竇，流沫下瀉翻雲湖。月色照衣歸獨晚，溪邊瘦影伴人孤。」按：王詩押韵多用三平，與律未合。其集中不載，蓋删之也。

國朝浙人沈廷芳和韵：「七十二泉天下無，此泉尤足勝方壺。一泓遥瀉渺何極，三竇高噴長不枯。泉勢凌虚參古木，日光倒影射澄湖。更來白雪樓中眺，啜茗觀碑興未孤。」雒人薛宁廷和韵：「福地曾聞似此無，人間泉石有蓬壺。浮清那許塵纓濯，噴玉直愁瀛海枯。鄉思看雲連岱崋，宦情如水寄江湖。未妨酣飲遲歸轡，馬首華山湧月孤。」泰安趙國治和韵：「世上炎蒸到此無，雪濤飛出水晶壺。奔騰恐有囚龍起，噴泄愁將大海枯。直欲灑空沛霖雨，莫教翻地作江湖。汲來且煮南山茗，清沁詩腸興不孤。」近見上虞胡白樓昉用此韵作三十首，録一：「舊地神仙跡到無，玉京飛飲即蓬壺。跳波積雪峰能立，煮石成濤海不枯。西障斜分龍洞水，北流迅注䧿山湖。源頭試挹清如許，一泒靈巖見獨孤。」白樓《初抵魚臺縣》詩亦用此韵，附書於後：「鶴署風清管領無，設衢飲醇古樽壺。民多愿慤能從儉，吏有文章足潤枯。魚米家充三日市，桑麻地廣半分湖。春城到處栽桃李，賓雁何愁楚幕孤。」鄒邑秦公楫《歷下雜詠》十首，録二：「濟南名勝地，愁裏且閑歌。回首青山近，開門流水過。微風摇弱葦，細雨點圓荷。極目平湖上，烟波奈若何。」「旅館何時别，門關盡日眠。雲含千岫雨，浪湧一溪烟。病久詩全廢，愁深酒半捐。而今越石父，遥憶晏嬰賢。」

平原董元度《舊雨草堂集》，《濟南雜感》四首，録二：「滿城秋色澹斜暉，瑟瑟西風白袷衣。幾點緑萍隨雨散，一群花鴨背船飛。烟横晚浦同人少，雲冷空庭舊夢非。最是年年縮離别，蕭騷高柳又添圍。」「誰從劫火問乘除，莽莽川原幾廢墟。山色應羞金僞帝，水聲空咽鐵尚書。牙門畫鼓森行馬，古寺秋燈冷木魚。月倚風淪千載夢，有人回首重欷歔。」又《雜憶十首》，録一：「吾州信美夢難忘，木瑟波明總斷腸。初日芙蓉仙侣棹，春風楊柳少年場。畫堂幾處成荒圃，長笛何堪弄夕陽。漫向軒頭問名士，高樓白雪倍蒼涼。」

富平王所禮《灤口道中》一首：「沙岸溪邊路，人家柳下門。小橋多礙馬，曲水自成邨。雨後秧針緑，風來荷背翻。鳥聲如有意，幽静不聞喧。」《明湖竹枝》十首，録二：「鵲華橋下問扁舟，滑笏縠紋碧玉流。自向百花洲上望，果然盡是鏡中游。」「一層荷葉一層風，湖裏荷花湖外紅。人在畫船香裏過，藕花衫子藕花中。」《柳絮泉李易安故居》一絶：「曉風殘月想吟懷，閨閣誰尋咏絮才。聽盡泉聲人不見，隔牆飛過柳綿來。」

新城張象津《書邢太僕爲李于鱗先生立嗣置田記後》一律：「詩名傳歷下，書法重黎丘。一代來禽館，千秋白雪樓。身兼義獻蹟，名並鳳麟洲。寧識文章外，高風萬古留。」歷下朱畹《拜滄溟先生墓》一律：「灤東二三里，蒼茫秋草烟。樓還高白雪，名自比青蓮。恨有樊姬在，業無通子傳。華泉相望處，千古兩荒阡。」

海陽李字山紹聞《明湖雜咏》十六首，寄余索和，欲和未能也。摘録二首：「孤亭依舊峙湖心，修竹文流供醉吟。可惜筆鋒推北海，不鐫片石到於今。」「歌成雪後樓還白，書著林間葉亦黄。提唱宗風人不遠，一堤秋柳見漁洋。」《遊鐵公祠》一首：「地與人千古，何須更品題。波迴知岸盡，山出訝城低。客至宜琴酒，時清罷鼓鼙。祇應敷政者，膏雨徧青齊。」

濟南舊有曾南豐祠。道光丁亥，南豐湯君爲邑令，擴而新之。祠臨湖上，右起平臺，爲登眺之所。余時從郡守瀋陽王翰屏先生讌集於此，同人賦詩，稿未存録。惟記字山句云：「人從太守游而樂，地自先賢到後靈。」拙句載小集中。余少時五遊濟南，凡諸名勝，時發庸音，茲不具列。

蘇子瞻守密州時，《雪後書北臺壁》二首：「黄昏猶作雨纖纖，夜静無風勢轉嚴。但覺衾裯如潑水，不知庭院已堆鹽。五更曉色來書幌，半夜寒聲落畫檐。試掃北堂看馬耳，未隨埋没有雙尖。」「城頭出日始翻鴉，陌上晴泥已没車。凍合玉樓寒起粟，光摇銀海眩生花。遺蝗入地應千尺，宿麥連雲有幾家。老病自嗟詩力退，空吟《冰柱》憶劉叉。」馬耳自是密州山名，或解作臺畔菜名，甚可笑也。又《謝人見和前篇》二首：「已分酒杯欺淺懦，敢將詩力鬬深嚴。魚蓑句好真堪畫，柳絮才高不道鹽。敗履尚存東郭足，飛花又舞謫仙檐。書生事業真堪笑，忍凍孤吟筆退尖。」「九陌淒風戰齒牙，銀杯逐馬帶隨車。也知不作堅牢玉，無奈能開頃刻花。得酒强歡愁底事，閉門高卧定誰家。臺前日暖君須愛，冰下寒魚漸可叉。」前首「真堪」二字重見，必有一誤。子由次韻二首：「麥苗出土正纖纖，春早寒官令尚嚴。雪覆南山初半嶺，風乾東海盡成鹽。來時瞬息平吞野，積久欹危欲敗檐。强附酒樽拚熟醉，更尋詩句鬥新尖。」「點綴偏工亂鵲鴉，淹留亦解惱船車。乘春已覺矜餘力，騁巧時能作細花。僵雁墮鴟誰得罪，敗牆破屋若爲家。天公愛物遥憐汝，應是門前守夜叉。」

王介甫《讀眉山集次韻雪詩》五首，皆「叉」字韻，備録於此：「古木昏昏未有鴉，凍雷深閉阿香車。搏雪忽散簁爲屑，翦水如分綴作花。擁箒尚憐南北巷，持杯能喜兩三家。戲挼亂掬輸兒女，羔袖龍鍾手獨叉。」二「神女青腰寶髻鴉，獨藏雲氣委飛車。夜光往往多連璧，白小紛紛每散花。珠綱纚連拘翼天帝名，見藏經。座，瑶池淼漫阿環家。銀爲宫闕尋常見，豈是諸天守夜叉。」三「惠施文字墨如鴉，於此機緘漫五車。嚼若易緇終不染，紛然能幻本無花。觀空白足能知處，疑有青腰豈作家。慧可忍寒真覺晚，爲誰將手少林叉。」三「寄聲三足阿環鴉，問訊青腰小駐車。一一照肌寧有種，紛紛迷眼爲誰花。爭妍恐落江妃手，耐冷疑連月姊家。長恨玉顔春不久，畫圖時展爲君叉。」四「戲摇微縞女鬟鴉，試咀流蘇上頰車。歷亂稍埋冰揉粟，消沈時點水圓花。豈有舴艋真尋我，且與蝸牛獨卧家。欲挑青腰還不敢，直須詩膽付劉叉。」五又《讀眉山雪詩愛其能用韵復次韵》一首：「靚妝嚴飾耀金鴉，比興難工漫百車。水種所傳清有骨，天機能織皦非花。嬋娟一色明千里，綽約無心熟萬家。長此賞懷甘獨卧，袁公交戟豈須叉。」

右録蘇、王「尖」、「叉」韵詩十二首。東坡詩才高妙，洵不可及。子由、介甫和韵似皆蹇滯，未爲甚工。王詩「青腰」二字凡四見，「阿環」亦兩見，尤形支絀。其首句一作「若木昏昏末有鴉」，解者曰：「末，端也。若木之末有十日，語見《淮南子》。鴉，謂日也。」亦太奇矣。果爾，又與四章「三足鴉」義複。陸放翁筆記云：「蘇文忠《雪》詩用『尖』、『叉』二韵，王文公有次韵詩。議者謂非二公莫能爲也。吕成叔乃頓和至百篇，字字工妙，無牽强凑泊之病。」余按：吕詩今不傳，惜哉。放翁詩最多，乃無一篇次前韵，豈方回所謂「十分好詩在前，不當和」邪？所見和篇録後。王陽明集《元夕雪用蘇韵》二首：「林間暮雪定歸鴉，山外鈴聲報使車。玉盞春光傳栢葉，夜堂銀燭亂簷花。蕭條音信愁邊雁，迢遞關河夢裏家。何日扁舟還舊隱，一簑江上把魚叉。」「寒威入夜益廉纖，酒甕爐牀亦戒嚴。久客漸憐衣有結，孌居長歎食無鹽。飢豺正爾群當路，凍雀從渠自宿簷。陰極陽回知不遠，蘭芽行見發春尖。」《曉霽用前韵》二首：「雙闕鐘聲起萬鴉，禁城月色滿朝車。竟誰詩詠東曹檜，正憶梅開西寺花。此日天涯傷逐客，何年江上却還家。曾無一字堪驅使，漫有虚名擬八叉。」「澗草岩花欲鬥纖，溪風林雪故争嚴。連歧盡説還宜麥，煮海何曾見作鹽。路斷暫憐無過客，病餘兼喜曝晴簷。謫居亦自多清絶，門外群峰玉筍尖。」

莊定山集《和東坡雪詩韵》四首：「萬物乾坤都自在，莫將詩律鬥精嚴。一陰有片皆成六，天味無窮不在鹽。貧老但惟偎拙火，北風徒自撼茅簷。新晴又與新詩約，忽露西山十二尖。」「人間道眼留真妙，雪令相看一果嚴。萬里江山無色界，一團天地水晶鹽。梅花野店藏詩句，羸馬西山閣帽簷。往日獨思朱仲晦，朗吟飛下祝融尖。」「四時佳興皆堪出，白帽光風映小車。萬古乾坤留卦畫，一年消息到梅花。門牆峻地伊川學，雪月高天邵子家。開眼天幾無不是，有人詩句只魚叉。」「讀書懶對西窗坐，糟粕回看亦五車。自古無言知本静，人間有眼識空花。天非個者難言妙，詩笑東坡也作家。幾夜蒙頭漁艇子，騰騰睡到月溪叉。」

國朝諸家和東坡「尖」、「叉」韵者，不能備載。諸城《高密志》中應多有之，若匯寫一處，亦大佳也。偶記雒南薛宁廷《和坡公尖叉韵》二首：「散花天女逞腰纖，正色難干冷更嚴。光耿深宵龍作燭，形成怪石虎惟鹽。圍爐説餅占收麥，啓户看雲訝覆簷。炙硯不禁詩思澀，頻教古弼退頭尖。」「難將黑白辨烏鴉，平地量堪半没車。越國六千人組練，孤山三百樹梅花。興高灞岸尋吟客，價重臨邛賣酒家。策蹇倍憐辛苦極，迷漫幾誤路三叉。」任城高如岱《雪後用東坡韵》二首：「頭白耽吟技已纖，聊將對雪賞清嚴。未成鵠刻空爲鶩，曾是羹調解作鹽。燈炮圍爐話幽室，日高擁褐曝前簷。子期淡泊心焉託，退筆時揮不用尖。」「長林雲黯冷栖鴉，窮巷烟沈罕過車。入夜照眠通似月，迎春翦彩若爲花。荆扉晚節思陶令，柳絮清才付謝家。乘暖跨驢隨所詣，村頭細路出三叉。」餘作未能悉載。

道光辛卯，冬日大雪，余用蘇詩「尖」、「叉」韵作二首：「小院更深對月纖，梁園作賦憶枚嚴。花飛慣認霏霏絮，聲静憑歌《昔昔鹽》。松徑平鋪纔隱砌，竹枝低亞欲穿檐。遥看空際雙鵰下，塔影迷離已合尖。」「圍爐炙硯笑塗鴉，素志難忘下澤車。九陌無塵滋麥隴，千林一色見梅花。清樽對此從多興，白戰於今定幾家。欲踏瓊瑶尋隱士，迢迢莫辨路三叉。」復叠前韵四首：「幾番和雨灑簾纖，晝漏初沈鼓再嚴。露積不垣雲子粒，月輝交映水精鹽。遥憐帝女投星矢，更散天花舞玳檐。相對一杯欣軟飽，何須持蟹論團尖。」「欲向早春門筭牙，蟄龍鞭起走雲車。隔窗疑作三分雨，著樹都成六出花。湯谷乍凝宜此日，寒江獨釣是誰家？常懷白傅裘千里，漫效温郎手八叉。」「和詩難得十分好，險韵尤須一字嚴。幾許聰明思澡雪，更番刻畫愧無鹽。漫勞椽筆題裙練，錯比宫花壓帽簷。我與老農同鼓腹，占豐喜色上眉尖。」「聚作狻猊噪暮鴉，兒童亂擲逐冰車。朗然相照人如璧，色亦能空眼不花。被氅籬間思俊士，傳燈蘭若憶僧家。尋梅已覺春來早，好句吟成弄畫叉。」拙句附諸家後，自愧弗稱，一時興之所寄，亦庶幾吕成叔百分之一云。

新城張象津《齊城懷古》二首：「南山高冢鬱嵯峨，北對齊城俯逝波。黑時已歸秦日月，朱虚又變漢山河。金湯七十還歸盡，珠履三千豈足多。惟有單衣郭門客，祇今傳得《飯牛歌》。」「章華門外路迢迢，燕客歸來市已遥。古觀陰森還竹樹，荒臺蕪没盡蓬蒿。心知秦客連環解，不救齊城木偶漂。東帝未成西帝起，六王畢後草蕭蕭。」《穆陵關》一首：「穆陵北望亦關中，闤闠依然舊土風。仲父霸才猶相業，寄奴王者未英雄。六朝兒戲衣冠盡，七國兵争杼軸空。千載遺黎今化日，霜皋曉映海雲紅。」

泰山秦碑久亡，嘉慶甲戌，夏邑汪夢巖師知泰安事，始得其殘石一片。後任刻石，自以爲功，并刻中丞陳笠帆二律：「火餘秦篆失，嗜古得其遺。一十字形在，二千年代垂。臼刓周獵碣，趺鑿漢殘碑。歐趙蒼茫感，斯懷欲證誰？昨躡岱宗頂，天風吹我襟。摩挲一片石，鬱勃古人心。眼界此爲闊，胸懷暢到今。披圖意無限，渺渺白雲深。」夢巖七古一篇，今失所在。

程文彝手書《望岳》一律：「岱岳高無極，遥瞻翠影寒。玉函傳漢簡，松樹憶秦官。齊魯烟中盡，風雲天際寬。何年登日觀，問古一盤桓。」應係自作。

劉公幹《魯都賦》有云「及其素秋二七，天漢指隅。民胥祓禊，國于水游。緹帷彌津，丹帳覆洲。蓋如飛鶴，馬如游魚」云云。據是，古人禊事不僅於春，亦行於秋。其云「二七」者，謂七月七日，猶稱三月三日爲「重三」也。「二七」之語甚新。水游之俗今無矣。夫李太白《東魯行》：「五月梅始黄，蠶凋桑柘空。魯人重織作，機杼鳴簾櫳。」至今猶然也。

前明李東陽《曲阜紀事詩》云：「天下衣冠仰聖門，舊邦風俗古來敦。一方烟火無庵觀，三氏弦歌有子孫。城郭已荒遺趾在，書文半滅古碑存。憑誰更續東游記，歸向中朝次第論。」自李至今不及三百年，其所云「一方烟火無庵觀」者頓異矣。曲阜城中庵觀不一，不知誰氏作俑。當事者漠不關心，後之游侶，必有作詩以刺者矣。

鍾伯敬有《孔子林廟諸碑記》，略云：「登岱訖，謁闕里，孔廟、孔林在焉。其地不可以山水言也，其情不可以登覽言也，其事其文不可以圖史詩記言也，然其樹與碑之勝，亦烏可掩哉！」開端數語犁然，有當於人心。其下爲「乾明、大曆二碑，告秦庭之急」，亦留心金石者。漢五鳳二年一方石，今在孔廟同文門下，有目共見。而近人朱竹垞《金石跋》獨以爲磚，甚不可解。

先君子《懷續堂集・曲阜漢碑詩》十首：「一片西京石，縱横隸古文。三行詞太樸，五鳳代猶分。憶彼靈光殿，同歸野火焚。後來歐趙輩，應惜未曾聞。」一「請置褒成吏，平原乙少卿。豐碑劖副表，善隸紀嘉名。祠廟嚴防守，春秋備醴牲。千年遺器在，懷古發幽情。」二「文詞多漫漶，片碣豈無徵。系本宣尼父，年書漢永興。《春秋》推褫述，《孝友》記清膺。只恐經寒暑，模糊未足憑。」三「東家藏《禮器》，秦項屢殘亡。不有韓明府，空垂孔廟堂。文全名未滅，時久德逾彰。千百施錢者，猶留姓字芳。」四「欲識中郎跡，摩挲《孔宙碑》。龍蛇騰霧露，鷹鷙震飂颸。故吏尊賢主，門人鑄本師。名山嘉石在，俎豆到今兹。」五「饗祀碑銘古，詞鐫魯相晨。春秋隆厥報，瀆井復其民。上表三公府，來觀九百人。建寧空盛舉，黨錮正紛綸。」六「博陵賢太守，刊石紀豐功。禦患仁恩溥，除殘義氣通。鑒思留邳下，遺愛著河東。儻入《循良傳》，名應召杜同。」七「片石東門道，殘文頗近誇。珪璋稱美質，芳麗重才華。姓字無從識，聲名信可嗟。幸存年月字，過客每梳爬。」八「氣節東都盛，偉然孔豫州。一門争赴難，萬古浥清流。碧血千年化，鴻文幾字留。人心公道在，珍重爲冥搜。」九「顏氏藏鐫石，題名費講求。文陽連沛國，郭尚次侯修。左右分曹史，南東列督郵。閒堂勤拂拭，簾影挂簾鈎。」十先君子雅愛金石，於故昌邑搜得漢兖州刺史楊叔恭殘碑，於鳧山前搜得漢永元七年石刻，皆有詩詳集中。

《曲阜志》載李傑《弔手植檜文》，其序曰：「弘治乙未六月十六日，闕里孔子廟災。先師手植檜燬焉。攷之志書，檜枯於晉，復榮於隋，又枯於唐，復榮於宋元初。紫陽楊奐《東游記》：金貞祐，兵火焚檝，無復孑遺。後八十一歲，爲至元三十一年，復生於故處。教授張頦爲銘以識之。今所燬者，即此檜也。然則他日之復生，其可必也。乃爲辭以弔之。」文多不載。今杏壇之東南隅，有木在焉，不枯不榮，人呼鐵樹。按：米芾有《手植檜銘》云：「乃根孑哉，乃枝孑哉。孑哉孑哉，孑哉孑哉。孑乃爻乃，孑乃卝乃。日孑孑乃，月孑孑乃。」其銘如是。蓋芾所見，亦孤孑之形耳。銘詞甚怪，未若芾作《夫子贊》語妙天然。贊云：「孔子孔子，大哉孔子。孔子以前，既無孔子。孔子以後，更無孔子。孔子孔子，大哉孔子。」

曲阜城東故城即宋仙源縣治。陋巷顔光猷絶句云：「城郭蕭條三兩家，高林喬木有啼鴉。仙源舊治何人問，五月空庭落棗花。」嘉慶丙寅秋日，余侍先兄游曲阜，謁孔子林廟，同賦詩二十韵。兹閲程月川中丞《嶺南集》，有《游曲阜》長律一首，拈韵正同。攷其時亦丙寅歲，顧彼此不相知也。程詩録於後：「闕里瞻先聖，昌平入古鄉。來從宗廟後，先到墓門傍。岱岳蟠基大，黄河映帶長。群峰環壽域，二水繞宫牆。地合歸明德，天留待素王。百靈咸擡衛，歷代遞精詳。宅兆由端木，經營佐卜商。時君曾具祩，有客遠觀喪。漢祖能禋祀，秦人漫飲漿。松槐多兩晉，碑碣自初唐。炎宋增封樹，前元慎守防。殿庭仍勝國，禮數重今皇。嗣子依魂氣，賢孫侍享嘗。崇垣周百頃，喬木蔭千章。定有麟游藪，時聞鳳在岡。公侯綿爵土，支庶襲冠裳。小子生何晚，遺編讀不忘。高山徒景仰，梁木動悲傷。坐奠徵前夢，心喪憶築場。筵叢風肅肅，楷榦色蒼蒼。乃造趨庭地，行過講學堂。百王存祝史，六籍貯縑緗。古柏香成霧，明珠夜吐芒。杏壇遺樹在，冕服聖容彰。體合乾坤撰，神符日月光。遠瞻心謹凜，近即氣温良。配位隆先哲，崇祠祀發祥。尊壘看最古，聯額語尤莊。甲動龍蟠礎，霜鋪石繞廊。餘音聞舊壁，大樂在東房。金碧摇旌旆，雲霄入棟梁。九門嚴穆穆，數仞隱將將。在水惟滄海，於山過太行。至哉夫子德，林廟兩輝煌。」程名舍章，滇南人。

先兄伯府《謁夫子林廟》詩二十韻：「至道該群聖，明禋遍萬方。宗祠隆闕里，遺化緬宮牆。百石嚴魚鑰，諸生肅雁行。殘碑標五鳳，喬木蔭空桑。屏樹奎文閣，鐸懸玉振坊。躊躕思委佩，踧踖暫升堂。杖履瞻如在，尊罍問莫違。德容超想像，覿面識温良。紳笏偕吾黨，聲名配彼蒼。蛟螭簷際出，絲竹壁中藏。日月無今古，詩書一帝王。兩楹欽釋奠，千載此烝嘗。佳兆層城北，崇封泗水旁。龕檀高馬鬣，綿羽韵笙簧。坏土靈終聚，仙源派自長。植楷還愛樹，築室尚餘場。世以幽明隔，情難展拜將。聞風原景仰，觀藝總徬徨。居託周公宇，游通少皞疆。哲人知未遠，慨慕不成章。」余詩亦牽連書之：「海岱鬱蒼蒼，生居鄒魯鄉。來遊觀禮樂，所仰近宮牆。昧爽銜清思，兩楹拜素王。睟容昭珪璧，元氣合陰陽。歌鳳衷情慰，蹲龍耳目彰。竹絲聞四壁，師弟儼同堂。聖藻金泥煥，華宗世澤長。歷朝崇卒史，億禩薦馨香。北郭臨洙泗，高林覿墓場。龍鱗攀漢檜，馬鬣慟秦漿。至道非終隱，達人歎已藏。千年如代謝，何地不丘荒。惟此麒麟塚，長存日月光。豐碑標爵號，異穎發禎祥。薈萃連鳧繹，低回敬梓桑。簞懷深巷樂，詠和舞雩狂。青社元公宇，肥田少皞疆。衣冠仍濟濟，庭庫共茫茫。塗里留風範，東山切景行。巍巍賢聖域，今古一陵岡。」

乙亥，先兄教讀於曲阜，《晚眺》一律：「禽父臺西日影斜，子駒門外路仍賒。哲人已發芻兒覆，喬木空傳鐵樹花。賴有春風共嘯詠，相攜薄酒對桑麻。浮雲萬變成今古，怪得客心苦憶家。」又《游舞雩》一律，不具列。

曲阜孔子廟有古檜，鄒縣孟子廟亦有古檜；曲阜顏廟有古井，鄒縣孟子廟亦有古井。造物於此，亦若有意爲之者。前明董思白《孟廟古檜》詩：「愛此孟祠樹，森然見典刑。沃根洙水潤，含氣嶧山靈。閲世磨秦䉧，參天結魯青。方知樗散壽，只入列仙經。」石刻係董手書。「䉧」，蓋「籀」省之譌。然「籀」或是「篆」譌耳。董時爲庶常，詩筆係少作。

孟廟中有石刻金大定時真定趙鼎《過鄒謁廟》詩一首：「老誕佛夷惑後來，諸方宏構切雲開。先師立教尊姬孔，其土一祠猶草萊。」孟子墓傍，宋景祐時碑陰有元人劉悳淵《謁墓》詩一首：「生平浩氣飽胸懷，萬古推尊命世才。聖道若非公自任，楊墨塞路爲誰開？」二詩孟氏舊志均未載。

近人過孟廟往往有詩，以所見采録數首於左：

朱彝尊《謁孟子廟》二首，録一：「井地連滕壤，《詩》《書》近孔門。世儒多横議，夫子獨知言。楊墨歸斯授，齊梁道自尊。巖巖留氣象，千載肅心魂。」沈德潛一首：「夢寐懷鄒邑，今來亞聖堂。斯文天不喪，吾道日重光。古木森松檜，豐碑峙漢唐。薪傳應有俟，誰復數荀揚。」按：孟廟之建自趙宋始，碑碣無宋以前者。此云「漢唐」，詩人之辭，自不可泥，要未爲紀實耳。

厲鶚《宿鄒縣謁孟廟》一首：「廟貌摳衣拜，機絲儼若新。月來邾子國，人宿孟家鄰。翠嶧森侵漢，殘碑遠失秦。松風吹夜氣，壁立四無塵。」李鑾宣《孟廟》二首：「善養浩然氣，巍巍天地間。群言淆戰國，吾道祖尼山。世獨闢聞見，風常起懦頑。巖巖瞻廟貌，數仞絕躋攀。」「母里三遷著，人師百世尊。功寧在禹下，醇漫與荀論。古井存雷跡，豐碑漬雨痕。嶧山青入望，天半插雲根。」伊秉綬《謁孟子祠》一首：「正氣承洙泗，浩然天地間。孤城滿秋色，周道峙賢關。功不下神禹，象真同泰山。七篇言孔氏，那許況雄攀。」

右詩若干首，道光乙未秋日重纂《三遷志》，俱增入《題詠類》矣。外此，崑山黄子雲一首，已見沈氏《别裁集》：「歇馬餘殘照，循墻謁閟宫。冠裳王者並，俎豆聖人同。戰國風趨下，斯文日再中。低回撫松柏，惆悵仰龜蒙。」

先君子自乾隆己酉寄居鄒南，庚戌過鄒，《謁孟廟》詩一首：「漷水東西路，騶山入望頻。江河千古下，日月七篇新。得拜垂衣像，長懷命世人。結廬何處好，孟氏有芳鄰。」

昌平山西麓有二泉，極清洌。鄒泉多隸於官，助漕運，玆二泉獨否。吾友董聽泉家舊有其地。乾隆丙戌，聽泉之曾祖明經公招同年友德州趙春磵大經游其地。趙爲圖之，併題詩二章。圖見存聽泉家，原叙併詩録後：「去董寨東南五里許，山麓厓垠間，有雙泉上出，流而歸壑環。隙地一畝，可容屋三四楹，左右柿樹十餘本。予友謝公、潔公昆季别業也。丙戌冬，訪潔公於董村，因小獵至其地。潔公與予據石俯泉，言將建舍此中，課兒輩讀。且言疏泉，使繞屋流，不設略彴，則門不可通，亦習静一術也。予謂鄒邑之泉不隸於官，供運道，而種樹皆在十年前，真福地矣。謝公以此紙屬畫，因繪此圖，并系以詩：『峭蒨菁葱内，天然結構成。一弓依樹老，雙竇瀉泉清。地僻孤邾澮，雲寒半嶺横。何日霜葉下，來聽讀書聲。』『魯風傳獵較，得失付前禽。幸有疏泉計，寧無結社心。夕陽雞桀静，衰草免罝深。去住聊乘興，幽棲不易尋。』」謝公諱遷，潔公諱鼐，與趙君同乾隆癸酉拔貢。趙時爲鄒廣文，後有《别董潔公同年》五古長篇一首，所云「酒消石洞暑，泉訪昌平幽」，即指此事也。其詩已入《山左詩續鈔》，兹不備載。

道光壬辰，余館鄒西董方伯家，時擬重脩《鄒縣志》，因多得鄒縣石刻拓本。冬杪觀之，爲《鄒縣石刻雜詠》十二首。次年，又續咏四首。文多，不悉載。漫記其題於左：一、秦《繹山銘》，二、新《天鳳碣》，三、晉《太康磚》，四齊《武平刻石》，五周《大象刻石》，六《斛律刻石》，無年月。七隋《開皇碑》，八、唐《景雲》《開元》二碑，九宋《乾德碑》，十、《皇祐題名》，十一、宋牒三碑，十二、宋《宣和碑》。續咏：一宋《大理丞孫君碑》，二政和時人題名，三瀞東寺金刻宋牒，四屿山寺金碑也。甲午，鄒縣石牆邨新出斷石，無年月，八分書。又賦二首。曲阜同年友孔琴南和韵，稿偶失之。

鳧山峰巒甚多，著名者四十有六。其中兩峰遥對，土人呼「東鳧」、「西鳧」。它或以形名，或以色名，或以里名，不勝紀。東鳧，吾兄舊游之所。余近登眺，作一律：「鳧山四十六峰齊，極目蒼茫混遠鷖。秋色飛來邾社下，河聲送入魯郊西。平臨綺陌征鑣見，坐聽霜林嬌鳥啼。記否吾師曾税駕，青雲有路上丹梯。」又《登凫山西峰》一律：「勝跡人傳畫卦臺，凫山遠自伏犧來。唐虞累葉洪波息，任宿遺苗青社開。終古此間多秀氣，百年誰是出群才。爲酬佳月中秋好，絶頂臨風一舉杯。」

澤州陳廷敬《魚臺東境山水》一首：「好山過客不知名，好水圖經不入選。我行魚臺山水間，輕綃半幅平如翦。連峰依人行欲近，翠嶺横天去復遠。山青水緑畫新就，邑人宴坐却掩卷。東行若更見麻姑，不問蓬萊水深淺。」

長洲沈德潛《舟行魚臺如故鄉風景同倪稼咸吴恂士賦》一律：「荻蕭兩岸景萋迷，一路舟行旁大堤。黄土牆邊春店酒，緑楊村裏午時雞。蓬窗點筆親風雅，水檻看山認魯齊。賴有同胞相慰藉，鄉心不用八行題。」「點筆」句自注云：「時校勘唐宋人詩集。」

右二詩，吾邑志具載之。前代詩有未載者，如王禹偁《小畜集》中《贈魚臺主簿傅翶》一律，别見上卷。

平原董元度《舟行雜詩》録二：「柳外斜陽雨脚收，布帆從此放中流。一番憾事君知否，未訪青蓮舊酒樓。」「漁莊蟹舍接茭蒲，浩淼烟波夜月孤。一碗檣燈數聲櫓，輕舟已過獨山湖。」

先君子自言，少時戲爲迴文《湖上》一絶：「湖山獨青青，青青獨山湖。無舟孤坐久，久坐孤舟無。」今集中不載此作。而有《畫卦臺》迴文一絶：「前古太醇樸，象卦開天後。傳道即傳心，止仰此臺舊。」

余近居鄒南别業，距界河驛三里許。界河驛自前明始置，游人羈客，往往有詩。《鄒志》載明人葉向高報滿《北上卧病界河驛》詩八首，録四：「渺渺關河望，風烟暗驛樓。浮生猶道路，清夢只林丘。詞苑名虚竊，文園病未瘳。故鄉魂斷後，此地是并州。」二「荒村餘古驛，蕭瑟動微吟。水旱三齊地，風霜獨客心。有方頻檢藥，無計遽抽簪。欲買扁舟去，黄河凍已深。」四「帝京知不遠，其奈客行難。戀闕心仍折，思鄉淚欲彈。幾人相問訊，何處報平安。卧看南鴻去，無能託羽翰。」五「客舍無停轍，云何此處淹。攬衣腰帶減，伏枕鬢霜添。野曠風凝角，天低雪近簷。殷勤驛吏意，相慰語詹詹。」六黄克纘《晚秋飯界河驛》詩一首：「驛路通京國，青山接界河。民知鄒魯樸，地憶聖賢多。棲畝欣禾秉，凋風悵樹柯。十年空痦瘝，一飯愧如何。」

本朝諸大家過界河驛詩想亦多有，奈僻居未能遠搜。憶兒時游界河旅邸，見題壁一絶，末二句云：「征鞍南下頻回首，望斷嶧山未了青。」當時未録，今亦不能全記。宗兄愛泉世居界河里，近年接次寄所録驛邸題句，漫記於後。《丙戌春公車》一律：「宵分寒氣逼人衣，雪緊風嚴酒力微。不見月時偏月朗，更無花處祇花飛。紅塵壓倒三千丈，玉樹排成十二圍。笑我此中騎馬望，遥山缺處透朝暉。」後無欵識。越日，有題其後者曰：「此仁和許玉年筆也，雪中有此清興。蘇州彭詠莪審定。」又旅壁舊有墨畫牡丹大幅，傳是鄭板橋筆。近爲某觀察易去。後有過客覓畫不得，題一絶云：「誰知一片賞心違，如入花源路已非。悔事那堪盡如此，幾番惆悵對斜暉。」《壬辰秋日題句》：「朝過嶧山下，濃雲没高峰。隱見不可測，其上多仙蹤。望嶧誦《魯頌》，低回思古風。古風不可見，山色猶空濛。世上有知音，自顧常虚中。爲問嶧山陽，曾否有孤桐。」款書「吾生氏」，不知何許人也。《癸巳公車》題二絶：

「曠野平沙起晚風，濛濛幾欲誤西東。名場來往人如蟻，半在車塵馬足中。」「空牀鄉夢尚依依，喚起登車去似飛。才是紞如三鼓候，滿天涼露濕征衣。」後無姓名。按：此等詩，與界河驛無關。它復有二絶，欲切居止，乃云：「此地青州本奧區，官山府海控雄圖。」是不知嶧陽古徐州地。疏於攷據，兹不濫收。

鄒邑陳茂才雲棽《登界河北閣》一律：「驛雄南北路如繩，高閣切雲獨自凭。幾簇青山生羽翼，一灣緑水界鄒滕。弦歌弗輟誠應爾，水旱爲災幸未曾。皀繹秋深凝望好，破空爽氣有飛鵬。」

甲申秋日，余《題界河驛》二首：「群山青不斷，一水界滕邾。驛列嘶風駿，門迎浴日皀。東南通物貢，直北近皇衢。此際人誰在，風雲起大儒。」「共插塵中脚，從題壁上詩。鄒山凝客夢，魯道繫人思。疆界今猶正，民風古可知。寥寥千古意，韋孟有良規。」

甲午春，余《偕諸弟登界河南閣》一律：「全消積雪聳寒松，極目林皋春未濃。驟起風聲狂似虎，接聯山勢走如龍。滕邾繡壤先疇在，詩禮絃歌比户封。此處高樓無百尺，登臨亦足盪心胸。」家愛泉兄和元韵一首：「平臺直上俯圓松，縱目憑欄興自濃。環聚人烟紛類蟻，長排山勢起如龍。低回井里滕侯地，指點嶧陽邾子封。能賦才誇吾弟美，陽春欲和幾捫胸。」舍弟星箕和元韵一首：「追隨高閣撫長松，四望春光漸欲濃。地接吴閶雲似馬，山連岱岳氣如龍。邾婁百里分新界，滕國千年識舊封。不斷行人來絡繹，高吟誰足滌塵胸？」

庚子冬日，毘陵吕堯仙星田昆仲過界河，和壁間詞韵，亦題於壁。家愛泉録以示余。按：其詞均非爲界河作，然適題在界河旅壁，亦是佳話。原詞調寄《慶清朝》，末署「詞仲車中作」，亦不知「詞仲」何人也。詞曰：「五馬馱愁，雙輪碾夢，天涯更有天涯。尋春舊恨，往來空擲年華。垂柳迎人自舞，酒旗低拂帽簷斜。和衣坐，月明如水，驚起棲雅。此際欲眠還醒，漸漸聽雞唱，響歇箏琶。門外馬嘶，人起風緊塵沙。時有行行征雁，還疑殘睡掩窗紗。孤負了、高樓清夢，人影梅花。」吕星田《雪夜車中》和韵：「宵柝催眠，晨雞催起，輪蹄又逐天涯。雲陰壓雪，重重隔斷春華。一例羈愁莫慰，相隨猶有雁行斜。孤邨遠，疎林半幅，瘦影偎雅。自有江州舊恨，徧青衫淚濕，豈爲琵琶。平原極目，還疑澹月籠沙。遥想孤山清夢，定應紙帳護輕紗。知何處，重逢驛使，寄到梅花。」外有吕堯仙及董子遠和韵舊稿，不備録。

界河驛置自前明，始置驛丞一員，併置界河汛守備一員，千總外委各有差，儼然一重鎮。近代省驛丞，又省守備，頃復省外委，現僅千總一員。一驛之間，未及百年，沿革已不勝紀。余少於外祖隨緣公處見《墨菊》一幅，對之有丞哉之歎。集唐題句云：「此花開後更無花。」蓋傷驛丞自渠而裁也。畫已不可蹤跡，丞姓名亦不能詳矣。凫陽古邨增汛置千總一員，自道光戊戌年始也。古邨西山洞中有雪溪逸人題句「堪歎羲皇太古初」云云，詩不佳，亦莫詳何代人也。曩見伏羲廟中拓本草書，首云「鳥几山頭」，傳是仙筆詩字，殆皆僞託，無意搜采之。

鄒縣名勝不可悉記。余鄉因《史記》稱「滕、薛、騶不足齒列，故弗論」，余悲之，力爲采輯。僭作《滕薛二邾世家》，略以補闕，有資尚論。於薛之名臣僅得一宰以官傳，滕之人名、地名，在春秋乃無可攷,至孟子書中始見一二。若邾則粲然具在。邾盱、邾快、捷菑、庶其、畀我、黑肱,皆諸公子列大夫也;徐鉏、邱弱、茅地、羊羅、公孫鉏、夷射姑、茅夷鴻,皆諸臣也;而公扈子見《公羊傳》,又邾婁之父兄也。其它見於《吕覽》,有鄒公子啓,有鄒臣公息忌;見於《釋名》,有騶大夫茅亶,不僅孟子弟子萬章之徒,可徵爲鄒人也。至於鄒地載經傳者數十名目,虚丘、餘丘,《公羊》皆稱邾邑;若蟲、若濫,杜氏明注邾地。魚門何在,狐駘有歌。訾婁、離姑之屬,蔑得而詳矣。然而舊井不改,古意良多,高山時切仰止,桑梓尤當敬共。每討論之暇,輒徘徊不去。就今世邑里可攷而知者,紀王城即邾文公之舊壤,昌平山乃昌平鄉之所在。七女城當漆閭丘之故治,平陽店實南平陽之遺墟。至於西曹、東曹,邾本曹姓,居最古矣;東韋、西韋,韋孟遷鄒,斯又次焉。匡莊乃稈圭之莊,董寨即邏頭之寨。石里傳自隋代,開皇有碑;魯原溯自元朝,《東游》有記。真乃世食舊德,户盡芳鄰,草木皆馨,泉池俱古。其或里曲易和,勦説難憑,故咸應是故縣,莊朱倘是舊邾。香城殆項國古侯之區,富邨或凫繹先生之里。「項」轉爲「香」,「凫」譌稱「富」,斯其雅者;若「和聖堂」世稱「和尚堂」,「侍御莊」俗呼「牸牛莊」,沿而不改,必至稱「下馬」爲「蝦蟆」,呼「拾遺」爲「十姨」,甚可笑矣。山川不改,名號頓移。「巨越」「顧子」,前志但留其稱;洸水、嵾山,舊説浸失其處。是以繹雲宛在,莫辨嶧陽之桐;漷水無稽,僅存漷東之社。加以凫分東西,峰名别以數十;泗繞左右,湍水入者良多。沙迷尼山之洞,後來誰探;路問桃花之源,嘉名誰錫?栗大如拳,曹都尉之進奉難覓;茅且寒徑,烏古論之德政將湮。誰爲考稽,足慰雅懷。況復金石之家,傳聞多誤,有如耳食,未曾目擊。謂嶧山爲小魯之處,謂秦篆無北海之藏。謂鐵山在鄒治之東，謂摩厓爲咸韜之筆。乃有山水真觀，昌山題字而稱爲「永真觀」；及至清真名觀，中統立碣而稱爲「貞觀碑」。將欲紀實，益開疑竇。尤載筆者所當戒也。略述舊聞，以貽同好，詎當遊山之屐，少舒懷古之情。嶧山詩多，別爲一篇。

嶧山

《鄒志》嶧山詩起元趙孟頫七古一首。趙詩亦不見本集，相傳有此詩云爾。唐宋人詩豈無一首及嶧山者？或搜羅未廣，有俟異日耳。嶧山桃華洞中，有宋皇祐時仙源宰孔宗翰及寺丞鄭本立等題名，其傍一石刻絶句，不知誰作也：「踏雪攜筇訪嶧山，攀緣石壁到岩間。洞雲休笑輶軒客，直待爲霖伴子閑。」

趙孟頫《舟中望嶧》一首：「東方巨鎮宗岱宗，群山列峙臣妾同。西南崛起一萬仞，却立不屈如争雄。何年天星下天宫，墜地化作青芙蓉。外加削刻中空洞，閬風玄圃遥相通。我昔東游訪青童，群仙邀我游中峰。悔不絶粒巢青松，失身誤落塵網中。如今可望不可到，艤舟空羨冥飛鴻。神仙可學事已晚，安用屑屑悲秋蓬。吾聞嶧陽有孤桐，鳳皇鳴處朝陽紅。安得斲爲實琴獻，天子解愠歌《南風》。」按「空洞」之「洞」，志譌作「同」。題係「望嶧」，志亦遺却。此外詩凡已登《鄒志》者不複載。

志有明人馬勬，不知何許人。其云：「孤嶂飛旌旆，連天動鼓鼙。」又云：「約伴登山閣，穿藤礙客巃。」似從戎之作，志失其題矣。結句：「側身天地極，縱目海東頭。」語亦壯闊。又張輔之詩：「泰岳雄天下，東山亦自奇。孤桐稱禹舊，片石見顔時。」「泰岳」之「岳」，志誤作「山」，不合律。「顔石」，謂山有顔子石，非注亦無以明之。又朱頤塚，前明宗室，志遺其姓。載五律二首。按：《山左通志》有朱頤塚七律一首：「鄒魯名山大嶧雄，芙蓉如削插晴空。崖邊細草千春碧，洞底寒花五月紅。海色憑臨青玉杖，仙音不散白雲宫。生來最厭塵囂累，何日移家住此中。」又按：繹山石刻中有朱頤墉、琢二人《蓮池和錢五卿使君韵》七律各一首，頤琢詩曰：「萬仞峰頭十丈蓮，嶧山疑是華山巔。香通曲竇凌風遠，色借朝霞映日偏。種種靈根石上出，田田清影鏡中懸。吾生最愛尋仙隱，安得誅茅此地眠。」錢五卿名達道，志載其《嶧山歌》，而不及《蓮池》之作。山中石刻又有周士元《和錢使君韵》：「曾見西湖十里蓮，清芬争似碧山巔。沼依絶壁烟霞迴，花近層霄雨露偏。色映翠微仙掌動，光分玉井鏡臺懸。山僧結社如容酒，願學陶潛一醉眠。」志亦未載此詩。志有龍爲光《蓮花池》七律一首，正用錢韵，蓋亦同時和作。諸詩匯録一處爲是。

志又有觀鞢詩《牛角峪》五律一首。按：觀鞢，人名，與頤塚同姓。志皆遺其姓，何居？

前明繹山刻石題詩者甚多，《鄒志》所不及者，贅録於左。

閩人戴熺《登嶧讀友人顔範卿李叔元詩感懷有賦》：「昔皇已乘羊車去，終古名封列勝圖。曉日諸天千嶂出，寒濤萬壑一桐孤。詩看吾友東南美，碑覓秦人篆刻餘。見説壇場多望瘞，遺編猶誦魯諸儒。」按：顔、李二詩，今不見。

赤松周士顯《登鄒繹》二首：「不道登封七十家，孤峰如削點青霞。石驅海上成千壘，星隕空中散五花。仙洞雲天低杖履，書門風雨妬龍蛇。攜來謝朓驚人句，搔首狂歌興轉賒。」「箭門篏竇石間盤，頂上雲從路上沿。剖得岱宗山若礪，鍊來聖女手成丸。鈞天不盡孤桐響，掌露偏分玉井寒。極目蓬萊凝氣色，買山欲問紫金丹。」

温陵黄克纘《同孟翰林登嶧山》一首：「雲作衣裳石作臺，扶人一杖上崔嵬。孤桐名爲青山重，菡萏花從絶巘開。大地烟霞三觀接，長淮風雨二陵來。清芬幸挹孟夫子，信有巖巖氣象哉。」又《登嶧山有懷御史大夫李公》一首：「石磴崎嶇石室清，上方遥聞羽人笙。洞深往往披雲入，徑仄時時繞壁行。洙泗魯郊原接壤，嶧陽《禹貢》舊知名。好邀謝傅同游眺，巖谷如聞有屐聲。」按：此石今斷裂。

天台應如化《登嶧》詩：「巑岏積石若爲群，萬玉光芒泰岱分。散落芙蓉青滿地，浮空貝葉影歸雲。珠宫縹緲臨危澗，岩磴紆迴逗夕曛。信宿山齋聞梵響，頓清凡念可誰論。」

長垣李化龍《嶧山詩》七首，志載其歌一篇及四絶句，遺七律一首：「地形原自岱宗分，《禹貢》名山果不群。紫氣一天常帶雨，青霞萬片半穿雲。陰森似識孤桐影，剥落難尋小篆文。到處稱奇余始得，興闌歸路已斜曛。」又《嶧陽桐》一絶：「初分天地爾從生，曾譜伶倫太始聲。烟霧迷茫風雨夜，依稀猶自鳳皇鳴。」

澤州陳相《大通岩》詩一首：「嶧峰久作遊觀所，達士同興仰止誠。大聖大賢新立像，真山真水舊鍾英。一方形勝歸先正，千古斯文啓後生。高謁大通鐫不朽，口碑心刻更難名。」又《次劉水澄邊東阜二大參韵》二首，共刻一石，榻本模糊，姑略之。

不其山人于慎行書許邦才詩《同孟連洙柱史杜質庵憲伯登嶧山絶頂有懷賈石葵大卿》一首：「茲山一何高，岱宗青未極。峻削翠芙蓉，去天不盈尺。我來嘯良偶，杖策探奇跡。窈窕尋洞壑，嶇嶔捫絶壁。俯首瞰虹霓，四望寥天一。重陰萬里生，游目忽不懌。睇彼東南陬，山川含奥邑。滄浪如衣帶，半挂青巖色。中有素心人，寤歌方宴息。欲往一相覿，其如返路亟。取彼孤桐枝，彈此萬仞石。願因天風吹，達我心相憶。曲終絃欲絶，援琴長太息。」

上元邵以仁《同門人蔣任重登嶧山漫賦》二十韵：「巨靈委神異，能爲山川奇。寰宇渺無垠，東土如有私。浩浩泰岳觀，迴極滄海涯。大嶧復嶙峋，頑石索累累。源泉流絶顛，白雲棲其湄。天門儼若鑿，懸鍾誰與垂。削壁立萬仞，潺湲響千岐。秦碑埋野燒，孤桐生何時。洞幽杳難測，仙人封紫泥。丹臺出霄漢，躡磴却頽危。乘驄聊假道，邂逅遇故知。攜手共登臨，游目欲決眥。泛觴活水曲，觀魚嘉蓮陂。輕風自竅穴，衆籟相鳴悲。攬衣上五華，俯視狹全齊。吴楚一彈丸，寧獨魯小之。遠塵子安適，昇舉滋後欺。仲尼曾燕處，授教留遺思。三遷亦密邇，仁義我所師。焉能解塵鞅，徜徉日在茲。」

閩人謝肇淛《嶧山詩》四首，志載其二，石刻殘缺餘二，有「中原文物還鄒魯，東海山河自古今」等句。

歙人畢懋康四詩，志載其《白雲宫仙人洞》二首。其《浄石嵓》云：「驅石自何年，玲瓏復巀嶪。下有流雲奔，上有罡氣接。」其《栖桐榭》云：「罡氣割鴻濛，峆岈列星墜。横空千丈餘，飛霞散彩翠。迸石噴明流，歸崖表靈異。巑岏非一狀，林巒盡幽邃。窮壑飄涼風，孤桐落寒吹。居然入蓬山，悠然遠塵累。何必慕五岳，拳石足吾意。」

粵東王宏誨《登嶧山》二首：「鄒嶧標奇勝，登臨俯大荒。沿厓上魚貫，躡磴繞羊腸。洞隱仙臺古，泉流聖澤長。孤桐生意在，何處問鳴陽。」「媧鍊自何年，東南半補天。連雲迷漢渚，到海避秦鞭。欲借五丁鑿，來探二酉傳。道逢黃石老，辟穀叩新編。」

淯川王自謹《蓮花池》詩：「坡下清泉花滿池，紅紅白白露天機。更有鳶魚多飛躍，動人情處可留題。」按：自謹於繹山刻字甚夥，詩僅此一絶，亦非佳構，宜《鄒志》遺之。

孟廟石刻中，有弘治時李令刻提學宜興邵賢《遊嶧山遵用大司成羅先生韵》一首：「翠壁丹崖映曉霞，白雲深護梵王家。繞林聲應頻伽鳥，隔澗香聞薝蔔花。屋後甘泉穿石出，松間小徑入巖斜。攀蘿更上顛峰看，瓊海群山入望奢。」

右鄒縣石刻明人繹山詩，《鄒志》失載者若干首，庶備掌故焉。

新昌呂定《説劍閒吟》，《望嶧山》詩一首：「極目東山秀色濃，紫霄一葉翠芙蓉。題詩尚記仙人洞，飛珮曾過玉女峰。樹老孤桐秋露下，碑殘古篆暮雲封。何時再醉天門月，卧聽清風萬壑松。」此詩見余先君子《寄園隨筆》。呂定，時代俟攷。

河津薛瑄《讀嶧山碑》一絶：「六國平來四海家，相君當代擅才華。誰知頌德山頭石，却與他人戒後車。」此詩亦宜入《鄒志》。

穀山于慎行《乙酉九月從李元甫宫諭再登嶧山》一首：「舊隱名峰岱岳前，重扶秋雨上層顛。陰崖自駐千春草，險磴争飛萬壑烟。河勢遥臨雙白練，山形近作九青蓮。狂來欲問巴渝客，得似華陽幾洞天？」此詩見《穀山集》。

臨川湯顯祖《鄒嶧》五古一首，見本集。結句云：「玲瓏望嶧山，朝陽千古色。」孟氏《三遷志》已采録之。

蓬萊趙弼《嶧山曉色》一首：「惟彼凫繹山，魏然峙其東。刻厲出奇秀，敻若青芙蓉。金烏海底動，曙色漸曈曨。兹山獨先得，草木心曉融。而我睡初覺，忽見東窗紅。延睇覽蒼翠，八荒在目中。悠悠天壤間，此樂吾誰同？」此詩見《山左通志》，「其東」或是「魯東」誤字。又按：趙弼係永樂時人，當在于穀山、湯臨川之前。

無錫龔勉《次于宗伯嶧山韵》一首：「覽勝徘徊古寺前，振衣重上最高巔。千層翠壁留殘照，一望蒼崖起暮烟。怪石粼粼參玉笋，奇峰朵朵擁青蓮。更憐紅杏開將遍，疑是桃源洞裏天。」按：此所稱「于宗伯」，即穀山文定公也。其韵正同。龔勉又有《游嶧陽》五古一首：「客子長安歸，探奇興不淺。紆道訪嶧陽，停驂登絶巘。兹山宇内奇，靈秘自天闡。層厓誰叠成，危石似神轉。峰巒參以差，錯落翠如點。洞壑空且明，玲瓏玉交翦。白雲嶺上深，青蓮塵外展。神物遺孤桐，生枝世稱罕。梵樂懸石鍾，不扣聲亦遠。面面發烟霞，處處積苔蘚。澗中流羽觴，花間吠仙犬。孔顔昔幽棲，授受垂世典。兹樂端可尋，永言棄軒冕。」

龍爲光《孤桐寺夜步》一絶：「攜杖入春山，夜來清興發。徘徊不見人，滿院桐華月。」《興國寺晤尋覺上人》一律：「欲問餐霞客，還攀祇樹林。白雲山徑遠，黃葉寺門深。我拂塵中袖，誰彈座上琴。石龕一相對，已證妙明心。」

長山劉鴻訓《遊嶧山》詩：「何日孤桐夢，飄然遂此尋。懸厓通地肺，委洞見天心。黛色棲瑶島，空花落玉林。泠泠如有會，瀟灑絶塵襟。」

闕里孔克宴《雨餘望繹山》一律：「山色平明看，雨餘秋正濃。滿前青突兀，幾朵翠芙蓉。鳥落懸厓樹，雲開對面峰。當年頌功石，剔蘚辨秦封。」

高叔嗣《賦得嶧山碑送東升明府》一律：「秦皇千載後，嶧嶺尚遺碑。斷石青山路，孤城滄海湄。蕭條餘霸氣，磨滅想雄詞。君到鳴琴暇，應多弔古思。」

高譽《登繹山》詩一律：「聞道嶧陽控魯東，一朝登眺見瓌瓏。千尋峭壁支虚室，百丈飛泉瀉太空。古跡苔封餘片石，層巒烟鎖隱孤桐。五華頂上凌風陟，斲削應知造化功。」

鄒人潘榛《同畢水部登嶧山》二首：「常是潛山麓，今登最上頭。冥心千古意，攜手暫時遊。高謂天將近，遠疑海可浮。萬方勞應接，容易解人愁。」「本自嶧山主，何妨盡日登。樵夫時引徑，野鳥亂呼朋。屐齒穿雲破，石欄帶雨凭。一棚容萬衆，泰岱有無曾。」此詩見潘氏《隨在集》，志載其《紀游》五首，而無此作。

任城于若瀛《嶧山》詩一首：「生平眷疏遯，欽兹凫繹奇。春和結幽念，神與白雲隨。税鞅躡基峭，探險入嶴冞。仄徑苦窮陟，透谷忽通夷。孤桐挺古幹，玉井瀉方池。弛筊援丰茸，解裾弄滲漓。白日澹廣野，紅英照林蕤。覽物既欣暢，撫化尋歔欷。豈惟寂情慮，亦因謝塵逵。積痾寡朋侶，覺與崇深宜。永言激孤嘯，願得棲者期。」又《追憶宋鵝池繹山謝客》一首：「繹岫富幽陰，嶕嶢鎖空霧。執志寄栖息，獨往謝俗衆。香風響鸎谷，夕霏晦狗洞。出入無市車，往來有求仲。鑿牖窺嶄崱，日與白雲共。繡苔侵短榻，孤岑杳清夢。」二詩俱見于氏《弗告堂集》。

古瀨魏麟徵《登嶧山》詩一首：「百仞嵐光斷復連，神工巧斲畫圖懸。孤根拔石渾無地，曲洞穿雲忽有天。閣倚巖頭臨絶壁，徑就樹杪得流泉。捫蘿欲問秦時碣，野火焚來不計年。」此詩見《名家詩鈔》。右自呂定以下詩，《鄒志》均未載。

國朝繹山名作，《鄒志》所載，寥寥數人，兹以所見，彙記於左：

濟州王天眷《登繹山》四首：「翠嶂盤空鳥道斜，玲瓏百竅吐烟霞。日銜危閣團青靄，雨漲寒泉沸白沙。碑記宋元存兩代，地分鄒魯散千家。扶筇欲問仙人跡，已有白雲洞口遮。」「名山閱遍總嶔崎，那得空明百疊奇。天削孤峰雲葉亂，龍蟠巨嶴鐵花垂。狂歌欲共雙仙飲，危石還思一杖支。别有洞天人不到，穹窿丹室紫霞披。」「怪石嵌空影半吞，晴泉河褪水流痕。丹梯日隱中天近，紫府烟籠上帝尊。水際微分邾子國，雲深莫辨魯原邨。倚風長嘯夕陽晚，一線天迷手自捫。」「石林合沓紫蓮栽，捫磴直窮五頂隈。似馬齊驅千隊至，如潮亂湧百濤來。奇峰不受浮雲掩，勝地須憑我輩開。何必尋仙依古洞，此山到處即天台。」

遼東高其任《登嶧》二首：「路入嶧源花滿川，遥瞻殿閣在雲烟。層層洞底皆通徑，箇箇山頭都有泉。聞道五華方是頂，誰知一線又逢天。登臨已盡猶餘興，好趁清秋月下還。」「峭壁連雲探海嶠，如堆如砌疊層霄。須從地穴翻身出，便是天空絶頂饒。步到源頭尋活水，行來片石憩仙橋。當年小魯應難盡，一望蒼茫萬里遥。」此詩山中有石刻，末署：「康熙甲子初秋題。」

澤州陳廷敬《仲家淺望嶧山作》一首：「言過仲家淺，仲廟河水傍。嶧山對廟門，百里來青蒼。影連初日動，勢接春水長。遥峰插天漢，空翠分崖岡。不覩泰山尊，争長雄東方。欻吸亘南界，逶迤趨西疆。豁然去欲無，林巒鬱回翔。掩映仲子廟，千禩嶫相望。我兹在川上，漾舟涉微茫。前浦行修途，未登洙泗堂。生不逢孔子，日月依末光。扣舷問漁父，夕照明滄浪。」

新城王士禛《雪後過嶧山》一首：「數仞碧玲瓏，參差望不窮。波浮泗濱磬，雪照嶧陽桐。仙洞浮雲斂，殘碑野燒空。羊車何日去，輦路翠微中。」又《嶧山即事》一絶：「雨足烟郵事不閑，家家驅犢出柴關。棗花香逼濃陰合，水碧沙明望嶧山。」

新城王士禧《望嶧山》一首：「嶧山插千仞，高下遍玲瓏。遊人倦行役，卧看白雲峰。野人談勝概，遥指玉皇宫。頂貯天池水，谷迴地籟風。岩嶢瞻北麓，蒼翠倚長空。人陟罕新迹，鹿遊迷舊踪。霞明開翡翠，雨霽洗芙蓉。可望不可即，褰回意何窮。」

曲阜顔光敏《游嶧山》八首：「岱岳遺神秀，名山倚太虚。居人迷洞壑，官路隱樵漁。劫火無秦篆，仙蹤有《素書》。我來恣幽討，風雨定何如？」「迎導喜無客，招尋惟有山。路危穿窈窕，力倦俯潺湲。藥草頻須劚，籃輿好是閒。兒童相顧笑，三月未應還。」「曉日開殘雨，歸雲收岱宗。開門臨瀑水，晞髮倚長松。嶼遠紅猶在，樓高翠轉濃。明朝尋舊迹，應被野苔封。」「杳靄疑天近，盤回惜路窮。蒼山忽墜地，白日迥臨空。目眩龍蛇窟，身憑鸛鶴風。浮生隨浩劫，恥與衆人同。」「忽望闌干峻，瓊臺象外幽。崖從青帝闢，人爲紫芝留。倒影懸珠塔，浮光結海樓。晚來發長嘯，便擬過滄洲。」「絶巘餘亭古，群游引興新。鐘聲山向午，日氣水浮春。坐愛薔薇發，行憐翡翠馴。青陽看已暮，采擷更何人？」「阻水因成憩，沿流稍出郕。瀠洄浮樹杪，娟潔洗雲根。款款風中蝶，垂垂壁上猿。祇愁靈境閉，無計覓花源。」「淹留真自哂，君至若前期。自注：垣三先生適至。儘有花留賞，寧辭酒更隨。石鐘朝自扣，樓笛夜同吹。他日憐芳草，空山復對誰？」

曲阜顔伯珣《望嶧山》一首：「渡江走連山，北與岱宗會。空洞鄒嶧峰，建標徐兗最。薛南映城郭，冪歷如依蓋。五華粲可數，孤撐自天外。親若覿故人，霏嵐遥迎賚。嗟哉秦皇封，徒爲鴻濛害。屬車海上還，金簡虚塵壒。吾廬在其北，魯邾共襟帶。更聞秋禾齊，比歲兹熟賴。新柳合成圍，舊松得老大。過門未能入，攬轡發遥慨。」徐夔觀《鄒縣重摹秦繹山碑》七古一首「魚膏燈滅銀雁飛」云云，《兗州府志》已載之，文繁不備列。

義川王爾鑑《嶧山廿四景》詩，石刻在白雲宫，詩字併仿趙文敏體。又石刻七古一首：「嶧山之峰鬱蔥蔥，嶧山之陽産孤桐。欲雕孤桐歌解愠，孤桐已迷白雲中。白雲散去孤桐老，維山終古自玲瓏。墜地嶙峋積片玉，插天聳翠削芙蓉。怪石蹣跚難置步，鳥飛虎怒曜青瞳。太古渾淪重太璞，誰斲奇巧闢屯蒙。岱色之青青未了，結作青蓮插魯東。雙鳧齊飛河爲帶，五華一望楚江通。登臨緬想古賢哲，文穆之政昔稱雄。衹今荒城餘禾黍，夕陽西下歌牧童。秦篆亦隨烟霞去，功德空與草木同。歎息往事邀游倦，枕石且卧白雲宫。白雲宫外舞白鶴，長唳一聲天地空。飛來洞開雲未鎖，清泉一吸洒鴻濛。更聞石竅鳴夜月，萬壑風濤響巖松。孤桐老矣孤桐在，嶧陽千載奏熏風。」又《嶧山種桃》一絶：「天半嶧峰簇錦霞，孤桐老後補桃花。沃根不用人間水，紅雨春風到萬家。」詩前有序，文甚詳，具有石刻，不縷書。《兖州府志》載王爾鑑《登嶧山四望作歌》一首，文似賦體，兹姑略之。爾鑑字在兹，河南盧氏人。雍正時鄒令，有循聲。《府志》載其《廿四景詩》不備，後有修《鄒志》者，當依石刻具列之。

張漢字月槎，不知何許人。《嶧山仙人棚歌》一首：「泰山聚石密，嶧山聚石疎。造物併神力，垛疊成奥都。矗不知其萬千餘。維石頑且巨，内腹嵌空虚。蹣跚石罅通山頂，時或天漏時糢糊。如蟻穿行九曲珠。一竅逼側循水行，下與聖泉達仙廚。山東奇絶仙人棚，數石擎石爲深廬。此石覆爲蓋，下可百人居。其上寬平一畝强，四圍老樹蔭芘十餘株。我生未見如此巨石者，擬作驚人句，大爲擘窠書。」此詩山中有石刻，草書，末署「門人王爾鑑鐫石」。

濟州林之倩《仲春日遊繹山》一首：「春風吹蹇驢，日麗開天面。有山拔地横，翠積争眼炫。暫憩褚公家，緑竹團芳甸。晨興僦肩輿，抖擻凌青巘。引人山鳥啼，層級曲如線。石縫糝雜花，曉氣迷深澗。秦碑帶孤峰，城古蒼松纏。鍾鼓洞絶奇，仙棚石一片。虚無透玲瓏，泉噴懸匹練。天門鐵鎖垂，巨靈劈兩扇。仰摩尺五天，俯視心欲戰。梵唄翻林梢，蓮花攢玉殿。振衣千仞巔，雲白摇光電。亂石何處來，簇簇飛㠑雁。黄冠邀虚堂，胡麻雜素饌。薄暮履巉巖，勝地窮難遍。燒燭對褚公，娓娓談不倦。浩歌趁春歸，欲去心猶戀。一枕入華胥，仙僧遊古院。」此詩褚公未詳何人，或指楮先生。

興化鄭燮《嶧山》一首：「徐州五色土，乃在嶧山下。凸凹見青黄，崩裂墮赤赭。偃蹇十里石，蓄怒卧牛馬。苔斑古銅鑄，黑骨積鐵冶。春然觸穹蒼，千峰構雲廈。曲徑回腸盤，飛泉震雷瀉。古碑斷蟲魚，老屋頹甓瓦。秋河舀可竭，寒星摘盈把。悲鳥百群叫，孤鶴萬年寡。結茅此間住，萬事棼可捨。山中古仙人，或有騎龍者。」

濱州張遠《嶧山》一首：「特立龜㠑際，崔嵬嵌碧虚。遠分岱宗勢，近接聖人居。峰頂平臨海，山腰半入徐。誰能碎秦篆，聊以答焚書。」

濟州王元樞《九日游繹山》一首：「繹峰累嵯峨，秋磴餘回互。履節展高興，呼侣逐幽步。魚貫下曲竇，猱攀凌窄路。沈入晝杳冥，漸出豁天曙。巨石忽硉矹，夾溪相牴牾。飛梁懸千仞，微命争一度。遇險悔輕蹈，定性却重怖。默默立巉巖，遥遥肆指顧。感秦失樂石，愴紀餘荒墓。興廢由化遷，年壽誰云固。安得偕雲車，長與列風御。何必采茱萸，褰裳濕寒露。」

吴橋方鳴球《孤桐書院勸學篇》四章，録一：「嶧陽有嘉木，高比龍門枝。得地吐芳華，雨露涵濡之。鑿削成文琴，緯以五朱絲。徽音發清商，藉酬聖主知。眄兹東山厓，孤桐良不衰。欲併蘭與茝，共藉九畹滋。枝葉峻以茂，爰伐貴及時。奉爲廟堂器，連茹以爲期。」

鄒人秦濟《止齋集》，《繹山賞菊和邑侯朱雪谷韵》一首：「擬踐東山諾，登臨發嘯歌。鐘聲雲外盡，鳥語谷中多。黄菊摇清露，丹厓挂女蘿。興來憑酌酒，明月滿岩阿。」《遊繹山東華觀》一首：「繹嶺盤旋石徑迷，南華觀裏白雲低。花迎洞口連茅屋，澗引泉流到菜畦。峭壁當軒開翠幔，霜林八月點虹霓。幾時卜築山巖下，長對孤峰聽鳥啼。」又《過龍河望繹》二首：「孤嶂千盤秀，雙峰萬古同。雲深夫子洞，秋老嶧陽桐。遠嶺寒鴻度，平沙亂水通。楓林隨處是，片片映山紅。」「齊魯青依舊，東山望處尊。烟霞團古殿，風雨暗書門。石出天無色，林枯水有痕。歸來欲薄莫，沽酒問前邨。」又《五華頂大通岩孤桐寺》七律三首，不備載。又《游唐口山訪道士孫天谷》一首，唐口，繹之支山也，句有云：「悠然興會遠，心逐閒雲飛。」

闕里孔傳鐸《望繹》一首：「薄暮驅車過魯臺，嶤山清遠繹山來。地餘碑勒秦皇篆，天借桐爲《禹貢》材。萬古玲瓏堆洞壑，一松夭矯託雲雷。無由駐馬探奇勝，滿眼征塵首重回。」

德州趙大經《嶧山雜咏》，《爐丹峪》一首：「五華何秀削，終古青濛濛。不知跗注下，乃有幽人宫。嵌空閉户牖，結茅翳蒿蓬。支竈今遺黑，燒丹何時紅。柱史不可見，悵望海雲空。」《船石》一首：「横厓石似船，積空雲作水。藏壑夜難移，八風吹不起。應待化石人，凌虚招舟子。」《東華宫憶王明府》一絶：「戲向飛岩擲彈丸，桃花留與後人看。風流合替芙蓉主，豈止頭銜署錦官。」

田同之《望繹山》一絶：「迤邐烟邨積翠間，嶧陽遥指緑楊灣。濛濛仙洞浮雲外，曾見玲瓏數仞山。」

静樂李鑾宣《嶧山》一首：「岱岳分餘秀，名山氣不卑。梧桐荒禹甸，風雨碎秦碑。石向遥空插，天從半嶺窺。大賢鍾毓地，仰止景厓巖。」

萊陽趙起挺《遊嶧山》一首：「策馬出城闉，東南屹孤巘。幸有濟勝具，石磴踏荒蘚。振衣凌萬仞，青徐盡沃衍。濟河指顧間，非復舊澮畎。逡巡訪古意，世界迭兵燹。梧桐纔盈把，不中琴瑟選。秦碣失書門，羊車跡已殄。吁嗟丞相斯，埋没同黄犬。行行且中止，踟躕路幾轉。問石石無言，浮雲天外捲。」

沁水張大成《登嶧》一首：「孤嶂落天外，凌空列峭峰。石堆千壘碧，翠滴五華濃。秦篆烟霞迹，紀陵風雨蹤。靈巖千古號，不愧歷朝封。」

滕邑龍嶺《嶧山紀游》三首：「局束塵網中，見山喜欲忭。况兹勾嶧岑，風情餘惓戀。振策凌其顛，一覽鄒魯見。連峰自岱來，蜿蜒脉一線。達人標勝軌，私淑足英彦。造物鍾靈秀，昔言豈荒誕。遥遥千載餘，何以爲之殿。苔痕篆桓碑，撫摩起三歎。氤氲巖岫間，嵐光忽屢變。穿破碧玲瓏，輕飛白雲片。」一「孤桐鬱朝陽，猗蘭茂夕陰。扶疏愜我懷，服媚芬我襟。襟懷一以暢，益復眈幽尋。泉荒鹿麇徑，洞壑繚而深。乳溜響潺潺，石筍羅森森。山水兩相激，泠泠有清音。虚隧側身入，危巖垂足臨。過險逾惝怳，回眺轉沈吟。忽焉睹精舍，結構依遥岑。我欲從之憩，何人鳴玉琴。」二「登頓遑恤勞，陟巘復探谷。磴道數盤桓，紆徑益回曲。亂烟赴春暝，罨靄翳林屋。衆卉繁且深，晚風動簌簌。依稀山之阿，薜蘿儼在目。少焉皎月流，不煩秉游燭。虚林奏仙簧，暗泉潄寒玉。行行到古刹，小參更薰沐。鐘動梵放開，戒夜石幢矗。蕭槮寄心情，雲卧西巖宿。」三嶺字印麓，著《嶧山紀略》。

滕人邵鳳翔《嶧山》一首：「嶧陽遥望處，風物眼中新。聖水千年漾，孤桐萬古春。頹城何記紀，篆字尚餘秦。欲識當年事，三遷此卜鄰。」

鄒人王會之《隨緣老人如礫集》，《游繹山南華觀》一首：「秋山紅葉落，石室滿蒼苔。孤犬雲中吠，群花澗下開。小橋通僻徑，明月挂懸厓。試聽原泉響，涓涓盪我懷。」又《書門小憩》一首：「因聞松子落，不見花根苔。起看霜顔色，清風又徐來。」

鄒人陳雲棽《學牧堂集》，《繹山牧歌》二十首，録二：「驚人第一是蟠龍，三石夾懸一石鐘。一把放鬆鬆不得，化工也是不從容。」「白龍洞口水潺潺，洞裏嵯峨小嶧山。不是米顛題五字，空藏靈境冠人間。」又《五華頂》一絶：「幾歷艱危處，眼開似乍醒。好風東北來，人立五華頂。」《五華頂感懷》一首：「杳杳天愈高，青青下無地。白雲四望合，予情安所寄。藐然此一身，終恐爲形累。愁思來空山，空山轉愁思。」又《嶧頂風雨歌》一首：「雨脚垂地白日暮，濛濛前邨雨如注。霹靂一聲頂上來，回風亂攪峰頭樹。長松傾側倚宮牆，五華摇摇衝飛霧。岩溜盡成瀑布聲，石上騰騰萬鼓怒。移時雲開萬境清，到處山泉奏《韶》《濩》。」雲棽字森庵，諸生，講學於繹山者。

濟州孟敬直、申伸聯句七律一首，嶧山有石刻，乾隆丙寅年造。詩不佳，未及盡收。閻懋觀《登嶧山歌》一首：「長白之脉穿海來，雄盤泰岱兼徂徠。餘勢磅礴趨鄒魯，芙蓉削出青崔嵬。名山十年夢曾到，今得蠟屐尋丹崖。怪石隕落星，飛瀑奔晴雷。李斯片碣經野火，孤桐已老空谷材。就中峰號五華頂，去天一握何奇哉。乘雲躡虹或可上，竦身直上烟霞堆。一聲長嘯鴻濛開，眼底廓廓無黄埃。沸水如帶，滄溟一杯。東蒙差伯仲，龜蒙兒孫儕。接帝座於尺五，捫斗柄以徘徊。長風颯颯萬里至，動余千古之襟懷。曠代誰是神仙才，擾擾醯雞民可哀。何如凌千仞、睇九垓，招手容成子，赤松相追陪。青鸞翔兮宛轉，白鶴舞兮㲯毸。掉臂便驂茅龍去，三山十洲行往迴，回看秦橋磊落何日通蓬萊。」

濟上李書明《同友人登嶧》一首：「突兀雙峰峙，東山一望中。車須無𢝊適，人喜素心同。絶境擬仙島，遺踪辨古桐。層岡連暮靄，何處是龜蒙？」

鄒邑王樞《嶧山避暑》一首：「烈日爍金何處游，源頭活水酌清甌。松陰未改春前冷，洞裏已含雨後秋。閒雲度嶺荒城斷，新月窺泉片影留。人間厭棄來天上，細問仙桃熟也不？」

鄒邑聶照遠《和王公嶧山種桃原韵》：「孤桐遺迹隔烟霞，繼美端憑玉洞花。天半依稀武陵路，尋蹤直到列仙家。」又《觀王公廿四景詩碑》一絶：「天半嶧峰景最奇，登來風暖日華時。幽情歷落誰描盡，祇有王公五字詩。」

嶧山布衣齊榮銓記山中游侣題詩，有失名者十餘首，漫録其四：「斜陽歸亂壑，風澹意蕭蕭。秦碣霞初散，紀陵烟未消。似杯滄海遠，如斗魯城遥。翹首天門外，依稀神理超。」一。「萬仞高標頂五華，懸厓仙帳捲雲霞。白虹亂走峰頭瀑，絳雪紛披洞口花。酒酌岩根偎虎豹，詩題松杪撼龍蛇。□行不盡尋幽趣，一路山皴採石茶。」一。「春榼一挑酒一罌，芒鞋飛度斗盤輕。詩狂幾比李供奉，心醉徒同阮步兵。俄問雲山誰是主，屢談游客不知名。興來欲借茅龍跨，日與群真樂送迎。」一。「亂雲堆裏下嶙峋，平地風光换眼新。岸斷水眉分曲曲，城連山齒鑿粼粼。杏包濃點朱衣艷，柳線斜披青綬匀。喜得居停偏解事，移文麯部早迎賓。」

右自王天眷以下詩若干首，皆《鄒志》後所當采録者。此外或尚有遺闕，好事者隨時補輯可耳。

先君子《懷續堂詩集》，《繹山》一首八百餘言，内效昌黎《南山》體，多用「如」字形容山勢。稿初成時，有友張君見之，因贈句，稱「百二十如山人」。又一老友秦君手録一通，俾其子弟誦習之，略皆上口。兹將全篇敬録於左：

「東國多名山，鄒繹獨挺秀。萬仞削芙蓉，群嶺尾其後。岱宗毓靈脉，聯絡鋪錦繡。五華特巖巖，兩峰峙左右。呼吸面玲瓏，泉源流且伏。嵯峨復嶙峋，開闔勢奔湊。探勝每登臨，峰巒恣窮究。扳援徑曲紆，谽谺穿孔竇。山石最嶔崎，變幻非常覯。奇巧自天工，寧較肥與瘦。應接殫目力，形容思刻鏤。體物敢云精，比擬庶不謬。高者如鼎彝，鋭者如弁冑。立者如壁削，卧者如雲覆。倚者如拖劍，斜者如挽彀。曲者如拜揖，俯者如受授。撑者如交戟，拒者如忿鬬。長者如龍行，踞者如虎吼。凹者如杯盂，凸者如鍾豆。小者如彈丸，大者如苑囿。方者如秉圭，員者如懸柚。横者如層級，縱者如屋霤。張者如門屏，陷者如井甃。分者如剖劈，合者如昏媾。纍者如貫珠，堆者如飣餖。頑者如釜甑，平者如堡堠。或如萬斛舟，或如萬馬廄。或如棲燕雀，或如巢猿狖。或如切危冠，或如繫列宿。或如鈴中舌，或如箭上鏃。或如指如拳，或如傴如僂。或如坐如立，或如跂如仆。或如墜如抗，或如往如復。或如黿如蛇，或如鶉如鷇。或如鐘如鼓，或如癭如瘤。或如履如綦，或如印如綬。或如廩如倉，或如薪如櫕。或如羊如牛，或如鼯如鼬。或突出如碑，或斜伸如咮。或上綢如髮，或下細如脰。或中通如管，或旁穿如漏。或矗立如闕，或漫延如鷲。或向如相接，或背如相狃。或連如相隨，或承如相救。或比如相摩，或軋如相逗。或儼如相臨，或侍如相侑。如坐譚捫蝨，如起舞奮袖。如負劍辟珥，如班荆道舊。如捧持尊長，如提攜卑幼。如八卦錯綜，如百寶輻輳。如仙戲排公，如神堆閈篭。如玉女濯頭，如井榦滴溜。如密布旗幢，如雜陳牲畜。如離宮別館，如車馳馬驟。如丹山鳳棲，如麥隴雉雊。如臨場觀劇，如列肆求售。如磊磊賢豪，如碌碌乳臭。如硜硜介節，如硌硌瑩琇。如兒孫羅列，如賓從燕又。如聚米畫沙，如夸多競富。舉似不憚煩，瑣碎近詛咒。古人云此山，純石所結構。土壤殆全無，草木何豐茂。觸處皆嵌空，清流足滌漱。殿宇誠通明，瓦鋪松鱗皺。葛嶧生孤桐，琴瑟合節奏。今兹騶繹山，新植笑淺陋。荒城邾子遷，狐駘無尉侯。瀄東沂西田，回環相佐佑。秦碑被野火，書門追斯籀。羊車當年登，曾記窺軼狩。大嶧載《水經》，孔穴堪禦寇。郗鑒避兵時，碾臼逢夙購。山陰墜危石，遥望目爲瞀。愚者强解事，傳是古鐵柩。山陽欹懸厓，阿誰敢宿留。乃有仙人躅，飛昇當白晝。余家山之南，讀書鄒句讀。登高寄遠情，俯仰觀宇宙。游覽限奇險，幽邃識高厚。寓目景物新，放懷含春酎。遥望蒙與梟，方此難爲副。造物所設施，圖畫豈能就。雲氣忽飛來，蒼然滿巖岫。徙倚插天峰，薄衫濕欲透。四顧發長嘯，未徧度廣袤。暇日一延眺，勝境成邂逅。崇椒寫此章，用爲靈巖壽。」

先兄遺詩，自題《詅癡符》，中有《鄒繹山行》一首：「《禹貢》徐州貢孤桐，世人訛指此山中。《爾雅》、《釋山》屬者嶧，鄒嶧容與葛嶧同。群岫羅絡隨其後，孤嶂秀出插青空。側身遠望如芙蓉，純石積構倚玲瓏。窅窱曲徑没秋草，谽谺古洞儼蟠龍。游人分道各鑽緣，數武往往更相逢。暗水潺湲横略彴，微聞激流聲琤瑽。直從山根窮山頂，處處光明來長風。豁然身出洞天上，下瞰磴道訝蠶叢。俯控馬頭接虎尾，哀鄰鳳翅渺凫翁。胡盧大笑懷往事，西眺濟西東瀰東。孤城墉固悲邾子，石室竈具緬郗公。山行廿里無寸土，嶔崎歷落奚由鍾。截肪蒸栗鍊五色，恍惚疑有飛來峰。亂石嵯峨競奇怪，千態萬狀錯天工。山陰巨澗深無底，咫尺不與後山通。誰能踊躍踰三百，翻然去探法王宮。却憶羊車窺轍日，穹碑大篆銘秦功。我來趺坐書門側，惟見當時大人蹤。仰瞻絶巘跨鳥道，依稀猶帶白雲封。神物消磨歸野火，落日回首悵匆匆。」又《望嶧》一首：「鄒南有别業，違山二十里。小樓名對嶧，登望僅如咫。石氣沁人心，嵐光入户裏。翠鬟向曉纈，青蓮纔出水。每當新雨後，與天無彼此。相看原不厭，如見遠塵子。」

余輯録嶧山名作若干首，因自檢小集，附注於後，觀者或有取焉。嘉慶己卯，《嶧山》詩一首：「嶧山秀無極，上有五華峰。遥望晴空裏，綵翠如芙蓉。神工巧積構，洞壑幾千重。玲瓏不可測，深曲若盤龍。名泉處處有，飛瀑下古松。覽眺豁心目，靈氣滿吾胸。山石多異狀，最奇是懸鐘。丹丸與累棋，語妙難形容。却憶古圖書，三皇有登封。不特秦羊車，於兹留遺蹤。斜日照巖壑，蒼然襟袖濃。洞天稱妙光，道書誰餉儂。采芝穿嶧孔，仙人儻可逢。」道光壬午，《濟州道上望嶧》一首：「少小愛嶧山，家在山南住。相距二十里，飽看朝復暮。别來未三載，夢寐成殷慕。驅車來濟上，翹首時左顧。

欣然見碧峰，飄爾雲中露。對面雙芙蓉，似與故人遇。攬轡一微吟，褰回不忍去。」甲申，《登繹最高峰》七言排律一首：「繹山勢與岱宗同，秀出巖巖鎮大東。共歎峰巒多突兀，那知洞壑極玲瓏。千盤結構驚純石，萬狀紛騰費化工。饒有名泉稱聖水，無多古木想孤桐。書門猶記羊車路，嶧孔誰傳郗氏宫。丹峪鍊成雲捧日，青厓飛下瀑臨風。遥探左海胸襟闊，高踞五華眼界空。指顧當年鄒魯域，至今佳氣鬱蘢葱。」乙酉，《遊繹訪王公桃樹》四絶句：「嶧陽佳卉重天家，何用雲峰簇紫霞。可惜當時賢大尹，孤桐不種種桃花。」「廿四景詩題最高，五華峰上想揮毫。當年自是神仙吏，不藉山中幾樹桃。」「花開滿縣懷潘岳，繡出空山憶曼卿。記取王公桃樹處，千秋佳話好齊名。」「無復穠華似火紅，遊山兩度太匆匆。百年遺事何人續，且乞同心護碧桐。」原注：「客歲約齊生買桐一株於南華觀側，兹故及之。」壬辰《繹山八詠》：「峰如青蓮花，高高孰與並。我來秋霽時，獨立蓮花頂。」《五華峰》。「山有李斯書，因以書名岫。那知竊軌時，東臨義取晝。」《書門》。「嶧孔非人爲，中如數間屋。倚石想郗公，竭來山中宿。」《仙人棚》。「造化有奇功，鍾石懸而上。篆文試窮探，寂爾山暗響。」《鍾石》。「誰刊梵經文，今傳石經洞。周隋瞥眼過，幽禽時一哢。」《石經洞》。「重來訪桃華，深沈入洞府。題字覓承安，完顔名重古。」《桃華洞》。「邾依繹爲城，時嚴北門管。魯叟胡云游，鑿祠笑薛侃。」《大通岩》。「桐生遍山陽，根出石罅裏。誰爲封殖之，莫使歎焦尾。」《孤桐》。

家愛泉兄近作《望繹山》一律：「憶昔兒時初到遊，振衣絶頂豁雙眸。雲從下起驚天近，水自東明見海浮。輦路光迷秦代月，岩花麗映紀城秋。名山重歷知何日，回首蒼茫寄一謳。」

東泉詩話卷弟八

魚臺馬星翼仲章著

類詩三 閨秀乩仙

任城别駕丁瑶泉，梓其亡友陽山王安福之母李氏《一桂軒詩集》，古風多可書紳。兹録其小詩《夜坐》一首：「蛩聲鳴静壁，花影澹疎櫺。捲幔雲穿徑，開窗月傍扃。茶香呼婢覺，書好誘兒聽。遠道懷君子，青燈火正熒。」《懷幼弟芳圃》一首：「自小提攜手足親，分離兩地共傷神。徒憐姊事同兄事，可恨吾身是女身。父母劬勞空鞠育，家園睽隔獨悲辛。箕裘紹述惟憑爾，珍重先慈囑戒頻。」

邑前令李淇篔明府，梓古祝阿女史郝籊《秋岩詩稿》。《秋夜》一首：「秋屋捲竹簾，沈沈聞夜漏。碧天無片雲，月色皎如晝。散步閒階上，風寒憐菊瘦。采采黄金英，清香滿衣袖。」《春閨》一絶：「芳草緑生烟，桃花紅作雨。湘簾不上鈎，蝴蝶夢中舞。」《母家使至》一首：「雲水悠悠思不禁，平安得報更沾襟。從知生女了無益，推解依然慈母心。」《題竇大令重刊蘇氏璇璣圖詩後》二絶：「宛轉《離鸞曲》，光芒吐鳳才。效颦欲有作，誰爲寄泉臺。千秋傳錦字，百葉有孫枝。不妨哀苦意，並許世人知。」稿中有《醒堂歸自京》四首，録一：「驢背垂垂壓曉風，路人不道客囊空。一編入手抛難遽，又費機窗半日工。」醒堂，其夫字也。

西充女史馬氏，字韞雪，名士騏南城令雲錦之女，祥符張上舍應垣妻也。十四歲以詩名，中年孀居。初有《漱泉集》七百餘首，被媢黨竊去。後復成帙，其子刻之，名《燼餘草》。有《落花》十五首，襟懷可見。録四：「夢回春色已闌珊，百舌聲聲語曉寒。一塢香風團牧笠，半溪紅雨打漁竿。飛來瓦硯知詩苦，偷入湘簾訴別難。爲報君恩銜幾片，枝頭黄雀莫輕彈。」「爛紅殘紫乍高低，痛惜行人踏作泥。六代鉛華蝴蝶夢，一林風雨鵜鴂啼。徒聞湘瑟人何在，再問胡麻路已迷。元亮尚存松菊徑，不須空説武陵溪。」「擬向芳叢試一歌，殘紅已下最高柯。定知人事無常好，不信天心太折磨。一代琵琶隨鐵騎，千年荆棘卧銅駝。瓊宫玉蕊收將去，野草漫漫奈爾何。」「裹回如怨復如嗔，似向韶華歎不辰。燕子樓中愁盼盼，美人圖上唤真真。惟餘籬菊差强項，見説堤楊也效顰。繞舍種梅三萬樹，明年春色屬幽人。」餘不悉載。

峿山寺石刻女郎湯文玉《春游》詩一首：「山雨初晴洗佛螺，春風幾處揭青莎。采香不倦溪邊路，多少飛紅趁韈羅。」詞意極麗。

家愛泉兄寄余《榛苓吟思》一卷，箋注蜀女阿娟題壁詩。備録於左。原詩并序云：「妾生於劍外，死别刀鐶鋒鏑之餘。全家失所，慈親信絶，夫壻音訛。繫於所親，攜至冀州，復偕南下。流離數月，始達此間。嗟乎！陌頭楊柳，盡是離愁；門外枇杷，都非鄉景。望劍門而泣下，思蜀道以魂歸。阿娟阿娟，生何如死？郵程信宿，便入江南，當是薄命人斷送處也。」詩曰：「萬里飄零百劫哀，青衣江上别家來。朝雲暮雨番番看，一路山眉掃不開。」「深閨一命弱如絲，金鼓聲中怯幾時。妾恨也同花蕊恨，阿誰馬上是男兒？」「阿母音書隔故關，兒身只有夢魂還。年年手濯江邊錦，不勾人間拭淚斑。」「藁砧望斷路盈盈，敲罷金釵憶定情。妾自馬嵬坡下住，此生只待卜他生。」「小婢嬌癡代理粧，窮途怕檢女兒箱。兒時愛譜《江南好》，恐到江南更斷腸。」「霧鎖雲鬟欲斷魂，喘嘶扶住意黄昏。殘燈備寫傷心句，撩亂啼痕與粉痕。」末題「龍飛嘉慶二年正月十五日，蜀中女史鵑紅題於南沙河旅壁。」南沙河在滕縣城南。序稱「阿娟」，末題「鵑紅」，當是名娟而又以鵑紅自號也。愛泉《集句和元韵》六首，録二：「去國懷鄉莽自哀，北風吹雨過山來。棧雲隴樹重重隔，積霧霾陰暗不開。」「杜宇春風古帝魂，十年往事總難論。來時記得留題處，半積香痕半淚痕。」又《集句題後》六首，録二：「春城戰血冷悲笳，故國音書旅雁賒。一片夕陽横白骨，可憐蔡女竟無家。」「可憐蔡女竟無家，忽逐征鴻去路賒。遍地關山行不得，蜀箋無信報秦嘉。」又《集句擬鵑紅詩》五律一首：「旅舍燈猶在，行人去不留。寒禽呼木杪，曉霧壓城頭。長路應難問，遠山相對愁。不如謍一醉，和夢到揚州。」俱愛泉著。所有集句，俱沈歸愚選《國朝詩别裁集》箋注甚繁，不具載。余《題榛苓吟思卷後用鵑紅元韵》四首附後：「杜鵑啼血信堪哀，不變蜀聲齊道來。窈窕多情誰似汝，杜鵑花向杜鵑開。」「路入江南見復關，珠生合浦有時還。新詩留向滕陽道，錯比瀟湘竹上斑。」「知他弦望有虧盈，此際商歌最繫情。甘與美人作毛鄭，天涯難得一書生。」「箋詩一字一銷魂，不是張華賦感昏。叠和更難花樣好，百家衣體妙無痕。」

王仙李録寄婁東沈承妻薄少君詩百首，云：「得自小説，不知何代人。」余按薄詩已見鍾伯敬《名媛詩鈔》，明末人也。略記一首於此：「他人哭我我無知，我哭他人我則悲。今日我悲君不哭，先離煩惱是便宜。」又句：「地上有身無放處，不知地下可相安？」語極沈著。

李字山寄示花卿蔣紅紅《濰縣旅壁題詩》五首，乃渠自壁間手鈔來者。備録其詩：「身如傀儡又登場，往事回頭不可詳。悔向人間留幻影，敢言天壤有王郎。心愁始覺燈花妄，體瘦生憎裙帶長。邨女不知人意緒，齊來争看錦雲裳。」一「又逐西風作浪游，天涯芳草怕凝眸。如無身世何來辱，剩有眉峰難諱愁。明日更增今日恨，他生甘乞此生休。晞陽不向葵心照，一任傷神賦白頭。」二。「逆旅當前馬不行，入門先聽候蟲鳴。飄來柳絮風初定，照見花魂月不明。對鏡窺顏驚更瘦，臨窗隕涕歎餘生。吟成莫作新詩看，此是兒家嗚咽聲。」三。「模糊四壁土痕斑，强對西風整髩鬟。知是歲時成撒手，忍令一世欠開顏。窺窗有月仍宜賞，繞壁觀詩聊竊閒。更向頹垣留戲語，似兹真合唤塵寰。」四。「破壁飛來衾枕寒，驚魂未死總辛酸。夢回自訝身還在，睡去仍愁境不寬。寄怨西風知已罕，埋頭苦海作人難。揮毫不是偏耽咏，冀有憐才青目看。」五。款署「花卿蔣紅紅和淚寫」。蔣亦不知何許人也。壁間有依韵和作，姓名鐫去，詩亦可存，附録於後：「人間何地是歡場，弱質柔姿惜未詳。但覺仳離嗟不淑，何如居處本無郎。夢回翡翠巫雲斷，怨入琵琶塞草長。寄語春風曾舞罷，不堪重著嫁衣裳。」「我亦風塵汗漫游，空懷斑管慰吟眸。飄零紅粉添新恨，憔悴春衫有舊愁。世事秋雲參變幻，旅窗夜雨夢歸休。征輪底事猶東指，要到蓬萊最上頭。」「古詩怕讀重行行，局促轅駒仰首鳴。輪鐵磨人何展轉，鏡函照影太分明。織成錦字留長恨，修到梅花定幾生。輸我熱腸酬《白雪》，寫來都是變商聲。」「墨痕半雜淚痕斑，霧薄雲輕想鬢鬟。誰把黃金收駿骨，天將薄命付紅顏。鴻泥有印傳君怨，髀骨無端歎我閒。莫恨天涯不相識，一般淪落在人寰。」「紗籠應護玉釵寒，客裏黄梅句亦酸。謝女心情詩律細，沈郎消瘦帶圍寬。飛鴻天外音書斷，弱柳風中去住難。刻意惜君還自惜，蛾眉畫出與誰看。」

字山又抄寄姑蘇女史周黛雲《富莊驛題壁》四絶句：「離却紅塵又劫塵，生來薄命亦前因。遥知終歲難堪處，織女機邊妬婦津。」「抛殘高髻棄雲鬟，宛轉難承大婦顔。一出都門莫留戀，西山不是望夫山。」「從小嬌癡阿母誇，那知流落在天涯。而今重返蘇臺去，羞見吴宫姊妹花。」「半牀燈火照孤眠，寫罷幽情衹自憐。夫壻從今音信斷，空聞鴻雁叫霜天。」此詩不似香閨吐屬，疑妄一男子代作。

仙李從濟上童試夾帶册中，得江南閨秀焦氏詩一紙，示余。漫録之。序曰：「江南宣城諸生陸某無賴，鬻妻焦氏償博。負將行，焦始知，作詩縫衣襟内，自縊。官驗得詩。」其辭曰：「誰人設此迷魂陣，籠絡兒夫暮作朝。身倦囊空歸卧後，枕邊猶聽夢呼幺。」「一盞殘燈照敝幃，傷心重整嫁時衣。妾身不是呢喃燕，肯向他人門户飛。」「虚度韶光廿四春，蛾眉淡掃耐清貧。也知錦繡叢中好，羞作世間薄倖人。」「獨對孤燈謝晚裝，褁回無計耐更長。揮毫欲寫衷情事，忽上心頭便斷腸。」「風吹庭竹舞喧譁，百轉愁腸只自嗟。燈蕊不知成永訣，今宵又放一枝花。」「生如羈旅死如歸，妾命楮輕心事違。遥屬郎君休早去，牀頭幼子守孤幃。」「人言薄命是紅顔，妾不紅顔命也艱。留下青腰巾一幅，倩君試看淚痕斑。」「香焚寶鼎告蒼天，默勸郎君性早還。菽水奉親書教子，妾歸泉下也安然。」「滄海桑田有變遷，人生百歲總流泉。高堂縱有憐兒意，切莫悲傷損大年。」「爲人誰不樂餘生，我樂餘生勢不行。今晚懸梁永别去，他年冥府叙離情。」詩凡十首，雅里相半，的是女士手筆。玩其深情篤摯，死而無怨，駸騷乎風雅之遺徽矣。

愛泉處有雲貞寄夫書併詩一册，弁言：「范秋塘，淮南諸生，早失怙恃。後母許之，謫戍伊犂。其妻雲貞，淑而多才，恒致書萬里外，與相問答。金壇于君和同在戍所見而歎服，録歸示人。其書兩千四百餘言，末復綴七律四首，洵鬚眉才人所不如者，記之以廣其傳云。」弁語無款識，雲貞姓氏亦不著。余別見一書，雲貞陳氏詩六首，小有異同，其書甚繁悉中，多名言。余讀至「丈夫處世，怨固不可深結，恩亦不宜多邀」，未嘗不深歎女知莫如婦也。曩已草録一通，兹憚作鈔胥，稍爲節删，縷書於左。

「憶自楓亭分手，僂指幾十年矣。遠塞風烟，空幃歲月，箇中滋味，領略皆同。然侍慈幃、撫兒女，貞雖耿耿隱憂，尚有片刻寬慰之時；我夫子隻身孤戍，誰與爲歡？相距萬里，不知消受幾許淒其。九年中七奉手書，僅寄復三函，便果罕遇，筆尤難罄。前歲密書至，適貞抱病，投遞參差，幾成不測。少頃，阿姑持書至榻畔，笑語貞曰：『錦兒脱罪編氓，歸期可望。來禀愧悔無聊，想已折磨悛改，我今却也憐他。』是皆夫子孝心所感，不然此語正未易聞也。丙申秋，託勞姓寄一信，備述別後境況，迄今又將三載，情況大慨如斯。親塋樹木整齊，垣牆完固，歲時伏臘，祭掃如常。湖水平漕，不致浸入，可以放心。阿姑康健，飲膳如舊，惟痰症時發，是爲可慮。益庭大兄，人雖刻薄，但阿姑依賴之人，嗣有書來，總以一味謙讓感念，庶可不失其歡。至負心人今已移居它所，罕覯其面，然難免萋斐之言、曖昧之事，慫恿於夫子之前。貞惟忍性堅志，潔身防微，以期盡吾所當盡，至青蠅之口，夫子信與不信，又何敢必。總之，瓊女在時，尚可自解，母女相守，何恤人言。不幸酉秋，出疹夭矣。十五年辛苦，屬望盡付東流，草草治棺，瘗於塋側。没之前夕，捧貞頰悲啼，問：『爹爹離家幾年？兒倘殁後，萬勿寄知。』今憶此語，不禁淚如涌泉。丁郎讀書，頗有父風，惜欠沈潛。學詩有穎思，制義則太駁雜。今因病中，不能鈔録詩文，後當寄閲。貞母氏於申秋患病，延至酉春，遽爾長逝。兩老人一生血脉，惟貞一綫之存。六十年鏡花水月，情深半子，能不酸痛邪！貞自遭此變，愈覺難堪，顆粒縷絲，均無所出。從前緩急可商之處，近皆裹足不前。遇有急需，不輕啓齒，正恐無濟，反惹笑談。閒承四妹霞姑等投以錢物，時詢夫子近狀，情意頗真，些小通融，尚可資助。節次屬帶瓶口、扇套、鞋韈諸物，盡爲負心人賺去。言之恨恨。貞邇來嫁笥衣奩，陸續盡歸典閣，問安視膳，未敢稍懈。怡色柔聲，猶恐獲咎，即飲食穿戴，亦較前留意。蓋儉則負慳吝之名，奢便有花銷之責；太素則云意存詛咒，少糚則云冶容誨淫。非訴誶相加，即夏楚從事，求一日之免咎不可得。貞年逾三十，非復少時，對兒女家人有何面目？自結縭以來，筆墨爲命，拈毫橫笛。唱隨未及六年，一旦斷梗飄萍，往事不堪回首。年來羌管絶吹，屬和之章亦是勉强從事，吟風弄月之句，斷不敢露於毫端。蓮姐稍長，雨榻風欞，寒砧烟竈，與共甘苦，此貞今世之朝雲，而爲夫子他年之桃葉也。素芝、碧蓮輩籢弄如簧，鈎深索隱，允爲心腹之患。惟有委曲將就，沃以好言，博得一時清静而已。今歲有人自伊犁來，述夫子起居甚悉，併云每年若肯節省，尚可餘積數百金。幸負心人未將此語上聞，而貞初亦不之信也。夫子天資機警，賦性疎狂，未能一展才華，輒遭大難，一朝失足，萬念都灰，又有何心矜持名節。且棲身異域，舉目誰親；回首家山，剛腸應斷。則花晨月夕，燈炧酒闌，擁妓消愁，呼盧排悶，或三生石畔，五百年前，遇解渴之文君，值多情之倩女，書生故習，諒亦未能免俗。貞聞之，方痛閔之不遑，又安敢效姤婦口吻，引不近人情之語相勸勉邪？惟念夫子素體羸弱，性復過摯，彼若果以心傾，君亦何難情死。特患口錫齒蜜，腹刺腸冰，徒耗有用之精神，轉受無窮之魔障。私心遥揣，可惜可傷。况麯蘖迷心，能致疾病；摴蒱耽戲，更擾神明。些小財物，更何足計！貞釜底餘生，尚知自愛；豈夫子有爲之體，而甘自頽唐，毫不念及，反待巾幗之規箴乎？來書云三月適館春齋，六月仍回故地。中間原委，未得其詳。風聞雙桂一端，傳言不确。然夫子既與四爺爲骨肉，則相依邸舍，自可爲家，何必舍此它圖，别生枝節？此則貞所不能解者。丈夫處世，怨固不可深結，恩亦不宜多邀。未曾拜德之前，常思圖報之地。四爺豪俠，中外頗有微名。但其癡意柔情，殆亦堪憐堪笑。自聞夫子與爲莫逆，貞即向親串訪其爲人。大抵舉動不純，近於游俠。顧能超拔夫子於苦海中而煦撫之，將來酬報，貞心早爲之區畫矣。相隔萬餘里，又復忽西忽東，奉命不定，空致魚書，未瞻雁足。即有欲寄諸物，恐蹈前轍，被負心人噉吞。微物幾何，反致空函不達也。今歲有查辦回籍之恩旨，惜乎未能波此。然此後機緣，大有可望，十年易滿，我夫子斷非終老黄沙者。諸凡隨遇而安，兩地耐心静守，鏡合珠還，我兩人詎終無團聚時邪？六弟自上江來，猝聞有回伊之便，掩扉挑燈，疾書密寄，淚痕在紙，神思遄飛。附詩四章，聊以見意。伏惟珍攝。雲貞再拜。」詩録於後：

「鶯花爛漫鬬芳菲，底是傷心淚暗揮。鏡裏漸凋雙鬢角，客中應減舊腰圍。百年幻夢身如寄，一線餘生命亦微。强笑恐違慈母意，竹箱典盡嫁時衣。」一。「十五年華付水流，緑窗不復唤梳頭。殘脂賸粉鞶絲閣，碎墨零牋問字樓。千種淒涼千種恨，一分憔悴一分愁。儂親亦未終儂養，似此空花合罷休。」二。「當時畫裏喚真真，豈料追隨若比鄰。每禱團欒祈繡佛，嘗占榮落祝花神。堪嗟失意飄零日，翻得關心屬望人。倩我憐才頻寄語，年來消瘦不關春。」三。「早自甘心百不如，肩勞任怨敢欷歔。課兒夜半燒殘燭，奉母春寒翦嫩蔬。豈有餘閒弄筆墨，偶因定省遇庭除。斐萋休更縈懷抱，猶是堅貞待字初。」四。

右録雲貞詩四首，併書之大略。乍觀其詩，中二首不解所謂，及觀其書，乃知次章悼瓊女也，三章美蓮妾也，末章所謂「庭除斐萋」者，謂群婢也。書與詩皆可謂善言其情者矣。仙李處有雲貞詩而亡其書，詩末復有一首云：「未曾蘸筆意先癡，一字剛成淚幾絲。淚縱能乾終有跡，語多難寄反無詞。十年別緒春蠶老，萬里羈愁塞雁遲。封罷小窗人静悄，斷烟冷袖阿誰知？」與前詩的出一手。或它時續寄，如書中所云「前有和韵者」也。其云「語多難寄反無詞」，可知非與右書同時寄者。

吴卿憐絶句詩十首，自嘉慶己未有人傳之，併注甚詳，但不知何人筆也。略曰：「卿憐，吴門人。年十五，歸平陽王，繼歸和相。和敗，爲此詩。」録二：「曉粧驚落玉搔頭，宛在湖邊十二樓。魂定暗傷樓外境，湖邊無水不東流。」「最不分明月夜魂，何曾芳草怨王孫。梁間紫燕來還去，害殺兒家是戟門。」戟門，蔣姓，購送和處者。

劉則哲女瑞紅，字春祥，不知何許人。余於友處見詩一帙，末有《長恨歌》，甚里，不録。録其《閨怨》四絶：「馬蹄未卜幾時回，四顧茫茫淚滿腮。幸得君情還似昔，驛亭迢遞寄書來。」一「木蘭亭畔夕陽明，人倚雕欄睡易生。毋使流鶯枝上囀，梅窗驚破夢難成。」二「口傳郎在鳳皇山，力倦征途終未還。

刀夢經年虛妾望，别來已改舊時顔。」三「立倚朱欄强自持，日沈南浦斷腸時。心隨紫燕簾前繞，意緒茫茫君未知。」四四首用「驛梅别意」四字離合體。

濟南女史李永，著有《秋蛩集》。《春日即事》一絶：「經年心事爲花牽，况是春風二月天。一院海棠春寂寂，緑烟紅雨護秋千。」

阮夫人孔氏璐華，著有《唐宋舊經樓詩稿》。余於友處得其一册，中多女史倡和之作，擇録一二。《登黄鶴樓和古霞女史元韵》：「渺渺烟波暝色收，登臨遥望楚山頭。空懷鶴去千年事，但見人游百尺樓。玉笛吹殘明月夜，梅花摇落漢江秋。且將詩句酬佳景，一派滄浪助客愁。」附唐慶雲古霞元韵：「登臨懷古萬帆收，芳草斜陽滿渡頭。楚澤烟波浮大别，江天風雨會高樓。雲中黄鶴千年事，城上梅花五月秋。那見飛仙欄外過，一聲玉笛不勝愁。」《和古霞木棉花元韵》：「百尺修條雲底垂，木棉花放最高枝。影摇竹榭如排燭，霞滿書窗合賦詩。日色正烘亭午後，風光剛轉莫春時。若非海上珊瑚幹，也是崑山赤玉脂。」附古霞元作：「西堂慣見緑陰垂，今日花光忽滿枝。隔院鬧紅争入鏡，過牆舊影索題詩。深含醉意東風裏，濃瀉春痕夕照時。仿佛玉蘭高十丈，全將鉛粉换臙脂。」又《夢中得前二句因成一絶》：「朝罷歸來看落花，銅鑪石銚且烹茶。依然五載前頭事，蝶夢園中是我家。」道光癸巳，阮相入都，而夫人仙去，「朝罷歸來看落花」竟成詩讖矣。夫人冶山上公之胞姊。

諸城同年友王溎唐前妻高密單氏，著有《碧香閣遺草》。録其《白雲》一絶：「白雲芳草隔天涯，一别雙親四載賒。遥憶故園新雨後，春風催放碧桃華。」

家愛泉兄録示平原腰跕女史題壁二絶：「更殘夢斷正夷猶，又逐車聲向道周。遥憶繡窗紅日滿，小鬟低語喚梳頭。」「撲鼻生香照眼紅，杏花如許醉春風。兒夫此夕銜枚處，可擅文場一戰功。」款書「癸未三月九日，奉姑就養維揚官舍，宿此。時外正應春官試，不能無挂望焉。大興娟月金氏題。」

愛泉又録示界河驛女史題壁詩，原序云：曩者大父出宰井陘，隨侍往復，備歷風霜。癸巳秋，余歸蔡，隨夫子之燕，再經古道。今昔情深，適立堂表兄出示《早程》一律，因步元韵，以寫衷懷。」云：「宦途艱苦昔曾當，爲賦于歸又束裝。舊日青山終未改，當年緑鬢易成蒼。晚從店壁尋詩句，早起霜林看曙光。待曉堂前原不遠，却慙梁孟説相莊。」款署「惠泉女史」。

荷澤縣北高家集有閨秀題壁五首，款署「醉花仙子」，不知誰氏也。詩曰：「别郎十載繡幃寒，月夜花朝獨倚欄。春仲歸寧方赴汴，清和忽接報平安。」「報説檀郎轉玉京，膏車策馬急回程。陸全雨阻香車跡，野店何堪剔短檠。」「連宵風雨且停驂，斜傍糕臺啓舊函。千里懷人難入夢，權將紙筆代清談。」「極目陰雲四望匀，隔簾鸜鵒亦生嗔。偶吟風雨蕭蕭句，暫解眉心一寸顰。」「只因愁結寫柔腸，慚愧塗鴉玷粉牆。縱有崑崙難送我，困人巾幗是梳糕。」後有依韵和作，亦復不工，不具列。

愛泉又寄南沙河旅壁江南女子賈芷荸題詩二首：「輕摘塵鬟黯自憐，誤人幻夢小遊仙。如弓明月初三夜，似翦春光十五年。屋縱黄金傷不耦，佩雖白璧歎難全。無端竟屬沙吒利，並少韓郎若箇邊。」「怕泛鄱陽波裏船，如何此日入秦川。心驚路遠三千里，命薄身隨一萬錢。恨不疎頑同白髮，悔曾閨閣理丹鉛。比他花蕊夫人苦，旅壁聊充十樣箋。」末注云：「儂本維揚貧家女也，幼從李猗夫人伴讀。李隨任楚江，遺儂歸家。長安賈以百十金購得，良人年踰周甲，腹無丁字云云。里詞疥壁，以遣無聊。道光乙酉端陽前二日。」

蜀女鵑紅題壁詩，家愛泉茂才爲箋注成帙。孟雨山博士見之，謂卷内當得閨秀題之乃佳。後果於闕里孔氏諸夫人中得題詞三家，備録於左。錢唐孫蘭湘田題二絶句：「陌頭楊柳盡離愁，此日飄零憶劍州。從古紅顏多薄命，那堪花落水空流。」「六首詩成百轉思，分明鵑血灑盈枝。從今傳徧淒涼曲，鼙鼓聲中絶妙詞。」海鹽朱璵小茝題詞一闋，調寄《洛妃怨》：「已去青衣江畔，劍外鄉雲望斷。旅舍暗傷神，柳眉顰。　堪歎才多命薄，此日恨，憑誰説。題壁欲銷魂，半啼痕。」吴門徐比玉芝生題一律：「字字啼鵑血，魂歸蜀道難。干戈連地起，骨肉幾時完？卿自傷心寫，人争著意看。紅顔偏薄命，讀罷爲長歎。」右三女史題詞，俱由雨山處寄來。

《彤管遺編》一書，前明會稽酈氏琥著。余家藏者，乃得之濟南書肆。卷首有阮亭「懷古田舍」「大司成」等圖章，知是新城舊物也。往歲，家愛泉藉閲，因倩名手影鈔之，四歷寒暑，乃成全編。愛泉言其編元明人詩多不備，曾見《蘇臺竹枝詞》數十首，元代薛氏二女作，編中闕載。思更搜采，併隆萬以後續爲增入，亦闕意也。會有同志，助其蒐羅。

董矅仙太史母吴夫人，蜀人。《哭矅仙》絶句十二首，録二：「秋風高爽錦江城，湯餅筵開主客盈。屈指計來廿八載，空將血淚哭聲聲。」「傷心極處有誰知，百轉柔腸淚暗垂。守定靈帷惟慟哭，一聲爺罷一聲兒。」時樸園方伯殁未百日，情真語摯，不堪卒讀。

李美常布衣出其先三世節孝詩册見示，自濡陽陳悳華以下數十人，末有琅邪女史續氏五律一首：「班姑曾修史，陶母衹待賓。何如孤玉質，况事兩孀親。紡績供薪笋，荆釵守舊貧。一作蘋。綱常在我輩，感激鬚眉人。」

先兄没後，嫂孔自縊以殉。年來蒙友朋哀挽，及時賢詩五十餘家，别爲一册。中有閨媛二家，復志於此。灞陵女史沈雲簾四絶句云：「不是求傳姓字香，願將一死繫綱常。成仁取義須臾事，堪笑夫亡稱未亡。」「耳膏面血事皆難，總覺偷生心未安。暗拜翁姑兒去也，天風颯颯婺星寒。」「夕陽黯澹照孤邨，紅荔凝成碧血痕。聖祖賢宗應共鑒，常留浩氣壯乾坤。」「視死如歸不惜身，古今屈指有幾人？懿型壯我閨幃氣，愧煞鬚眉有二臣。」雲簾，孝廉沈月波鑑之胞姊，著有詩集，未及録。沈以事倉皇别去，至今缺然。

古滕劉君淑清妻孔氏哭姪女馬孝廉配，夫没三日，殉夫自盡詩：「倉猝聞變，惶懼驚起。知爾素烈，何遽至此。憶爾未嫁，夙嫻於禮。久知綱常，能别生死。潔白貞心，金石堅固。一片冰霜，豈等常婦。不愛生存，衹期死安。求仁得仁，嗟嗟其難。」

夏邑汪英蕙，吾師夢岩先生長女，能詩，早卒。乃弟之櫆記其一絶：「蕭條家計愁無奈，千里歸來又遠行。我愧木蘭身手健，不能辛苦替爺征。」時阿爺歸自京師，又赴甘肅，故云。又《菊影》一律，僅記前半：「紫艷黄香外，稜稜别有姿。瘦偏宜月映，端不受風欺。」

先慈王大孺人晚年訓諸女孫温習詩書，間爲韵語。凡家庭燕集、唱和聯句等作，翼總爲一册，名曰《嘉慶集》，已别見。兹復敬録數章，殿諸賢母詠歌之後。《乙亥秋日賦秋蟲》四首：「秋蛩聲唧唧，應候爾何知。莫道無知物，警人在及時。」「秋蟬鳴古樹，嘒嘒爾何勞。幾日金風動，清音不改高。」「秋蚊依暗室，利口似針芒。暑退寒將至，終看何處藏。」「秋蠅爪似錯，趨附强相因。自逞營營巧，那知厭殺人。」《戊寅中秋對月示翼兒》一首：「自古中秋看月圓，今番相對意綿綿。半生兒女三人在，一塊心腸兩地牽。遥憶家園風景好，更逢佳節祖孫全。吟詩聊復調兒子，莫遣光陰負眼前。」

叔母孫氏，莘縣茂才諱炳光公女，著《垚居書室詩藁》，丙申年已授梓。兹敬録數章。《擬古》四言：「天空地闊，水清泥濁。青青古松，高山之阿。飄飄浮萍，流入江河。天高風低，雲密路迷。燕雀歸巢，行人何之。籠中二雞，各見白黑。白者如雪，黑者如墨。」《秋夜吟》一首：「疏窗星澹澹，明月照我牀。披衣不能寐，中秋西風涼。躡履出北堂，寒露沾我裳。緑竹影重重，山花滿壁牆。惟念雙親遠，遥遥在故鄉。」

右録近代閨媛詩若干家，而敬以先慈遺句、叔母舊稿殿其後。庚子夏日録成，内人觀之，歎曰：「平時亦有一句兩句，詩不能成首，奈何？」因自道其暫時歸省，輒復言旋，塗次得句，勉成一首。自讀而泣，余亦不樂觀之也。其詩曰：「辭親下高堂，歸省苦未久。再拜欲有言，哽咽難出口。回頭見阿嫂，一樣爲人婦。丁寧勤問視，我已違姑舅。豈不常辛苦，徒然操井臼。悠悠歲月馳，安得常相守？」詩成後月餘日，岳母辭世。又數月，内人亦逝。心之精爽，見於吐屬若是。人往言存，曷勝歎息，爰附志於卷末。亡妻氏孫，滕邑茂才隨齋先生第三女也。

乩詩附

家愛泉兄示余以彭城乩詩《送春》七律三首：「欲別東皇麗景空，忍將柔緑替危紅。任澆芍藥欄邊酒，難挽鞦韆院外風。此去烟光疑夢裏，向來花月付愁中。黄蜂紫蝶多惆悵，尋徧殘香到綺櫳。」「韶光渾似不曾來，底事匆匆却又回。綺陌罷催珠絡鼓，瓊林慵勸玉交杯。歌殘《子夜》清江曲，佩失申椒碧漢隈。人自餞春春不管，含情無語撥爐灰。」「無計留春只自憐，烟銷燭灺思綿綿。尋侵夢雨俄三月，檢點飛花又一年。車過西泠雲似幄，舟回南浦水如烟。任他相贈情多少，廿四番風已惘然。」款云「梅花主人」，不著姓名。按：其辭義大似近代名流之作，愛泉言梅花主人乩仙，降於彭城，乃嘉慶辛未年事。一時和作甚多，不具列。愛泉又爲余言，曾聞某處乩降能詩，少年不信，袖一蕉葉求射覆。乩詩云：「袖内深藏一葉青，知君有意叩神明。夜來試聽西窗雨，欠滴瀟瀟三兩聲。」

滕縣吕仙閣内有乩仙詩筆石刻，余得拓本六幅。其傍應别有石刻記其原委，余未之見。乩筆草書，略似近人筆，款署「青蓮」二字，意謂李太白也。詩七言絶句九首，漫爲釋文如左：

「碧落頭銜領侍郎，尚將詩酒逞清狂。緑章草罷三清字，侍女傳呼進玉觴。」「天廚新賜鬱金醪，玉宇無塵夜飲豪。天上秋深寒不禁，東華借與赤霜袍。」「黄芽已熟九還丹，欲换人間俗骨難。解得箇中真法訣，只須一片白龍肝。」「紫璚宮闕五雲中，琪樹瑶花處處同。三十二天春似海，人間那復有東風。」「投壺帝女玉纖纖，銀漢無波笑語添。却恐黄姑遥看見，當窗先下水精簾。」「瀑布飛流兩白龍，石梁百尺架長虹。桃華流水尋常見，纔到天台便不同。」「鞭龍笞虎住崑崙，獨剖元機孰共論。袖裏青萍三尺劍，夜深長嘯出天根。」「天根頂上即崑崙，水滿華池石鼎温。一卷《黄庭》真訣秘，不教紅液走傍門。」「杖挂真形五岳圖，湛然心跡似冰壺。春來只貰餘杭酒，不問蓬萊水滿無？」「青蓮。」

右詩首句「領」字草書頗異，或讀「飲」字，非是。按：《神仙傳》：「沈羲將飛昇，有羽衣持節拜爲碧落侍郎。」又云：「王遠以千錢與餘杭姥相聞，求其酤酒。」此詩起結俱用典故，非虚説也。「璚」，古文「瓊」字，見《説文》。「元機」之「元」，疑當作「玄」，或道書亦自有「元機」之説，未必乩筆猶知避本朝諱字也。石刻係嘉慶時邑令馮君潮鐫。

道光戊戌十月八日，鄒邑九仙山仙女降壇時，余患耳疾，内人亦傷鬢角。聞仙善醫，往問之，女輩從聽。仙假一田婦口中，應答如響，自成韵語。大女記其略，爰連綴於左：「我是女身不是仙，細爲太太説根原。七歲訪師入名山，修煉已經八千年。你家耳症風火纏，盍不早時討靈丹。直待三月無其奈，舉著藥椀求神仙。仙丹服三次，可許保平安。太公本是剛强性，不能低心受烟煎。放著官職不肯做，歸家看守數畝田。耳疾百日災已過，不必憂慮胡傀言。人生居家須耐煩，難得白首常歡顔。切莫生閑氣、起禍端，麥芒對麥芒，針尖對針尖。剥雜瑣碎你休問，尋个替身你也閑。眼前守著一桂子，還有兩个女花媛。兒女雙雙在眼前，你心喜歡不喜歡。頭皮破損非小可，勤心保護一百天。莫吃長流麵，莫用木梳纏，不用服藥身自安。一家平安即是福，人生長壽最爲難。此後常向好處想，夫婦商量過坦然。將來尚有時運至，看著貴子做高官。你家儒醫非一世，我來結个香火緣。有心多與太太講，只恐香頭不得閑。官相憐，民相憐，官官相憐神相憐。傍邊笑的老藍花，只許聞之莫輕傳。」仙語如此。「香頭」謂所憑婦，「藍花」謂邨媪也。見稱「太公」，實不敢當，亦不解何緣也。「儒醫非一世」，謂余婦翁隨齋先生及内兄右民世醫。

右語酷似邨偈，或巫嫗僞託，本無足録。然實有此事，亦不可略。間與家愛泉共觀之，相與一笑。愛泉因誦乩詩，有極佳者。《詠萍限押粱字》云：「點點青青浮野塘，不容明月照滄浪。風吹雨逐沙泥上，燕子銜來繞畫梁。」亦有極平常者。乩筆自稱吕仙弟子申暢，能詩，傍人指韵限押，立成。略記一首：「燭彩輝煌酒醉魔，枯腸搜索爲君歌。夜深忘却驚星斗，句里喜非誦彌陀。風到簷前金烈烈，人來座右玉瑳瑳。俄看杯中飲未了，頗嫌蘇合著無多。」「蘇合」，自注：「油名」。「陀」「多」二韵，律法不合，或以爲讖。余笑曰：「仙人詩豈可以沈生弊法繩之？」

乩仙事有無不可知，要似有物以憑之。余時有異夢，非因非想，别有機緘。事亦有可記者，因乩詩、巫詞而附及之。甲申冬日，余方讀書於琴臺之側，夜夢一文士衣冠而來，似有乞於余。余意已了然，即詢之曰：「風雨十年，大江南北，不知天上修文客，頭銜又添幾個字？」客即應曰：「不南不北，風雨天黑。不知天上，漫道是修文客。」吟哦再三，意甚凄然，猶留一簡而去。余視其簡，乃言孟子裔孫收葬貞女事。醒而異之，即記於日功册尾。越乙未，有重纂《三遷志》之役。秋日正册草具，又編輯雜事，忽異前夢，倘有幽貞未加闡揚者乎？爲雨山博士縷述之。雨山曰：「『不南不北，風雨天黑』，此語大類吾黎仲山也。生爲文士，死爲才鬼，固宜託名貞女，殆不欲顯言之耳。」因出其所藏諸家《哀黔黎》册子見示。余曰：「是也。」即爲序録。此事甚異，余夢時距黎生之没已七年，兹又在夢後十一年，孰主宰是，得非造化小兒弄我也。黎生事詳於左。黎仲山原籍貴州都匀府荔菠縣，嘉慶癸酉科選拔貢生。戊寅單車入都，於中夏日過鄒，涉城河，山漲猝來，與一僕王姓半渡而没。邑侯邊公檢其行篋，有吟稿及琴譜各一，簫一，蓋南中韵士也。謀之博士孟照亭先生，厝諸高阜，郵牒於黔，訪其親丁，四載絶無消息。照亭恐其湮没，爲立石題姓名，併命子弟以時取酒脯奠之。自作四韵，以哀其才，同時作者十餘人，附書於後。

世襲經博孟照亭繼烺元倡五律一首：「誰解升沈理，如君事可哀。功名微禄戀，辛苦異鄉來。膽落濤千尺，魂招酒一杯。碣文留姓字，珍重爲憐才。」鄒邑明經董唯堂曾五古一首：「松茂柏亦悦，志士齎抱負。芝焚蕙應歎，游子須回首。嗟嗟黎仲山，文章移北斗。胡以太輕生，長河争渡口。過涉滅頂凶，有僕從其後。同爲異鄉魂，葬於河之阜。檢視篋中藏，琴伴與詩友。如此風韵士，賦命何不偶。孤魂千里月，夜夜此相守。賴有闡幽人，立石墓之右。炷君一息香，酬君一尊酒。與君結義緣，地下君知否？」諸生杜小陵清平七律一首：「臨流何處弔清修，雲暗長河水氣浮。姓字有人留短碣，文章無命振黔州。荒城日落秋天冷，古寺鐘寒夜月愁。旅墓誰憐吟魂瘦，年年風雨響松秋。」右三家俱已作古，故詳録之。外此復有濟州孝廉孫嵐墅成岡《楚辭》一首，又七律一首，歷城孝廉賈丹生輝山七律二首，滕邑諸生鍾子衡季平、謝凌雲鵬翔七律各二首，馬愛泉元本絶句四首，江南阜陽候選府倅孟小然傳縉七律二首，鄒邑諸生董書門長樞《擬公無渡河行》一首，杜小鶴清和七律一首，併余拙作二絶句，俱不悉載。

照亭先生季弟肆亭明經《奠黎生啓》一篇，諸前後四首，録二絶：「曾記當年埋俊骨，倏然歲月又新春。自嘲爾我交成故，八載癡情白酒真。」「短碣題名字未湮，羈魂莫漫苦酸辛。他鄉身後逢知己，地下如君有幾人？」照亭先生令嗣雨山孝廉七律一首：「都勻拔萃負英才，琴譜吟箋妙翦裁。横命頓隨流水去，驚濤敢爲溺人來。風淒古廟寒詩魄，聲斷南鴻痛夜臺。那得魂歸荔菠縣，徒然瘞旅有同哀。」雨山雅意，欲託南中諸友返黎生之骨於黔。余更爲徵詩，小引亦附於此：「從來公無渡河，曲傳『當奈』，匏有苦葉，《詩》美『卬須』。兹來貢樹於黔州，淪身湍水；幸遇翰林乎騶邑，義氣凌雲。風波如此不可行，示後車以永誡；詞客有靈應識我，羡古誼之常存。今已星霜屢易，猶供斗酒與隻雞；皆由地主多賢，不計銜環之黄雀。適有客談往事，若聞幼眇音聲；於時僕本恨人，怕作窮愁詩句。實有生所共悲，宜載賡以同調。倘逢南土賢豪之士，澤能潤枯；庶使世間缺陷之端，盡成完璧。兩美知其必合，惟大力者負之而趨；衆情可以畢宣，冀有心者聞之而動。共成善事，不惜苦言。」

余自丁丑抱孔懷之痛，每夢見先兄，語如平生時，示以詩文，惜覺後都不能了然於口。惟記一聯：「照水雲皆白，當花月自黄。」真幽冥語，讀之增慟。又夢先外王父隨緣翁説詩，有「青山墜虚潭，遥印空天碧」二句，亦不似平時語。友人王仙李歸瀋陽後，余曾夢渠吟一聯：「心相心無相，眼波眼不波。」醒來漫以囈語置之。浹日，乃聞其赴音。默默之中，事亦大奇，因黎生事又附及之。

東泉詩話 附册

魚臺馬星翼仲章著

類詩二 演《韓詩外傳》

演《韓詩》自叙

《韓詩外傳》中多韵語，曩嘗集之，得若干條。噫，此於古書何所發明，於讀書者何所開悟？而某喜爲之。舍貼括正業，孜孜於此，誤用聰明，消磨歲月，亦既垂老無成矣。而循覽之下，猶不釋手，若有餘味在其中者，誠不可解也。言念今昔，雖多誤學，各從所好，仍不知悔。輒復繕録一通，俟好事者觀之。道光丙申九月丙子朔廿一日丙申，魚臺馬星翼書於樂陵學舍。

演《韓詩》四言四十首

古者天子，左右五鐘。右則蕤賓，左則黄鍾。左撞黄鍾，天子將出。右鐘皆應，馬鳴中律。駕者有文，御者有數。立則磬折，拱則抱鼓。行步中規，折旋中矩。然後升車，大師樂舉。入撞右鐘，蕤賓有聲。以治容貌，鵠震馬鳴。倮介之屬，延頸宥聽。内皆玉色，外皆金聲。然後升堂，少師樂成。

孔子鼓瑟，燕居暇日。有鼠出游，貍見於室。循梁微行，造焉而避。厭目曲脊，求而不得。感之於音，貪狼邪辟。參也致疑，賜也前席。伊誰知此，可與入德。
雉處中澤，五步一啁。終日乃飽，羽毛光悦。奮翼争鳴，其志自樂。置之囷倉，飼以粟粱。羽毛憔悴，低頭不鳴。夫豈不善，失志彷徨。
土爲人下，功多不言。樹得五穀，掘得甘泉。草木以殖，禽獸以蕃。生者立之，死則入焉。巖巖者山，民所卬觀。草木生之，萬物植焉。四方取益，貨財攸遷。出雲道風，從乎兩間。天地以成，國家以安。
水似智者，緣理而行。蹈深不疑，其勇益彰。似禮就下，似德孔明。又似知命，漳防而清。天地以成，群物以生。國家以安，萬事以平。
江之始出，可以濫觴。及乎巨津，其流湯湯。不避其風，不可以航。惟積衆川，以成大江。美包天地，惟德之名。福乎兩間，而神競清。歛乎太陰，散乎太陽。陰而不濕，陽而不亢。化調四時，配日月明。
智如泉源，行爲表儀，是曰人師。智可爲砥，行可爲輔，是曰人友。
何謂六經，千變萬化，其道無窮。何謂聖人，存其精神，以補其中。何謂先生，世人皆醉，此獨先醒。
樂在内者，有親可諫，有子可怒。樂在外者，有君可事，有友可助。
揚人之美，非道諛也。指人之惡，非毁疵也。與物周流，道之歸也。

日選於物，不知所貴。五藏爲政，心從而壞。不知選賢，日從於物。動而形危，靜則名辱。

聽者自聞，明者自見。行不苟難，說不苟辯。同音相聞，同明相見。和者好粉，知者好彈。

雖有利劍，不厲不斷。雖有美材，不學不善。

以管窺天，所見者小。以錐刺地，所中者少。

良玉度尺，明珠徑寸。水土不掩，其光十仞。

茂林之莖，深山之蘭。人莫見之，豈不芬焉。

心有四肢，可以代理。四肢無心，幾日不死。

有酒入口，舌出獲咎。與其棄身，無若棄酒。

愛其人者，及屋上烏。惡其人者，憎其胥餘。

夏不頻湯，冬不數浴。非愛水火，適時用足。

農人善藝，冬至必彫。庶人之戒，日日慎桃。

獸窮則齧，鳥窮則啄，人窮則詐。善爲國者，莫窮其下。

治暴思仁，國亂思天。民之歸仁，歡如父子，芬如椒蘭。

民困欲逃，獵者可喻。何知善走，瞻見指注。雖有良狗，不及狡兔。

熊渠善射，有名於楚。夜見寢石，以爲伏虎。彎弓射之，没金飲羽。

吞舟之魚，不居潛澤。度量之士，不居污世。吞舟之魚，可謂大矣。蕩而失水，制於螻螘。

以跖詐桀，勢猶相敵。以桀詐堯，如卵投石。抱羽赴火，以指撓沸。入則焦也，誰與共至。

稷蜂不攻，社鼠不熏，託者尊也。魚厭深淵，而就乾淺，乃就罾也。

朝廷之士，入而不出，以爲禄也。山林之士，往而不返，獨遠辱也。

春樹桃李，夏得其陰，秋得其實。春樹蒺梨，夏不可采，冬得其刺。

蔭其樹者，不折其枝。食其食者，不毁其器。愚民百萬，不爲有人。磐石千里，不爲有地。

君子之居，君子之遊。晏如覆杅，綏如安裘。倏忽龍變，仁義沈浮。湯湯慨慨，天地同憂。

小人聞道，其言斯苟。入之於耳，出之於口。譬如得食，既飽而嘔。無益於肥，適見其醜。

爲民父母，其道如何。授衣以最，授食以多。法下易由，事寡易爲。見人有善，欣然樂之。

爲父懷慈，必先嚴居。爰及束髮，授以明師。冠子不言，髮子不笞。聽其微諫，無令憂之。

爲子如舜，因變順時。大杖則逃，小則受笞。索而使之，日常在側。索而殺之，未嘗可得。

吾師至聖，譬如天地。終身戴履，高厚莫喻。又如江海，渴飲攸賴。腹滿而去，孰知其大。兩手捧土，無益泰山。兩手把之，亦無損焉。

昨日何生，今日何成。必念歸厚，必念治生。日慎一日，完如金城。此首原文也，特附於末。

演《韓詩》五言三十首

水清則魚喁，令苛則民亂。城峭則崩城，岸峭則崩岸。

山鋭則不高，水徑則不深。行磏則不廣，抱石而自沈。淵廣者魚大，主明者臣惠。眼觀而志合，其中爲之契。源清則流清，源濁則流濁。福生於無爲，患生於多欲。麋鹿在山林，其命在庖廚。人命有所懸，安行勿疾驅。明珠生深澤，無脛而至國。士乃有足者，何患獨不得。鳥之可畏者，美羽而勾喙。人之可畏者，美輔而巧慧。魚之可畏者，侈口而垂腴。人之可畏者，利口而辯辭。

觀士有成法，達則視所舉。居視其所親，富視其所與。窮視所不爲，貧視所不取。官怠於有成，病加於小愈。禍生於懈惰，孝衰於妻子。君子察於此，慎終必如始。患生於忿怒，禍起於纖微。汗辱難湔灑，敗失不復追。讒行則害成，慾侈則行虧。不深念遠慮，後悔將奚裨。

造父雖善御，不可無車馬。后羿雖善射，弓矢不可舍。大儒調天下，無地見功寡。目欲視好色，耳欲聽宫商。口欲嗜甘旨，鼻欲嗅芬香。聖人之教民，必因其六情。有君不能事，有臣欲其忠。有父不能事，有子欲其從。有兄不能事，有弟欲其恭。重色而成文，累味而備珍。道亡則國亡，道存則國存。不寶徑寸珠，所寶賢與聖。將照千里外，豈特十二乘。

淵深則魚生，林茂則禽歸。君子明禮樂，衆人之所懷。

明鏡以照形，往古以知今。前車既已覆，後車有戒心。

鄉者刈蓍薪，今者亡蓍簪。賢者不忘故，中澤有哀音。

薑桂因地生，不因地而辛。女子因媒嫁，不因媒而親。

篤行無善名，所友殆非人。雖有國士力，莫自舉其身。

始疑鴻鵠舉，所恃惟六翮。若非鴻之力，安能舉其翼。

不逢時而仕，任事而敦慮。内不入其謀，外則爲之使。

諸侯藏於國，商賈藏篋匱。束帛而賀者，藏臺燒亦得。短褐不被形，糟糠不充口。百姓乏於外，君仍大半取。

慎言者不譁，慎行者不伐。天道示不盈，屋成必加拙。衣成必缺衽，宫成必缺隅。

智則盜而漸，愚則毒而亂。窮則棄而累，達則驕而偏。入爲鄉里憂，出爲宗族患。

身莫貴於氣，人得氣以生。氣非金與珠，亦非穀與繒。不可糴買得，不可求而贏。惟在吾身耳，保之則安榮。

士處蓬户中，彈琴詠王風。有人亦陶陶，無人亦融融。

不爲安肆志，不爲危激行。順理而發言，矢志必公平。

洋洋若江河，巍巍如泰山。鍾期不失聽，伯牙欲絶絃。

僞詐不可長，空虛不可守。朽木不可雕，情亡不可久。此首係原文。

演《韓詩》雜言五十首

任重道遠者，不擇地而息。家貧親老者，不擇官而仕。君子矯褐趨，時當務爲急。

樹欲静，風不止。子欲養，親不俟。枯魚銜索，幾何不蠹。二親之壽，忽如過隙。「蠹」讀如「蝕」。

往而不可還者，親也。至而不可加者，年也。彼椎牛而祭墓，不如雞豚逮親存也。

欲知其子視其母。欲知其君視其使。鮑魚不與蘭茝同笥而藏，桀紂不與堯舜同時而治。

根淺則枝葉短，本絶則枝葉枯。故盈把之木無合拱之枝，榮澤之水無吞舟之魚。

登高而遠見，臺榭不如邱山。臨深而廣望，池沼不如大川。

鳳象何如，五采備舉。鴻前鱗後，龍文龜體。戴德而負仁，抱忠而扶義。小音金，大音鼓。動合八風，氣應時雨。攬何國而來，下治得鳳象之五。

雞有五德，可約而舉。文則戴冠，武則傅距。仁得食而相呼，勇遇敵而敢拒。守夜不失時，其信又可許。

鴻鵠一舉千里，所持者六翮。彼背上之毛，腹下之毳，減一把不足爲損，增一把不足爲益。

馬鳴而馬應之，牛鳴而牛應之。君子潔其身，而同類敬之。

繭可爲絲，卵可爲雛。繭不得女工不能爲絲，卵不得伏雞不能爲雛。人之性善，如繭如卵。

絲本素也，假染則異。假之青，青於藍；假之黃，黃於地。

善射者不忘弓，善御者不忘馬。善爲上者，不忘其下。

弓調然後求勁，馬服然後求良。士不信，焉又多知；譬如豺，與近之則傷。

雖有奚公之車，不能自馳；雖有莫邪之劍，不能自斷。大車不絞，則不成其任；琴瑟不絞，則不成其音。

五色有時渝，豐木有時落。物有盛衰，不得自若。

高牆激下未即崩，流潦既至必先傾。草木根淺未即撅，飄風一至必先拔。

四體不掩，鮮仁人。五藏空虛，無立士民。困飢寒，未可御。

爵高者，人妬之。官大者，主惡之。禄厚者，怨聚之。

喜名者，必多怨。好與者，必多辱。安命養性者，不待委積而富。

驕溢之君寡忠，口惠之人鮮信。居處齊則色姝，食飲齊則氣珍。言語齊則聽者信。

立者言義，坐者言仁。疾言則翕翕，徐言則不聞。

國有道，朝多賢。其風治，其樂連。其民依依，其行遲遲。其意好好其馬舒舒。澤人足乎木，山人足乎魚。

道之衰，多琦詞。卵有毛，鈎有鬚。出乎口，入乎耳。山淵平，天地比，齊秦襲。

枯耕傷稼，枯耘傷歲。田荒穀惡，民飢糴貴。物有災，不足怪；惟人妖，最可畏。鄰人相暴，對門相盜。寇賊並起，死人滿道。上下乖離，父子相疑。是謂人妖，亂必隨之。

君子避三端，可畏不可褻。文士筆，武士鋒，辯士舌。

君子有三言，可佩以終身。無内疎而外親，無身不善而怨他人。無患至而後呼天，内疎外親，不亦反乎？不善怨人，不亦遠乎？患至呼天，不亦晚乎？

世有三死，而非命也。居處無節勞，過者病也。干上者刑，而侮强者兵也。

富貴而智，易爲人惡。使人勿惡，其亦有故。貴而下賤，則衆弗惡也。富而分貧，則窮士弗惡也。智而教愚，則童蒙者弗惡也。

貧如富者，知足而無欲。賤如貴者，禮讓以自束。無勇而威者，恭敬而不失。終身無患難者，擇言而出。

與人以虛，雖戚必疎。與人以實，雖疎必密。實之與實，如膠如漆。虛之與虛，如薄冰之見晝日。

少學而長忘，費在身兮。始交而中絶，費在人兮。已有功而輕負之，費在事君兮。

儌幸者，伐性之斧。嗜欲者，逐禍之馬。謾誕者，趨禍之路。毁於人者，困窮之舍。

學而不已，闔棺乃止。播乎不知，其時之遷矣。

學非爲通也，不敢玩日而愒時。爲窮而不憂，困而志不衰。

士有獨善安往，而不得貧賤乎。授履而去，可楚可秦，亦可以驕人乎。

疏食惡肉，不足旨也。駑馬柴車，不足美也。可得而食，可得而乘，且猶不欲死也。

君子易和而難狎也。易懼而不可劫也。温乎其寬大也。嗛乎其廉而不劌也。超乎其有殊於世也。

凡民以從俗爲善，以貨財爲寶，以養性爲已至道。民德如此，未及於士也。士行法而志堅，未及君子也。君子言行多當，未及聖人之至也。聖人何如？行禮節要，若性四支。因化之功，若推四時。天地得序，群物安居。

魯廟有器，其理可師。滿則覆，中則正，虛則欹。持滿之道，抑而損之。一謙而四益，《易》義正如斯。

江南之樹，名曰橘樹，之江北化爲枳。齊士入楚爲楚人，土地之化使然爾。

園中有榆，其上有蟬。蟬方悲鳴，螳蜋在焉。螳蜋伺蟬，曲頸欲攫。不知其後，飛來黄雀。黄雀飛來何翩翩，不知童子挾彈丸。童子方欲彈黄雀，不知前有深坑後有窟。

蔡人之子，弓人之妻。論射於景公之前，免其夫於齊。凡射故必有儀：掌若握卵，手若附枝。四指如斷短杖。右手發之，左手不知。

魯監門之女嬰相從夜績，而涕縱横。聞衛世子不肖而甚好兵，女言之，明且清。憶昔宋向魋得罪而東行，其馬佚，騳吾園葵，使不得榮。於越攻吴，而魯獻女，與往者姊，道死者兄。國之禍福，民之死生。今吾男弟三人，憂且廢耕。

齊之牧者，遇金不取，爰斥延陵季子爲皮相之士。子何居之高而視之下，貌君子而言之野。吾上不仕諸侯，下不友大夫，當暑而衣裘，君疑取金者乎。

子路采薪轀丘之下，誰與偕出，是惟巫馬。陳有富人處師氏者，脂車百乘，觴於此也。勇士忽喪勇，發言一何鄙。使汝得此富，無復見夫子。子期仰天歎，投其鐮於地。子倘試予歟，抑誠爾之志。子路心慚，負薪先歸。夫子援琴，以寫其悲。吾道不行邪，何爲至於斯。

原憲居魯，匡居弦歌。軒不容巷，子貢來過。杖藜出應門，正冠而纓絶。振襟則肘見，納履則踵決。自稱貧非病，希世非吾學。歌商出金石，聲淪於天地。鍾筥有不愛，忘身而養志。座中紺衣客，逡巡慙而去。

楚丘先生往見孟嘗，春秋高矣，謂多遺忘。先生聞之，對曰：「否否。君謂我老，老於何有。將使吾投石，超距而搏虎豹，吾則死矣，何暇言老。若深計而遠謀，出正詞以當諸侯，吾始壯耳，又何老乎！」

德行寬容，而守之以恭；土地廣大，而守之以儉；聰明睿知，而守之以愚；博聞强記，而守之以淺。

獨視不若衆視之明也，獨聽不若衆聽之聰也，獨慮不若衆慮之精也。

演《韓詩》後自題

《韓詩》存外傳，亦足解人頤。雋永多餘味，紛葩似古辭。尋聲如可繹，續脛已忘嗤。世有揚雲者，還應復好之。

幾年鑽故紙，白首歎飛蓬。詩覺萌牙出，才難妙手空。光陰流水似，著作鏤冰同。録録因人事，奚論拙與工。

（吴忱、張宇超點校）

東泉詩話續册

東泉詩話續册提要

《東泉詩話續册》不分卷，據山東省圖書館藏鈔本點校。撰者馬星翼生平見《東泉詩話》提要。此係未定之稿，四册，未分卷。《魚臺馬氏叢書》標作七卷，未知何據。册一有論詩類、記詩類、閨秀、乩詩等小目，其中記詩類中間處有一則云：「前編於同時作者别爲『時賢』一編，兹附於『近代』之後。」則援前編之例，以此爲界，前爲「近代」，後爲「時賢」明矣。册二、册三均題贈答類，詳録歷年友朋唱和之作。凡此皆與《詩話》前編之體例同。册四屬新類，分雜識、雜識下。雜識仍以記師友詩爲主，然已非唱和贈答之作，最晚有記同治十二年詩者。雜識下則文雜體、家藏文物、題壁組詩、歲時風俗、石鼓文四言詩、補亡擬古體、集古諺等，亦略有類，而不及立小目。此稿篇幅甚鉅，篇目不明，爲疏理大致如此。馬氏詩學不深，前編不知《唐詩紀事》爲計有功作，續册不喜趙執信之《聲調譜》，併不知秋谷服膺馮班辨體之學，妄指所謂「馮氏法」僅爲五古三平之法而已。又屢訾黄山谷《宿舊彭澤懷陶令》一詩「去陶甚遠」，「韵調澀滯」，則又似不知山谷之「奪胎换骨」法矣。山谷此詩既非和陶，而實深得淵明不俗之韵者。東泉自謂從道光二十七年起，遍和陶詩全集，雖未見録出，然觀其所賞明人王洪之《擬陶》「可稱同調」，可知大抵在主「似」。其人詩功則不可謂淺。續册繼録道光二十一年辛丑至咸豐九年（册二）、咸豐十年至同治九年（册三）朋儕唱和之作，合前編贈答兩卷，幾近一甲子，逐年選録，起訖完整，佔去全書之半，亦作者人生之大半矣。整理者「小雲紱」婉言宜從割愛，（册一記詩類末）固合一般編輯之例；然此乃東泉身心所繫，故册二自跋絶不以多爲嫌，遂創一「唱和類」大型詩話之體。其中頗存唱和詩作法之心得體驗，至有及於六言體者，具體入微，亦不妨可窺嘉、道之際詩藝爛熟之一面耳。續册所録正當太平天國及捻軍十餘年興滅之期，山左亦被禍甚烈，諸人唱和，竟有以「怕」字、「血」字爲韵者，則又可當史觀也。

東泉詩話續册第一册

魚臺馬星翼仲章

論詩類

《文選》載李陵詩三首，《太平御覽》别有一篇，結句「巢父不洗耳，後世有何稱」，引喻失義，自擬非倫，殆廢鼎也。《古文苑》有《擬李陵詩》七首，不著誰作，其一「有鳥西南飛」，其七「鳳皇鳴高岡」。後人引詩，或即以無名氏擬詩爲陵自作，而此外尚有遺句。李善注《文選》魏文帝《與鍾大理書》「五内」句，下引李陵詩曰：「行行且自割，無令五内傷。」又孫子荆《爲石仲容與孫皓書》「虎步」句，下引李陵詩曰：「幸託不肖軀，且當猛虎步。」今俱不見全篇。

劉向《杖銘》借杖喻相，極得風諫之誼。所云「都蔗雖甘，殆不可杖。佞人悦己，亦不可相」，曹植《矯志》詩全用其語：「都蔗雖甘，杖之必折；巧言雖美，用之必滅。」蓋深有味乎其言，子建之在魏，與子政之在漢，其心同也。

匡鼎説《詩》解頤，古今艶稱，而穉圭自作之詩，殊無傳焉。《禮樂志》云：「衡爲丞相，更定郊祀歌，奏罷『鸞路龍鱗』，更爲『涓選休成』；又奏罷『黼繡周張』，更爲『肅若舊典』。」此「涓選」「肅若」二詩非别有全篇，殆其改句僅見者。解頤之句，亦可見一斑。

《古絶句》：「藳砧今何在？山上復有山。」四句宋人《韵語陽秋》具爲解釋之矣。《詩乘》，近人所撰，引古辭「圍棊燒敗襖，著子故依然」，謂與「藳砧」相類，但未知所出，亦未見全篇。

楚調《怨歌行》：「大德悠且長，人命一何促。」高彪《清誡》：「天長而地久，人生則不然。」馬明生《游仙詩》：「天地自有常，人命最險毳。」三詩起句旨義相類，而「險毳」語甚里。明生，臨溜人，見《神仙傳》，其詩或用當時里語。今時猶有人命甚脆之語，「毳」「脆」音相近。

伏波銅柱，《漢書》不載其銘，注中亦不及之。宋人《十國春秋》，僞楚追謚伏波爲祖昭靈王，具載其銅柱銘文十六字曰：「金人汗出，鐵馬蹄堅。子孫相連，九九百年。」句亦不甚可解，字體或篆或隸，亦都未詳。姑備一説可耳。

班固《咏史》：「百男何憒憒，不如一緹縈。」全首載司馬貞《史記索隱》，通首五言。其《郊祀靈芝歌》乃騷體，見《太平御覽》。孟堅詩傳者，不僅《東都賦》後四言數篇也《靈芝詩》與《寶鼎》《白雉》二篇正相類，疑亦同時作。張衡《思玄賦》中有四言詩「天地烟熅，百卉含葩」八句，末系以詩，乃七言變騷體而爲七言。通首十二句，是亦七言古詩之星宿海矣。沈約《宋書・樂志》載《氣出唱》魏武帝辭，自「駕六龍」至「宜子孫」下，乃更端寫「游君山」一段。似前爲艶，後爲辭者，艶未免太冗長矣。近人《詩紀》分爲三首，「駕六龍」至「道自來」爲一，「華陰山」至「宜子孫」爲二，「游君山」以下乃第三也。不知何所據。或《宋書》自别有善本。

魏武詩雜言雖工，未若四言之善。「呦呦鹿鳴」四句，《短歌》中襲用之，如自己出，其氣盛也。「老驥伏櫪，志在千里。」《碣石篇》中句，王敦以擊碎唾壺。「月明是稀，烏鵲南飛。」東坡《赤壁賦》中猶引之賞音，固自不乏。諸葛武侯《梁父吟》：「力能排南山，又能絶地記。」「又」字，别本皆作「文」。蜀中石刻亦然。殆非是三士皆力臣，不知其有文也。史言武侯自比管樂，此詩乃是自比晏子。

魏文《善哉行》，《文選》載其四言一篇。《詩紀》乃有四篇選是第一，次「有美一人」，亦四言也，其三四皆五言。末首「朝遊高臺觀，夕宴華池陰」一百字，明人《廣文選》弋取其大半，别題爲《銅爵園詩》，不知何據。銅爵臺稱園，亦似新題。

陳思王《贈友》一篇「君王禮英賢」云云，乃江文通擬作，明見《文選》。前明人刻陳思集者，亦併編入。與陶集編入江擬《田居》一篇，其弊正仝。東坡和陶，併和此作，知宋時刻本即誤入。

《詩紀》陳思樂府以《丹霞蔽日行》爲首。「丹霞蔽日」之義，篇中不見。其句有云：「周室何隆，一門三聖。」與題義無關。按魏文樂府亦有此題，其首句云：「丹霞蔽日，采虹垂天。」子建殆和其兄作，藉周爲喻。

陳思集中前有《七哀》，後又有《怨詩行》，僅增多數句。「念君過于渴，思君劇於饑。」亦非妙諦，豈初稿如此，後乃删薙耶？《善哉行·來日大難》一首乃古辭，亦誤入集中，皆編者濫收之過。

程曉字季明，乃程昱孫，見《魏志·昱傳》。曉有《嘲熱》一篇，最爲名作。編詩者因昱孫編入魏詩，實是晉人。與傅休奕贈答四言詩俱在，當與傅相次並列。嵇叔夜《贈秀才入軍》詩，《文選》五首，在本集乃十九首之六也。本集「携我好仇」下别爲一首，而《選》合之。集末首五言：「吉凶雖在己，世路多嶮巇。」

嵇生《答二郭詩》有云：「莊周憚靈龜，越穆嗟王輿。」「越穆」二字，諸本悉仝。實則正用越王子搜事，明見《莊子》書。曩謂「搜」字古寫近「穆」，故譌。《文選》謝公《會吟行》句云：「勾踐善廢興，越叟識行止。」所云「越叟」亦當是「越搜」之譌，「識行止」亦謂其「歎王輿」云爾。

阮步兵集中《詠懷》乃八十二首，可謂多矣。《文選》載十七首，悉其佳篇。「吹臺」一首，尤其名作，《選》顧遺之，知不能備矣。本集尚有四言詩三首，亦題《詠懷》。有句云：「回濱嗟虞，敢不希顔。」「回濱」二字，不解，俟校别本。

《文選》王仲宣《七哀詩》：「西京亂無象。」李善注已作「無象」解之矣。曩疑「象」是「家」字譌，王自歎無家，故下云「身適荆蠻」，語意相貫。乃謝公擬仲宣詩云：「函殽没無像。」明押「像」字韻，則自劉宋本已然，何得言誤。「清風細雨雜香來，土上出金火照臺。」見《王子年拾遺記・薛芸篇》，乃當時行者歌詞。「清風」句極似後世語，當塗高已開其端。

陶詩《歸園田》句：「試携子姪輩，披榛步荒墟。」湛方生《後齋詩》：「撫我子姪，携我親友。」或以姪稱太里。按杜氏《左傳注》：兄子曰姪。范氏《穀梁傳叙》亦有「兄弟子姪」句。蓋兄子稱姪，自典午以來皆然矣。必謂古稱姪皆謂女，而不可施於男子，亦拘而鮮通，今人即以典午爲古可也。劉向《列女傳・魯義姑姊頌》：「見軍走山，棄子抱姪。」已謂兄子爲姪。陶詩《勸農》首章：「厥初生人。」「人」字當是唐人避諱改之，今本仍當作「民」，與結句「實賴哲人」韻乃不複。其第六章「民生在勤」，「民」字獨未改，何居？

謝詩題《田南樹園激流植援》，「援」字，李善注中未釋。按：詩内有「插槿當列墉」句，即「援」義也。以「墉」爲「援」，究不知所本，或用當時語耳。

《西洲曲》，梁武帝作，别本一作晉辭。或自晉即有此曲，而蕭氏更加修飾之耳。其曲八節，宛轉關生，姿態横出，極爲妙筆。八節中惟「采蓮南塘秋，蓮花過人頭。低頭弄蓮子，蓮子青如水」兩句一轉韵，更覺簇簇生新。何遜《送韋司馬别》一首，調度仿佛《西洲》，至唐《春江花月夜》之作，亦極相肖。《白馬篇》十八韵者，乃孔稚圭作，見《詹事集》，音節清壯。而坊刻編入隋詩，且題曰煬帝，作未知何由。

隋人尹式句：「秋鬢含霜白，衰顏倚酒紅。」孔德紹句：「風度谷餘響，月斜山半陰。」王申禮句：「葉落秋巢迥，雲生石路深。」皆律句之佳者，入之唐詩，殆無以辨。隋詩中惟楊素《贈薛内史》、《薛播州》諸篇，猶近古之作者。

明餘慶《從軍行》：「劍花寒不落，弓月曉逾明。」亦是律句，而研鍊極工。乃初唐虞世南仝此題，用此句僅顛倒二字，乃襲用之耶？要之，「劍寒花不落，弓曉月逾明」，似未若原句之善。

唐詩選本在唐姚合有《極玄集》，以王維爲首，皎然爲終，無李杜，亦無高岑。所選摩詰詩，亦僅律詩三首，似未爲極玄也。摩詰五七古豈可略哉？韋莊有《又玄集》，以楊炯爲首，司空曙終，中有李杜矣。乃李僅一律二絶句，杜僅「吹留」一律，是皆偶然弋取，未足爲定衡也。若元結《篋中集》，僅沈千運等六七人。令狐楚《御覽詩集》，僅劉方平等十餘人，所載更隘不足尚。

唐芮挺章選《國秀集》，以李嶠爲首，祖詠終，全無李杜，與殷璠《河岳英靈集》、高仲武《中興間氣集》所見略仝。殷本有李無杜，意見已別，而末有李嶷、閻防，與王孟高岑果足相匹耶？芮本自載其《江南弄》五律一首，「鸚鵡能言鳥，芙蓉巧笑花」是其佳句，亦可想見芮所步趨者如此而已。選人自入已詩，殆始於此。或前此矣，姑弗深考。

《間氣集》末有閨秀李冶季蘭詩三首，蓋高氏所欲表章者，專在此等。其《三峽流水歌》實爲佳篇，韋縠《才調集》亦載之。題上有「從蕭叔子聽彈琴」七字，高本遺之不得，《國秀集》《御覽集》俱有。梁鍠《觀美人卧》一律甚非其美，「落釵猶挂鬢，微汗欲銷黄」是何等句，而諸家濫收，殊不可解。

《唐文粹》有蘇晉《過賈六》詩一首：「主人病且閒，客來情彌適。一酌復一笑，不知日將夕。昨來屬歡遊，於今盡成昔。努力持所趣，空名定何益。」蘇晉詩罕見似此，與陶詩氣味何遠，宜爲拾遺所稱。

天寶間，李康成選《玉臺後集》，自存其詩數篇。其一云：「自君之出矣，絃歌絶無聲。思君如百草，撩亂逐春生。」吐屬亦近六朝。

皮日休《七愛詩》多名，余尤愛其《元魯山》一首，合縷書之。「吾愛元紫芝，清介如伯夷。輦母遠之官，宰邑無點疵。三年魯山民，豐稔不暫饑。三年魯山吏，清慎各自持。只飲魯山泉，只采魯山薇。一室冰蘗苦，四遠聲光飛。退歸舊隱來，斗酒入茅茨。雞黍匪家畜，琴尊常自怡。盡日一菜食，窮年一布衣。清似匣中鏡，直如絃上絲。世無用賢人，青山生白髭。即卧黔婁衾，空立陳實碑。吾無魯山遵，空有魯山辭。所恨不相識，援筆空涕垂。」此詩亦見《文粹》，當與漢人「洛陽令王君」詩並垂。

《全唐詩話》：鄭徵君爲詩，皆袪淫靡，迥絶囂塵。如《富貴曲》云：「美人梳洗時，滿頭間珠翠。豈知兩鬢雲，戴却數鄉稅。」《詠西施》云：「素面已云妖，更着花鈿飾。臉横一寸波，浸破吴王國。」又《傷時》句：「浮名浮利過于酒，醉得人心死不醒。翠娥紅粉嬋娟劍，殺盡世人人不知。」又《偶題》一首：「似鶴如雲一箇身，不憂家國不憂貧。擬將枕上日高睡，賣與世間富貴人。」此等句甚多，不備録。余謂此等詩類皆自香山長慶樂府來，有意刺時。自謂得詩正派，實則滿腔惡俗，艷羨富貴，固作煞風景語，以自矯異云耳。在當時矜爲傑作，自近人觀之，了不異人意。

東坡云：「唐末五代，文章衰陋，詩有貫休，書有亞栖，村俗之氣，大率相似。如蘇子美家收藏張長史書云：『隔簾歌已俊，對面貌彌精。』語既凡惡，而字畫真亞栖之流。」此一段見《苕溪漁隱叢話》，實爲名論，而世俗不察，反以五代時語爲法，甚可閔笑。

放翁《老學庵筆記》：「天慶觀有陳希夷石刻云：『因奉攀縣尹尚書水南小酌回，特叩松扃，謁高公。茶話移時，偶書二十八字。「我謂浮榮真是幻，醉來捨轡謁高公。因聆玄論冥冥理，轉覺塵寰一夢中。」道門弟子圖南上。』」余按此近人詩題用「茶話」二字之祖，此類豈可效法？由此以推，「奉攀縣尹」亦可作題目，村惡之氣，不可嚮邇。

近人詩集中又每用「坐月」題。按：劉須溪《元宵雨》詞：「坐月夜吹簫。」殆是「坐月」二字之始。要本五代路洵美《夜坐》詩：「漏從吟裏轉，月自坐來明。」又按：唐賈島《過楊道士居》即有「叩齒坐明月」句。

杜荀鶴句：「卷一留絲供釣線，種千林竹作漁竿。」見《野客叢書》。按：此「釣線」二字所本，但杜原句有「絲」字，其義自明。近人直以「釣絲」爲釣，何居？又山甫詩以「七條絲」爲「七條線」，皆率于格律趁韵而已，豈足爲法？

《唐宋遺史》：「僧乾康有《經方干故居》詩：『鏡湖中有月，處士後無人。荻笋抽高節，鱸魚躍老鱗。』」以「老鱗」對「高節」，已屬牽强，若本此爲典故，凡海大魚皆稱老鱗，殊爲孟浪。

《賓退録》：「五代蔣維東好學能屬文，隱居衡岳，從而受業者號山長。」按：近世號書院師爲山長，蓋本此，或前此矣，俟考。《録》中多載别號，如：曲子相公，晉和凝也；判詩博士，王仁裕也；秦婦吟秀才，蜀韋莊也；風月主人，歐陽彬也；皂江漁翁，張立也。蓋當時風氣所尚如此。《零陵總龜》載蔣維東孟陽《落花》詩：「流水從將去，春風解送來。」亦是恒語。

南漢劉龑才人蘇氏，通經史，宫中呼爲「蘇大家」。蜀黄崇嘏號「女狀元」。俱見《賓退録》。

《翰府名談》：「陳希夷贈金勵《睡詩》二首：『常人無所重，惟睡乃爲重。舉世皆爲息，魂離神不動。覺來無所知，貪求心愈勇。堪笑塵中人，不知夢是夢。』其二：『至人本無夢，其夢乃游仙。真人本無睡，睡則浮雲烟。爐裏盡爲藥，壺中别有天。欲知睡夢裏，人間第一玄。』」按《玉堂嘉話》載希夷詩云：「我見世人忙，箇箇忙如火。忙者不爲身，爲身忙却可。」詩只四句而意味無窮，較《睡詩》似覺更勝。渠以導引爲爲身，吾輩自有爲己之學，可藉以自勵。

胡仔《漁隱叢話》載回仙《沁園春》一闋，明内丹之旨。詞曰：「七返還丹，在人先須，煉已待時。正一陽初動，中宵漏永，温温丹鼎，光透簾幃。造化争馳，虎龍交合，進火功夫尤鬥危。曲江上，看月華瑩静，有箇烏飛。當時。自飲刀圭。又誰信、無中養就兒。辨水源清濁，木金間隔，不因師旨，此事難知。道要玄微，天機深遠，下手速修猶太遲。蓬萊路，仗三千行滿，獨步雲歸。」詞完。按：此詞乃近人八段錦功夫之祖。余常從孫太醫右民受此訣，所云進陽火、退陰火、氣息如春水魚，皆此中秘要。

回仙即吕翁，一稱回道人。吕翁詩載《全唐詩》集中甚夥，不知采自何書？漫録其《勸世篇》：「一毫之善，與人方便。一毫之惡，勸君莫作。衣食隨緣，自然快樂。算是甚命，問什麽卜。欺人是禍，饒人是福。天眼昭昭，報應甚速。諦聽吾言，神欽鬼服。」

《十國春秋》：「杜仁傑善導引烹煉之術。孟知祥鎮西川，仁傑來蜀，留題至真觀云『坤所載，乾所幬』云云。」近二百字，不備列，中有句：「昔王人，往昭告。始軒轅，末徽廟。」「徽廟」二字，在趙宋前即有之，究未知何所指。

顔仁郁，泉州人，仕爲歸德場長。有詩百篇，歷盡人情，邑人歌之號顔長官詩。其《勸農》云：「夜半呼兒趁曉耕，羸牛無力漸艱行。時人未識農家苦，敢道田中穀自生。」亦見《十國春秋》。歸德場是否即今歸德府地？

《洞微志》，不知誰作，載齊人病中歌，甚幻，漫記之。顯德中，齊州有人病狂，每歌曰：「踏陽春，人間二月雨和塵。陽春踏盡秋風起，腸斷人間白髮人。」又歌曰：「五雲華蓋曉玲瓏，天府由來汝腑中。惆悵此情言不盡，一丸蘿蔔火吾宫。」後遇一道士作法治之，云：「每見一紅衣小女引入宫殿，皆紅，多召紫州小姑令歌。」道士曰：「此正犯大麥毒。女即心神，小姑，脾神也。醫經蘿蔔治麪毒，故云火吾宫。」即以藥兼蘿蔔食之，遂愈。余按此事極幻，而蘿蔔方甚效。孫太醫每以煮蘿蔔飽食之，治瘧有奇功。客秋，一老吏患瘧兩月餘，憊甚，漫以蘿蔔方治之，乃止。或所犯亦麪毒也，附及之。

徐賁有《温陵集》，劉後邨爲叙，稱賁善賦，時人目之爲「錦繡堆」。其集十卷，今皆不見，但摘其句。「豐年甲子春無雨，良夜庚申夏足眠。」可想見錦繡堆中語。至「身閒不厭常來客，年老偏憐最小兒」，乃恒語耳。

《雅言系述》載曾弼《宿玉泉寺》詩：「山偷半庭月，池印一天星。」以爲奇句。余謂「山偷」句里不似詩人吐囑。零陵記畢田句「石上泉華噴猛霜」，「猛霜」亦里語，不可爲典要。畢詩至以「淚篠」對「湘弦」，更何足云。

《青箱雜記》有馮道詩一首：「窮達皆由命，何須發歎聲。但知行好事，莫要問前程。冬去冰須泮，春來草自生。請君觀此理，天道甚分明。」余謂此真香山派，惜出自癡頑老子，不能爲廣大教主。

《碧雞漫志》，不知誰作，其中一條有「魚臺」二字，似是吾邑舊事。朱三曾駐兵於此，歌舞於此，洵故里之不幸也，弋取其略。屯田員外郎馮敢，景德三年在開封府界宿古佛堂，携童子王侃觀女鬼三婦人歌舞，歌者問侃識歌何名？侃對曰：「喝馱子。」渠曰：「非也。」此曲單州營妓教頭葛大娘所選新聲，梁祖作四鎮時，駐兵魚臺，值生日，大娘獻之，梁祖令李振填詞付後騎喝之，以押馬隊。河北軍競喝此曲，以押隊，故謂曰「喝馱子」。莊皇入洛，聞此曲，謂左右曰：「此亦古曲葛氏，但更五七聲耳。」

《清源文獻志》載閩人詹敦仁《復留從效問劉巖改名龑字音義》詩一首，五古長篇，余常用其韵答友人問古泉刀奇字者，縷書於左。「伏羲初畫卦，蒼頡乃制字。點畫有偏傍，陰陽貴協比。古者不嫌名，周人始稱諱。始諱猶未酷，後習轉多忌。或援他代易，或變文回避。濫觴久滋蔓，傷心日以熾。孫休命子名，吴國尊王意。𩅦音彎莔迄𩃎䖆羿賢僻，𡦃莽昷舉㝅褒㷉音擁異。梁復踵其非，時亦迹舊事。𪓰萬杰傑自其一，蜀桂闖琛入聲是其二。鄙哉仉掌瞀起名，陋矣𢿽頣𪐴端義。大唐有天下，武后擁神器。私制迄無取，古音實相類。𠡦年𠧋初㇠日囝月〇星，𠊉君𢘑臣生人𠀑天埊地。缶正圀國及曌照𢒺載，作史難詳備。唐祚值傾危，劉龑懷僭僞。吁嗟毒蛟輩，睥睨飛龍位。龑儼雖同音，形體殊乖致。廢學愧未宏，來問辱不棄。奇字難雄博，摛文伏韓智。因誦鄙所聞，敢布諸下吏。」右詩羅列異字，亦資攷據。按：敦仁，固始人也。閩王命參軍事，不就，而就留從效之辟，蓋亦有所不獲已耳。仕閩，故又稱閩人。

《研北雜志》：「李仲芳家有南唐金銅蟾蜍硯滴，重厚奇古，腹下有篆銘曰：『捨月窟，伏棐几。爲我用，貯清泚。端溪石，澄心紙。陳玄氏，毛錐子。同列無譁聽驅使，微吾潤澤烏用爾？』」按此銘不著年月，《志》稱南唐者，爲有「澄心紙」耳。「金銅」二字不分明，古者銅亦稱金，但未有混稱金銅者。

《雅言雜録》：「廖圖贈沈彬詩：『名利最爲浮世重，古今能有幾人抛？逼真但使心無着，混俗何妨年强抄。』」押「抄」字，不甚可解，或亦當時俗語。

《宋文鑑》載郫人張俞作《蠶婦》詩：「昨日入城市，歸來淚滿巾。遍身羅綺者，不是養蠶人。」俞字少愚，自號白雲先生。按：此詩世所習聞稱唐詩，殊誤。《文鑑》又載鄭毅夫《獮采凫茨》一首：「朝携一筐出，暮携一筐歸。十指欲流血，且急眼前饑。官倉豈無粟，粒粒藏珠璣。一粒不出倉，倉中群鼠肥。」道得民間疾苦，主風人不遠。

張文裕掞乃吾齊州人。其《賀執政入東西府》一律，見《王荆公集》李壁注中，實一時應酬之作。漫記其首四句：「五仙同日集蓬萊，玉宇珠簾次第開。乍向壺中窺日月，猶疑海上見樓臺。」《歷城志》中應有此詩。

彭城陳亞之洎乃後山之祖，有《過田文墓》一絶，墓應在今滕縣，《滕志》當載之。「當時聞奏雍門琴，話者池臺淚滿襟。何況今朝陵谷畔，池臺無迹可追尋。」

《濂溪集》有《自題濂溪書堂》五古長篇，句云：「有時吟復默，酒罷鳴幽琴。數十黄卷軸，賢聖談無音。」誠不愧其言。集中亦有與人同流之作，「三月僧房暖，林花互照明。路盤層頂上，人在半空行。水色雲含白，禽聲谷應清。天風拂襟袖，縹緲覺身輕。」《同宋復古游大林寺》句也。《漁隱詩話》載韓持國維一絶：「閉門讀易程夫子，伯淳清坐焚香范使君。純禮顧我未能忘世味，緑醽紅妓對斜曛。」又載蘇舜元舜欽兄弟聯句四言長篇，首云：「大榮大辱，能生死人。」元結云：「駕風鞭霆，以脱凡鱗。」欽實爲一時奇作。

《廬山志》有任大中《選永倅周茂叔還濂溪》一絶：「君去何人最淚流，老翁身獨宿南州。隨君不及秋來雁，直到瀟湘水盡頭。」任，三衢人，字子固。

李泰伯覯不以詩名，乃其《詠梁帝》一絶「但學禪心能忍辱，不羞侯景陷臺城」，亦是妙手偶得之句。楊修之備《秦淮》一絶：「金陵地脉何曾斷，不覺真人已姓劉。」詠史詩皆可與義山相匹。若劉彦冲《汴京》詩：「空將覆鼎誤前朝，骨朽人間駡未消。」似太直致矣。

朱童子，浮梁人。名虎臣。年九歲，紹興間武狀元。程元祐贈詩有云：「邇來忽得朱虎臣，九歲知兵及古人。僕姑十上九破的，玉帳七書成誦臆。」見《饒州府志》。九歲骨幹未成，而能以武藝冠軍，真所謂有力如虎者也。

《朱子大全集補遺》載德興縣葉元愷家題一絶：「葱湯麥飯兩相宜，葱暖丹田麥療饑。莫道儒家風味薄，隔鄰猶有未炊時。」又云：「晦庵亦號雲谷，老人又稱滄洲病叟。」此二號今鮮知者。

晁公遡字子西，鉅野人。公武之弟。著《嵩山集》。《有感》絶句：「不見罘罳闕，於今已十春。素衣不忍棄，爲有洛陽塵。」極有古意。

章伯淵乃惇之裔，著《槁簡贅筆》。其《子夜吴歌叙》載吴中里曲有句云：「消梨應郎心上冷，甘蔗應郎心上甜。」又：「羅裙十二褶，小妻也是妾。」類古樂府，因演之爲二章，其詩不佳，反爲蛇足。

《濂洛風雅集》載葉仲圭采《書事》一絶「雙雙瓦雀行書案」云云，俗誤稱朱子詩，不知爲葉作也。

「近水樓臺先得月，向陽花木易爲春。」乃北宋杭州巡檢蘇麟□范文正句，世人習用，不知所出。

蘇簡字伯業，蘇籀字仲滋，伯仲分明，皆蘇遲之子，而世謂簡爲籀弟，何居？籀著《雙溪集》，有《游鼓山》七古一篇，不注山在何處。朱子嘗登鼓山，望閩海，云：「後五百年，海中當有數萬家之聚。」今臺灣是也，當以蘇氏居里證之。山名象形不一處。

胡元任仔號苕溪漁隱，利人。《七夕》一絶：「乞巧筵開玉露秋，一鈎涼月桂西樓。人間百巧方無奈，寄語天孫好罷休。」别有懷抱。

梁安世字次張，著《遠堂集》。有《呈秦碑一疪於梅溪太守》七古一首，略云：「公生博物好奇古，勸我搜求秦望碑。我來稽陰且三載，夢寐絶頂雲俱馳。暇日登臨雲門寺，僧曰若耶溪上奇。山曰何山山名勢最峻，丹鶴夜宿天孫枝。李斯篆書真刻本，昔人避亂此見之。惜哉此疪無一畫，欲記存亡人應嗤。」按：《龜齡集》亦有答作，□本無一畫，真可謂無字碑矣。

范石湖集《琉璃河》一絶末句：「琉璃河上看鴛鴦。」自注：「此河又名劉李河。宋敏求《入番録》乃謂之六里河，在涿州北三十里，鴛鴦千百爲群。」按：此即今涿郡之琉璃河。明時修橋，橋側鐵梁刻字甚明。乃俗稱王彦章鐵篙，較六里、劉李之譌，益屬無因。丁丑，余與袁樹堂仝年過此橋，口占一絶：「河中水似碧琉璃，橋上徘徊枉寄思。故宋鴛鴦今已老，我來不見一行飛。」袁規余云：「此是悲音。君年方小，不宜爾。」因棄置不存稿，今閲石湖詩注附及之。當丑歲，余方有孔懷之痛，又值下第，不覺情見乎辭。

《陸象山集》，吾家藏本獨無其詩，別本《鵝湖》七律外，尚有《子規》六言一首。「柳院竹亭茅店，雲蕪風樹烟溪。聽徹殘陽月下，不論巴蜀東西。」《陸劍南集》五六函殆近萬首，然亦時有遺句。「積憤有時歌易水，孤忠無路哭昭陵。」見玉堂《詩話》。又趙章泉《梅課》載放翁一絶併叙云：「嘉泰壬戌九月，夢一故人，相語曰：『我爲蓮花博士，鏡湖新置官也。我去矣，君能暫爲之乎？月得酒千壺，亦不惡也。』」遂以詩紀之曰：「白首歸修汗簡書，每因囊粟欲侏儒。不知月給千壺酒，得似蓮花博士無。」本集不載，蓋删之也。

《鶴林玉露》載徐淵子《買硯》一絶：「俸餘擬辦買山錢，却買端州古硯磚。依舊被渠驅使在，買山之事定何年？」風味甚佳。但稱硯爲塼，不知何所本。「古硯塼」正可與「芭蕉樹」作對，用事不必有出處，此類是耶？淵子又有句：「胸中着雲夢，皮裏有陽秋。」句甚工。《困學紀聞》載其「植梓藝蓀」等句，世多稱之。淵子名似道，此別一似道也。

王龜齡仝時有趙十朋，黄岩人，隱居不仕。有句云：「四枚豚犬教知書，二頃良田儘有餘。魯酒三杯碁一局，客來渾不問親疏。」龜齡和之云：「薄有田園種斗升，兩兒傳授讀書燈。客來一局三杯酒，王十朋如趙十朋。」戲句亦有佳。趙詩以「四枚」稱「豚犬」，較之「古硯塼」似更無所本，皆宋詩之不足法者。

宋詩慣用里俗字眼。如放翁詩中「蠶三幼」「窮四和香」等句，幸皆有自注。若王從周鎬詩「洗紅窣窣烏藍雨，落紫颼颼皂角風」、尹少稷穡句「異日是非憂史謬，終身饑餒羡錢愚」，皆當有自注乃分明。

張師錫《老兒》詩五十韵，老兒即老人也。形容可謂盡致，見《賓退録》。惜有重複句，如前云：「頭摇如轉旋，脣動若抽牽。」復又云：「觀瞻多目眩，舉動即頭旋。」「旋」字一義平仄互見。又云：「風牽口更偏，眼暗似籠烟。」失之冗長耳。「形骸將就木，囊橐尚貪錢。」句甚有味，奈與後段「女嫁求紅燭，男昏乞綵錢」又重見。

《齊東野語》載吾江人林外《題西湖酒家壁》一絶：「藥鑪丹竈舊生涯，白雲深處是吾家。江城戀酒不歸去，老却碧桃無限花。」酒肆驚異以爲神仙至云。《庚溪詩話》直以爲仙詩，誤矣。《西溪叢話》《輟耕録》悉載此詩，小有異同，而人名亦殊。按：林外仕興化令，著有《孏窠類稿》，今都不見，而此詩獨傳。

姜白石《自題畫像》一絶，本集不載，而《硯北雜志》有之。「鶴氅如烟羽扇風，賦性芳草緑陰中。黑頭辦了人間事，來看凌霜數點紅。」按：白石每自稱布衣，而詩有「虚縻廩禄飲醇醪」之句，蓋時以布衣校禮樂書，故其承句即云「不押文書不坐曹」，而所云「黑頭辦了人間事」者，亦謂是也。

《白石集》亦近人所刻，其《詠草》一詞結句：「萋萋無數，南北東西路。」全首見《絶妙詞選》，乃林君復作，不知何緣誤入。集後載周密《題辭》，述白石事頗詳。附及單煒字炳文，用武舉出身，博學能文，於書法尤精。按：白石《别沔鄂親友》詩所云：「單侯出機杼，豈是劍舞得？」正謂其好武而又工書。但原注單名炳文，不無小異。或當時以字行，稱字、稱名皆是也。《詠明妃》三首，乃樂府禮，編入五絶，亦未協。「緑葑自來還自去，來時須載白鷗來。」白石《湖上詠》句，「緑葑」不注何物事。又：「老去無心裏管注，病來杯酒不相便。」「便」讀平聲，亦疑。

周文璞字晉仙，陽穀人。著有《方泉先生集》，方泉蓋其號也。集有《山樂官》一首，山樂官，禽名。其詩曰：「山樂官，爾誰魂。逃河入海俱奔奔，伶倫梨園何可論。山樂官，予欲爾兮，無言爲予歌雲門。」《陽穀志》中當有此人、有此詩。

金華杜旃字仲高。《送陸務觀赴召》一律，首云：「四海文章陸放翁，百年漁釣兩龜蒙。數關天地吾何與，老作春秋道未窮。」

曾茶山幾集，近人刻本集前有趙仲白題句云：「清於月白初三夜，淡似湯烹第一泉。咄咄偪人門弟子，劍南已見一燈傳。」趙詩不知采自何處？集中多有與校官倡和之作，如《贈張耆年》句：「廣文官舍似僧家。」《過王仲禮教授小園》云：「衡門静似水，委巷深於山。」又《汪敦仁教授即官舍作齋予以獨冷名之》五古長篇。此數家在當時想必有酬和之作，至今泯泯，校官詩之難傳如此夫。

茶山七古有叠韵三首押「菟」字，悉用「於菟」，不少變化。「菟」在平韵，只此一解。若「赤菟」等字，自讀去聲，不可混也。板本亦有譌字，如「軍將打門」誤作「將軍」，不惟平仄不合，併失典故矣。「涼風急雨夜瀟瀟，便恐江南草木凋。自爲豐年喜無寐，不關窗外有芭蕉。」一「恐」一「喜」，轉折分明。今年秋旱，直至重陽始得雨，可以樹麥。誦此絶，如代余言也。丙辰秋志。

「人情甚似吴江冷，世路真如蜀道難。」此向豐之句，楊誠齋甚奇之。見《湖海新聞》。而全篇不見，亦不詳豐之何許人。可知好句埋没者，不乏能言之類至衆多也。抑或其詩正如「楓落吴江冷」，所見不逮所聞。

文丞相《吟嘯集》有《過異人指示作》一首：「誰知真患難，悟此大光明。雲散天仍在，風休水自清。功名幾滅性，忠孝太勞生。此意如能會，神仙亦可成。」所謂異人不知誰也。元人刻《信國遺墨》一種，乃《六歌》後跋，略云：「可將此詩呈嫂氏，歸之天命。仍語靚妝、璚英，不曾周旋得，毋怨毋怨！書達百五賢妹。」據是《六歌》所云「有妹」者，殆即「百五」是也。百五，蓋其字。《有妾》一首所云：「晨妝靚服臨西湖，英英雁蕩飄璚琚。」乃隱用二妾名字，非泛語也。非得此遺墨，烏能知之？

柴隱士隨亨字剛中，宋亡不仕。《江行即事》一律：「讀罷騷經手自抄，紉蘭歸計勝誅茅。新蠶食葉將成繭，舊燕銜泥旋補巢。菜老花隨黄麥落，草長色與緑楊交。一春過盡三之二，閒倚東風似孟郊。」押險韵，極自然。宋亡隱居者，又有廬陵劉辰翁，字會孟，著《須溪集》。《題蘇李泣别圖》，甚簡古。「事已矣，泣何爲？蘇武節，李陵詩。噫！」凡十三字，意味無窮。

「欲憑鶯燕留春住，無奈春風信杜鵑。」吕人龍《春歸》句也。「丁香擬結相思夢，無奈東風作社寒。」葛起耕《和人》句也。致怨東風，亦成惡套。

「月趁潮頭上，山隨柁尾行。大江中夜滿，雙櫓半空鳴。」葛天民句也。「人語水相應，帆移山倒行。」黄復之句也。二詩氣韵相同，皆其集中傑作。劉後邨克莊《詠梅》結句：「東風謬掌花權柄，却忌孤高不主張。」坐謗訕得罪，後不知悔，復有句云：「夢得因桃却左遷，長源爲柳忤當權。幸然不識桃與柳，也被梅花累十年。」噫！不是梅花累君，君自累梅花耳。梅乃清友，詩人習詠。如魏了翁《鶴山集》《雪融夜起》一絶：「遠鐘入枕報新晴，衾鐵衣稜夢不成。起傍梅花讀周易，一窗明月四簷聲。」妃見高致。

楊慈湖簡六言詩：「净几横琴曉寒，梅花落在弦間。我欲清吟無句，轉煩門外青山。」似是琴曲，能爲清聲，無庸説幾生修到爲梅生色。

錢唐陳道人宗之名起，開書肆於睦親坊，寶慶初，以詩禍玻及，爲史彌遠所黜。著有《芸居乙稿》。《夜過西湖》一絶：「鵲巢猶挂三更月，漁板驚回一片鷗。吟得詩成無筆寫，蘸他春水畫船頭。」亦可想見風格。於此道殆好之者，工拙所不計耳。仝時鄭立之贈五古長篇，略云：「昔人耽隱約，屠酤身亦安。矧伊叢古書，枕藉於其間。讀書博詩趣，鬻書奉親歡。君能有此樂，冷澹世所難。百年適志耳，豈必身是官。不見林和靖，清名載孤山。」吾每讀此爲之慨然。曩見張蒿庵集有《贈書賈》詩，似當引用此道人事，因備載之。書肆中亦有詩人，况居近槐市而歲糜清俸者，直何如自勵耶？

宋之巨儒亦多工詩。紫陽在當時有以詩人薦之于朝者，可知矣。真西山師潭州時，會長沙十二縣宰，作一律：「從來守令與斯民，都是同胞一體親。豈有脂膏供爾禄，不思痛養切吾身。此邦祇以唐時古，我輩當如漢吏循。今日湘潭一巵酒，直須散作滿懷春。」温然一誦，如親道範。王深寧著述最多，韵語罕傳。延祐《四明志》載其《澤民廟》七古長篇，亦極磊落。略云：「城西有祠臨水涘，翠柏列植路如砥。問之耆老此爲誰？唐大曆中吴刺史。昔漢吴公治第一，列傳寂寂名無紀。刺史豈其苗裔歟？明州政亦河南比。秫稌充羨侯之賜，廟食長存如此水。」劉共《又送元晦》五古長篇句云：「念子抱孤桐，窈窕弦古詞。清商奮逸響，激亟有餘悲。」通篇古雅，近《文選》體。

湯巾字仲能，安仁人。曾主白鹿教席，《以廬山三疊泉寄張宗瑞》一律，張有答詩，皆非佳構。巾名頗奇，可與王簡棲並列之。潘牥字庭堅，富沙人。初名公筠，後以詔歲乞靈南臺神夢人持方牛首與之，遂易名牥。理宗殿試第三人。牥名尤奇，不知何音。事見周密《齊東野語》。

碧梧老人馬廷鸞，樂平人。度宗時參政，迕時相，歸里。十七年，薨。有《贈程楚翁》一律：「汗竹丹青側，空花粉黛中。尚懷丞相亮，肯署大夫雄。有客來今雨，誇予邁古風。幽情傾不竭，渺渺碧雲東。」見《新安志》。温州馬宋英題所畫古松一絶：「磨出一錠兩錠墨，掃出千年萬年樹。月明烏鵲誤飛來，踏枝不著空歸去。」見《圖繪寶鑑》附及之。在南宋時，吾宗仕隱並有作者。

臨川布衣曾極字景建，著《金陵百詠》，《方輿勝覽》載其二十九首。余曩手抄一編，跋云：「七言絶句，余少時目爲小品。既老，乃見此作，議論深至，音節鏗鏘，正是詠史別派。可與道古，可以言懷，豈可廢哉？」略記《新亭》一絶：「青山四合繞天津，風景依然似洛濱。江左於今成樂土，新亭垂淚亦無人。」金陵亦有天津橋，蔡嶷作見原注。

少時嘗見西湖十景小畫幅，意謂十景世俗論也，不謂自南宋時有之。閩人王洧字仙麓，曾爲浙帥參，有《西湖十景詩》，所謂「蘇堤春曉」「段橋殘雪」等題目，咸列焉。偶讀一過，如見舊畫，較之《金陵百詠》，筆力則少弱耳。

近人律句用「仙骨」爲「仙骸」，「魚目」爲「魚睛」，雖各有出處，不可爲典要。常以爲貼括習氣誤人如是。乃適閲《鮑參軍集》，已多此類。若「飛念如懸旗」，改「旌」爲「旗」，尤易見者。他句如：「歡觴爲悲酌，歌服成泣衣。」「華志分馳年，韶顔慘驚節。」「寶餌緩童年，命藥駐衰歷。」皆是累句。善學者當云古人則可，我則不可。

遼后蕭氏《回心院》辭，曩於雜書中見之，决非廢鼎，乃《遼史》無文，亦無其事。史載天祚文妃蕭氏，小字瑟瑟，有《諷諫歌》二篇。其次篇云：「丞相來朝兮劍佩鳴，千官側目兮寂無聲。養成外患兮嗟何及，禍盡忠臣兮罰不明。親戚並居兮藩屏位，私門潛畜兮爪牙兵。可憐往代兮秦天子，猶向宫中兮望太平。」天祚銜之。後賜死，瑟瑟當啃曰：「妾得與龍比游，不知聖朝何如耳？」

《遼史·宗實傳》：義宗名倍，太祖長子，後讓弟德光爲帝。歸國東平，作樂田園，詩不載其詞。及唐明宗招之，乃立木海上，刻詩曰：「小山壓大山，大山全無力。羞見故鄉人，從此投外國。」至唐封之，是爲東丹王，賜姓名爲李贊華。

《楊佶傳》：佶字正叔，爲武定軍節度使。視事之日，雨澤霑足，百姓歌曰：「何以蘇我？上天降雨。誰其撫我？楊公爲主。」《蕭鐸盧斡傳》：一日臨流，聞雉鳴三復「孔子時哉」語，作古詩三章，亦不載其辭。《王鼎傳》：鼎以怨望流鎮州，遇赦，獨不免，以詩貽使者，有「誰知天雨露，獨不知孤寒」之句。上聞而召還。《耶律孟簡傳》：性穎悟，六歲又出獵，俾賦《曉天星月》詩，應聲而成。後流保州，作《放懷》詩二十首，史載其序，而不及其詞。《列女・耶律常哥傳》：乙辛求詩，常哥遺以回文，乙辛知其諷己，銜之。所有回文詩亦不載。《姦臣傳》：張孝傑侍讌，賦《雲上於天》詩，句亦不載。遼詩傳者甚略，故弋取之，以見何代無才之意。

《遼道宗紀》：馬希白詩才敏妙，召試，十吏書不能給，今其詩無一傳者。又林牙資忠作《治國》詩，爲雅里所好，常命侍從讀之，今亦闕如。《馬人望傳》：人望初除執政，衆人賀之，愀然答曰：「得勿喜，失勿憂。杭之甚高，擠之必酷。」語似古詩，聊附及之。

前明《十二家詩選》，乃萬曆時益王自稱潢南道人選輯者。以李獻吉爲首，其末一人張文介號少谷，龍游人，不甚知名，蓋益王座上客也。詩亦非七子比。原叙以嚴滄浪説詩爲主，又自謂宋元詩未嘗一經眼，深恐下劣詩魔入肺腑也。正近世名流所譏，幾人眼見宋元詩者，選中豈皆唐音？恐不免與宋元作後塵耳。選本稱《盛明十二家》，渠自知所處乃衰晚耶？亦似非宜。

獻吉《酬殷明府》五古：「徒然伫王皃，未果偕緱鶴。」「緱鶴」「王皃」等字眼似排律中句。昌穀《贈方周二子》：「游情倦素藝，委志脱玄蟬。」謂玄冕、貂蟬爲「玄蟬」，亦同此弊，皆不足法。

高子業，洛陽人。乃其《叙懷》首句：「生長夷門郭。」何也？又有句云：「弱冠發大梁。」皆當有自注。其《集和氏園》，通首「禡」韵，乃一聯云：「賦詩芳泉側，舉爵茂陰下。」似又借用「馬」韵，或偶誤耶？又按「禡」韵「夏」字，僅春夏一解，餘皆在「馬」韵。而俗本韵牒詳注《周禮》九夏名目，誤人殊甚。合附及之。

薛君采《雜詩》：「吕生釣奇貨，蘇子挾陰符。」又：「班生嗣前烈，藉梁奄爲累。」稱不韋爲吕生、孟堅爲班生，不知有出處否？

何大復《明月篇》前有《原叙》，兹本删去，甚爲不宜。《歲晏行》：「白金縱有非地産，一兩已值千銅錢。」當時銀價如此，即動詩人之歎，今且三倍，其值奈何？《秋興》詩：「塵滿一區楊子宅，蓬生三徑蔣公堂。」押「堂」字，未穩，蔣詡又僭稱公，大復亦有此失。七日爲人，自古記之，其次日爲穀，莫如原始。獻吉有《穀日酬鄭屠二省使》七律，王弇州有《穀日雪作五律》，句云：「臘遲偏爲穀，春〔潤〕未疑花。」今人稱穀日，殆可以二家爲濫觴矣。

少谷七古押韵多用鄉音，不必古通也。如《長歌行》：「嗟余落魄尤可輕，論學談兵一未成。桓公漫奇王景略，漢家誰識韓淮陰。」又《送客》云：「丹陽古道接金陵，虎踞龍盤佳麗城。清芬再挹知何日，一片離心逐曉雲。」又《九日》詩：「亭高酒濃花復清，急管嬌歌愁煞人。座中賓客盡燕許，片言落昴千黄金。」「庚」「真」與「侵」韵混押，惟不爲沈生弊法所縛，是爲得耳。

長排中，雖大家不免有趁韵之句。如獻吉《鄱陽湖作》「虎賁雖莫敵，龍戰豈全辜」句，不甚可解。《哭陳博士》句「吴水痛沈珍」，「沈珍」亦未必有出典。《冬至》詩「行藏虞氏傳」，「虞氏」不知誰謂。虞卿、虞翻，在古皆未有稱氏者。

顧東橋《元日作》通首「支」韵，乃中一聯云：「禄米供調膳，家園奉杖藜。」「藜」字出韵。《送費學士》結句：「相將南浦上，空有折麻悲。」「折麻」，不知用何典故。姚鳳麓《漕河送人》詩：「國餉資漕輓，河渠實要津。」以「轉漕」之「漕」作平聲。《讀張少谷送人》句：「絶勝孫討虜，不啻馬長卿。」以「長卿」作平聲讀，若入試帖，皆當磨勘。弇州《天寧寺》詩：「净域本非遥。」下又云：「俄然覺路迢。」押法亦形窘步。

弇州《撥悶》七律起句：「不堪車馬日駸驔。」下又云：「其奈衣冠懶不堪。」兩用「不堪」，妃玩紀韵，後又重見，實爲失檢。少谷《上張相公》詩：「答鉞重膺大將權。」又云：「大將從言若轉圜。」「大將」二字亦重見。又「營中共賀來張鎬，吴下齊歌得伍員。」「員」字舊讀「云」，押入先韵，亦非宜。

君采絶句：「海内論詩伏兩雄，一時倡和未爲公。俊逸終憐何大復，粗豪不解李空同。」至今爲口實。渠《行幸南京歌》四首俱失粘，亦豪氣未除耳。丙辰夏日，初得此本，細爲校閲，恐誤後生耳，非故與古人爲難也。

袁凱字景文，以《白燕》詩知名，當時號「袁白燕」。《明詩選》注中乃詳其顛末云：「景文嘗謁楊廉夫，見几上有琴川時大本《詠白燕》詩：『春社年年帶雪歸，海棠庭院月争輝。珠簾十二中間掩，玉翦一雙高下飛。天下公侯誇紫頷，國中儔侶尚烏衣。江湖多少閒鷗鷺，宜與同盟伴釣磯。』謂廉夫曰：『此詩殊未盡體物之妙。』廉夫不以爲然。景文歸，作是詩以呈廉夫。廉夫歎賞，連書數紙，盡散之坐客，一時稱『袁白燕』云。」袁詩云：「故國飄零事已非，舊時王謝見應稀。月明湘水初無影，雪滿梁園尚未歸。柳絮池塘香入夢，梨花庭院冷侵衣。趙家姊妹多相妬，莫向昭陽殿裏飛。」袁、楊俱生元末，有懷故國人情，固自易感。若平時吟詠，則不必然矣。正、嘉時，李伯承先芳有《白燕》一律：「昭陽宮裏洗新妝，粉黛三千枉斷腸。不是樓臺涼似水，那教毛羽化爲霜。河邊度影銀生色，花裏銜泥玉作香。莫向衆中誇素質，蛾眉妬殺雪衣娘。」又文徵仲集亦有《白燕》一律：「高下翩翩雪羽齊，江南社後絮飛時。夢回王謝烏衣盡，舞罷昭陽縞袖垂。簾外風輕雲剪剪，釵頭春冷玉差差。當樓霜月傷心處，亦許張家盼盼知。」與袁詩亦可稱同調。時大本詩惟「天下公侯」句劣，或刻字有譌，無從校正。世有傳奇載諸名媛《咏白燕》詩甚具，友人嘗爲余稱之，都不能記。

薛文清瑄《沆州雜詩》一律：「辰沆風壤帶三苗，一望中原萬里遥。翼軫衆星朝北極，岷嶓諸嶺導南條。天連巫峽常多雨，江過潯陽始上朝。近日詩懷殊浩蕩，謾將新句答漁樵。」此詩最爲王元美所稱，謂講學者動以詞藻爲雕搜之技，工文者則舉拙語爲談笑之質，若枘鑿不相入者，實不然也。七言最不易工，若文清此詩，何嘗不極其致。

薛文清公詩全集，余未之見。友人抄示其《魚臺分司》一絶：「翠竹紅榴掩映間，柏臺清晝鳥聲閒。情知物理相關處，心與乾坤一樣寬。」此詩吾邑志中已載之。又抄示《樂陵道中》一律：「樂陵東去古堤長，野水邨烟共渺茫。遠海天空初過雁，大田秋老未經霜。鐵冠十載心如昨，憲節雙持鬢欲蒼。攬轡悠悠思往事，趨朝曾對御鑪香。」樂邑志中未載。

楊太宰巍《夢山詩集》，余從海豐購得一部，集後附《譫語》一册，末一首云：「名巍字伯謙，夢山其别號。空生九十年，可惜未聞道。」集前有鄒君觀光叙，稱魏允中誦其《晉中》詩如「燈前梳白髮，馬上夢青山」，思沈而致遠，非唐人不能到。夢山殆用此自號。記其《還家逢九日》一首：「自喜一官罷，寧悲三徑蕪。懸車少客訪，入户有僮扶。黄菊寒仍在，青山道不孤。老來慵戲馬，高枕卧江湖。」

茅鹿門《白華樓稿・中秋夜泊南望待月》一首：「年年故園夜，攬月練如掌。何堪悲秋客，翻遲中林賞。對晤不成研，露氣沈初幌。」幌字疑。《七夕過濟上訪靳兩城不及賦詩寄之》一首：「美人不可見，况復是佳期。獨倚支機石，堪憐牛女帷。盈盈隔河漢，脉脉阻光儀。空抱七襄詠，何當寄所思。」《七十誕日》三首，録一：「歲晚氣猶壯，興來醒亦狂。倚花了文債，對酒滌詩腸。賓戲不欲答，書成聊自藏。知稀我已貴，無復問名韁。」《晚行魯橋道中有懷》一首：「一眺城原秋水前，數家碪杵夕陽邊。初攀星色衣裳滿，翻泝溪流鼓角傳。飄泊羈愁隨落木，蕭條驛路上寒烟。故園今夜多揺落，誰共山中聽杜鵑。」《蔡敬齋赴河南方伯兼簡李滄溟憲使》一首起結：「忽傳擁傳下中州，一片雜雲挂驛樓。爲報梁園詞賦客，□携詩什寄餘不？」溪名甚新。《山齋中讀故友李于鱗詩刻有感》一首：「讀罷當年供奉詩，謫仙聲價倍明時。人埋劍佩重泉下，名傍雲霄北斗陲。我已久慚王勃後，君應不負賀監知。欲投弔草那從寄，萬里淒風繫所思。」

李滄溟集七律七絶若干首，余嘗全抄一册。素聞滄溟談詩，戒作者勿用唐以後典故。用是覆校所作七律、七絶，果無一語涉宋元事者，真可謂抗心希古，堅持雅操者矣。它家概未能若是。滄溟贈元美句：「微吾竟長夜，念爾和陽春。」自負亦未免太過。

滇雲馬弢叔，金陵武職，有《落花》詩三十首，附載吾濟郡于冏卿《弗告堂集》内。于有題辭云：「弢叔飭戎之暇，弄筆自娱，賦《落花》三十首。首各一韻，既暢才情，亦追高雅。」漫摘數聯：「自是愁人傷暮景，况逢游子客天涯。」「人於樂處偏生悵，憶到開時實可憐。」「春江月夜空成咏，金谷豪華罷舉觴。」可仿佛大略。

于冏卿若瀛，字文若。《弗告堂集》前有葉向高叙，行草譌誤，至不可讀，不知何人爲投刊之也。《七夕送曹能始還閩》一首：「憐君奏最入皇州，又挂輕帆晝錦游。酒對青楓當七夕，詩披白雪足千秋。原注：將行，先别我以詩。雲開鍾阜峰孤峻，江過毘陵水亂流。君到西湖維畫舫，可能重上水邊樓。」《制臺蹇師邀登檀州城樓》一首：「樓壓孤城俯大荒，憑欄指點説金湯。天寒雁度河冰白，風起沙飛塞霧黄。聖水遠從南嶺落，關門遥控海天長。欣同制府開芳醼，薄暮登臨興未央。」摘句：「雪色壓城疑上月，江聲入夜似驚秋。」「攢空岳色當窗起，回影楓林入望平。」「雄風劍罷吹高樹，落日樽前晦太行。」傑句不勝録。

鍾伯敬《隱秀軒集》載洛陽李志登，萬曆庚辰進士。登泰山，題十六字：「登岱顛兮，色光莫紀。想太初兮，山生之始。」句甚簡古，愧不能及也。道光己丑，余登岱顛不見此石。嶧山石鐘洞有志登題二十字古篆，僅識末十字：「介石扣不鳴，寂爾山暗響。」

《隱秀軒集》開卷《四言贈譚友夏》詩，蓋其少作，摹古有醴，略載數章。「維東有阜，維南有湖。阜則我宅，湖則爾居。子無所往，我無所徂。我室子室，子廬我廬。」「自南爾歸，有言不同。子三逢我，我不子從。子之違矣，如予之從矣。」此伯敬詩之有矩規者，豈以貌古爲嫌。至其晚年《游太山作》結云：「岱實爲之，勸登宏奬。」殆不成句。其五七律高語澹泊，乃成爲竟陵體，顧不惜哉！《題桃源洞》

一絶，乃其佳篇。「商山海上半秦民，何獨桃源是避秦。滿洞仙人一漁子，翻疑漁子是仙人。」伯敬又有夢句「石引長松天一笑」，七字甚奇。余曩因重九閒居，戲集伯敬句爲一絶：「客邊難見重陽好，昨夜猶聞風雨聲。石引長松天一笑，遊栖事事若先成。」兹附及之。

詩自晚唐以來，卑俗之句，殆與小説相似。如杜荀鶴《雋陽道中》一律：「客路客路何悠悠，蟬聲向背槐花愁。争知百歲不百歲，未合白頭今白頭。四五朵山妝雨色，兩三行雁貼雲秋。輸他江上垂綸者，祇在船中老便休。」又無名氏《牡丹》詩：「近來無如牡丹何，數十千錢買一窠。今朝始得分明看，也共蜀葵增不多。」此豈詩人吐屬，乃幾于駡矣。以蜀葵與牡丹並稱，豈不唐突？「西子不别花，人莫使看意。」正謂此耳。南宋楊誠齋尤多里句，如《聽蟬》詩：「一隻初來報早秋，又添一隻説新愁。兩蟬對語雙垂柳，知鬥先休鬥後休。」似此等詩，豈足爲法？且山稱「四五朵」，牡丹稱「一窠」，蟬稱「一隻」，皆無所本，今人欲奉爲典故，益非擇言尤雅之意。

專用膚淺字句，固是詩中别派。若過于雕琢，務爲深晦，亦非中聲之所止也。嘗怪昌黎《元和》詩欲匹雅頌，自應章妥句適，乃押「妥」韵云：「圓壇帖妥。」此其「妥帖」之句，後人取法，殆非其美□。左蘿石不以詩名，偶見其《題畫》一絶：「空翠濕秋深，山色净如木。有客方著書，寒烟隱茅屋。」亦極幽雅。

吴梅邨偉業詩，世多稱其近體。及閲全集，如《秋胡行》仿魏武體，去古正自不遠。録其二首：「西上太行山，十月天風寒。西上太行山，十月天風寒。糧盡不進，牛死谷間。道渴下車，沙老水乾。

日莫路長，關山七盤。歌以言志，西上太行山。」「隨俗浮沈，盛名爲不祥。疊二句。蹇足康衢，騄耳羊腸。干將易折，鉛刀善藏。嫫母不嫁，乃笑共姜。歌以言志，盛名爲不祥。」《行路難》仿鮑明遠體，亦極相肖。「君不見南山松柏何蔥菁，於世無害人無爭。答聲丁丁滿崖谷，不知其下何王陵。玉箱夜出寶衣盡，冬青葉落吹魚燈。石馬無聲缺左耳，豐碑倒折纏枯藤。當時公卿再拜下車過，今朝蔓草居人耕。」《悲滕城》一首有序：「道出滕城，滕丈夫來言曰：滕以七月某日夜大水，殺人壞城郭廬舍，吳子作《悲滕城行》。」文多不具載。滕志當有之。滕有此賢，正與往年閏五月二十七水漲相似，惜吳詩不明著何年。又見萬曆時無名氏詩有「滕縣」字，亦附及之：「三年遷客意蹉跎，芳草天涯路又過。滕縣樹邊朝雨細，嶧山雲下夕陽多。心如乳燕初辭社，身似蓬飛乍轉科。苦憶淮南舊叢桂，秋風爲我發山阿。」又：「滕縣春來花萬樹，花白花紅夾烟霧。交加嫩蕊欺艷陽，灼爍繁英照日暮。」文多不贅及也。《梅邨自題》一首，雅近放翁。「枳籬茅舍掩蒼苔，乞竹分花手自栽。不好詣人貪客過，慣遲作答愛書來。閒窗聽雨攤詩卷，獨樹看雲上嘯臺。桑落酒香盧橘美，釣船斜繫草堂開。」摘句：「鍾寒難出樹，雲静恰依僧。」《游西灣》「雞鳴松頂日，僧語石房烟。」「清磬秀群木，幽花香一泉。」「雲根僧過白，霜信客來紅。」「暗泉隨去馬，急葉卷歸人。」句法多如此。其《無題》詩近義山，摘句：「千絲碧藕玲瓏腕，一卷芭蕉展轉心。」「畫裏緑楊堪贈别，曲中紅豆是相思。」「天上異香須有種，春來飛絮恨無家。」

坊刻《詞林萬選》一編，甚龐雜無次叙，託名楊升庵選，殆非是。其詞注中引《太平廣記》老子之母益壽氏名嬰敷，「壽」字作「𠷎」，實爲異文。但云《廣記》，亦不言《記》中何篇也。往年有鬻此《廣記》

者，價昂未能購，不免介介耳。嬰敷之名，殆後人僞撰。宋自來和天尊以後，林靈素輩僞撰天神名號甚夥。此或亦其類，姑弗深攷。《生查子》調正是古絶句之流。略記朱希真一闋：「年年玉鏡臺，梅蕊宫妝困。今歲未還家，怕見江南信。酒從別後疎，淚向愁中盡。遥想楚雲深，人遠天涯近。」吐屬甚妙。

類書載明成化三年，長樂人陳豐獨坐山齋，見二鼠自梁上墜，化爲二老翁。既有二女子歌舞勸酬，歌曰：「天地小如喉，紅輪自吞吐。多少世間人，都被紅輪誤。」又曰：「去去去，此間不是留儂處。儂住三十三天天外天，玉皇爲儂養男女。」歌畢。酒既闌，乃合爲一大鼠，拱揖而去。此事極幻妄，必陳豐自記者，不知采自何書？鼠養男女，亦不必求其説真，鵝籠伎倆，「幻妄」二字了之可耳。吐一人事甚恠，與此相類，姑妄聽之可耳。顧其歌詞，迥非人間語，合附及之。

記詩類

尤西堂全集有《論語詩》七律三十首，《歲莫險韵詩》五律三十首，皆極工，不可刺取。《南陽九日》一律：「重陽九日泊南陽，河處登高可望鄉。零落一身如苦葉，蕭條兩鬢已微霜。相思青鏡應蓬首，反閉黄華空草堂。濁酒頽然成獨醉，秋風濟水正茫茫。」玩結句「濟水茫茫」，所云「南陽」即吾邑湖干南陽閘也，邑志當采之。《初度偶成》：「關山烽火近何如，放逐猶存舊草廬。劉峻窮帷辦命論，嵇康嬾少絶交書。槐陰四月啼黄鳥，梅雨三江出白魚。俯仰酒樽殊不易，諸公何以答居諸。」元注：柬同庚諸友。此韵後再三叠，摘句：「平生最拙惟謀食，一事差强已廢書。」「憂謗常諱世有虎，樂饑豈歎食無魚。」「詩裏窮愁删去少，易中悔吝占來多。」「貧去鮑生知我少，老來鄧禹笑人多。」《夏日閒居》六言：「嘗慕君公避世，偶同摩詰掩關。日月自來壺裏，山川只在壁間。南面百城足矣，北窗一枕悠然。游戲倦教化蝶，呼號叵耐鳴蟬。半雲半雨時候，一邱一壑襟期。且躲天邊趙盾，休惹門外元規。」《戲詠竹夫人》首句「緑衣黄裹衛莊姜」，直用古名，似不宜也。承句：「與我周旋寧作我，爲郎憔悴却養郎。」用蘇子瞻、王平甫句對，甚巧。結句：「却笑一身都是節，不辭夜夜侍匡牀。」大約西堂詩長于游戲，即《論語詩》亦未免失之輕浮。又其集中題目亦似有可議，如《右北平集》有《除夕懷兩大人》詩，「除夕」下四字似可省却，明爲標出，翻失大雅。又有「懶朝」二字題目，見《于京集》。朝也，何故以「懶」名？此等題名，在古未有，後學不宜取法。解人當日知之，勿謂余固哉論詩也。

琅邪李漁邨澄中，著《卧象山房詩》，余於友人處僅得其一卷五七古體。其五言追步建安，實爲高手，奈亦頗有累句。如《贈施愚山》「抱茲知罪心」，又《馬鞍閣》句「一揮掃賊殘」，兩用《孟子》語，帶氊裘氣。又《送人歸省》句「孝友匪細故」，更似語録，皆累句也。《送人歸里》起句：「惜别願君留，久客願君歸。」是其佳句。七古有《棄官行》，題目不似古人，中有句「讒言一入便出走」，又《紀事》句「歸來遭讒忽一躓」，皆自稱遭讒，亦不似雅人深致，願閱者細參。

「天水争一機，江海不相讓。激作浙江潮，但覺風濤壯。」《渡錢唐江》句也。「天無三日晴，地無三里平。黔人爲此語，念之心骨驚。今登江西坡，指顧風雲生。」《江西坡》句也。皆漁郎佳篇。其《題趙秋谷并州集》起云：「趙子才俊秀且雄，論詩往往與我同。」結云：「把君妙句相持贈，七十二河秋水聲。」起句「俊秀」二字連用，似複。中又云：「酒卮在手懷抱開，浮雲落日相徘徊。雙履平踏太行頂，一線黄河天際來。」固是豪語。至《青山拜太白墓》末段：「白屋翰林我與君，但恨獨遜君聲聞。君謫我還同失意，世上豈少高將軍。」居然以太白自命。顧太白遭遇，豈可相儗，不亦引喻失義耶？

漁郎詩中每用「角狂」二字，與「追歡」相對，不知出何典記？「黑龍潭上角詩狂」，又「角韵龍湫陽」，皆漁郎句。用典不必有出處，自可使鬼神驚耳。

齊人作《齊謳行》，自應稱道其風俗之美。乃漁郎謳中「六博臨高樓」云云，殊非其美。次篇稱「龍鍾渭濱叟」，不稱「鷹揚」，而稱「龍鍾」，意致迥殊。且謂師尚義爲「龍鍾叟」，亦是杜撰。末篇「田横耻歸漢，魯連不帝秦」，乃其佳者。

秋谷所著《聲調譜》，余最不喜之。疑秋谷必不爲此，或外人託言之耳。七言歌行押平韵者，例用三平取别律句耳，在古殊不爾。摩詰七古率多律句，四句悉合律絶者甚多，何害爲佳篇？何害爲作者？今不以盛唐大家爲法，而必以世俗論爲默守，何耶？無論沈生弊法不足爲三尺律，所譜四聲多操南音。即使悉合，亦非天籟。不亦拘，而多忌，爲文之蠹耶。凡爲文當行乎？不得不行，豈可預設三平之説以遷就之耶？試韵以試士，不得不爾。歌行古體當存古意，不當以試韵繩之。况五言古詩更不可用三平之例，人所共見，無須多言也。

秋谷《談龍録》中不乏名言，顧專意攻擊阮翁，似有所不必。百餘年來，士無門户之見，可以平心論古，矧兩賢俱鄉前輩，豈可妄爲軒輊？但秋谷所譏，似毛舉細故，欲加之罪，適足以見笑而自點耳。

秋谷《飴山集》中有《懷舊》詩九首，於九人各先立一小傳，大略專以詆欺阮翁。聊摘録各段數語，而附以管見，好事者一覽觀焉。其一畢公權世持。「三十作解頤，一朝名天下。」其二常熟陶元淳子師。「戊午之秋，從翁司寇來濟南，與公權及余結友。明年，余留京師，晨夕無間。鈍翁先生遺書，子師先得之，轉以付予，且爲賞析，由是得肆力於詩，於書法。子師以文自豪，名日益高。性傲異，自予而外無所推許。」某於先生亦不甚推許，傲異更甚于子師，何如？其三德州馮廷櫆大木，亦鄉同年也。「壬戌榜進士，明年授中書。詩才清拔，恒與余倡和。並以《諸葛銅鼓詩》得名，阮翁稱曰『二妙』，大木始漸于其里中。及新城之習詩，惟主新異，疎闊唐賢。後於所聞馮氏學，又熟讀《太白集》。久之，能自成就章句，間有怨諷，與風雅相出入矣。然鮮妍修飾，未遂忘也。宦十年，不進，後將遷儀曹主事，未拜職，一昔，無疾卒于寓舍。」此一段全文。謂阮翁稱「二妙」，時大木尚未熟《太白集》，可信否？其四滄州劉果實提因。其五聞喜張克嶷拗齋。其六諸城李澄中漁邨。「漁邨始生時，父夢李攀龍入室。既長，能詩，仍效攀龍體，而差妥帖矣。以薦入翰林。於時宋元風氣方煽，漁邨獨守故步。然學識日進，彌擴而清之，作者不能薄也。」「差妥帖矣」，語太無端，併于鱗譏之，何居？「妥帖攀正」，可與「清秀于鱗」作偶句。其七蒲州吴雯蓮洋。「其父故與阮翁同年，始入都，以詩投謁，阮翁心折，極口爲延譽。而其性迂僻寡合，遂淪棄終身。與余甫一見如舊相識。余好用馮氏法攻人之短，惟蓮洋不以爲忤。其作字用馮法，粗如閒架，然不能工也。晚相值於津門，出詩卷見示。曰：『曩之所攻，悉删改矣。』乃知其非名輩所及也。屬余論定，予請俟異日。蓋其時正逢阮翁之怒，不敢闌入詩壇故耳。又數年，蓮洋卒于家。卒後，其集聞送新城，阮翁爲作墓志，且删定其集。迄今將二十年矣，而未行于世。意其時阮翁耄而多忘，未幾遂亡，未及歸諸吴氏耶？若然，池北藏書散失殆盡，《蓮洋集》從可知矣。」此段全文。案《蓮洋集》今固在也。何爲「架空」？歸罪新城。其八錢唐洪昇昉思。「其詩引繩切墨，不順時趨，雖及阮翁之門，而意見多不合，朝貴亦輕之。見余詩，大驚服，遂求爲友。久之以填詞顯。最後爲《長生殿傳奇》，甚有名。余實助成之。」其九南海陳恭尹元孝。「阮翁昔奉使過嶺，著《皇華紀聞》，極稱元孝，而元孝顧大有不滿之言。雖文人自古相輕，然阮翁之受侮可謂不少也歟。予以丙子、丁丑間游廣州，相與結契甚深。」秋谷詩傳大略如右。凡所結契深者，皆與新城不合者耳。所云馮氏學、馮氏法，引而不發，不知即世所傳《聲調譜》否？外此亦不知更有何法、何學？秋谷欲鑄金事之者，乃今無傳焉，豈亦耄而多忘耶？

七言歌行例用三平，此説不知起自何人。以校宋元作者，大略悉合，是乃宋元派耳。律體盛而古禮衰，皆此等議論有以啓之。五古亦用三平，雖宋元人亦未之有，豈近世所云馮氏法耶？秋谷譏鮮妍修飾之習，更覺刻深。夫鮮研修飾，豈詩之病哉？渠爲詩俱朴拙不修飾耶？陳言不去耶？噫！已過矣。

施愚山《學餘集》有《竹亭歌贈王貽上》詩，乃王爲倅時作，編刻者誤載寄阮亭侍讀以後，殊失其次。略記數語：「使君佐郡廣陵城，高齋遠聽寒濤聲。却構竹亭如箬笠，琅玕四壁青霞生。」又《得貽上揚州書却寄》一首起句：「漁洋山人海鶴姿，一卷冰雪忘朝飢。我懷君日君思我，千里同時各有詩。」兩篇當使相次。

愚山《汶上》一律：「半霽春陰好，平沙趁馬蹄。桃花郚徑裏，楊柳板橋西。薄霧橫高隴，清流到舊堤。如何寒食過，不見燕銜泥。」《題馬西樵聽山堂》一首：「有客卧郊坰，林泉接杳冥。湖雲通夜白，水樹涉冬青。鄰圃分幽徑，孤槎傍小亭。獨吟冰雪裏，絶調許誰聽。」西樵當自有詩，容俟蒐采。

《雲川閣集》，無錫杜紫綸詔著。前有楊繩武叙，云：「雲川之能爲温李也，正其善守少陵之家法也。」語似過當。温李自温李耳，因其姓杜，遽以少陵推之，有所不必。又有東委書一頁，東委者，蔣汾功字也。蔣不與作叙，而但與一書，末云：「足下將取吾不足存之文以弁於首，奚爲乎？」論甚狂，而是集即弁焉，誠不可解。集中《和元人十臺詠》：「見説高唐事杳冥，仙姿石幻誤傳聞。」「冥」字押入「文」韵，蓋用鄉音，集中似此者不一。《惠泉山歌》：「九龍山泉出山骨，不放中泠名第一。荆南四月采茶來，紗帽籠頭品奇絶。」以「質」韵與「月」「盾」通，或亦用鄉音。《大捷》詩：「鯨鯢驚隕命，組練盡弭兵。」「弭」字作平聲讀，則誤矣。

紫綸一生多膺異數，壬辰會試榜發後，奉旨搜遺卷，特賜出身。《紀恩》八首録二：「通籍方慙濫職司，彤廷對策復何知。乍聆臚唱趨鸞掖，旋點仙□到鳳池。落第忽驚登第日，授官還喜改官時。有注删去亦可意會。金鑾密記恩重叠，詎此尋常頌聖詞。」「憶賦迎鑾望綵斿，幾番宣召自蘇州。中丞早爲傳天語，内侍曾呼上御舟。鶴綺半裁霞彩爛，龍章雙印篆香浮。宋人詩句重拈出，五色雲生川上樓。」原注甚多，俱遺之。《甲午登佳城太白酒樓》一首「長嘯一登樓，四顧天宇窄」云云，想吾郡志采之，不重録。《甲辰北沙河遇蔣人汾功》，蔣時乞養旋里，北沙河乃滕縣地，爲有「沙河撲面塵」句，特爲録出。「執手驚相見，匆匆片語真。問誰能得第，似爾即完人。客路傷心淚，沙河撲面塵。從今應共約，終老五湖濱。」

雲川閣古體大篇甚多，余尤愛其短篇。《蓮蓬詞》二解：「蓮蓬出水蓮葉乾，紅葉落盡愁相看。愁相看，笑相視。舊蓮房，新蓮子。」一。「蓮有子兮子爲菂，菂既成兮中有薏。中有薏，意誰傳。君不見，想夫憐。」二。古趣去六朝作者何遠之有？七言歌行《飲虚舟齋贈雲衢》一首，余觀之頗覺有瑕可指。二君皆姓王，詩中夾雜。前云「老友欣逢王吏部」，謂虚舟也；後云「王郎戒我詩勿作」，似謂雲衢，若前後一人，則虚舟老人豈復王郎時耶？中間云：「座中有客其誰乎，墻東先生舊名宿。」又云：「可憐王陽多畏道，不解阮籍悲窮途。」既以「王陽」指「牆東」矣，阮籍又誰屬乎？末云「惟君與我守故吾」，「君」謂「牆東」，承上句「王郎」，又似語意相背。悉爲拈出，以見完好之難。《浮芳閣詩叙》曰王虚舟顔之曰「浮芳」，究不言「淳芳」二字出何典記？《積書岩詩叙》引《水經》云云，當是《水經注》。《紫綸讀天啓宫詞》句：「須來菜户黄金印，奉聖夫人顧命臣。」「菜户」二字未注。偶閲《酌中紀略》乃知當時宫人所役名「菜户」，猶重儓也。《和石牀八詠叙》云「吾友天公」云云，「天公」二字豈是人號？乃屢稱不已，亦甚可詫。《薊門雜詩》：「蕭瑟悲秋賦，飄零哭母詩。」此何等事，而以入詩？古人集中惟文文山有《哭母》詩，渠遭大變，不得如禮，豈可引用以爲尋常人法哉？《贈友》句：「潦倒詩狂亦酒狂，與誰偕隱在東墻。」以「墻東」爲「東墻」，不亦戲歟？較之「晨昏」倒押「昏晨」，尤覺不穩。集中佳句如：「歌翻楊柳矜眉緑，鏡拭芙蓉惜鬢銀。」「半晌花前嫌目短，一帆江上到天長。」皆仿佛西崑體，而「半晌」「鬢銀」等字皆似詞中色目入詩，近纖。其以「雲川」名閣者，因初得御書，有「五色雲生川上樓」句，既以名閣，又以名集，皆志異數。《雲川集》刻本甚精，乃亦有誤字，如「涓埃」誤作「捐埃」，「宏奬」誤爲「宏長」，尤其易見者。

杭大宗《道古堂全集》前叙甚多。第一叙以東方生況之，似爲過甚，或以其詩多諧語故耶？其三叙以竹垞爲比，乃近之耳。《閒居》一集，似告養旋里者，而叙稱其嶺南之遊，何居？讀其詩不知其人，殊悶悶也。詩中諧語，如《厭勝錢》句「不如日在錢眼坐」，又《懷人》句「年來烟骨各嶙峋」，似此「錢眼」「烟骨」等字，皆里語，豈有出典？《早發》句「多謝人公放老晴」，「老晴」是何語？亦當有自注。《夜泛》句「放舟從下上，留客問平而」，又《用昌黎聯句押家字韵》：「謨謀參廟堂，燮理佐宰家。」大有稱通判爲判通之致，殊可笑也。其《邱岩夫婦合昏》詩，次邑侯高明府元韵，叙稱高名謨，字彦範，歷城人，是吾同鄉前輩，惜其原詩未之載也。集中結交甚廣，與吾東人士，題中僅見《劉侍講藻席上送客》，又《兼簡劉編修墉》，都無倡和詩篇。《送顔行人肇維致仕歸》句：「不周風向東冬初急，未了山近馬首青。」顔，曲阜人。

大宗《送陳謨之官全州》詩，通首九言，不知仿何人體。或云宋人即有此調。然如所云「王芻個個放葉緑沈緑，赤心纂纂結子青蟲青」，亦是湊泊可笑之句。其《濟寧竹枝》五首，又《石佛寺買酒》七律四首，吾州志應已采之。所云「八牐帆檣千樹柳，就中秋士最無聊」，「秋士」不知誰謂，或自道耶？附載厲大鴻懷渠詩叙「山左大水」云云，未詳是何年？句云：「龍蛇争路險，波浪益愁新。」正合今日情事。咸豐乙卯重陽後記。集中多有《坐月》《坐雨》及《茶話》等題目，皆未可與「道古」，祇可諧俗耳。《寓中小集》云：「得句超于王子鶴，摘蔬清勝庾郎鮭。」又入世生涯，惟習懶于應務，不相妨也。《泰安除夕》絶句結云：「又着一行風雪畫，泰安古道蹇驢馱。」最其得趣之句。他若「吟答江喧到昏晚，神物完好無差參」，强押如此，亦未免趁韵耳。

仁和金狀元德瑛著《檜門詩存》。檜門，其别號，不以秦名爲嫌，意見迴殊。錢香樹爲叙，亦不甚稱許之。蔣心餘跋尾，蔣乃其門下士。集中多有倡和者。曾督學山左，於吾鄉名勝多有題詠，大篇不可刺取，取其《張氏漪園絶句》：「歷城泉水天下無，隨地湧出皆明珠。張家園子分一曲，玲瓏户牖如冰壺。」張徵君漪園詩，刻應已載之。集中多應制詩，自是鳳閣舍人文樣。押韵亦有强者，如：「携來畚鍤疑無用，今日方知未事繆。」牽於和韵，迫窘若此，亦不爲工。其《彈子渦》句：「使入文字腹，撑腸添斗科。」通首歌韵，「科斗」可稱「斗科」，則「活東」亦可稱「東活」，似此又皆貼括習氣誤之耳。「江陵措大多于鯽魚」，乃小説中語，忘出何書，金詩有「得士如鯽魚」句，亦近戲矣。《九江阻風》起句「行使止泥憑天公」，似非所宜言。集後有《觀劇絶句》，自謂咏史别派。其《周倉》題下注云：「倉名不見史傳，《廣德府志》有之。」

平原董寄廬《舊雨草堂詩》，前編已收入。兹復閲一過。見其《寄仙鳴臯城守》一律，叙曰：「仙名鶴林，字鳴臯，兖州人。任臨清把總。王倫之役，仙隨征，直入其穴，與倫相遇，徑向前抱之，身中一刀，倫逸去，旋自焚死。仙以功升東昌營千總，未幾，調壽張營。向在東昌，每邀共獵。」云云。余素聞仙事，未得其詳，兹爲録出。其詩曰：「霜寒一劍欲凌霞，誓掃搜搶不顧家。曾以傾身稱虎穴，居然刺手拔鯨牙。群推飛將名無敵，喜接書生氣自華。爲問壽良形勝地，共推馳馬獵平沙。」《對菊》一律：「不負重陽候，黄華照眼新。晚香清入夢，秋色老於人。插帽慙華髮，銜盃怯病身。籬英應笑我，逐逐尚風塵。」「晚香」句佳對，似未工。摘句：「久客倍懷兄弟樂，長貧漸覺故人稀。」「刺菱舊性應雜間，小草初名竟若何。」皆佳。《消寒四詠手爐》之類，末一首《菘菜》：「山家置清供，盈甕得霜菘。味領酸鹹外，香生淡泊中。」亦得趣之句。《挽孫亟女》古風一篇，不注女何許人，篇内有：「嶧山何崔嵬，承水清且潔。盈盈十五齡，矯矯千人傑。」知是嶧縣人也，合併著之。《博平授官乞歸留别》一律：「稽古羞誇弟子員，冷官潦倒費周旋。謬爲恭敬推先輩，不合時宜畏後賢。浮梗半生原幻夢，繫匏十載亦前緣。歸歟慶倩祠邊老，長謝高台魯仲連。」

河間紀文達公著《三十六亭詩稿》。《寄董曲江》一律：「五緯宵明璧府寬，風雲翕合競彈冠。相携諸子蓬萊島，時憶先生苜蓿盤。名士爲官原灑落，詞人垂老半饑寒。祇應雪夜哦新句，且付彭城魏衍看。」劉文正公《舊硯》一絶：「硯材何用米顛評，片石流傳授受明。」此是乾隆辛卯歲醉翁親付老門生。《題桂未谷思誤書圖》二絶：「老去觀書信手拈，無須甚解似陶潛。今看畫裏沈思意，慙負紅牙十萬籤。」「紫鳳天吴顛倒縫，文章新様遞争雄。誰期老屋青燈下，刻意研經尚有公。」《送未谷之任滇南》二律起句：「地遠山川僻，滇南俗最淳。將求司牧者，合用讀書人。」集中古體名篇甚多，《寄戈芥舟》

句尤奇：「長鯨跋浪出，萬里滄溟開。三山岋欲動，倏忽生風雷。夫子振高節，早歲馳雄才。胡爲久蹉跎，幽鬱使心哀。緑草春離離，感激貫金臺。」《爲伊墨卿題扇》四言一首：「風露夜清，幽花自吐。與澹泊人，結塵外侶。人本無心，花亦不語。月白空庭，寥寥太古。」皆奇作，意致深遠。《南行雜詠》《河間太守郊迎賦贈》一律：「長亭相見一停車，斜照疎林認隼旟。五馬敢勞迎驛使，雙旌本自引天書。枌榆舊社猶前日，風雨孤邨有敝廬。我是州民應下拜，邑人莫擬馬相如。」《寄壽蔡相公》中二聯：「與蔡季通傳世學，爲朱元晦續儒風。倦辭黄閣當全盛，老住青山任屢空。」按：《論語》舊釋「屢空」字讀如「孔」，此作平聲，讀如字，當别有説。它首用「强項」字，自注「强讀去聲，本《素問》。」此「屢空」讀如字，惜未注明。文達係庚戌拔貢朝攷讀卷官，先君子在門下未有倡和詩，然有一事可記。先君時年二十九，禮部簽寫二十四，詢之于公，公笑曰：「此大佳事，省五百金，可勿復道也。」答云：「此係部中新改，恐與外間入學年分不合。」公曰：「吾爲禮部堂官，知此輩伎倆，誤筆免責爲幸，尚敢撥弄外官耶？外官改年兒者，減一歲，例索百金。賢契減五歲，不費一金，不亦善乎？」即此一事，可想見此公詼諧了事，因録其詩，附及之。集中《題張孟詞遺照》自注：「君卷被斥時，余引《公羊疏》争之，乃反激成其事。」併記挽聯云：「和璧雖珍終抱璞，禹門已上未成龍。」究不知孟詞當日是何事件？公所引賣餅家説更是何篇？殊令人有誤讀《南華》之歎。

文達集中有《與余太史書》説戴東原聲韵攷一編，以孫炎反切爲鼻祖，而排斥神珙爲元和以後之説。昀常舉《隋書·經籍志》明載梵書以十四字，實貫一切音，漢明帝時與佛經同入中國，以規東原。

東原務伸己說，諱而不言，是其著作一瑕。蒙竊不遜，似爲東原左袒。夫《隋志》之説，即唐人之説耳。唐之群臣才識不遠，襲取釋伽不根之語以志經籍。據此孤證以駁東原，殆東原所竊笑也。文達于此信《隋志》未免過甚。而東原亦付之不答，何耶？在漢諸儒無一道梵經者，更何梵音之有？豈孫炎獨入白馬寺探取之耶？誣亦甚矣。

仁和魏賓臣成憲任克濟觀察時著《東魯小草》。《上巳過曹南》五古一首，曾手書寄余先君子索和，詩札久失所在，兹於其集中録出：「茫茫古濟陰，按部我行野。山虚陟景員，俗且問曹社。居民果園稠，時維莫春者。桃花梨花邨，到處矜婭奼。徑穿雪香中，映帶紅雲下。牛宫菜繡畦，鱗屋柳飄瓦。已覺泠風和，但少甘雨灑。振窮或攀轅，勞農還駐馬。蓬心增煩憂，芳序足陶寫。罷詠曲水詩，鞅掌歌小雅。」此詩先君子叠和亦不存草，猶仿佛記起結之句：「□使本詞曹，小詩擬東野。盥誦思繼聲，擇言愧其雅。」觀察《又寄曹南書懷》一律，記起四句：「驚心插柳遍千家，渺渺曹南水一涯。片段雲生寒食雨，三分春到小桃花。」集中有《魚臺舟次觀察刈麥》一絶：「香吹餅餌暖風薰，山下人家笑語殷。相約横鐮趁晴色，輝輝新月卷黄雲。」又《五月望日放舟獨山湖》一首：「獨山湖外水雲寬，萬頃蒼茫不見端。此日登臨行役慎，古人忠信涉波難。清風送客雙帆飽，細雨催詩五月寒。白浪黏天休倚柂，蘆灣深處是平安。」又《乘月登獨山》五律、《月夜舟行獨山湖》五古，文多不具列。

慶雲崔曉林旭著《念堂詩草》。念堂，其號也。集前無叙文，極爲高致，僅於詩中得其平生大略。始久客燕邸，後仕爲蒲縣令，老歸林下。於詩盛推張船山，蓋由鄉舉出船山之門。究其詩派不同，張專尚氣力，崔則務修詞藻。摘句：「杏花莫雨龍岡樹，燕子春風馬頰河。」「老去交遊重龍尾，意中道路怯羊腸。」「精神枉被耽書困，老大纔知入世難。」佳句不勝録。又句：「經義方憐成繡帨，頭銜漫擬笑花糕。」「糕」，不知出何典記？既以對「繡帨」，亦必出《法言》之類。其《下河厓》五古，通首押「遇」韵，乃起句「騎驢向城南，逐處問耕穫」。按：「遇」韵「穫」字，只「焦穫」一義，餘自在「藥」韵，似不可混。《田間》一絶：「西風吹柳咽寒蟬，打棗聲中種麥天。垂老只知農事重，斜陽依樹看耕田。」次句特佳，但時令少乖。八月剥棗，時尚未有樹麥者。或應是勸種麥耳。結句「耕田」義亦可見。

曉林弟曙林晨亦能詩，早卒。著有《柳橋詩草》，曉林爲叙之。《秋日懷兄》句：「愁心畏遠客，滯迹在他鄉。聞雁疑書到，經秋歎葉黄。砧聲千户急，月色一邨凉。兄弟皆分散，饑寒各異方。」《渡滹沱河》一律：「風沙迷白日，一水接遥天。前渡疑無岸，中流尚有船。冰橋傳此地，麥飯憶當年。遠望蒼茫裏，山光澹似烟。」

《念堂詩草》，《長相思》五古一首最善。「名山無多游，一游暢懷抱。美酒無多飲，多飲愁醉倒。良友長相思，每恨相見少。相見不相知，不如相思好。」念堂著《詩話》二册，多載時賢佳篇，不更節録。册中於先君子《繹山》詩未詳及，但載「百二十如山人」之號，乃時人雅謔，非實有此號也，不知念堂從何得之？念堂字曉林，庚申北闈鄉魁；是年東闈榜首乃李曉林，同時登榜，名字相同，亦造物之巧也。東榜解元李、亞元杜，時亦稱「李杜榜」云。

淮陰徐石生紛，前任樂陵典史，後升惠民知縣者。《岱吟詩存》二卷，中有百韵詩二篇，一挽其妻，一挽其師，具有纏綿悱惻之意。惜浮沈下僚，僕僕風塵，不得專擅其長耳。亦曾掛篆魚臺，與潘麗槎明府倡和，合備載之。《之官魚臺偶成》二首：「環城百里半湖光，一片帆檣水驛長。治有鳧山分魯俗，民多沛上入江鄉。松槐日永開軒古，禾黍風高繞郭香。一事與民先約法，賣刀買犢始爲良。」「那有循聲慰下車，時和訟息一堂虛。河陽花滿何須種，謂麗槎。城北人來愧未如。清俸無多分詞鶴，簿書有暇試觀魚。平生製錦看人易，莫道臨風不解舒。」《南陽月夜》一首：「玩月登樓思悄然，湖光百里净無邊。水明大地壺中夜，人立高寒鏡裏天。烟外漁歌舟不見，渡頭燈火客初眠。淮陰趙嘏思鄉甚，猶憶垂楊弄留年。」又《南陽湖》一首：「長沙一棹傍湖行，荇藻菱花碧水清。客子魚鰕堪作飯，人家蓮藕足爲生。」《之官樂陵》二首：「境闢三河古，時清兩鎮閒。樂居民有土，平遠地無山。教澤龔房後，人才燕趙間。浩歌當此邑，臨眺一開顔。」「未識官居貴，須知宦隱佳。草迎新獄吏，槐蔭舊書齋。徑曠留花補，吟孤待客偕。閒衙無事業，蜂蝶亦吾儕。」《沿海曉行》是其佳篇，合再録之：「幾度山城復水隈，曉行今日見蓬萊。風回絶島潮聲壯，日上深林海氣開。千里澄波烽候息，百年古道挽輸來。小臣亦預軍儲議，惟望河流順軌回。」又《山邨曉行》一首：「秋邨多畫意，曉起一鞭招。旭日銜山口，輕烟圍樹腰。馬頭飛木葉，人跡亂霜橋。堪羨閒居樂，柴門未許敲。」《故袍》一首：「綈袍一襲客長安，暗澹從今典質難。勞爾風霜千里共，偎余燈火十年寒。襟分别淚餘痕浣，筆掃秋風兩袖殘。欲棄空箱情似薄，相逢留作故人看。」《趵突泉步松雪韵》：「湛然心跡一塵無，坐對名泉倒玉壺。人事幾回波上下，仙源不與世榮枯。吟來海右千年筆，抛却臨安百頃湖。十三蘭亭題已編，北遊山水興非孤。」附載麗槎司馬《南沙河道上晤石生口占》一律：「翩然白馬來徐孺，握手相看兩鬢絲。傾蓋喜成千里合，班荆重話五年思。摩挲劍氣猶如昨，騰踔駒光尚未遲。今夜對床雞唱後，祖生又是著鞭時。」麗槎前宰吾邑，兹時升秩護送暹羅貢使。起用「徐孺」切石生姓，結用「祖生」何謂者？得不夾雜否？徐前詩不解舒，句亦未穩愜，或一時戲笑之言。又《魏觀察湖中不見》端句亦似弱，併爲拈出。

同郡李闒《石林詩稿》，余得其一册，皆古體也。《閒行》一首：「靄靄出岫雲，悠悠無著處。在水映水波，在山依山樹。塢北復塢南，盤桓蒼茫路。不作閒散人，安得泉石趣。」《遊嶧山》一首：「邾子城陬泗水東，東山聯絡置其中。盤根遠地通靈岳，崪嶬高削挂窮窿。中空刓透壘印危，生物難測造化工。窄徑縈紆接回磴，斜穿石竇陟雲峰。不辭遍覽林泉處，一洗塵襟生幽趣。浹日餐勝頗忻忻，俗緣又牽下山去。」篇首「邾」字，刻本誤作「杞」，或緣邾故城俗稱紀王城，由「紀」而「杞」，又音之轉也。前編有《嶧山》詩，類兹不更别出。《春日高青岩招飲》一首：「吾儕愚夫子，相呼集樊圃。圃中所栽花，居半桃李樹。相狎放形骸，何必分賓主。家醖足醉人，何必抗阿姥。春笋味頗佳，何必擘麟脯。既醉便歸休，何必忝留去。有如鯈魚樂，可知不可語。」詩趣甚佳。樹如字讀乃是去聲，不無小疵，或固使上、去相通云爾。集前有韓桂舲𡬶叙，石林英年官京師，未幾緣事西指，逾玉門，跨沙州。既得召還，筮仕楚南，想見出處大略。集中絶無烏壘雪山等作，蓋其慎也。

檜陽李鶴坪名士滬，字書源。著《明史詠》一百首，叙稱與吾鄉蔡大令松若俱以采銅之役留滯滇省，閒時共作。記其《論詩》一首：「羹吹虀及遞相懲，詩派公安迫竟陵。歌和郢中皆下里，音傳濮上是亡徵。律參牛鐸翻成韵，技轉蜣丸漫自矜。不有雲間追正始，誰從暗室認孤燈。」《和松若將離滇省述懷之作》六首，録二：「窮荒奉使異丁年，短鬢飄蕭愧獨賢。漢使舊傳鹽鐵論，天家待濟水衡錢。西來頓悟恒河迹，東下同乘粵海船。征旆共君一日發，着鞭免令祖生先。」「夢想平生不到處，用山谷句。夜郎天外著飛蓬。金錢湧地無劉晏，蠻語題詩有郝隆。驥慣修途蜚伏櫪，鵬經倦羽悔培風。簷前耐久寒梅在，預放南枝送寓公。」松若，吾鄉人，不知居里。鶴坪《題松若秋舫圖》起云：「把君秋舫圖，吟君秋舫詩。君詩如長年，操縱任所施。」秋舫應是松若别號，或併以名其集，俟更采訪。鶴坪贈句又云「妒殺莫愁今抱子」，知松若在滇，得妾宜子，更是佳事。詩卷流傳，當必有知之者。

樂陵前輩蔡孝廉墳字和衷，名見盧雅雨《山左詩抄》附注，以徵詩未得爲憾。余再至樂陵，晤和衷裔孫，索其家藏《儒雅堂集》，録一别本，極爲快然。縷書數首於左。集首冠以鳩庵《雪》詩，蔡文耀蘊若著。蘊若仕爲朝城學博，乃和衷之父也。其《雪》詩曰：「積雪照春夜，蕭然庭户閒。光寒天似水，心曠地如山。皎潔心魂肅，空明樹影閒。奉兹嚴静意，可以起慵頑。」鳩庵《題壁》摘句：「入山恐不深之語，前日以爲人憒談。」「居士近來學大巧，數椽茅屋號鳩庵。」「我拜斑鳩大道師，損之又損蘊深奇。」「只容蝴蝶爲雙友，還許鷦鷯共一枝。」五言摘句：「笠戴花邊雨，蓑穿林隙烟。」「雲濕和烟重，禾嬌帶露緋。」「平沙白鳥下，老樹亂蟬鳴。」

和衷《儒雅堂集》，《宿長坑茶庵》一首：「處處山藏寺，巖巖寺有僧。峻峰臨古刹，高榻隱禪燈。茶取雨前嫩，泉流澗底澄。棲遲流此地，何用戒晨興。」《深秋獨坐》一首：「危樓終日坐江滸，樓下澄江照客顰。地遠罕通歸雁信，時艱空作泣珠人。思將暖律回芳草，已見霜華點緑筠。聞道休官休亦得，天涯何事滯孤臣。」自注：「時卸靖安縣事，以虧空留滯二載。」《赴德州道中》一首：「未斷西州路，仍來八月天。野禽窺賸粒，貰叟荷餘田。古道平原廣，遺蹤鬲岸連。何時棲止定，踈散卧林泉。」《盧夢山過蕭太史園賞梨花索和》七古，文多不備列，末段云：「安德城中小閣閒，蕭然獨坐掩書關。靜似山中忘歷日，東風吹動鬢毛斑。斑鬢梨雪果誰憐，莫怨今年老去年。人欲留花花不住，花却看人似地仙。」《空齋書懷》絶句：「孤館寥寥坐冷衾，遺文散帙耐幽尋。何因老不離書卷，正恐閒中錯用心。」「閉户年來少往還，獨居深院景蕭然。閑階碧草堪扶杖，帋帳梅花聽自眠。」自注：「時年八十有三。」摘句：「倚樹談天宿鳥動，臨池説鬼老龍驚。」「推窗乍作風頻爽，倚樹微聽葉欲吟。」集後附蔡秉度省園詩數頁，蓋其家世能詩，風流不墜。併録二絶：「春衫初曳踏莎行，連袂逍遥趁晚晴。偶到上方談半日，天花頓覺座前生。」「鳥喧竹静影扶踈，户外□塵盡掃除。酒醒夢回茶碗碧，此中清興復何如。」

《寶研齋詩抄》，金筑花侍御曉亭杰著。余最愛其《自嘲》一律：「止水無波月有鄰，詼諧曼倩亦精神。身如野鶴奚嫌疲，修到梅花不礙貧。鄉夢黑甜游五嶽，詩狂白戰掃千人。仙家何定居蓬島，到處雲山到處春。」又句：「我有一奩秋水鏡，越消磨處越光明。」可以想見風格。

羅峰康少府普于出其先世伊山先生詩軸見示，有《乙未仲秋仝人集陶然亭分韵》詩，各極工雅，録一以當鼎臠云爾。「赤日淄塵散午街，秋來暑氣未全排。人從藤署公餘早，地近窑臺選勝佳。僻徑荻蘆饒野趣，虚亭松菊動鄉懷。天瞻尺五開圖畫，朋得西南聚輩儕。歸騎趨承車似水，留賓觴咏酒如淮。清譚亹亹風生塵，好句琅琅月滿階。吏部文章懸北斗，對山詩格近西涯。登高能賦吾何有，暇日追陪樂意偕。」宜興任烜跋園稿以對山比伊山句，尤工。

《樂陵詩彙》二卷，乾隆壬子年梓。王平之茂才處尚存元册，余得假觀。其中大篇如潘五雲《繪事引》及《題米家山水圖》等作，文多不具列，兹刺取小詩以志鄉往。張楫《旅慰》一首：「爲愛春江好，褰裳興窈然。酒杯天地闊，山月性情妍。獨詠無同調，鄰歌有扣舷。憑高還極目，歷歷看情川。」又句：「雲暗秦淮月，風吹采石潮。」「橈輕知水急，春老惜花嬌。」史繼經《冬日詠懷》一首：「息機内視在胡牀，閉目擁衾百事忘。奴子竊樽知臘近，兒童問字覺書香。梅花儘放詩成債，雪色平侵髪似霜。曝背偏宜隨日影，依稀葵藿向朝陽。」張士睿句：「惟於詩酒尋其樂，不把饑寒算作貧。」「老眼觀書常就日，閑身尋事數移花。」鄭欽《除夕》一絶：「四十年來笑傲身，不愁孤苦不愁貧。久甘冷淡真成我，拚把繁華讓與人。」王元達句：「充腹尚餘諸葛菜，飾躬幸有老萊衣。」「老去每歎花上眼，愁來反苦酒侵脾。」潘體臨句：「琴少知音須在匣，詩多惹謗莫傳人。」「米鹽不聒狂生耳，風月常隨處士身。」劉士藻句：「堤柳啼黄鳥，池魚逐緑蘋。」「古木參天迥，奇花傍經栽。」潘内召句：「亂山雙鬢白，孤店一燈青。」「寒泉當户響，黄葉滿林秋。」「癡雲不散重重結，積雪無聲寸寸深。」史爾信《懷友》一絶：「同心款曲與誰期，冷署孤燈有所思。消息憑書魚雁渺，遥情結作數行詩。」張夢仁句：「楊花飛盡三春白，萍水流來一派青。」皆百讀不厭之句。

《樂陵詩彙》有史易齋先生後叙，其文孫迪堂明經殊未之見，余手抄一通與之，欲迪堂動繩武之思。渠乃謙讓未遑，且曰：「僕病未能也。」平之乃録鄉前輩四家詩爲一卷，余又得備觀之。其一宋公盤槃，乃前明人。次則流寓薛尺庵韞，《題杜氏一層樓》五首，録一：「南籬開氣象，游目正當時。界外天爲畫，雲間鳥篆詩。是樓真白雪，古調叶朱絲。知有千壺酒，頻來慣不期。」《即事》一律：「横沙斷岸九河間，平野連天塞雁還。且得披吟人半飽，多霑浩蕩日全閑。潛魚忘味休彈鋏，霜羽息啼總閉關。却爲童孫雙問字，一堂言笑似家山。」《送宁兒赴華州學官》五古一首：「三年空皮骨，崎嶇得一官。一官雖卑薄，君子遺以安。少華連太華，崚崚表雲端。我力堪健飯，猶馳域外觀。曰惟斆學半，辭賦徒珊珊。西去二千里，近當几筵看。但願無虚禄，勝如視常餐。」宁，即補山太史也。摘句：「四十年來春未老，三千里外艷如斯。」《杏花》。「春夢支離爲魯魚，一簾花信一編詩。」補山令嗣侶字荆州，仕爲文登學博，實入樂陵籍矣。荆州《秋柳》詩四首，雖不用阮亭元韵，而風調自佳。録二：「千條萬縷綰閒愁，勾撥人間欲白頭。翠黛秖今歎憔悴，細腰從古説風流。休過殘月疎星寺，尚帶寒烟暮雨樓。記否青青年少日，河橋回首不勝秋。」「迢遞征塵滿目遮，綿綿芳草思天涯。夢隨南浦驪聲遠，魂斷西風燕子斜。欲把心情話桃葉，何堪身世共蘆花。長亭慣見人離別，知否於今客憶家。」《書齋》一首：「早起貪佳日，朝曦不滿窗。花香融藥灶，樹影落魚缸。性拙周旋簡，吟多意緒龐。茗芽津有力，容易睡魔降。」《貧女歎》五古一首：「貧女鬻指爪，當窗弄機杼。自謂當人意，持向富家女。富女色易驕，心可口不許。低昂一任渠，含羞未敢語。」《寄内》二絶：「自笑傭身值幾錢，家書寄爾亦徒然。縞衣莫道相忘却，知否愁人夜不眠。」「嫁得黔婁念合灰，差無酒食動疑猜。良人未識墦間路，敢道曾交富貴來。」摘句：「門推半床月，窗破一燈風。」「前游追夢蝶，遠信誤烹魚。」「窮年歲月還彈指，愁裏丹砂不駐顔。」「喬林風日懷鶯友，阿閣文章識鳳毛。」《寄示諸姪》一首：「門祚成衰薄，人從汝輩看。貧來守分易，時過讀書難。久病還朮艾，荒庭也愛蘭。無爲學癡叔，半世一氊寒。」《戲詠豆腐》一律：「長共園蔬趁早暾，擔頭挑過幾家門。擎來滑滑凝脂樣，劃處輕輕切玉痕。入世酸鹹非本性，初生萁豆是同根。貧家款客無他味，薄釀相將市近郭。」平之説荆州詩甚夥，渠但得其一册耳，存亡不可知。荆州有句云「嗅得蓮花是苦香」，寄託如此，亦可慨也夫。

海豐張經德映緯詩，亦平之所録四家之一。其《過歷下留贈朱式曾》：「即使君相送，征驂未可回。所傷違咫尺，不得共追陪。赭日争驅馬，青山數舉杯。無勞賦招隱，猿鶴恐驚猜。」《考城渡河》二首：「顥氣搏沙下，崩騰日夜奔。千盤來遠塞，一瀉劃中原。跋浪争相逐，旋渦是處翻。臨流歎明德，我欲酬清樽。」「恠得聞雞者，難平擊楫心。長風來萬里，濁浪破千尋。遠上連霄漢，朝宗自古今。壯遊浪可喜，曼嘯一披襟。」《九日登錦屏山》一律：「三峰高並倚崔嵬，引我提壺直上來。且共籬花開笑口，還思野水注寬杯。松杉卧壑風濤卷，紫翠蒸霞日脚頹。一望直窮千里目，陋他戲馬説高臺。」「高」「直」二字重見。《送桑弢甫南歸》一律：「底用車前列八騶，先生歸矣儘風流。岱嵩華岳添吟卷，雪月梅天放去舟。竹苑詞壇誰管領，葑湖鷗伴自勾留。玄言載酒前期在，復向驪歌賦别愁。」摘句，《秋雨》：「聲隨千葉亂，冷偪一燈青。」集中巨篇甚夥，略記其《題函谷關懷古》《虎牢關望黄河》及《中秋月蝕》等作，皆見大手筆。

河間李東生燧《青墅詩集》《九日叢臺》一首：「磴道倚荒城，叢臺舊有名。河山銷霸氣，木葉亂秋聲。雲净千峰瘦，天空一雁横。盍簪逢令節，好結歲寒盟。」《彭城送别》一首：「相將走馬白沙堤，飛絮飛花送馬蹄。山勢中分平野斷，河流高壓女牆低。試衣亭畔東風暖，戲馬臺邊宿草迷。聞説彭城多勝跡，幾回憑弔夕陽西。」集中行旅詩甚多，壯句如《雁門道中》：「雲連山勢圍狐塞，沙擁河流下雁門。」而往來兖、濟，僅得一聯：「廿載問津迷舊夢，千秋鄒魯溯遺風。」亦大段窘也。《題古瀛臺馮道讀書處》二絶，録一：「瀛玉舊跡已荒蕪，秋雨秋風蔓草疎。博得勳名榮四代，不知臺上讀何書。」《過盧生祠》一絶：「寂寂叢祠蔓草青，蓬萊遺跡半凋零。神仙富貴成何事，終古盧生睡未醒。」摘句：「莊生作吏何妨傲，梅福求官不厭卑。」「生涯似梗頻年泛，詩格如官一樣卑。」「身經磨鍊貧逾健，詩漸頽唐格逾卑。」屢押「卑」字，有似代余言者。

桐城張廷璐葯齋《詠花軒詩集》《望岱》一律：「秦松漢柏近何如，獨峙真形邃古初。放眼日輪升渤海，盪胸雲氣合青徐。千山應就兒孫列，百代空傳封禪書。遥想振衣凌絶頂，宛然天地一窮廬。」蒙古和瑛太莽《易簡齋詩鈔》《和沈舫西太守登代元韵》二首：「自飲中原水，胸無萬仞山。寸心皆佛界，絶頂亦塵寰。民務絲千縷，官聲豹一斑。黄臺能了事，半日且偷閒。」「萬壑松風静，輕兜曲曲安。苦吟慙畏杜，默禱愧希韓。仙跡人間古，神靈達者觀。天門欣有路，呼吸白雲端。」二家詩《泰安志》中當載之。《易簡齋集》中前、後《紀遊》七古長篇，最爲傑作，文多不載。《詠珍珠梅》一絶：「一路梅花萬斛珠，清高富貴兩名俱。不知摇落春風後，純盜虚聲恨也無。」此似歎梅非咏梅也。覆閲《詠花軒詩》，愛其押「閒」字數聯。「好景不妨成獨賞，勞人難得是真閒。」「浮生但覺雙輪疾，仙境無過半刻閒。」「愧我同庚復同月，輸君餘健更餘閒。」《除夕》「灰」韻詩結句：「我正迂疎癡欲絶，吴兒且喚賣癡獃。」「獃」字，「灰」韻中未見。

《吟秋圖倡和詩》一幀，曩歲偶得之。惜俱不知其里居，亦不知何時人也。漫記于左。羅煦字羅邨，《秋吟》元倡六首。吴樹珠字薏庭，黄閣號九霞，並和元韻。其圖則霽窗作，不署名姓，能閒居士俞艮峰題。元唱《秋雁》：「咄咄書空字幾行，倚樓人自對斜陽。遥憐塞外風霜急，何處江南沙草長。千里暮雲秋索寞，一溪淺荻月昏黄。稻粱誤爾長飄泊，回首梁州路渺茫。」九霞和云：「日暮林疏見一行，遠隨鴉陣没斜陽。相憐樽酒人還別，最悵空齋夜獨長。客裏愁心開尺素，閨中少婦怨流黄。南樓極目多鄉思，留裏關山路杳茫。」又和《秋草》云：「羃腰無復舊芳菲，拾翠當時侶伴稀。苜蓿秋高霜隕落，蘅蕪香散月霏微。晉公莊在牛羊老，謝客詩成歲月非。獨有庾郎盤馬地，西風正好獵禽歸。」吴和《秋雲》一聯：「水氣溟濛疎柳外，山姿濃淡夕陽中。」他作大略如是。

前編於同時作者別爲時賢一編，兹附於近代之後。

家愛泉兄壬寅夏日，録寄界河逆旅館中有郡守岳湘岩先生題詩，乃《登岱》六首之二：「未入重重谷，先登九九盤。崎嶇行樹杪，曲折到雲端。放眼滄溟近，開懷世界寬。回看岩畔路，翻恐下山難。」「不見五丁來，何年丹嶂開。洞深飛蝙蝠，蝙借讀及。石瘦長莓苔。幡影岩前落，鐘聲澗底回。慈雲空色相，隨地有行臺。」又七律一首：「花名郕落鳥名山，行到山中不欲還。杖履自疑來世外，林巒都不似人間。雲門路僻僧歸晚，鐵嶂松高鶴夢閒。回首亂峰青未了，又看斜日下烟鬟。」不注何題，或遊覓山句耶？次年，愛泉諸孫赴郡應試，古場詩題「風箏傳來」。徐太守樹人擬作二首：「薰弦遠響入雲中，天籟非關線索通。自有金絲生魯壁，不應竽筑和齊風。鴻毛譜續賢人頌，雁柱彈成少女工。二十四番分按拍，何曾嘈雜笑雷同。」「扶摇初步問前程，也是登科説善箏。提唱度來天上曲，讀書聽到樹間聲。聖賢遺俗留餘韵，草野驚人此一鳴。操縵安詩須努力，好將風雅答承平。」是冬，徐遷蜀郡，其門下高足邀余爲送行詩，即疊用此二韵應之。

莫岳臣明府以楊大令《石汸詩集》見示。楊候補時，曾捧檄至樂陵，傾談移晷，不知其能詩也。兹聞已任德平，挂冠歸去，爲之慨然。集中歌行駸駸入古，抄存一首。《登岳陽樓放歌》：「生不窮汪洋浩渺渺之大觀，便當置身千仞高出青雲端。坐闞茫茫宇宙億萬載，一洗山凡水俗眼界爲之寬。洞庭周遭八百里，匯湘吞澤何漫漫。斯樓創建自何代，巋然巨鎮回青瀾。大風泱泱吹客上樓去，岳陽門外五月猶輕寒。一琴一笛一劍一麈尾，一飲一坐一卧一憑欄。瞳瞳雙眼直偪海門外，但見金馬玉兔逐逐跳雙丸。俗塵掃去萬餘斛，逍遥且盡終日歡。左驂羽衣鶴，右駕天使鸞。安得湖中帝子樓上仙，清風明月日日相盤桓。」「憑欄」一聯疊用八「一」字，實爲奇作。《夢登太山吟》一首同此調，不具列。《初到濟南》二律：「馬首東來倦眼開，果然佳境接蓬萊。半城湖色青如洗，四面嵐光翠欲堆。人爲江山留宦跡，天教遊歷長詩才。岱宗定有登臨興，萬仞岡頭看海來。」「七二泉邊卜宅初，朝朝對鏡攬芙蕖。頓教俗吏成仙吏，翻覺家居遜客居。重校詩添新歲月，難忘情是舊樵漁。單牀茶竈先安置，畢竟書生氣未除。」摘句，《太白樓》：「是真氣魄難爲酒，如此江山合有樓。」《南陽湖》：「蟹舍漁莊湖裏外，酒樓茶社閘東西。」《途中偶成》：「邨雨織烟千縷碧，山風掃瘴萬重青。」《閏九日戲作》：「驚心已過重重九，僂指還餘半半年。」五言：「水聲兼雨急，岳色壓城低。」《五道嶺》。「竹清千个雨，蕉響一窗風。」《濂社》。皆佳。石汸，寧遠孝廉，名澤闓。

石汸詩佳者不勝録，再記其《雨後遊大明湖》一律：「葦葉高于屋，荷花界作田。衆香來雨後，一碧漾風前。到處堪垂釣，聞歌不見船。還思待明月，展簟狎鷗眠。」《滕縣》一律：「緑槐濃處午陰涼，小駐征旍入醉鄉。山色萬重連岱嶽，河流一線畫滕疆。火雲欲斂蟬初静，花雨交霏草亦香。井地縱横祠宇肅，古情無限弔蒼茫。」「河流一線畫滕疆」，正謂界當以目志，惜不得與愛泉共吟賞之也。《烟霞嶺》一律：「平生未少烟霞興，今到烟霞第幾重。回環九谿十八澗，坐對西湖南北峰。泉不琮琤瀉珠壁，樹枝蟠屈走蛇龍。厓前一步一回聽，下界才敲午後鐘。」《南池》一律：「野水徑通舟，城南問舊遊。一池菱芡雨，四壁薜羅秋。鳥語生禪悦，蟬聲斷客愁。百花潭畔宅，重憶宴遨頭。」自注：「昔歲客蜀居近草堂。」《秋懷》句：「富貴偪人庸是福，衣冠入世覺無聊。」高尚之志，蓋有素云。

邑明府殳積堂先生，著《小栗山房詩集》。丙午歲履任，以刻本見貽。佳篇甚多，又長于叠韵，不可備録，摘其佳句以志仰慕之意。七言如：「細柳澹于新水碧，小桃分得夕陽紅。」「半簾緑影庭前樹，一片秋光畫裏山。」「小樓明月梨花白，細雨斜風竹葉青。」《對酒》。「緑楊城郭將軍畫，紅袖笙歌太傅家。」《楊州》。「一串珠喉花十八，殿春婪尾月初三。」「莓苔雨過草心緑，山館人來缸面紅。」五言如：

「梨花三徑雨，翠黛一房山。」「萬樹排雲出，群峰走馬來。」皆佳。余奉題卷後，用集中《讀樊川集》元韵二首，未蒙答和，旋即撤任。明府愛梅，署中羅列無隙地，一時文雅縱横。後卒以補盗不力被議云。

邑學博王年丈竹嶼先生寄示近作一册，《初秋旅懷》一絶最佳。「更鼓初敲步曲廊，庭梧葉落怯新涼。低頭不敢望明月，又恐今宵夢故鄉。」王，福山人。

商河宗人紫芝孝廉有《閩嶠集》。《上巳》句：「花如錦簇草如茵，姤煞風光是暮春。繞郭閒行四五里，尋詩恰得兩三人。」仕爲榮城司訓。《旋里》句：「作客年年感鬢華，今朝乍喜客還家。山中已熟重陽酒，海上初回博望車。」用「博望」字似無端，盍易以「下澤」二字。紫芝名江，乾隆乙酉舉人。雪漁太守有《萬里吟稿》。録其《着題詩》二首，《雁字》云：「似得凌雲筆，征鴻潑墨長。霞箋非有幅，録字宛成行。垂露臨飛白，銜蘆搨硬黄。回文真灑落，體勢挾風霜。」《柳線》云：「春風抽引緑楊枝，萬縷千條踠地時。未到三眠留薄絮，先從二月賣新絲。鶯梭織就黄金嫩，燕剪飛來碧玉垂。少婦登樓緣底事，空穿望眼蹙雙眉。」《漫興州首》，録一以當鼎臠：「自笑羈棲似繫匏，鳩來鵲去不營巢。蒼松有幹留清節，秋水無塵識澹交。花徑荒蕪隨雨濕，簾鈎摇蕩任風敲。澄懷漸解推移理，斗室焚香筮六爻。」雪漁名毓林，戊辰進士。

蒲臺蓋年丈《春舫詩抄》二卷，古作甚巨，未宜摘録，祇載律句。《秋日雜興》二首：「錦江城外錦江流，夾岸蕭疏蘆荻秋。三國名猶傳木馬，五丁人欲逼金牛。山川玉壘形還在，風雨峨眉勢未休。八月濤聲翻去浪，巴州東下是渝州。」二「陳倉口北棧雲西，誰向青蛉尋碧雞。名馬争騎紅叱撥，征人盡唱白銅鞮。峰回叠嶂山疑斷，澗落深巖路轉迷。無限客愁增悵望，那堪夜夜子規啼。」二《詠古》摘句：《魯仲連》：「隱先黄綺傳高士，道繼夷齊稱逸民。」《藺相如》：「欲得連城全趙璧，敢將鼓缶叱秦君。」《平原君》：「如何門下三千客，只是空傳十九人。」《潼關》一聯：「河到龍門纔一曲，雲開華岳見三峰。」《峽石驛》：「河山三晉壯，風雨二陵多。」《雞頭關》：「路自羊腸出，人從鳥道還。」《郡齋小築成》：「移梅經雨活，疎竹受風清。」

《春舫詩抄》皆宦稿也，由隴入蜀，蓋公爲順慶太守，時在嘉慶初年。近歲文登王者政亦號春舫，亦仕蜀都，相距不三十年。王春舫與王雪嶠有《蜀道聯轡集》。雪嶠名培荀，淄川人。記其《由龍洞下窺洞口》一律：「風雲忽見足邊生，直上蒼龍背上行。洞入太陰千丈黑，崖吞駭浪四山驚。青天咫尺晴疑雨，蜀道艱難險未平。壯老題詩誰再繼，凌虛高閣獨留名。」王春舫《贈雪嶠》一律：「聞道良朋亦挂冠，長途且喜客心寬。據鞍矍鑠誰知馬，對月推敲我遇韓。世事從來收手好，交情能到下場難。鵲華山色應如昨，何日明湖共把竿。」《濟南別雪嶠》後四句：「七袠衰翁訂後約，廿年知己對今宵。憐君淚眼愁回顧，揮手匆匆上客軺。」雪嶠《過馬孟起墓》：「一代英雄扶漢鼎，當年士馬數涼州。」《題留侯廟》：「呂在知難除漢患，秦亡喜已報韓仇。」《望華山》一聯：「萬笏都來朝白帝，三秋共訝起蒼龍。」自注：嶺名。慶雲崔時林暘，前抄曉林之弟，亦仕爲令。著《月沽詩草》。《舟行》一律：「風定舟行穩，秋深水氣涼。中流帆影亂，數里棹歌長。蠏舍迷前度，漁邨澹夕陽。今宵何處泊，客思正茫茫。」《贈陸廣義》句：「薄宦天涯孰與群，超然臺上喜逢君。才華漫比崔黄鶴，詞賦佳于陸士雲。」《客夜》一絶：

「木葉蕭蕭一院霜，征衣懶解怯風涼。更深獨坐愁難寐，月帶鐘聲到客床。」摘句：「是非有定關人品，得失無常任化工。」「未展一籌成白首，已經兩度厄黄楊。」「風和日暖花争笑，樹密春深鳥亂啼。」曉林昆仲集中各有《咏蘆花用漁洋秋柳韵》四首，不可摘取。按：《秋柳》韵中「箱」字最不易押。時林句：「隔岸一星穿蟒火，近潮幾處隱漁箱。」「漁箱」二字，不知出何典記？又《落葉》一聯：「到耳哀蟬皆曲譜，驚心掃葉尚書箱。」「書箱」自應有本，而與「掃葉」相貫，亦似羌無故實。

壬子夏日，省寓得歷下王秋橋德容詩册。前有稽春原李字山題辭，皆吾友也。《初秋》一絶：「新霽銀塘絶點埃，白蓮千朵一時開。推窗才欲聞花氣，招進南山翠色來。」《晚行》一絶：「緑楊郭外故人莊，步向東南近夕陽。不是緣城尋曲徑，貪聞一路棗花香。」《得家書》一絶：「一别阿兄八載餘，殷勤椷札月無虚。遥知近日龍鍾甚，字報平安非手書。」《蓬萊閣》一律：「海口連山山上城，城高山峙海空明。窗間四面水天色，日上三竿雷雨聲。島嶼微分晨氣暗，帆檣驟集晚烟横。憑欄正好凌雲賦，萬里波濤一葉輕。」秋橋家本蓬萊。《秋試後送東歸親友》一律：「怕引東歸意，臨歧不忍看。出闈登路急，到老忘鄉難。海國程途遠，霜晨旅店寒。到家人若問，莫説太衰殘。」《郊外遇雨》起句：「水墨涵天地，匆匆四顧間。風聲喧帶雨，雲勢厚連山。」句最佳。

樂陵張漢青天衢，乾隆丁卯舉人，任諸城教諭。著有詩稿，余未之見，僅從其族子得《秋閨》，乃一時游戲倡和之作。録其二首，一限用美人名：「飛燕辭巢風已秋，玉簫何處月明樓。長憐樂府傳蘇小，不信盧家有莫愁。偶整翠翹悲索莫，閒拈紅綫結離憂。幽情欲寄薛濤紙，何似文君賦白頭。」一限用藥名：「天南星轉火西流，半夏無聊又到秋。此日雕梁辭海燕，幾時銀漢會牽牛。眉匀青黛空凝恨，鬢插紅花只戴愁。欲寄音書尋故紙，不堪續斷數更籌。」餘皆稱是。

劉漁舫先生實樂陵人，乃係籍天津竈户，以孝廉任肅寧學博。著《見吾詩集》數十册。余從其令嗣索觀二册，録存數首。《春日》一律：「獨樂邨居好，歸來十九年。祥雲飛捧日，野樹坐争天。草色鋪文錦，鶯聲雜管絃。悠然盤膝坐，瀹茗起爐烟。」《秋夜》一律：「秋夜清如許，開簾坐一床。月明蟲語細，風定樹陰涼。竹暗還凝露，花多欲散香。天邊幾行雁，知到爲誰忙。」《初度自壽》一律：「月旦何須下里評，身家自顧有餘清。回看坦路統留步，但費機心不敢行。曾入蟾宫攀一桂，已從槐市率諸生。稍嘗宦味心情懶，獨挽鹿車又學耕。」絶句二首：「春風習習樹啼鴉，捲起布簾自煮茶。閑住柴門人不到，白頭翁對白梅花。」「緑楊踠地絮初飛，語燕呢喃繞草廬。正是春風桃杏艷，半窗紅日坐看書。」又二首：「斜陽翻璧晚風清，老樹婆娑野鳥鳴。非是良朋真待我，自拖竹杖繞邨行。」「茅屋三間歸弄田，借用。一簾花木夕陽邊。書聲聽罷茶剛熟，門外蟬鳴雨後天。」摘句，五言：「人求如意少，事到知心難。」「觀書愁細字，見客怕新交。」「人冷能充隱，心閒免附炎。」「草長疎簾碧，蟬鳴老樹秋。」「□去水連沙，卷流雲帶樹。」「行雲開漏碧，風定雁留聲。」七言：「草色平鋪三徑緑，榴花倒射滿堂紅。」「徑外花飛遲到地，雲中燕舞欲參天。」「老子休言生苦縣，安仁也得賦《閒居》。」「海能翻浪鷗偏卧，風可飛沙草不知。」「穿籬突兀貓頭筍，浮椀馨香雀舌茶。」「開口便詢七十否，回頭尚記少年時。」「柴門不設司閽者，了鳥聲中風替關。」單句：「萬花園住屋三間。」「一路鳴蟬送老翁。」「老梅影瘦小窗深。」皆得趣之句。

陳欽士少府抄寄無名氏《左耳病戲作》一首，有似代余言者，漫識於左。「歎世侵尋似鹿皮，聾雖半耳已如癡。盈樽杜酒憑誰餉，決牖仙方久不窺。但遇一呼仍響應，若聆偶語却參差。僮便主瞶誇脾健，婢譟醫庸諱賢衰。强欲屬垣還側耳，纔看抛枕又支頤。史稱偏聽應如是，人説佯聾或近之。憎老懶令嬌女剔，怯狂畏與醉翁持。八音未許諳全部，兩造祇能割半詞。洞裏乖龍眠正穩，用韓句。牀頭鬥蟻動還疑。耄呼賢吏猶多愧，用龍丞事。歸作家翁漸有期。空筱音聞旋恍曶，兜玄夢斷轉迷離。不須□醎從軍法，好證圓通問道師。」按：此是長排，「聾」「耳」多半等字重見叠出。戲作，則無不可。

單又舊友孫鳳廬，自昌邑學署寄其《戲作咏物》四律，漫載其二：「蟻戰初酣氣似虹，無端白雨忽濛濛。蠶因作繭身先縛，魚到吞鈎餌亦空。窟若營三終是狡，技非擅五更遭窮。幾回勘破蒙莊意，蝴蝶原來是夢中。」「螳捕渾忘黃雀覗，好提俗耳苦鍼砭。蚊皆有口能成陣，蠏本無腸枉恃鉗。飲露蟬高空自潔，過牆蜂去爲誰甜。西來參透人天諦，值得曇花一笑拈。」鳳廬素不作詩，茲寄託殊深，未久則引疾歸爾。

樂陵孝廉王鳳文榮封任曲阜學博，著《咀芸山房詩草》。《寄謝史迪堂》四律，録二：「滌俗率真吾，塵氛一點無。品惟清乃峻，行以潔而孤。信是人如王，端應唾盡珠。風流前代溯，晉魏與爲徒。」「自笑吟成癖，淫哇誤半生。牛心輸擅臠，驥尾附知名。愧昧風人肯，叨承月旦評。金針欣已度，罔敢詡同聲。」《贈潘子駿》一律：「澹將秋水浣襟裾，詩酒放懷興有餘。滌俗原來無長物，忘貪每喜購新書。窮何必送情真達，熱不須因意自如。静欲參禪甘冷卧，一簾明月伴幽居。」《詠梅用東坡詠雪韵》二首，録一：「芳心一點送香纖，鶴守無嫌冷氣嚴。巧様誰裁花藉蠟，寒妝只耐雪飛鹽。敲詩興動時開閣，索笑情深偶傍檐。擬杏玉堂高詠處，芸窗覓句鬥新尖。」《咏六角扇》二絶：「豈必玲瓏説五明，芳形恰擬泰階平。輕摇細細涼風發，信是風原叶律生。」「持來價可百錢售，太傅蒲葵勝此不。豈是人偏珍六角，右軍五字足千秋。」又句：「此君偏自矜圭角，獨具觚棱亦不嫌。」摘句：「衆緑從生惟夏雨，群黎副願是商霖。」「曠職真慙唐博士，絶交信是孔方兄。」「契深蘭友歡無限，情洽麯生味倍真。」「夾路雲深新緑暗，隨車雨細軟紅消。」皆曲阜任内作也。余前來樂陵，時鳳文正在曲阜，及其推升告養，而余亦移病旋里。十年重來，則渠墓有宿草，僅從文郎得讀其遺稿云爾。

樂陵張茂才維楨字幹園，著《亦云軒詩草》，其族弟竹軒孝廉手録一册示余。《詠史》如《嚴灘》一聯：「角里衣冠終俗格，雲台事業等浮漚。」《淮陰歌》末段：「淮陰就死淮陰悔，淮陰豈得爲無罪。一請假王一後期，二事皆足中君疑。」皆議論獨出，不蹈襲前人科臼。律體亦工，余尤愛其《閒居》一首：「漫説窮居樂境稀，知幾處處盡天機。池邊草長魚兒出，簾外花香燕子歸。刈麥剛逢桑葚熟，種棉盻到棗芽肥。隨時景物皆堪賞，不道年來心事違。」自注：「里言棗樹發芽種棉花。樂陵宜棗，尤足見土俗云。」竹軒又示我李笠翁詩一帙，皆律句也。如：「因貧纔得樂，爲傲始能閒。」又：「病除閒有力，愁破酒無功。」「月色常依水，江聲不在潮。」「冰消漁岸水，寒霽雪花天。」皆得趣之句。又一首：「書淫猶好色，濫嗜即登徒。能割始成愛，姑存尚帶儒。」「儒」字疑誤，或渠用鄉音讀作「儒」耶？吾不能「濫嗜」

之矣。《贈瓢飲道人》云：「松爲同輩友，鶴似少年人。」瓢飲，不知何許人。

自「樂陵前輩」以下十餘頁，蒐採極富，足徵先生之聖才。然愜心志貴當，此係未定之稿，無妨以多爲貴。竊謂開雕時，自另有一番斟酌，以當於最愛之中稍從割愛。想高明必不以瞽説爲刻也。

小雲紱謹注

閨秀

前鈔阮夫夫《舊經樓詩》，乃其次集。道光辛丑秋日，愛泉兄復得其初集以示余，佳什不勝録，録其似史論者。《讀長恨歌》一絶：「儘可宫中寵太真，但須將相用賢臣。君王誤在漁陽事，空把傾城咎婦人。」《讀婁妃墓碑》一絶：「賢妃雖死却如生，一片冰心似水清。慚愧寧王是男子，婦言不用反傾城。」名論可傳。

甲辰夏日，江南古朐湯茂才過鄒，以其亡女湯藍英《紫筠軒詩》二册見贈。盥誦再三，不勝有才無命之歎。《即目》二首：「忽聽籬邊聲，不見籬邊物。小妹籬邊來，驚起兩促織。」「南園乾菜甲，疑是黄胡蝶。小妹最嬌癡，恰向籬中撿。」《春閨》一律：「春陰盡爲海棠濃，轉到黄昏露影重。月上快逢天女面，花開疑對美人容。心緣何痛針偏入，衣欲成章線更縫。鄰女較儂勞倍甚，香秔猶裹五更舂。」紫筠年二十而歿，卷中多病吟，不堪卒讀。再録其《自遣》一首：「松竹窗前影肅清，頻年讎校擁書城。苔痕徑滿稀人迹，天籟風傳只鳥聲。班氏妹兄期作述，謝家父子似師生。庭幃獨領閒中樂，門外無心問雨晴。」又一絶：「豈是塗鴉學轉癡，童年習慣性難移。嘔心如我真堪笑，痛到翻添數首詩。」集中佳篇不勝録，尤愛其四言《觀天》一首：「浩浩碧落，無言化周。不知天外，可許昂頭。」真慧業文人語。

辛亥秋，晤青城學博曲阜東野伊齋，乃夏邑汪夢岩師之兄子壻也。詢及前鈔汪師女公子詩尚有遺篇否？伊齋即誦其《寄從姊》二絶句：「春深繡閣離愁重，夢冷池塘雁影單。記得舊時花月夜，雙雙同倚畫欄干。」「繡倦停針倚碧紗，自看小婢試新茶。無端簾捲添惆悵，開到階前姊妹花。」語極精妙。再詢伊齋，尊閫必有和作，乃秘而不宣。

壬子夏日，歷下友人處得觀文登王春舫寶、奉天陳箴史名寶四所著《蜀道停繡草》。《宿龍溪》一絶：「嫁得浮雲慣遠遊，塵途屈指又從頭。一年一度邛郲道，爲問春風識我不。」《清溪道上早行》一律：「茅店雞猶唱，星河澹欲籠。人家脩竹裹，月色亂山中。憑軾尋殘夢，垂簾避曉風。前峰知日上，指點曉雲紅。」《中秋望月憶弟妹》一首：「淒淒旅館中，淼淼涼風發。弟妹天一方，今夕亦佳節。素娥破雲來，兩地照離別。感此傷我心，傷心不如月。」《扶風懷班大家》一律：「路近班門喜問津，大家才思總無倫。千秋史筆成巾幗，漢代文章有婦人。恩被三朝閨閣少，家遭多故弟兄親。璇機圖裹詩盈錦，蘇蕙何修作比鄰。」蘇亦扶風人。《渡河》一絶：「黃河天上來，洶洶勢何壯。一帆挂秋風，橫開萬里浪。」「漢代文章有婦人」，真名句也，堪作史論。

賈少峰學博新得《滄州詩鈔》以贈余，卷中有閨秀十六家，摘録數首。劉曾璇妻吴氏有《雙榕樓稿》，《舟中即事》一絶：「扁舟一葉水迢迢，揚子江頭看晚潮。遥指緑楊城郭外，月明二十四紅橋。」《觀弈》一首：「一秤勝負兩難均，博得傍觀局外身。着子心原多未了，生花眼不太宜真。殺機雖覺非關我，活路何妨且指人。莫自矜能餘步在，此中消息要凝神。」葉伯儉妻全氏名澹真，有《晚香閣存稿》。「韶光如許正無垠，庭院深深静掩門。莫使東風來砌畔，好留殘雪伴梅魂。」左善洵妻李氏有《麗景樓詩草》，《黎花》一絶：「幾枝白雪壓疎籬，寂寞三春獨放遲。人定簾垂深院静，冰姿只許月明知。」《春月》一首：「春月清暉滿，冰輪露濯鮮。倚欄花入夢，臨水柳生烟。的爍金波照，裘裏玉鏡妍。最憐香霧裏，簾影更娟娟。」吴茂椿妻張氏《秋夕回文》一首：「啼鳥夜月對涼天，院静垂楊鎖緑烟。迷路歸來尋徑遠，萋萋草露帶平川。」按：此詩不避行露，疑是傖父代作，餘不悉載。

河間白氏著《緑窗詩草》。白乃高陽孝廉王棻香甫室，署名稱「香室女士」。《夜雨》一絶：「坐喜宵來雨，鶯啼過短牆。賣花聲不遠，風透隔簾香。」《辭家》一絶：「辭家時節值殘春，繞砌花垂曉露新。十日相看千日別，似含珠淚送行人。」《金臺咏古》起句：「神俊不恒有，有亦溷風塵。千金收駿骨，貴在識其真。」語尤雅，鑒亦似史論。白氏十四歲能詩，《咏雪》有「借問梅花何處落，風吹一夜滿千山」句，乃重唐人高達夫《聞留》詩，及後知之，欲削去，香甫以詩留之：「緑窗染翰漫因陳，暗合翻令舊句新。寧向齒牙居後慧，却疑環印記前身。得心自許能先我，出口何須定異人。老屋寒窗同把卷，呼燈重拂單床塵。」事極風雅可記。白氏《咏白燕》一律：「珠簾冰剪下雪飛，故壘初還雪翼肥。柳絮午晴波灩灩，梨花春冷雨霏霏。奩前幻化雙釵玉，夢裏分明白板扉。寒素家風清望重，不須門巷號烏衣。」結句可謂「詩中有人在」者矣，它姓移去不得。《家居》一絶：「穫稻栽蔬學作家，田園生事計絲麻。籬邊幾點閒秋色，舊是兒時手種花。」

雄縣王侍郎炘女名淑昭，河間左大令印奇室也。左任河南涉縣令，淑昭贈詩二首：「從君來萬里，本欲避饑寒。命薄逢兹邑，時難笑此官。房帷茅蓋冷，兒女布衣單。願□還山曲，祈君早挂冠。」「三年莅兹土，囊橐愈蕭條。歲月人將老，風塵鬢欲焦。長貧甘計拙，多病恨家遥。素抱柴桑志，如何冒折腰。」可以想見高致。

平昌諸生傳其鄉前輩李孝廉鵬九繼室劉夫人有《菊窗吟稿》。《中元夜雨》一律：「月華秋不見，寂寂坐南軒。樹老風聲動，蟲多夜語繁。燈分千里夢，雨斷幾人魂。遥憶悲秋客，淒淒静掩門。」蓋其寄外之作。劉夫人乃濱州劉虞城令嘉隆之女，名昚儀，菊窗其號也。

世傳前明閨秀詩五、七言律、絶極多，古調殊少。惟吴江葉虞部仲韶二女《春歌》叠韵，與唐人光威裒相埒，備録於後。葉紈紈字昭齊，《春歌》元唱：「東君編把香塵浥，枝頭處處春光及。閒心踏草草偏芳，淚眼看花花盡濕。深閨簾捲日長時，羅衣乍試春風急。遊絲路上白鞦韆，獨坐幃香屏影澀。清明寒食斷腸天，可憐繡陌遊人集。畫橋烟暖漲晴波，武陵花泛漁舟入。黄鶯睍睆燕呢喃，揉碎韶華餘幾十。一番風雨過欄前，滿庭紅紫空相拾。」昭齊妹小鸞，字瓊章，和云：「春雨霏微花氣浥，江邨處處春相及。半庭芳草黛烟深，一樹梨花粉痕濕。數聲啼鳥□游絲，曉來拂拂東風急。東風胡蝶尋香飛，新鶯欲語嬌還澀。陌上堤邊更可憐，香車寶馬絲相集。高樓簾捲□□開，落花飛絮隨風入。榆錢滿地更堪愁，難買東君又九十。折花安頓膽瓶中，猶恐春光暗收拾。」詩見滄溟《明詩選》。

杭大宗《榕城詩話》載黄莘田二女能詩，長淑窕，次淑畹。淑畹有《題杏花雙燕圖詩》：「艷陽天氣試輕衫，媚柴嬌紅正鬥酣。記得春明池館静，落花風裏話呢喃。夕陽亭院曲闌東，語燕時飛扇底風。不管春來與春去，雙雙常在杏花中。」時人稱之。惜未載淑窕和作，亦光威裒之流亞也。押「酣」字，用通韵，乃覺太寬，固是歡愉之詞耳。大宗盛稱莘田能詩，乃載其《過昭陵》一絶，「貞觀」「觀」字讀平聲，亦可疑也。即録原句於後：「際會風雲未足難，始終恩禮羨貞觀。漢家多少韓彭將，不得銘旌一字看。」或「貞觀」在易讀仄，於唐年號當别論耶。

張小雲處有湘潭《郭氏閨秀集》，中有三家《題蜀女鵑紅題壁詩》者，悉用元韵。前鈔雨山謂榛苓吟卷後，當有閨秀題詞。於此益見其言信而有徵矣。即摘録於後。郭友蘭素心句云：「聞道兵戈靖劍關，癡情猶自望生還。金錢夜卜刀環約，兩袖頻添淚點斑。」「深閨成慣理行裝，錯恠牽牛不服箱。却羨木蘭真有膽，芙蓉帶上繫魚腸。」郭佩蘭芳谷句：「匆匆女伴促行裝，黄竹曾遺百寶箱。記取慈幃親檢點，明珠翠珥斷人腸。」「離家屢見月虧盈，望斷刀環不盡情。春到江南江水緑，又添愁恨共潮生。」郭漱玉六芳句：「命薄於雲亦可哀，無端烽火逼人來。鵑紅小字真成讖，啼血聲中一朵開。」「前身杜宇憶啼魂，破壁烟寒夕照昏。應有碧紗籠護惜，莫教塵污麝煤痕。」

《郭氏閨秀集》中附載芳谷女王繼藻浣香詩，多有五、七古大篇，未易摘録。其《寄笙愉姊》「守道方爲樂，無愁即是仙」，乃本郭步韞《自遣》句「浮生安命方知樂，處世無愁即是仙」。步韞係笙愉之祖姑，可謂不忘師資成一家言矣。笙愉名潤玉，乃湘陰李石梧星沅之妻。刻此集于廣東使院者，後附《梧笙館倡和集》，不及備録。渠係顯宦詩卷，自流播海内，亦無庸贅及也。笙愉《題雨青女士畫册》一絶：「我正吟詩倚碧紗，愧無斑管寫烟霞。知君細洒金壺汁，可憶江南二月花。」雨青，不知何許人。

小雲茂才又以古潤女史茅桂芬蕊仙《卧雲館詩集》見貽。集中多佳篇，尤警者，如《焦山看梅》句：「江山壯麗人非舊，我輩登臨月共清。」吐屬殆不似巾幗語也。弋取小詩數首。《晚眺》五絶一首：「落日古渡頭，冉冉欲墮水。不見長歌人，聲在溪烟裏。」《田家》七絶一首：「通歲田家四月忙，鋤禾打麥遍村莊。五陵公子乘驄馬，那見辛勤滿路傍。」

滕邑館中有人傳來咸豐十一年南匪入登州境，海陽女子李氏被虜，賊破，氏逃回至沂州蘭山縣劉家寨，題詩九首，録其起、結二首：「静養深閨十八年，何曾露面到人前。閒將鴨鼎分青火，早向雞窗理翠鈿。午夢乍回春寂寂，暮雲初散月娟娟。自從蓋地烽烟起，骨肉驚離各一天。」「本貫登州屬海陽，郜名牛渚即家鄉。氏無兄弟孤身李，門少翁姑未嫁王。人素敬煩諸伯父，寸紅轉寄老爺娘。倘能再得重相見，鏤骨銘心死不忘。」此詩小兒得自滕館，不知所自來也。吾友海陽李字山亦死于南匪之難，此女子定其族人也。不知題詩之後歸落何處？小雲每謂閨秀詩多依託，或他人代撰，似此詩必無代撰者矣。又按：其詩中琢鍊之句，如：「深閨昨夜猶穿線，旅舍今宵忽枕戈。」「萬里愁雲迷遠塞，一鈎殘月挂孤城。」吐屬皆極風雅。至「爺娘撒手難相見，生死臨期未可料」，則不堪卒讀矣。其七首後四句：「水遠山高音已斷，魚沈雁杳信難償。蘭山西北劉家寨，苟且偷生暫隱藏。」則直述其事，不計工拙也。

同治戊辰菊月大女從廣川來寧，見其《繡餘》小册，後有其姪婦東昌王氏題一絶：「一卷新詞叶鳳鸞，此中惟有率真難。謝庭寫盡天倫趣，莫作尋常咏絮看。」即物色得王氏《雲龕□草》一編，燈右盥讀，前有《和乩仙詩》十二首，不具列次。有《感秋》八首，録二：「最好乾坤爽氣清，朝來忽覺嫩涼生。書空雁字題何恨，伏壁蟲吟訴我情。冷夢照殘燈一點，秋心打碎雨三更。小窗消盡淒清況，伏枕微聞落葉聲。」「捲簾澹坐一庭烟，摇落西風思渺然。王宇無塵清似此，青山有骨瘦堪憐。三更冷夢秋如水，一片冰心月在天。幾許閒愁消未得，蟲聲吟到枕函邊。」又句：「白雲明月身前夢，紅樹青山畫裏思。」「菊有黄華偏笑日，柳因青眼易傷秋。」「楊柳真爲憔悴樹，海棠今是斷腸花。」「一徑雲烟啼竹淚，五更風雨捲蕉心。」詩是病中作，故多淒音。又《雪》詩四首，録二：「騎將白鳳下天來，散作瓊花頃刻開。已悟幻身同絮影，不知何地着塵埃。偶然此世留鴻爪，遮莫空山化蝶灰。漫道南華清夢冷，冰心祇合伴寒梅。」「一片靈光玉宇澄，小窗静坐澹寒燈。塵埋下界三千丈，夢踏瓊樓十二層。絮影暗飛空是色，梅花含笑冷如冰。仙人跨鶴紛紛去，何處青霄有路昇。」又句：「人間那見崎嶇路，天上偶開頃刻花。」「鳳翥鸞翔空有跡，冰清玉潔總無瑕。」《咏菊》六首，録二：「東籬風景絶塵囂，我與黄華共寂寥。疎雨半簾人影瘦，古香一室夢魂遥。秋心太覺清閒甚，世味應從冷澹消。此是花中真逸品，芳姿貞白不妖嬈。」「憔悴東籬物外身，無言相對捲簾人。烟疎月淡初留影，冰潔霜清不染塵。獨與梅花同比瘦，祇應秋水共傳神。素心一點愁多少，我愛黄華臭味真。」又句：「天教入世惟宜淡，花不逢時轉得高。」《與從弟誌别》四首，摘句：「家園再到談何易，骨肉無多别更難。」「回首可憐星聚散，驚心怕見月團圞。」

乩詩

陸雲士《雜記》：朱淑真降乩書《浣溪紗》一詞：「兒家原住古錢唐，曾有詩編號斷腸。猶傳小字在詞場。漫把若蘭方淑女，須知清照異真娘。朱顔説與任君詳。」下壇又書一詞：「轉眼已無桃李，又見荼蘼綻蕊。偶爾話三生，不覺日移晷。去矣去矣，歎息春光似水。」陸記乩筆應答，節次甚詳，兹但録其詞耳。

尤西堂《雜組》有《瓊宫花史小傳》，略曰：花史何氏，小名月兒，明初山陽富家女也。年十六，爲書生所調，赴水死。王母録爲散花仙史。初降壇，詩曰：「片片落英飛騎客，翩翩獨向風前立。緩行徐步小橋東，只恐春衫香汗濕。」按：此詩似自叙前事，或其舊作也。花史詩詞甚多，最著有《太華行》一篇，詞曰：「登峰當登第一山，娑娑屹立不可攀。巨靈贔屭崪爲掌，雲氣時流十指間。蒼龍玉馬隨風步，黄冠鶴羽皆童顔。半壁飛泉珠雨散，水天相對乘時間。爾乃坐青蓮，游玉田，金鼎石室篆如烟。團團握麈成清談，鐵留一聲江天寒。玉女乘窵相接引，蒲桃火棗列嘉筵。歌一曲，樂萬年；進一觴，成百篇。松風枕上聽流泉，陶然醉倒不知還。呼吸三光應列斗，巍峩兩山一畫剖。少陰令德合秋成，氣函金爽據丁酉。伊古少昊居此都，蓐收别館稱中阜。何若凌虛此一游，憑風羽化飛飛走。視昔登顛發狂號，垂書作别真堪嘔。仙兮仙兮不可及，仿佛斯游不竟□。我向瓊宫索記書，大文千言如科蚪。」花史此詩故作蟲書，真人譯之乃得識。花史每呼侗爲「展子」。展子記之如此。按：此詩降乩何處、何時？展成皆未詳及。而所謂「真人」者，乃孫過庭，皆恍惚難憑。

《西堂雜組》又有《木瀆仙姬小傳》，略云：姚氏名玉兒，字守貞，娟娟其小字也，武林人。五歲能詩，九歲流落廣陵狹斜中，十五而卒。一靈不散，遇華山破雲仙師，不詳何人。教以真訣。後入仙籍，主木瀆，爲水神。降壇詩曰：「經年憔悴到梅花，木瀆寒風石徑斜。記得相思明月下，爐烟縹緲認兒家。」仙姬與郡侯高蒼岩幕客陳山農等倡和最多。然其生前所著八百首竟不傳，惜哉！

《西堂詩集》有《春風舞歌弔何澹王》詩，叙曰：「何，武林妓也。十八而亡。有歌曰：『春風舞，春風舞，吴姬紫玉飛作烟，越艷西施化爲土。』其下友人記之不全。又一律，忘其首句，承云：『數句琵琶絶妙詞。看盡青山惟有淚，燒殘紅燭不成詩。半簾梅影無君瘦，千古情人是我癡。可惜臨岐分付語，至今湖水笑相思。』」何乃才妓，附載之。

紀文達公《雜著》：「西湖扶乩，蘇小降壇詩：『舊埋香處草離離，只有西陵夜月知。詞客情多來弔古，幽魂腸斷看題詩。滄桑幾刧湖仍緑，雲雨千年夢尚疑。誰信靈山散花女，如今佛火對琉璃。』或請曰：『姬生南齊，何以能七律？』乩判曰：『閲歷歲時，幽明一理。性靈不昧，即與世推移。江文通、謝玄暉能作愛妾換馬八韵律賦，沈休文子青箱能作《金陵懷古》五言律詩，古有其事，何疑於今乎？』又問：『尚能作永明體否？』即書四詩曰：『歡來不得來，儂去不得去。懊惱石尤風，一夜斷人渡。』『歡從何處來？今日大風雨。濕盡杏子衫，辛苦皆因汝。』『結束蛺蝶群，爲歡棹舴艋。宛轉沿大堤，緑波照雙影。』『莫泊荷花汀，且泊楊柳岸。花外有人行，柳深人不見。』詩蓋《子夜歌》也。雖才鬼依託，亦可謂俊辯矣。」按：此段議論及永明體，大似小倉山房擬作，託之蘇小云爾。

李鶴坪《昆海聯吟集》中載與乩仙倡和甚多。明馮祭酒夢禎自號采芝翁，降乩詩曰：「招邀深感主人賢，白髮婆娑話舊年。征夢遠隨衡雁去，騷壇高樹瘴雲遥。天垂嶺嶠寒愁客，秋盡沅湘水接天。按：此聯「天」字重見。慚愧點蒼山下鶴，聲聲還憶采芝仙。」鶴坪和云：「鞅掌何心賦獨賢，星槎奉使已三年。身經瘴雨蠻煙外，夢繞河聲嶽色邊。短髮渾添點蒼雪，秋陰不放蔚藍天。洞庭一日三題句，瀟洒真慙鶴上仙。」乩筆又憶鶴坪一首：「負手秋天數雁群，蠻荒木葉又紛紛。青山滿眼悲鄉國，白髮盈頭憶使君。枕上疎燈官閣雨，酒邊殘留洞庭雲。猿聲一夜休惆悵，獨客年來已慣聞。」坪又和云：「先生自是列仙群，憶舊偏增逸思紛。萬里悲秋憐宋玉，一舟載月弔湘君。神鴉不散洞庭樹，老鶴孤飛滇海雲。最是軒皇張樂地，遺音可許世間聞。」又《夜聽蟋蟀》詩：「秋氣入深巷，落葉聲騷屑。夜寒獨掩扉，蕭蕭一庭月。」又《題劉古山君山覓笋圖》一首：「洞庭十日南風作，客船如鳥沙頭宿。炊烟日午猶悄然，扶杖高吟入深竹。白木鑱，青竹籃，幾枝入手君非貪，風味滿腹殊清甘。君不見老人衣染君山雲，朝朝忍饑爲此君。」俱采芝翁乩筆。

楊升庵《乩筆同采芝翁作》：「白髮飄蕭折角巾，相看世外兩遺民。蠻天落拓愁邊客，故國塵沙夢裏身。關塞魂歸雲似墨，琵琶聲斷雨如塵。哀牢山下垂垂柳，猶認天涯放逐臣。」又《贈采芝翁》一首：「雪意曉初霽，山風吹葛衣。春生蠻地早，老覺故人稀。携手入林僻，題詩吟翠微。回頭沙上雁，一一向南飛。」采芝翁和詩：「十九峰頭月，清光欲滿衣。名山荒外少，高士蜀中稀。一杖穿雲去，雙鳧入海微。便當同跨鶴，直向青城飛。」亦見《昆海聯吟集》。

采芝翁又與仝人聯句，《題東溪亭子圖》共十六韵，合備列之。「少室横半天，愛絶白雲上。下瞰東溪流，翁日夕波滉漾。倒映玉女峰，蔡松若飛瀑落層嶂。繞澗昌蒲生，李鶴坪紫茸花初放。中有幽人居，蕭雲巢雲構凌空曠。窗虚嵐氣陰，王椒園松古濤聲壯。玲瓏簷際月，鶴坪姪震石梁宛在望。清光如可招，錢松壺秀色静相向。我欲騎白龍，翁於焉陶嘉尚。一嘯鸞鶴集，蔡小築麏麚傍。吸景味元詮，坪餐芝怡真貺。茲意歸畫圖，蕭斯人妙心匠。雲烟縑素披，王墨雨巒翠漲。浮邱跡可尋，震盧鴻宅堪訪。依微聞遠鐘，錢髣髴聽樵唱。他時掩山扉，丘壑還無恙。翁」鶴坪所記仝人聯句甚夥。其「坐」字韵詩，至於四疊，「坷」字俱押「坎坷」，獨未載仙句，不知是凡人坎坷，仙亦坎坷否？蓋載之，與宋時「君也徘徊，臣也徘徊」，好作偶句。

商河宗人雪漁太守《鴻泥雜志》載滇人扶乩，陳圓圓降壇詩甚多，不具列，但録其自述一篇：「我本吴門浣紗女，圓圓小字嬌白苧。自幼深閨秀出群，妝成多厭鉛華御。稍長舁藏貴戚家，珠圍翠繞擅歌舞。當時名譽動京華，能使王侯屢延佇。一朝蛾賊繞南枝，孩兒十八焚鍾虡。鼎湖龍已去深淵，萬里分封來鑾宇。碧雞山色映瑶窗，翠海波光環珠户。後宫佳麗盡如花，獨妾承恩嬌不語。其移物换彩雲收，傷心瘞玉歸黄土。環珮難從夜月歸，故國姊妹空愁予。」圓圓自述如此。渠生時不聞能詩，乃一靈不散，與世推移也耶？篇中上、去混押，或用鄉音，不可以沈生弊法繩之。

近人傳抄有吴縣陸亟女降乩詩，前有自叙駢體，甚長。略記其名馥華，號瀲塘女史。嫁吴郎，行七，于歸十日而寡。不肯改適，有强之者，觸石而死。降乩詩云：「石藩一觸碎珊瑚，花影飄香月影孤。乾净身還真萬幸，敢將幽怨訴天衢。黄沙白草悵東風，卧老梅花五尺紅。如帋桐棺自安穩，幾多馬革裹英雄。薜蘿烟冷墓門荒，一綫沙堤接緑楊。春老三郙郙畔土，桃花香帶女貞香。不堪回首望吴門，凄泠靈萱月下魂。别有數行兒女淚，鴛鴦枝斷七郎墳。」合具載之。

樂陵老友張君丹芳善扶乩。余前到樂，渠已歸道山。鄉人傳其乩詩一册，多賦四時景物，無庸弋取，卷末有《贈主人》一律：「平生最愛静中居，緑水青山繞故廬。栽一雨竿無礙竹，養三四尾有情魚。人來問字拈拈筆，客去關門看看書。得一日閑閑一日，五陵車馬待何如。」又《一言至七言增字體》一首：「清，清。祥雲，和風。池内竹，牆外松。煎茶小僕，談道仙翁。門下無俗塵，几上多古經。閒來坐觀周易，悶時起聽鳥鳴。無拘無束隨日轉，何憂何慮天地空。」乩筆不書名，極爲高雅。韵脚東、庚、青並押，悉用鄉音，仙亦是土仙，蓋戲之也。城南王生乃張君門下高足，收藏乩筆屏風十二幅，款署「藏珠道人」。相傳藏珠亦回道人别號也。余流覽一過，不能舉其詞，但記屏中有誤筆，因口占一絶：「乩筆飛騰有是哉，鳥簧蝶板費心裁。「板」字誤作「牒」。就中奇字知多少，試覓人間吴郁臺。」「吴郁」二字不解，或是「舞雲」音之轉也。惜不得起同歲生扶乩問之。

甲寅秋，高唐及連鎮逆賊方熾，密邇樂陵，邑人傳乩語云：「讀書樂何如？白雲陵上住。諸君何須問，芳草礙餘步。」中隱「樂陵何礙」四字。人謂太顯露，恐非仙語，殆好事者爲之。冬日有鬧漕事，攝令姓名，與芳草有合，亦似讖矣。其它傳來，獨流石碑韵語，僞妄不載可也。

素聞乩詩，但視扶乩者之文藝。如能者扶之，則詩多佳句，否則詩多淺俗。至有一二語後，不待送而逃去者，其故可思矣。以此不知觀此技，遇有傳誦韵語者，亦姑聽之。此册所輯，喜其不多。知先生原不過取備一體，勉爲盥讀一過，而一詞莫贊焉。

小雲紱謹注

戲題詩話續册後希哂削

登山採玉海探珠，合璧聯珠世所無。郄氏英珍纔一片，王家競秀只三株。兵如韓信多尤善，有付梓前册十餘卷。博似萊公注太孤。册題上卷，知尚有其次。更欲從君觀異寶，鐵如意打碎珊瑚。

知君十萬卷撐腸，卓筆成峰墨作莊。落紙烟雲簇錦繡，隨風咳唾化琳琅。豈無雞犬登天去，大似牛羊滿谷量。他日名山誇富有，肯教多積讓曹倉。

冶山愚弟黄來麟拜草

東泉詩話續册第二册

贈答類

辛丑秋日，朋輩疊和陶詩縈字韵者，具已見前册。是冬，聽泉親翁復寄余重和一首：「大塊稟萬物，洪鈞杳而冥。扶風有佳士，不識仕宦情。漱石枕流水，今之孫子荆。清節不求進，古之黔婁生。矧有兩難弟，比之於三明。同讀秋樹根，既翕和且平。寧寄蝸牛廬，不學蟋蟀征。寧鉏草與茅，不以禄代耕。三餘間著作，甘爲詩書縈。借此以自見，逃避世上名。」又和余《重陽》二律，録一：「開冬十月便爲陽，一日難傾三百觴。望雨雲隨風北去，懷人意逐雁南翔。間將此會明年憶，閑取落英秋菊嘗。骯髒依門有何事，小園半畝自開荒。」家愛泉兄亦和二首，録一：「九日登高不費錢，歸來無事可牽連。一樽愛對中天月，數卷堪酬古聖賢。情話只宜尋舊侶，高吟亦足結良緣。諸孫問我何經好，不讀中庸性自偏。」原注：「時方誨小孫讀書，和稿成，即付代謄。」

壬寅夏日，聽泉示余《用孟襄陽過故人莊韵》一首：「雨餘晴更好，最喜是農家。秉耒南山下，披榛一徑斜。人間争種豆，天意許收麻。生發且無盡，請看枯木花。」和余《重午書懷》韵：「兩餘老幼共扶犁，節過天中到竹迷。好事何人分角黍，問年先我近眉梨。平安書寄一行雁，風雨誰憐五德雞。試向舍南呼小阮，聲名未必自今低。」原注：「本童坐號西生。覆試入場，學使乃持西出一卷易之，慰本童曰：『没你的錯，你且去。』本童即聽泉所謂『小阮』者。余有詩慰之，故兹答及。」是年秋，偕聽泉昆仲同登鐵山，重摩北周石刻，用小鶴仁棣舊韵二律，小鶴和云：「五斗從前悔折腰，傴僂石上意偏驕。奇文辨處澄心目，勝跡尋餘病采樵。書盡含情餘漢骨，山猶帶潤易周朝。共君回首十年事，尚欲懸厓姓字標。」原注：「摩厓駢體，舊釋首有『曰池』二字不解。自兄辨出乃『白泡』二字，與『朱霞』對文，極爲豁然。」聽泉和云：「衆星錯落滿山腰，訪入歐陽意氣驕。梵語偏傍摹可讀，匡家蹤跡問諸樵。石刻稱丞相匡衡之裔孫作。雲崖鈎畫分書字，駢體文章大象朝。何不説詩邁乃祖，傳爲千萬世之標。」餘不盡載。

癸卯春日，雨山博士寄來海豐吴六子苾詩札，稱去冬受讀大著《詩話》，如見顔色。《途中口占却寄代函》：「殘雪邾滕路，驅車賦北征。言思子雲宅，住近嶧陽城。七載江湖别，千秋金石盟。紆途欲相訪，無那迫王程。雨山孟博士，示我一編書。開卷晤良友，論詩真起予。人驚花比粲，君賈勇之餘。更有藏山業，相期邃古初。倘訊風塵客，年來鬢欲華。一從離輦下，四載守梅花。政愧圖民拙，情還嗜古賒。懷人風雨夕，曾夢到君家。東華門外路，此去未淹旬。待踏燕山雪，來尋嶧嶺春。文奇欣賞漢，碑古共摹秦。它日初衣遂，還期卜結鄰。」余即依韵奉答。

是年起病赴省，稽山長春原《見寄》一律：「卧病正愁絶，東風來故人。頗憐離别久，倍覺笑言親。湖上波初緑，門前草自春。幸君多妙句，重與鬥清新。」《偕游小滄浪亭》二首：「萬仞峰頭至，游踪又水涯。坐來青雀舫，尋到白鷗家。春信遲楊柳，詩情寄杏花。一杯烹活火，新試雨前茶。」「地愛小滄浪，繞門流水香。雲光摇畫檻，山影落虚廊。人静鳥聲樂，庭間草意芳。依欄情話久，竹外見斜陽。」秋日寄余二首：「西風忽吹到，一紙故人書。遠寄水雲外，剛逢鴻雁初。寒蛩動遥夜，明月照吾廬。案上瑶編在，原注：謂新得《詩話》册。長吟重起予。」次首結句：「疎雨花三徑，秋林屋數間。著書心太苦，莫益鬢毛斑。」

山陰張七亦梅舊友，時入憲幕。歷下快晤，出近作相示索和。記其原稿《蓬萊閣觀海呈托愛山中丞》一律：「亂山背郭水銜城，百丈蓬瀛接上清。窺檻魚龍吞浪立，插天島石壓濤生。帆檣明滅鮫人市，旌旆飛揚虎節營。長幸波恬慶海若，爲公草奏頌昇平。」又《和中丞登岱祈雨》一首：「未遂登臨約，新詩許共論。山爲群岳長，公是此邦尊。霖雨蒼生願，慈雲黍谷温。俯看齊魯境，列岫似兒孫。」

癸卯夏日，聽泉於田舍成一小樓，余用陶詩《癸卯年懷古田舍》韵，作二首寄賀。聽泉答和云：「平生好樓居，此願今乃踐。仙乎吾不能，舊染亦難免。養拙於其中，何以慰所緬。善且不欲爲，而況爲不善。惟有耕與讀，言近而旨遠。以此教吾孫，淹留不欲返。良朋惠我思，寄興亦不淺。」二「董生雖有樓，似富而實貧。寄此小樓中，體與口俱勤。半爲田舍翁，半爲讀書人。樓遂名半半，所名亦何新。君和古田舍，讀之令人欣。何日始過我，相見喜津津。斟酌共一樓，高譚驚四鄰。自恨舞仙仙，君當恕酒民。」二小鶴亦用此韵賀之，略云：「有客饒仙骨，樂與人爲善。西北起高樓，地僻而情遠。朅來貽我詩，自云樂忘返。時共陶隱居，斟酌較深淺。」聽泉又爲長句寄余，有云：「年年歲歲春二月，幾載一逢癸卯年。伊人古調爲余彈，乃和淵明懷古田舍詩二篇。」餘不悉載。是年余捧檄赴朐山，聽泉用陶詩《送客》韵見寄。余到朐山，乃得見之，原稿傳觀，偶失之。記其結句云：「宵征非吾事，田園可棲遲。種秫多於粳，作詩爲君貽。」

滕邑張宏蘊先生聞余捧檄赴朐山，里人誤傳復之樂陵，蒙賜一律：「歸雲看縷縷，一路帶清風。又欲出山去，仍施潤物功。穠花高津雨，澹月嶧陽桐。慰我相思意，秋高有雁鴻。」又寄題拙《詩話》二首：「瀟灑舊風姿，同車北上時。別君廿載久，惠我一編遲。宦績諸生課，交情幾卷詩。高吟編齊魯，對此已神馳。」「季長才絶世，最小是詩名。聊記同心話，兼攄獨坐情。因之開眼界，未許冠平生。別有千秋業，奢心望早成。」又《題拙刻家集一卷》詩云：「久傳歌詠編琴臺，况復兼承畫荻來。陳氏元方成古調，謝家群季亦清才。紫桐舊接凫山秀，絳帳新從濼水開。白髮盈頭吾老矣，逢君杯酒願追陪。」

朐山攝司訓篆仝事海陽趙三鳳麓贈詩二首：「每從東海望昌平，到處逢人説馬卿。二陸文章蜚虎觀，三蘇聲價重燕京。盈階桃李承新澤，入座芝蘭結舊盟。惠我佳篇頻盥誦，珠璣字字焕晶瑩。」一。「廿年書劍感飄零，幸有師資樹典刑。愧我頭顱梁既皓，多君眼界阮垂青。宏編博雅通班馬，古榻斕斑辨豹鼮。自笑未能工和郢，聊將小技試撞莛。」二。朐山文少府仰之，廿年前王仙李座上客也，重陽成一律，記前四句：「重陽風雨最關心，一夜檐前淅瀝音。童叟歡呼催種麥，山川改色沐甘霖。」同人和作稿俱不存，猶記馮介堂起句：「香尉風流生佛心。」鳳麓一聯：「九日風光當令節，一天喜氣沛甘霖。」余歸自朐山，少府贈行，又有詩，記一聯云：「黄花三徑剛歸去，紅杏一枝探早春。」

癸卯冬日，自朐山歸來，汶陽阻雪，用陶詩《癸卯十二月中作》韵寄董、杜二詩友。聽泉和云：「北來假舟楫，汶水亦可絶。路經我田舍，場滌門户閉。四方雲色同，小雪節大雪。客行冰雪中，天人同一潔。興高詩和陶，妙語爲誰設。以我爲敬遠，我心胡不悦。思君欲訪君，無奈風栗烈。人言加餐飯，我言飲食節。以斯相勸勵，莫笑余謀拙。君其取斯言，頗足慰離别。」小鶴和云：「一病過百日，憊極交未絶。顧非素心人，門且爲之閉。素心人何處，遠道際風雪。游宦興已闌，歸歟志何潔。相思不可見，陳榻徒爲設。胡不惠然來，使我中心悦。永夜月皎皎，寒天風烈烈。詠詩勉寄答，懷古依時節。久病減吟興，願言守吾拙。歌成助一笑，聊用慰離别。」按：「别」字，屑韵中兩見。「離别」之「别」與陶本意同否？未定。要之，借押亦可耳。

甲辰中春，徐樹人太守自蜀過魯，宿界河驛。和余壁間韵，記後四句云：「停車不去三遷地，畫井猶存百里風。記得嶧陽曾着屐，最高峰頂拓心胸。」夏日，余又捧檄權招遠學事，聽泉《送行》二首：「君子於大水，欲觀久矣哉。偶開絳帳坐，忽報素絲來。行入羅峰畍，如臨大海隈。相招亦何遠，奚啻到蓬萊。」「咫尺難相見，遥遥更若何。連年作客慣，隨處識君多。道自羲皇出，才能屈宋過。只緣行近海，珍重慎風波。」是行也，萊郡遇雨，幾于漂没，垂誨之語如先見矣。余《到招遠却寄》，聽泉用題扇舊韵，又蒙答和二絶：「蓬萊高閣與天通，連步堪誇矍鑠翁。如何舊事重欣賞，風雨關山客况中。」「日月彌多信始通，吾曹相看漸成翁。他時翦燭西窗下，大海茫茫一笑中。」又寄和余《蓬萊閣》韵：「東去君何憾，得觀波與濤。三旬始到海，千里獨登高。沙裏吟淘浪，愁中著畔牢。攄懷當勝地，恨我未同遭。」棲霞王茂才密莽晉和二首：「百尺雲梯上，茫茫看海濤。帆檣通遠地，樓閣接天高。大壑連鼇極，嚴疆重虎牢。原注：時方修沙堤。東洋資巨鎮，壘石列周遭。」「樓高滄海闊，風静碧環清。萬斛珠璣湧，雙丸日月生。垂雲魚化島，噓氣蜃爲城。感佩成連曲，泠然移我情。」又垂贈一律：「問字人皆比陸潘，論詩我更仰蘇韓。少年到處稱才子，壯歲偏能耐冷官。瑞兆芙蓉應有鏡，清憐苜蓿不盈盤。淵源經術欽家學，願列門墻極大觀。」

蓬萊學博王九春帆，吾同郡人也。寓中時以單餅見惠，謝二絕。春帆次韵見酬云：「曾無兼味佐晨餐，苜蓿官厨供客難。羨煞詩人多雅興，常教車馬駐江干。」「快覩雲箋客思綿，小園新剪露蔬鮮。何當共捲嗚牙餅，任有王周病未痊。」原注：「時患牙痛。唐人王周有《落牙》詩。」

乙巳春日，聽泉用陶《經錢溪》韵贈山長張若農，余亦和寄一篇。若農答云：「意外忽相逢，離懷不復積。主人漉芳樽，過客話疇昔。當時北冥鵬，暫息垂天翮。謂當快扶摇，一舉風塵隔。視我折腰人，螻蟻同役役。豈料三十年，浮雲多變易。菀枯與升沈，此義古難析。舜華朝暮耳，何如後凋柏。」又寄示《和聽泉擊柝》一絶：「夢在夢中夢不知，睡魔撩夢起吟詩。比他夜遇韓京兆，剥啄推敲自一時。」時鄰有捻匪之警，擊柝相聞，聽泉不免身執其役，故記之。

秋日，聽泉寄示《杏花重開》二絶。録一：「道人七七不曾來，難得春風八月開。獨我園中有奇事，桂花節裏杏花開。」是年園樹夏蟲食葉，故多發秋花，而余囿杏一株依然無恙，戲成一絶答聽泉：「杏樹青青屋角斜，臨風笑向董園誇。秋來一樣折磨後，我乃無花君有花。」稿成未寄，因「董園」二字小犯其忌，姑附于此。

冬日，家十二弟星張自湖上來鄒，住月餘日。雪後梅邊，唱和頗多。記其初來見贈一律：「陶令還家骨已仙，梅花庭院繞山川。談深經史愁能破，笑對友朋夢許圓。原注：見有記夢詩。垂釣古磯添活水，烹茶落業續殘烟。憑添佳興知何在，珠樹森森植砌前。」歲除將歸，又留贈一首：「廿年歲月任優游，暫住山阿泊釣舟。客館吟成珠露冷，雲箋題就墨花稠。詩逢真處心如水，更到闌時夢亦秋。一憶聯床風味好，嶧陽莫感小勾留。」詩係初學，句多未工。囊未登稿，兹因其不幸短命，特檢舊稿以志音形。草録之下，猶有餘愴。所有咏梅着題詩十餘首，皆載渠課册，無從追尋。

丙午春日，聽泉寄示近作，叠用拙作元韵四絶句：「我爲鈔書也殺青，勞人白髮半星星。仍然古諺遵鄒魯，萬兩黄金不抵經。」餘不悉載。是年夏秋間，憂旱、憂蝗，詩人無好句矣，概從割愛。聽泉前寄和陶《停雲》一篇，其末章云：「交交黄鳥，集于芳柯。載好其音，既平且和。」按：陶原句「好音相和」，「和」當讀「唱和」之「和」。然自東坡《和陶》即云「默數永和」，我輩當平聲押之亦得。

是年冬杪，聽泉與友五人作消寒飲，每九日一聚，相輪爲主，唱和數首，寄余索和。聽泉首唱云：「楊雲筆陣冠吟壇，原注：初九楊君爲主。節賀肥冬笑語歡。原注：土人謂有年爲肥冬。茅屋几筵添色澤，竹林風葉報平安。原注：阿咸亦與于會。感君不惜十千費，約我同消初九寒。次第流傳皆是主，相看莫作客相看。」凡四叠韵，「梅花香破一枝寒」句，尤佳。小鶴和作，記一聯：「試占雲物春將至，互作主賓心乃安。」

丁未春日，小鶴捧檄又往文山。余時與聽泉約共和陶全詩，乃用陶《送羊長史》韻贈之。小鶴答云：「宿昔事薄宦，歸歟非所虞。懷憂不可言，六載廢琴書。胡爲毛生檄，復捧向彼都。彼都有文山，徘徊未忍踰。昔日春風發，携子奉潘輿。今春復來此，子獨與之俱。見孫已長大，瞻顧重踟躕。故人相慰藉，郵詩自相如。欲和不成句，匪關學殖蕪。飛飛堂前燕，將雛日相娱。栖烏巢庭槐，反哺未肯疎。感此百憂集，有懷何以舒。」是年入夏三月無雨，秋蝗又至，聽泉寄一簡云：「旱極蝗爲害，愁生四野中。地將任我賣，天實使之窮。有酒心難醉，吟詩語未工。連年饑且饉，風味與誰同。忽有詩人至，尋思復自歎。漫勞車馬駐，未盡友朋歡。誨我終朝久，留君一飯難。相憐別有意，不必勸加餐。」冬日余捧檄往茌山，過鄒，書門親翁口占二絶相送，未示清稿，有待補録。

戊申春日，自茌平赴東昌，携兒登光嶽樓，强成一律。同人淄川孫九子慕和云：「突兀雄東郡，奇觀擬上層。河流明綫影，岱嶽辨圭棱。興爲尋春發，人宜載酒登。會當同一躡，詩膽醉應能。」又叠韻見贈一首：「失喜逢好友，塵煩滌萬層。襟懷何落落，風骨自棱棱。客舍頻相過，危樓約共登。新詩承寄和，學步愧難能。」子慕示以近稿一册，摘録數首。《新春漫興》云：「一冬耐枯坐，新歲劇懷人。官味閒中冷，家山夢裏親。垂青惟柳眼，寄素少江鱗。忽念瓜期近，行歌且買春。」《曉發即目》云：「出城身似脱樊籠，潑眼芳郊入畫中。宿霧遥看浮水白，朝暉喜見隔林紅。黏輪路浥廉纖雨，撲面寒餘料峭風。共説今春光景好，青青壟麥兆年豐。」《留别》一首：「幾番酒緑與烟紅，所遇難期臭味同。宦况自嗤巢幕燕，詩才獨詫亘天虹。茌山君幸諧今雨，聊攝我欣識古風。最是歡場情乍合，無端臨別又匆匆。」莫春余自茌山卸事，阻雨未行，留别全人一律，接任安丘宗棣丹石次韵云：「弟兄緣結總非輕，絳帳承家舊有情。好逐東風辭歷下，也分化雨到茌平。灑成官道遲歸客，濕晾宮袍待晚晴。原注：藉花袍祭先農壇。温語聯床纔幾日，來朝泥滑不須行。」

是年春，余復補樂陵原缺，旋自茌山又東裝北上，鄒友用十四年前《留别》舊韵相贈。聽泉云：「晴日滿天錦繡文，送君君去我何云。荒園自結廬容膝，短髮誰憐冠切雲。世上無非名與利，人生最苦聚而分。馬卿貪佩銅符否，不覺連年捧檄勤。」「十四年前旅館情，今年又向鬲津行。漫漫長路青山隱，草草勞人白髮生。書信幾番封付雁，離懷連夜睡聞鶯。到官應記新裝處，肯負衾裯月下盟。」小鶴云：「舊地重游作廣文，年來惟我亦云云。征車應識鬲津路，歸槖空餘蓬島雲。何意後先如一轍，此中甘苦許平分。碧梧癯狀今猶記，肯惜魚書寄問勤。」「兩度關心薄宦情，今番忽又送君行。縱談意氣空千古，冷落頭銜各半生。鄉信待傳宜借雁，詩人未老尚隨鶯。到官莫再輕歸去，海上文壇須主盟。」朱佑生學博垂贈，亦用此韵，摘句：「動我歸心盤裏鱠，觸人離緒陌頭鶯。」「佛氏夙緣原各各，荀卿儒效自分分。」按：「分分」字義與《荀子·儒效篇》原句异讀，或見别本，更俟攷證。聽泉復疊前韵，臨岐相送，摘句：「去留聚散見交情，六十明年尚遠行。」「幾回樽酒幾論文，最不易逢却易分。」皆情至語。余於季夏六月復抵樂邑，冷署獨坐，乃一一答之。書門親翁亦有贈言，但不肯留稿，無從記注。

是年重九，史迪堂明經招飲，余口占一律，迪堂和云：「懷抱何因得好開，重陽風雨正徘徊。舉杯自覺三人少，掃徑欣迎二妙來。有酒端宜騷客至，無租不患吏人催。粗才愧乏登高賦，難與先生共一臺。」又倒叠前韵一首：「何處岧嶢百尺臺，重陽風雨枉相催。但欣有客看花去，莫恨無人送酒來。破屋數椽君寂寞，新泥滿徑我裴回。幾時再築鱣堂起，好把龍門一洞開。」時學署僅存一屋，余謀小築，迪堂助秫稭二車，戲作《送稭行》七古長篇，又三叠之，文多不具列。樂俗蓋屋以稭爲笆，迪堂又作《笆子》詩見貽十二韵：「命名爲笆子，此製自誰何？取向縱横畝，覆來安樂窩。千竿攢勁直，數草束婆娑。堅整憑椎擊，圓成使足槎。排嫌三五少，引愛丈尋多。續續同添線，丁丁想伐柯。長應牽壁角，短亦壓門阿。交插牛銜尾，蒙茸漁著蓑。簾將蘆並織，箔讓葦先拖。要戒雨風拔，端將泥水和。綢繆頻密密，編次莫羅羅。猶是索陶意，豳詩君試歌。」詩言笆法甚精詳，余勉和答。

潘子駿上舍名錫康，樂陵詩人，著有《待删草》。冬間寄余一律：「聞道平生著述多，别來無恙鬢應皤。風詩一代精裁鑒，碑版千秋富網羅。孰訝古人瞻北海，我原舊雨識東坡。記否一十年前事，曾誤旁觀爛斧柯。」又贈二首：「大巧由來不可階，斲輪老手謝安排。詞源滚滚川流峽，筆陣堂堂水背淮。謝氏庭前森玉樹，季長帳後列金釵。疎狂似我真多幸，也許論文厠等儕。」「先生六十尚青衫，我亦躬耕困載芟。一别頻書新甲子，重逢已老舊松杉。漫云散木材堪用，久識洪鐘響不凡。竊比韓門窮賈島，强將俗樂和英咸。」又叠和，摘句：「時光又值梅開嶺，霜信初催橘過淮。」「鶴如善舞翻嫌俗，鳥未常鳴或不凡。」皆出塵之語。此後倡和甚多，未可縷述。冬杪枉顧，又寄二首，録一：「談只文章話自佳，前宵相訪到高齋。沖襟藹藹春生座，雅抱澄澄月入懷。我見文貞殊嫵媚，誰云方朔太詼諧。如君不厭清狂客，闌入還將户闥排。」此韵迪堂亦有和章。

己酉早春，子駿贈簡云：「春風隨杖履，時復到衡茅。顧我真何有，而君肯下交。論文分甲乙，覓句共推敲。願作雲龍逐，韓門比孟郊。」迪堂和余《元霄》韵有句「寫韵何人會彩鸞」，恠其無端，後知該處《韵府》廿函此夕失去，事亦大奇。聽泉自鄒寄示客臘自書楹帖曰：「余不宜言飲酒，望君相待敬如賓；當門多種竹，開卷乍聞香。」及近詩數首，摘句：「烈士壯心付流水，詩人清夢到梅花。」「捲簾院落流書韵，向暖池塘見草芽。」「雖無旨酒酣余醉，偶有嘉肴望客來。」可想見雲誼。又以「杏奴茶」對「桑落酒」，詢「杏奴」之説，則以《目志》「杏子留冬在樹者名『杏奴』」，以浸茶，有奇香，更足見博物。

荔浦莫岳臣熾明府攝樂陵篆三月，瓜代留别諸友律句，如：「文章緣淺期偏左，保抱情長志未伸。」「名當浪得滋慙歉，人到將離易感傷。」余叠和之外，又撰贈七古一篇。蒙即賜和，一日之間，輒爲三叠。録一：「臣心自信清如水，臣職七品小官耳。幾年吹濫齊門竽，騎虎依稀勢難已。一朝負荷任匪輕，小雨春深乃發生。臨履不勝冰薄懼，退軍忽聞班馬聲。琴鶴一肩行且作，引杯但覺劍光爍。泰山巍巍東海寛，何處重看綬若若。此情不敢隨境遷，見君詩句思君賢。毋寧許公復社稷，渠處東偏君西偏。」别後明府又攝樂安篆，居許東偏之説驗矣。

劉漁舫先生令嗣恩光茂才，出其遺集見示。集内有戊戌春日聞余投牒旋里，感賦一律：「此夕聞君返故鄉，曾無片語别詩狂。應知得信難分手，却向五更遽整裝。鳥弄春聲多雅韵，桃含宿雨有濃香。隻輪趁此全家渺，獨看天邊雁幾行。」又《秋日見懷》一律：「不戀鬲津苜蓿盤，竟拋老醜氣如蘭。小車獨駕三更去，詩社誰賡九月寒。長路知君吟興在，茅齋剩我菊花殘。可憐消息無人訊，愁聽賓鴻兩鼻酸。」余急録出，以識前輩殷拳之意。後值漁舫安葬之期，余作挽詩二章，用陶集《挽歌》元韵，以寄哀焉。

青城學博曲阜明經東野伊齋隆祜，乃夏邑汪夢岩師之兄子壻也。詢知師後零落，詩集無存，爲歎息久之。伊齋處尚存其《送春》一律，丐得一草，敬録於左：「子規啼急客情牽，楚尾花中罷綺筵。飛到楊花春似夢，立殘斜日草如烟。消愁底事憑杯酒，看好韶光待隔年。我亦欲歸歸未得，數聲長笛暮江天。」此詩不知作于何時。玩結句，自是客中作也。

蔡茂才浡出其家集見示，所有和衷先生《儒雅堂集》，已見上卷，兹更録其集後附載諸家之作。蔡廷槐翠亭《初秋》一律：「一葉梧桐又報秋，淒清風味仍從頭。也應少婦添新恨，能不征人起舊愁。漸看花階移雁影，徐聽爽籟到簾鈎。他鄉正作無衣歎，刀尺誰家響畫樓。」又《秋懷》五首，慣押「花」字：「世事浮沈波底月，人情冷暖鏡中花。」「長亭敗柳傷心木，深谷幽蘭薄命花。」「戍樓有恨逢衰草，旅館無心伴落花。」皆沈着之句。蔡佶吉人《春柳》一首，和拙漁元韵：「暖日柔風三月前，傍桃逐杏似争妍。依依陌上征人去，鬱鬱園中思婦憐。司馬尚將悲往日，君平能不憶當年。而今未肯輕攀折，汁染春衫或有緣。」

夏日子駿《謝書詩扇》一律：「詩清兼墨妙，便面寫來新。頓覺無炎暑，渾如對故人。卷舒能稱意，用舍總隨身。絶勝裁明月，常爲握内珍。」又《即事見懷》一律：「新晴殊可喜，陰雨已連朝。曉日明花塢，輕烟暗柳橋。衡門雖寂寞，藝苑且逍遥。想見東泉老，清吟興正饒。」又寄余索和一律：「逝水年華不可留，閲來四十度春秋。已陳事跡同芻狗，無用詞章類棘猴。屈子何須分醒醉，虞卿漫自結窮愁。此身頑健須行樂，莫遣花枝笑白頭。」

是年迪堂令郎得選拔貢成均，賀之以詩。蒙答和二首，録一：「昆弟同科世所稀，重從絳帳仰風徽。先生自種桃千樹，敝舍依然桑四圍。款客未能頻作黍，好賢竊慕改爲衣。如何寂寞潘郊老，不共筵前一賜輝。」子駿亦和韵，前後四首都未存稿。子駿書一聯見惠：「商尋周鼎文心古，霽月光風道氣深。」

淄川孫子慕寄和余見懷元韵：「論文詎易得同心，别後相思仗夢尋。顧我閒中羞蠖屈，感君天外落鴻音。功名已負青燈對，歲月翻愁白髮侵。五夜聞雞猶起舞，遣懷惟有酒杯深。」海陽李字山從省寓寄一札，中有舊作和余《棗林歌》一篇，文多不載。又題拙《詩話》一律：「書來千里度奇峰，開卷如聽萬壑松。愧我虛名真附驥，知君别集益雕龍。即看今古全歸冶，已是東南一大宗。多少儒林閒月旦，寸莛未許遽撞鐘。」歷下舊友高曉山茂才前和余韵，有「先生氣味猶如昨，曾到蓬萊頂上來」，皆揄揚過分。曩未留稿，附及之。

己酉歲九月九日，陶詩有此題，曩與聽泉共和之。兹復叠韵寄諸友。子駿和三首：「重陽倏已過，時届秋冬交。天氣頗暄暖，林柯未盡凋。不寝坐清夜，仰視明月高。朗然想襟抱，一鑑懸秋霄。倥偬應笑我，終日心神勞。示我和陶詩，如撫桐尾焦。母乃君前身，即是彭澤陶。我欲一問之，相訪期明朝。」一。「雨後明月出，庭前花影交。愛此露下菊，近冬猶未凋。幽居遂疎懶，豈敢云養高。却同雲無心，舒卷在絳霄。人生各有命，機巧真徒勞。胡爲苦營營，坐使思慮焦。不如且飲酒，任運由鈞陶。嗤彼狂馳子，奔走窮昏朝。」二。「結締期終始，君子慎擇交。故人如秋葉，霜後已半凋。人生當貧賤，難云志氣高。蹇步困泥塗，逸翮凌九霄。夫子略年德，猥蒙湔泼勞。賞音遇良工，爨下惜桐焦。生平愛陶詩，詩陶人亦陶。願言常相從，歲久同一朝。」三。

冬日始接到聽泉所寄《九日》二絕，與子駿共觀之。併賞其結句：「忽被西風吹落帽，才知今日是重陽。」「畦邊也有籬笆護，半畝寒菘當菊花。」子駿因和二絕，押「陽」字，亦佳。「郵僻無花更無酒，也如客裏過重陽。」書門親翁寄一律，記其中二聯：「笑我五旬無遠志，望君十載寄當歸。鬲津風水流何急，繹嶺雲霞遯可肥。」是年余捧郡符兼理陽信學篆，《送袁四少岩赴省》二律，袁答和，録一：「藹藹停雲伫，懷人賦溯游。開書先盥手，問字願低頭。詩夢聯床夜，仙心露在秋。聞君修五鳳，可許一登樓。」

王平之茂才久困場屋，詩才甚俊，韞而不出，頻年督勸，是秋乃投我一絕。「愧把金針度得忙，從今也學繡鴛鴦。剪裁畢竟無頭緒，更向師門問短長。」是後唱和甚多。前於薛荆州詩注中，見小山先生《招遠署中》句：「持券空來賢債主，載酒頻過好門生。」螺峰風景如覩。以詢平之遺句，甚多，不能悉記。平之謝余送胙口占，有「一家飽食太官羊」句，曾面領之，不能記其全首，亦未便索稿。平之乃小山先生令嗣，名治。

是年除夕始得董堉緝亭爲熙應縣試冠軍之信，喜賦一律：「匝月望來書，書來偪歲除。喜聞名第一，預卜復其初。」謂乃翁樸園先生少時即以案首入學。緝亭答和云：「盼得數行書，得書積念除。人應推白傅，詩本過黄初。景行誠宜爾，追隨合愧余。來春游魯泮，許作化龍魚。」

門下閻生榴厓紱謬好余詩，接次索觀拙稿八册，題五古長篇見贈，合備列之。「詩以道性情，詩教合今古。源肇《三百篇》，品區廿四譜。體格極森嚴，鴻章難枚數。詩家萃三唐，非止李與杜。踵起代有人，後先相接武。地靈詩亦工，尤盛在鄒魯。吾師自鄒來，詩與唐賢伍。佳句滿錦囊，雕龍兼繡虎。紙驟貴洛陽，爲快争先覩。未得窺全豹，章僅讀三五。戌歲車南旋，雲樹隔良苦。十載幸重來，春風歸藝圃。惠賜覽詩編，全集光黻黼。薔薇盥手誦，誦不停晨午。古風既雄渾，律復嚴規矩。短章何研鍊，長篇尤鼓舞。可入昭明樓，可參古樂府。雒誦匝月餘，篇篇愜肺腑。沆瀣契心源，相覎非小補。恪侍絳幃傍，時時沐化雨。」余棣魚臺籍，本魯棠邑，自先君子教授鄒、滕間，始卜居界河西偏。聽泉曾招余入鄒籍，諸弟輩不肯從也。朋輩知余久居于鄒，即以鄒人目之，亦無不可。

庚戌，余年六十有一，作《初度》一律。子駿和云：「藝苑聲名世早知，公車宜上未宜遲。文原經術匡劉體，艶摘風騷屈宋辭。白首莫誇才更健，青雲未必路多岐。明良遇合應非晚，莫對菱銅歎鬢絲。」平之三疊此韵見贈，摘句：「年登周甲添吟興，岳降生申進祝辭。」「裁來錦繡黄金縷，願乞天機織女絲。」子駿自云「前意未盡」，因作壽余詩五律八首，語多揚詡，亦何敢當。略記其二：「先生官獨冷，舊物只青氊。博雅同劉敞，風流比鄭虔。才原天下士，人是地行仙。衍就韓詩妙，他時知必傳。」「先生官獨冷，却與讀書宜。古韵琴三疊，秋香菊一枝。心真清似水，事更少於詩。腹笥便便甚，端應是我師。」摘句：「人常懷栗里，集合配松陵。」「評常高月旦，學更擅春秋。」「職惟秦博士，人比魯靈光。」

平之示余存鄉前輩四家詩册，余題後二首，用中薛荆州七叠之韵。平之答和四首，録一：「私淑情原切，執經願已違。敬將千載業，敢矢一心依。蠹簡愁分散，鴻題得旨歸。典刑兹即在，吾道有傳衣。」子駿亦和二首，摘句：「縱有騰騫志，其如素願違。」「不堪談往事，零落舊烏衣。」「懶久抛書卷，狂惟託酒樽。」「非君能好我？此意更誰論。」

聽泉寄和余《六十守歲》詩：「作客當除夜，平頭六十身。問君幾守歲，先我一經春。此去雖云遠，如居之有鄰。佇望多美事，相報更相親。」小鶴亦和云：「爲問重游地，誰憐薄宦身。一樽除夜酒，千里異香春。俗僻難爲客，官寒孰與鄰。十年曾海上，相憶獨余親。」秋日，聽泉寄見懷二首：「萬葉齊吟解到秋，常教身與境同游。停雲伫月難排悶，知我無人可説愁。惟有公榮堪共飲，若逢東野便低頭。始終也似駕虚否，愧悔從前醉未留。」「頻經日月幾三秋，矍鑠翁爲汗漫遊。也許我吟垂老別，多憑君著畔牢愁。雍容到處逢青眼，寤寐懷人易白頭。自笑癡情類王述，角聲常在耳中留。」小鶴亦和其韵：「最易懷人風雨秋，故園有客感同游。縱教錦鯉爲緘恨，未必鳴蛩解説愁。落落紅塵聊駐足，星星白髮已盈頭。繹雲秋色清如許，踪跡何如海上留。」又《自述》寄余三首，録一：「閑將往事細推求，棖觸中懷不自由。過縱無心終是累，貧原非病肯爲憂。平生知遇多青眼，如此功名已白頭。只有豪情兼逸韵，兹身猶健未曾休。」余皆依韵和之。余前寄右生廣文押魚鰕字，聽泉叠和二首，記其押韵多蝗也，須變爲蝦，皆奇穩。又和余韵，摘句：「懷人一日如三歲，惠我八行抵萬金。」「自有伯仁腹容物，不妨中散手無琴。」「縱然百歲如過鳥，早有英詞勝廣騷。」

是年九日，書門《見憶》一絶：「百畝山田尚未蕪，負租人又去催租。不知風雨重陽日，也有詩人得句無。」平之近作《完米》詩亦押「租」字，可稱同調。「昨日官糧已盡輸，橐囊那計有餘無。興來惟恨難成句，却幸今朝不欠租。」子駿和余《九日醉歌》，長句不具列。寄余詩多，摘句：「側身天地知心少，駐足風波行路難。」「百年有限兼衰病，好友無多更别離。」時欲就南昌幕，余前見子駿詩有「全家生計一漁竿」句，戲謂之曰：「不見先生有釣竿。」兹乃知有南昌之行。

平之郵居，寄余一律：「頭顱自顧已華顛，每到秋來盼有年。學稼未能聊復爾，知苗不顧亦徒然。心奢空計廛三百，力薄何曾歲十千。底是收成農事急，家家碌碡夕陽天。」此韵後凡四疊，摘句：「庭存松菊陶元亮，雨滴梧桐孟浩然。」「歲月已隨流水去，功名那望死灰然。」皆佳題。余和陶册子，後亦用陶韵。「絳帳叨陪侍，談經多名言。三載辭官去，嘯吟樂田園。重來承杖履，示我和陶篇。天成饒佳趣，今古有同然。淵明詩細和，蘇子結前緣。回環再三讀，繩削巧自宣。景行深仰止，北斗與太山。從學乃所願，惟歎際暮年。」冬日學使案臨武郡，平之以年滿不赴歲試，乃作《辭頭巾》詩一首。余鋭意勸駕，前後九疊其韵，平之但答詩，而終以游學投牒。及除夕，平之復十疊見寄，兹約略記之。原唱云：「四十年來負此巾，此巾戀我亦無因。漫云韋帶猶稱士，誰識儒冠竟誤人。棋到敲殘難下子，韲逢搗後少餘辛。從今不煮黄粱飯，那向邯鄲道問津。」摘句：「倦游常愧青雲客，息駕應憐白首人。」「論年漫説同書亥，從革何妨便作辛。」「風吹細草難莩甲，雪灑長途耐苦辛。」「社燕將來能識戊，井蜂毖後自求辛。」「文如翻水看諸子，稼以名軒合慕辛。」《除夕》云：「相同况味憶山中，略分言情證果因。函走歲除爲急債，詩吟臘盡屬閒人。飯餘檢帙籤排甲，睡起占年歲在辛。明年辛亥。底事陽和新布令，十分春色緑楊津。」

冬日，小鶴寄示《嗅梅》五古，隔歲始得接讀，有「嗅之不聞香，問香在何處」等句，文多不載。臘日，武郡晤黄二金榜，前在欒相熟者，誦余舊句：「如此閒曹閒不得，荒齋夜夜自支更。」余漫不復憶，而支更情事，至今猶然，乃爲續句，但不知渠何獨記此詩。子駿前寄《閒行》一律：「偶爾乘清興，閑行信所如。草香新雨後，柳起晚風餘。雲際數歸鳥，溪邊觀打魚。平生疎懶性，端合伴樵漁。」未及和者，附志於此。

辛亥，咸豐紀元，平之和余《早春》二律：「暖回寒谷艷陽天，律轉新春又一年。砌外萱芽含嫩緑，橋邊柳色裊輕烟。潛消壯志尋詩社，不負初心事硯田。無限吟懷清晝永，雲山經用倍新鮮。」摘句：「經談馬帳延多士，瑞兆鱣堂禔此身。」「門多桃李芳華盛，室入芝蘭氣味親。」韵亦三疊，不備録。

是年閏八月，聽泉垂問：「自天寶以來，閏八月者幾？」愧不能悉知。適閲朱竹垞詩注有「閏八月」句，在康熙時即有之矣。世言明末閏八月後以爲忌，殆不根之語也。然古人閏七夕、閏重陽，多有吟咏，而閏中秋詩殊未之見。郡寓爲余明府芰薌偶言及之，余云：「幕中方有倡和。」即出衆稿相示，元唱結云：「翻笑百年人坐負，當頭幾見月重圓。」寓中次韵勉和，記劉六星槎句：「好境添來休枉過，羨君琢句十分圓。」于一紫溟句：「蓂莢再從三五數，桂輪仍作十分圓。」予别有句云：「庾公高宴仍多興，杜子北征宜到家。」董壻緝亭來郡見之，和韵一首：「頻經幾度團欒月，獨自愁看感歲華。兒小何能知憶遠，婦賢差好代持家。霜風一路催楓葉，天氣連番到菊花。預卜歸時歸可俟，何能久繫歎匏瓜。」

芰薌明府又出其《新築將臺》及《太公廟落成》二詩索和，幕友王秋垞原唱「其間氣合風雲護，從此材兼將相儲」一聯最佳。明府和云：「師壯久殷同敵愾，泰平原不廢軍儲。新崇俎豆馨香典，舊賜河山帶礪書。」予約紫溟共和之，紫溟句：「行藏只許隆中似，將相原從海上儲。故壘彌增金鼓氣，高簷新煥玉堂書。」皆佳。時在芰薌座上，初傳邸報。

御製《賜賽烏諸臣》詩片，恭讀一番，或强予和，勉成二首。明府爲更易數字，併索拙作詩册。予呈一律致謝，蒙即賜答云：「不羨人修乞郡章，畢羅無計致鴛鴦。春深絳帳前徽在，秋老黄花晚節香。傾蓋交新逢渤海，題糕韵險恰重陽。珠璣拜荷百朋錫，五體欣投謁上方。」予叠韵奉酬，又即答云：「倚馬頻傳急就章，騷壇健將溯文鴦。横秋氣挾風雲壯，盥露芬流齒頰香。培塿不期增泰岳，豨苓何足喻昌陽。衙官我願含毫侍，矩矱親承免枘方。」時有梅坪明府，吾同宗也，亦賜和元韵：「偶因蓮幕讀瑶章，巧樣頻翻羨繡鴦。一字待敲音更細，萬言立就筆生香。師資絳帳聯新譜，酬唱紅箋賦老陽。司馬政聲安定學，每從趨步仰型方。」芰薌再和兼答梅坪云：「酬唱紛紜賁錦章，一聲鴛和一聲鴦。賢能佐郡聯新侶，苜蓿堆盤藴古香。共切觀摩懷麗澤，各張旗鼓戰昆陽。白眉艷説君家最，不數元方與季方。」芰薌招飲賞菊，拙作四叠前韵，兼以留別二首。芰薌復答云：「揮麈名言出有章，紅鴦詠罷又青鴦。論詩歡訂忘年契，判袂衣留十日香。深幸俗塵邀月旦，重親芳躅企春陽。切偲定荷心期遠，莫悵懷人水一方。」旋署後再叠奉酬，又蒙賜答云：「懷君夜静讀瑶章，耀眼霜凝卧月鴦。思入三霄冰鑑朗，筆饒五色露華香。聯登桂籍推名宿，獨抱葵心捧太陽。機杼一家傳世美，緒餘分我濟時方。」

九日郡寓偶成一律，留别諸同人。東野伊齋答和云：「相逢一笑兩情狂，佳節今朝在異方。爲客登高乘逸興，云誰送酒過重陽。佩來萸實人增壽，賦到黄花字亦香。好是題糕兼贈别，聊將里句和鈞章。」于紫溟和云：「連朝竟免雨風狂，更喜良朋盡遠方。馬頰西來空憶舊，鴻聲南下正隨陽。泛來白酒尋佳趣，看到黄花惜晚香。好是客窗無箇事，聊持蓬餌誦新章。」

冬日，梅坪復叠「鴦」字韵，寄答一首：「飛來金簡細評章，無限心裁繡錦鴦。曾羡壺頭毫吮墨，重經盥沐手薰香。塤篪合譜逢山左，杕杜□陰接海陽。幸出伏波聯一脉，景從福曜自東方。」「海陽」句原注：「故居海陽里，乃漢之海陽郡治也。」芰薌刺史《贈東緻還詩册》一首：「别緒翻饒樂意濃，朵雲飛至慰情悰。開械貞令焚香讀，請益還將負笈從。强作解人忘鄙陋，猥邀知己定涵容。珍逾和璧今歸趙，肅拜書名手自封。」又示《捕螂虎》雜言長篇，不具列。同舟劉果田明府見郡寓倡和一帙，賜題二絶，録一：「清新詩句豁雙眸，浣誦臨風解我愁。我也偷閒吟短句，百城權拜小諸侯。」

兩山博士自鄒寄其近作《謝友人贈鶴》七古一篇索和，略曰：「時惟九月商飇急，故人持書來贛邑。伴函雙鶴神仙姿，使我高詠鶴鳴什。引吭初緩漸入高，舞翼既舒旋復戢。踞石雅愛玩月明，巢松無煩警露濕。九皋清唳聞于天，此身豈向雞群立。」余依韵和之。小鶴寄一律：「身爲躭吟瘦，秋先近海寒。懷人况在遠，顧影每愁單。離緒解非易，名心去尚難。老懷應共健，無事勸加餐。」是冬董緝亭壻訪孔九菊農于交河，寄其《旅次書懷》等詩，不可弋取。記其懷余作：「佳句傳來妙語多，坡仙詩興近如何？連朝聚會勞心憶，百日光陰轉眄過。」聽泉《守歲》詩用樂天句寄余云：「東翁六二我六一，多我一年多一春。此夜夜中爲改歲，兩人六十二三人。」用成句恰好。

壬子開春，聽泉《寄懷》一首：「何計慰離群拈毫。」我又云：「雙魚宛在沼，遠雁欲隨雲。來去書相問，平安信各聞。眼看公子貴，款款話郎君。」小兒延斌新得入庠，聽翁故及之。又示《和小鶴單字韵》律及《謝書扇》二絶，不悉載也。書門來函，乃有《客歲九日見懷》一律：「輕霜飛旅館，佳節又天涯。一官常爲客，三年未到家。新詩吟白雪，雅度仰朱霞。何日携樽酒，東籬就菊花。」時過太久，未及答和。客臘得王甲文太史自都中贈鹿脯，分寄書門，來謝，亦有詩，未存稿。

張羅若孝廉紋植用余與平之倡和「巾」字韵，見贈一律：「手盥薔薇浴用巾，開函雒誦記前因。郢歌屬和慙非我，洛紙傳抄信在人。漫道冷官甘澹泊，都從熱念溯艱辛。騷壇自昔推盟主，學海汪洋敢問津。」又叠和一首，摘句：「垂青縱有知心侣，曳白甘爲負腹人。」「念冷春闈科列甲，身饒秋氣味多辛。」閻榴厓用此韵作《春咏》八首，押「巾」「辛」等字，俱工，文多不載。余去秋倒叠「巾」字韵寄平之二首，平之亦和作：「黄添緑柳漾烟津，玉露微寒斗指辛。撫序興懷多韵事，斷章取義屬詩人。深情攄處同賡唱，倒叠吟成妙創因。巧月方纔過乞巧，欣看幃子上羅巾。」兹又叠和二首，摘句：「循墻傴僂成訓，破壁飛騰會夙因。」「詎知此日風騷主，偏愛於今褦襶人。」又和余去冬《目疾自遣》元韵：「夙慕高吟温八叉，詩成傾刻足豪誇。凝神閉目參真諦，切理饜心屬作家。底事學深存有瞬，從知養到老無花。詞源一洩山千仞，下水船如舵自拏。」寄示《新春》二律，摘句：「檢書開舊帙，洗硯汲新泉。」「筆尖添霧障，墨汁雜塵飛。」題余《和陶》又二首，悉用陶韵。

中春，平之賀余側室生子一律：「充閭佳氣漾晴風，喜見鱣堂慶集時。自古興家推絡秀，於今抱送藉宣尼。椿榮壽域枝原茂，桃結瑶池實本遲。底是德門多盛事，吹壎雅奏又吹篪。」余勉和奉酬，又蒙賜答，摘句：「投懷社燕來非晚，摩頂石麟降不遲。」此子以社日生，平之故及之。滿月，平之送繡裍、花帽等件，又侑以詩：「筵開湯餅擬分榮，慚愧貧家莫竭誠。拙婦縫裳循俗例，秀才片紙見人情。蘭芽自合瑶環貴，芹獻何妨毛羽輕。待得晬盤周歲日，提戈携印兆前程。」湯餅會後，榴厓又賀二律，摘句：「誕日原宜占大有，經年料可識之無。」「饌勝郇厨蒙惠愛，詩從鄴架示根源。」

夏日，余以俸滿赴省垣，榴厓贈二律。録一：「富平久客亦如家，又别盤河看蜡華。觸熱遑云行不得，循途却覺樂無涯。愧談餞物吟投李，切盼歸期問及瓜。小草頻年親絳帳，聊將里句送征車。」聽泉集葩經見寄，略云：「維此六月，其毒太苦。黽勉從事，不遑啓處。蓋云歸哉，式歌且舞。」

秋日小鶴爲聽泉轉寄一札，後附長句。「與詩人書向有詩，習以爲常本無奇於其偶然留缺陷，何如循例補還之。」「胸中離緒縈千絲，海上風雨六月馳。豈復望書如望歲，得書得詩書可知？何如循例補還之，故人多情情在斯。阿誰共喻此心期，聽泉人隨一鶴飛。」又寄一律，有「齒衰身較健，酒止病偏多」之句，即爲答和「身較健而病偏多」，此中消息，伊誰知之？

張羅若孝廉閱余《樂陵懷古》諸作，因題贈一律云：「昔賢題詠處，鄉里藉爲榮。何事千年國，曾無一字評。地靈資品藻，盤水聚精英。試向梧岡望，於今有鳳鳴。」雪中又寄一絶：「立雪程門教澤公，洪爐點處道尤隆。不須更藉書帷照，此日清明已在躬。」時聞粵警，又叠韵一絶：「萬里長城賴巨公，何人能報主恩隆。勳名蓋世無多事，諸葛當年只鞠躬。」和余《獨酌》二首，録一：「南面憑詩擁百城，銜杯樂聖復多情。崎嶇世事雲同幻，皎潔心情月共明。不羨虎威稱挾乙，只憑鶴俸免呼庚。知君磈磊全消後，筆下銀河欲倒傾。」

癸丑，余年六十有四初度，用舊韵成二首。平之叠和云：「壽筵陪侍醉陶然，得讀高詞擬挾天。時際春丁觀佾舞，人逢歲丑祝長年。門多佳氣才添秀，詩寫清言句欲仙。盥誦八叉成八韵，飫領師訓是良緣。」二。「桃李盈谿粲錦然，春風噓植媚晴天。樽開北海初斟後，茶潑東坡共飲年。原注：東坡年六十四，與雀簡潑茶共飲。附驥相隨携伴侶，飛鳧重戾接神仙。門牆叨列頻賡和，願侍先生話舊緣。」羅若亦用此韵口占一首，乃未留稿。中春，平之枉顧，答余代簡一律：「老病成真嬾，鴻章特錫來。實能容大度，終不棄非才。款曲頻頻道，詩情故故催。里言呈四韵，聊以佐餘杯。」

聽泉寄示近作《雪夜述懷》二首，摘句：「容易事從難處得，冰涼心自熱中生。」「青雲有路名無分，白首歸山計未成。」此聯似代余言也。又示及舊作《客至》一律：「君方下鳥呼童問，我已歸家與婦謀。」句甚佳。自注：「斷絃以來無此風味矣，故追憶之。」小鶴寄其《病後捧檄將赴東昌》一律：「卧床當首夏，不藥近秋寒。體弱難爲病，時艱勉赴官。妖氛仍肆虐，河水正揚瀾。如問秉鈞者，云何策治安。」時楚氛甚惡，豐北口又未塞，故小鶴及之。

平之歲試告頂，又用「巾」字韵成二首索和。録一：「慚愧四方平定巾，年年苦戀有何因。蹉跎又復遲多歲，濡滯終爲不第人。撫序興懷添悵悒，臨風寄慨倍酸辛。而今滿眼皆英少，丕展才華據要津。」起句未知所出，渠云明祖初製此巾，錫此嘉名，亦忘見何典記。和余《遣懷》二首：「領略新秋趣，驚心又一年。欣逢茶户喜，恰受麴生憐。簾外含微雨，壺中别有天。銜杯思樂聖，風味憶前賢。」「漫説鬢華侵，先生擬醉吟。詩篇千載業，世事百年心。意結生花管，寒催擣練砧。蕪詞慙下里，敢步洛陽音。」

秋日，赴武郡送歲試，偶成二律，呈芰薌刺史。即蒙賜和元韵：「一朵雲飛天外來，秋陽暴我似春臺。論心幸不風塵棄，握手翻驚歲月催。却喜如期雞黍約，終慙從政斗筲才。賜章擬作箴言讀，時雨方酣霽色開。」「愛我深情若有私，繡君我欲買新絲。文章道義千秋重，香火因緣一己知。芸館蔓生書帶草，蘭階芳接桂林枝。吟成自覺頤先解，辜負匡衡善説詩。」客中見近人著《兩般秋雨盦隨筆》，載山陰余椒雲司馬瀚一絶：「平生心力半銷磨，無限烟雲眼底過。昨夜月明今夜雨，來宵情事更如何。」椒雲乃芰薌大翁。

中秋郡寓，同東野伊齋、于紫溟玩月，口占一律，頸聯：「幸有三人相聚會，真堪一笑忘形骸。」同人以「骸」字韵險，未及和。旋署，榴厓明經見之，叠和三首：「錦囊有句夙稱佳，况值秋宵愜素懷。得意一時聯角綺，作朋三壽壯筋骸。」又句：「從知沆瀣參三昧，宛勝醍醐潤百骸。」「句琢雞窗慙俗體，詩裁馬帳有仙骸。」皆工。紫溟和作，別後方擲下，補録于此：「我亦今宵得趣佳，兩兄况具雅人懷。高吟端合稱三益，小步欣能暢百骸。詎必壺觴誇讌集，並無芥蒂證心齋。旗亭不日東西去，還望秋空雁字排。」

重陽節前，小鶴自東昌學署遞來答和「寒」字韵二首。録一：「秋曦午前熱，衣添雨後寒。客邊逢令序，老去喜閒官。書寄雲中字，詞翻舌底瀾。西征聞奏捷，傳語且相安。」又寄示《重邱》雜詩，摘句：「閉户惟清卧，逢人亦寡言。」「情同雲外鶴，機忘水邊鷗。」

重陽，潘子駿和余《北城獨眺》元韵二首：「夢斷章江與楚江，生涯且付釣魚矼。俯臨流水影成百，長嘯空山聲欲雙。那得妻兒皆逸樂，肯教志氣以貧降。想君獨立蒼茫處，詠罷歸來月滿窗。」「野曠天高秋色佳，聊憑濁酒散幽懷。雁鴻幾許鳴中澤，干羽何當舞兩階。三策治河推賈讓，孤軍殲寇憶臨淮。如何君抱經綸志，蒿目時艱老一齋。」閻榴厓亦和二首，起句：「詩如陸海與潘江，迴異涓流滴薜矼。」次首一聯：「登高那覺山如黛，助興惟憑酒似淮。」押「江」「淮」字，俱工。子駿出《南昌見懷》舊稿一首：「鬲水迢迢章水深，三千里外恨分襟。難從夢裏尋知己，空向天涯憶賞音。躭句自饒名士氣，論文獨見古人心。他年會面應相訝，已有秋霜點鬢簪。」又答余《客秋見懷》二首，悉用元韵。

榴厓閲余近詩，題册後，又用雜言一首：「氣熊熊，意井井。脱臼窠，臻妙境。如水繪聲，如花繪影。味深且長，文蔚而炳。憶昔辛亥年，頻讀師詩箋。百斛龍文鼎，一棹珍珠船。何幸復瞻大稾，如遊蓬壺仙島。律句字字清新，古體筆筆蒼老。論詩受教日益深，繡鴛不吝度金針。天寒頻來雪中立，願得點石亦成金。」

子駿叠用《重陽》詩韵，見贈二首：「詞源滚滚走長江，豈比涓流激石矼。探得驪珠原不一，贈來荆璧又成雙。居然大國堪稱霸，縱有偏師合受降。更羡飛卿才思敏，幾回叉手向吟窗。」「秋氣雖悲亦自佳，一庭風月澹詩懷。絲聲不斷蟲吟壁，花影輕篩菊覆階。游興幾回思入越，捷書何日報平淮。近來清況君知否？未許山妻輒犯齋。」原注：妻病已久。又叠韵二首，摘句：「摇落正多秋士感，牢愁不爲酒人降。」「何意鼓鼙鳴白下，頓教風月怨清淮。」又二首，摘句：「會看氣吐虹千丈，豈便塵埋劍一雙。」「烽烟又見傳三晉，漕運深憂阻兩淮。」喝和正殷，後五日，聞逆匪竄入北省，較之催租，敗興更甚什倍。

臘日，小价自鄒來，盡得聽泉近作。賜和多篇，約略書之。《和對酒韵》：「廣文到官舍，兀兀又窮年。奇字隨人問，寒氊獨自憐。與我塤篪意，勞君錦繡心。敲成當午夜，歌罷聽寒砧。」又示《叠韵喜姪煊入庠》，句云：「阿買不遑讀，子年到丑年。老親癱瘓病，一孝鬼神憐。」煊字仲宣，乃吾次女之壻。聽翁此詩可當詩史。又《自遣》一律，結句：「朝行三十里，六十後猶能。」想見此君老健。聽翁是年館鄒西太平橋張錦堂家，約錦堂共和余《九日》「江」「淮」二韵，摘句：「清言如屑人忘倦，白戰殺戈我乞降。」「柝聲真可達平境，雨點何曾滴入階。」原注：「時又小旱。」張詩録一：「蹄涔竟欲學長江，自笑無才守釣矼。久仰詩名添鳳五，驚看墨寶寄魚雙。三秋夜雨清如許，萬頃春潮氣未降。瓦缶黄鍾增汗愧，推敲且傍小松窗。」錦堂與余爲世講，初以詩交。余即和答，結云：「我自得詩添夜讀，人雖未見已心降。太平橋畔無多路，夢裏相尋到碧窗。」

臘八前夕，往唁榴厓火災，渠仍詢及近作，併藉閲新令胡會試硃卷，慰之以詩。渠即和答，摘句：「文瞻花縣好，書得柳州憐。頹垣甘寂寞，忘却是新年。」所云「花縣」者，謂明府也。是冬新任少府海昌陳欽士寅吉能詩，有《延緑齋吟稿》。與稽十二春原倡和，余叠用其韵贈之。又題其詩册二律，渠索觀拙詩，亦賜題二律，摘句：「滌去胸間萬斛塵，相逢博士馬虞臣。」「磨穿古硯仍難止，厚積詩囊不算貧。」「薄醉秋行黄葉路，清談春逗早梅天。」「花生舌本渾如錦，興到豪端湧若泉。」欽士稿屢自改易，未能遽定，故弗列全篇。其叠春原韵見答：「捧檄敢云遲，無才難濟時。兵戈偏我值，心事獨公知。」前少府葉眉洲亦和韵：「瓠落暫棲遲，雄心依舊時。賊情多叵測，天道總難知。才謫官應小，福輕德未滋。三杯狂醉後，高誦好賢詩。」葉時瓜代留辦團練者。

甲寅新春，陳少府筵上出七古《喜雪》一篇索和，勉答一首，文多不載。榴厓和韵：「幸蒙吾師度金針，漆室一燈灼不滅。誨以勿矜獺祭能，後人所尚古弗屑。」押「屑」字最工。又寄余《雪後》四律，有「占到洪鑪常企慕，吟成白戰耐頻仍」之句，余即和答。稽春原山長自濟南寄二絶，録一：「閉户清修自樂天，白頭忽已過青年。幽居莫謂閒無事，種了梅花又水仙。」外寄着題詩八首索和。余初度日，及門王生承祐有詩，記其一聯：「天爲補祝催晴放，人沐栽培立雪宜。」少府《元旦述懷》及《巡夜》等篇，余皆和韵。後見其定稿，諸作皆未登，兹亦從其例。

聽泉寄示近作押「難」字韵數首，其一聯云：「吟詩自笑推敲苦，使酒教人親近難。」似有爲而言。又押「情」字韵：「熟聞何不學仙語，争奈未能免俗情。」句極自然。又寄示鄒廣文仲向《勸賑》作，有

「勸人不惜言千萬，向我何曾聽二三」句，極切事情。小鶴答余寄訊元韵二首：「消息平安幸，烽烟遠近愁。引狼計原左，原注：謂高唐牧。伏鼠跡真佯。聞賊匪悉居地洞。戰壘連河濟，軍威借魯鄒。會將醜類滅，釜底斷魚游。」「欲退何能退，求尊未許尊。去留憑造物，時事鮮公論。忽誦驚人句，翻羞達者言。故國春又去，歸計殢王孫。」

夏日，子駿見過。余用前喜平之枉顧韵，復成一律。及余過訪，即蒙答和：「蓬蒿蔣詡徑，曾有幾人來。舉世誰知己，惟君獨愛才。草香朝雨過，花困午風催。相對清吟處，時時啜茗杯。」示及《南昌書感》七古一篇：「饑來驅我三千里，挂帆直渡西江水。那知轉似轍中魚，困在泥塗窮欲死。西江之水日悠悠，不爲羈人浣别愁。客心却勝江頭水，流到鄉園始不流。」前後四句與七絶平仄悉合，盛唐作者往往如此。「草香」「花困」句，較小鶴「草香」「柳起」一聯，有歡愉憔悴之别。

伏日，小鶴詩札叠和前韵，又賜寄一律，頭聯云：「窗涵槐影紙皆緑，香送棗花風亦甜。」寫棗林風味尤得。「甜」字韵頗難工，勉和，只好用「黑甜」耳。欽士少府屢贈詩，多揄揚過分，如：「東坡闊大文章妙，方朔詼諧才氣高。」「百首和陶清廟瑟，數篇擬古子登璈。」皆是也。題拙詩册後又二絶句：「高潔淵明第一流，後來沖澹韋蘇州。生平兩集都攻破，下筆能從象外搜。」「落落堂堂筆一枝，東坡才大盡人知。許多叠韵翻新錦，奇外無奇更有奇。用元遺山句。」

子駿題拙詩册後五律一首：「不必分唐宋，清真自一家。創爲新格調，擷得古英華。」後四句自嫌不稱，乃改爲七律，其後半云：「和陶更比東坡妙，擬杜深知北地差。凡俗何由躡高步，願將仙佩乞飛霞。」於拙詩費推敲如此，甚可感也。即當二絶相連讀之，亦甚佳耳。伏末偶患痢數日，欽士寄詩有句云：「時多風鶴愁何益，世少山芝病却難。」次句對未工，强余易之，謝曰：「易之則非本意。何不曰『人異山雞舞却難』。」

中秋上丁，子駿《謝胙》五古一首，略云：「異哉此大嚼，乃符占夢奇。豚蹄與羊胛，二者且兼之。嘗遺北郭粟，爲憐桑扈飢。今仍勞見餉，受恩良不訾。銜戢思所報，請書乞食詩。」又《秋晚霖雨見懷》一篇：「秋氣已可悲，陰霖又旬日。商颷雜落葉，帶雨聲蕭瑟。視聽易生感，憂端況非一。塊然對孤影，惝恍如有失。思君不得見，念之成首疾。八表望停雲，何由共促膝。」此韻後凡三疊之。中秋，榴厓亦有《謝胙》二律，「不圖今歲頒膰日，絶勝當年執豆時。」是本色語。秋深，榴厓偶抱小恙，寄余一律：「對鏡憐潘鬢，扶笻怯沈腰。桑榆嗟晚照，蒲柳恐先凋。轉側神無寐，呻吟病未消。中秋明月好，相值正無聊。」「聊」韻頗險。余和云：「何日同登眺，羈魂樂且聊。」用薛夫子章句「聊樂我魂」，殆成僻典，借以趁韻耳。

重陽節後，芰薌觀察寄示近作《東西門行》二首，各二十韻。記其次篇，略曰：「策馬出西門，旌旆迎風舞。兵精不貴多，制梃撻秦楚。我情關休戚，我願同甘苦。蚩蚩不我罪，爾愚我亦魯。得安耕鑿常，相逢忘爾女。」予即依韵勉和一首，略繼其聲云爾。

春原山長寄其《秋日避地入山》等作索和，録一：「亂峰横遠近，蒼翠若雲屯。天入山中小，人游世外尊。情惟酣野老，吏不到衡門。花外飛黄蝶，秋憐晚圃存。」余和其二。子駿亦和其《望月》一首：「空山夜岑寂，高處月偏明。露洗千岩白，霜流萬壑清。寒兼松桂影，靜帶石泉聲。坐看冰輪轉，懸知已二更。」原唱頭聯：「露華流樹白，石氣偪天清。」余謂改押「青」韵似當更佳。

冬日，子駿寄余一律：「共有狂吟癖，難教習氣除。幸曾聞緒論，快勝得奇書。詩耻盧王後，談輕魏晉餘。寸心真莫逆，一笑未能疎。」又叠和答余一律：「不有賞音在，誰憐狂未除。慨分陽子俸，頻借鄴侯書。契結三生後，交深十載餘。看君風義厚，古道未全疎。」又題余五言詩册後二絶：「海内風騷有幾多，惟公五字妙陰何。笑他瓦釜雷鳴日，翻説黄鍾調不和。」「自古才人埋没多，文章憎命欲如何。也知大力能推挽，耻拜車前學彦和。」又觀余雜著各册，題贈二首：「矻矻窮年壯不如，爲因才大轉心虚。新詩妙似嘗佳茗，名論多於讀異書。國策補成千載後，漢碑搜得兩京餘。等身著作君堪羡，袁豹深慙學術疎。」「陰窮至後又回春，歌向樽前感慨新。貧極難爲終歲計，愁多已作白頭人。偶同明月成賓主，尚欠青山半隱淪。不是東泉老居士，交游誰念苦吟身。」余皆叠和答之。

是冬大雪，余用曾茶山《大雪》韵呈子駿，各已三叠。子駿又用元韵《咏殘雪》一首，云：「已殘猶起晚風餘，冷氣寒光欲襲裾。日出乍看消瓦隴，月明時見照階除。兔園才調應推子，鶴氅風流更讓渠。爲語兒童須莫掃，好留昏夜映窗書。」次韵答余二首：「飲河期滿不求餘，懶向王門更曳裾。萬事但憑天付與，百憂全仗酒消除。履穿東郭應憐我，葛着西華尚勝渠。深荷故人情意厚，贈來金錯伴魚書。」「一飽何須更有餘，布衣豈敢羡華裾。已甘生事終漁釣，獨恨妖氛未掃除。歲歲征輪催羽檄，家家團練列犀渠。知君久鬱匡時略，光範門前懶上書。」又和余《感事》詩，仍用前韵：「委蛇退食説公餘，袞職何人補帝裾。失業流民多未復，滔天狂寇豈全除。法更鹽鐵開新例，漕阻淮黄廢舊渠。輸粟但聞晁錯議，至言誰上賈山書。」

歲除得聽泉詩札，用子駿來韵奉答，併以寄余二首：「北海有一士，常懷我好音。未能與之友，乃亦識其心。祛慮全憑酒，委懷半在琴。奈何相去遠，不得一追尋。」「馬卿官海上，潘子是知音。皓皓媿連璧，區區抱一心。門前無雜客，座上有鳴琴。雅意誰能識，開篇仔細尋。」余次韵答之。聞子駿明歲又將游幕，寄二律致留行之意。子駿即答云：「敢因遠志忘當歸，其奈長鑱生事稀。奉母自能甘草具，對妻常笑泣牛衣。肯同在冶金争躍，合似因風鷁退飛。總爲饑驅須一出，侯門彈鋏久知非。」又見寄一律：「誰從風雪後，肯念故人寒。君自篤高義，吾猶幸苟完。文休依馬磨，仲叔謝猪肝。自古多如此，清貧豈所歎。」渠立志高潔如此。

榴庠饋歲，以詩代簡：「師生賡和結深緣，屢度金針授秘傳。聊表微忱呈薄陋，非循俗例競周旋。心關爆竹喧元日，首仰仙椿祝大年。暖意暫催吟興動，絳帷應聳作詩肩。」余次韵和答，惟記結句：「耐此殘冬雲際望，高飛有鳥羡題肩。」此韵次年又復三疊，不具列。

乙卯春日，小鶴歸自武水，聽泉贈詩，渠答和寄余一律：「竟歲居臨虎豹群，書生敢謂自能軍。劇憐逐隊同聽鼓，何似開樽共論文。匝地烟塵愁著我，漫天風雪倍懷君。歸來猶幸身俱健，人海茫茫何處津。」聽泉叠和寄余云：「矍鑠是翁真不群，長教人憶馬將軍。又到春天兼暮日，多斟樽酒少論文。夜吟耿耿愁縈我，心抱區區察冀君。何日歸來芸植杖，滔滔四海已知津。」

夏日，聽泉寄《憶同心擬樂天憶江南調》三首，録二：「同心好，費我短長吟。日暮江東雲似錦，春天渭北樹成陰。能不憶同心。」一。「同心憶，最憶是扶風。夜雨謳吟頻寄北，絳帳禮樂盡歸東。何日叩洪鐘。」二。又寄《和王孟體》二律，録一：「静坐蝸廬者，爲農亦出城。步行漸覺遠，山路不能平。桑樹伐無葉，麥場打有聲。田家風味美，即此衛吾生。」又和余《春夜獨吟》元韵：「扶風有一士，能以詩寫照。不得與之游，開卷一臨眺。詩來如鼎來，令人開口笑。一讀一清心，新聲神入妙。邈然不可攀，如聞孫登嘯。我亦好咏吟，不敢言同調。」春原山長亦和此韵：「清風池上生，明月天邊照。静夜想仙踪，閒園縱遐眺。淡默石不言，軒渠竹欲笑。泉聲遠更幽，花影疎愈妙。此時曠襟期，應知發長嘯。可有素心人，與君賡古調。」聽泉又寄《山下小飲》，用劉長卿「對酒春日長，山邨杏花落」韵者，句云：「何以懽我顔，開樽且斟酌。一酌忽忘天，夕陽西欲落。」甚爲佳妙，余亦勉和之。又寄其《自遣》一律：「莫笑糟邱一酒徒，閉關静坐即工夫。調和飲食身常健，親近詩書面不枯。偶爾出游時或有，從來没病藥何須。他年化作丁家鶴，猶許雲孫認識無。」余正多病，甚愧其言。亦勉和二首，押韵而已。

秋日，小鶴寄其《省寓仝人小集》一律，有「賓朋剩有晨星在，身計仍從故紙求」句，讀之甚爲黯然。潘子駿自春間讀《禮》，遂無唱和。改歲復欲遊幕，將之保定，檢去冬和余元韵諸作，補行寄來，以作留別，合備列之。《和旅居》二首：「春風如故人，初從萬里至。不衣身自暖，來語心已醉。故人如春風，惠然不遐棄。頓令窮愁中，轉爲歡喜地。」「濩落百無成，蹉跎歲已晚。久矣余行迷，途窮駕宜返。矧夫七不堪，性懶如中散。運命姑任之，無勞問京管。」又《和憶家韵》二律：「淰淰寒雲重，荒荒白日斜。風窗虛作籟，冰硯凸成花。懶復攤書卷，偏宜問酒家。新詩誰解唱，畫壁亦堪誇。」「清詞珠錯落，醉草墨欹斜。意愜風行水，香生筆吐花。真稱射雕手，不落野狐家。他日流傳遠，弓衣未足誇。」

冬日，榴厓見余前刻《詩話》題後七排一首，「直是昭明裁選定，何須表聖品題加」等句，未免過當。又用「尖」「叉」二韵《咏新霜》，意欲出拙《詩話》册所載韵脚之外，姑略之。又和册中舊韵押「孃」字數首，摘句：「詩度金針乘晷刻，自將添線比閨孃。」「敲詩絳帳無他事，改歲謀憑絡秀孃。」羅若孝廉和余用香山《六十六》韵二首，録一：「教宣夫子鐸，兄事十年論。不信頭能責，終欣舌尚存。細君侍巾櫛，稚子奉晨昏。貌古松多壽，薪傳竹有孫。鄙懷方欲展，蕪語詎辭繁。敢厠游楊列，無嫌雪在門。」是年余六十六，聽泉札來催和香山此題，勉應之也。聽泉又寄見懷二首，録一：「空有篋中贈，思君未見君。計程千里遠，遥隔萬重雲。」小鶴寄示近作，有句云「病魔漸欺老，衰狀不宜貧」，尤爲警策。余皆勉和所有。香山《六十六》韵，聽泉次年乃叠和，首云：「君爲六六翁，讓我讓何速。去年我六五，今春亦六六。」

丙辰年立春，乃乙卯歲除之亥時也。榴厓除夕來詩，起句云：「屠蘇蒙厚賜，明日又逢春。一盞年辭卯，三更月建寅。」余元辰乃和答之。人日雪後，榴厓招仝芳鄰及其從兄輩飲春酒，即席，余有句云：「我輩相聚各問年，五人三百五十五。」榴厓叠和，前後六七作，略記榴厓始和之篇：「滕六番番弄瓊姿，日移娵訾雪成雨。封姨昨夕鬧香塵，似妬姮娥當三五。轉幸春風入座來，敲詩親炙騷壇主。桃李蒙恩紀休徵，來備以叙頌蕃廡。」小鶴寄其《除夕雜詩》，有「家貧儀節簡，人老子孫親。爲陳除夜酒，忽憶始生年」等句。又一律：「廿載風塵逐逐身，暫時息影又逢春。原注：自題蝸廬爲息影軒。齊眉難得妻猶健，繞膝欣看女更親。原注：女病新瘉。奢望兒孫皆幻想，甘爲牛馬亦前因。燈紅酒緑團欒夜，滿座歡聲未是貧。」聽泉和，余亦和之。聽泉又寄用香山《與夢得共飲》韵二律，摘句：「似我已成班白者，比君較遠古稀年。」「偶開奩鏡也驚老，欲弄瑶琴早斷絃。」正同病相憐之意。聽泉去年小絃斷，又續矣。今春余始聞知渠凡再娶妻，又再納姬。前賀其納姬戲句：「世言二色已非分，何意君爲三色人。」兹又戲云「四色禮來憑天定」，猶前意也。小鶴和韵有「漫云星小非關命，却恨花多轉少緣」，皆戲笑之言。小鶴應聘往嘉祥閲試卷，途次一律：「曉起三竿日上紅，連朝天氣近春融。草含嫩碧初經雨，柳吐新黄不耐風。細碎車聲鳴古道，蒼茫野色接遥空。山城寂寞斜陽外，常憶絃歌雅化隆。」聽泉寄示和小鶴《遺懷》韵者，四疊皆工。略摘其句：「把盞無須千日醉，開篇懶誦四愁詩。」「焉知此後再來事，不勝從前已過時。」「年又何曾敢言老，窮而仍是不工詩。」「閒游怕近炎涼處，飽飯還思饑餓時。」「聞雞君到功成候，待兔我當株守時。」聽泉近學香山派，不啻升堂而躋其胾矣。

首夏，赴武郡送童子試，太守余芰翁賜飲于郡署之觀稼軒。芰翁前爲惠民令，多有倡和者。時適閲明詩，即用高子業《集和氏園》押「稼」字韵呈二首，蒙即賜和元韵。自注：「時捧濟南之檄，行將就道，兼以識别。」「高人道自尊，達士心多暇。先知覺後知，掄才時命駕。回憶門捷時，頡頏不相下。鴛鴦度金針，拙藏艱欲罷。懷君風生春，震我雷鳴夏。渤海愧重來，老農方學稼。」其二云：「時雨喜應時，蓬勃知禾稼。地僻時且和，論園思買夏。胡爲轅下駒，鞭策未肯罷。深畏此簡書，今已聯翩下。戀戀同故鄉，與人偏促駕。翹企雲間鶴，顧盼何間暇。」竹軒孝廉和「稼」字韻，前後四首，録二：「君年近古稀，筆陣不遑暇。方慶摩壘還，旋展鷄鳴駕。有如奏膚功，嚴城一時下。指揮屢登壇，棘門軍未罷。我本不知兵，茇舍資中夏。師或寓于農，願復請學稼。」一。「舌耕三十年，年年墨爲稼。門無租可催，何況值九夏。日暮遂言歸，恰似晚朝罷。痛不逮親存，得見毛檄下。駑步驥後塵，反之稱始駕。飭我以官方，請君及茲暇。」二。竹軒，羅若號也。是時欲赴銓部候選，榴厓亦和此韻二首。「夏」字皆借讀上聲，殆爲坊刻韵牒所誤，茲故略之。

竹軒閲拙著《繹陽隨筆》數册，題二絶：「展卷驚推博物才，瑯嬛福地洞然開。縱余素號清貧者，肯向寶山空手回。」原注：時爲摘録數條。「詞章攷據兩兼之，大業名山我所師。恠得當年頻下第，肚皮原不合時宜。」揄揚未免太過，惟「滿肚皮不合時宜」似稍近之。賈修五茂才題拙詩册後一律：「絳帳懸處净無塵，信手拈來筆有神。似此文壇稱健將，端因仙骨在君身。繡成鴛譜金鍼度，織就雲裳錦段新。豁目已觀滄海日，前途且待指迷津。」修五名鳳樓，癸酉仝年英若之孫。

榴厓閲拙作《和陶》全詩册子題後，用《文選》所載陶《雜詩》二首元韵：「人真羲皇上，門無塵市喧。寄傲北窗下，吟詩好非偏。全稿幸賜讀，如身遊寶山。昕夕充鈔胥，蕆事乃璧還。其中多疑義，俟謁領教言。」「詎是陶後身，咀華復含英。和陶無遺句，綽然脱俗情。洋洋百餘首，篋倒而囊傾。德既符衆望，天假以詩鳴。會授學陶訣，有幸證三生。」是年丙辰，余用陶《丙辰歲八月中於下潠田舍穫》

韵，又作數首，榴厓俱叠和之，其《中秋和觀穫》一首最佳，兹類載之。「月將届三五，賞月桂岩隈。且勿憂甔石，聊自暢所懷。讀不求甚解，吟不求律諧。何須悲歉歲，癡儒爲廉雞。昨聽鴻嗷切，緣風鷁退回。仲宣感時事，隨意賦七哀。南畝禾雖槁，東籬菊欲開。賒酒因成醉，醉任玉山頹。醒來覺顔汗，自愧儀節乖。未敢學狂放，拘拘茅齋棲。」竹軒亦和此韵，結四句：「爲貧官居卑，所願幸無乖。梧桐不可慕，何妨枳棘棲。」

中夏，聽泉寄示《麥秋用陶秋穫韵》一首：「去去尋舊路，不記幾隅隈。用《楚辭》。宿麥欲收之，念念動余懷。盤中辛苦意，老農與我諧。知我久戒殺，具黍不具雞。雖收幾斛麥，雲漢夜昭回。云胡瘨以旱，則苗槁可哀。坡無可悦者，笑口何由開。出岫非無雲，維風又及頹。皇天好生意，數月膏澤乖。何能消我愁，一醉憀安棲。」又寄示《望雨》四絶，小鶴和之，摘句，元唱：「每有風來疑帶雨，開門不記幾回看。」和云：「忽聞風雨敲窗急，剛欲起看未敢看。」皆得趣之句。聽泉來札，附及令孫和小鶴韵二律，余尤愛其「把酒桑麻話即詩」之句，妙極自然。聽翁又寄一律，後四句：「八行惠我情何厚，七字懷人愧未工。莫恠出言多俗格，由來得句太忽忽。」後又叠和「忽」韵，太窘，乃用《隸辨》、《嚴訢碑》「華澤青葱」。古字通用，聽泉云。小鶴寄示《伏日》一律：「溽暑客常謝，垂簾吟興饒。養衰宜守静，積嬾漸成驕。益智書千卷，開懷酒一瓢。北窗清卧起，風竹正瀟瀟。」聽泉和之句云：「偶因物興歎，莫謂我宣驕。」予亦和，押「驕」字云：「驕陽秋正驕。」是年夏雨甚足，入秋大旱，既旱，又蝗。聽泉寄示憂旱、憂蝗之作，不一。略載其句：「我於田舍亦情殷，今年年又遇丙辰。」「馬卿寄和陶詩來，欲以秋穫富其鄰。」小鶴寄《大雨後作》，句云：「沛然一夜民心定，沴氣全消天宇浄。」「種豆南山尚未遲，乃亦有秋真堪慶。」六月望日作也。詎知此後七八月之間旱，直至秋分乃雨。

秋日，榴厓寄余五古一首，句云：「亥豕解真膺，饜飫如肉弗。」「弗」字韻險。竹軒和作亦云：「飽德記三春，同饜鼎肉弗。」義正相同。榴厓又作長排二十韻，有云：「朵頤欣屢飫，烹鼎喜頻占。適口甘芬在，充腸厚味沾。」紀前事也。

竹軒新選德平司訓，余賀以四絶。即賜答云：「休言一命是微官，此日方知報稱難。領袖斯民惟士子，讀書爲善可誰安。」「治譜傳家羡紀群，平昌幸與德爲鄰。名山著作吾何敢，道義相同或問津。」「從前歲月去堂堂，古錦應慙李賀囊。欲把聲名留驥尾，可憐韈線竟無長。」「汪汪千頃最堪欽，百里無由接德音。好借郵筒頻寄我，清風明月印心心。」余再用榴厓韻《送行》二律，亦蒙答和：「光岳樓邊思故迹，觀蓮臺畔樂餘年。」皆用德平古跡。

季秋雨後，榴厓用杜《樂遊園》韻寄余一首，起云：「雨餘西山氣朝爽，雨後庾圃蔬茁長。坡老得雨喜名亭，吏民相與欣鼓掌。」此韻叠和至三，不悉載。和余《九日》二律，摘句：「寄遠揮書鴻戲海，懷人得句鳳爲樓。」又：「敢云吟咏聯詩社，惟仰昭明有選樓。」

聽泉寄示《九日游岡山》一律，起、結最高古：「一雙孫子四門生，更有潘郊老與行。」「他日移家岡下住，仍然心事在躬耕。」又賜一絶，結云：「驚人詩句通神鬼，直帶和風甘雨來。」自注云：「每接來函日輒得雨。」此翁固爲揄揚如是。

陽月，學憲札調歲試有期矣，榴厓作《送行》詩，再三疊答，既而改牌，臨期停鞭，又疊韵倡和數首。略載元唱後四句：「菊籬暫别關心切，芹泮含聲轉眼新。翹盼歸來添景色，滿門桃李小陽春。」是月余課諸生，題用司空表聖句「第一功名只賞詩」，得「儂」字。榴厓問故，爲説本詩上句「儂家自有麒麟閣渠」，欣然又成長排二十韵見贈，其警句：「探驪歸月旦，繡虎想風從。」「稽古賡樊夏，宜今課孟冬。」餘皆稱是。竹軒留滯歷下，余寄懷二律，榴厓和韵起結：「分襟秋色好，倏忽歲之餘。」「絳帳猶懸念，余情詎澹如。」

歲杪，始得聽泉寄來《喜姪煦孫錫祉同日游泮》二絶，併小鶴和作，余亦和之。記其元倡：「得失何曾肯繫心，忽聞門外有鳴禽。自注：有游泮者，鴞輒鳴。翻飛竟敢迎人叫，又把阿家作泮林。」「不斷芹香舊有栽，隆寒天氣泮宫開。阿宜元是此中客，爲待阿孫晚進來。」煦字伯和，前事詳辛丑年詩注。小鶴和韵，摘句：「科名每藉鴞音報，佳話從今重藝林。回首十五年前事，得意還從失意來。」

郭樂園廣文自荏平學齋寄和《九日》元韵一律，「茂叔春風時入座，庾公明月幾登樓」一聯最佳。又和《冷齋漫題》二首：「鎮日青氈坐，蕭疎禦此冬。誰堪投縞紵，客與話羲農。冷動空齋竹，寒生古殿松。狂搜枯海久，得意敢撞鐘。」餘不具列。余復答和。次年又蒙疊韵，有「樹低因雨潤，草細得風香」一聯尤佳。樂園名續涑，余所舉優行生。

丁巳開年，聽泉寄四言長篇，述去冬事。文繁代柬，不可摘取。又寄《人日有感》詩一首：「鄒境年大饑，四野多餓者。十家九絶糧，有糧亦難假。農人望宿麥，一冬雨雪寡。又逢閏月年，人日春未打。何日是芒種，遠哉遥遥也。」余和答四首。榴厓亦和之，起云：「事皆如意難，全在達觀者。釋悶且吟詩，詩鳴天所假。」乃慰解之詞。榴厓處春宴，去年五人三百五十五者，今歲三百六十矣。即席又成一篇，渠即和答，結云：「相形小字仍後生，翹仰鴻慈深孺慕。願乘好韵賜疊吟，稔知佳章成七步。」後又疊和之。渠適得足疾，有《自述》索和一篇，略云：「陶詩自愧學未能，却得脚病與陶比。明朝漸可效步趨，來謁絳帳侍夫子。」又和余《聞雁》七律，限押「江」「淮」二韵，摘句：「當年雁序同攀桂，榮世鴻文欲濯江。」「得意揮毫誇戲海，怡情醽酒有如淮。」又：「吟絮一庭同慕謝，能文六歲可齊江。」原注：「南齊江革六歲能文。時余小兒燕來方六歲，是以及之。」

潘子駿自保安州歸來相晤，出去秋答余《見懷》元韵：「先生無俗韵，終日興悠哉。客爲談經至，人因問字來。耆年彌好古，雅意獨憐才。想見吟窗下，清新句自裁。」又新州懷余五古一首，文多不載。又一律，起四句：「眠食近何如，經年信使疎。好憑千里雁，遥寄一封書。」後以《新州雜詩》一帙相示，余用其《不寐》元韵題後，約榴厓共題之。渠《新州不寐》元作：「更深仍不寐，陡覺夜寒增。月砌留殘雪，風檐響斷冰。客愁濃似酒，旅況冷於僧。此際誰相對，昏窗有暗燈。」《雜詩》摘句：「砧聲敲客夢，秋色澹詩懷。」「山銜新月白，鴉點暮雲黄。」「鬢髮隨年變，鄉園入夢非。」「寒入邊城早，愁連夜雨深。」「塞外看殊俗，燈邊夢故鄉。」皆佳句也。《入關口號》：「去歲出關來，今年入關去。出關復入關，鬢髮已非故。」尤有古意。

元霄前夕，崔少府幼田筵上漫成二律，蒙即賜和：「化洽儒林久，斯文秀可餐。丹鉛親炙易，白雪和吟難。擲地驚金石，抛珠落玉盤。蘭篇頻浣誦，味早別鹽酸。」「許下陳蕃榻，借用謂前少府陳二。賓筵索賦詩。鬲津欣共檝，宦轍愧分歧。小飲沽春早，清談破俗宜。羡君風度好，景行欲行之。」後復疊和四首，摘句：「奇文盈史笥，古訓繹湯盤。」「愧我名難立，輸君學不歧。」「聯吟叉手易，得句愜心難。」「有酒春常在，無氈坐亦宜。」

中春上丁以後，聞明府李研籽有瓜代消息，口占一律贈之。即和答云：「仕宦非吾願，功名愧壯年。抗塵爲俗吏，秉鐸仰高賢。政覺輸前輩，詩難問謫仙。荷君佳製贈，巽語示行權。」又《留別》七律二首：「捧檄經年宰鬲津，徒緣案牘歎勞薪。未消鼠訟漸□古，賴有鴻儒道得民。蔀屋書聲時琅琅，杏壇士氣共齗齗。樂郊倘欲重回轍，定見文敷雉亦馴。」「幸同桂檝荷相扶，公暇論心不棄吾。愧我塵懷難洗滌，感君風軌範馳驅。瓜期已屆增惆悵，蘭簡先施勉步趨。宦海浮沈無定跡，南針還望指迷途。」案：齗齗，如也。《史記》注：争貌。言魯道之衰。兹作「彬彬」義用之，或別有説。

賈修五世講題余《和陶》全詩册後，一首用陶《止酒》元韵：「趨謁絳帳前，高山切仰止。和氣滿座間，如坐春風裏。示以和陶詩，高妙超蘇子。捧持歸敝廬，雒誦竊自喜。拍案時相驚，淵明胡復起。擲地有金聲，箇中備條理。縱吾不盡解，少得亦益已。曠代一作者，於兹觀止矣。大哉滄海水，浩浩無涯涘。定與正始音，相偕傳奕祀。」此韵去年榴厓用作《止午睡》詩，彼此疊和數首。因篇中不疊用「止」字，殆非其美，故略之。然自東坡和作，已不疊「止」字，後學何譏焉。

莫春之望，武郡寓中作《喜雨》二律。于紫溟見之，即和元韵：「好雨知時慣，今春久未來。一朝醲澤普，萬井喜顔開。耕隴人相唤，吟壇我亦催。麥登應計日，擱筆問恢臺。」「入夜聽簷滴，凌晨尚未休。園酣濃似酒，畦盎碧于油。客久添新況，官閒忘遠謀。桃源宜共訪，裁句爲花酹。」榴厓亦和此韵，結句亦用「恢臺」，真不謀而合矣。東野伊齋補送客夏和余《郡中喜晤》元韵：「客寓逢良友，言稱晤面稀。新詩君已賦，雅調我難揮。且共開樽飲，還愁送別歸。有時瞻絳帳，再得近清暉。」浴佛節後，聽泉來札，有和小鶴《喜雨》詩，不注月日，想在上巳前後，吾鄒得雨，樂陵獨無，深可歎也。來詩亦不能勉和。小鶴自高唐學齋寄示一律：「老去宦情澹，閒來詩卷親。一編常在手，異地又逢春。敢謂懶非病，應知貪近貧。俗情且盡滌，料理苦吟身。」

重午節後，子駿袖詩來，補和余甲寅年題其詩册元韵。略云：「學詩二十年，得詩若干首。譬人實小户，自謂性耽酒。幸蒙不遐棄，時爲定可否。更請發妙諦，師説當謹守。」又出一札，亦甲寅年拙詩稿，渠云：「『蟹』韵甚險，當時叠和不記何語。」余檢詩札中，爲録一通，更志於此。余元稿云：「邑僻無監州，水淺亦無蟹。不知清秋日，客從何處買。讀君惠蟹詩，令我頤爲解。徵典極繁博，汪洋如渤澥。惟遺相如夢，曾驚卓氏孄。文筆貴横行，何羡獅與廌。君言更潤色，煤麝久當灑。脱稿希寄余，寫之以妙楷。」子駿和答云：「昨賦郭索詩，因故人惠蠏。亦欲張吾軍，銀鈎欠阿買。先生偶見之，更爲進一解。徵事實疎漏，譬水猶漻澥。來詩亦何奇，晝睡破黄孄。用韵尤險絶，大力弄獬廌。想見下筆時，墨花亂飛灑。和之顧未能，姑留作模楷。」

郭樂園自茌平寄到《莫春登光岳樓》，叠用拙作《九日獨眺》元韵一律：「經傳絳帳憶從游，霽範翘瞻道路悠。跡寄在山同作客，吟思光岳獨登樓。青郊早被春風暖，鴻藻重頒化雨流。今日憑高須有賦，更番學步興難休。」同作客謂余前亦署在山訓，鴻藻重頒，謂在郡寓得余答和之作，後又叠和余《春日聞雁限用江淮二韻》。文多不備列。

芰薌觀察自首郡寄示客冬與何太史子貞倡和諸作，韵有極難押者。太史元唱云：「習聞鸞樹積嘉譽，宜有鶴子殊凡胎。餘事何嘗廢文史，謙謂荒田留涷荄。」觀察和云：「知君身是玉爲骨，誦君詩比花初胎。馳驅未已肯伏櫪，羞彼吐豆與齕荄。」可謂弓力悉敵。觀察押「開」字尤工。「家學淵源二酉富，皇華驛路五丁開。」謂太史前爲蜀省學政。余依韵勉和一首，自愧蜂腰耳。

閏重午榴厓寄詩片，有「閏逢重午增炎熱，伏届三庚問起居」等句。又和余韵二首，起云：「角黍應重饋，蕢添夏律中。適逢苔雨緑，恰接朵雲紅。」是年春夏大旱，直至閏重午前後，始得連雨深透。伏日往棣郡送童試，又值快雨，寓中自叠《閏重午》韵二首。于紫溟見之，和四首，録二：「無計驅炎暑，薰蒸到夜中。四郊郁伯雨，一榻楚王風。徑水徐添白，園花定洗紅。新亭應作記，樂事與民同。拜德慚無狀，原注：蒙書扇相寄。芳情隱隱中。十年仍舊雨，一握奉仁風。恰沐春膏緑，無愁夏日紅。聳肩時染翰，揮汗想誰同。」東野伊齋和二首，録一：「今年逢閏五，兩度節天中。蒲酒重斟緑，榴花別樣紅。閏中仍鬥草，江上又臨風。無限時光好，心同興亦同。」伊齋旋青城，又出以示同好。有蓮幕俞君焕堂賜和元韵，漫記其後四句：「奪錦喧前度，開筵快此風。良辰恣嘯咏，物候較量同。」

六月中旬，旋自武定，時兒斌自鄒來省。榴厓寄詩四絶，録二：「駕留古棣兩旬餘，千里趨庭有伯魚。葳事榮旋逢侍養，權將客況擬家居。」「客年來省值炎天，又逐南薰到膝前。暫藉螢光經可授，休言返轡促征鞭。」榴厓得恩貢，已六年矣。今夏，明倫堂上遍閱題名匾，見其先三世大名具在，因倩能書者補列其名。余賀以二絶，渠依韵答。其一曰：「題塔題橋世所欽，名題木板汗顔深。明經不第錢何值，空負詩來擲地金。」第三句自注：「用蒲留仙小説。『明經不第，何值一錢。』」《入秋》、《出秋》、《蟬》、《秋燕》等四律索和，文多不載。

聽泉寄來和余《題桑悦獨坐軒記後》元韵：「閉關獨坐，不求世悦。厝意爲文，佳言霏屑。我愛其静，欲名其潔。芳菊林耀，青松岩列。處世貴中，狂乃古風。優哉游哉，君子所同。」又寄示《鄉居喜雨》等篇，併次文孫錫祉韵二篇。祉元作：「微恙連朝讀住聲，偶吟雨後愛新晴。學詩不學推敲苦，怕作騷人瘦一生。」聽翁次韵云：「改罷長吟頗費聲，多緣天氣賦陰晴。無庸追悔作詩苦，汝自從前是瘦生。」可想見半半樓中祖孫倡酬之樂。又寄《酒熟見憶》二律，録一：「麯米生香喜有秋，一談文字坐搔頭。學詩最愛逢詩伯，貪醉常懷作醉侯。安得良朋突如至，不妨小婦與之謀。葛巾漉出封須固，留酌騷人馬少游。」又寄《旱蝗歎》五古，余依韵和之，榴厓亦同作。榴厓時有小恙，故有「療疾借詩詞，不須服半夏」之句。

榴厓小恙新痊，又叠和「江」「淮」二韵：「玲瓏屈戌又開窗，坐透藜牀抱膝雙。道學誰能攀閩洛，良知誤致笑姚江。空憐桂月留殘魄，怯對菱花改舊龐。病起自嗟詩力退，推敲未得入時腔。」「頻頒錦句擬鱗排，欲步雲梯不可階。桐木諧音瞻魯嶧，蠙珠耀彩溯徐淮。波濤舊險隨時化，風雨重陽迓節佳。籬菊休率人意淡，淵明恰好觸吟懷。」又和余《朝餐書情》七古，集隘不載。潘子駿題後二絶：「人生强健且爲歡，須放胸懷似海寬。架有奇書樽有酒，晚菘早韭好加餐。」「妾比朝雲子衮師，自堪相對慰衰遲。樂天著作三千首，況有人傳長慶詩。」

中秋，榴厓索觀拙作，近歲一册，題後。用杜《贈韋左丞》五言長古一篇，起云：「勳猷焕一代，著作富一身。學優與仕優，其説可並陳。」結云：「詩教仰絳帳，詎羡館閣臣。俚言贅簡末，自愧不雅馴。」余不能叠和，乃用劉眘虚《贈閻防》韵五古短篇答之。渠即用闕防《百丈溪》詩韵見貽，亦叠韵答之。

聽泉寄和《書情》元韵外，又答余《奉懷》一律：「千里因循作客風，世間誰愛白頭翁。衣難稱體緣身瘦，秋早生涼爲室空。夢破雞聲陰雨候，詩成書信往來中。眼看佳節重陽近，又把芳言遞竹筒。」併寄高足生屠春森次韵，中二聯云：「大水雙魚任來去，長天一雁入高空。已蒙白社栽培久，也在絳紗教化中。」余愧不敢當。

小鶴寄其《穀山途次》二絶，及近簡聽翁「笑」字韵五古一篇，結云：「兹意誰共領，秋月含微曜。主客静無言，相與拈花笑。」「曜」字韵頗難叠押。聽泉和云：「醉後弄蘭孫，殘杯勸德曜。恩愛兩不疑，相視各一笑。」余和則云：「上下偕雲龍，奇句聯貞曜。」庶幾各别耳。

九日，童少府邀賞菊。至，則僅有壁上畫菊四幅，爲之粲然，口占一首贈之，越日蒙賜答。略云：「友花如友人，總不求塵俗。落落籬下姿，宛然寄芳躅。把玩未忍抛，一笑忽翻局。今讀先生詩，夜深猶秉燭。」榴厓亦有和章，又用杜詩《述懷》五古原韵見贈，文多姑弗載。初冬，送余赴郡四絶，録一：「桃李一年兩度開，風簷短晷煉英才。冰寒于水知誰是，多士紛紛立雪來。」

長至日，赴郡途次，口占一篇。于紫溟索觀，繆賞其中四句：「浮雲多變態，一日再三化。天時固有然，地險尤可怕。」次韵叠和，至于再三。録其第二首：「旅進懔趨公，退食愧遲駕。閒步城東門，行吟海子壩。緬憶少年時，氣盛如春夏。一自困公車，不覺趨愈下。和光冷署中，日與屠估亞。黍谷無春温，望切時雨化。仰面時兢兢，翻如夜行怕。歸寓思遣懷，一編抽鄴架。故人叠璧吟，不意飛來乍。兵行何神速，敬當回車謝。」渠閲余近年詩册，與潘四叠和「蟹」字韵，不覺技癢，次韵補和一篇：「河伯向東來，吾州尤多蠏。徑寸大團臍，一錢即可買。我懲蔡謨饞，熟讀爾雅解。對壘兩詩翁，奇肆驚如澥。古「海」字。抿鬢欲效顰，老羞客氏孄。況有催租呼，臨之以繡廌。時差記名御史。不如脱塵羈，持螯意灑灑。細讀惠蠏詩，晴窗寫小楷。」渠有《新蓄頦下鬚自嘲》一律，叠和各二首。載其元倡：「相對訝鬑鬑，無端恠相添。出門人共笑，攬鏡我猶嫌。稱老殊無愧，問年還自謙。但期身健在，高詠繼蘇髯。」

夏日送歲試，時同班二十人中，長于余者四人，同人戲稱爲「五老」。欲爲會，匆匆未能。余當既會，咏之，寄東野伊齋。冬日，復聚郡垣。伊齋出其答作，用余往年《喜晤》韵：「言别當初夏，方愁雁信稀。忽傳佳什贈，如覩彩毫揮。約會何曾會，期歸已早歸。寄詩歌五老，冷署也生暉。」伊齋是時抱曾孫，余賀一律，紫溟和作，伊齋次韵見答。「禎祥誰料到蓬門，節近中秋子抱孫。四世同堂人共樂，一家團聚酒初温。添丁且喜承先澤，書亥難工敢自尊。良友吟詩頻贈賀，裁箋申謝竟何言。」利津學賈二皡民覽余《詩話》册，賜題一律：「苜蓿盤休歎屢空，才高知己亦何窮。長楊采鳳翔雲白，鐵網珊瑚耀日紅。自有文章驚海内，更無俗事到胸中。時人莫作冬烘看，此是當今一放翁。」

冬杪，聽泉寄到答余《奉懷》二律，摘句：「日邊時有高飛雁，天上常停懶動雲。」「聚散十年人易老，朅來一紙意相同。」示及《落葉》詩、《讀易》詩，文多不載。其《除夕見憶》二絶，乃次年寄到，附此：「晝望雙魚夜懶眠，覓人探信苦無錢。漫漫長路一千里，縱有書來亦隔年。」「十載一官歸去遲，應吟獨在異鄉詩。每逢佳節更相憶，日夜思君共幾時。」此詩未和，因已有《除夕》拙句，寄去代面。

榴厓饋歲甚豐，余薄有答渠謝一律：「春風普被散餘寒，絳帳推恩更惠餐。未敢當時充午饌，敬留元日配辛盤。甘分莜蓿闟瓊注，味勝黎祁鬥粉團。好伴屠蘇同饜飫，含芬待曉謁吟壇。」此韵後又四疊，摘句：「兩袖清風臨厭次，一心白水注鈎盤。」「日逢初度辭觴賀，詩耐重吟燦錦團。」「新年未度留三日，和氣欣逢聚一團。」

是年冬初，余於故書擔上買得朱草衣詩一册，僅其近體。册中故紙，寫潘子駿詩數首。適子駿來，觀之，及其少作，皆未存稿者。略記其《古意》短篇：「燈影暗紅窗，夢破驚殘雨。不見夢中人，猶記夢中語。」原紙子駿袖去，亦意外之獲也。草衣名卉，休寧〔人〕。其集中有《贈樂陵潘羹臣》一律，羹臣乃子駿之曾祖。子駿即抄羹臣集中《贈草衣歸白下》二首，外又《岣嶁碑》七古一首見示，足當鼎臠。

張竹軒自德平寄到懷余《棣郡送考》一律：「遥憶趨公候，超然衆莫儕。寒風清道骨，冷氣傴詩懷。芸荔含芳早，松梅助興佳。歸來應有語，休使好音乖。」又續致其《除夕》一律，併《詰内代内答》二絶，皆戲語。未敢阿好，記其結句：「但願妾愁君更樂，任教各夢説同牀。」《除夕》起四句：「愁歎憐妻子，歡呼接比鄰。我原無長物，天殆富淫人。」有慨乎其言之。

戊午開春，小鶴寄到去冬《賀聽翁抱曾孫》一律，起云：「天上石麟降，人間白雪香。試啼識英物，問序正春陽。」聽翁答云：「爲有曾孫慶，大開春甕香。家人方啞啞，我意亦陽陽。」余賀一律，未能疊用其韵。

新春，余讀劉長卿《鹽山官舍》詩：「一官如遠客，萬事極飄蓬。」爲之三歎。鹽山與樂陵壤相接也。時值余初度，即用其韵，有「不材等樗櫟，有志愧桑蓬」之句。榴厓見和：「莫採商山草，仍觀漢堞蓬。」致留行之意。其「漢堞秋蓬」，乃樂陵八景之一。元夜，榴厓出一律：「璀燦華燈午夜挑，趁時勉强賞元宵。相逢後輩多回避，欲覓同游歎寂寥。」結押「料」字云：「塾課猶堪静理料。」此韵後又三疊。按：「意料」「物料」之「料」，俱仄聲，平韵只收「料理」一解，押「理料」已是强押。其餘難盡穩，不具列。

元宵次夕，童少府筵上，客有吹洞簫者，爲口占一律，少府和云：「春酒盈盈沽一瓢，群仙此夕許同招。欲聆桓子操長笛，先對坡公吹洞簫。」余復和答，押「簫」字云：「獻詩自愧雷門鼓，賜和真如風過簫。」頗爲同人所稱。

張仁東明經乃什軒先生之猶子。素不以詩鳴，自客歲同作《杜潔婦》詩後，每見必談詩。其《潔婦吟》一册，該本家已付梓，奈將余詩原序删去，甚非我意。仁東言此乃其母家意。夫在身亡，必欲稱烈婦，何居？余引《列女傳》秋胡潔婦之例，稱曰「潔婦」，翻以爲貶也。噫！仁東初見撰一聯相贈：「秋水凝神，胸懷洒落；春風入座，心氣和平。」題余詩册後一律，摘句：「直以風流揮彩筆，還將老横寫新詞。」自注：「朱子評少陵詩，往往老横不可當。」後枉贈一律：「先生家住在鳧陽，絳帳傳經世澤長。好古何祇晞伏鄭，朗吟可許比蘇黄。詩書以内覓同調，廉讓之間耐異鄉。花裏尋師參妙論，講堂常帶棗林香。」用「廉讓」語，渠意自謙，究與「耐異鄉」義不貫，此亦毫厘之差也。「香」字韵，後凡三疊，有「名士自從前輩近，聖人居是舊鄉語」，極分明。仁東又出《春遊》一絶索和，亦三疊之。載其元倡：「杏花香裏路迢遥，懶入市城遠避囂。踏遍平蕪人不見，故將樂意問漁樵。」又和余《排悶》四絶句，記其末首：「舊夢分明記不差，江郎何日筆生花。鱣堂有命索詩句，燈下續貂字半斜。」

上巳後，伊齋自青城寄詩，疊用往年《喜晤》元韵，致留行之意。「老友頻相憶，思君近古稀。舊詩蒙疊和，彩筆又重揮。且住斯爲美，謾云胡不歸。韶華堪共賞，夕照有佳暉。」去歲賜和郡寓《喜晤》元韵，前編失載，兹檢出附後：「相逢春暮後，緑暗嫩紅稀。屢聆高人教，頻觀玉麈揮。趨公同竣事，賦别各言歸。青邑行行近，驅車帶夕暉。」此韵各已三疊。

去冬，潘子駿抄寄其先羹臣行人詩數首，已嘗鼎臠。兹余於城隍廟僧舍中得閲舊册，乃行人詩集。前有海豐張可太序，知行人由康熙丁酉鄉舉，任興山令，升遵化州，内擢員外郎，未赴而卒。按：行人名内召，當咳名之始，若爲之讖矣。詩古體甚夥，而《岣嶁碑》一篇却未之載。或僧房所存，仍非全集。《過屈子祠》短古一篇：「采采杜若香，澤畔行吟處。屈原祠上月，來照青楓樹。望望不可招，空江起烟霧。」音節最古。其《憶施南諸山》一首五古長篇，略載其起四句：「南荒景地寄，遊歷不厭貪。十里五里溪，千仞萬仞山。」篇中寒、刪、先與覃、鹹、咸六韻並押，不知用誰格也。杜了溪一律：「白岩紅樹緑蘿邨，一股清溪恰到門。夜火爐紅煨榾柮，晨炊日暖散雞豚。畢生未識繁華象，終歲惟知吏役尊。僻俗可嘉亦可歎，漫誇風景似桃源。」《過王秋史故居》一律：「給事西莊遠，鴉聲夕照愁。寒泉當户響，黄花滿城秋。道大來多謗，才高不自謀。相如遺稿在，恐有茂陵求。」七律佳篇尤多，而子駿前都未抄示。兹記其《偶成》一首：「藥爐禪板且隨緣，留病三分好自憐。曝背愛親秋後日，吟詩喜趁晚涼天。羞言聲氣趨時輩，漸覺鋒芒避少年。黑白一秤書數卷，閒來何處不陶然。」摘句：「湘簾半捲星窺坐，冷露無聲月趁人。」「輕紅旖旎花離窖，嫩緑扶疎草放堆。」「癡雲不散重重結，積雪無聲寸寸深。」五言：「院静全無暑，心安已似家。」「悶只憑詩破，愁還借酒澆。」

客冬，子駿袖去朱草衣詩册。冬杪見還，而册中故紙録子駿少作者，殊未還也。因撰句催之，遲回數日未發，子駿詩至，拙句遂無所用之。間以視榴厓，榴厓次韵再三，叠和文繁，兹都從略。上巳前日，余謝槃《贈丁香》一絶，榴厓答二首，録一：「覘吟恰值覓吟時，喜接如椽筆一枝。來歲春風仍被否，須緣修禊乞新詩。」渠知吾歸志已定，是以云。然和余《排悶》六絶句，又慰余。《生第六女》四絶句，録一：「香山垂老生三女，爲較香山數倍加。屈指年華逾八袠，猶看之子咏宜家。」余依韵答云：「從來五女稱貧甚，詎意我貧今更加。此債畢生還不了，正宜還債早還家。」首夏謀歸，詎接鄒信，嶧縣有警，與滕、鄒爲鄰，日有危急之報。又本籍魚臺湖麥，致寇勢甚擾攘，親友力勸暫留樂邑，不可去安就危。又緣樂署事件，别有險危之處，未可離局。而郡憲催提，二次報滿，甚爲迫切，乃大變前計，又復冒暑赴公。榴厓贈五古廿韵，有「譚詩示源流，昕夕傳秘鑰」，勉强和陽春詩筒呈繹絡。「杖履欣追隨，吟餘且爲樂。」「身軀尚康强，精神稱矍鑠。」「報最歘相催，胡然思住脚。」等語，不備列。又贈二律，起四句云：「烽照嶧山頭，餘氛逮魯鄒。書從珂里至，駕許鬲津留。」以「葛嶧」稱「嶧山」，亦無不可。

縣幕王君鐵珊，滄州人。年甚少，而詩甚富。題拙册七古長篇，略曰：「香山九老遇其一，活是昔年白樂天。衣冠雅稱鬢眉古，洒脱風流老神仙。遺我一卷琳瑯集，陡驚玉虹起筆端。詞源羞擬倒流峽，欲向溟海瀉百川。我本横海一野夫，目識一丁猶未全。客遊忽向東山道，鬲津津外獨流連。滿懷憂緒結陰翳，覩君大集心豁然。鐵筆一揮權作帚，願爲先生掃吟壇。」讀其《鬲上小稿》，摘句，五言：「關河阻遠夢，風雨亂秋心。」「奈何故鄉月，猶照未歸人。」「熱心因世澹，冷眼向人明。」七言：「烈士名成當世少，英雄氣短古來多。」「花月難消窮士恨，風霜漸老熱人心。」「熱人」兩字，未見所出，俟問之。「病關天下詎能醫」，亦鐵珊句。其言甚大，出句似未稱者，亦忘之矣。

郭樂園和余《賞芍藥》二首，録一：「移得洛陽種，花開錦作圍。天緣親化雨，物候送春暉。筠管題增重，葵忱獻詎非。可離名早錫，惆悵觸芳菲。」

長夏又赴省垣，與何子貞太史、嵇春原孝廉兩山長相倡和，漫記於左。初至，春原寄一簡云：「流水殘霞外，重尋湖上山。劇憐三歲别，依舊兩人閒。傍竹寄幽夢，看花駐好顔。茫茫江海事，莫更話時艱。」後又寄其《雨窗遺興》等詩索和，文多不載。子貞自號蝯叟。見余和其往歲與芰薌觀察韵，即疊和枉贈一篇，略曰：「冒雨種竹盈墻隈，間以舊栽梧柳梅。野禽時向荒徑落，俗士難打蓬門開。故人東泉老博士，盛暑步尋蝯叟來。與君一別廿餘載，意氣健在容顏摧。莫訝同心易寥落，古來識字多憂災。且待新涼動愁思，去尋饞守酣深杯。雪中高詠兩春隔，今日鶴聲天上回。」余復依韵和答。閒復讀其黔、蜀二集，題其集後，用集中元韵。芰翁時守首郡，無暇倡和，閒出大中丞崇公雨舲謝渠贈建蘭二律，俾依韵和作。記其原詩：「碧香冉冉襲蘿衣，緑霧濛濛濕竹扉。藹蝶放嬌穿檻入，蜜蜂狂喜撲簾飛。臨風遠韵憑誰寫，映水幽芳静自暉。秀色可餐真絶品，與卿相對果忘饑。」「蔟蔟亭亭三十箭，細將開落記分明。披襟供我兼旬賞，紉佩何殊九畹榮。葉不關花別有致，香能饒韵倍生情。戲拈賸句酬吾友，一笑先生柱杖横。」此韵中丞各已五疊，文多不載。六月二十八日赴轅看驗，中丞面諭云：「昨見與芰薌倡和作，知汝能詩，可將近作寫數首來看。」退寓即檢省垣與諸友倡和之作寫一草册，送芰翁處，倩其抄胥用真楷小字，轉呈轅門。次日旋歸。

孟秋三日抵任，榴厓面呈四絶句，録二：「匝月風塵喜解鞍，番番報最重儒官。琴堂無意求超擢，娱老惟甘苜蓿盤。」「少陵詩被中丞賞，千古文名冠士林。今日詩囊蒙采取，高吟恰合遇知音。」又出其近作《集唐》二首，録一：「多病故人疎，門聽長者車。共誰争歲月，懷舊幾躊躇。不用開書帙，無勞獻子虛。蕭條秋氣味，作賦是閒居。」

潘子駿見過，語以僧舍有其先世行人詩册，前有張君可叙，文甚詳贍，渠皆未之見。翌日即往僧處求之，寄余一詩云：「先人有遺稿，年遠多散佚。展卷輒歎息，百中僅存十。東泉吾詩友，偶來方丈室。見之喜以告，乞歸成完璧。兹事豈偶然，冥冥爲護惜。特假有緣人，邂逅適相覿。苟非遇知音，交臂猶或失。文章信有神，此語聞古昔。頓令百年間，得覩舊手澤。高情何以報，賦詩表銜戢。」又贈七律二首，録一：「一從相見即相知，風義原兼友與師。聳壑蒼松瞻氣象，照人霽月見襟期。才雄上壓曹劉壘，語妙中含屈宋姿。似我不材堪自笑，年來身事益支離。」

子駿游幕，又將赴江西，枉顧快譚。次日寄一札云：「直諒由來少，箴規夙所欽。昨聞君子論，尤見古人心。滅没懷中刺，淒涼爨下音。韋絃持作佩，受贈比兼金。」又叠「知」字韵一首：「生平落落復誰知，散木偏蒙顧匠師。交道不妨流水淡，文章合與古人期。軒軒天半朱霞影，皎皎雲中白鶴姿。自歎饑驅牛馬走，不堪投贈是將離。」渠見余前《送崔少府》用韓詩《送崔丞》韵七古，即叠用其韵贈余一篇：「送詩人來朝扣關，韵和昌黎仰斗山。才雄法贍氣力大，無異壯士轂黄間。而我不材亦何幸，時同談笑開襟顔。先生及門盡英俊，騰驤冀北歸天閑。憐才下士汲引衆，不以麻枲棄蒯菅。相與倡和若韓孟，雲龍有願常追攀。莛撞得窺所學富，等身著作誰敢刪。迄今從遊愈一紀，周天已見星回環。維時又過中秋節，殘月就缺如弓彎。行將遠别君勿歎，有緣後會當非慳。更乞一言持贈我，銘諸座右訂我頑。」

中秋，榴厓用韓詩《八月十五夜贈張功曹》元韵見寄。録其首尾數語以當鼎臠：「月夜散步繞盤河，微雨澹雲水無波。閒游聊勝鬱鬱坐，不吸白墮不聽歌。」結云：「身雖未與霓裳歌，手栽桃李皆巍科。有夢探香及門多，醒來孤枕别無他，幻景非真奈夢何？」余未能步和，渠又叠此韵贈張羅若德平學博，則未知能和答否耳？

子駿西江之行，遲留一月。《留別》「遊」字韻律，彼此酬和，乃至五疊，備存其稿於左方。「此行未易即歸休，身世真如不繫舟。方恨遠離分兩地，非同暫別説三秋。頻年不厭過從數，何日重陪杖履遊。祇有相思難隔斷，良朋好向夢中求。」一「詩如元白和無休，仙侶還同李郭舟。惜別五千於道路，論交一十二春秋。何時更作雲龍逐，他日終期汗漫遊。落落知心能有幾，不緣同氣肯相求。」二「自憐蓬轉未能休，一葉飄然舴艋舟。塞月征塵身萬里，碧雲江樹序三秋。有慚仲子稱高隱，頻擬騷人賦遠遊。誰似東泉舊居士，猶從三徑憶羊求。」三「棖觸離懷苦未休，頻歌別曲送行舟。雲帆遠挂四千里，月夜中分一半秋。已覺在家如作客，未知何日得同遊。黯然自古銷魂地，況是知音不易求。」四「草草勞人何日休，家居不厭屋如舟。風翻林影半庭月，露烟蟲聲三徑秋。屈指可堪懷遠路，愴神應是戀同遊。他時一棹天涯去，信使難從萬里求。」季秋臨行，又用余《月夜》韻二首留別，録一：「故人心如月，遠近無不照。獨處窮巷中，誰與展游眺。自我得追陪，數載共談笑。仰見所學富，淵然含衆妙。念當別君去，幾度發悲嘯。知音世所希，何處求同調。」余即依韵和答。

重九雨中無聊，漫成一首，榴厓疊和二篇。其次篇云：「年華已臻六十九，久無藝林稱祭酒。齒德兼隆人共推，胸如明鏡無塵垢。昌黎念切十二郎，時余有猶子之戚。足徵性天篤孝友。庭前珠樹臨秋風，戰藝遽難慰皓首。天意留冠拔萃科，稔知工書擅歐柳。叠步雲梯探天香，翹頌椿枝覆蕙畝。」此韵余亦三疊。

重陽後十日，新令尹陶公始自省抵欒，余以《菊始開》作二絶呈政。蒙和，録一：「平生笑口未曾開，聞道風人特地來。頭上片雲知我是，昨宵雨爲好詩催。」再令李公頻行，余用前韵送之，亦蒙賜答，録一：「教化斯邦絳帳開，幸同蘭楫代庖來。方期共濟旋言别，謬荷新詩繫鉢催。」張羅若自德平寄詩，併謝寫楹帖一律：「久望高軒過，何期素願違。新書抽短札，古貌想深衣。錦繡輸君爛，烟雲爲我揮。欣承椽筆賜，蓬蓽有光輝。」

「步霜吟菊畔」，余用賈浪仙句起作二律，楹厓五叠之，文多不載。聽泉自鄒寄和，略記起四句：「步霜吟菊畔，敢説與人同。但洗愚心静，何嫌妙手空。」外又寄題札後二絶句：「離群何以慰離群，來有云云去有云。來去年年緣底事，唯君思我我思君。」「君年庚戌我辛亥，君號東泉我聽泉。眼看二泉成二老，兩年年年近古稀年。」

冬日，潘子駿歸自南，云：「欲往江西，行至滕縣南，道阻不可行也。旋寓界河，詢知去先生别業甚邇。步訪仁宅，蒙世兄款留殷殷。翌日即爲僱車送至省垣。補賦四律，以答雲誼。」録二：「松菊開三徑，桑麻自一邨。多君敦世好，留我醉芳樽。山色遥當牖，河流近繞門。更看淳朴處，猶有古風存。」「一帶菰蒲緑，千畦穲稏紅。詩書爲世業，禮讓見家風。入市魚鰕賤，登盤芋栗豐。卜居當此地，絶勝瀼西東。」此詩當是却寄小兒者，未能步和。子駿投余七古一篇，略曰：「東泉夫子今儒宗，説經不減戴侍中。年近古稀才力健，往往吐氣如長虹。行當稱觥介眉壽，勿遽拂衣卧林藪。君不見君家新息老據鞍，矍鑠此翁勝少年。」

冬杪，余作《書懷》四律，子駿凡三叠元韵。略記一首：「信堪大雅爲扶輪，冰雪爲文不染塵。古貌君同紫芝侶，曠懷我亦白雲人。幽居曾訪梅□屋，芳醑還叨竹葉春。今日相看成一笑，益知交契可通神。」摘句：「草茅亦有英雄士，廊廟豈無經濟人。」「壇坫於今誰主者，文章自古幾傳人。」榴厓亦叠和此韵，摘句：「忘却盈頭堆白雪，任憑過眼是紅塵。」聽泉寄到《中秋見懷》詩，用小謝《落日悵望》元韵：「農人逢佳節，穡事亦暫舍。約我拚一醉，清聖來若下。旨酒兼佳肴，引杯不離把。高棚客滿座，惜少扶風馬。吾曹老將至，而耄及之者。別我日已多，來書近又寡。何日同心人，入我雞豚社。」併寄示和梓亭司勳令郎劍雲《秋捷志喜》絶句八首，不具列。梓亭亦寄其《志》元稿來，録二：「驛路秋風爽氣清，岡山屯外數歸程。忽聞小捷鄉書報，振觸余懷百感生。」「覓舉京華莫浪傳，須知啓後在承先。阿婆西抹東塗日，荏苒光陰四十年。」

己未正月二日，余七十初度，用杜詩「人生七十古來稀」句，起作二首，賓朋和者，不一縷書。于後縣幕童昆樨夫子蜀中孝廉和元韵，押「暉」字，尤工。「蓋世才名蕭穎士，警人詩句謝玄暉。司鐸天教勤夏課，躋堂人共慶春暉。」後又三叠之，不具列。榴厓亦再叠此韵，亦押「玄暉」句云：「書法頡頏鍾太傅，詩名伯仲謝玄暉。今宵又見燈如錦，半夜依然月吐暉。」子駿和云：「高歌一曲鶴南飛，桃李盈門衆所歸。在昔嘗聞仁者壽，於今仰見老人暉。文名未讓晁無咎，詩句遠勝陳去非。莫道廣文官不達，如君清福世間稀。」商河學高柱峰和云：「聲傳白雪賞音稀，詞部能消萬事非。君自遐齡歌晚節，誰將佳句詠春暉。」再叠云：「詩情寥落古音稀，誰向騷壇論是非。李杜文章存正軌，陶劉風度仰清暉。」又句：「人逢洛社蘭爲友，詩到臨川璧有暉。」

花朝，杜小鶴自鄒寄到其《冬夜》二律句云：「走月陰移樹，倚花香滿襟。灰撥鑪添火，窗鳴紙戰風。」蓋其佳句。陳欽士司馬自濟南寄其去秋《湖上見憶》一律：「秋色來湖上，懷人欲寄書。風中聞過雁，水際正浮魚。詩學陶彭澤，文尊陸敬輿。邇來課士罷，吟興復何如。」

昆樨夫子公車北上，贈句送行，賜答二首，録一：「臨歧贈我繞朝鞭，三上春官已八年。冀野逸群逢伯樂，長安芳樹看君遷。驪歌好送紅梅使，蚓唱難酬白雪篇。更感遥情千里結，香烟許惹御爐邊。」陶贊翁亦用拙韵贈行：「鼓物春風動赭鞭，長安得意看花年。閎深器識遵行儉，疏宕文章紹史遷。無限殷勤添别緒，許多贈答不名篇。當時舊夢隨流水，仔細憑君記日邊。」

暮春小鶴捧檄來權樂訓事，相見甚驩。初見即投余四絶句，録二：「相憐同是轉蓬身，十載關心望鬲津。忽被春風吹送至，萍蹤翕聚有前因。」「君年七十我六一，異地重逢樂及時。況是同官爲好友，升沈休問且論詩。」榴厓賀詩二章，「齒逾周甲來千里，心切同寅共一官」，是其佳句。

稽山長自濟南寄《賀七旬》一律：「識君方壯歲，忽届古稀年。老去詩尤健，書來春正妍。危時念戎馬，冷宦即神仙。珍重名山業，青燈好自憐。」子駿亦贈一律：「生平慚作者，夫子獨知音。詩體親風雅，詞源洞古今。原注：拙作有所摹仿，輒爲拈出近某家，無少爽者。不是逢牙曠，何人識苦心。」小鶴和潘韵，起四句：「異地逢詩侣，欣聞正始音。馬卿交自幼，潘令證於今。」是後倡和甚夥。小鶴《署中即事》五絶，叠和再三。子駿初和云：「送春各自爲春忙，君是詩狂我酒狂。詩味偏能濃勝酒，讀來齒頰亦生香。」文多不具列。

首夏郭樂園贈芍藥，分寄小鶴一朵，侑之以詩。蒙答二絶：「膽瓶簇簇燦紅霞，良友分來婪尾花。一縷芳馨留不住，因風遞引到蜂衙。」「想見翻階吐異香，鼠姑風裏拜花王。儘饒富貴天然趣，漫説夫人未易方。」王茂才承祐亦和小鶴《即事》詩，併投余一律，有句云：「風雨懷深新博士，栽培恩被老生員。」殆近戲作。榴厓和《贈芍藥》韵四首，録一：「爲詠花香字亦香，捷揮行草肖鍾王。因知發軔期先定，預賦將離説那方。」原注：時有郡試消息。

浴佛節後，始得小雨。漫爲二律，同人賜和。贇翁句云：「宦情清似水，詩思鋭于雷。筆翻巫峽倒，一洗舊塵埃。」小鶴句云：「筆潤新垂露，門高舊語雷。」又：「麥隴黄初合，槐陰緑又添。時康欣有象，謳誦起民閻。」中夏郡寓晤益都高柱峰，時署商河訓事，見余和友人《詠柳花》詩，次韵賜和一絶：「緑楊邨落酒旗風，滚雪飛花處處同。一片化機詩思好，人工到處即天工。」臨歧垂贈一首：「行色賦匆匆，詩成百鍊工。澄懷如對月，走筆欲生風。體自分今古，裁難辨異同。琴絃餘落落，秘響可潛通。」余次韵寄答，又賜叠和，摘句：「鶯鳴懷舊雨，鴻藻便東風。」「移書來絳帳，音節喜遥通。」

于紫溟自濱州學寄答五古一篇，略曰：「我曩讀君詩，望洋三舍退。信口爲月旦，乃蒙謬稱快。君筆富波瀾，沿洄爲萬派。不擇涓涓流，益見江河大。望風寄遐思，何時聆清誨。」併寄和拙集《五歎雜言》五首，具有古色古香，文多不載。

小鶴自郡寓歸來，又成五絶句，録二：「連番新雨入新吟，氣沛江河句截金。欲和陽春還閣筆，樓頭鐘語夜沈沈。」「殘燈宿火試新茶，舊雨重聯意倍嘉。漫對楊花歎飄泊，詩人蹤跡慣天涯。」余爲叠和，復投以四絶，渠又和答云：「不須烽火動愁吟，家問由來貴比金。千里故鄉無水隔，有書未必盡浮沈。」「豈是詩清爲飲茶，宣州風味本來嘉。不堪樽酒勞相慰，依舊此身滯海涯。」時春原山長寄到《咏楊花》二律，併爲摘句：「幻影拖來渾似夢，春愁畫出總成烟。」「落花心緒同三月，流水光陰又一年。」「魂銷夜雨原多恨，情戀東風亦太癡。」「晴雪散餘春欲老，黄金抛盡怨誰知。」子駿依韵和之。

五月十八日，始得大雨。贊翁明府《喜雨》二律，録一：「城上鼓鳴城外鐘，一聲霹靂起蟠龍。瀑飛萬丈天瓢倒，響逐千郵水碓舂。曉日含殘烘遠樹，晴雲帶潤濕遥峰。鱗塍荷鍤知多少，灌得醍醐酒味醲。」雨後又成二首，録一：「一腔心思玉壺清，早夜祈甘濟衆生。最愛馬蹄留宿潤，旋看鴉背負新晴。芰荷波軟容撑艇，葵筍香浮待餉耕。紅抹夕陽横牧留，晚風遥送兩三聲。」余與小鶴併有和作，不具列。榴厓和韵，摘句：「未漂高鳳庭中麥，先潤梁鴻廡下舂。」「農郊得澤皆心慰，書圃逢霖亦目耕。」榴厓又倒用子駿和句：「勢如飛弩千軍合，聲若洪濤兩岸舂。」「花徑繁紅含宿潤，秧畦濃緑潑新晴。」前韵寄余二律句云：「句拈舊韵詩中樂，筆有新花夢裏生。」

昆檞夫子春闈被落，歸途口占四絶見示，録二：「自愧無緣到上林，此身何以慰親心。故園未得真消息，猶向京華盼好音。」「故人屬望意殷勤，失利羞譚背水軍。且喜陳蕃猶下榻，好從舊路覓青雲。」和《喜雨》韵，摘句：「風勢亂喧平野樹，蛙聲怒雜暮郵舂。」「涼侵枕簟迎新爽，潤帶琴書放嫩晴。」又：「三竿日上含殘潤，一枕溪流答遠舂。」心畬少府和韵，有「地濕月難晒」句，亦奇。子駿見余答小鶴《郡寓對月》用「競」「病」韻五古一篇，謬爲激賞，因暢爲七古見贈。「先生雅鑒擅人倫，稱爲人中之水鏡。貫串古今飽經史，兼將餘事耽吟詠。篇篇工妙又神速，快如檄手愈疾病。而我豪放氣不羈，獨于先生致畏敬。先生謂是古狂人，謬附同聲堪自慶。蕭然破屋衹數間，婢遣奴逃乏使令。舊交零落意獨厚，相逐雲龍若韓孟。時同倡和奏塤篪，或爲前茅或後勁。先生亦是可憐人，博士官卑纔一命。莫論臺省與粱肉，典策高文誰與競。北窗高卧少炎氛，想見襟懷冰雪净。願將仙佩乞飛霞，頡頏上下相輝映。」余次韵奉答，又蒙再和，摘句：「吾曹倡和不能休，未免貪多亦一病。」「我今再鼓氣已衰，君猶强弩有餘勁。」小鶴亦依此韵送子駿游幕，子駿復叠韵答之，文多不具列。時陳欽士司馬欲招渠赴皖省，故有游幕之説。

季夏望後，贊翁載酒見過，與小鶴暢飲。余口占一律，即蒙賜和云：「四面鱣堂敞，群賢鷺序過。賓朋忘坐次，談笑入詩歌。醉蝶閒添韵，翔禽宛吐和。歸來新雨後，星月亘銀河。」昆樨三叠見答，摘句：「詩被雲催急，滂沱幾度過。」「甲兵猶未洗，端倩挽天河。」又：「品望雲間重，丰神柳下和。」「幸當開霽好，豪飲欲吞河。」小鶴和韵結句：「甲兵應盡洗，無事挽天河。」昆樨見之，笑曰：「鶴翁顧欲翻吾案耶？」相對粲然。

蓬萊郝香浦現署商河諭篆郡寓，小鶴贈詩，爲渠精醫理，故押「醫」字。余次其韵寄之，孟秋乃得來箋，併答詩云：「離别無多日，常思聚首時。知君仙在骨，愧我俗難醫。星宿羅胸富，詼諧出語奇。恨余生也晚，相識亦何遲。」其同事高柱峰亦用此韵贈小鶴，小鶴和句：「養衰還借酒，却病反愁醫。」

七夕前二日得雨，余用「醫」字韵，有「瘡可眼前醫」句。小鶴愛之，即和云：「民病有天醫。」榴厓見和，起四句云：「今歲秋來晚，霖滋尚及時。試觀苗救困，宛似疾逢醫。」七夕賓興，余口占一律，榴厓和云：「飄來一葉促秋興，喜有雙樽酒是朋。此日商飈纔颯爽，前宵夏氣尚熏蒸。筳驚五斗懷焦遂，燭説三條讓薛能。醉後不知涼信到，仍裁團扇翦吴綾。」贊翁和結云：「槐花黄處忙如許，盼到瓊林餅啖綾。」此韵余復三叠，押韵而已。

小鶴《七夕》二絶，其一云：「一水盈盈隔絳河，聚時胡少别胡多。天涯却憶離家客，歲歲無歸可奈何。」感慨甚深。余爲叠和，少府亦和之，稿偶遺失。小鶴别號野鶴。聽泉寄來《呈東野二翁》詩，有「相看二老成東野」句，起云：「千里一官花樣同，城南路問入扶風。」余與小鶴各勉和一首，不能得其語妙也。

聽翁又寄一律，起、結云：「長途迢迢信遞遲，尋思何計慰相思。」「他年爲我具雞黍，多恐兒郎忘着箄。」用《世説》元方、季方事，譬吾小兒，意甚美，但韵險不能步和。又寄佳箋乞書一絶：「青李來禽望快來，無論書草與書楷。拈毫墨落摇風扇，出我懷中入我懷。」余爲題扇，自作五古一首，來韵殊未及答。適於客席聞都下達官有以「鶴泉」爲號者，余戲語小鶴云：「在昔稱東野，於今道鶴泉。兩人一趨走，正合號比肩。」彼此又各有作，皆戲句。附寄聽翁，一爲解嘲云爾。

小鶴閲余近五年詩册，題五古一首：「十年悵别離，千里一相見。開篋出新詩，觸目情不厭。新詩吟何苦，三載紛憂患。欲歸不能歸，感離傷薄宦。交舊嗟零落，深情孰繾綣。托興既蒼茫，摛詞復葱蒨。才擬七步捷，筆横一枝健。譬之鸞鳳音，和聲鳴天半。又如雙。南金，鑪錘經百鍊。神妙在精熟，原本窮正變。載慰别離懷，聿生觀止歎。」奬藉逾分。小鶴又作《中秋感懷》五絶句，略記其一：「新秋幾日忽中秋，荏苒年華似水流。去住此身渾莫定，鈎盤河上一虚舟。」余和其韵，則「玉團欒月下聲相應，李郭依然共一舟」。

中秋得斌兒來稟，始知添一孫。榴厓首爲賀章，起句云：「七袠康强愛歲華，遥聞砌下吐蘭芽。」結云：「鵲聲將卜重重喜，桂窟今攀第一花。」此韵後凡六七叠，不備列。小鶴和云：「正好新秋玩月華，階前珠樹喜添芽。」歡愉之詞難工，殆是千手一律。聽泉寄賀，前四句云：「老人星畔瑞雲屯，旋繞扶風積德門。有叟堪稱古稀叟，生孫應比半千孫。」

重陽節後，小兒鄉試被落。榴厓又贈詩，用「芽」字韵，併和余「興」字韵五古二篇。又寄示《步月感懷》七古一篇，莫可摘録者。用杜《茅屋秋風》韵，慰余屋漏一篇，尤奇。秋晚，小鶴瓜代有期，留别五古一首，起用唐句「千里有同心，十年一會面」，正如代余言也。臨行又留一絶：「他鄉住久似家鄉，好友聯吟半載强。歸去漫嘲無長物，新詩百首壓行裝。」余送小鶴南旋七古九轉韵，榴厓見而依韵和之，結云：「蓬廬幸傍鱣堂住，兼誦潘岳閒居賦。從此學吟易揣摩，明師益友聚一處。」

潘松岩見示《孟冬詠懷》十二首，略記其一：「自有衡門樂，全將俗慮删。讀書如浚井，看畫當遊山。垂老猶能健，因貧更得閒。休嗟生事薄，造物未予慳。」余與榴厓共和之，渠又答賦四首，名句甚多，如：「嫩雲稀出岫，野鳥不依人。」「才短宜藏拙，囊空厭説貧。」「窮應過賈島，豪未減陳登。」皆佳。

其末一首專以寄余：「落葉滿窮巷，門稀長者車。自緣生性懶，敢道故人疏。無事且高枕，有求還借書。愧蒙君子念，時復問何如。」

小鶴旋轅，途中寄仝人一律：「送人才昨日，自注：謂送陶令高密。賦别又今朝。思共纏綿結，心隨去住摇。西風催祖道，古誼感同僚。後會知何日，臨歧首重搔。」余與心畬少府共和之，渠又答一律，「異姓久爲弟，同官新作僚」，是其佳句。余有用張文昌《别鶴》詩韵寄别小鶴者，榴厓又和之，兼用松岩《詠懷》韵贈余云：「贈鶴長吟好，無勞句再删。風流陶靖節，雪亮白香山。」此韵後亦數叠。

冬杪，余自題拙詩册子二首。榴厓見和，亦叠韵再三。記其押「南」字最精：「擬將授梓垂千古，矧得傳家爲二南。」「又迴藝戰頻羞北，幸賴詩裁有指南。」除夕，謝余饋歲二絶，録一：「濟南佳餌四方無，謂皮炸。回首當年饜味腴。此日欣承珍品賜，宛然身又到明湖。」

聽泉上舍秋日寄示《過故人山莊用孟襄陽韵》一首：「爲官至宰相，别墅亦農家。郵外高槐古，門前五柳斜。園蔬下旨酒，香稻勝胡麻。薄醉尋歸路，閒吟陌上花。」余勉爲繼聲。冬杪又得其答詩：「自君之出矣，十載未還家。嗟我懷人意，黎明到日斜。」結云：「薄暮無聊甚，挑燈喜見花。」

榴厓處有茅鹿門《白華樓詩文集》。余藉觀，因題拙句首云：「文士顧談兵，八條測海寇。」榴厓賜和云：「文如御風行，泠然列禦寇。」押險韵，極工。松岩用此韵和余《感事》詩云：「撫馭一失策，鄉團反爲寇。將帥彼何人，竟使吞舟漏。往悔不可追，後患誰能究。今如養癰然，於計勿乃謬。」此詩渠不存稿，余爲記之。是年冬杪大雪，寒甚，渠得一聯：「樹冷無棲雀，天低有凍雲。」與老杜「暗度南樓月，寒深北渚雲」句，可相埒，誠妙筆也。

右自辛丑至己未十九年中，朋友贈答之作。曩以爲兼收並蓄，所載過多，統俟異日再爲删定，嚴加抉擇。兹復閲一過，有徐陳應劉之歎，又恨所載不多也。噫嘻！亡友諸君，或於贈答之作，漫不留稿。亦或於吟咏一道，不自貴重，隨手散失，過而不留。則吾偶此書，偶存遺句。每一披閲，如親言笑，不亦善乎。又豈可删薙哉？豈忍删薙哉？

咸豐辛酉夏至日，東泉居士自題時年七十二。

東泉詩話續册第三册

贈答

咸豐十年庚申，余年七十一。仍復戀棧，居樂陵學署。立春有拙句，閻七明經見和：「入春才兩日，春逐上元來。人樂天初暖，官閒篆未開。」又和余「懶」字韻二篇，略曰：「雪原乘冬寒，雪亦逐春暖。昨賜陽春歌，遲和愧疎懶。」又：「駕將之棣州，恰逢天初暖。旋署須三旬，吟送弗敢懶。」開篆，余有戲句，童少府賜和：「更漏頻頻四鼓催，下官鈐記也開開。差勝廣文齋獨冷，兩班書役叩頭來。」亦戲句，而風趣可嘉，韵粘自可不許。

中春赴郡送歲試，仝人多倡和。商河學彭竹鶴投余一律：「大雅歸模範，斯文在老成。心閒延歲久，官冷得詩清。曼倩多風趣，滄浪善品評。瓣香思敬禮，愧乏後山名。」彭名世榮，膠西人，是新交也。青城學東野伊齋推升國子監學，録《寄别》一律：「官寒命窘倩誰憐，苜蓿盤餐廿四年。回憶來時甘寂寞，即今歸去亦恬然。行囊僅有書千卷，别贈曾無賦一篇。舉世關心惟老友，將離遥想意悁悁。」余答和結句：「羨君去是遷官好，沽酒盈觴袪忿悁。」

滕陽舊友黄冶山來攝青城學篆，郡寓相得甚歡。初以《過界河》一律示余，有句云：「垂老奈何去墳墓，浮生依舊逐風塵。」余依韵和之，渠又疊韵見答，中二聯云：「莫須北海尊中酒，頓掃元規扇底塵。君是玉皇香案吏，自疑天女散花身。」用竹鶴韵贈余一首：「奮筆千言下，新詩七步成。交情如水淡，逸思得秋清。信挾風霜氣，嚴操月旦評。座中英彦集，龍鶴有齊名。」此韵濱州學于紫溟亦見和：「官自居人下，詩能得氣清。」用竹鶴一句濱作二句，亦佳。

紫溟和余《雪後赴郡途中口號》一律：「晃蕩河山入望平，揚鞭渾向玉京行。後車頓失前車轍，一日分爲兩日程。晚店尋邨迷虎落，曉窗蝕紙又蟲聲。開門果遇田公笑，自是行人欲課晴。」商河拜訓高柱峰和二首：「朝看村落與雲平，雪後尋詩快此行。一片光明真世界，幾多景物認前程。銀花照處皆成色，玉樹風來漸有聲。緣路居然開畫本，遺懷更許待新晴。」次首結句：「梨雲絮影皆飛白，多少新詩賦曉晴。」冶山和云：「迷漫千里凍雲平，路入蠶叢不易行。地近燕臺多駿骨，天連溟海是鵬程。羊羔但解通宵醉，鵝鶩誰傳下蔡聲。南望塵霾定消滅，赤城霞起放朝晴。」紫溟亦疊和，結云：「踏泥鴻過寒無跡，集野烏饑噪有聲。怨絶天公緣底事，曉來仍未放新晴。」是月也仝來郡寓，十日九雪，故渠發此歎。竹鶴答余一律，結句：「由來絳帳談經地，只許彭宣到後堂。」人服其典切。

冶山寓中無聊，爲長排四十韵，同人無能和者。花朝後四日，忽有瓜代之信，余爲詩悵别。渠和答云：「底事臨歧悵别離，牙琴難得遇鍾期。相看楊柳長亭路，已近清明細雨時。贈我瓊瑶何鄭重，累人筆墨故稽遲。從今檀板金樽外，添唱黄河遠上詩。」頻行，余又撰句贈行，渠和答二首，結句：「旅館勾留多舊雨，幾回翦燭話清宵。明日征夫問前路，何時聽雨話今宵。」紫溟亦用此韵贈之。句云：

「曉起競持樽酒餞，夜來曾見筆花摇。」「新泥没足青楊路，古渡消魂白板橋。」杜峰和云：「每欲沽春思客招，杏花邨落尚遥遥。心旌暗逐行旌動，文陣常隨筆陣摇。止水猶同千里月，閒雲應上百花橋。何當秉燭聯歡日，盡把詩囊快一宵。」冶山長排，漫摘數句記之：「暖與寒相半，雲陰釀欲低。天教歌白雪，客偶住青齊。淮蔡今烽火，邗江偏鼓鼙。賦閒殊偃蹇，身隱更排詆。往跡餘鴻爪，前程信馬蹄。」

清明節前夕，始自郡回。榴厓明經投四絶句，又《暮春吟》一律，又《感懷自述》一律。記其一聯：「整冠樹下防嫌晚，鑽核林間被賣羞。」蓋有迫于十八子者，不必詳言也。和余《閏重三》一律：「村前接踵盈千百，席上知心無二三。」它不備載。

蜀都劉刺史諫棠，去冬有《還山》詩四首索和。今春寄來答謝之函，併附近作數首。弋取其一：「閉户書堪著，詩成信手删。無心雲易散，飛倦鳥知還。逐臭嗤東海，移文愧北山。朝來慵攬鏡，羞見鬢毛斑。」又寄示陶贊臣庶常和其《還山》句：「游愛名山携不借，方尋本草檢當歸。蟲叫寒窗驚嬾婦，魚翻秋水長慈姑。」極清新可愛。

冶山旋省垣，途中却寄一律：「海上爲遷客，天涯感厲公。光陰摧短鬢，書劍逐漂蓬。獨夜杏花雨，生寒楊柳風。吟魂歸未得，高詠與誰同。」

立夏次日，新進送學，榴厓投四絶句，録一：「踏雪曾栽佳樹繁，成蹊尚未會芳園。者番纔接新桃李，有脚陽春送到門。」又句：「柳逢日暖垂青眼，草被霖滋慰素心。」極佳。後又叠韵：「閲世堪傷衰歲景，拈毫尚有少年心。」則未免頹唐耳。

往年余爲雜言小詩《心殊歎》、《遇殊歎》等篇，繆爲紫溟所賞。紫溟尚能舉其詞，即録以視冶山。冶山評云：「初讀如坡《阿羅漢贊》，又似《易林》及漢魏人謡諺。風趣甚古，勉學未能，乃爲《反心殊歎》，欲以矯之。」紫溟見而持去，曰：「詩有别趣，若出以正言，則詩可不作。」渠稿遂不可得。拙句漫録于左。《心殊歎》：「人心不同，昔謂如面。面猶相似，未盡其變。父子同食各嗜味，師弟同學論則異。同舟濟水，風來可畏。甲自欲進，乙自欲退。意見不合，觸處反倍。心之不同，如面與背。」它作不備列。曩話不載己稿，兹乃破例，實自忘其醜，益可笑也。

潘松岩寄示《中春雪中即事》四絶句，録二：「昨夜雲凝萬里陰，夢中時覺峭寒侵。朝來試啓柴門看，雪擁階前一尺深。」「簾幙寒深刻漏遥，小窗人共月無聊。不須更問花消息，二月中旬雪未消。」又後上巳作一律，記其中二聯：「共言春色原無價，漫説吾生固有涯。又趁芳時傾蟻緑，還舒老眼對鸎花。」句極渾雅，較拙作《閏重三》詩倜然遠矣。頃又見其舊稿《秋夜》句云：「秋從蟋蟀聲中老，月在梧桐影外涼。」誠爲佳妙。

董聽泉上舍今年館陋巷顔氏。孟夏初吉，始寄到前月來函。有用杜韵見懷五古一首：「浮雲傍遠岫，行止與風商。我來誰使之，得近魯靈光。古跡不可問，松柏引蒼蒼。親友亦非舊，念之斷人腸。既來不能去，舍館舊止堂。主人有此額，甚古。堂外松梅竹，東西各成行。歲寒雖有友，所思在朔方。我欲閉關飲，壺餘酒與漿。我欲加餐飯，飯餘稻與粱。我食尚有節，我飲不論觴。憂思終不解，微吟又不長。願憑雙鯉魚，送入海茫茫。」又寄《閏上巳》一律，記其一聯：「寒消九九又來九，月過三三兼閏三。」最爲巧合。余頃亦有句「論年已過半年半，今月重經三月三」，因其近戲，未肯成篇。與聽泉此聯，竟可引爲同調，特附及之。

聽泉「商」字韵五古，榴厓見而和之，前後兩篇。「漿」「粱」等韵，最難押。摘其句云：「腴味醲競飲，沁脾勝瓊漿。」「秀色餐可飽，果腹勝膏粱。」「豈識陶止酒，無心引壺觴。」「不與麴生契，雙瓶付鬚長。」餘皆稱是。余亦叠韵答之，押韵而已。重午後赴郡送童子試，榴厓以長句相送，起云：「春去送試衣金貂，夏去送試衣冰綃。」余謝曰：「貂綃俱非教官所有。」未敢奉和，亦緣「貂」「綃」字難更押耳。

松岩和余「懶」字韵五古，略云：「身閒何所爲，聊復弄斑管。坐花醉明月，對影揮酒碗。鳩鳴桑椹熟，雨慳秧針短。去秋已歉收，今夏仍苦旱。來章和未能，屢唸不暇嬾。」又和莫春韵，摘句：「愛竹爲饒高士節，讀書因見古人心。」「疎懶我原如叔夜，品流君定勝真長。」又句：「青杏園林剛乳燕，緑蒲池沼正鳴蛙。」「共喜有詩消歲月，不妨無酒對鶯花。」頃復枉贈一律：「午窗睡起補詩逋，更汲軍持試酪奴。一經紅酣開芍藥，滿原緑暗長蘼蕪。陂塘水暖魚生子，庭院風微燕引雛。聞道維摩方示疾，不知天女散花無。」又一絶，押「無」字，尤工。「花信連番到鼠姑，時聞好鳥勸提壺。烏程若下俱難致，問有青州從事無。」

夏五郡寓，于紫溟録寄春日所爲《五友》詩，叙曰：「恭讀冶山《五友》詩，東泉和作，皆仿《八仙歌》，稍變其體。心竊慕之，而未敢效顰。擬丐爲畫本，又急切不得其人。率成一首，俟寄同人哂政。」「君不見泉源萬斛珠璣盈，浩浩千里趨東瀛。原注：謂東泉。亂流四繞一山蔚，澹冶妙得春風情。黄冶山。東北一峰號天柱，兩山對峙互峥嶸。高柱峰，益都人。旁有菁菁千畝竹，野鶴飛來羽衣輕。一聲長嘆聞天際，山風泉籟相與清。彭竹鶴與柱峰仝事。再東地下近滄溟，野水雨集紫瀾渟。潢汙行潦不足取，繪入畫圖亦天成。」

余頃爲《憂旱》詩，結云：「我今欲行役，獨吟爲誰驕。」既而得雨，叠前韻云：「秋成倉廩實，民富更無驕。」松岩謂押「驕」字極工，不肯叠和。榴厓和云：「翘頌時雨化，何慮莠驕驕。」又用松岩「逋」字韵，喜余自郡旋，各已再叠。後渠又用作《醉吟》，起云：「愁城合向醉中逋，荷鍤相隨幸有奴。」結云：「遥指青帘仍貰酒，那知囊底一錢無。」又和余「來」字韵二首，「濟北新吟推馬帳，鄒南舊籍仰魚臺」，極爲清切，不可移贈他人。余原稿寄小鶴。

聽泉好和陶四言。頃自曲阜館中寄其近作，用陶韵。《憶弟書門》一篇，略載其二章：「悠悠世路，有親有疎。同氣連枝，均爲一初。嘉我未老，四方奔徂。汝不出户，念兹躊躇。惟我與汝，同而不同。汝爲繫匏，我尚西東。有愧古人，仲海季江。更難虞世，不介不通。」詞極古雅，余不能和，乃爲長句答之，起云：「董生由來不窺園，有弟書門友書邨。今兹薄遊違鴒原，居依書邨懷書門。」伏日聽泉偕其居停顔，書邨孝廉併依韵賜和。書邨初以詩交，其詞甚謙，備録於後。「顔生落拓歸故園，陋居不郭亦不邨。先人遺烈愧平原，一瓢一簞守清門。絶世文章冰雪痕，座有經師妙於言。其言藹藹氣渾渾，字句必究夫本根。絳帳先生古誼敦，問難千里繫詩魂。苜蓿盤内射朝暾，文采風流今尚存。我有舌兮不可捫，敬爲二老獻一樽，長駐容顔裕後昆。」余輒復答和，併憶書門親翁，用聽翁元韵，藉以消暑云爾。

濟南書院山長稽十二春原，開歲尚有手書，説病腹小愈，夏日乃聞其與陳欽士大令一時俱逝。詩友零落，意甚蕭索。潘松岩有挽欽士詩四首，余和其二。渠首章結句：「何日返鄉枌？」「枌」字難再押。末首一聯云：「嗟余猶苦海，羡子已生天。」余謂羡意不似挽詞，欲有以易之。渠答云：「挽友即以自悼，意更深耳。所見不必盡合也。」余用挽陳韻，更挽稽二首，渠有後來居上之歎。

聽翁和余《七十自述》，六首如一筆書，文多不備列。記其末首：「吾友扶風子，窮經探秘籙。耄而猶好學，信道何其篤。詩成飛寄我，如聞烏棲曲。更喜多態度，春雲難羈束。」揄揚過甚，衹增顔汗。初伏日雨，俗名「洗佛頭」。余有里句，榴厓和云：「詩來消暑氣，似露灑枝頭。可擬三唐否，能移一字不？風高冲斗極，雨若叶箕疇。倘使昭明見，增編文選樓。」此韵後又數叠，余答曰：「果爾能高卧，何知百尺樓。」

孟秋，榴厓寄詩用昌黎《秋懷》韵，有句云：「冷逼雁影分，陡增新秋憾。」知其近遭從兄之喪。索觀余所著《滕薛二邾世家》題句，亦用《秋懷》韵：「見所未見書，詳贍且精警。才許敵孟堅，筆休誇谷永。世系攷終始，國政辨寬猛。鉛槧佐史編，引繩補斷綆。語分方策光，地爲桑梓幸。瑶函須久觀，詩學姑暫屏。」後又分題《三國》七律三首，文多不載。余用昌黎《酬盧汀望秋》詩韵酬之，渠復答和，有云：「倘使吾師躋臺閣，超然良弼出傅巖。大作應早付剞劂，疇辨河淡與海鹹。」亦有慨乎其言之也。

秋日晒書，於舊書篋中，得往年余芝翁寫寄崇大中丞索和詩叠韵，共十首。漫摘録於左。「成喆親王宣城見梅圖，爲山陰謝東墅少宗伯作，畫、書、詩可稱三絶。卷中有宗伯元作，及王揚州《詠梅》一律，因遞和其韵，題于後。」「故山春色撲征衣，一路寒香引澗扉。德傳還朝詩入畫，賢王潑墨興遄飛。衰遲獲攬烟雲概，童穉曾瞻日月暉。記得執經邀奬藉，特將一字慰調饑。」又「瓣香松雪有傳衣，鐵限千秋許叩扉。行筆精遒追蜀素，小書妍妙奪靈飛。美花修竹富新賞，璞玉良金含古暉。底事晚年趨險勁，空山道士不勝饑。」放鶴復還叠用前韵：「弄影階前門舞衣，烟霞應憶舊巖扉。憐卿豈是樊籠物，挈我猶將寥廓飛。游遍十洲仍碧落，夢回三島又斜暉。空山記與梅相守，啄盡寒香不耐饑。」憶梅用前韵：「肯把緇塵染素衣，千林合遝護巖扉。鐙挑山驛雁初叫，笛擫江城花欲飛。狼籍遠香風作態，横斜疎影月鋪暉。熱腸到此清如洗，細嚼冰苔亦樂饑。」謝芟香送建蘭，用前韵二首，已見前册，餘不備録。芟翁近已閒居，久不通札，檢其手翰，如親光霽云。

季秋，與榴厓同用昌黎《秋懷》韵，前後五首。又用謝宣遠秋懷「串」字韵二首，又衍「串」字韵爲七言二首，文多不可摘録。杜小鶴自鄒寄來一絶：「欲睡無眠起問更，蛩聲四壁一燈青。秋來入夜瀟瀟雨，不是愁人也怕聽。」即和答之。潘松岩寄示《秋日雜感》八首，僅能和二，渠亦未更答。略載其首章：「處處兵戈羽檄飛，横流滄海欲安歸。妖氛慘澹迷丹極，殺氣蒼茫繞赤畿。杞國愁深天恐墜，華胥夢杳事皆非。誰知身世無窮感，搔首西風對落暉。」張竹軒自德平寄示《中秋待月》二絶，乃是和它人韵者，亦叠答之。

陽月又赴棣郡送科試，榴厓送行二律，有「十月冰霜猶乍結，小春桃李又新開」一聯，最佳。郡垣高杜峰題拙詩册後，併以志别一律，起云：「舊雨欣重遇，新詩喜乍成。那知纔握手，旋欲問歸程。」是年學使攷教官，又以余名爲首，口占自嘲二首。榴厓賜和，有「鴻文堪壽世，壓卷譽非虚」，「及鋒原便捷，一筆掃千軍」等句，不盡載也。張仁東明經以近作《讀南疆紀事》二律索和，余與榴厓共和之。渠和我舊作「聃」字韵，押「茅聃」，極新。强余再答，乃用《説文》「聃」字訓凑句。時余方患耳疾。

自重陽望鄒信，冬至後乃接竹報。榴厓見慰以詩，有「半年烽火連千里，一紙家書勝萬金」之句，極切。惜藍本杜詩，全聯未免出之太易。渠更叠一首，押「斷金」，别是一義。杜峰自商河寄來叠和「程」字韵：「吟懷争慕謝，信息早知程。」用程夫子訪道事，殊不敢當。時值連日雪，即以立雪答之。

雪中榴厓用放翁《大雪歌》元韵見贈，彼此各三叠。略記其起句，首章「肌粟頻起天欲雪」，次云「思鄉昔有趙松雪」，三云「郢歌三度陽春雪」。後又倒叠前韵各二首，文多不可摘録。余讀唐鑑作一首，中聯云：「官家何嘗負朱三，宰相仍留待鄭五。」榴厓叠和二首，押「五」字，云：「蓬户貧士劇可憐，歲終癡送窮鬼五。」又：「閬仙除夕曾祭詩，倣古亦獻辛盤五。」皆極精切。

除夕始接聽泉大親翁臘日詩信。《東山紀事》一絶：「天時人事竟難期，孔子東山世所知。毓秀鍾靈生至聖，却教勝地鑠王師。」時鄒東境有教匪，知已平，亦甚幸也。《見憶》一首：「君居北海濱，八百五十里。自從中年出，别家正一紀。君言懷故鄉，我言思君子。相贈無别物，來去一篇紙。」無論工與拙，道其情而已。來札遲，余作答有「新詩寄到是明年」之句。余次日答句：「天公知我懷君意，要作開年第一書。」

辛酉開正四日，榴厓招飲，即席得句。渠和起四句云：「依舊昇平景，争邀社酒忙。幸逢新歲月，先獻敝壺觴。」元夕後，城門晝閉，則迥異平時景矣，亦可歎也。人日後，南皮張茂才曾紱來謁，即暢談聲病。别後，渠用往年何太史贈詩扇七古元韵作一篇見貽，以後連日叠此韵，至於五六。余辭以更賜它韵，勉强學步。渠即用謝公《齋中讀書》韵寄一首：「朝霞麗中天，夕飈息林壑。覩兹景悠悠，間以烟漠漠。努力媚春光，無心嘲燕雀。孤館灑埽净，雙雛誦聲作。豈騖千載名，差勝終日謔。昔人愛郡齋，今余卧草閣。雖云境遇殊，同此賞心樂。但能外形骸，何暇論寄託。」余即和答。張字小雲。頃寫其舊稿一帙相質，古作力摹東坡。有雪中用聚其堂禁體元韵，而我獨思「蔡州勳滕六，奏功元濟滅」句，尤警策。又《雪晴》絶句：「雪來天地隘，雪去天地寬。祇一來去頃，頓改天地觀。」「雪來何處來，雪去何處去。却疑天地外，别有藏雪處。」皆妙手偶得之句。榴厓亦叠小雲七古韵，相與贈答二首，文多均不載。

樂陵爲團練鬧事，自燕九日來城門晝閉，冉冉二月半，仍是東門不啓。日坐愁城中，情况殆不可言。小雲寄詩勸餐一律：「枯琴獨抱向誰彈，纔得相親見面難。李廣數奇剛未遇，廉頗年老幸加餐。天公著意羈游侣，人事何心惱長官。賴有蘭亭臨本在，蕭齋百讀敵春寒。」結句謂得余去秋「串」字韵五七古四首，渠亦叠和其二，余不更答，實畏難耳。

松岩客冬作《大雪》詩，用坡公「尖叉」韵，中春始袖以來。余因前館鄭莊時，用此韵前後作六首。往歲與榴厓又叠韵作二首，押法不能更出新意，渠意亦不能翻新。「元圃有田皆種玉，瓊林無樹不飛花。」是其佳句。渠示以《出郊見杏花》一首：「杜門久不出，忽忽春已半。風和草氣薰，節至鳥聲變。杏花開正繁，萬朵紅雲爛。老去惜光景，對此輒增戀。繁華詎幾時，零落行可歎。沽酒向旗亭，一壺聊自勸。」居然獨勝，合備録之。

家藏漢兖州刺史楊叔恭碑殘石一角，小雲得拓本，屬題其顛末爲附注於左。小雲題其右七古長篇，亦合備載。其詞曰：「從來文士矜好古，穹碑大碣徵齊魯。葉公好龍久見嗤，斐敏射彪何足數。魚臺馬君東泉甫，太翁司鐸于單父。金石之交重兩京，獲兹鉅埜昌邑聚。文不滿百石一拳，室藏無異岐陽鼓。水經地志攷索詳，求其根柢窮初祖。兖州刺史茂陵楊，即地證人非莽鹵。正側更存陳留名，豈但筆畫如釵股。我昔未晤東泉前，一紙購自劉氏賈。手持翠墨詑奇觀，心爲斷碣慶得主。甄文攷期愧未遑，抱殘守缺頗自詡。書勢况足定時代，斯真漢刻吾敢賭。想見此碑兀道旁，久蝕苔蘚飽風雨。神呵鬼護二千年，僅賸吉光一片雨。退谷録内偶見遺，阮相書中竟未睹。倘再不遇知音收，定爲礪石困樵谷。翁之巨眼今寡雙，感激使人惻肺腑。世間珍異逾恒沙，久辱泥塗同壘土。安能歷徧山之顛水之滸，一一缺陷爲之補。噫嘻！我願太癡亦太苦，片石已堪空儔伍。願君世世勤摩撫，深夜恐有雷電取。」章末致慎守之意，益覺古道照人。後又叠韵贈答，文多不載。

德平熊少府能詩，所著《浣花閣詩草》已付梓，無印册，乃抄卅首，由竹軒處轉來。頃與榴厓共觀之，和其《春日即事》二律。原倡云：「春光如畫柳成眠，繞郭人家鎖碧烟。廿四香風挑菜節，兩三點雨賣餳天。落花清晝鶯兒夢，芳草閒門燕子年。鎮日詩情羈不得，曲闌干外酒帘前。」「處處笙歌駕小航，踏青時節醉流觴。一春心事憐紅豆，三月韶光上野棠。楊柳和風芳徑軟，梨花疎雨畫樓香。鷓鴣啼過前溪去，幾許柔絲浣別腸。」余愛其《七夕詞》，尤近古，即記于左。「蟲聲入夜鳴金井，雲散天空篩月影。耿耿長宵人不眠，盈盈一水秋光冷。」「秋光蕭瑟竟如何，仰視雙星歛翠蛾。人間自古多愁緒，天上應無離别歌。」「深閨此時理砧杵，望斷長安幾三五。金風颯颯雁聲聲，玉露無塵鈴自語。」「雁聲鈴語太無情，漢户分明徹底清。鏡裏菱花照不厭，機中錦字織難成。」「世人但乞天孫巧，誰道天孫長不老。可憐多少兒女情，翠袖紅樓看到曉。」末段「世人」前節去八句，因韵脚参差，似有誤字，俟校刻本。少府名裕棠，號蘭坡。

松岩寄示《感事》詩，起四句尤佳。「紛紛何日定，群盗起如毛。霧結妖氛暗，星占太白高。」余依韵和之，渠復叠答云：「郊原生意滿，水暖長溪毛。遠樹浮天闊，輕霞冠日高。我詩如島瘦，君句比韓豪。欲識相思處，踟蹰首自搔。」余復勉和，起云：「會有閒居賦，無須歎二毛。」切姓敷詞，人以爲工，究是小品。

榴厓用太白「春日醉起言志」韵見寄，彼此各四叠。訖無好句，押「榼」字尤難。渠初稿云：「座僅充兩榼。」後叠和云：「卜居歎絜榼」「儲材棟與榼」，皆有痕迹，不具列。題余詩册一律：「錦囊佳句得由天，尤喜耽吟在老年。爲有芝蘭聯臭味，堪增翰墨結因緣。文心巧擬雕龍勰，詩史渾追司馬遷。妙似陽春霏白雪，如珪如璧肖方圓。」未免過爲揄揚耳。

柱峰寄示《静居》詩數首，録一：「静把塵緣掃，閒中得趣多。世情須擺脱，心境貴平和。爐篆香初嫋，冰姿雪後哦。垂簾課周易，爻象幾編摩。」勉和二首。余素著《勵學篇》十八章，去冬靦顔付梓。柱峰見之，爲作弁言，文多不載。竹鶴有札來，謬稱回環雒誦，覺顔之推之《勉學》，遜此才華；陸士衡之《連珠》，無關性命。以六代之文章，衍千秋之道脉。儒林、文苑，一齊頫首。

松岩示以近作《偶成》一首：「衡門聊自適，遇物亦忻然。燕若客新寓，花如人少年。閑時臨水坐，醉或把書眠。問我何營慮，平生但信緣。」《漫興》二首，録一：「鴨頭波漲柳含烟，二月韶光劇可憐。微雨杏花寒食節，東風芳草踏青天。出游聊復乘清興，行樂終當讓少年。却喜太平今有象，邨邨社鼓正喧闐。」《感事》二首，有句云：「軍興多歲月，戰殁幾沙蟲。」誠有慨乎其言之也。

小雲題余前五年詩册五古長篇，起云：「先生君子儒，不僅以詩見。即以詩論之，亦足稱雅善。」榴厓以《柳眼》、《杏靨》等題索和，與小雲共和之，都無好句。和余《餞春日》「忙」字韵，乃至五叠，略記其押「糚」字數聯：「麥爲風多摇遠浪，花如人少鬥新糚。」「手揮退筆慙花格，心折奇文抵靚糚。」「時向醉鄉尋蝴蝶，偶看嬌女學梳糚。」榴厓押「糚」字一聯：「推敲未叶東丁韵，濃淡難描西子糚。」以「東丁」對「西子」，甚工。但本事似是「丁東」，俟攷。松岩亦和一首：「除將覓句看書外，終日都無一事忙。貼水圓荷擎翠蓋，翻階紅藥試濃糚。勺藥有此名。濤鳴旋報煎茶熟，風過時聞煮繭香。自笑出門何所詣，知君端不厭清狂。」

首夏無聊，集《文選》自遣，如「陽春布德澤，首夏猶清和」之類，得二拗律。榴厓用其韵見和，首四句云：「采得蕭家選，裁成郢客歌。繼聲難仿佛，集句獨調和。」小雲贈句：「餐花新得神仙饌，集句濃熏班馬香。」亦謂此也。松岩以時人《挽亡將》詩，中聯以「弟孫」對「昆季」，不知弟孫係何語？余疑是人名字。小雲以韵府查之，果是祭遵字也。但上句昆季借對，殊未爲工，因戲爲一聯：「還鄉佩印朱翁子，選士投壺祭弟孫。」惜無人可贈耳。對法較彼似有不同。

自正月晦日得雨山博士來札，知小鶴於人日前歸道山，心甚悒悒，爲挽言三百字寄之。三月無來信，孟夏始復，得雨山自濟州遞信，知三月八日逆匪到鄒，渠現避居濟上。小鶴免受此警，亦未始非福也。噫！適於舊本唐詩中得小鶴詩片，蓋其藉閱時夾入者，中有二字推敲未定，故未脱稿，併爲記之。「春來强半爲詩忙，枉以詩狂減酒狂。札至頻勞吟好句，爲君一瓣炷心香。」「好友同官事最新，相逢况值艷陽春。勞君十日九相過，作客都忘是客身。」是己未春同篆時筆也。手澤如新，而芳徽永謝，亦可歎也夫。

汪松樵大令數年前旋里，匆匆一面，不知其能詩也。别後，人言其詩稿已付梓，恡其秘不傳觀。頃與小雲言及之，小雲自其鄰舍覓得第一卷，名曰《蕉窗囈語》，盥誦一過。其七古雜言《臺灣紀事》、《題華山觀雲圖》等作，學韓學蘇，居然方家舉止，文多不及録。録其小詩，《詠山中花木》二絶句：「紅黄紫白鬥芳娟，瑄染秋光亦可憐。過客無從分種類，叢開問爾爲誰妍。」「古木干霄閲歲年，匠人弗顧得天全。深藏巖穴翻成幸，用世真能值幾錢。」又《臧三耳》五古一首：「人生具五官，其耳本有二。云何公孫龍，偏持三耳議。亦如南華雞，三足鳴得意。足有運行者，兩足能履地。耳有主聽者，兩耳非虚器。一與兩爲三，是謂三耳備。鄙哉辨士言，專門齒牙利。兩耳兩主聽，兩耳可云四。兩耳一主聽，兩耳可一致。彼矛攻彼盾，舌鋒將焉避。聖賢言不刊，止在平與易。」松樵本名荆川，後更名內新。現又出山，需次南省，消息久不通矣。

月晦，脩容。偶成一律，起云：「亢自孤高不可言，蕭齋枉對洗頭盆。」乃是戲句。小雲疊和，三押「盆」字，初云「頓如脱去望天盆」，次云「滿擬須臾雨瀉盆」，三云「几几頻傾老瓦盆」，句益工，不備列。其疊和「和」字韻二首，録一：「良時不易得，吾輩且高歌。戰略惟聞撫，兵機總議和。未能拋翰墨，難更謝巖阿。矍鑠今誰健，還應屬伏波。」榴厓和此韻，結亦云：「矍鑠翁堪頌，芳蹤溯伏波。」不約而同，可稱豪傑之見。

史雲門世講以教職改捐縣丞，由丞而令，分直隸候補，又分屬河間，捧檄便道旋里。小雲有詩贈之。余亦次韻奉一首，渠即答云：「君詩摇岳復凌州，笑我雲山作宦遊。廿載文壇資月旦，一箋奇句豁星眸。空悲醜類平無策，誰是元戎壯有猷。何日齊東聽奏凱，鴻音寄到解千愁。」此韻後與小雲數疊。記其後四句：「文章聲價歸清論，風月情懷寄遠猷。曾記劍南詩句在，出青天外始無愁。」又押「猷」字一聯：「儒風雅慕陳師道，仙侶如聯竹務猷。」「竹務猷」見《麻姑仙壇記》，句新。

余自五月朔雇役自鄒回，得小兒來稟，知鄒、滕間於三月八日後至四月八日一月中，遭南匪大劫，室廬盡焚。先世收藏書卷，併自著詩文集雜作若干卷，俱爲灰燼，痛心之至，無復詩興。榴厓寄詩相慰，前後四首，録一：「莫驚鼙鼓起漁陽，姑向蘭陵覓酒香。兩袖風清原潔白，七旬軀健謝岐黃。扶鳩矍鑠情須愜，聽燕呢喃憩亦忙。遥憶鯉飛宜破壁，泥金信到慰高堂。」六月朔又寄四絶句，録一：「榴開不似去年紅，冷落枝頭悵晚風。幸有斜陽相對映，殘花殘照兩情同。」

六月六日連雨以後，余强爲詩，連朝雷雨作，於卦當筮解一首寄榴厓、小雲共觀之。韵頗險，榴厓和二首，摘句：「姑飛伯倫觴，且持畢卓蟹。」「鮿生忙嫁衣，倒綳愧乳㜷。」「委婉諭後生，勞如育嬰㜷。」小雲乃至七叠，押「㜷」字，尤工。「餘事采方音，妣䏘媪婢㜷。」自注：「五字見《廣雅》，均稱母也。」它句如：「屬和潘江後，一蟹遜一蟹。」「深恐吾其魚，尤覺心似蟹。」「譬如酣醇醪，對菊擘霜蟹。」句皆工。其《閲榴厓和韵》，即押「馮瀣」句云：「佳名久媿蘇，門下有馮瀣。」自注：「《宋史》本傳，文師蘇軾。」更是意外之獲。

紫溟自濱州寄慰鄒邑遭刼，殷勤甚厚。併寄其近作雜詩十五首，亦投其所好之意，弋取二首於此。「灼灼花照地，朗朗月當天。爲歡才幾何，時過境已遷。花殘能再發，月缺能復圓。月圓須一月，花開須一年。花月皆有待，不如及目前。」一。「芸芸千萬人，人中惟一我。以我曲體人，洞然若觀火。使人如我意，往往無一可。役人勿太勞，太勞必終惰。責人勿太甚，太甚或致禍。反身當自知，奈何行弗果。」余皆依韵和之。

杜峰自商河寄詩，叠「多」字韵二首。其一聯云：「書喜兒童聚，詩經歲月哦。」自注：「匪徒過青州時，書箱幸得小兒收拾完密。較之吾宅被焚，吉凶迥殊矣。」又一聯云：「但願欃槍息，應關將相和。」則爲彗出言之。

張羅若自德平寄示其《和答熊少府》詩一首：「微官曾不歎沈淪，寂寞蕭條况味真。爲近衰殘聊習靜，因逢喪亂轉甘貧。舊書課子從頭讀，好友談詩把臂親。自幸身閒無一事，爐香茗椀逐時新。」余亦依韵和之。熊詩甚多，不備録。

伏日，小雲出「鳳」字韵五古長篇見贈。略曰：「先生本高人，眉宇已殊衆。耳聾是壽徵，醫家言可諷。雙眸尚炯然，面色不梨凍。況有文在手，銀魚掌中控。行當與君期，高岡聽鳴鳳。」余勉和答，又蒙疊韵，有「松風琴一曲，梅花留三弄。言言沁心脾，快如冰解凍。遥想君子堂，雛鳳隨老鳳」等句。渠又示以和史比部轉韵七古長篇，余亦依韵勉作繼聲。倡和正殷，而西關刦盗大作，白晝横行，小雲不能答和，僅以四句了事，亦甚可歎。其四句云：「厭禳欲倩石敢當，蒿目苦無濟時方。冠裳倒置已如此，作頌猶稱堂哉皇。」自注：「下當轉韵，祇好以不轉轉之。」時六月二十日也。

立秋前三日，榴厓寄一律，起云：「近秋天氣賸餘炎，遥憶蓮湖啓鏡奩。」余與小雲共和，不期韵脚全押「香奩」。渠再答用絡秀奩，則近戲矣。前和紫溟五古四首，小雲亦疊和之。其次首有句云：「胡爲鄉曲間，紛紛日作僞。中土非夜郎，自大不知愧。譬彼養驕子，長成多無賴。」誠有慨乎其言之也。兩甕荷發一枝花，渠成一絶見示，即爲和答。

七月朔日，小雲寄一律來。「勸君莫恨鸞棲枳，愧我真同蝨處褌。酒可治聾秋社近，詩能愈瘧杜陵尊。星躔欲問談天衍，自注：時有來月朔七政獻瑞之說。敵愾誰爲擊楫琨。無限關情愁絶處，會當一雨洗煩冤。」「冤」字韵不易押，余答和用「釋之何日爲廷尉，會使斯民自不冤。」後又四疊，文多不載。榴厓又出「簾」字一律，亦疊和再三。摘句：「柿葉揮毫權代帋，蘆莖織箔暫爲簾。」「指日珠仍還合浦，此時花暫隔疎簾。」小雲和句：「岷蚩又復戈耀日，蠖屈甘同鏡在匳。」七夕之前，小雲寄一律，有句云：「牛女明朝應有淚，馬卿今夕可行沽。」對法假借，亦是戲耳。

蘭坡少府寄和，用杜韵《贈衛處士》一篇，略云：「韶華似駒隙，秋氣叶金商。風塵驚老大，兩鬢色蒼蒼。何時遇文宴，重過深柳堂。桑榆嗟景邁，子弟慨膏粱。抱悶披書卷，無心醉壺觴。」古韵鏗鏘，當寫寄聽泉於鄴，共爲欣賞。

七夕之後，西關有白晝搶劫之案。居民各逃避無踪，小雲亦不能止也。余聞甚爲悲悼，即寄一詩，小雲答云：「八口飄零莫問因，孤踪落落總依人。離懷別緒渾如夢，欲止仍留似有神。意外河梁空惹恨，眼前消息苦難真。傳來妙筆堪珍重，差比紅蓮不染塵。」後又三叠，結云：「略酬高誼渾忘陋，泰岳襟期不讓塵。」又用此韵作《感事》詩，有句云：「料應國事同家事，詎肯秦人視越人。」松岩亦有《感事》詩：「豺狼猶未滅，蠻觸且相争。何處爲安土，伊誰杜亂萌。那教兵柄擅，直爲吏權輕。時事今如此，臨風涕淚横。」余與小雲各和二首。

蘭坡又寄《秋夕感懷》七古轉韵一篇索和，合備録之。「秋風颯爽透羅襟，秋月澄清浸竹陰。風月無邊此良夕，但聞四壁草蟲吟。玉露瀼瀼天漠漠，破蕉喧徑桐花落。萬籟無塵人悄悄，疎鍾相間秋城柝。秋城空廓秋氣清，月明鴉雀噪新晴。冰簟銀床眠未穩，鄰家何處理瑶箏。箏聲未罷笛聲起，夜殘雲净天如水。棖觸羈人愁復愁，秋心寥落知何似。」余依韵答之，頓失故步矣。渠來詩甚多，佳句亦甚多。余有懷渠二絶，記其佳句附後。「青霄萬里夜沈沈，此際懷君不住吟。」「記得新秋佳句在，一灣河漢洗天心。」「他鄉異縣苦吟身，握手相看有夢因。」「坐也無聊眠不得，傳來佳句更清新。」

中秋小雲有《謝丁胙》一律，亦再叠韵，稿偶不存。和余懷蘭坡句：「讀罷懷人雙絶句，感公一片愛才心。」

松岩寄示《漫興》一律：「性僻厭紛囂，柴門日寂寥。風蒲藏睡鴨，烟柳集鳴蜩。物外閑孤往，花間醉獨謡。疏慵甘自放，混跡向漁樵。」余次韵答之。榴厓郵居寄二律，有句：「霓裳未得尋蟾窟，雲樹何妨寄鹿門。」是年秋試停止，故云。又用陶《歸田園居》韵寄余一首：「開篋理舊業，文藝堆如山。譬若農緯耒，力田冀逢年。世路多坎險，寸衷凛冰淵。勉下董子帷，復闢庾信園。師生欣重聚，絳帳咫尺間。有疑得質辨，詩筒續從前。借箸代忖度，隱憂化雲烟。但安鬲水曲，勿思繹山顛。優游堪娱老，休徵在清閑。中秋節偪近，且看月皎然。」此韵甚難布置，余因前曾兩叠，兹不敢復作，乃改用律體答之。

小雲《贈花瓜》詩各四五叠，不備録。録一：「孰爲逆旅孰爲家，况有良朋復有花。秋士秋芳成會合，説愁説夢總風華。無端凍雨連陰雨，秋分日雨雹。誰卜朝霞與暮霞。客邸聯吟忘是客，葩詩鮮潔等晨葩。」蘭坡又寄《中秋》一律索和：「凉宵對月愛勾留，轉爲他鄉怕倚樓。鄰院管絃頻度曲，客窗風露又吟秋。感懷恰值更三點，遣興聊消酒一甌。桂魄冰輪千里共，可能飛夢到揚州。」次韵和之。

榴厓索觀拙詩話續册，題後一律。又用「料」字韵，各三叠。摘其句：「尤喜微名叨驥尾，何妨拙詠愧蜂腰。」「縹緗幸得前編續，梨棗還謀後日雕。」它句稱此其三押「料」字：「彙集編年費理料」「紛紜世事豈能料」「五朶雲來早及料」。余和第三疊用「那同鼓小謂之料」。渠校正「鼓」當爲「敳」，遵即改之。

小雲寄《感事》一律：「南望烽烟喚奈何，唾壺擊缺且狂歌。家如逆旅安巢少，事等殘棋覆局多。雨後秋懷增慘澹，病餘詩骨任消磨。惟應高唱公無渡，一水盈盈指灤河。」時雇勇往灤口防杜，詩亦三疊，不備録。

小雲處有前明河間茂才紀厚齋坤《花王閣賸稿》。其感切時勢，與今兹略同，弋取數首於此。《下第》云：「儒生困寒餓，侘傺恒嗟吁。國家鍾鼎養，豈以供爾娱。艱難求俊彦，將使憂患紓。假爾十萬師，手握銅虎符。風塵滿河洛，自信能平無。不如安爾分，從我持犁鋤。」《所聞》云：「出門復入門，憂心日草草。何時黄巾平，骨肉得相保。治亂相倚伏，此理信穹昊。河清會有期，恨我生太早。側聞閫外事，功罪日紛擾。恩怨亦人情，吾敢恠諸老。且願緩報施，稍待風塵掃。」《登泰山》一律：「何地能消鬱鬱情，且登泰岳望蓬瀛。無人到處方孤立，有路通時更上行。四面愁陰千里合，一聲慟哭萬山驚。儒生未可議封禪，終是能逢世太平。」《登内黄城樓》一律：「憂天亦覺杞人愚，此際憂來不可祛。風日蒼黄群盜滿，山河破碎一城孤。通儒謀國多書卷，上相籌兵祗地圖。宗廟神靈應閔念，昭陵石馬幾時趨。」「地圖」句，自注云：「總戎出政府檄，有『檢驗輿圖，黄河在前，滹沱在後。天險足恃，增兵何用』之文。」它篇類此，不勝録。再記其七古《醉歌》一篇：「十里五里桃李花，東家蝴蝶飛西家。春風引我信步起，青鞋蹋偏溪邊沙。欣然一往忘遠近，黄公墟外垂楊遮。百錢偶爾未挂枝，邨翁熟識猶客賒。自斟自酌自吟嘯，不知返照蒸紅霞。下册六句。癡兒未可嗔大醉，老子此樂真無涯。行過淺水見蝌斗，愛爾不作官蝦蟇。」又一絶：「青史空留字數行，書生終是讓侯王。劉光伯墓無尋處，相國夫人各有莊。」自注：「劉炫與馮道皆景城人。道故居至今稱相公莊，其婦家則夫人莊也。」又《景州塔》一絶：「雲梯面面禮彌陀，猶是開皇窣堵波。諸佛慈悲竟何事，坐看十度换山河。」茂才一生落拓，顧詩卷長留，至曾孫曉嵐公，乃大顯，爲之授梓。詩人具此懷抱，自比稷契，不在其身，在其子孫，亦足爲詩人吐氣。吾家明季超黄公著作最富，詩文集先君子都寫副本。今春乃遭大劫，俱爲灰燼，對此益增悲歎。

中秋以後乃得聽泉大親翁詩信，皆孟夏前詩。述鄒、滕遭劫情形，甚可悲傷。如「兵勇護郝國，虐更甚於賊」等句，指事陳情，太深痛切，皆未能繼聲。却寄拙作《哀無宅》三首，亦不索和也。

熊少府秋來屢寄示七古長篇，不備録，弋取數句。「西風斜拂北窗涼，河橋西照秋水長。」「白露蒹葭各一方，天南地北幾回腸。」又：「河漢無塵玉露瀼，晶簾斜捲流螢入。」「晴空雲飲湧冰輪，夜涼人静寒蛩急。」皆未能答和。

重陽前日，榴厓寄詩云：「寂寞空堂對短檠，徘徊孑影到三更。陳編過眼神先倦，瑣事關心夢不成。借酒消愁仍未醉，裁詩散悶苦無情。有懷屈指重陽近，雨雨風風定滿城。」後又叠韵見贈，有「心切桑梓千里憶，手裁錦繡八叉成」等句。又因小价被遣，寄詩有句：「塵世逢人如意少，官衙覓僕稱心難。」各已叠答。

小雲頃作《念别》一律，結云：「無能累親故，踪跡笑窮猨。」榴厓和之，余亦繼聲，不能工也。寄示《對菊感懷》五古三十韵，浩瀚之極，無能和者。覽余贈答詩一册題用「嘯」字韵，後各已七叠。榴厓亦三叠，文多不具列。僅載小雲原唱：「一編縞紵詞，朗然花四照。耐人十日思，奚止供睇眺。大事亟表揚，詼篇雜嘑笑。丹鉛愧未工，莫由言其妙。恍登泰岳顛，微聞孫登嘯。移情海上琴，謬欲附同調。」

世傳陳希夷《心相篇》有云：「何知明經教，職志近行拘。」余覽之而歎，因戲爲一絶寄榴厓：「袖中勿問刺生毛，時小雲用此典，未知所出。心相從無差一毫。志近行拘堪信否，欣然相對是吾曹。」小雲見和，前後五叠，録一：「豈似山雞炫羽毛，凌霜健筆試霜毫。自安澹泊明心志，莫恠儒官是冷曹。」榴厓亦和二首，乃借韵别咏它題。陽月之望，寄余一律句云：「寳鏡仍瞻千里照，冰輪已見十回圓。青雲得路皆新侶，北闈新放榜。赤壁重遊話舊緣。」

縣幕劉君恩鴻投余一詩：「牛耳騷壇久著名，瓣香私向有餘情。自注：前在稽春原山長處見大作云云。雞林購集英華遠，槐市傳經大道行。先取瘦羊真博士，曾從戎馬愧書生。自注：頃在省垣守城旬餘日。朔風欲立程門雪，來聽鱣堂講誦聲。」即叠韵奉答。次日相見，知渠係歷城辛亥孝廉，字鼎臣。又和其《有感》一律。

臘月十日，值亡兄伯府孝廉生忌。念平昔所集家烈婦志一册，併親朋挽言原稿，總粘一册。今俱造大劫，化爲灰燼，無復存者，行笥亦無副本。所有汪夢岩師、吴禮石太守諸家五古長篇，皆一字不能記。其他若花南郵七律四首，亦復茫然，盡歸于無。惟記諸城詩瞀倪五在中五律前四句，亟録於此，以志勿忘。其詩曰：「携手歸仙去，回頭物自齊。古今同晝夜，生死是夫妻。」吟之，爲揮淚不止。雖有它作，亦不復涉想。吁，可歎也夫！

臘日，始得斌兒來稟，知鄒、滕間於八月十月又兩次被南匪蹂躪。幸早避居南陽湖中，尋一訓蒙館，携家口俱往，得以全生，少爲慰心。小雲寄賀云：「聞説西湖水，能當十萬師。地偏容嘯傲，世亂識安危。鳧雁堪爲侶，蒓鱸漫繫思。因君剖雙鯉，翻惹我情移。」榴垞寄一律，前半云：「南雁飛回道路難，傳來一紙報平安。藉知蓮浦身棲穩，從此椿庭心自寬。」又疊和「興」字韵，前後三首，皆慰言也。惟押「蒸」字，用柳文賀失火之意，未免曲爲之解，不忍細讀。

紫溟自濱州寄其近作與友人倡和七律十餘首，悉用險韵，不容刺取，勉和二首，欲得其答篇。迫歲杪，恐未易覯。記其警句：「晚來歲月風霜緊，亂後河山草木枯。」「一年浩劫經重遘，六丈長星或應占。」「不道劫塵吹欲到，始知福地世無多。」「我素寡交胸落落，君更多識腹便便。」

冬杪，榴垞集藥名詩，有「雙華」二字，不見《本草》。叩其由來，則云李氏補本有此名。雙花，即俗名金銀花也。余因憶外祖隨緣公小園中曾有此花，今亡矣夫。童時見隨緣公作《小園惹笑歌》一篇，今其集被南匪大劫焚燒，無從尋覓。冬夜無聊，尚能默憶，起結不錯，中間容有一二字譌誤，大致如此耳，急爲記之。其歌曰：「小園僅有九分八，也種些胡蘆，也種些京瓜。井畔桃李兩三株，更添一架金銀花。築得茅屋一間大，略可容膝未足誇。牀頭僅有書數卷，壁上尚挂一琵琶。時彈時讀時吟詩，這却有些没大差。門亦不須關，籬亦不須插。有時客來過，小爐自煮茶。既來都係相好，貧窮不怕笑話。沽酒且欲留飲，可惜没個雞殺。東鄰借得米鹽，西舍乞來魚鰕。或唱西江之月，或噱劉郎還家。醉的即似螃蟹，園中任爾横斜。你且吃乾鍾給我，我好吃乾給他。」

封篆以後，見明年加科文書，深恐吾東被難處多，必致偏枯。且南匪出没不恒，亦難勉强辦理，意甚憔悴。出以韵語，剌剌不休，乃得五十句。小雲見之，即爲賜和。開歲同治紀元，榴厓索觀拙稿併小雲作，又依韵叠和，文多不及寫。

元日，小雲有詩來。次日，逢余初度，余用其韵作二絶。渠即答云：「良辰七十又三年，更祝椿齡邁八千。介壽恰宜此春酒，新詞早自選青錢。愛才忘分更忘年，弟子儗陪員半千。欲向衙齋充賀客，莫嗤後至不持錢。」聽翁自鄒寄至《除夕見懷》詩，亦押「年」字韵。記其第一首：「臘前臘後有餘臘，年去年來無盡年。君在異鄉常作客，一逢佳節一凄然。」又自叠一首：「算甲欣欣夜懶眠，燈邊細數杖頭錢。來朝仍對賢人酒，賀我七旬又一年。」渠叠《除夕》韵，前後六首，押「年」字外，又押「錢」字，有千里相同之趣。

迎春日，榴厓招飲。小雲即席呈詩，用其自作《歲除》元韵。余亦勉和一首。榴厓答和，結句：「高軒此日東郊過，纔了迎春便顧余。」次日，小雲叠和見酬二首。録一：「麗日和風散廣除，逢春誰寄隴頭書。雕蟲薄技渾忘拙，畫餅微名已悟虚。馬頰河邊新歲月，南皮亭畔舊田廬。雪泥鴻爪分明記，狂態依然固是余。」榴厓復和見寄，云：「筆墨生涯老不除，家貧賸有一床書。門前冷落新交少，桃李蕭疎舊徑虛。」極似代余言也。惟家書萬卷，去年同歸一燼，對此不免慨然。「虛」字不易押，余乃以「賦子虛張若虛」，趁韻與之酬答，無能更出新義。

正月二十五日，聞有兵差來過。是日大風，心旌摇摇，乃訪小雲於西郭茶話。觀其壁間詩，有押「怕」字韻者，語頗奇。即效其體，率成一首，小雲見和，至於九叠。文多不盡記，略記四句：「儒官不劾胡欲罷，此城雖危切莫怕。」太守偃武方修文，吾輩翰墨自有暇。」它皆類此。榴厓札來詢近作何詩，答方與小雲倡和「怕」字韻。後知誤，乃寄余一律，有「不同燕燭傳書誤，翻似魯魚辨字難」之句。後又與小雲叠和「難」字韻各數首。

小雲處有程春海自書《黔游詩》十四首册頁，藉觀數日。録其七古《遲鶯歎》起四句：「萬花齊放春在枝，萬花落盡春在泥。美人老去東風西，忽聞交交樓角啼。」《修文道中》五律起四句：「映笠見微雨，隔花聞暗泉。鷺行公子白，鶯語小姑圓。」又《春色》七律一首：「一夕東皇駐鳳車，鏤冰裁錦叠雲霞。誰知秋後尋常樹，偏是春來爛漫花。載酒便將風雨到，求詩宜傍水山斜。紫絲步障青蘿屋，何處能藏碧玉家。」略見一斑可也。

花朝後十日，松岩袖詩來談。所有近作七八紙，留讀三日。其「歌」字韻七古長篇，有慨時事，與拙見相同，正可引爲同調。略摘數句：「蠻觸二氏真幺麽，相仇日日尋干戈。鉏强扶弱生乃遂，養莠胡以成嘉禾。方面大吏獨耐事，調停有術殊委蛇。詎知癰潰患滋大，涓涓不塞成江河。」五絶十首，録《晚菊》二首：「何事開偏晚，清霜十月天。莫嫌顔色澹，原不受人憐。」「秋風摇落後，未敢怨開遲。不有傲霜操，馨香君豈知。」七絶十二首，録《元夕》一首：「世故紛紜不可言，滿城人馬日騰喧。漫云去歲蕭條甚，猶有春燈作上元。」又雜詩二首：「愁時襟抱向誰開，三徑荒涼徧草萊。自是春光少分別，年年還到蓽門來。」「百歲光陰東逝波，盛衰榮悴定如何。試看人事朝朝異，更比浮雲變態多。」又《明湖竹枝》，録一：「郎情有似湖中水，妾意應同湖上山。青山在眼朝朝見，一去湖波便不還。」又六言十首，摘句：「但願長歌鼓腹，太平作箇閑人。」「祇以卮言日出，方知物論難齊。」

中春廿五日午後，有暴風自西北來，其色赤，移時乃黄，至夕不止。余有《記異》一首，小雲疊和，俱押「赤如血」。松岩見和，乃云「有似天雨血」，居然獨勝。渠又有七古一首，未能和也。時居危城中，日有風鶴，同人雖有倡和，皆無好句，不備列。小雲寄《見懷》一律：「清明一夜雨，料峭五更風。以我懷君意，知君念我同。松楸勞夢想，桑梓阻兵戎。各有千秋業，相期在始終。」後各三疊。來詩押「戎」字，有云「騷壇論將領，吾子是元戎」，則近戲耳。

《字典》：「篠」字，注：細竹也。引戴凱之《竹譜》：「篠出魯鄒山，堪爲笙。」戴，不詳何時人。余曩作《騶繹山録》，遺此條，當補書之。嶧陽栗後又有鄒山篠，可見山多名村。篠可爲笙，與桐中琴瑟又是一例，並入大樂。壬戌暮春望後二日記。

松岩素不好疊韵，兹獨于《大風記異》拙韵前後六疊。初云：「赤風自西來，有類天雨血。」繼云：「初意在調停，終至於喋血。」又云：「聞道海棠枝，紅點猩猩血。」押險韵益工。載其第六首：「少小好奇服，常慕古人節。敢云渥洼姿，千里方汗血。老來轉貧困，納履踵爲决。性雖耽吟詠，悟處欠融徹。

學之三十年，鯨魚竟未掣。時時一放歌，聊自破愁絶。深愧非項斯，君猶逢人説。」小雲於此韵亦六七叠，「鵑血」「心血」外，又用「雞狗馬之血」，則借作詠史句矣。其曰：「由來鄭廣文，所作稱三絶。」押「絶」字尤工。在鄙人，則不敢當耳。

莫春望日，大風又作，不爲甚異也。朋友倡和，仍多苦語，不縷及也。小雲叠韵《贈花》一首：「雜花滿鄰樹，隔墻香氣聞。折來置瓶盎，一枝持贈君。花意顧我笑，乞鄰復何云。我知有同好，直枉何須分。」後半謬爲揄揚，可以意會。其和風詩結句：「疑有鷁退六，幸未石隕五。」韵脚尤雅。

榴厓病後寄小雲一律，韵脚有「月團欒」「故紙鑽」等字，各已數叠。小雲用「竹檀欒」「燧罷鑽」，切清明，尤工。余用「欒公社」一典云：「鄉人置社不名欒。」時東西團水火益甚，故云。榴厓答句：「橙留老態愧香欒。」香欒，橙名，見《群芳譜》，足見博雅。松岩近作《感事》詩，結句：「何須七擒縱，急爲滅萑苻。」「苻」字韵脚尤窄。余强答二首，用苻洪改姓苻、鬼目草名苻，不免有意牽引押韵而已。松岩乃不更叠，復寄《感懷》二律。記其後四句：「火未然時猶易撲，川當决後恐難防。不圖故土枌榆社，歲歲兵戈作戰場。」

小雲處有王孟亭册頁，自寫其詩三十餘首，字近古章草，小字尤工。詩亦多佳句。查《隨園詩話》中有此人，與小倉爲賓主多時，乃載其詩。僅一句兩句，殆不滿其詩也。兹録其《池上》五律一首：「曉氣侵書幌，清聲動碧荷。起看池水闊，一夜雨痕多。魚换東家酒，書歸道士鵝。緑陰雙柳外，履齒壓烟莎。」孟亭名箴輿。

孟夏黄治山自省中寄來客歲《滕陽紀事》七律十八首，可謂越越多業，不能悉載，弋取數句，略見大意。「叔繡城連古上宫，萬家闤闠九衢通。」「可憐一炬成焦土，賸有長橋挂斷虹。」余不能奉和，乃以自作《哀無宅》三首却寄之。

德平熊少府寄其《病後遣懷》四律，余尤愛其沈着之句：「春去空嗟三月暮，老來轉覺一生孤。當年舊雨親茶竈，此日新愁伴藥鑪。」又寄其《四時遊仙》古體詩四首，飄飄意遠，不可捉摸。後又寄其《索居感懷》二律，即爲和答。

小雲送《牡丹》詩片：「屢次探芳信，今朝雅意酬。最憐經夙雨，祇合伴名流。」云云。余答云：「名花垂贈好，厚意莫能酬。帶雨紅猶濕，臨風翠欲流。」小雲又寄近作，有「縛架延牛嬭，蒲桃名。開樽對鼠姑」句。「姑」字難押，余答以「交逢今晏子，地是舊蒲姑」，聊爲繼聲云爾。

榴厓高齋中乃爲滄州鄉勇借居，渠因寄詩，有賦「同袍講六韜」等韵脚。余與小雲疊和之。小雲初和仍用「集戰袍」「富鈐韜」等句，後乃更疊云：「日暖宜沽酒，身輕不著袍。正思時雨降，果見晚霞韜。」「韜」韵不易變化，余强用人名應之。榴厓又用栢梁體押「咸」字韵三十句枉贈，無能答賦。後見其與松岩小雲倡和七排，乃以排答之。渠復和作，既以排，而又以古。文多不載。

松岩近作六言詩十首，榴厓悉依元韵和之。小雲謂曰疊和六言，在古殊不多見，當自此始，亦大佳耳。余勉效其體，僅得四首。因憶少時在鄒南别業，先兄《即目》六言云：「莜麥花開白雪，高粱米晒紅雲。南陌朝朝驅烏，東家夜夜燎文。」余和句云：「一曲一直沙水，半有半無繹雲。不信丁子有尾，試看孑孓爲蛟。」是乃余疊和六言之始也。先兄詩集自題《詅癡符》，副本尚在行笈，未遭鄒南去歲之劫。

是年春旱，直至四月初旬乃得雨。余爲一律，小雲和之，乃至五疊。載其一首：「應念甘霖降，祈甘願竟酬。倒翻三峽水，洪納百川流。肯爲殘紅惜，還宜大白浮。料知歌既足，處處動民謳。」又句：「燈花都帶喜，檐滴漸成流。」押「浮」字，用「荷錢一葉浮」，尤爲工雅。榴厓和韵亦用「大白浮」，乃不約而同耳。

蘭坡少府寄余二律，摘句：「笑傲乾坤一樽酒，消磨歲月半牀書。」「月色夜澄銀海潔，冰心人共玉壺清。」「丈夫意氣存肝膽，詞客風懷愜性情。」想見襟懷高曠。

松岩贈句略云：「學承濂洛抱遺經，冷署氈餘舊物青。先代圖書悲劫火，時艱何用獨長醒。」榴厓用「咸」字韵效柏梁體見贈三十句，略云：「儒官原不司民碞，無事默坐退思嵒。」「閒從鄴架披瑶函，到眼捷似順風帆。」「興動裁詩脱塵凡，得味豈必在酸鹹。」「净掃百慮仍莊嚴，詎勞佐史與立監。」揄揚不無太過。

長夏無聊，與小雲倡和「郢」字韵。渠已三疊，初云「從來説有燕，繼之書有郢」，次云「願運成風斤，鼻堊爲削郢」，末云「身世已難量，何暇復哀郢」。又疊「蟹」字韵，各三疊，初云「腹疾患河魚，積冷非由蟹」，次云「歲旱望雲霓，私心憂稻蟹」，三云「淹雅如君謨，猶誤認蟛蠏」。榴厓亦和此韵，略云：「水母則目蝦，璅蛣則腹蟹。物理非易知，蹇須受以解。」再和則借作《老女歎》、《盼行人》等篇，與贈答無關，盡爲割愛。

蘭坡寄其《夏日即景》一律，併附及《金陵雜咏》十首，大有哀江南之意，不能疊和，答云：「小弟鄉居，未嘗南行一步，不知江南風景，空中樓閣，無能追也。大作留作讀本可耳。」其《即景》一聯：「竹摇月影簾微蹴，荷浥露光風暗香。」最佳。「光」字犯韵，疑是「華」字譌，未及却問，亦吹毛過爲煩瀆也。

七夕，高杜峰札至，有《懷友》二律。載其一：「何處尋詩侣，牽懷旅夢醒。有情思畫稿，得句想旗亭。海角瀾翻紫，山眉雨後青。定知源水活，筆底粲群星。」次韵答之。于紫溟寄其近作《思歸》八首，亦摘録一首：「久客苦思歸，言歸殊不可。予昔有季弟，於今惟一我。斗禄不濟貧，其家賴舉火。伊余談樂饑，毋乃計已左。」紫溟見余《思歸》四律，寄此以爲繼聲，乃古近體不仝耳。

中元，小雲寄一律：「立秋三日是中元，隔夜人聲水際喧。法鼓金鐃催月上，漁燈烽火照波翻。却疑今夕□何夕，行過前邨復後邨。問俗無由聊縱酒，豆花籬畔掩柴門。」余與榴厓共和之，各三四疊，「元」字韵脚，亦窮于詞。榴厓押「龐士元」，小雲答用「酈道元」、「柳宗元」，皆用人名。余惟押「翻」字用人名「誰將狂態恕虞翻」，文多不悉載也。榴厓成二絶，録一云：「坡老曾經壬戌年，冰輪既望孟秋天。而今游賞無赤壁，對月何妨有賦傳。」是年干支巧合，故爲發咏。余與小雲共和之，各四五疊，至月晦乃止。小雲用昌黎《秋懷》「冥茫觸心兵」句，又疊用老杜《贈衛八處士》韵成一首，結云：「蟬鳴白日短，蛩語清夜長。慨然拈舊韵，心兵獨冥茫。」仝人正苦「茫」字難更得新語，渠又用柳州皇雅「隴野茫」作地名注脚，更成一首。結云：「關陜君莫問，依然隴野茫。」又用柳州《天對篇》「本始之茫，誕者傳焉」二語作一首，結云：「勿令誕者傳，致譏本始茫。」二首韻脚實爲新奇。余因茫係地名之説，查《字典》：茫，州名。唐置郎茫州，在廣西化外。因强押「郎茫」作答，結云：「安得驅群慝，邊州置郎茫。」皆所謂因文造情者也。時聞陝西有回漢械鬥消息，南匪亦欲入關，故不免爲杞人之憂。

小雲偶抱小恙，詩以問之。渠即答云：「經旬未叩子雲居，小疾能閒意豁如。種竹喜逢連日雨，論心聊託數行書。憚行遠役貧非病，淹有高懷實若虛。勵學一編常在手，恍然面目見匡盧。」此韻後亦三叠。

八月朔，榴厓自友人處轉來小兒延斌濟南寓中來禀一封。余用《中元》韻致謝，榴厓又用「茫」字韻見答。略曰：「秉鐸鬲水曲，幽齋積苔蒼。有子露頭角，遠地牽心腸。作室承底法，肯構先肯堂。家書久不至，昨接字數行。知早來濟郡，教克邁義方。聞信暢然慰，似渴逢壺漿。」一時情事宛然。後又叠和數首，榴厓押「光」字，用「施夷光」。余謂西施、夷光自是兩人，疑其誤用。渠乃檢坊刻類書，「西子」名下明注「姓施名夷光」，且曰見《吴越春秋》。余即檢《吴越春秋・陰謀篇》云：「得美女二人，曰西施、鄭旦。」併無「夷光」二字。世俗書殆未可盡信也。又查「夷光」之名，見《拾遺記》：「越得美女二人，一曰夷光，二曰修明。」或即西施、鄭旦之别名，亦可備一説。

中秋榴厓用昌黎《八月十五夜贈張功曹》元韻贈小雲，併以及余。小雲和答，亦强余和之。其中二語即轉處，音節甚難，湊合文多，姑從割愛。惟載小雲起句：「逸氣噴湧如江河，向來無由揚其波。舉頭見月忽大悟，恰是中秋宜作歌。」

高柱峰札來，疊韵見答二首。其前首起、結最精：「不是人皆醉，欣然我獨醒。」「舊遊多白髮，應看老人星。」余即疊答却寄商河。渠署訓篆越四五年，亦遇之奇者，宜其欣然自得。

是年閏中秋，松岩先成二律，録一：「佳節重逢月又圓，清輝不待隔年看。祇憐今夕空中影，特比前時分外寒。仍復開筵同舊賞，依然把酒續清歡。人生遇此端能幾，吟望休辭共倚欄。」友人疊和，余亦繼聲，究難得佳句。小雲和其第二首，亦併載之：「分明把酒雁來天，道是中秋閏使然。與月别剛三十日，如椿重閱八千年。」後不備列。郡寓與仝人倡和，紫溟有句云：「桂秋重閏思前事，松管先揮仰逸才。」渠自注云：「咸豐元年，共賦《閏中秋》詩，乃倡和之始。」

紫溟頃寄示《述懷》一律：「騎驢憶昔走京華，誰道窮途日漸斜。脚底行踪泥上雪，眼前人事雨餘花。殘年白髮猶爲客，老屋青氊不是家。安得買田南澗里，杖履歸去事桑麻。」余爲疊和二首。渠答結句：「自是端陽仙骨異，非關香飯飽胡麻。」重陽郡中倡和，不備列。靳東暘和一律：「已届重陽節，黄花正欲開。登高來約侣，望遠擬傾杯。鄉信何時到，秋風幾度催。插萸忘老憊，緩步且追陪。」彭竹鶴一律：「相逢仍抱病，倍受故人憐。世事悲滄海，詩盟續舊年。傾談唾珠玉，下筆走雲烟。堪憶新豐酒，何殊蓬島仙。」

九日之前，榴厓用太白《將進酒》元韵，小雲和之，文多不載。余以「何承天」《將進酒》三言短篇，勉爲繼聲。二友又各疊和數首，不容剌取，略之可也。憶前在單父，時當重九，燕集詩詳見《嘉慶集》，復有遺句。先君子作九言四句：「有人勸我試作九言詩，我不慣爲風雲月露詞。今日何日兮重九之期，不禁對酒慷慨咏歌之。」其下未脱稿。頃爲小雲言之，不知九言始自何人。渠言所見九言全篇，元天目山僧有九言《梅花》詩。略云：「昨夜東風吹折中林梢，渡口小艇滚入沙灘坳。野樹古梅獨卧寒屋角，疎影横斜暗上書窗敲。」明人楊升庵和之云：「去冬小春十月微陽回，緑萼梅蘂早傍南枝開。折贈未寄陸凱隴頭去，相憶忽到盧仝窗下來。歌殘水調沈珠明月浦，舞破山香碎玉凌風臺。錯認高樓三弄叫雲篴，無奈二十四番花信催。」楊詩如此，其爲九言之始，則未敢定也。存之以見九言難工。

郡寓小雲寄詩，用「自君之出」體十二首，略載一二：「自君之出矣，思君十二時。思君不得見，聊作思君詩。」「自君之出矣，曾無一紙書。生憎鬲津水，不爲致雙魚。」餘皆類此。又寄《秋海棠》二律，自郡回過時，俱未答和。

童昆樨自京都回，道經樂陵，適不相值，留二律。結云：「且把幕囊收拾去，看他苜蓿長闌干。」蓋渠亦挑二等，不得意之作。熊蘭坡自德平寄一律：「涼宵孤坐竹風侵，斜倚書窗月影臨。樓畔銀釭連夜夢，雨中黄葉一秋心。青山不改常如畫，白髮頻搔已上簪。遥憶故人雲樹外，論文何日酒同斟。」又一首有「天階如水碧玲瓏」句，同人叠和，亦無不「玲瓏」者。余用《抱朴》「朱屮蒙瓏」句應之，亦覺湊泊。

《秋晚出郭即目》二絶，小雲、榴厓各再三叠，略載一二。小雲云：「多時不見忘年交，馳騁文壇鬲水坳。笑我閉門風雪裏，恰如栖鵲懶離巢。」榴厓云：「親朋重在幣相交，窘苦搜如杯水坳。唁賀連番勞跋涉，日來未得静安巢。」恰如面譚，未可以工拙論也。余元唱亦附于後：「秋氣荒涼十月交，青松幾處隔唐坳。征人時覺北風厲，指點高梧有鳥巢。」後得雨山信，知鄒縣消息，又叠韵，結句：「何時一戰雷威奮，妖鳥林中盡覆巢。」冬日小雲見余《和陶》一册，其《桃花源詩》因鄒山南有桃源邨作，因曰：「南皮亦有邨名桃源者。」即和一篇，十六韵如一筆書。又復繼作前後四首，文多不載。余僅答和其二，誠知難而退矣。榴厓未和此題，乃用陶《歲莫和張常侍》韵贈小雲，兼以及余。其初稿結云：「里句愧貂續，一覽應粲然。」次和云：「蝸廬可自蔽，豈擬焦孝然。」韵脚極費匠心。是冬叠和「窗」字韵五律，各四五首；「晴」字韵七律，各四五首，摘句附後。小雲：「沙勢迴荒塞，濤聲壯曲江。」「酒醅香氣溢，茶竈沸聲瑽。」榴厓：「柯似珊藏海，泉猶岷導江。」「有懷吟謝絮，無路問潘江。」時松岩久病，故榴詩及之。七言，小雲云：「人酣竹葉探春色，鵲噪茅檐帶喜聲。」「且鬥樽前蕉葉量，不聞窗下凍蠅聲。」榴厓云：「行可携鑪宜火色，詩能擲地作金聲。」榴厓又出《憶梅》絶句索和，原唱「孑然清況憶林逋」，韵脚甚窄。吾答以「多恐山靈客謝逋」，亦各言其情耳。

家藏張稷若詩古文集三册，乃先君子權濟陽司訓時物色得之者，後爲謄清，珍藏之。去年遭南匪大劫，俱燬於火。適於行笥底得賈鳧錫小説，册中見草録稷若《題剩和尚詩後》一律，急録於左。「新詩讀罷奈君何，淚點青衫較舊多。信是文章能作佛，豈知忠孝轉成魔。巫閭別出優曇葉，榼榼頻翻麥秀歌。我有片言難寄語，深慙縷髮尚婆娑。」剩和尚，今亦無可攷，要是勝國亡命之徒。曩草此詩於賈册者，亦以况賈云爾。「榼榼」二字，應出方外語，可以意會，余亦不求甚解。

歲杪，榴厓又出「交」字韵七排索和。記其首四句：「冬烘舊業未曾抛，不覺新年節已交。行夏時應迴北斗，迎春日競赴東郊。」韵各再叠，不具列。又叠和「春」字韵數首。小雲云：「新收一卷《金罍子》，時侑三蕉石凍春。」《金罍子》，前明人著。小雲新得此書，説其中多新説。如《左傳・襄八年》「行李」，「李」字當是「孝」，古「使」字。余以《左傳・昭十三年》别有「行理」字正其謌，附及之。癸亥新正，天氣和旭，松岩寄七古一首：「新正暄暖天氣佳，此似是借韵。羲馭早回東陸車。化工有意作妍媚，一雨百卉争萌芽。柳染鵝黄初弄色，杏含蓓蕾將着花。晴光浮隴飛野馬，曲水抱郭盤修蛇。風和日麗鳥聲變，毛羽何在聞嘔啞。蓬門不出時未幾，春色滿眼來無涯。枯槎老卉亦生意，坐令泠落成繁華。時平盜息民自樂，邨邨社鼓無停撾。而我興來不暇嬾，杖策便擬尋烟霞。更須鑪頭拚一醉，青旗獵獵風中斜。」詩極有氣韵，合備録之。按：麻韵衹有「嘉」字，此用「佳」字引入，究覺假借。余答和仍用「嘉」字，非故爲異也。「嘉」字韵，余與小雲各五叠之，文多不載。或曰「嘉」「佳」通用字，未知所據。

新春值余生日，小雲贈一律，有「年逾杖國人中瑞，學足傳家席上珍」句。榴厓和之，有「壽冠寅階逾亥字，年逢亥歲宴寅春」句，又「門牆樂育三千士，杖履追隨十五春」句，余皆依韵和答。

小雲赴津門應歲試，寓中寄二律。余與榴厓共和之，再答再和。略記其原唱：「大羅原逆旅，鬲水憶詩人。爲寫重重夢，剛逢六六鱗。」又有「一番初過雨，十里待看花」等句。榴厓和藁俱在小雲處，不能記矣。

高柱峰自商河寄一律，中聯：「年華杖國身猶健，風月懷人意倍親。」結句：「且看桃李成蹊日，多少花光眼底皴。」「皴」字韵脚頗難工，余勉和答。渠又叠韵見酬，結云：「偷得餘閒仍著述，窗前松檜自鱗皴。」居然獨勝。

中春，與小雲叠和「辭」字韵，各四五首，弋取數聯。「古調憑誰和，浮名儘可辭。」「人生幾兩屐，世事一枰碁。」又「草元楊子筆，賭墅謝公碁。」「細數乾坤老，頻驚歲月辭。」餘不悉載。余答和有句「今當書亥歲，恰得受辛辭」，尚非假借。

熊少府蘭坡自德平寄詩，仍叠去冬「心」字韵。句如：「挑燈展卷凭書几，掃雪烹茶浣素心。」又寄示《春望》六言四首，録一：「盼想江春梅柳，遥觀海曙雲霞。輕暖輕寒天氣，半邨半郭人家。」六言詩未能和，仍和「心」字韵律答之。暮春渠又寄古近體若干首，其《春閨怨》一首仍似少年作。與「三徑園林應落寞，廿年親友半存亡」感懷之句，不可同日語也。又句：「人無肝膽狂何益，景到桑榆事可知。」「名士飄零寄詩酒，故人迢遞隔河山。」皆如代余言也。

莫春，賀小雲添丁，彼此叠和「家」字韵五律，又暢作七律。榴厓和作，亦數叠。摘句：「纔賀宜男草，旋觀命婦花。」榴厓句也。「賴有宜男草，偏爲荔子花。」小雲句也。餘多類此。又叠和「央」字韵數首，小雲起句云：「欲往從之城北郭，溯洄宛在水中央。漸看春色垂垂老，可歎閒人日日忙。」餞春日，榴厓出「歸」字韵律，余與小雲共和之。

浴佛節日，冷齋無聊，松岩袖詩來談。近作七律若干首，皆從腹稾新寫出者，真乃應接不暇。即口占二句贈之：「撑腸拄腹百篇在，真箇先生不算貧。」漫弋取其佳句數聯於左。「滿徑月華蛩自語，一簾秋影雁初來。」「天地無窮人自老，古今如夢水空流。」「萬里關山秋落木，一窗風雨夜懷人。」「百代光陰原過客，一年節物又重陽。」「驟見霜添楓葉地，始知病過菊花天。」又單句有「得方知書味，長苦饑翻羨」「太常齋照愁，殘月亦無聊」，真乃美不勝收。更記其全首：「敢引詩家作笑端，坐窮竟不免饑寒。逢人虛説長安樂，索米真如蜀道難。豈有文章稱狗監，肯緣口腹累豬肝。管城食肉原無分，一任屠沽白眼看。」乃是不平之鳴。蓋時方有介於懷，可以意會也。渠又有句：「窮來言語都無味，老去須眉盡可憎。」「壯懷已向愁邊盡，睡味偏於老去濃。」皆如代余言。渠尚未老，而善言老，實亦可歎。小雲題松岩詩後一律，用其《春歸》元韵：「覓句真堪消白晝，策勳何必定黄扉。荆璆自秘羞三獻，大鳥終當試一飛。能和郢中歌者寡，應憐燕市酒徒稀。天涯我亦無聊甚，快覩新詩得指歸。」又叠韵兼以貽余，有「得句傳觀知我幸，愛才如命似公稀」句，實非所敢當也。

重午之前，將赴郡送童試，榴厓用柏梁體作七古長篇送行，未能步韵，乃答以七律。首云：「柏梁古調異河梁，送我趨公宜啓行。」結云：「此際有人高枕卧，北窗堪與道羲皇。」渠即和答，結云：「未和狂歌吹律補，炎天鍊石問媧皇。」「皇」字韵脚，竟成窘步。郡寓于紫溟叠和，初云：「安得薰風吹普徧，吹將琴化滿堂皇。」又云：「自是炎官方用事，良辰無復屬東皇。」彭竹鶴三叠之，初云：「何緣絳帳同商搉，五典三墳孜帝皇。」次云：「吾儕只合隨時樂，鳴盛朝陽待鳳皇。」又云：「薄宦詎同王國使，華開原隰賦皇皇。」旋轅，榴厓叠前韵，又贈句：「喬蹤住久成桑梓，何必坰郊咏驈皇。」余更勉答。末句「前身應是馬師皇」，合附及之。

郡寓雨後即目，得六韵律，仝人賜和。于紫溟有「輿地連齊魯，人家想燧巢。濕烟平地擁，濃樹與天交」等句。竹鶴有「野色收黄麥，泥痕漬白茅。詩因酬雨作，錢爲買春抛」等句。竹鶴又用「皇」字韵題拙詩册後一律：「西京古調壓齊梁，詩品幽如陟太行。欲誦新詞先盥露，願申敬禮合焚香。横流猶見蘇黄在，奔走空勞籍湜忙。若把九歌追屈子，湘江渺渺吊英皇。」又用拙册中叠和松岩「撾」字韵七古一篇，文多不備載。紫溟用册中和柱峰「皴」字韵題拙册後一律：「出奇無盡又生新，子美文章信有神。常觀群書多入讀，龍門佳士半相親。與年忽忽過書亥，行樂匆匆宜及辰。聞道秋娘風韵在，修眉猶作遠山皴。」結句戲耳，要不知孰爲秋娘也？

松岩觀拙作小册，題贈二首。録一：「學海汪洋衆派歸，從游十載不相違。五千書卷胸中拄，萬斛泉源筆底飛。藏笥稿多逾白傅，驚人句在比玄暉。會看素律金風起，快聽清談玉麈揮。」原注：「此叠與榴厓贈答元韵。」又寄示《夏日雜咏》六首，余勉和其二。文多不具列。

小雲和余《郡中雨後》韵，前後三叠，押「巢」字。初云：「望月牛方喘，知風鵲喜巢。」末云：「何時徵白起，計日縛黄巢。」時盼淄川消息甚殷。又和與榴厓贈答，其一云：「知是襄陽是輞川，羡君倡和過炎天。異時詩派留盤水，師弟分明衣鉢傳。」榴厓原唱云：「游揚請業侍伊川，盛暑翻如立雪天。」又云：「蠡小何能測大川，微明僅見井中天。」則謙抑太過，使受者難堪矣。

當暑，余有《苦熱》二絶。松岩叠和四首，其一云：「苦憶香醪渴作塵，杖頭資盡得無因。高情遠比蘇司業，時把青錢乞酒人。」前因聞渠家人俱病，稍奉藥資，尚蒙齒及，亦可愧也。余即答云：「瀟洒丰姿迥出塵，麴生風味有前因。何堪此物不常得，五柳對門慙故人。」渠又叠二首，其一：「棲棲書劍老風塵，前世今生悟夙因。縱使夕陽無限好，可憐壯已不如人。」此韵小雲亦屢叠，其押「人」字：「添得清光一渠水，垂竿便擬作漁人。」「此日清溪喬木下，坐來魚鳥自親人。」皆有閒適之意。又作《感事》一絶：「大東何日净烟塵，處處都餘未了因。感時撫事言多戇，自笑憂天似杞人。」時望鄒山、淄水消息甚殷，諸友苦語，皆不復記。

秋日，聞鄒縣東山諸匪漸次翦除，雨山翰博札寄黄總鎮戰功甚悉，余急欲挂冠旋里。冬間，上憲叠催三次，俸滿，看驗左右司目，諸事齟齬，詩興毫無。仝人倡和之作，悉以不入耳之言，來相勸勉。夾入行笥，稿都遺失。

甲子年新正，余移疾已滿三月，俟兒斌雇車，自鄒來迎。潘松岩留别、送别之作，前後八首，録二：「方歎知音少，君歸不可留。春風送征蓋，晚月照行輈。柳惹離時恨，花添别後愁。未知從此去，何日復同游。」一。「我未開筵餞，君翻置酒留。都忘誰主客，彌見意綢繆。漢上題襟在，河梁送别愁。貧交何所贈，高誼竟難酧。」二。張小雲贈七古長篇，起四句云：「駸駸駒隙趨花朝，輕寒輕暖風力調。挂冠人盼板輿至，黯然未别魂已銷。」文多不備載。閻榴厓叠贈五古，前後三首，録一：「思鄉繪鵲華，古有趙松雪。思鄉歸鳧繹，今亦稱高潔。趨庭賢將至，翹足日望南。推轂藉人力，却不須服驂。惟念抵里時，解裝仍爲客。棲喬俟三遷，暫依孟母宅。轉幸燈節過，春暖勝冬寒。况循平安路，非如蜀道難。」三友詩滙載一處，猶見當時交情之厚。浴佛節後，記於鄒城新寓。

歸田後聽翁喜晤贈詩二首，其一云：「我與扶風子，握手同襟期。一别十八載，容不改舊時。嘉我亦未老，歡喜不自持。一日一相見，不見輒相思。」聽翁時與丁司馬壽保相倡和，丁贈渠詩兼以及余絶句六首，余壻董十三午樵用其韵贈余。記其起、結二首：「果然人願識荆州，眼界能將湖海收。若向詩朋誇健者，壓他元白總推劉。」「坡老才名重一時，等身著作富抽思。而今陶令歸來好，林下優游尚不遲。」

聽翁賢竹林煦字伯和，素工詩。和余《鄒城新寓》三首，録一：「獨居無偶歎無鄰，千里而來自有因。終歲奔忙非我志，老年康健是君身。門緣問字朝朝敞，詩不飲茶句句新。更喜清風餘兩袖，辭官願作太平民。」聽翁和作亦記其一：「忽然白社得芳鄰，不失其親在此因。吾輩相看皆是客，人生隨處可容身。無寒氊更難言舊，亦愛廬原不在新。歸去來兮儗陶令，詠歌何處訪遺民。」夏日，又和余《窺園歌》，伯和叠韵前後二首，文多不備列。聽翁見余集諺一册，題二絶：「集諺書成我讀之，老年遊戲亦於斯。開篇穆穆清風起，門外人來聽説詩。」伯和次韵見和，其次首云：「寡聞自愧似童孩，今日相逢何快哉。大抵俗情皆至理，古今雅話一時來。」

中夏，得松岩答函，末有題余札後一律：「眠食近何如，聞君已卜居。深承千里意，遥寄一封書。落月情無極，停雲思有餘。殊勝金錯贈，珍重此雙魚。」榴厓寄和余《途次》絶句十八首，起云：「秉鐸遥來客富平，師資幸得侍周程。下車初課蒙優賞，月旦高評慰後生。」結云：「詩來恰合登瀛數，步韵呈吟到嶧山。料得開緘應念舊，傳郵切盼朵雲還。」十八首中，述頻歲交情略備，更弋取一首：「勵學篇成字字佳，時流那復識津厓。聯珠古體堪尋覓，灝氣中參儷句排。」餘可想見。

適於丁司馬處見新購得一銅章，乃顔登中公名字小印。舊在余家，被陋巷友人攫去者，回首垂五十年矣。今又被犀翁得之。犀舫，丁公號。口占二絶，犀翁賜和。「搜得劉家肘後銅，陰陽配合篆文工。印惟「中」字陽文。相逢最是難忘處，五十年前舊主公。」「一自董帷趨馬帳，傾心燕許大文章。若將璽印論金石，未必歐陽勝濟陽。」聽翁兩叠此韵，初云「知君好古似歐陽」，次云「陶陶君子且陽陽」，略見一斑。余以鸚鵡螺杯贈聽翁，侑以拙句，聽泉賜和云：「君知我欲飲，贈我青螺杯。螺是海中物，君自海上來。君賦歸來袖此螺，袖中有海何妙哉。我飲必用不負友，敢望嘉魚貫以柳。近來君亦知酒趣，不愛止酒愛頌酒。」

夏秋間多雨，聽翁自别業寄近作《敝廬》詩三首，每首結句「雖敝不可少」、「雖敝不可倒」、「雖敝不可賣」，森然見前輩典刑。又寄示《半半樓題壁》一絶，乃其亡孫錫祉遺稿。「來每愆期亦自嫌，天時人事苦相兼。此行若少風雷雨，五日不詹六日詹。」亦附及之。聽翁出其岳翁陋巷顔六先生崇槼手書詩片，乃《揚州官舍贈竹虚入都》七律二首，亦不知竹虚何人也。録存其詩：「片雲釀雨暎簾波，每到離筵喚奈何。九日清樽容易續，三年佳節等閒過。閣中人與黄花澹，湖上舟停名士多。莫漫酒邊添去住，紅兒按拍雪兒歌。」「與君托契廿年餘，客裏相逢慰索居。舊雨交如秋籜減，美人迹並曉星疎。胸中磈磊消難盡，筆低烟雲掃不除。到日燕臺春草碧，千金駿骨近何如？」

聽翁素健，曾有句云：「從來無病藥何須？」今夏偶有小恙，詩以問之，即答云：「相好相知勝自知，呻吟出語又何疑。乘閒下卧如高卧，莫問雲移與月移。常似巨蛩何不可，忘形爾汝見於斯。看來具是維摩病，好借維摩倡和詩。」又《雨中》一律，記後四句：「酒客同誰償酒債，詩人與我有詩緣。吾曹習氣難除盡，借此忘憂且忘年。」伯和次韵云：「有鄰頗有三生幸，求益還求一字緣。願學詩翁常静養，無須丹藥亦延年。」伯和時患牙症，詩以訊之，仍拈「年」字韵，彼此各三叠，疾愈乃止。

犀方丁司馬著有《八千卷館雜存》若干册，余得其詩一册，咸豐七、八年之作。略記其律句：「英雄多末路，親友見交情。」「欲把雄心下，其如傲骨成。」「衝突烽烟剛半夏，勾留海國又中秋。」「無家不識月圓好，多病惟增日暮愁。」「贈友祇因患難成，知己重把文章證。」「夙緣炎涼世態看，應透嶮巇人情出。」更奇。《海洋晚眺》起四句：「獨立對洪濛，雙眸豁遠空。潮聲喧萬馬，帆影渺孤鴻。」《勞山》中聯：「人與鳥争山頂路，客沽魚訪水邊邨。」對似弱耳。「山如太古常時静，水漾微波自在流。」「留客好風來對面，催詩明月照當頭。」又句：「風定雲爲山寫照，波摇水爲月清塵。下句「爲」字宜作「與」。」句不勝録，余爲題二律歸之。

犀翁詩卷中有答和張石渠觀察四首，爲清查鄒地作也。附載石渠原作，其第一首云：「喪亂經年久，遺黎到處逃。田園成瓦礫，骨肉問兵刀。招集新恩厚，提携故土遥。幸聞哀痛語，頻下聖明朝。」摘句：「我亦蒼生耳，同當大劫時。」「到今真儌倖，敢不念瘡痍。」「逭死仍難活，無家漫問田。」「傷心荆棘内，百里斷人烟。」「試聽哀鳴雁，休爲竭澤漁。」「即今安集後，已屬死亡餘。」藹然仁者之言。余亦依韵和作。稿成，而丁公别去。

乙丑開春，值余生日，聽翁寄賀二絶：「伏波顧盼自雄日，如柏如松氣象兼。君過其年十又四，併無雪鬢與霜髯。」「積善人家喜送頻，賀年賀罷賀生辰。尋思眉壽何由介，早爲先生爲此春。」即送酒一瓶。同人和韵皆未若元唱之佳。《人日雪中送舍弟旋里》拙句，聽翁賜和，文多不載。伯和亦和之，約記起、結二解：「客舍何清冷，庭中梅與雪。梅開雪未消，兩兩共清潔。」「兄弟自有樂，圍爐酒不寒。但謀日夕醉，不計沽來難。」聽翁賢竹林共和余《除夕》七言長篇，余亦疊答。倡酬方殷，詎意立春後五日，大雷電竟夕，入夜又雪，居民驚恐，謡言四起，鄉里奔逃。直至清明節前，南匪入東境，又自北而南，由鄒、滕南去。旋復自南而北，由鄒赴濟，兵勇日過，消息孔亟，筆墨事件，束置高閣。間有感時書事之語，都不敢宣泄。四月下旬，烽火稍遠，民得甦息，爲補記於此。

中春，濟守蕭公捧符來勘孟廟工，用阮相《過鄒》元韵，留贈雨山翰博。「宅住三遷故里間，圖書典籍座中環。孟孫世胄稽宗派，博士文名重斗山。」原注：「時雨翁方修族譜。」蕭詩凡三疊，雨翁倩余代答二首，曩未存稿，兹因無詩可記，乃追憶之，當雨山詩觀之可也。「覿面論交傾蓋間，新詩垂贈媲瑶環。初親光霽春來日，詎擬蓬壺海上山。武備宜修君自瘁，遺文欲補我難間。拈毫和韵酬三疊，不唱陽關唱復關。」「索句清吟松竹間，羨君疊韵似連環。當時倉卒爲東道，此日賢勞賦北山。知否石交殊碌碌，讓他桑者自閑閑。由來好辦承三聖，欲正人心第一關。」

去冬《除夕》拙句，伯和、少文又用元韵，自述併見贈一首，合備録之。「消磨歲月空冉冉，可畏何嘗無良朋。疎放既久覺性懶，那復意奮兼神興。常慕長者誠偉望，徒羨人少多英稱。蘭台亦知樂籲俊，棘署空想欽選丞。一枝抱栖爲自得，千里翺翔非云能。夜歌寒驚壓廬雪，曉窗冷呵毫端冰。誦讀渾忘心亹亹，志氣敢謂常淩淩。有時自慙亦自勵，與人何愛復何憎。搶揄鷃雀無多望，扶摇鯤翼欣飛騰。春甕酒熟斟桑落，地爐烹茶誇毘陵。醉後幾疑横江鶴，才學任他得霜鷹。幸逢國運昌明際，家道足有平康徵。試看華髮添多少，新年料比舊年增。」其前作「丞」字韵「小園日涉擬靖節，輞川閒居比右丞」句，尤工。

春夏之交，鄒、滕間又遭南匪，幸僧邸追之，不敢遲留。後有帶兵國帥入城，住三日去。又丁藩亦帶兵勇住宿所有。同人感事之作，悉是罪言，不足登記，亦不敢宣也。麥秋，居民仍復相驚以寇至，紛紛逃避，城中人滿。敝寓迫窄，索居無聊，檢舊作小詩册，有雖多奚爲之歎。惟卷首有友人題句，曩未話及，兹備録之。道光己酉起一册，張小雲題云：「先生君子儒，不僅以詩見。即以詩論之，亦足稱雅善。三載非泛交，一旦初把卷。出語率性真，感時慨世變。忠孝耿蟠胸，友朋如覩面。辨韵與論詩，卓識破俗諺。自酉以及丑，字字手親繕。讀罷重慨然，五年瞥如電。賴兹翰墨收，光景當前現。文字壽無窮，彌覺黄金賤。翁年七十餘，詞場經百戰。矍鑠逾伏波，京都猶研鍊。才高禄不豐，千秋名可羨。韶華鼎鼎來，耄期勤勿倦。」咸豐甲寅起一册，杜小鶴題云：「十年悵分離，千里一相見。開篋出新詩，觸目情不厭。新詩吟何苦，三載紛憂患。欲歸不能歸，感離傷薄宦。舊交嗟零落，深情孰繾綣。託興既蒼茫，摛詞復葱蒨。才擬七步捷，筆横一支健。譬之鸞鳳音，和聲鳴天半。又如雙南金，鑪錘經百鍊。神妙在精熟，原本窮正變。載慰離别懷，殆生觀止歎。」又廿年來贈答詩滙寫一册，小雲題云：「一卷縞紵詞，朗然花四照。奈人十日思，溪山供游眺。李杜韓白蘇，心印而目笑。丹鉛我自愧，無由寫其妙。恍登東岱顛，微聞孫登嘯。移情海上琴，千載溯同調。」

季夏六月，得樂陵友人詩札。閻榴厓二律，其一云：「繹麓盤河兩繫情，緣留翰墨愜平生。魚書珍重來郵驛，鴻藻紛披燦管城。假館居鄒多樂趣，芳鄰接孟有餘榮。安貧素位堪娱老，恬憺心甘白水盟。」張小雲寄詩謝余和陶詩箋，用陶《擬古》第一首元韵云：「高韵和淵明，依依見五柳。從來重善交，誰如平仲久。千里勞贈言，視余爲小友。盥薇讀來章，醺然如中酒。回思侍坐時，春風呼負負。豈無桃與李，花落盈尺厚。矯首望繹雲，應是無何有。」此韵余遵即奉答。適彭竹鶴自商河來訊，即用前韵却寄。秋來得竹鶴詩札，乃五叠，垂贈。録其二首：「遠方貽新詩，澄澹如韋柳。三復觸相思，嶧山悵望久。自承忘年交，風義兼師友。倡和寄詩筒，論文同杯酒。忽賦歸去來，著書寫抱負。良朋遠別離，交情覺偏厚。日長無相忘，高誼惟君有。」又：「大木成百圍，翹然異杞柳。散材既無用，匠伯棄之久。原注：倖滿赴省，不敢膺保舉。車乘招以弓，欲往畏我友。思種洛陽花，恐非建康酒。原注：用《梁書》顧憲事。飽餐苜蓿盤，已將此腹負。爲貧宜居卑，竊禄敢望厚。積中乃不敗，爻辭玩大有。」五首後又寄懷一律：「蟋蟀動秋聲，思君别恨生。遥知遠山客，應有故人情。世味今偏薄，詩懷老更清。不須鴻雁到，近况已分明。」黄冶山自滕縣書院寄示《亂後芻言》五古長篇二十四韵，起句云：「豺虎尚伏莽，川原新喋血。營門隕大星，西北天柱折。」通篇極激昂磊落之致。文多不備列。余依韵勉答一首，後附回文數句，首云：「長山學博，博學山長。」渠原任長山縣司訓，故云。渠後亦以回文相答，稿偶失之。

秋杪，又得榴厓答和前韵二律。録其一云：「一箋千里感深情，韵爲重拈趣倍生。伏日逢庚勞翰墨，炎天敹甲詠干城。烽烟漸净宜詩酒，菽水常餘養衛榮。更幸箕裘延世澤，文壇不負素心盟。原注：併賀歲試世長兄超等。」小雲答詩，又叠去春《送行》七古元韵：「千里思君朝復朝，筆硯塵封墨嬾調。春水纔見緑波長，金風又扇炎暑銷。喜聞鄒魯戎馬息，城門大啓容采樵。雙魚剖得詩一紙，恍然挾我遊中條。」餘不盡載。又叠「友」字韵寄答一首：「先生松柏質，經霜異蒲柳。況乃芝蘭性，秋來香且久。懸車息飛騰，樂與古人友。賜詩韵和陶，其意不在酒。」後幅稱是，余叠此韵寄潘松岩二首。秋杪，亦蒙答和。合備録之。「自號愚溪愚，有如柳州柳。念自分別來，歲時忽永久。夫子略年德，誼實兼師友。心親無貌敬，詎復在杯酒。深知如醴非，酒寒盟亦負。遠道數寄書，殷殷意良厚。感兹繾綣情，顧我亦何有。」次首結句：「新詩寄贈我，詞旨温且厚。不忘貧賤交，高誼古人有。」外又補寄去秋見懷五律四首，録二：「萍水原無定，山川忽閒之。星瞻南極大，書寄北風遲。遠道一千里，愁懷十二時。相思不相見，何以慰調饑。」「别來曾幾日，摇落已高秋。久矣懷三益，徒然詠四愁。嶧山雲杳杳，鬲水夢悠悠。寂寞衡門下，同誰話舊游。」

秋間，南匪又犯曹濟，與鄒相距甚邇。鄒寓諸友日懷風鶴之懼，無復吟興。逮重陽，諸友約登岡山，遊響水閘。聽泉大親翁勉爲回文，有「聽泉聽是聽泉聽」之句。仝人勉和，皆未若出句之善。自是頗復有唱和。聽翁前和松岩來詩，有「時於少游處，得讀大臨書」等句。適得松岩和答，渠復答二首，却寄之。稿悉未及録。

孟冬值雨山博士夫婦雙壽，余用往歲題其雅照步何子貞太史元韵，再叠賀之。郭梅莽仝年視稿，亦賜疊一首。文多，僅記其首四句：「嶧雲奇峰多於夏，鬱勃嶺崎使人怕。秀靈鍾毓出偉人，見山堂裏聲華藉。」「藉」字或摘以出韵，要借韵亦可也。見山堂在渠處已是借矣。梅翁雅不欲以詩名，藉韵詩即借款他人。冬至前三日雨雪，聽翁成五古長篇見示。略曰：「發發飄晝夜，風過有餘響。冷雨變成雪，白如月之朗。我有一壺酒，賞之同誰賞。豈無知心侶，咫尺難來往。幽情雖一心，同心成二想。」余同其賢阮伯和各依韵和之，伯和復疊韵答余一首。略曰：「先生詩之捷，捷於擊鉢響。愛我如子姪，豈止十年長。海不擇細流，山不辭土壤。梅花因雪放，相邀心同賞。」

丙寅新正二日，余初度七十有七。聽翁贈七古長篇，用客冬《壽雨山》韵，伯和、仲宣昆仲各依韵和作一首，少文嫻世台又疊和二首。韵脚各極工，前後五篇，莫有同者焉，摘録於左。聽翁元唱起云：「寒官寒齋最宜夏，寒齋經冬寒官怕。歸來憀借齋仍寒，愧予無毡相慰藉。」結云：「客有賦鶴南飛者，載君南游到田舍。田舍有田倩人耕，仍作仕觀仕不稼。」伯和略云：「先生今年七十七，風流仍不礙醞藉。傳坐節爲初度晨，門外不停俗士駕。高朋滿座皆暢飲，小子比鄰又比舍。種稻可任家人請，研可爲田筆爲稼。」仲宣略云：「先生解組歸去來，文壇不與人争霸。南極老人添海籌，長庚星曜光彩射。轉瞬秋後壽阿翁，願請先生光茅舍。茅舍增光在何時，正待十月納禾稼。」少文略云：「先生今日開壽筵，延客吟詩掃臺榭。笙歌賡和列寅堦，剪燭談經到子夜。我與絳帳作比鄰，只分南舍連北舍。時隨杖履效立雪，硯田筆來常勸稼。」又曰：「海涵地負樊宗師，鳳舉鴻軒稽叔夜。息轍凫繹入詞場，老將登壇不戰霸。先生閒卧八極雲，豪情且策六鼇駕。」揄揚語多不盡録也。余勉答一首。聽翁復叠韵，攄懷亦復叠和，趁韵而已。聽翁又垂贈五古一篇，只得六句，更以簡勝。詞曰：「吾曹相問年，年以君爲最。壽同王安之，可入真率會。爲君賦閟宮，眉壽無有害。」自注：「真率會中，王安之年七十七。」此典最爲切矣。余答云：「元日到人日，日與竹林會。」亦自謂，非泛語也。合附及之。

仲宣令弟季英集《葩經》四章見贈，記其末章：「爲此春酒，洵美且好。酌言嘗之，使君壽考。既多受祉，永錫難老。」僕未能答賦，惟志之於心耳。

一春得小雲詩札三函。小雲叠用「朝」字韵七古長篇，至五叠，愈出愈工。略記其起四句：「佞美不如鮀與朝，侍飲復無曠與調。著棋擔糞俱弗堪，坐令歲月閑中銷。」又云：「去年三百九十朝，閏五月。疾痛疴癢難爲調。縱使形骸是金石，百憂來鑠亦應銷。」外寄《聞雁》一絶：「問訊南來雁，烽烟可掃除。東龍泉上過，應有故人書。」又《感懷》一律：「桃花落水絮辭枝，次第春光悵別離。骨肉飄零亦如此，友朋會合是何時。掃愁那借千鍾酒，寄意聊憑七字詩。又值麥風梅雨候，倚窗情味有誰知？」榴厓亦寄詩三次，摘句：「韵叠三番徵妙手，路經千里可談心。」又：「捷和原因高詠手，摛華不減壯年心。」「每思舊事重回首，最是新詩苦用心。」又寄五古一篇，有云：「連日不暇吟，爲培佳子弟。偶爾成一章，擬古無根柢。」小雲與余俱依韵和之。

縣幕古箕城張茂才傳懋字勉之，辱贈二律，録一：「羨君詩筆媲枚鄒，相見雖遲快此遊。絢我斑斕工組織，耐人咀嚼勝肴脩。頭銜應署八叉手，心境宏開五鳳樓。卅載飄零仍作客，自慙身世等虚舟。」又以《嶧山》二律索和。記其起句：「芙蓉萬叠翠千重，倚杖登臨勢若春。」「春」字韵脚難押，渠用山薑《飛雲岩》元韻故耳。

首夏，季英應郡試冠軍，余賀以二絶。聽翁答和，語近戲耳。伯和亦次韻垂答：「每羡詞鋒掃萬軍，吾曹自愧不能文。阿連得占群芳上，捷足全憑馬服君。」謂新春謬爲閱課藝數篇。聽翁近作《出城看麥》七律，「岡山路入鐵山路，小步兵隨老步兵」，是其得意之句。「老步兵」，渠自謂；「小步兵」，則謂其曾孫隨之步亦步也。伯和次韻押「兵」字，則曰：「唱和連篇詩結社，經綸滿腹墨稱兵。」余和句：「雲開萬里天爲蓋，水長三篙雨洗兵。」「入耳禽言催穫穀，關心寇退且休兵。」

中夏，聽翁令坦張君鑠堂惠贈一律，句云：「人評月旦白眉最，我立雪宵絳帳深。」與榴厓四疊來詩，「千里何妨叠寄吟，一番注意一番深」，拈韻正仝。結用「繡鴛度針」，尤出一轍。答和「針」字韻，自覺技窮矣。聽翁用「垂露懸針」，别出新意。又《夜雨見憶》句：「我爲攄懷曾病酒，君因排悶頗貪棋。」極爲切語。近頗因棋廢日，得此良規，當爲少懲耳。

中伏日，小雲寄到和余去冬《歸來》詩四首。録一：「壯志酬何日，羈棲亦有年。半生憐傀儡，一室老雲烟。懶賦還鄉夢，狂歌出塞篇。未遑身後計，敢望姓名傳。」餘悉同此，聲調甚高。榴厓又附寄五古一篇，文多不悉載，有「静是祛暑方，健是長生訣」等句。伯和自鄉來，示及《鄉居》二律。「漫嫌屋小蚊成市，遠卧場中地作氊」，最爲得趣之句。「氊」字不易押，余和句：「思君妙有姜肱被，念我全無子敬氊。」用古人名字，不能比副，是可愧耳。

夏秋之間，多雨害稼，四鄉牆屋傾圮無算。又有風災，木拔禾偃，居人無聊。聽翁比鄰，時相倡和，悉是苦言，無足紀録。雨窗排悶，仍取陶集過目，《歸去來辭》原叙如代余言。即用其語敷衍爲自序一段，漫書于左。「余家貧，耕植不足以自給。幼穉盈室，缾無儲粟，生生所資，未見其術。已上原文。以鄉舉應挑爲學博，遂見用於小邑。荏苒十餘歲，值世多故，風波未静，心憚遠役。鄒邑去家百里，書院新立，尚缺講席，欲便就之，親故多爲推轂。及少日，當局改易，茫無成説，寓居于鄒，坐閲三載。于是悵然慷慨，深愧菲才，過不自量，當歛裳宵逝。尋别業奴至，亟謀築室，材木乏匱。事不順心，難以命篇，姑煩子墨記之云爾。」因檢陶集附録諸篇有鮑明遠《學陶公體》一首，「清露潤綺羅」句，甚不相類。陶詩那有「綺羅」字？又黄山谷《懷陶》一首，有「司馬寒如灰，禮樂卯金刀」一聯，殆不成句。結云：「欲招千載魂，斯文或宜當。」「當」字韵脚，何得言穩？於以擬陶，真堪捧腹，亦漫記之。

中元節後，又得小雲詩札，疊和去冬《歸來》元韵四首，文多不縷書。榴厓别寄一律：「南薰送到朵雲紅，盥誦瑶章字字工。風雨關懷千里遠，師生結想兩心同。回思午日書曾寄，切盼庚郵信再通。屈指秋颸吹轉瞬，佳音趁早付飛鴻。」余依韵答之。渠來札周至寄問兒輩工夫進益，大兒延斌即用渠元韵押「三紅」、「二紅」等字疊和二首，亦爲附寄。渠答和用「棗林紅」「桂蕊紅」等韵脚。「誼叨陪鯉關情久，節近攀蟾有夢通」，是其佳句。

中秋，值聽翁揆辰。又復避囂下鄉，留詩二絶，有「那有窮人説做生」之句。余依韵和作，皆戲句，不足存録。張麗山用其韵見贈二首，結句居然獨勝，合備載之。「終年碌碌困窮鄉，幸遇詩人引興長。記得寤歌亭畔飲，花陰滿地醉斜陽。」「高卧三年遠世情，豆棚花架倚簷撑。閉門終日無車馬，細雨蒼苔徑裏生。」

會稽司馬君名鵬，字翼甫。遊幕，能詩，來鄒屢有贈答。余投一片云：「我名公字偶相同，姓有單雙譜未通。可許共稱牛馬走，愧非矍鑠僭稱翁。」渠答句云：「馬卿例與馬遷同，截兩爲單譜便通。杖國年高休説僭，放翁五十已稱翁。」後有杜贈二律句云：「天下才逢青眼少，世間情是白眉深。」又：「元亮風情松菊淡，季鷹歸思海雲深。」揄揚太過，殊不敢當。余叠和奉酬：「佐理刑法知政簡，論交道廣更情深。」庶無泛語。重九，渠與仝人登岡山，有詩三首。余與聽泉共和之。

太常仙蝶素所聞，知用香花供養，有時來下。未聞其倏忽千里，與有緣者相會也。茲小雲寄示《題友人仙蝶畫册》元韵一律，有「禮寺久聞清望重，明湖爲訪舊游來」，誠異事也。仙人姓名殊不可得聞，僅相傳明季二太常卿忠魂所化，二百餘年矣。

重陽前三日，聽泉偕仝人登城北岡山。華樵首唱，押「嶙峋」字。和者悉用「嶙峋」，未能變化，有「君也徘徊，臣也徘徊」之弊。余强和之：「爾雅釋山不道峋，岡陵作頌可棲身。」不免貽笑焉。後二十日，聽翁探菊，得句：「日望籬邊七七來，空教習習谷風催。黄花晚節香何晚，展盡重陽尚未開。」旁人譏之，謂「谷風」當是春風，不合詠菊。聽泉又以《小雅・谷風》「何木不萎」自解，云：「谷風不盡當春發，習習三章前後吟。」是亦古人落英致辨，更當仔細吟之，遺風也。頃贈余一絶，結句云：「除却東籬陶令菊，大都晚節不能香。」有慨乎其言之。華樵，司馬公號。

陽月朔，得小雲來函。有《中秋月下見憶》再叠「朝」字七古一篇，未能更答。又示及與榴屋叠和

「柢」字韵五古六首，層出不窮。余僅和其一。小雲前致贈湖穎，余答謝一律。玆和余元韵，有「行見賓筵開八袠，依然客舍用三餘」等句。松岩久不通札，玆寄來二律，其一云：「闊然久未報來章，廿載交情詎敢忘。知己真應稱鮑叔，賞音深自感中郎。已嗟千里離群遠，更苦三秋別日長。慚愧先生詢近況，陸居無屋勝思光。」渠近鬻宅，借寓它處，亦大段窘也。小雲又轉寄膠州周仰山詩箋。仰山與榴厓素交，玆游幕樂陵，與渠輩倡和，因而及余。寄示《感懷》二律，略記其後四句：「宦海憑他矜利涉，家山自昔守清貧。鑑湖饒有優游樂，羨煞風流賀季真。」至以今日騷壇執牛耳者見推，則未免過譽，亦何敢當。時值南匪又入東境曹郡，騷然沸沆間，遑遑如也。答和稽遲，亦自慙無好句矣。于紫溟自濟南寄札來，幸未談詩。仰山，行八，名榮程。

冬日，雨山翰博推轂往滕，教讀於魯君蔚西宅。將赴館，聽翁贈詩數首。冶山寄和《重陽》二首，録一：「風雨過重九，新詩續未能。小園愁庾信，長嘯憶孫登。剡曲雲無際，華陽樹幾層。巋然存魯殿，文獻尚堪徵。」此韵榴厓亦寄和，前四句云：「高年耽翰墨，寫作兩優能。喜接新詩讀，遥祈上壽登。」錦堂亦和：「空有瑯函寄，思君見未能。望迷銀海闊，約負鐵山登。」其次首：「雨洗秋光净，林疎澹月明。寒花開艷艷，落葉逗聲聲。寺破群鴉集，天高一雁鳴。懷人清不寐，惆悵已三更。」「鳴」字韵極警，對似不足。

伯和送余赴滕二律，録一：「師事馬夫子，居鄒已數年。祗因歲連歉，爲覓硯中田。舊友古滕在，新詩葛嶧傳。陽春難再和，有便寄雲箋。」錦堂《見懷》五古一篇、七律二首。五古有「浮生相見難，何爲輕離别」之句，讀之增慨。律句有「遠望華箋傳雁足，新移絳帳寄魚頭」一聯，切魯姓館主，未免近纖。次首云：「冬裘計已换秋衫，屈指霞觴久未銜。弟子傳箋長樂鎮，原注：敝邨舊有此名。主人請業退思巖。緬懷舊别剛三月，不見新詩寄一緘。旅館風霜催歲暮，先生應許挂歸帆。」

松岩寄和余《秋夜懷人》一律：「尺書曾否達關津，憶念偏勞及散人。老去精神尤矍鑠，寄來詩句最清新。懸車君早如韋孟，遁跡吾原似孔賓。孔賓，晉時人。未卜迢迢千里外，何時光霽得重親。」小雲亦和答，併云舊句有「鐵硯崚嶒朝試墨，秋鐙風雨夜懷人」一聯，不意相重，可稱豪傑之見耳。仰山寄詩疊和舊韵二首，録一：「業班何敢擬詩翁，原注：來札有「業同班同運又同」之語。竊幸聲同運又同。劫後詩書如落葉，年來踪跡等飄蓬。我尋盤水仍游子，君客郲城作寓公。漫説雲山千里隔，新詩還望寄郵筒。」榴厓寄和一律，首四句云：「妙句常摹韓退之，不惟全稾和陶詩。三年别緒多新詠，千里離踪憶舊時。」余詩原用「水中坻」，榴厓賜和則用「肉如坻」「庚如坻」，韵脚悉穩，不更録。《館中題鏡千所藏名人尺牘》一律，冶山賜和：「仙樂奏琅琅，明珠夜吐光。昔賢同臭味，當代聚文章。可作吾何與，浮生亦太忙。水天魚雁渺，蹤跡在青箱。」後又疊和三首，載其末篇，有「琴樽陶靖節，書畫米元章」等句。聽翁又贈二絶：「微湖湖外好停驂，端石筆耕苦亦甘。二十餘年宦遊處，樂郊樂土莫如南。」「短羽差池不及群，開樽誰與我論文。相思豈只令人老，吾輩從茲瘦幾分。」

聽翁以舊時憲書一册相贈，即寄一詩云：「丑年一故紙，寅年用不可。借作粘詩册，百當且千妥。隨君之滕陽，寘之硯之左。翻書翻至此，見詩如見我。」丙寅新正二日，聽翁又贈一律：「傳坐佳晨開壽筵，如松如柏更如川。我沽斗酒酬今日，君到八旬再二年。振古相承皆矍鑠，同誰結伴作神仙。董生自負身强健，非曰能之願學焉。」結用成句，出人意表。元韵後又再三疊，不備録。余將赴滕館，聽翁又贈一律：「一唱陽關早報春，後車命彼恨無因。路分南北常相望，腹有詩書自不貧。出口成章誇李益，問年他日過韓紳。幽情豈爲喬遷廢，隨處超然以保真。」伯和亦贈句，結云：「深幸滕陽桃李樹，春風化雨正宜人。」

春初，林亦翁船舫招飲，華樵先成二律。同人和韵，郭梅翁和至五疊。渠俱不存稿。余偶記其一首：「船房高欲跨虹霓，石磴雲梯接玉蹊。禮數從寬恣燕飲，步趨恐後踏鴻泥。初春景物梅花瘦，滿座東風竹影携。不是長卿多逸趣，誰先妙筆試新題。」「携」字不易押。渠又有句「座中青眼人皆醉，燈下白眉杖可携」，似更勝也。是日楊君實亦成《賞雪》二首，不用華翁元韵，有「飛絮一天能化雨，洒鹽徧地不醫貧」等句，同人亦共和之。

閻榴厓自樂陵寄二律：「新歲想芝顔，情縈夢寐間。三年睽杖履，千里隔雲山。眉壽思遥祝，心懷樂賦閒。春風仍惠我，華札望頻頒。」次首有「寄蹤鄰邑近，課讀老年能」等句。張小雲寄一律，有「假館鄒君三載久，踵門滕國一冬餘。撑腸煮字貧非病，苦口談經老著書」等句。又疊和「朝」字韵七古長篇，文多不載。是後小雲又寄一札。清明前三四日，大風雨，繼之以雪，雪深盈尺，漫記以詩。「疾風甚雨滿春城，羈客何人不動情。弱柳忍寒依屋角，落花和雪撲簾旌。十千沽酒愁難醉，百五尋芳待放晴。好趁時餘師董遇，教兒莫厭讀書聲。」榴厓疊答依前韵，衍爲七律，其一云：「披函儼若晤尊顔，千里依然咫尺間。知有深情懷鬲水，傳聞作客近凫山。携家翕聚真堪慰，訓讀生涯半是閑。五朵祥雲欣入手，珍藏直擬百朋頒。」又押「能」字云：「遨遊五嶽力猶能。」殊爲過譽。

余《除夕感懷》，率用鄙諺，有「麥愁胎裏旱，人怕老來窮」句。小雲見之，和云：「詩格難毛舉，禽言與建除。公今搜諺語，予若讀奇書。」又有「漫藉竹醫俗，祇憑文送窮」「跛者難忘履，詩人詎諱窮」等句。秋來小雲患目疾，又和前韵，記其起句：「奉書生感激，千里慰微躬。目未文昌瞎，途仍阮籍窮。」文昌，張籍字也。是年秋，渠應京兆試，又被落，似逢文昌盲目，若爲之讖矣，亦可歎也。夏間聽翁患足痛，數月不出門，詩興亦減。小雲「跛履」句又似爲聽翁讖，有不期然而然者。聽翁秋間園中築一茅庵，題壁云：「一庵庵小小而破，兩膝膝容容有餘。地僻無人尋討着，老夫從此可安居。」又句：「築室在城如在野，窺園栽菜不栽花。」余謂「栽菜」二字似造作不典。渠笑曰：「園丁栽白菜、栽茄子，無一非栽者。此用野語，亦諺之類耳。」相與一笑。又云：「聞歲試題以黄鳥、白鳥分東西場者，詩題惜未用『黄鳥時兼白鳥飛』。」良然。

滕館本在魯寨，春日自城入寨。夏初聞匪警，即又入城。秋來寨中，桂樹盛開，鏡千折寄數枝。余口占致謝，渠即依韵答云：「經秋老桂發清香，聊贈一枝示莫忘。何日歸來常作伴，吟花望月挹芬芳。」文峰索書扇詩札用「絹」字韵，前後各五六叠。冶山見之，亦叠和四五首。各出心裁，莫有同者，略記數語于後。原札云：「久欲求法書，無從得縑絹。□友自北來，贈我新摺扇。」次云：「善書擇錦箋，古稱鵝溪絹。新詩今惠我，不嫌蒲葵扇。」又云：「老石多機杼，不遺刺史絹。叠韵工組織，縱横書雙扇。」冶山和作：「昔有皇甫湜，一字索三縑。亦聞王右軍，百錢售一扇。」又云：「海疆猶用兵，計庸應輸絹。老拙避行役，安居獨擁扇。」又云：「薄宦無長物，兒子免問絹。回憶三月時，春風微和扇。」它皆類此，不備列。

陽月，自滕解館旋鄒，冶山贈別六首。記其起、結二首：「自去長安市，馬卿但著書。卑官餘劍鋏，過客幾蘧廬。敢道人情薄，多於世事疎。良時難可再，此別意何如。」「本是同門友，相逢各暮年。鏡添新白髮，座冷舊青氊。孔炤魚潛沼，哀嗷雁滿天。會銷兵燹氣，共結水山緣。」「人情」「世事」一聯，相知獨切，讀之增愧。又一首：「大有知音賞，休歌行路難。棄捐同敝屣，潦倒尚儒冠。古戍風多厲，晴霄日易寒。舂糧行百里，努力好加餐。」又句：「晏嬰居近市，馮諼出無車。」「何日畢昏嫁，名山待向禽。」皆切境地之言。

旋鄒，卜居倉巷。華樵贈詩：「遊滕今始杖藜回，買得青山逸境開。茅屋由來宜賞雨，薜帷自是不沾埃。」贈答四疊，又句：「喜有佳兒文奪錦，吟無一日硯生埃。」又：「堪娱膝下璠瑜器，莫放花前瀲灩杯。」皆爲大小兒補廪發咏。此韵濟上鍾砥柱叠和六首，佳句甚多，摘録于左。「月有清光風有韵，花無俗艷水無埃。」「半榻茶烟頻炙硯，一簾香篆足銜盃。」「白露蒼葭皆可溯，小橋流水不生埃。」「自涵冰雪文千卷，如飲醇醪酒一杯。」「陽春送暖融雙管，臘夜消寒進一杯。」砥柱時亦解館將歸，余疊前韵二首送行，渠未及答。華翁又寄示《雪夜》詩，句云：「欲撥紅爐烹緑茗，還疑明月上疏寮。寒簷幾輩山林卧，暖帳誰家粉黛嬌。」余有《詠雪》二絶，聽翁和云：「無樹不花到眼前，輕如柳絮白如綿。紛紛瑞雪豐收兆，不管丁年管戊年。時已歲除。」「風動銀花落滿庭，晴雲歸豈少留停。忽來紅日無偏照，不老青山依舊青。」除夕，君實袖出一詩，結句：「獨有梅花增潔白，羡君高格頌好音。」末二字平仄未調，想未及推敲耳。余答句云：「恰是歲除癡可賣，新詩勉和愧庸音。」時有濟南寓客明湖閒眺，用蘇詩《聚其堂》韵寄雨山翰博索和者。雨山近號鐵樵，屬余代和，結云：「自愧平生號鐵樵，實慙城北鐵山鐵。」押「鐵」字，他人不能易也，可爲捧腹。

聽翁於園中作一室，集聯云：「不如工，不如商；請學稼，請學圃。」又一聯云：「采於山，釣於水；朝而出，莫而歸。」其近來風味大略如此。梅翁處多收藏名人字畫，偶觀其手卷一軸，首書「咸淳戊辰」，距今同治戊辰五百年矣。款字難辨，末有圖章業志恪，篆書宛然。又一幅史光斗自書其《魯王畫墨菊》詩，未暇録。因憶吾家舊存前明魯王墨菊一幅，上有「世守魯邦」圖章。兵燹後，不復見矣。又明人書宣廟摺扇六言詩一首：「湘浦烟霞積翠，剡溪花雨生香。掃除人間炎暑，招回天上清涼。」不記誰書。又黄大癡山水一軸，有後人題句，今俱不能記矣。

中春初旬，雪已三番，花朝以後，大雪竟日不止。索居愁歎，適於行笥中檢得潘松岩《愁霖》一首，如代余言。約曰：「雲垂六幕何冥冥，晝夜晦昧無光精。滂沱已占月離畢，開霽空望日遇庚。蜿蜒淵中黑蜈躍，閣閣灶底青蛙鳴。泥潦縱横没車轂，長路欲斷行人行。回憶去歲遭亢旱，民力重困難支撑。竊聞久雨爲陰盛，由來災變無虚生。海氛未靖更可慮，東南繹騷方用兵。願陳泰階調玉燭，災祲消弭風塵清。憂時撫事自歎息，欲言非分還吞聲。」又得其贈聯一束：「商彝周鼎文心古，霽月光風道氣深。」自客歲兵戎不休，久無來札矣。不知近作何語也。

冶山寄到《元夕》二律，乃呈縣尹者。記其末四句：「曾看鵝鸛縱横處，盡在魚龍變化中。見説琴堂清暇甚，尚勞安輯念飛鴻。」余依韵和答。渠又寄《題八美圖》七絶，未能繼聲。縣幕張勉之爲《老態》詩八首，余勉和其二。華翁自作《老境》詩答之：「快馬輕刀少壯時，如今老態遽支離。身緣力弱衣嫌重，眼借光明鏡不辭。未必廉將軍可用，果然疏太傅堪思。吾兒禄養知何日，笻杖山中好賦詩。」即爲記之。

聽翁寄示《小茅庵遺懷》一律：「閉關久與世情疎，節儉傳家不忘初。年近八旬敢言老，園開半畝可安居。爲饑寒計常爲圃，雖子孫愚亦讀書。誦到考槃三永矢，吾尋吾樂樂何如。」勉之用華翁韵賜題，近作一律：「胸無渣滯絶塵埃，佳句如濤滚滚來。九老耆英推上座，千秋著作仰奇才。門前緑蔭新栽柳，卷裏香含舊詠梅。我已拳拳膺服久，陶然願獻壽三杯。」華翁元唱即用「耆英」等字，皆過爲推許耳。

莫春，雨山翰博處木蘭盛開，同人聚賞。雨山招老友七人爲七老會，各賦詩，不俱列。余以年近八十，乃裒然居首。王立堂、李笏堂輩皆七十餘，郭梅翁與雨山年俱六十有九云。黄冶山札來，以未與會爲歉，補作《賞木蘭》一律，外又寄《題畫》二絶，漫爲記之。「皤然雙鬢各成絲，舊夢重尋定是癡。獨有畫中人不老，相逢猶似少年時。」「落花任付水東流，空谷無人結好逑。我是夢中卿畫裏，息息六十五春秋。」

秋日，新城耿君春卿來署鄒訓，示以里人趙女節亟詩册，佳篇不一。耿有句云：「矢志不移本至誠，凛然大節重前盟。」又：「就義從容非慕義，捐生慷慨豈輕生？」它作亦皆此義。淄川高曉山煥峰爲作序，駢體極工。即録一通。「蓋聞從容就義，志士爲難；慷慨捐生，壯夫罕見。矧深閨之弱質，更貌秀而年芳。纓雖已繫，充耳莫識乎尚瓊；琴猶未張，貞心詎明乎誓水。豈知奇出意外，烈忽在垂髫待笄之人；行異尋常，事更居割髮截耳之上。是誠往昔所未聞，近今所罕覯者矣。爰有桓臺趙女，許聘於陵李郎。齒周二八，受教有年；期請三秋，于歸有日。不意紅鸞方卜，黄鵠已歌。多愁公子，荏冉終天；薄命佳人，呼號無地。當夫鞠凶初降，夫家猶秘不以聞，及夫訃訊突來，女心切恨不能往。悲憤無聊，誓欲覓死，防邏偶懈，遂起投環。不意初縊救甦，再縊懸絶，咸曰人生皆有命。然而議嫁弗從，議守弗應，惟知就死乃合天。特以防維愈密，遂爾巧計潛生。對慈親而强笑，冀合家之無猜。聞媒妁而竊嗔，因乘間以畢命。此生偷生，何如捐生而就死。一死再死，遂至三死不復生。於時暑日方炎，蚊蠅遠避，經夕方歛，肌膚猶温。玉容毁玉，生氣凛凛直如生；香骨生香，死心耿耿常不死。循故主於九原，幽冥永聚；貽芳名於百世，日月争輝。於時藝苑騒人、詞壇墨客，競抒藻思，妙製鴻辭。聯佳句于瑶函，表徽崇善；揚芳徽于彤管，振靡起衰。愚鄙而無文，拙而善病。俗未滌腸，敢云唾生珠玉；才乏作史，何知字挾風霜。然而慕義有心，表章爲志，秉兔豪以揚輝，竟忘固陋，附驥尾以並顯，是所竊欣。」高叙如此，極爲詳悉。余即勉附一首：「歎息女貞木，翹然獨出群。此心常默默，他説漫云云。受聘終無改，殉名夙所聞。難忘慈父母，來世報恩勤。」私謂未及于歸，終屬賢智之過，決然一死，使其父母難爲情耳。補出欲報之意，庶幾它作所未有。

陽月，彭竹鶴來札，知逆匪夏間往來商河者十一次，幸城守尚嚴，巍然獨存。而丙寅年所寄來函「不知浮沈何處，寄書常不達，况乃未休兵。」正此時事，誠可歎也。渠來詩二首：「鵲噪帶歡聲，書來自友生。亂離愁我警，思念見君情。佛劫真堪歎，妖烽幸已清。泮林得無恙，雙鯉報分明。」又：「問訊最詳明，蘭言字字清。鶯遷勞遠望，燕譽爲關情。桃葉未曾詠，桂枝何自生。冷官宜病體，不願弄琴聲。」適樂陵閻榴厓亦有來函，知棗林無恙，可慰遠懷。

家藏漢兖州刺史楊叔恭斷碑一角，碑陰模糊已甚，惟邊際尚存「元盛叔舉」四字。前拓碑正以贈南皮張小雲，渠以未得碑陰爲憾。今秋適有商河捶碑工人來，即全拓寄之。陽月得其復函，併詩二首，亦用彭竹鶴韵：「驚心畫角聲，虎口脱餘生。重奉珠璣字，彌增故舊情。關山愁晤對，河海幸澄清。聞道喬遷處，書窗凈復明。」又：「因風便寄聲，即此見平生。千里驧山路，三秋鬲水情。漢碑文自斷，郢曲韵逾清。不待開函讀，已令雙目明。」

冬杪饋歲，冶山用醬園瓜肴，甚佳。余口占「瓜」字韵致謝。冶翁還報云：「餘論何嫌惜齒牙，浮名枉使世人誇。東陵自擲千金印，祇傍青門説種瓜。」余笑曰：「教官那有千金印？」此揄揚太過。且吾並無種瓜之地，事亦大難。若解組之説，賤者雖自賤，視之若千金可耳。「瓜」字韵，次年又三叠之。

八年己巳，余年正八十。林亦翁贈聯：「志在著書辭薄宦，性因好静自延年。」聽翁贈聯再三易稿，不悉記。雨山贈聯：「矍鑠是翁，過伏波已十八載；歸來未晚，覺陶令亦尋常人。」余自作《初度》詩三首，自歎而已，概無足記。舍弟贈聯：「受福孔多，逾稀齡已十年，身猶矍鑠；履端伊始，過元旦纔一日，景正舒長。」合附及之。

中春，魯鏡千答和二絶：「泉沃東陵普種瓜，便便腹笥自堪誇。菜根淡薄無滋味，持贈何期於易牙。」「禮經八十享常珍，頤養天和樂性真。願祝百花生日壽，恰當二月已中旬。」渠押「瓜」字亦用「東陵」，又加「泉」字，照「東泉」之號，益顯明矣。詩來正值花朝，惜吾老矣，何能與群花共爛漫哉。

莫春，華樵將回濟南，留別同人八首。其一云：「正是昇平世，剛逢逸樂時。歌翻清夜曲，局變一枰碁。荐賦垂青眼，傳經有白眉。交情如水澹，何以慰相思。」又投余詩前後四首，摘句：「文追庾艷言言妙，詩逼郊寒字字新。」「林宗座上言歡洽，和靖園中燕集頻。」又：「雲天深見老人星，屋小於舟惟德馨。」「藝苑之中眉獨白，風塵以外眼全青。」余各次韵酬答。立夏次日賦别，竟去。

歸田六年，久不得熊少府蘭坡消息。適聞其近況不佳，未知果否？檢舊書札册，前得蘭坡詩凡六十餘篇，古近體皆翹然出塵，浮沈下僚，誠可歎也。再鈔其數首。《春江雨》云：「雨微微，烟霏霏，桃花夾岸絮花飛。澄江瀲灩濃雲濕，遠峰縹緲緑陰圍。西巖漁火暗輕霧，斗笠孤篷滴未住。乳燕迎風酒旆飄，盪漾扁舟楊柳渡。」《河畔草》云：「草青青，水泠泠，古道天涯長短亭。河畔橋邊明夕照，落紅點染襲芳馨。暮春時節江南憶，紫陌青溪添秀色。詩人夢繞客魂銷，雨絲風片度寒食。」又《冬夜偶筆》一律：「廿年佳節滯他鄉，梅蕊初開客思長。歸夢每過黄葉寺，故園遥憶荻花莊。江湖涕淚餘詩卷，花月情懷憶酒觴。歲叙驚人嗟老大，一天風雪夜蒼茫。」又枉贈一律：「兩載騷壇結夙盟，自慚俗吏誤微名。丈夫意氣存肝膽，詞客風懷愜性情。月色夜澄銀海潔，冰心人共玉壺清。有時驚醒關河夢，惆悵天涯涕淚傾。」己巳夏五廿有三日，鄒邑新寓漫筆。

季夏，得小雲來詩二首，録一：「四載違函丈，心儀寶漢齋。詩篇逾老健，近况倍清佳。三徑應栽菊，雙扇孰叩柴。相思不相見，百念總成乖。」此係叠和原韻之作，未爲甚工。榴厓則久無和章，「寄書常不達，况乃未休兵」，杜句良然。

自往歲雨山處爲七老會，期年之間，已少其四，徐、陳、應、劉之感，何能？己巳冬杪，叠《題七老圖》元韻又成一首，惜無和者，附記于此，文繁可弗録耳。

庚午元日，楊筠石袖詩來，垂贈二律。録一：「羈棲三載又逢庚，回首難追過客程。一寸分陰争燭短，百年人事靄烟横。多栽紅葯君門廣，爲掃纖塵我夢清。柏酒屢斟追絳帳，里歌遥唱賀元正。」後又叠和再三，有「烽烟盡掃留真跡，凡卉消除見素情」「羡君桃李盈門秀，旅客難酬冷世情」等句，自寫懷抱，語甚多，不悉載也。

憶嘉慶庚午，乃余得副貢之科，距今六十一年。重赴鹿鳴者，概無一人，甚可歎也。適讀放翁集多有八十餘詩，因集其句，如代余言也。即書於《續詩話》册後。詞曰：「寓世八十年，高卧頗自喜。竹籬茅屋真吾家，緑秧分時風日美。得意翠木清泉間，吏不到門人晝眠。苦心自古乏真賞，顧視解組如登仙。野氣川雲净如掃，客中得酒薄亦好。驅除二豎走三彭，不知何以致此老。一生衣食囊中書，眼前故人死欲無。莫恃心腸如鐵石，狂歌痛飲豪不除。人生富貴本細事，春愁茫茫塞天地。笑拂吴箋作飛草，洗我堆阜峥嶸之胸次。」

東泉詩話續册第四册

雜識

同治辛未，余年八十有二。自知衰老，平昔筆墨，皆束而不觀。暑月晒書，於故書夾中得舊竹紙一帙，乃三十年前亡友愛泉三兄所贈，寫《詩話》之羨餘也。渠作古後，遭南匪之厄，其家蕩然無存，而此素帙尚留敝笥，亦可歎惋，乃奮欲更作續册，以答良友之意。知交寥落，苦無詩可寫，隨手雜識，茫無倫次，聊以消日云爾。

鄒諭郭梅翁，城武縣人。余從弟星壁選拔之同歲生也。作古歸去已數年矣。余壁間仍懸其賀余第二兒完婚屏幅，乃同治丁卯年作也。其詩曰：「一片彩雲耀眼紅，三千朱履喜趨風。猶龍門下乘龍快，雛鳳簫邊引鳳工。我輩冬烘歡欲躍，君家春酒釀須豐。書成博議鴻才展，飛上鼇山第一叢。」其「猶龍門下」句，謂小兒乃李笏堂明經之壻，尤爲雅切。

客冬潘松岩寄詩來，五律一首：「事往已如夢，君猶念昔歡。去書何日達，來札幾回看。且喜人無恙，堪驚歲又闌。迢迢千里外，此别會應難。」又補寄其前年寄緘未達之作，七律一首：「爲問東泉老居士，比來眠食復何如？欻驚遠别三年久，又是流光二月初。盡室杜陵常作客，華顛麟士尚抄書。

離心不限齊滕路，千里相思共望舒。」又寄《惜春》一首：「衰翁一倍惜芳菲，又見風前柳絮飛。明鏡但能生白髮，長繩那得繫斜暉。花殘也似佳人老，春去還如倦客歸。惆悵少年多少事，而今回首已全非。」松岩詩各已裁答。續得榴厓處訃聞，知榴厓抱病，自春夏間不起，故久無詩信。

今歲開春黄冶山寄到與楊筠石倡和詩一首，即爲轉送楊處，詎知楊已歸道山。詩留敝處，爲記於左。「浮生無分住山溪，琴鋏隨身東復西。恠事書空看斷雁，壯懷起舞憶鳴雞。貧如原憲誰同病，悟到莊周物本齊。天氣正晴人意好，春風催促早鶯啼。」夏間余寄冶山一函，詎意渠亦作古。余即叠「啼」字韵挽之。檢冶山來詩，自去秋甚希，僅和《自嘲》「禪」字韵一律。「無計學仙與習禪，厭隨商賈嬾耕田。譬如捕鹿渾成夢，縱不得魚早忘筌。彈指任消閒日月，揮豪猶詫落雲烟。來朝朔已逢長至，可喜新春入舊年。」冶翁來詩乃止於是。筠石在鄒，去歲多病，倡和不乏。檢笥中存其叠和「天」字韵二律，合備録之。「幾回説破鏡中天，夢裏三生石上泉。未熟黄粱都勝境，怕彈古調悟餘絃。一門睦貧爲福，異代浮名稿未全。同興秋思感杜老，衣冠預卜有開阡。」又：「人過中年怕問年，光陰聊度小春天。吟詩懶鬥尖叉韵，聽月渾忘絲竹絃。夏不耐炎貪卧榻，冬尤向暖浴温泉。何時得遂歸鞍志，漫卷詩書喜越阡。」結句牽於限韵，不必盡工，所貴心知其意耳。

開正，逢余初度。董聽翁寄賀一首：「辛年傳座日，黎明亭臺掃。絳帳開壽筵，杯盤羅梨棗。高賢來二人，謂學博。行彼扶風道。我亦步趨之，隨班瞻文藻。阿由解尊賢，見善無不寶。鄰翁亦齊來，來祝矍鑠老。老人年幾何，壽恰如梁灝。兩耳無不聰，眉須無一皓。豈止生滿百，上壽天亦保。先生聞此言，説我善頌禱。酌我十餘盞，我醉醉欲倒。既燕又思之，來年來更早。」余依韵勉答，文多不具列。「阿由」，謂其從弟羡門。

笏堂作古，倏已三年。頃二兒延洪往省，其岳母屬爲搜羅笏翁遺墨，可當碎金。得一詩片，款署「復初道人」，想是笏翁舊友，但姓名則未聞耳。詩首句不甚可解，原箋即録於此。《六十述懷自嘲擬邵子首尾吟二首》：「六十無能且讓先，擁書閉户意悠然。已成大拙不思巧，未到如愚敢望賢。盡日掃除心上地，隨時涵養性中天。癡聾儘有中和旨，六十無能且讓先。」其一。「閒從静裏悟全真，孰是榮華孰是貧。心地有天皆化日，性天無地不陽春。渾成樸素齊物理，淡掃繁華遠世塵。白尚有知黑應守，閒從静裏悟全真。」其二。笏翁應有和章，惜未留稿，即此當笏翁作觀之可耳。首句難曉，次首「華」字重見，應是未定稿也。雨山博士處存笏翁尺牘四五事，皆談堪輿者，余素所不解，無能采録。今雨山作古，筆札亦無復見矣。

往歲濟南府學于紫溟寄二絶句來，冶山索觀，即以原札與之。兹記其原詩：「一年又過一年春，白首龍鍾近八旬。只爲濟南山水好，因循仍作未歸人。」「壯遊豪氣未全除，老景蹉跎尚自如。堪笑季鷹歸計早，匆匆只是爲鱸魚。」以張翰相推，亦何敢當？歸來八年，蓴鱸之味殊亦蕭然，可愧之甚。

冶山去年來札，有抄示洪大令《自題小照》二首，友人傳觀，今覓不得。聞洪已撤任，詩更無處覓矣。念洪在樂陵，同寮數年，全無贈答之作。余初到樂陵，時大令則河南宗五小棠，少年進士，每見輒談制藝，口誦馮詠，有司莫以告題文，深以自警。後升任去。余後再到樂陵，屢經明府，不可一一數。

惟李公念兹有贈聯，亦未能詳記。少府童一心畲曾爲書扇，今尚存。渠知我將挂冠，所録詩乃鄭板橋句，結云：「惟有尊罏堪漫喫，下官亦爲啖魚回。」聊復記之。

余在樂陵得慶雲崔君旭《詩話》二册，中有「馮海棠」「顧秋柳」一條。末及余先君子《繹山》詩用百二十「如」字，趙鹿泉目爲「百二十如山人」，敬爲録出，不知渠何所聞也。旭字曉林，嘉慶戊午鄉榜，仕籍余亦未能詳。其《詩話》載吾鄉人不乏，有霑化李心田一段。心田名維，乃余癸酉同榜者，惜未及談詩。崔所載非心田自作，乃其邑前輩蘇君詩也，更無容贅書矣。其載濱州杜丈石樵《懷柔道中》作：「昔我經行麥始芽，今來已是菜生花。鵓鴣遷樹午聲暖，蝴蝶繞畦風影斜。百日春光爲客過，一川烟景向誰誇。臨橋照見星星鬢，欲借南流送到家。」它不備録。

章邱宗人濟川公名汝舟，乃余叔父庚申恩科同年也。著有《詒穀堂詩稿》。七古一首：「生不願封萬户侯，亦不願識韓荆州。更不願爲漢嘉守，載酒或作凌雲游。但願必得佳子弟，琪花瑶草盈雙眸。陶令亦有五男兒，駑駘偃蹇非驊騮。燕山金粟香風度，亭亭五桂高千秋。楊家黄花啖黄雀，四世五公參廟謀。逌然忽發蘇門嘯，十二闌干人倚樓。」此詩亦見崔君《詩話》，但遺其題，題當爲《勗諸子作》也。哲嗣紹緩，爲潞安太守。

余於友人處又借觀魏實臣先生《東魯小草》。魏任觀察時，往來單父，與先嚴談藝，最爲合契。渠手書《曹南道中》詩二首索和，先嚴各依韵和之。原札時爲珍玩，後遭亂失去。今得原詩，頓復舊觀，即録於左。《三月三日曹南道中偶成》：「茫茫古濟陰，按部我行野。山虚陟景員，俗且問曹社。居民果園稠，時惟暮春者。桃花梨花邨，到處矜婭姹。徑穿雪香中，映帶紅雲下。牛宫菜繡畦，鱗屋柳飄瓦。已覺泠風和，但少甘雨灑。振窮或攀轅，勞農還駐馬。蓬心增煩憂，芳序足陶寫。罷詠曲水詩，鞅掌歌《小雅》。」又《曹南書懷》七律一首：「驚心插柳徧千家，渺渺曹南水一涯。片段雲生寒食雨，三分春到小桃花。翳桑定有饑人夢，塞瓠猶傳使者車。記得流民圖鄭俠，争教緇鬢不先華。」後又寄三首。《五月十五日放舟獨山湖》一律：「獨山湖外水雲寬，萬頃烟波不見端。此日登臨行役慎，古人忠信涉波難。清風送客雙帆飽，細雨催詩五月寒。白浪粘天休依柂，芦灣深處是平安。」又《月夜舟行獨山湖》一首：「舟子夜語喧，好風旗脚轉。一帆不得泊，俄頃截湖面。□水空闊間，瀁月如曳練。洗浄纖微雲，涼露滿空濺。中央大圓鏡，遥山青數片。宵泛景絶奇，平生所未見。失道問莫膺，曲折誤洲淀。且停芦邊撓，頓覺塵慮遣。」又《魚臺舟次觀刈麥》一絶：「香吹餅餌暖風薰，山下人家笑語殷。相約横鐮趁晴色，輝輝新月卷殘雲。」右五首皆魏公詩。魏印成憲，仁和縣人，著有《清愛堂集》。

因憶先嚴在單父任内，凡經三考。同官初乃河南楊乂山先生名續，時與處最久，交情亦最厚。時余兄弟同案入學，先生贈聯：「驚座文章誇二宋，冠時名譽繼三蘇。」後卸仕，求先嚴爲其尊翁作墓誌。

癸酉秋，曹定教匪滋事。大令乃江右藍公同謀守城，藍坐上有相士，一見先嚴，即賀曰：「喜氣滿面，必有吉祥善事。」藍曰：「世兄輩方應試，必有中式者。」渠曰：「皆中矣。喜氣充滿，無少缺陷。」既而愚兄弟同榜獲雋，守城者聞之，亦相恃以無恐。

單縣年丈劉暘谷先生，素有詩名。在單前後十餘年，惜未得其近作。猶記先嚴説初膺鄂荐，時公會並請座師，師乃江右劉金門先生。晹谷到時，金門喜曰：「此萬丈奎光也。」仝人共爲欣然。由鄉試詩題《試院煎茶》得「蘇」字。晹谷詩起句：「萬丈奎光裹，茶星入望殊。注經原是陸，知舉更傳蘇。」合爲記之。

太高叔祖明季超貢利賓公手書遺詩一卷，素所珍藏。嘉慶時，南崧師續刻《山左詩抄》，先嚴即命録副本送郡中。既選，後原册未蒙發回，今遭捻匪大劫，詩集無存矣。去歲大兒館池頭，從族衆抄册得利賓公《平山行》一首，顧遺其題。余記題下有「同孫繹侗共登」等字，不然，則詩中「兩人相對」及「孫子爲吾歌」句，不知誰屬矣。原詩録後：「終南之高摩青冥，仕宦捷徑羞山靈。峨眉之横信奇絶，長蛇猛虎吮人血。此山不高亦不長，無名太璞古文章。春來芳草連天碧，秋至横雲帶木黄。娱耳管絃山鳥哢，襯鞋狼籍野花香。古徑荒僻人烟少，殿廡傾欹任空王。何時誰種垂楊樹，清泉東西兩相望。緑蓋藏陰明鏡影，但看日夕下牛羊。牛羊便利逐水草，不似農人缺糈糧。四海干戈填北斗，草莽滿眼任窮荒。兩人相對意仍賒，山靈水伯任行藏。可以上山歌白石，可以下山濯滄浪。山不在高士自貴，千秋是非面生光。環顧兒童長太息，此曹或可見平康。此時孫子爲吾歌，赤壁之賦叶宫商。風月無盡取不竭，肯與時人角短長。平山無崩弱無死，氣類相關正如此。隨驢大笑同希夷，能樂何必不樂饑。」按：此詩首句七字俱平，後不復用一句七仄者救之，亦不爲世俗勸説所拘束也。惟「長」字韵重押，則後幅「角短長」三字，應是「較低昂」之訛。傳抄訛誤，所不免耳。

偶閲明人所著《尚古類氏編》，有吾魚邑大令宫公一條，云：「宫志，永樂間魚臺知縣。爲人廉能，善於撫字。後以秩滿，邑人再四奏留之。」原編僅此數語，未詳此公何許人。又「奏留」句，亦似有誤。邑人何能奏留之？或明制有此例。此條足補吾邑名宦，不知邑志有此人否。吾家舊存邑志，乃先嚴手校增益本，劫後無從尋覓。利賓公《平山行》似已載邑志者，今亦不能確記。後人修志，要當采入。

余按：宫姓在古甚希。《後漢書・襄楷傳》後有一宫崇，琅邪人。詣闕，上其師于吉於曲陽泉水上所得神書百七十卷，號《太平清領書》。此事甚異。于吉弟子亦方外畸人，而《類氏編》遺而不載，固知此等書詳備爲難。

少年曾有《兩漢人名記》一編，於山陽湖陸僅得二人。其一度尚，字博平，事母至孝。家貧，爲侯覽視田，仕爲上虞令，遷文安令、荆州刺史。後以破長沙、零陵賊功，封右鄉侯，爲遼東太守，戎狄憚威义。一人單颺，在《方伎傳》。颺謂黄龍見於譙，其國當有王者。魏郡殷登記其語，後果驗。吾邑志當録此二公原傳。又按：鄭樵《通志》「漢碑録目」有荆州刺史度尚碑，注云：「未詳。」而洪氏《隸釋》備載其文。首云：「其先出自顓頊，與楚同姓。」應自有據。《元和姓纂》但云：「度姓，古掌度之官，因以爲氏。」語殊泛泛。吾邑後有重修志乘者，當以《後漢書》本傳與《隸釋》碑文俱詳列之，不可忽也。

鄒諭自梅翁去後，署篆張君印還午，字宏遠，濟陽人。去年有瓜代消息，余爲《惜别》二律，渠即答依元韵。既聞瓜代者已故，又其喜其復留，復用元韵贈之，渠亦叠答。稿粘壁間，多爲蟲蛀，僅載其第一首：「人生最苦是離群，莫定萍蹤我亦云。借箸平陽成故事，置身洙泗懔斯文。頻承笑語情殊密，屢接衣冠袂忍分。滿座高朋皆雅望，年高德劭孰如君。」

濟陽前輩張蒿莽先生文集三卷，余家舊藏者，今無處尋覓。鄉因其詩中有難解之字，録出一首，併記於此。蒿庵《題剩和尚詩後》七律一首，剩和尚今亦不知何人也。其詩曰：「新詩讀罷奈君何，淚點青衫較舊多。信是文章能作佛，豈知忠孝轉成魔。巫閭別出優曇葉，榼榓頻翻麥秀歌。我有片言難寄語，深慙縷髮尚婆娑。」「榼榓」二字不解，想出仙書。

余癸酉科座師正主考當塗黄左田先生。丁丑先兄見背，嫂孔氏自縊以殉。余走京師，蒙左田夫人賜作「烈婦傳」手書横幅，後即裱爲一軸，時加珍惜。近亦遭劫火，印册板本俱歸烏有，可勝悲感。

余平昔於抄報中得左田謝表前後三篇，備録於此，以志景仰。「嘉慶二十四年六月謝表。户部尚書黄奏爲恭謝天恩事。六月十六日准軍機章京趙光禄至臣私寓齋，奉殊諭：『伉儷之情，自難强抑。然卿已逾七旬，氣質初非十分强壯者可比。矧天時暑熱，只可於無可如何之中，節之以禮，切勿有過哀傷。總之，國事爲重，倚任方深，務加意自重，永保康强，佐朕以襄上理，朕實有厚望焉。欽此。』臣跪讀之下，感激零涕，不知所措。謹率臣子等伏地碰頭，當求軍機大臣據情奏蒙聖鑒在案。竊臣蒲柳之姿，蓬廬下士，遭逢隆盛，沐浴恩波。侍直禁庭二十三載，進無獻納經綸之績，退乏文章報國之才，徒以濫叨寵榮，躐躋卿列，惕思隕越，逾分慙惶。皇上御極以來，鴻施叠沛，簡畀之任，不棄顓愚；封麐之榮，遍叨五世。暉光所照，夢寐常驚；頂踵捐縻，露塵奚補。兹臣以妻喪請假，乃復曲荷聖慈，手勅親宣，過蒙矜恤，憫其羸老。值此炎煇，命援禮以節哀，俾保身以副望。洪恩出於破格，渥澤及於九原，自顧何人獲兹異數？瞻天拜命，踼地銘心。伏思臣一介孤寒，謬膺顯職，敢存問舍之心，惟仰如天之覆。昨以闤闠近市，賜宅宸垣，移家則方待經營，盡室已交欣團聚。而臣賃舂甫免，舉案無緣，猥因荆布之私情，乃致絲綸之俯賁。此則三生感泣，撫井臼而猶存；白首銜恩，顧桑榆而恨晚者也。惟有策勵衰頽，恪勤職守。雖生成之大德，圖報無階；而遲暮之餘年，拊膺思奮。所有臣感激惶悚下忱，謹繕摺恭謝天恩，伏乞聖鑒。謹奏。」又：「道光五年十一月户部尚書黄謹奏。爲年力已衰，敬陳下悃，恭摺奏懇聖恩俯准致仕，仰祈聖鑒事。竊臣家本寒微，質尤弇陋。早年獻賦，兩叨一等之褒；强仕登科，謬挂六曹之籍。一年郎署，十載家居，方資教讀以謀生，忽被荐剌而録用，遂乃簪毫和殿，换職詞林。屢邀星擢之榮，洊歷春官之長。遭逢遲暮，已及懸車，進退慙惶，正虞戀棧。恭逢我皇上御極初元，誕敷闓澤，又復量移户部，承乏樞庭，猥以蒲柳之姿，濫厠絲綸要地，恩深任重，識闇才疎，欲報稱而愈難，思陳力而未敢。昨奉聖諭，念臣衰老，毋庸在軍機處行走，責令臣專心部務，並免逐日入直南書房。頭銜則仍領度支，廩禄則坐食豐腴。在君父之恩，惟矜全羸老，天地優長；在微末之臣，則冒竊隆施，衾影滋愧。况臣幼失怙恃，養於外家，長游四方，拙於糊口。綜計七十六年之内，奔走幾過半生；即今二十六載以來，松楸未能一拜。恐一旦景迫桑榆，溘先朝露，君親既兩無所報，覆載將何以自容用。敢縷陳蟻悃，瀝訴烏私，愿乞殘骸，得依先壟。受三朝知遇之恩，雖草木而知感；溯卅載生成之德，惟涕泣而難言。如蒙皇上天鑒，曲賜餘生，稍事摒擋，即行回籍。倘此後上賴聖主如天之福，微臣得躋耄耋之年，俾得爾時再詣闕廷，恭祝五旬萬壽。而江湖雖遠，願來賡天保之六章；堯壤能歌，敬上效封人之三祝。臣不勝感激待命之至。謹繕摺，瀝陳悃忱，叩懇天恩，伏乞皇上俯准，乞休得遂，臣願謹奏。」又：「道光九年七月日予告，户部尚書在籍食俸，臣黄鉞跪奏爲叩謝天恩事。六月初一日，内閣奉上諭予告：『尚書黄鉞曾直内廷，宣力有年，學問素優，人亦謹飭。本年八月爲伊八十生辰，特頒御書福壽匾聯，並錫以壽佛、如意、朝珠、文綺等件用迓福祉。伊子禮部七品小京官黄富民，着加恩作爲該部候補主事。俾聞之益增慶慰。並傳諭黄鉞不必遠道跋涉來京謝恩，以示朕優禮耆臣，錫慶引年至意。欽此。』七月初三日，臣子黄富民自京齎到，頒賜御書『福』字、『壽』字二方，御書『引年頤志』匾額一面，御書『玉瀾圖繪依光近，緑野襟懷養福長』對聯一副，並壽仙三尊，玉如意一柄，芙蓉石朝珠一盤，䌷絲蟒袍二件，大卷八絲緞六疋，小卷八絲緞六件。臣當即出城跪迎，恭設香案，望闕叩頭祇領。伏念臣菰蘆下士，蒲柳衰姿，四十登科，備荷三朝，覆載七旬，拜賜曾受四字褒榮。嗣因年老陳情，仰沐聖恩，逾格念其衰病，特畀人葠憫，其餘生仍霑天精。迨歸田而具謝，復批答以垂詢，自顧何脩，叨榮已極，迺以年加馬齒，更邀寵賁龍章。壽世即以壽人，造福於焉錫福。引年勿替，溯優禮之周詳；頤志長貞，占吉辭於羲畫。緬前歲玉瀾繪像，許近光華；較昔人緑野名堂，尤標寵異。瞻來寶相，金鑄長生；捧出瓊枝，花開如意。數牟尼之一串，感切銜珠；綢鸞鳳之千絲，榮逾錫衮。堆盤充篋，都由綸綍之恩；被體章身，志賴帡幪之德。在微臣已叨逾分，而聖主更沛殊施。無尺寸之勞，賞延於世，率子孫而拜，恩重如天。門庭粲爛以生輝，閭里歡忻而動色。此實夢寐所不敢期，抑且捐縻所不能報者也。以臣庸陋，自忖平生進不足以酹知，退難言於補過，徒以遭逢眷遇，終始成全。壯不如人，乃奉盡職趨公之諭；老將及耄，猶荷學優人謹之褒。惟天地之包含，終無棄物；俾江湖之散佚，永保榮名。此又臣刻骨鏤膺，感深涕出者也。况復曲加體恤，更示優容，謂臣朽質衰頽，特免長途跋涉。薰風嘘啡，載賡雨而南飛；青瑣遥深，倚桑樞而北望。臣惟有瞻雲泥首，向日傾心，守養福之名言，誡愆儀於晚節。夕陽無限，敢云已近黄昏；湛露方濃，自喜長依化宇。此日堯衢擊壤，偕耕田鑿井，而共戴皇仁；逾年舜陛，瞻顔隨華祝嵩呼，而載賡聖壽。所有微臣感激榮幸下忱，謹繕摺叩謝天恩，伏乞祈皇上聖鑒。謹奏。」

館閣賦内有左田夫子擬古數篇，兹抄其一以志景仰。《茉莉花賦》：「芝閣涼清，松廳晝静。日轉槐陰，風摇花影。銀丸顆顆，盆鄰魚子之蘭；雪瓣星星，茶熟龍團之餅。碎水晶之萬粒，竹檻冰清；伴壁月於三更，玫階露冷。時則輕摇紈扇，横設匡牀；素瓷凝碧，密葉團香。絲絲輕顫，的的相當。瘦較木香，開遍月牙淺渚；小於蓮瓣，陰濃亞字回廊。乃有陳娥舍瑟，趙女停箏。暫收彩線，新浴華清。倚檻小摘，拂袖徐行。人宜藴藉，花愛輕盈。聽蟬琴之鍊響，觸蝶夢以頻驚。數枝苙蔻，釵横玉蕊，破開雲髻；一枕琉璃，睡覺銀絲，香透桃笙。亦或屏掩罘罳，簷深瑇瑁；清味潛聞，纖塵不到。荼蘼架底，貯玉露於冰壺；薜荔牆邊，采銀花於茶竈。剛稱炎歊，最宜初月；香雜雲衣花黏石髮。立小玉於幽叢，訝緑珠于深樾。類冰姿於季女，却稱瑶簪；比雅韵於梅兄，居然鐵骨。」

崔旭《念堂詩話》中屢稱船山先生，以爲大宗，蓋渠之座師也。《船山詩集》，余素未見。在樂陵時，署大令陶贊臣贈以《船山詩補遺》二册，循覽一過，即束閣之。兹特檢出，有《贈葉中書雲素》一律：「狷介論交例不寬，常因舊雨夢江干。奇才絶世宜非福，好友重逢勝得官。勵志寧愁今日晚，忘形能到古人難。功名豈是榮華事，莫向烟波詡桂冠。」又《題黄左田仝年仿石田翁畫卷》一律：「畫意詩情絶瀟灑，舊時風月一清新。但憑好景留今日，未必虚懷讓古人。世外心交多冷趣，閒中墨戲總天真。亂頭粗服偏神似，肯仿林宗塾雨巾。」又《鄒滕道中》一律：「地大陰晴亂，遥天漏夕曛。井田滕縣雨，篆籀嶧山雲。麥氣浮無界，花光賸幾分。江湖知不遠，車馬尚紛紛。」又《濰縣道中》二絶，録一：「無定官如上下潮，誰從塵海見丰標。百年多少淮夷長，忍俊惟餘鄭板橋。」船山仕爲登萊觀察，嘉慶辛未挂冠歸遂寧，去今同治辛未正六十年矣。其所贈葉中書，乃余先嚴辛酉鄉試座師也，併爲記之。憶嘉慶壬戌，先嚴應春官試歸，得雲素先生手書《生孫志喜》七律四首，稿今遺失。其令孫仕至大中丞，殉國難已十餘年矣。船山張公名問陶，字仲冶。少時有《寶雞道中題壁》詩十六首，嚮曾一覽，有激昂慷慨之致。未及抄稿，料世多有之，不待鄙人之瑣録耳。

《船山補遺集》中《分龍行》最爲傑作，合爲録出。《五月二十日，胡夢湘户部招同吴穀人祭酒，與山尊編修及亥白兄雨集，賦分龍行》，詞曰：「山雲水雲曳電走，萬靈蠢蠢争昂首。靈辰靈雨應分龍，急溜排空勢何陡。主人揖客臨前楹，濺衣珠玉聲琮琤。四筵各有豢龍手，酒酣同作《分龍行》。一客揮毫一龍舞，起龍笑擊花奴鼓。逸氣摩空天爲低，浩歌聲與龍吞吐。我聞高山大川龍所宫，斑然五色團雌雄。九州方域自今古，天經地脉長流通。重霄大號涣江海，轟雷繞角聲其聾。爾能布澤天無功，但令八紘禾黍年屢豐。下視一氣青濛濛，帝居高真只濃笑，容汝利見無終凶。龍兮龍兮爾亦嶄然有頭角，忍學乖龍逃古木。奉汝當筵酒一杯，乘時好作蒼生福。是時炎官亦歛威，朱旗盡掩三重圍。銜銜神物露鱗爪，迴旋爲我流金輝。一龍南征赤羽葆，朱方早爲收淫潦。一龍矯首西南行，天何怒噴兼洗兵。一龍西飛一西北，關塞重重極天黑。甘涼秦隴雜番夷，千里河紛衛京國。一龍山立拱朔方，一龍東北迴風翔。神皋鬱鬱宜雨暘，東來佳氣黄雲黄。東南巨浸連東震，濈濈魚頭吹作陣。莫使長鯨拔浪飛，雙龍上下關民命。中原地高憂水旱，桑麻繹繹通畿甸。誰創奇功抵萬龍，蜿蜒特爲開溝堰。龍腥撲面歌烏烏，金支翠旗光有無。銜泥有馬去無路，中庭浩瀚成江湖。葛陂竹枝渺何處，醉騎茅狗吾歸乎？」又《冬日閒居》二律：「貧極翻無事，閒居拙養尊。冬晴風更肅，晝冷日方昏。經卷常堆案，軒車不到門。官清雞犬瘦，人物古鄉邨。」「筆墨爲官職，吾真吏隱兼。累多常廢學，債積已傷廉。得酒杯還把，圍爐火不添。一寒寒至此，詩味漸清嚴。」

臨津吴竹莽詩鈔，余得其一册，皆古體。騁才好奇之作，不可勝録。録其《登吴城望湖亭》一首：「西江名勝何處尋，乃在廬山之高，鄱湖彭蠡之大且深。長風浩浩來萬里，使我頓開俯仰天地上下千古之雄心。吴城豫章一都會，望湖亭高出鳥外。登臨方知眼界寬，遠觀更思乾坤大。我家本與瀛海鄰，何時遊宦來江濱？其年閏五月，其歲次戊辰。屈指於今逢戊寅，尚作東西南北人。君不見水中漚，泡影一過誰能收？又不見江上舟，轉瞬已去難更留。權位勢利似夢幻，不義富貴如雲浮。太上有立德，其次有立功。既歿其言立，不朽垂無窮。曠懷古今奇男子，雲臺麟閣名望隆。可與彭蠡之深同不息，可與廬山之高同無極。試看亭前令公廟，千秋凛凛尚血食。」竹莽名名鳳，字伯翔。余在樂陵，尚欲覓其全集，今不可得矣。詩結句「令公廟」亦未注明，俟問知者。

海陽李字山前於癸卯秋日寄余詩數首，中有《石劍行》一篇，爲録於此。石劍，注在海陽城北卅里。其詩曰：「山中一石鋒鋩揭，萬人指作昆吾鐵。山頓遂以石劍名，封侯有具備親切。夜夜映照北斗杓，揮灑風雨凝霜雪。劍鋒西望蜀雲多，拋擲東溟一片結。不然湛盧自韜光，化爲頑石恐漏泄。嬴政到海不敢鞭，卓立直並之罘碣。道光二十三年秋，雨中纔過盂蘭節。疾雷驚電倏忽來，勢挾豐隆飛列缺。不知磨鍊與陶鎔，就中隱隱六丁掣。此石不肯繞指柔，此劍已作三段折。成毁莫辨雄與雌，斑斑猶認梟獍血。風恬雨霽石不收，遠近傳呼驚奇絶。村中人如失家珍，名在實亡那可説。鳩工更欲復舊觀，根蒂全空土花裂。想是龍泉飛上天，敗鱗破甲難補綴。世無雷焕張茂先，紛紛疑團誰能决。」右詩乃字山記異之作。不及十年，而海陽遭南匪之亂，字山殉死。石劍斷折，若預爲之兆者。噫！

長白德慎亭先生，乾隆時爲山左學使。余案頭尚有其《遊白雲洞》詩一首。顧此非騶繹之白雲洞，乃南省太平郡石刻。注亦未言洞在何山，即當繹山之白雲洞觀之。亦得石刻原款，備録於左。「太平名勝白雲洞，到者絶少知者衆。祇以奥區天所珍，故深韜藏省迎送。儉堂太守癖山水，靈運風流逢伯仲。不惜側身學猿猱，梯石穿通十丈甕。出甕闖入神仙宅，鸓鵡欲回真宰控。竟驅五丁倩巨靈，開山擘之加磨礱。佳日獨把烟霞收，良宵細將明月弄。自怡頗可持贈難，不謂更有好事訌。好事者誰隨便子，客途未放歲朝空。苦泥太守借馬騎，尋春緩頓青絲鞚。瞻麓方訝不得門，蠟屐喜任從容中。峰迴路轉人半天，恰值廣厦無梁棟。懸千鍾乳殊形模，凝一塢雲大㟌嶸。中列五彩畫屏風，斕斑焕若蹲威鳳。石掌突丹穴，垂垂似欲接酒甕。太守卜此奉觀音，行見四野香花貢。况多天然石鼓鍾，雅宜老僧敲而誦。小叩其聲清越長，大振厥響鄒魯鬨。爲愛離塵地嫩回，相對忘言聽鳥哢。忽發猛醒成掀髯，樂矣我在瘖于夢。乾隆壬午春五日遊白雲洞詩册，封安南正使慎亭德保草并書。」按：石刻「天」字一作「𩙪」，一作「蒐」，殊爲好異。「隨便子」，蓋其自稱。儉堂太守，則不知何姓名矣。繹山名勝，亦有懸鍾洞，與此相埒。

適見《菊莊詩話》，陳去非少學詩於崔鷗德符。常問作詩之要，崔曰：「凡作詩，工拙所未論，大要忌俗而已。」此一條可謂要言不煩。較之《困學紀聞》所載：或問崔德符作詩之要，曰「但多讀，而勿使，斯爲善矣」，所説猶是第二義。博觀約取，是志學以後事，非其要也。顧崔鷗詩流傳近世者罕，將勿避俗太甚，遂至寂，然亦可歎哉。《律髓》有德符《雪》詩一首，其警句云：「海凍珊瑚未敢芽。」亦太奇，不爲工。因憶少時在鄰家見一挂幅，書張文潛《論文》詩：「文以意爲車，意以文爲馬。理强意乃勝，氣盛文如駕。理當文即止，妄説即虚假。氣如決江河，勢順乃傾寫。」觀者稱善。余時方讀昌黎文，謂文以氣爲主，氣盛，則言之短長與聲之高下咸宜，惟志能帥氣，悉本《孟子》語。爲文著書，與進德修業，殆非兩事。近來益覺學問之道，原本一貫，心地光明，吐囑亦自清高。若志趣卑汙，謬爲奇險幽僻之語，則亦俗不可醫。崔德符之所笑也。

因憶童時於鄰家見篆書一聯：「常將勤補拙，勿以巧爲能。」不知誰句。又「美酒飲教微醉後，好花看到半開時」，邵子句也。又「佳月照人明作哲，好風入室聖之清」，則本唐子西五言句，而暢之爲七言，似有出藍之致，亦未詳誰作。

聽翁以辛亥年仲秋戊辰日生，今年其初度之日，又值戊辰。渠《自壽》一詩，用「戊」字韵。起四句云：「一年一初度，難逢吉日戊。戊余生辰天，欲介余壽文。」多不備載。「戊」讀「茂」，固是險韵。余强和二篇，一用「《無逸》首太戊」，一用《爾雅》「著雍是曰戊」，聊爲繼聲云爾。

季秋月朔，張宏翁又有還轅消息，寄别二絶。録一：「數載談心意孔殷，瓜期已迫又離群。歸帆雖挂仍依戀，何日重逢再論文。」余即答和。閲時其後任仍未有來意，或復蹈前轍，詩成又可停驂。

聽泉約共和陶，垂三十年矣。渠和十餘首，知難而退。余則陸續叠和，挂冠以後，始得完卷。較東坡所未和者，增多數十篇，自笑買菜之見，雖多奚爲？覆檢陶集，誤載江文通《擬陶田居》一首。江詩明見《文選》擬古類中，而後人纂陶集者誤收之。江詩自佳，若鮑明遠《學陶公體》一首，「秋風七八月，清露潤綺羅」，此豈陶公語也耶？宜昭明棄之也。在六朝綺麗之時，而昭明獨好陶詩，爲之序，又爲之傳，謂能讀陶詩者鄙吝之意袪，馳矜之情遣，可以廉頑立懦，有助風教，亦中流之砥柱也。和陶者，江、鮑而後，世不乏人。至東坡和之，裒然成集，亦極盛矣。顧東坡大才，和陶殊不相埒，觀者自共見，而共信之，不假鄙言也。聽翁曩與余同此論，故約共和，惜渠不終其事也。

頃見黄山谷集有《懷陶令》詩一首，去陶甚遠，可資笑柄，不憚縷載之。其詩曰：「潛魚願深渺，淵明無由逃。彭澤當此時，沈冥一世豪。司馬寒如灰，禮樂卯金刀。歲晚以字行，更始號元亮。淒其望諸葛，骯髒猶漢相。時無益州牧，指揮用諸將。平生本朝心，歲月閲江浪。空餘詩語工，落筆九天上。向來非無人，此友獨可尚。屬余剛制酒，無用酌栝盎。欲招千載魂，斯文或宜當。」黄詩如此韵調澀滯。觀山谷詩，始歎東坡之和陶尚爲近之耳。前明仁和人王洪字希範《擬陶》一首，尚可稱同調，即録于後。「我家南山下，前有嘉樹林。好鳥鳴其顛，涼風吹衣襟。泛此樽中酒，撫我膝上琴。禾黍亦已繁，桑柘靄餘陰。如此良易足，勞生非我任。」王詩如此，「涼風吹衣襟」較之「清露潤綺羅」，相去懸矣。

余在樂陵時，從友人處借得陶詩全集，手抄一編，中有闕頁數處，後仍從聽翁處舊本補完，併録昭明所作《陶靖節傳》於卷首。昭明傳較之沈約所撰，尤爲詳悉。家集與史傳，詳略固曰不同。又案：昭明所撰《傳》中亦有逸句。《世説》卷八注中引《淵明傳》，妻翟氏亦與同志，能安勤苦，其下有「夫耕于前，妻耡於後」二語，或别一《傳》，非昭明所撰者。因憶《雲仙雜記》有《淵明别傳》二條，一曰淵明常聞田水聲，倚杖久聽，歎曰：「禾稻已秀，翠色染人。時剖胸襟，一洗荆棘，此水過吾師丈人矣。」一日淵明得太守送酒，多以春秫水投之，曰：「少延清歡數日。」知《淵明傳》，别撰者正自不一。又《廬阜雜記》：遠師結白蓮社，以書招淵明。淵明曰：「弟子性嗜酒，若許飲，即往矣。」遠師許之，遂造焉，勉令入社，陶攢眉而去。又《廬山記》：淵明所居栗里有大石，淵明自放，以酒名，曰「醉石」。《寰宇記》：栗里原在廬山南，當澗，有陶公醉石。又按：《續晉陽秋》云：王宏造淵明，淵明無履，宏從人脱履以給之。宏語左右，爲彭澤作履。左右請履度，淵明即衆坐，伸脚。及履至，着而不疑。右數條皆附録于昭明所作《靖節傳》後者，兹復贅録之。外此倘復有所見，當並載無遺。

小兒案頭有《蘭亭帖》一帙，紙背乃近人刻元人雜字，有潯陽張雨詩，中缺二字，録出俟遇全詩補完亦佳。其詩前有序，致乃九日山居寄友者。詩曰：「行穿蒼翠信枝藤，高處何煩盡力登。彭澤縣中歸去老，泗州塔下再來僧。下缺二字。身負黄華酒，萬壑松如赤脚冰。早作龍湫對風雨，看山倦眼尚瞢騰。」張雨自稱登善庵主，蓋有託而逃焉者也。帙後復有東維叟楊廉夫行草書三雲所志併詩，詩中「雲」字悉用古篆，其他行草筆意荒恠，不足尚也。五古一首，文多不暇録。《蘭亭帖》乃雨山博士所贈，云是定武真本石刻，舊係雨山家藏，後以贈某中丞，並搨本亦不可驟得矣。余家舊有明人《星鳳樓帖》，所刻唐人臨摹《蘭亭》本，不一，俱極精妙，乃希世之珍。先君子臨摹數本，每愛玩之，不忍釋手者。往歲遭南匪大劫，俱燬於火，不知世間尚有此搨本否？書以記之。

明人刻陶集，前有魏鶴山題詞，末云：「先儒所謂經道之餘，因閒觀時，因静照物，因時起志，因妙寓言，因志發咏，因言成詩，因詠成聲，因詩成音者，陶公有焉。」此「八因」之句，不知見何書。敷衍「因」字，亦殊無深意，謂陶只「因閒成詩」，亦未觀其深耳。

童時見鄰館中前輩寫梁灝《登科》詩一首：「天福三年來應舉，雍熙二載始成名。饒他白髮巾中滿，且喜青雲足下生。觀榜更無朋輩在，歸家惟有子孫迎。也知年少登科好，争奈龍頭屬老成。」不知出何記載。後於明人説部中見之，諒非贋鼎，合爲録出。年逾八十，有志功名，誠世所希有也。

孟冬無聊，余有《對酒》二律。大女壻董緝亭和元韵，時二小兒縣試冠軍，併爲寄賀。録其一：「佳章疊奏慰離懷，更喜捷書到敝齋。耆德猶龍身壯健，清音似鳳韵和諧。芹宫品自無雙重，蕊榜名從第一排。轉盼酉秋同折桂，聯芳繼武興彌佳。」來書勸余來歲重赴鹿鳴盛宴，余自審年衰，安静爲佳耳。

張小雲叠和《對酒》韵前後六首，次年春始自樂陵寄到。即録其初和二首：「岱雲南望日依依，中有文人託興微。誰信冷官貧肯退，休論吾土是耶非。閒身尚運分陰甓，群季争憐寸草暉。底事春來鷓鴣鳥，聲聲猶道不如歸。」「八年不見最關懷，忽枉書來寶漢齋。細閲題封雙眼豁，朗吟律句八音諧。有田種秫真安樂，無意出山免擠排。好向濁醪参妙理，和陶舊作况清佳。」他作如：「未學稽康能懶漫，只應方朔善詼諧。」「夫子今方逾大耋，不才年亦近知非。」句皆佳。其稱「寶漢齋」者，余先君著《漢碑録文》，時自題齋名「寶漢」，渠尚聞而知之。

同治十一年壬申，余年八十有三，欲作一詩，苦無韵。適觀《律髓》，有放翁《八十三吟》一律，即用其韵敷衍二首。夏初有商河拓碑工人來，即託轉寄小雲，不知何日得達。工人行後不數日，更得小雲郵寄詩函，又和拙詩《對酒》元韵二首，不重記也。重午後，二小兒應科試，得入庠。魯鏡千寄賀一聯：「老蘇學業堪傳子，小宋才華不讓兄。」想是成句，未知誰作。以老泉見况，殊不敢當耳。魚台大學每試一等，輒十餘人，少亦六七人。今年獨五人，大小兒幸列第三。應選拔試被落，欲爲拙句，乃似爲抱屈者，遂輟。翰亦棄置勿復道耳。縷記於此，以見魯聯之工。

去歲林亦翁在時，以其姪之望新刻乃祖念航先生遺集見惠。念航名晉奎，字錫蕃，乾隆己酉拔貢，余先君子同年友也。拔貢有直省《同年齒録》，自是科始也。念航詩集以「洗蓬仙館」名，而「洗蓬」之義，序中不見。俟晤其文孫，再細爲問之耳。集多巨製，不及采録。律句甚少，敬記其一。《蜀道書懷》云：「夢醒萬峰顛，曈曨日暈烟。新書楊馬後，古木漢唐前。石紐神功著，茅廬相業傳。故人新奏凱,愧説祖生鞭。」伏日魯鏡千寄到黄冶山詩文集六册,蓋冶山歿後,及門諸子爲付剞劂,惜冶翁不及見也。爲盥讀再三,自愧平生相交不深,其鴻篇巨製,多未之見也。《擬古用左太冲詠史元韵》八首,尤爲奇作。録一:「談天屈鄒衍,説劍延風胡。文章豈不貴,濟時亦已疎。海氛東南惡,鯨浪驕天吴。空遺錦繡段,不如金僕姑。隻手障狂瀾,疇昔讀陰符。揮戈指白日,三舍迴赤烏。函夏烟塵息,時雨草木蘇。浮雲視軒冕,高蹈今豈無。」餘七首仿此。《武定厲中聯吟五友作歌記之》,詞曰:「我聞泰山絶頂四十里,真精上接銀河水。飛泉萬斛不可竭,滔滔東匯滄溟紫。謂東泉及于紫溟。又聞天柱之峰高插天,翔鸞翥鳳會群仙。其下一山如培塿,當春澹冶殊嫣然。謂高柱峰及冶山。東南美者琅玕竹,不數嶺南澀勒篔簹谷。有時仙鶴横飛來,一聲山空水闊天地開。謂彭竹鶴。」其律句《病中感事》十八首,直當詩史可矣,不備録。

冶山集有丁卯冬日送余旋鄒寓五律六首,嚮未及録,兹合詳之。「自去長安市,馬卿但著書。卑官餘劍鋏,過客幾蘧廬。敢道人情薄,多於世事疎。良時難可再,此别意何如。」一。「東道多戎馬,君胡歲暮行。浮雲無定跡,落葉有餘聲。絶調稽中散,窮途阮步兵。眼中知己少,懷古不勝情。」二。「何日畢昏嫁,名山待向禽。求聲鶯出谷,筮吉鶴鳴陰。繁露春秋筆,儒宗翰墨林。謂董聽泉、孟雨山。卜鄰多舊雨,剪燭話同心。」三。「大有知音賞,休歌行路難。棄捐同敝屣,潦倒尚儒冠。古戍風多厲,晴霄日易寒。宿春行百里,努力好加餐。」四。「沙明兼水碧,渺渺隔天涯。信宿增吟興,炎涼感歲華。晏嬰居近市,馮諼出無車。離索誰相慰,荒庭夕日斜。」五。「本是同門友,相逢各暮年。鏡添新白髮,座冷舊青氈。孔炤魚潛沼，哀嗷雁滿天。會銷兵燹氣，共結水山緣。」六。「同門」句謂余庚午副貢來司張南崧師，次年留學政，渠得入學。

張小雲前於中夏寄到三叠《止酒》拙韵稿，未及録。中秋更從札函檢得，即録於左。「一從解組失瞻依，每以長生祝廣微。雅愛和歌惟與善，居常啓口不言非。周行示我逢春莫，盥手開函趁落暉。喜極心情差可擬，久離鄉井得旋歸。」其一。「明月清風足係懷，頹然一榻寄蕭齋。短籬春去花光艷，長晝人稀鳥語諧。詩限兩篇來自遠，文踰四韵律如排。遥知此日東山下，鄰舍争傳子弟佳。」其二。原注：「二世兄想已擢芹香，併爲遥賀。」凡和韵詩至屢叠之後，惟以押韵爲工，敷衍成首，佳句固難得矣。

臘日，小雲又自郵筒寄到《賀新進》詩札：「□南騶山笑口開，德門有喜尺書來。早知此事如握券，猶訝今番未奪魁。娱老無如聽捷報，干雲已露恰根荄。鹿鳴准宜傳佳話，橋梓三人赴宴回。」原注：「明年癸酉，爲先生重赴鹿鳴之期，更爲大二世兄聯芳預祝。」

挂冠以來，荏苒歲月，一瞬十載，知交零落，意緒棼如。頃得此册，復閲一過，輒爲慨然。自愧詩興蕭索，久無贈答倡酬之作。去冬尚有《述志》小詩七絶卅首，惟媚姪董大伯和，欲爲繼聲。開年塵事匆匆，亦不復道及將來，此事便廢。適小孫子年近成童，去年已爲種痘，頗聰慧，應對唯諾。今忽得危症，十餘日間頓失去。所經醫師，亦各茫然。事後乃聞外科説四鄉現多喉症，得全者甚鮮。雖悔，亦復何追？晴午把筆，欲有所寄託消散者，胸中澹然，亦時覺迫塞。謹作此數行。

同治十二年歲在癸酉，中春十有一日庚申，東泉八十四翁書於鄒寓。是年六月，樂陵世姪史二雲岩捧檄來署鄒縣司訓，帶到潘松岩信函，併詩詞各一首。其詩曰：「眠食定何如，憑誰問起居。近因千里便，遥寄一封書。交憶忘年契，心知會面疎。茫茫雲水外，極目渺愁予。」余依韵奉復，又倒疊前韵各一首，不贅録。惟填詞一道，素未學，不敢强答。其來詞小令併志於左。「文章萬首，自有聲名堪不朽。鵲起雙丁，家學淵深在五經。」又：「遥瞻星斗，南極老人昌且壽。試問誰同，合是前賢陸放翁。」渠自言小令，余亦不知果何令也。俟問知者。月有小旱，雲岩到任，適有下車雨，余賀以小詩。渠亦和答，遲久不肯宣示。七月初吉，兒輩將赴秋闈，乃使取來。詎知索之愈急，藏之愈密。太空冥冥，不可得而名，誠無如何也？

中秋後，兒輩歸自省垣。得于紫溟寄其近作二律：「老去身如贅，睘睘百感餘。親朋都意冷，骨肉亦情疎。習静三間屋，消愁一卷書。蓋棺猶戀棧，自笑欲何如。」「不作非非想，殘年意氣平。閒遊胸灑落，飽食腹膨亨。桂籍多新進，芝山少舊盟。不成留蹇骨，還得沐恩榮。」余依韵答和，惟「膨亨」字來札俱从月，殊難效顰，不能從也。陽月倩鄒學岳公始遞去。

雜識下

文體之變，日易月新。自春秋戰國以來，老、墨各爲一體，莊、列又爲一體，荀卿之賦、屈原之騷，又各爲一體。卯金以後，支流餘裔，未可縷述凌夷。至於六朝，駢麗爲工。至唐，未能盡革，宋承其餘習，謂之崑體，謂之四六，流俗相尚，謂之敏博之學，謂之應用。王伯厚《紀聞》末卷論文之後，别出駢體；劉起潛《通議》則末卷總輯駢儷，蓋應用之文至南宋極矣。當時雖以駢儷爲應用，而其科舉程文殊不盡用四六，乃制藝因之以起。曾記謝叠山序程漢翁詩，貶駁當時科舉程文之士，誤人國家，貽笑萬世，所譏尚未及制藝也。今制藝之流弊，間復繩以平仄，則有應用四六之漸，亦積習將變之機也。制藝之後，將變用何體誠，不敢預計。而法無不變，制藝之用，將及千年。名爲經義，實與經無所發明，亦故宋科舉程文之類也。

宋人四六，劉壎最推放翁，能以議論爲文章，所載聯篇，不可勝録，亦略載其一二。「唐帝之知李白，一官不及於生前；漢皇之慕相如，遺稿徒求於身後。」又：「瀾繙記誦，愧口耳之徒勞；跌宕文辭，顧雕蟲而自笑。」「低回久矣，感歎凄然。使有一人之見知，亦勝終身之不遇。」又：「費元化密移之力，不知幾何；悼孤生一飽之艱，乃至如此。」又：「惟習氣未忘於筆墨，每苦心自力於文辭。藏之名山，本欲粗傳於後世；待以國士，豈期親遇於鉅公。」又：「爲治不難，其道顧何如耳；用人若此，吾國其庶幾乎。」「仁人先天下而憂，重矣自任；賢者備春秋之責，艱哉克終。」又：「國有紀綱，治自形於四海九州之遠；士篤名義，效或見於數世百年之餘。」又：「凡百君子，悠悠非特達之知；平生故人，往往處嫌疑之地。」又：「飛騰捷路，耻煩狗監之吹嘘；散落遐荒，寧付雞林之裁鑑。」餘不備録。壎又特稱劉潛夫後邨應用之文追摹放翁，得其旨趣，亦摘録數聯於左方。《封李壇齊郡王制》曰：「臣子之情，尊君而愛父；春秋之法，内夏而外夷。」「王猛發正朔相承之論，勿晉爲謀；馬援知帝王有真而來，於漢專意。」《加封安南國王陳日熙爲太國王制》曰：「始謹終欽，居海濱而霑聖化；仰觀俯察，知中國之有至仁。安且吉者，詩必稱義，不忘於請命；老而傳者，禮所尚壽，宜介乎耆頤。」日熙祈傳位與其子威晄。《封賈涉爲魏王制》曰：「忠臣義士，知祖逖誓江之心；故老遺黎，悲宗澤過河之志。」以人姓「祖」「宗」字對，尤工。後邨句大類如此。馮景説夢得賀賈師憲入相，時山東來歸啓有曰：「周公大誥淮夷，卒寧王之圖事；孔子既相魯國，歸齊人之侵疆。」陳丞相文龍爲太學生時，入試後至以啓謝賈師憲有云：「鷄既鳴矣，會且歸，則可以速；馬不進也，非敢後，何來之遲？如之何其拒人歟，其不哀之亦命也。同輩深嗟，不暇責我而悲我；達人相語，安知禍翁非福翁。以俟知者知耳，寧有利不利耶？某官故當三吐哺三握髮之際，不忘一舉手一投足之勞。遂令金路之頑，均獲玉成之造。」再謝惠酒啓曰：「溢榮觀於望外，轉生意於愁邊。某官一尊二簋，慶明良之相逢；百榼千鍾，味聖賢之深趣。溥四海皆春之意，開萬間廣厦之仁。竟憐一夫之向隅，俾與衆人而皆醉。天下一本瓊花，曷當嘉貺；酒名『瓊花露』。門外三千珠履，願走後塵。」文龍，正獻公俊卿孫也。車震卿得恩赦啓：「負弩而迎使者，嘗隨牛馬走之塵；升階而揖侍郎，可想烏鵲飛之意。所學甚苦，其貧則甘。畢好雨，箕好風，難調衆口；蜀吠日，越吠雪，自有他腸。皇天后土，張巡無降賊之心；白晝通都，曾參有殺人之事。」趙次山啓：「自叙半生陋巷，天與以貧賤肆志之資；隻影窮途，人知無狂或喪心之疾。」又：「蕭何之追韓信，豈云得士之無雙；秦穆之用孟明，姑示與人之能壹。名實笑狙公之朝暮，來往類雁臣之春秋。」馬觀文光祖爲沿江制置使，移築舒城，賜名安慶府，詔馬公升秩，范去非作賀啓：「某官負大聲名，立實事業。

經綸社稷，爲左右汝翼之臣；表裏山河，識南北必争之地。」又《代段深父謝表》有曰：「歸去來，田將蕪，自憐飛鳥之倦；反乎復，陂當復，有同黄鵠之云。」又《賀總領知郡》有曰：「良二千石，正奉揚於仁風；連一萬艘，矧方生於春水。」又《謝清明節餽》有云：「三杯藍尾，方驚賜火之新；一騎紅塵，遽辱兼金之寵。」包樞密道夫作《周禮六官辨》進御歐聖弼爲表：「蓋劉歆作以輔新室，莫掩其奸；謂周公以之致太平，恐乖其實。惟唐宗誤以爲聖作，雖漢儒亦識其陰謀。宇文放此而疾顛，安石行之而大壞。顧惟積聞見於丁年，豈意禆覽觀於乙夜。」聶善之侍郎自作上梁文數篇，有曰：「陳元龍卧百尺樓，夙負功名之志；楊子雲有一區宅，晚安寂寞之圖。」「陳力就列，不能者止；投鬧置散，乃分之宜。」「肯堂收教子之功，含飴遂弄孫之樂。」又：「結廬在人境，幸逃火劫之災；藝木印歲寒，添創草庵之景。」「夭桃曼李，祇得意於春風；蒼松緑筠，願定交於晚節。」「十年之計種以木，培植成陰，一日不可無此君彈壓俗氣。」又：「無復萬間廣厦，庇寒士之歡顔；且圖百尺高樓，歛少年之豪氣。」右皆見劉起潛《通議》。末卷所載他家上梁文尚多，不備録。余壯歲曾作一屋，費五百貫，近遭南匪大劫，更無重整之意。而兹於諸家上梁文，循覽之下，殊爲耿耿。

劉起潛《通議》自載其與陳公贈答詩各一首，皆不爲工。顧他處未見，亦附載之，且以見和韵之不易也。陳文龍鎮臨川，被劾，南歸，起潛贈詩曰：「擬峴臺邊正好春，蕭蕭落葉忽愁人。胸蟠冰蘖天能識，紙挾風霜語未真。句不甚解，當謂劾奏者。無路叫閽空短氣，有氓卧轍欲沾巾。南歸僮馬淒涼甚，添得憂時鬢似銀。」陳和答云：「來到盱南臘有春，山川秀麗毓奇人。文追漢制才無敵，詩接唐風味更真。君别頻宜緘尺素，我歸但欲岸綸巾。相思千里惟心在，明月行天瑩白銀。」押「銀」字韵，太强。

劉辰翁作《藥王贊詞》，甚樸，而旨有在，可發一笑。贊曰：「左畔龍樹王望龍，右畔孫真人騎虎。惟有藥王屹立於其中，不龍不虎，獨與犬爲伍，不知何故。」此條亦見《隱居通議》。「望龍」，「望」字疑誤，不甚可解。

梅鼎祚《書記洞詮》載梁昭明太子《謝水犀如意啓》，《藝文類聚》作梁簡文帝啓，必有一誤。啓曰：「垂賚水犀如意一柄，式是道義所須。白玉照彩，方斯非貴；珊瑚梃質，匹此未珍。雕剞既成，先被庸薄。如蒙漢帝之簪，似獲趙堯之印。謹仰承威神，陳諸講席。方使歡喜羅漢，懷棄鉢之嗟；王式碩儒，忻驪駒之辨。熊飾寳刀，子桓慙其大賚；犛牛輕拂，張敞恧其舊儀。殊恩特降，伏深荷躍，不任下情，謹啓。」兹録全文，以示駢體之興由來已久，而當時屬對未工。以「趙堯」對「漢帝」，以「王式」對「歡喜」，皆近人所不爲也。

道光二十八年戊申余在樂學任内，同學爲余預祝六十。舊課徒王棨第爲駢體文挂屏十二幅，共爲一奩盛之。往歲居鄒，值國賊竊其六幅去，幸大兒尚存其稿，不憚羅縷書之。

「國家龐機桃流，協氣貞欹，在朝則皤英之輔，作頌卿雲；在野則皓首之耆，依光化日。洵烝烝而篤祜，胥罷罷以考祥。若夫魯國靈光，濟南博士，一官著脚，依然寒士之風；六十平頭，大得散仙之福。文章已足千古，腰吕還勝後生，近聖人居有壽者，相門生鞠𦢊老子婆娑。如我東泉老夫子年伯大人，有足徵者，尤可述焉。溯自派衍扶風，望隆菏水。陸士衡之祖父，世誦清芬；韋玄成之子孫，家傳舊德。燕詒既紹，蛾術彌勤，傾液瀝於謨觴，掇菁華於書鼎。舉凡天儀地節，斗簡觚編，莫不宿海森羅，雲天亄費，此碧梧翠竹承少府之華，而釣渭築巖具賓王之器也。方其鯉對承歡，雁行式叙，髫年並游泮水，蘂榜又屬令原。不待遇風獻詩康樂，常教聽雨訂約子由。游焉息焉，茂矣美矣。而乃中年多感，隻影自憐，蓼莪既罷其吟，棠棣又輟其詠。槐花踏久，莫遂鵬圖；李下防嚴，争投羔幣。學而優則仕，悵騎馬之鄭虔；儒以道得民，緬集鱣之楊震。此洵美本懷康濟，而少游不尚贏餘也。且夫楊修論族，未辨赤泉；田敏注經，翻訛白及，未免懸藜失照，爈簡無稽。而我夫子則有仲洽之才，兼茂先之博。泰山雲起，膚寸宏流，滄海瀾回，尾閭競納。聖裔推襟而結契，諸侯倒屣以延賓。答三桓七穆之文，采十道四藩之志。山徵保繹，脈絡支分，堂啓斷機，椒蕃瓜衍。起古人而亦感，俾後學之不迷。此季常之説《春秋》，能參賈、鄭；貴與之攷《文獻》，迥越班、楊也。吾鄉地號高津，政傳蘇史，夫子於是覺世以鐸，牖民以篪。問字之酒頻來，束脩之羊踵至。東山復起，記手植於當年；北面隨行，祝眉梨於此日。其間羅峰駢邑，鄧里丁岡，敷化雨而往還，梯高雲而接引。一天秋色，清滿公門；萬種春花，栽來講座。式瞻風尚，求諸漢魏之交；駐到年華，超然綺黄以上。此家承銅柱，以文教作武功，而道闡絳帷，爲聖朝昌正學也。所以商瞿子晚，崔慎兒遲，本玉果之非凡，豈珠胎之久閟。仿高禖之祠祝，泰岱有靈；保浮磬之精華，泗濱叶瑞。固知永延世澤，能讀父書，聲華早著於黌宫，譽望素傳於藝圃。崧生岳降，山曰後隆，桂馥蘭馨，門有餘蔭，天倫具樂，人爵必從。蓍占爲朱紱之方來，華誥爲紫泥之迭賁。國恩稠叠，家慶駢蕃，福之全乎，德之備也。明年陽次上章，律開太簇，際荐辛之二日，頌周甲以千春。榮第久侍程門，夙邀顏鑄，爇心香而稱娖，展眉録之延洪，敢溯平生以祈難老。望雲共繫，未遑獻斝於龍門；立雪有懷，用藉噉箋於驛使。所願研經度化，芘及京都；紃道修齡，貞如金石。試合椒銘柏頌，侑東皇九醞之觴；待繙珠笈瓊函，緜南極一星之算。謹序。賜進士出身翰林院編修加一級受業年愚姪王榮第頓首拜譔。」榮第字甲文，後外任開國道，棄世已十餘年矣。今録其文，爲之悒悒。起句「龐機」二字頗新異。按：《文選·思玄賦》：「湯蠲體以祈禱兮，蒙龐褫以拯民。」李善注：「龐，大也。褫，福也。」「褫」或譌作「機」，傳寫不全耳。至「腰吕」字，則用余舊説。「吕」與「膂」仝，本《説文》，象形篆也。

笥中尚有樂陵大令劉果田草書一聯：「詩興風樓笛，棋聲雪舫燈。」乃前明楊孟載句，其全詩併録於左。「判醉望愁醒，愁因醉轉增。已歸仍似客，投老漸如僧。詩興風樓笛，棋聲雪舫燈。莫言渾不解，此事老夫能。」已歸仍似客，語如代余言者。王元美評孟載詩如西湖柳枝，綽約近人。

家藏舊物素有黄大癡山水一挂幅、唐伯虎畫册頁廿四幅。果田大令索觀，以道遠莫致，今皆遭劫，無處尋覓。又近人劉石庵冢宰手書數幅、李西圃明府行草裱幅，皆素所珍愛，俱爲蕩然。西圃先生乃辛酉鄉試先君子本房薦師。猶記所寫乃宋詩一首：「幅巾芒鞋筇竹策，踏遍山南與山北。雪含欲下不下意，梅帶將開未開色。繞樹三匝且復去，前邨一枝應可摘。丁寧説似水邊人，從今日報花消息。」乃曾茶山《探梅》句也，亦合記之。唐伯虎畫圖章但作「白虎」，又一小印「南京解元」，其題畫小字甚娟秀。余童時凡晒書時，與先兄同加展玩者。今回憶之，並如隔世，能不慨然。西圃先生印瓊林仕爲鄒平縣令，有美政，邑人至今誦之。得其遺墨者，蓋鮮矣。

樂陵詩友王平之素有倡和，見背近廿年矣。拙作和陶册後尚有其題詩二首，即録於左。「夙讀東坡集，霏霏多名言。即景抒懷抱，霜露滿東園。惠州多慨行，乃和淵明篇。精深兼華妙，冲澹歸自然。東泉老夫子，早結文字緣。詩學年俱進，令德日勤宣。和陶不愧陶，舉世仰斗山。華岳三峰秀，師範仰千年。」又：「懿歟吾夫子，終日與回言。騷壇風雅主，昭明讀書園。貺我詩矩矱，示我和陶篇。殷殷誨後學，提撕樂同然。不爲拙魯棄，三生有前緣。精而益求精，復令久乃宣。千金字不易，著述景石山。附驥篇簡末，榮藉幸暮年。」

潘松岩於我重到樂陵始談詩，先投駢語小札，甚工。兹於舊書札册中檢出，録於左。「憶昔文旌初涖，得坐春風；喜今絳帳仍開，重臨鬲水。先生士林模範，藝苑宗工，聰如應奉，猶識半面之匠人；鑒類楊惛，未忘前時之選士。康雖幸瞻韓，終慙御李，輒獻巴渝下曲以爲紹介，先容敢謂一言而善，必不棄予。庶同三語見褒，有以教我。」詩已見前册。

書札册内又得惠民余明府芰香來札，前後五六封，情意殷勤，欲選刻拙詩爲四册者。後升任濟南守，乃以事罷，未久而殁，甚可歎也。兹録其第一札：「東泉先生函丈，昔朱光庭得見明道先生，歸語人曰：『在春風中坐了一月。』粲風塵擾攘，深抱不學之羞，何幸道範親承，旬逾兩匝，其樂又何多讓耶？别後鄙吝復生，且以鞅掌簿書，徒爲它人作嫁。懷人正切，華翰先施，並承叠韵重頒，雲璈雅奏，一洗俗氛。兹得有餘閒，捧讀大稿，愛不釋手，妄加窺測，實中懷悦服，情不自禁，僭妄之愆，尚希鑒恕也。附呈小詩二律，一易冬韵，誠以力盡技窮，不若早自爲計，潰圍而出，另圖生活爲得也。呵呵。新寒頗洌，遥祝道履庸和，潭署清吉，臨穎馳切。愚弟余棨拜啓。」詩已前見，餘不悉載。

又得高城茂才趙方千南英來札，談古篆者甚詳悉。其以古文《老子》「學」作「斈」，證余謂《說文》有「學」字之論，最爲明析。《說文》子部「斈」字，觀者何以不察，而著《老子》古文者獨識之耶？古文《老子》未知誰作？渠處有之，余未得藉觀，至今猶爲歉然。頃又按：《說文》末卷徐氏補說文遺字，於「黌」字下注云：「《說文》無『學』部。」以明不收「黌」字之義。《說文》無「學」部，誠然，而世俗因謂《說文》無「學」字，則誤矣。合更爲明白言之。

咸豐二年冬日，獨秀峰題壁詩三十首，無名氏。青城學友人抄示，即留一草。「孤峰卓立聳南天，憑眺關河意惘然。四境風遒傳鼓角，萬山雲暝接烽烟。邊氛未息勞宸慮，將帥無謀滯凱旋。多少不平懷裏事，登高振筆恨難捐。」一。「李花落盡撲楊花，洪浪翻桃水一涯。原注：粤西李世德、李元發兩逆平後，洪秀泉、楊秀清接踵起，於今三年。青布旗分千隊列，紫金山險萬重遮。賊據桂平之紫金山起事。干戈潦草嘗滋蔓，歲月因循屢及瓜。自庚戌年起。試向潯陽江上望，虎狼徧地已無家。潯州所屬四縣民屋，賊過無一存者。」二。「羽書飛報蹴塵紅，瘴海鯨魚繫聖衷。金幣遠勞頒國帑，紫泥新詔起元戎。林宮保、張軍門皆奉命來粵。觀梅和靖先歸道，林抵粵東即卒。銘斗桓侯未奏功。張甫至粵西亦卒。太息將星沈西地，賊氛累起望無窮。」三。「聞道周郎善用兵，將軍小李亦知名。周敬修、李石梧二制軍先後奉命來粵。千行坐擁心原壯，一戰歸來膽已驚。好勇無謀花亂陣，潛師不出柳藏營。膚功未奏飄然去，縱賊難逃衆口評。疾卒戎次者，當是周少岩引疾還家。」四。「三年零雨未班師，戎事彌縫沮主知。餘粟更從天府運，使旌重見相公持。賽中堂奉命來粵，上賜阿必隆刀以行。絶無豹略誅蠻寇，空有鴉軍振鼓旗。中堂所帶禁兵甚多。如此大權歸獨攬，寶刀何日靖邊陲。」五。「劍影刀光列從官，重重帷幕獨盤桓。圍棋自許争先着，賽軍營終日圍棋，自詡争先着。飛檄俄傳失永安，固壘深溝容賊據。缺斨破斧轉心寒，孤城僅隔盈盈水。半載甘從壁上觀，官軍與永安賊營隔水相對，七月無敢出戰。」六。「春風春雨又花朝，戰伐經年壯志消。大帥不須籌上策，單于早已遁中宵。二月十五日夜賊棄永安城而去。封章連日稱收復，城郭無人感寂寥。城中鷄犬俱無矣。最惜群師隨四鎮，模糊身死報當朝。賊退入大洞，險甚。遣四總兵强追之，全軍失利，墜厓死。」七。「伴食名真宰相同，持籌莫展笑群公。達人知命身先退，達洪阿都統引疾去。巴客登場曲便終。巴清德都統行至平郡道歿。望似姚崇都寂寂，姚臬司崇廉。才如嚴武亦空空。嚴觀察正基。南天更有飛來鶴，辜負君恩獎許榮。鄒中丞鳴鶴由府尹開封，御賜詩有『嘉爾賽鄒才濟忠』之句。」八。「頻年旌節駐南關，團練條規到處頒。中丞遣官往勸團練。浪擲黄金招壯士，空憑黔赤禦諸蠻。招勇五百人專恃團練。高談鎮静全無備，臨事張皇莫濟艱。二月二十五日，賊逼六塘幕中，猶曰「無恐」。二十八日，賊至，乃始登陴拒守。看爾腸肥兼腦滿，一腔塵俗未能删。」九。「榕城雉堞任回環，二百年來莫叩關。誰使雄師班馬嶺，馬嶺險要，素有守兵，忽爾撤去。任教群盗控牛山。賊據城西依牛山爲營。六塘羸卒星霜遁，四野編氓涕淚潸。十七日中丞遣救六塘兵，皆中途夜遁。獨立城東看癸水，讖言應把古詩删。俗傳諺語「癸水繞東城，永不見刀兵。」」十。

「角聲吹起萬山寒，賊似潮來湧巨觀。象鼻鳴雷争擲礮，賊次象鼻山頂加礮。龍頭近日偏招團。龍翰臣登陴。誓師不少登陴哭，臨渴方知掘井難。幸有將軍天上落，葵心向日報平安。賊至荔浦，向軍門來援，行兩晝夜至。」十一。「單鎗匹馬走連宵，耿耿精忠答聖朝。范老甲兵真腹滿，武侯心事共琴焦。孤軍聯絡張旗鼓，層堞森嚴静斗杓。更有偏師能直擣，橋頭痛絶霍嫖姚。都統烏蘭泰率兵三百直擣賊壘，中礮而歿。」十二。火光燭影滿城紅，附郭閭閻一炬空。二十九日夜被焚。疑陣縱横參婦女，賊陣有婦女執兵。戰聲遠近雜兒童。賊每攻城命小兒摇旗吶喊。梯懸取月真成夢，車架轟雷莫奏功。賊屢以雲梯懸攻城。不克，又以吕公車攻文昌門。我兵礮先發賊車自焚。賊勢猖狂開夜宴，笙簫常在畫樓中。賊宴城外得月樓。」十三。「固守金城共枕戈，綸巾風度自安和。向軍門固守。雲軿夜降排鸞鶴，賊中屢見城中神光呵護。露寢宵寒肅鸛鵝。軍令甚肅，晝夜無喧。臨敵不嫌名將緩，論功當讓楚軍多。賊圍一月，楚兵拒守，並保全城。邊隅無限簪纓集，誰使承平奏凱歌。」十四。「儒生從未讀兵書，請戰殷殷計已疎。中丞遣徽兵三百出戰，一戰而亡。出岫無心虚發矢，臨江屬目早回車。未見賊隊，放火礮。一見賊，即退散。危場偏有音懷我，賊每戰必與兵勇通書。餘子何曾勇賈余。余提軍畏葸不前。一望草根堆白骨，馬前憑弔亦欷歔。」十五。

「堂堂練局敞朱門，朱伯幹設局總辦團練。别有三峰屹立尊。陳桂舫、鄒善甫、朱述之三孝廉，襄事在團局。

禦寇可曾矜虎勇，持籌只欲效鯨吞。井蛙團坐官私語，階蟻聞羶晝夜奔。堪笑重圍城下日，旗槍收拾渺無痕。」十六。「團散無須伏遠鄉，省垣門户慎維防。文人各受登壇拜，紳士登城分七隊。稚子權教禦侮方。垛人不足，或以孩兒充數。桂管營屯看比翼，花名輪轉似迴腸。居民守城排日更替。青錢贏得毛詩數，笑煞諸君半入囊。」十七。「度支隨處置糧台，用似泥沙亦可哀。當道幾曾償實用，兵官各自積私財。懸空樓閣憑心造，依樣葫蘆信手裁。最惜帑金千萬出，簿書虛冒一篇開。」十八。「請纓半是牧豬奴，氣趾高揚類總殊。船尾裝新誇整肅，馬蹄聲急聽模糊。上台薪水多虛給，捷徑終南各競趨。若問奇勳何處紀，街頭終夜亂喧呼。」十九。「募民千萬繫巾紅，名號衣冠各不同。兵勇各以紅巾縛腰。未遇賊鋒先氣短，縱抄民物轉心雄。江湖盜賊成都會，投誠巨盗俱赴省會。田里桑麻刷地空。辱及蛾眉渾莫禁，椎牛還望奏膚功。潮勇在省多淫污，中丞仍大犒勸戰。」廿。

「深宵鈴閣自焚香，困坐愁城没主張。退賊但知懸賞格，逆詞翻敢附封章。賊射僞示入城，中丞即封以入奏。牙鎗自衛環貔虎，幽谷頻遷避犬羊。畏居節署移徙新安。笑煞無才徒肉食，安排遺表奏當陽。」廿一。「束薪如桂米如珠，城郭重圍費轉輸。蠹蝕但教肥小吏，狼奔到處捉民夫。練丁成市通交易，壯丁奪取民物，開市售賣之。良賈居奇較寸銖。物價什倍。最愛風流京兆尹，理繁才調重當途。京兆尹闕注。」廿二。「百金懸賞徧傳呼，南冠纍纍各被拘。糧台出示拿獲内奸，賞銀百兩，連日盤獲。自有荊榛應剪棄，偏多薏苡訟冤誣。榕城斗大宵傳柝，茅屋燈然夜點珠。萬户千門同守望，邊隅何日靜萑苻。」二十三。

「春歸漸近熟梅天，固守危城衆志堅。匝月環攻多失計，薰風微動又經年。聲傳幾處聞班馬，血灑前途哭杜鵑。絕妙敵人争渡去，諸君猶自帳中眠。四月朔日，賊渡江去，兵勇全無知之者。」二十四。「碧蓮峰内隱旌旗，賊去賊來坐失機。中堂聞賊圍省城，遂駐陽朔，擁兵自衛而不救。擁得精兵甘遠避，讓他群盜合重圍。登樓王粲空悲賦，王少鶴主政，亟思北歸。化鶴丁仙早退飛。丁心齋主政，託故回京。傳道桂林烽火熄，兒童又指相公歸。賊退十日，中堂始返省。」廿五。「賊來袖手竟無謀，事後争功轉不休。薦牘濫邀新翠羽，封侯編説爛羊頭。包苴贏得書中攷，瓜葛聯來重上游。更有朱門安坐客，高官五品耀同儔。朱奇亭孝廉以五品保薦，實閉户未出。」廿六。「蔓草遷延去更難，永安城破又興安。黄巾不少衝關賊，黑夜先逃守土官。縱有援兵都退縮，早憐民屋盡燒殘。倘教執法無私曲，應斬商羊剖肺肝。真安令商昌先逃。」廿七。「天南要隘劃全州，賊衆連番踞上流。伍部同心支半壁，曹公高節著千秋。賊過全州，兵勇無多。適伍都司帶兵數百人過州，曹理村刺史留之守城。伍力戰死，曹亦殉。糧空連日皆枵腹，城破無人不斷頭。遥指蓬山殊萬里，劉郎觀望轉優游。劉長清提督帶兵赴援，相距十里，逗留不前。」廿八。「諸公拖紫荷君恩，濟世無才負至尊。昔日乘輿懷鄭相，鄭中丞夢白撫粤，專以小惠。釀此寇亂，人猶思之。前途芳草感王孫。孫渠田學使時有籌畫。自憐吴下風流歇，吴鼎昌方伯。不惜勞師晝夜奔。勞崇光方伯。聞道徐陵新奉詔，邊疆端合固籬藩。徐仲升制台新奉命來粤西。」廿九。「解組歸來隱敝廬，鄉閭擾攘更愁予。承恩未效涓埃報，感世真同燕雀居。家室無依勞轉徙，干戈莫息致欷歔。長歌即當窮途哭，誰采芻蕘達帝除。」三十。

右詩三十首悉録元注，庶足當詩史。作者姓名，至今未有知者。解組閒居，尚如此關心政事，又似熟悉邸報，兼采輿論，直書時事務存公評者。顧不肯署名，以避患耳。

昔吾舅氏仲磊公欲仿宗懍《荆楚歲時記》，作《鄒魯歲時記》，草創未就。後余館董方伯處，值方伯欲纂修《鄒志》，得其稿，補入《風俗篇》。近遭南匪火劫，《志》藁無存，余追憶仿佛，更爲補綴於左。

正月元旦，供祖先，鳴鞭炮，食水角，飲春酒，親鄰往來，謂之「拜年」。諏日，相要會飲，謂之「喫節酒」。人日，結社祀火神，少聚醵，通宵不寐，謂之「守歲」。初旬，皆喜晴，俗於古諺「七人八穀」之後，又增二語，曰「九果十菜」。十五日爲上元節，賓朋歡會，獻野蔬新菜。元夕，城市設燈棚，鄉邨各作麪燈，照于門閭，食湯圓，謂之「元宵」。次日，婦女出遊，謂之「走百病」。或以艾炷灸襟帶，謂之「灸百病」。既望之後，鄉塾各諏吉，延師教子弟，設盛筵，子弟進謁，各執一經，謂之「號書」。廿八日，喜晴，俗謂之「棉花生日」。

二月二日，農家夙興以灰布地作圈，謂之「圍倉囤」。家人炒豆分嘗，謂「避毒蟲」。上丁，祭先師。前一日，城中習儀，四方多有來觀者。春分日，鄉里遊冶者，作紙鳶之戲。尼山、嶧山各有市會。三月三日爲中和節，邨塾放學，遊山玩水，各因所近，殆猶浴沂詠歸之遺風。清明日，插柳於門，携榼，上冢，焚楮幣。嫁娶。俗例，不過清明不許歸寧。桃始華，諺曰：「桃花開，杏花敗。李子花，躦上來。」

四月八日，鄉邨仙廟各爲演戲，謂是浴仙日。近惟作市會，鬻農器。小滿日，大麥早熟者，鄉人以作麥餌，名曰「麰麳」。俗云：「節届小滿，見三新：櫻桃，黄瓜，大麥仁。」又曰：「一穗兩穗，一月上囤。」

五月五日，端陽節。農家早起，插艾於門，親友相饋以角黍。芒種日，將刈麥，農家以酒犒工人，曰「澆鐮把」。旬有三日，多雨，俗云「磨刀雨」。有鳥即獲穀，其鳴自呼，土人效其語曰「工貴多鋤」。麥子透熟。

六月朔日，農家各蒸饝供祖先，名曰「過小年」。初伏日，親朋相會以烹羊爲貴，謂之「喫伏羊」。借喻陽氣太盛，則當伏耳。鄉塾伏日曬書以避蠹，購盤冰避蠅。

七月七日，閨人有穿針乞巧之戲，甘瓜美果羅列滿案。十五日爲中元節，上冢儀文，與清明仝。

八月上丁儀節，與中春仝。中秋節，親朋相饋以月餅，對月會飲，謂之圓月。農家登秫于場，待白露乃打之。俗云：「過白露，避蟲蛀。」菽方茂，有蟲能鳴，俗云「蝷子」。或籠以爲玩，可過冬，或取食之。

九月九日重陽節，菊花盛開，親朋相要飲菊花酒。霜降前，時百果俱熟。俗云：「七月核桃八月梨，九月柿子黄了皮。」賈人取柿作柿霜鬻於市。湖水平，漁人取魚蝦給山人，謂之「跑鮮」。

十月朔日，上冢儀節與清明仝。凫山古廟祀羲媧，俗稱「人祖廟」。是日演戲拜祭。俗覓工人以十月爲滿，是日下工留者，謂之「看冬」。是月初旬，塾師亦多解館，更上冬學。立冬日，鄉人相饋以寒具，嫁娶之期，多自冬始，俗以爲常。十一月冬至日，村塾作九九消寒圖，謂之「數九」。俗有九九歌，與古稍不同，合備載之。歌曰：「一九二九不出手，三九四九凌上走。五九六九，沿河看溜。七九六十三，行人把衣擔。八九七十二，徧地犁牛市。九九八十一，家裏送飯坡裏喫。」

大雪時，土人積雪爲雪獅、雪山之戲，或收作雪醋。梅花盛開，親朋相要爲飲饌賞梅。

十二月，自古臘祭之月，今俗猶稱臘月。鄉里春社至此始分，謂之「油臘社」。八日作黍粥，加棗栗以相饋，謂之「臘八粥」，義取「拉拔」，非以施僧也。廿三日祀竈神，用餹果迎新送故，謂之「辭竈」。立春日，城市作土牛送鋪户，爲利市。鄉人買春花相贈。又買春帖紙及酒果野味，謂之「辦年」。除夕供祖先，門灶各焚楮鏹，謂之「辭歲」。家長分與子女輩銅錢，錢數各增其舊歲，謂之「帶歲」。庭院布芝麻秸，踏之有聲，謂「踏歲」。門外設横木，謂「欄門棍」。既夕，圍爐秉燈，飲宴達旦，謂之「守歲」。著作流傳固甚不易。要之，悉關福命，非人所能爲也。吾鄉因《鄒志》無《孟子世家》，爲作《世職篇》。南匪劫後，雨山翰博猶存其稿，欲付梓，未遑。今雨山作古，則亦已焉。似此《歲時記》瑣屑，更何足道？能不慨然。併識於兹。

石鼓篆文四言詩，間有五言之句。自韓文公退之以周宣王時事詠之，後人駁者不一。或以爲秦篆，或以爲宇文周時仿古之作。余家藏石鼓榻本十幅，精細之至，裱爲十挂。先君子校釋於各幅之下，今已蕩然無存，每念之不忘。謹依《詩紀》録石鼓詩，但不知所據何本？按：《古文苑》及薛尚功《鍾鼎款識》等書，所載字畫不能盡同。《潘氏音訓》，今亦無從尋覓。兹録舊文，不免臆爲詮釋，各述所見耳。

遊車既攻，遊馬既同。遊車既好，遊馬既騊。君子員邋，員邋員斿。麀鹿速速，君子之求。䍐䍐鹵弓，弓玆以寺。逜歐其寺，其來趩趩。⿺走豦⿺走豦⿱𥫗餕⿱𥫗餕，即逜即時。麀鹿趍趍，其來大即。逜毆其樸，其來遭遭，射其豬蜀。

右鼓之一。凡「我」字皆作「逜」，後人據爲秦斤秦權，篆文正同。然烏知秦篆不本於古也。「騊」一本作「駈」。「員員邋邋」重文「員邋」。「員斿」即云獵、云遊也。「𢑟𢑟」一本作「孫孫」，今字剥落，不須辯。「鹵弓」疑即「角」異文。「弓玆以寺」疑即「弓𢑟以待」，「𢑟」即「關」省，並倒作，玆無義例也。「趩趩⿺走豦⿺走豦」字皆加走傍，殆是羨文。「⿱𥫗餕⿱𥫗餕」字未詳。「我歐其寺」與「我毆其樸」對文，「寺」字缺半，當是「特」字。「射其豬蜀」，「蜀」即「獨」省。

汧也沔沔，烝彼淖淵。鰀鯉處之，君子澊之。漫漫有魦，其斿遫遫。帛魚鱳鱳，其⿱𥫗盜氏鮮。黃白其鯾，有鮒有鮊，其⿰月立孔庶。臠之鼂鼂，澣澣⿺走尃⿺走尃，其魚惟何。惟鱮惟鯉，何以橐之？惟楊及柳。

右鼓之二。「惟」字石刻俱作「隹」省傍。「澊」即「漁」省。「漫漫」，石刻作「瀳」，無重文。「小魚」二字相合，乃誤讀爲「魦遫」，今缺。「帛」即「白」，又用羨文。「其⿰月立孔庶」，「⿰月立」即「豆」，乃俎豆字。「⿱𥫗盜」即「菹」羨。「橐」未詳，他本引作「貫」，今石刻殘闕。字經三寫，莫知其真。

田車既安，鋚勒馯馯，逜衆既簡。左驂旛旛，右驂騝騝，逜已隮于邍。逜戎止阦，宮車其寫。秀弓時射，麀豕孔庶。麀鹿雉兔，其邍有旃。其戎⿰齒山⿰齒山，大車出各，亞獸白旲，逜執而勿射。多庶⿺走樂⿺走樂，君子逌樂。

右鼓之三。「鋚勒」即「鞗革」羨文。「邍」即「原」，《說文》尚有此字。「阦」與「陸」仝。「宮車」

近後世語。「秀弓」即「肅弓」。「嵫」，古「奏」字異文。「出各」即「出洛」。「亞獸」即「惡獸」。「炅」，未詳。

率彼鑾車，萃速真如。秀弓孔碩，彤弓㲺㲺。四馬其寫，六轡沃若。辻騣孔庶，鄜騎宣搏。莤車載道，戎辻如章。邍濕陰陽，趍趍六馬。射之族族，有貙有虎。獸鹿如兕，怡爾多賢。迪禽奉雉，避兔允異。

右鼓之四。「萃速」二字，嚮有解釋，今忽忘之。「速」一本作「敉」「敕」，未知孰是。「真如」即「填如」。「辻騣」即「徒御」。「邍濕」即「原隰」。「迪禽」即獻禽之義。「迪」與「申」仝。

避來自東，淒淒霝雨。奔流逆湧，盈盈渫濕。君子既涉，避馬汧流。汧殹洎洎，淒淒丞士。駕言西歸，方舟自廓。辻騣湯湯，佳舟已道。或陰或陽，極深已户。出于水一方，勿或遑止。其奔其敔，以逐其乃事。

右鼓之五。「殹」即「也」字，見秦斤者。「辻騣」即「徒御」，已見前鼓。「佳舟」即「維舟」省文。「極深」，未詳。「其奔其敔」，「敔」即「御」，猶「禦」也。

宣猷作邍，作周導遄。避鬫攸除，帥彼阪田。蕐爲卅里，希微戲戲。廼罟黍栗，柞棫其拔。檓榙肅肅，鳴條亞若，其華何爲？所旓蟿蟿。水盭導上，曰樹玆吾。

右鼓之六。末句「上日」二字合爲「旨」，則句僅三字，文義亦不可曉。此鼓重文「戲戲」「肅肅」「蟿蟿」三字，俱未詳，闕疑可也。舊幅於此鼓注釋尤詳，今皆忘之，亦可歎也。

辻騕嘽嘽，奮而師旅。師旅填然，會同又繹。左驂戎𢓊，弓矢孔庶。滔滔是戴，弜夫寫矢。其蒦𢪒，其辻肴來。或群或友，悉率左右。燕樂天子，來嗣王始。振振𢓜古，遡來攸止。

右鼓之七。「辻騕前已數見。」「騕」旁，一或作「叓」，又作「虔」，則傳寫譌誤。「會同又繹」，「又」「有」，古通用。「其蒦𢪒蒦」，未詳。「廾𢪒」即「舉𢪒」。「舉」，古篆「」，此省耳。「肴來」當是「具來」異文。「𢓜古」當是「復古」。

彼走驂驂，馬麃哲哲。華放雉立，孔多孔庶。微我師氏，憲憲文武，可以一之。

右鼓之八。僅廿五字，重文三。「華放雉立」，字極分明，而語意難曉。「師氏」「保氏」，明見《周官》，而後人勦説，欲以師憲當之，不足辨矣。

遡水既瀞，遡導既平。遡行既止，嘉樹則里。天子永寧，日佳丙申。旭旭杲杲，遡其旁導。椉馬既迧，敕憂康康。駕彼四黄，左驂騚騚，右驂騝騝。棨戟以弈，女不執惪。旛輀霸霸，焱斿施施。公謂天子，余及如茲邑，害不余及。

右鼓之九。「瀞」即「清」羨文。「嘉樹」疑即「嘉豆」，亦羨文。「里」則「理」省文也。「椉」即「乘」。「敕𢝊」二字，疑今石刻缺「𢝊」字，更無容復校。「霸」，石刻作「霸」，抄本加「水」，則誤矣。

虞人懋亟，朝夕憼惕。𨟻西𨟻東，勿𥨖勿伐。若而出奇，進獻用特。逜格執祖，告于大祝。禘嘗受享，致其方物。寓耓中圞，孔庶麀鹿。逢濕既坦，疆理騷騷。大田不搜，君子可求。有謀有始，周爰止于是。

右鼓之十。「虞」，石刻作「吴」，釋作「虞」。「𢡟」即「憐」，「𢣤」即「憿」，今無此字。「飢」，古「載」字。「𨓜」即「歸」。「埶」即「藝」省。「𡈽」，古「囿」字，田，从四木，《説文》尚有之。「君子可求」，「可」當讀「何」，亦用省文。

按：鄭樵《通志》碑目謂秦人始用石鼓，以有《石鼓辨》，故確信爲秦刻，而其辨未載，殊爲略矣。鼓文屢用「寫」字，「宫車其寫」「四馬其寫」「弜夫寫矢」，「寫」字分明，究不知何義。經典中亦無傍證，當是假借之字。

笙詩六篇，束皙補作。《文選》載之，以備一體。其詞淺易，迥非《小雅》之倫。然已成古作，學者奉爲典故。則補亡一體，亦未可略。好古之士，結習正不免耳。後人補亡之作，合備録之。邱光庭補《茅鴟》四章，章八句。序曰：「在位之人有重禄而無禮度，君子以爲茅鴟之不如，作詩刺之。」「茅鴟茅鴟，無集我罔。汝食汝飽，莫我爲祥。願彈汝去，來彼鳳皇。來彼鳳皇，其儀有章。」一。「茅鴟茅鴟，無啄我雀。汝食汝飽，莫我肯略。願彈汝去，來彼瑞雀。來彼瑞雀，其音可樂。」二。「茅鴟茅鴟，無搏鷃鷚。汝食汝飽，莫我爲休。願彈汝去，來彼鳴鳩。來彼鳴鳩，食子其周。」三。「茅鴟茅鴟，無盡我陵。汝食汝飽，莫我好聲。願彈汝去，來彼蒼鷹。來彼蒼鷹，祭鳥是徵。」

元結補《樂歌》十首。伏羲氏《網罟歌》曰：「吾人苦兮水深深，網罟設兮水不深。吾人苦兮山幽幽，綱罟設兮山不幽。」神農氏《豐年歌》曰：「猗太帝兮其智如神，分草實兮濟我生人。猗太帝兮其功如天，均四時兮成我豐年。」軒轅氏《雲門歌》曰：「玄雲溟溟兮垂雨濛濛，類我聖澤兮涵濡不窮。玄雲漠漠兮含映逾光，類我聖德兮庥被無方。」又少昊氏《九淵歌》曰：「聖德至深兮蘊蘊如淵，生類娭娭兮孰知其然。」顓頊氏《五莖歌》言得五德之根莖，歌曰：「植植萬物兮滔滔根莖，五德涵柔兮渢渢而生。其生如何兮袖袖天下，皆自我君兮化成。」高辛氏《六英歌》言能總六合之英華，歌曰：「我有金石兮擊攷崇崇，與汝歌舞兮上帝之風。由六合兮英華渢渢，我有絲竹兮韵和泠泠。與汝歌舞兮上帝之聲，由六合兮根柢嬴嬴。」陶唐氏《咸池歌》曰：「元化油油兮孰知其然，至德汩汩兮順之以先。元化浘浘兮孰知其然，至道泱泱兮由之以全。」有虞氏《大韶歌》曰：「森森群象兮日見生成，欲聞朕初兮玄封冥冥。洋洋至化兮日見深柔，欲聞大濩兮大淵油油。」夏禹氏《大夏歌》曰：「茫茫下土兮乃生九州，山有長岑兮川有深流。茫茫下土兮乃均四方，有國安人兮野有封疆。茫茫下土兮乃歌萬年，上有茂功兮下戴人天。」商湯氏《大濩歌》曰：「萬姓苦兮怨且哭，不有聖人兮誰護育。聖人生兮天下和，萬姓熙熙兮舞且歌。」元結擬古十首如此，詞益近里。古歌必無稱功頌德者，「袖袖天下」句，尤不可解。

皮日休《補九夏歌》九首。其叙曰：「《周禮》：『鍾師掌金奏。凡樂事，以鍾鼓奏《九夏》。』鄭司農曰：『夏，大也。樂之大歌有九。』杜子春云：『王出入奏《王夏》，尸出入奏《肆夏》，牲出入奏《昭夏》，四方賓來奏《納夏》，臣有功奏《章夏》，夫人祭奏《齊夏》，族人侍奏《族夏》，客醉而出奏《祴夏》，公出入奏《鷔夏》。』鄭康成曰：『《九夏》，皆詩篇名，《頌》之類也。』此歌之大者，載在樂章。樂崩，亦從而亡。

裓與陔同。皮日休曰：《九夏》亡者，吾能頌之，乃作《補九夏歌》。」第一《王夏》，詞曰：「爣爣皎日，欻麗乎天。厥明御舒，如王出焉。爣爣皎日，欻入於地。厥晦厥貞，如王入焉。出有龍旂，入有珩珮。勿驅勿馳，惟慎惟戒。出有嘉謨，入有内則。翳彼臣庶，欽王之式。」次二《肆夏》。「愔愔清廟，儀儀衮服。我尸出矣，迎神之穀。杳杳陰竹，坎坎路鼓。我尸入矣，得神之祜。」次三《昭夏》：「有鬱其鬯，有儼其彝。九變未作，全乘來之。既醑既酢，爰暢爰舞。象物既降，全乘之去。」次四《納夏》：「麟之儀儀，不縶不維。樂德而至，如賓之嬉。鳳之愉愉，不篝不𥫗。樂德而至，如賓之娭。自筐及筥，我有牢醑。自筐及篚，我有貨幣。我牢不愆，我貨不匱。碩碩其才，有樂而止。」其五《章夏》：「王有虎臣，錫之鈇鉞。征彼不憓，一撲而滅。王有虎臣，錫之圭瓚。征彼不享，一烘而泮。王有掌封，遉爾疆理。王有掌客，饋爾饔餼。何以樂之，金石九奏。何以錫之，龍旗九旒。」其六《齊夏》：「璿璿衡笄，翬衣褕翟。自内而祭，爲君之則。」其七《族夏》：「洪原誰孕，疏爲江河。大塊孰埏，播爲山阿。厥流浩洸，厥勢嵯峨。今君之酌，慰我實多。」其八《裓夏》：「禮酒既酌，嘉賓既厚。牘爲之奏，禮酒既竭。嘉賓既悦，應爲之節。禮酒既罄，嘉賓既醒，雅爲之行。」其九《驁夏》：「桓桓其珪，衮衮其衣。出作二伯，天下是毗。桓桓其珪，衮衮其服。入作三孤，國人是福。」

按：唐以詩取士，又立《文選》科。故好事者於《文選》「擬古」一類，亦備擬其詞，與古不類，正可與束廣微作後塵耳。昌黎集亦有《擬古拘幽操》等作，合併録於左。

韓愈《擬古》五首，其《擬文王拘幽操》云：「目窈窈兮，其凝其盲。耳肅肅兮，聽不聞聲。朝不見日出兮，夜不見月與星。有知無知兮，爲死爲生。嗚乎！臣罪當誅兮，天王聖明。」余按：《古今樂録》載文王《拘幽操》云：「殷道溷溷，浸濁煩兮。朱紫相合，不别分兮。迷亂聲色，信讒言兮。炎炎之虐，使我愆兮。幽閉牢穽，由其言兮。遘我四人，憂勤勤兮。」古詞甚里。四人謂文王與三仁。不似西伯吐屬，天王聖明之語，超出古人遠矣。

又《擬周公越裳操》：「雨之施，物以滋。我何意於彼爲？自周之先，其艱其勤。以有疆宇私我後人。我祖在上，四方在下。厥臨孔威，敢戲以侮。孰荒於門？孰治于田？四海既均，越裳是臣。」余按：《古今樂録》載周公《越裳操》：「於戲嗟嗟，非旦之力，乃文王之德。」較擬作似更簡古。

又《擬孔子猗蘭操》、《龜山操》、《將歸操》，凡三首。其《猗蘭操》云：「蘭之猗猗，揚揚其香。不采而佩，於蘭何傷。今天之旋，其曷爲然。我行四方，以日以年。雪霜貿貿，薺麥之茂。子如不傷，我不爾覯。薺麥之茂，薺麥之有。君子之傷，君子之守。」《龜山操》云：「龜之氛兮，不能雲雨。龜之枿兮，不中梁柱。龜之大兮，祇以奄魯。知將隳兮，哀莫余伍。周公有鬼兮，嗟余歸輔。」《將歸操》云：「狄之水兮，其色幽幽。我將濟兮，不得其由。涉其淺兮，石齧我足。乘其深兮，龍入我舟。我濟而悔兮，將安歸尤？歸兮歸兮！無與石門兮，無應龍求。

按《琴操》載孔子《猗蘭操》：「習習谷風，以陰以雨。之子于歸，遠送于野。何彼蒼天，不得其所。逍遥九州，無所定處。時人闇蔽，不知賢者。年紀逝邁，一身將老。」《龜山操》云：「予欲望魯兮，龜山蔽之。手無斧柯，奈龜山何與？」擬作繁簡迥殊，簡者近古，繁者風斯下矣。《猗蘭操》中「時人闇蔽」等語，决非聖言，宜退之更有擬作。又按：《將歸操》，古無此名。《水經注》載夫子臨河不濟歌曰：「狄水衍兮風揚波，舟楫顛倒更相加，歸來歸來胡爲斯！」退之擬作首云「狄之水」，即擬此作，同不同未可知也。余嚮集孔子詩九章，其《去魯彼婦之歌》見《史記》，《息陬操》《邱陵歌》俱見《孔叢子》，文甚繁，真僞未可知。又《應楚聘歌》及《觀仁獸歌》，俱七言，更與《檀弓》所載殊矣。又按《琴操》載夫子《盤操》：「乾澤而漁，蛟龍不游。覆巢毁卵，鳳不翔留。慘余心悲，還轅息陬。」《操》僅四言六句，極古質。孔叢《息陬操》蓋由此敷衍之耳。

何景明《大復山人集》有《雜器物銘》十首，略抄其四。《燈銘》云：「汝明無太察，而光無太揚。蓄汝明是，用嗣汝光。」《刀銘》云：「不貴汝之利而貴汝之裁，不貴汝之剛而貴汝之斷。利惟裁，剛惟斷。」《硯銘》云：「聃守黑，雄尚玄，汝兼之，以永年。」《瓶銘》云：「厚其入，薄其出。守而勿失。」按銘詞簡古。「守而勿失」正用「守口如瓶」之義，亦非創獲。又《雜言》十首録一：「經亡而騷作，騷亡而賦作，賦亡而詩作。漢無騷，唐無賦，宋無詩。」按：此一條乃大復恒語。經亡，當謂《三百篇》，即「《詩》亡，然後《春秋》作」之意。其曰「唐無賦，宋無詩」，語亦太甚。余常以臆增之曰：「唐無賦，夫人而能爲賦也。宋無詩，夫人而能爲詩也。」

頃因晒書，得何大復集一册。其全集則前被國賊竊去，爲歎息久之。讀何集，他亦無奇，惟引傳曰：「天不滿山嶽歸，地不滿星辰見。」此一條不知所引何傳也。或亦鄙諺之類。因憶素有集録古諺一册，自李唐以前，大致備矣。自李唐以後，未能輯録，間有所見，亦復采之，俟作續編，但恨未能備耳。合贅録於左。

里語曰：騎虎者，勢不得下。《五代史·郭崇韜傳》。

好爲里語謂人曰：豹死留皮，人死留名。仝上《王彦章傳》。

語曰：清風興群，陰伏日月，出爝火息。《吴世家叙》。

古語云：湖水寸，渠水尺。《宋史·河渠志》。諺曰：鋤一惡，長十善。《畢仲衍傳》。

諺所謂磨鐮殺馬，刼一時之力也。《宋琪傳》。里語有之私事官讎。《陳軒傳》。

諺曰：龍南安遠，一去不轉。《秦檜傳》。

傳曰：議人者，不得其死。《王向傳》。

傳曰：謂狐爲貍，非特不知狐，又不知貍。《崔鶠傳》。

右七事俱見《宋史》。其末二條引傳，於古無見，蓋亦諺類也。合附及之。

語曰：積絲成縷，積寸成尺。尺寸不已，乃成丈疋。歐陽修《居士集》。

古語曰：將相無種。仝上。

按前一條本《後漢》樂羊子妻語，後一條本《史記》陳涉語，小變之耳。

諺曰：多求不如省費。用司馬公集。

里諺有云：果蓏失地則不榮，魚龍失水則不神。《東坡先生集》。

蜀人諺曰：學書者紙費，學醫者人費。仝上。按此語似已見《顏氏家訓》，俟再校。

鄉諺有云：缺口鑷子。仝上。

俗語曰：强將下無弱兵。仝上。

古詩曰：女人不夜出，夜出秉明燭。程子之母引此詩，或是古諺。見《困學紀聞》。

諺曰：朝霞不出門，暮霞行千里。《黄山谷詩集》自注。

吴中諺語曰：未喫端午糉，布襖未可送。《陸放翁集》自注。

諺曰：早知燈是火，飯熟已多時。王十朋《蘇詩注》。

古語曰：上士閉心，中士閉口，下士閉門。阮逸《文中子注》。

語曰：足寒傷心，民怨傷國。史照《通鑑疏》。

時人有語曰：用得着，敵人休；用不着，自家羞。沈括《夢溪筆談》。

方諺曰：汝州風，許州葱。仝上。

俗諺曰：心堅石穿。陸象山《語録》。

又曰：癡人面前不得説夢。仝上。

諺曰：獅子咬人，狂狗逐塊。仝上。

俗諺云：一錢做單客，兩錢做雙客。仝上。

諺曰：焚香禮進士，瞋目待明經。呂東萊集。

按此語自北宋有之，見《居士集》。「瞋目」作「撤幙」。進士之貴，久矣。「明經」一作「經生」，見《夢溪筆談》。與進士對文，自當是明經，謂諸貢士也。若經生，則所包益廣。

里語曰：成也蕭何，敗也蕭何。洪邁《容齋隨筆》。

諺曰：少女少郎，相樂不忘。少女老翁，苦樂不同。《彤管新編》宋人語。

古箴云：偃鼠飲何，止於滿腹。鷦鵠銜葉，才能覆身。《埤雅》。上二句見《莊子》。

諺云：偏憐之子不保業，難得之婦不主家。《遼史·宗室李胡傳》。

諺曰：虎生三子，必有一彪。周密《癸辛雜志》。

諺曰：骨邊肉，五更睡。雖不多，最有味。周密《浩然齋雅談》。

嶺南俗云：踏梯摘茄子，把扇吃錕飩。高懌《群居解頤》。

古語云：借一瓻，還一瓻。袁文《甕牖閒評》。

按：近世語「借書一癡，還書一癡」似由此衍出。

諺曰：眉毫不如耳毫，耳毫不如老饕。仝上。

諺曰：馬騎上等馬，牛用中等牛，人使下等人。陶宗儀《輟耕録》。

諺曰：三代仕宦，學不得着衣喫飯。仝上。

按此語似本《魏志》文帝詔仕宦作長者語，意稍殊。近世語又云：仕宦三世，不知喫飯穿衣。

識不知耕織者，語各有當。

諺曰：一絇絲，能得幾時絡。馬永卿《懶真子》。

諺曰：慈不掌兵，義不主財。楊升安集。

諺曰：莫信直中直，須防人不仁。《熊經略書牘》。

右自《五代史》以下至《經略書牘》，僅得四十餘事。近人文集、雜著，浩如淵海，自知鄙陋，未能徧觀而盡識也。自遭捻匪大劫以來，家藏五櫃之書，盡入劫灰。挂冠歸來，於今八年，朋輩間亦未有一瓻之借，欲再采録，知復何時？能不慨然。

東泉八十二翁筆。